PATHFINDER
WELTEN DES SCHATTENS

J.P. Visions

Inhaltsverzeichnis:

Kapitel 1: Endlose Tiefe.................................... Seite 5
Kapitel 2: Der Wille entscheidet....................Seite 31
Kapitel 3: Das Tor zur Hölle............................Seite 59
Kapitel 4: Geisterschiff..................................Seite 88
Kapitel 5: Alte Wunden................................. Seite 112
Kapitel 6: Glückstreffer.................................. Seite 139
Kapitel 7: Gefallener Adler.............................Seite 166
Kapitel 8: Die schwarze Sonne...................... Seite 193
Kapitel 9: Invasion und Auslöschung............Seite 218
Kapitel 10: Götter der Finsternis..................... Seite 249
Kapitel 11: Bis zum letzten Mann................... Seite 282
Kapitel 12: Ein Neuanfang.............................. Seite 319
              Impressum.....................................Seite 334

www.pathfinder-book.com
Instagram: pathfinder.book

Die Fortsetzung von:

RAND DES ZUSAMMENBRUCHS

Kapitel 1: Endlose Tiefen

Der Bürgerkrieg im Eden-System nahm ein Ende. Eine Allianz aus Deserteuren, Rebellen und Gesetzlosen, angeführt von einem aus dem Schatten kommenden Orden, den Knights of Eden, beendete die Schreckensherrschaft des ehemaligen Kanzlers und Generals Adams. Mehrere Wochen sind nun vergangen. Die Demokratie erholt und verbessert sich. Es werden Verträge und Verfassungen geschlossen, welche die Freiheit der Bevölkerung gewährleisten und schützen soll. Nicht zuletzt wurde das Eden-System wieder als Mitglied der VSE, den vereinten Systemen von Eden, anerkannt. Der ehemalige Rebellenanführer Alex Cobryn wurde mittlerweile zum Verteidigungsminister ernannt. Auch wenn in dem finalen Kampf in der Hauptstadt Initium Novums die Knights of Eden eine wichtige Rolle gespielt haben und nun auch jeder über ihre Existenz Bescheid weiß, so kann niemand sagen, wohin sie verschwunden sind. Sicher ist jedoch, dass sie ihren wichtigen Aufgaben nachgehen. Ihre Aufmerksamkeit richtet sich inzwischen auf die Ausgrabungsstätten, die Adams hinterlässt und mittlerweile ausschließlich von Commander Talon verwaltet werden. Noch ahnt niemand, was für ein Chaos er mit der dunklen Technologie der Utopier angerichtet hat. Die Schwarze Legion, welche von General Kaelyn Harper geführt wird, unterstützt währenddessen die Kardianer im Kampf gegen die blutrünstigen Vyrakay. Sämtliche Fronten verschieben sich täglich, doch ein Ende des Krieges ist nicht in Sichtweite. Ebenso ungewiss ist die Absicht der Garde. Das ehemalige Militär Asgards ist immer noch untergetaucht und geht im Verborgenen seinen Plänen nach. Unabhängig von den zahlreichen Ereignissen im Sektor der Menschen und dessen Umfeldes bleibt eine kleine Gruppe von Kopfgeldjägern ihrer Arbeit treu. Dylan Sykes, Miranda Spicer und Kyra Hades liefern sich heute eine Verfolgungsjagd auf dem Mond Elysiums, Poseidon. Miranda und Kyra bringen den Schnee unter ihren Motorrädern zum Schmelzen, während Dylan in seinem Allzweckgeländewagen einen einzelnen Quadfahrer verfolgt. Die drei fahren durch die eisige Landschaft des Mondes. Bis zum Horizont reichen die Gletscher und schneebedeckten Berge, unterbrochen von türkisfarbenen Flüssen aus schmelzendem Eis. In der Ferne ist am Himmel der künstliche Ring Poseidons zu sehen. Sein röhrenartiges Aussehen dominiert die Aussicht. Obwohl dieser Ring als Einrichtung zum Terraformen des Mondes dient, reicht der ausströmende Sauerstoff aus seinen Schächten nicht aus, um an der Oberfläche problemlos atmen zu können. Daher tragen Dylan, Miranda und Kyra auch Helme, die eigentlich zu Raumanzügen gehören. Ohne sie würde man in der Atmosphäre vermutlich nach kürzester Zeit bewusstlos werden. Zielstrebig verfolgen die drei den Mann auf dem Quad. Er versucht durch wilde Ausweichmanöver seine Verfolger abzuschütteln, jedoch ohne Erfolg. Stattdessen verliert er regelmäßig den Sichtkontakt zu ihnen. Miranda und Kyra kommen plötzlich von beiden Seiten hinter den Eiswänden hervor. Während sie aneinander vorbeifahren, übergibt Miranda ein Seil an Kyra. Gemeinsam spannen sie es so, dass im richtigen Moment der Flüchtende von seinem Quad gerissen wird. Der Mann rollt mehrere Meter durch den Schnee, bevor er zum Stehen kommt. Doch noch bevor er sich wieder orientieren kann, stehen die drei Kopfgeldjäger bereits dicht vor ihm, ziehen ihm einen Sack über den Kopf und fesseln ihn. Bis jetzt scheint es eine normale, gelungene Kopfgeldjagd zu sein, jedoch hat Dylan andere Pläne. Etwa eine Stunde später kommt er allein mit seinem Gefangenen auf ein Schiff zu, welches sich zwischen verschneiten Hügeln versteckt. Überall laufen Plünderer umher. Sie richten schlagartig ihre Waffen auf Dylan und bilden einen Halbkreis. Er wiederum zieht seinem Gefangenen den Sack vom Kopf. Schnell fällt dem Anführer der Plünderer auf, dass es sich um einen seiner eigenen Leute handelt und um seinen Sohn.

Sykes: „Ich möchte mich schon mal im Voraus entschuldigen, für all das hier. Ich wünschte, es müsste nicht so kommen, aber so scheint es unvermeidlich."

Anführer: „Wer bist du und was willst du von uns?"

Sykes: „Wer ich bin, kann euch egal sein. Bist du hier der Anführer? Wenn ja, dann habe ich hier anscheinend deinen Sohn."

Anführer: „Das bin ich und das hast du. Ist dir klar, mit wem du dich hier anlegst?"

Sykes: „Wüsste ich das nicht, hätte ich euch wohl nicht gefunden. Auf die Hälfte von euch ist ein Kopfgeld ausgesetzt. Viele Menschen und sogar Elysiums Verteidigungsministerium möchten euch tot sehen. Es wäre ein Kinderspiel für mich jeden einzelnen von euch umzulegen, aber stattdessen würde ich gerne einen kleinen Tausch anbieten. Dein Sohn gegen euer Schiff."

Anführer: „Einen Tausch. Glaubst du allen Ernstes, du könntest es allein gegen uns alle aufnehmen?"

Sykes: „Ich bin nicht allein."

Sohn: „Sie sind zu dritt!"

Sykes: „Danke. Jetzt reden wir. Ruhe jetzt! Ich habe Scharfschützen, die auf mich aufpassen, ansonsten bin ich zu ziemlich grausamen

Dingen in der Lage. Deshalb schlage ich halbwegs friedlich vor, dass wir kein Blut vergießen und diese Situation gewaltfrei lösen."

Anführer: „Willst du mich verarschen?"

Sykes: „Nein. Das ist mein Ernst. Dein Sohn gegen euer Schiff, dann können wir alle nachhause gehen."

Der Sohn des Anführers fängt an sich heftig zu bewegen und versucht sich von Sykes loszureißen, in diesem Augenblick eröffnen die Plünderer zögerlich das Feuer. Dylan ist schnell genug, sich über den Rücken seiner Geisel zu rollen und ihn herumzuwerfen. Die Schüsse treffen ausschließlich den Sohn, welcher gerade als Schutzschild ausgenutzt wird. Zeitgleich eröffnen Miranda und Kyra aus ihren Scharfschützenstellungen das Feuer. Ein Plünderer nach dem anderen wird getroffen, wobei Dylan unverzüglich in den Nahkampf übergeht. Er nutzt seine beliebte Kombination von Katana und Pistole. Er tanzt regelrecht kämpferisch um seine Gegner herum, während diese von Schüssen getroffen oder als Schutzschild genutzt werden. Zügig färbt sich der Schnee unter ihnen rot. Es kommt zu einer kurzen Feuerpause, welche Miranda und Kyra dazu nutzen, mit den Motorrädern zum Kampfplatz zu fahren. Während Dylan sich gegen mehrere Gegner behauptet, beteiligen sich die beiden im Kampf. Von den Sitzen der Motorräder schwingen sie ihre Schwerter, wobei sie durch die Gruppen von Plünderern fahren. So lange, bis keiner von ihnen mehr steht. Sei es durch eine Verletzung, Bewusstlosigkeit oder Tod. Im Alleingang haben die drei die Besatzung eines ganzen Schiffes besiegt. Etwa 30 Männer und Frauen einer gesuchten Plünderer-Gruppe.

Hades: „Das lief ja nicht ganz nach Plan."

Miranda: „Nun … war das die Win-win-Situation, von der du gesprochen hast?"

Sykes: „Nicht ganz. So bekommen wir wenigstens das Schiff und das Kopfgeld gleich dazu."

Miranda: „Immerhin."

Hades: „Hört mal!"

Völlig unerwartet und ohne Vorwarnung taucht rundherum um das Schiff eine halbe Armee von Kämpfern auf. Sie tragen moderne weiße Rüstungen, beinahe auf Hochglanz poliert und makellos. Plötzlich umkreisen sogar zwei weiße Shuttles das Gebiet und richten ihre hochwertigen Waffen auf die drei Kopfgeldjäger.

Miranda: „Fuck! Wer ist das?"

Sykes: „Ich habe keine Ahnung."

Sie verharren eine Weile so, bevor ein Mann über den Hügel kommt, der in einen auffällig weißen Mantel gekleidet ist und dabei sowohl eine schwarze Krawatte als auch eine Sauerstoffmaske trägt.

Hemsey: „Das fasse ich nicht! Dylan Sykes! Lebendig und tödlich wie immer."

Sykes: „Hemsey? Lang nichts von dir gehört."

Hemsey: „Ich war beschäftigt. Hat man dich nicht eigentlich umgebracht?"

Sykes: „Hat man. Aber ich bin stur, wie du weißt."

Hemsey: „Zu stur zum Sterben, schon klar. Hast du von denen noch welche leben gelassen?"

Sykes: „Mehr als sonst."

Hemsey: „Außer Übung?"

Sykes: „Wohl kaum."

Hemsey: „Ich nehme an, der Transporter und dieses ungewöhnliche Auto unweit hinter mir gehören zu dir?"

Sykes: „So ist es."

Hemsey: „Was führt dich an diesen abgelegenen Ort?"

Sykes: „Die Silence ist weg. Ich suche ein neues Tarnkappenschiff. Das hier wollte ich mir nehmen."

Hemsey: „Das ist jetzt leider ungünstig."

Sykes: „Wieso?"

Hemsey: „Weil ich es mir nehmen wollte."

Sykes: „Dann haben wir ein Problem."

Hemsey: „In der Tat. Da ich aber weiß, wie gut du im Probleme- lösen bist, möchte ich dir etwas vorschlagen."

Sykes: „Einen Deal also?"

Hemsey: „Ja. Da wir ja lange Zeit nicht mehr zusammengearbeitet haben, schlage ich vor, dass wir uns diesmal gegenseitig helfen. Du überlässt mir dieses Schiff und im Gegenzug mache ich deine Silence ausfindig. Gleiches gilt natürlich für den Rest deiner Crew."

Sykes: „Und das bekommst du hin?"

Hemsey: „Je an meinen Fähigkeiten gezweifelt?"

Sykes: „Na gut … Aber wenn du scheiterst, weißt du, was auf dich zukommt."

Hemsey: „Ich befürchte es. Ich werde dich nicht enttäuschen."

Sykes: „Wenn das so ist, gehört das Schiff hier dir. Vorerst."

Hemsey: „Ich danke dir. Sollen wir euch zu eurem Transporter bringen?"

Sykes: „Nicht nötig, den Weg finden wir schon selbst."

Hemsey: „Alles klar. Dann bedanke ich mich nochmals. Es war schön, dich ein weiteres Mal kennenzulernen. Ich melde mich bei dir wegen unseres Deals. Mach's gut!"

Sykes: „Bis dahin!"

Mit einem Handzeichen gibt Dylan Miranda und Kyra zu verstehen, dass sie zurück zum Transportschiff fahren können. Daraufhin steigt auch Dylan wieder in sein Auto und folgt ihnen. Bereits oben an der Laderampe kommen die ersten Fragen auf. Als Dylan aus seinem Wagen steigt, sitzen Miranda und Kyra bereits auf den Waffenkisten neben den Motorrädern.

Miranda: „Das fasse ich jetzt nicht."

Sykes: „Was fasst du nicht?"

Miranda: „Hemsey? Wir überfallen ein Tarnkappenschiff in der tiefsten Eiswüste Poseidons und ausgerechnet hier taucht er wieder auf? Was ist denn das bitte für ein Zufall?"

Sykes: „Vielleicht hat er das Schiff auf die gleiche Weise gefunden wie wir. Aber ich stimme dir zu, das ist schon ein seltsamer Zufall."

Miranda: „Und du bist dir sicher, dass du ihm wieder trauen kannst?"

Sykes: „Schätze schon. Ausnahmsweise bleibe ich bei ihm optimistisch."

Miranda: (Amüsiert) „Du nimmst Wörter in den Mund ... wie ungewöhnlich."

Sykes: (Lacht) „Ach, halt die Klappe!"

Dylan bekommt eine Nachricht auf seinem Unterarmcomputer.

Sykes: „Na, wenn man vom Teufel spricht. Hemsey. Ich werde dann in Kürze starten, damit ihr Bescheid wisst. Wir haben zwar kein neues Schiff, aber dafür können wir uns ein sättigendes Kopfgeld abholen."

Beim Lesen der Nachricht steigt Dylan eine Treppe hoch und begibt sich in den Pilotensitz. Währenddessen bleiben Miranda und Kyra in der Ladebucht und kümmern sich um die Motorräder.

Hades: „Wer ist dieser Hemsey?"

Miranda: „Ein Waffenhändler. Offiziell. Er bezeichnet sich selbst als Unternehmer. Er beschäftigt Söldner und scheint sämtliche kriminelle Abgründe zu kennen."

Hades: „Woher kennt ihr ihn?"

Miranda: „Dylan lernte ihn nach einem Deathrace kennen. Er hat ihm angeboten, für seine Zwecke zu fahren. Dabei ging es um Wetteinsätze und so weiter. Es blieb allerdings nicht nur beim Rennsport. Kopfgeldjagd, Plünderungsaufträge und schmutzige Jobs konnte er auch an Dylan vermitteln."

Hades: „Klingt, als hättet ihr viel erlebt."

Miranda: „Der ein oder andere Überfall, ein Diebstahl hier, ein Kopfgeld dort. Ansonsten ging es hauptsächlich um Rennen. Bis auf dieses eine Mal, als wir ein geheimes Klonlabor in die Luft jagen sollten. Das war der Horror, was wir dort gesehen haben."

Hades: „Ein Klonlabor?"

Miranda: „Ja. Es stellte sich heraus, dass es eine Einrichtung von Adams war. Der, der auch insgeheim das Kopfgeld auf Raven ausgesetzt hat. Mutationen, Menschenexperimente und vor allem diese ekelhaften Kreaturen auf dem Planeten. Ich habe immer noch Alpträume davon. Einfach nur fürchterlich, was wir dort gesehen haben. Zum Glück haben Dylan und Raven ihn umbringen können. Klingt sogar ziemlich komisch, wenn man das so sagt."

Hades: „Lass uns nicht darüber reden. Okay? Zurück zu Hemsey."

Miranda: „Okay. Nun, wenn Dylan ihm traut, dann können wir das auch."

Die Triebwerke des Transportschiffes starten. Inmitten von Gletschern und Bergen aus brüchigem Eis hebt es langsam ab und steuert auf den Horizont zu. Dort, wo der Planet Elysium im Dunst der blauen Atmosphäre zu sehen ist.

Lichtjahre von den eisigen Landschaften Poseidons entfernt befindet sich der gemäßigte Mond Initium Novum. An dessen tropischen Äquator sich eine ganz besondere Crew niedergelassen hat. Es ist früher Morgen und die Sonne wirft ihre ersten Strahlen in die Kraterinsel von Ravens Anwesen. Er selbst sitzt, an eine Palme gelehnt, am Strand und erwacht langsam aus seinem Schlaf. Das Zwitschern von Vögeln und das Geräusch der Brandung ist alles, was er wahrnimmt, bevor seine Deckoffizierin Riley Hunter durch den Innenhof der Villa läuft. Sie hält auf halbem Weg an und geht danach einige Meter auf Raven zu.

Hunter: „Ich habe dich hier gestern Abend noch spät gesehen, hätte aber nicht gedacht, dass du hier draußen übernachtest."

Raven: „Damit habe ich auch nicht gerechnet. Wusste nicht, dass eine Palme so gemütlich sein kann."

Hunter: „Besser wird das jetzt nicht zur Gewohnheit."

Raven: „Ich gebe mir Mühe. Was steht heute alles auf dem Plan?"

Hunter: „Dasselbe wie gestern und die Tage davor. Restaurierungsarbeiten an der Villa. Ansonsten bleibt es ruhig heute. Es sei denn, du hast bereits Pläne, um aufzubrechen."

Raven: „Noch nicht. Aber ich überlege mir etwas. Vielleicht könnten wir uns ein paar interessante Orte zum Erkunden heraussuchen. So wie es damals unser eigentlicher Job war."

Hunter: „Du meist so etwas wie Normalität? Wusste nicht, dass es so etwas noch gibt."

Raven: „Unsere Normalität war schon immer unnormal. Aber es wird guttun, mal wieder eine Weile Ruhe zu habe. Zumindest so lange, bis die nächste Krise ruft."

Hunter: „Der Plan gefällt mir. Ich werde mir dazu schon mal ein paar Gedanken machen."

Während sich Hunter und Raven am Strand unterhalten, stürmt das übrige Raptor-Team in Begleitung von Patton den Hang hinunter. Die vier haben sich zum Frühsport verabredet und beenden gerade ihre letzte Runde auf den Kraterwänden. Verschwitzt und außer Atem rennen sie auf die Villa zu. Auf den letzten Metern nimmt Patton all seine Kraft zusammen und überholt kurz vor dem Ziel das halbe Team, bevor sie letztendlich zum Stillstand kommen.

Rees: „Verdammt! Der Junge wird immer schneller."

Patton: „Mache ich euch langsam Konkurrenz?"

Sev: „Du wirst besser, aber vermutlich lässt unser Sprengstoffexperte langsam nach."

Rees: „Meine Stärken sind Kämpfen und Sprengen, nicht Rennen."

Sev: „Und Essen."

Rees: „Nur, wenn ich hungrig bin."

Sev: „Also immer?"

Murphy: „Seid ihr fertig?"

Sie sehen sich alle gegenseitig schweigend an, bevor sie gemeinsam anfangen zu lachen.

Patton: „Was habt ihr sonst noch so vor heute?"

Rees: „Gute Frage."

Sev: „Haben wir etwas vor?"

Murphy: „Wir helfen heute bei der Reparatur der Villa mit. Ansonsten … was haltet ihr von einem Besuch auf dem Schießstand?"

Sev: „Da bin ich immer dabei."

Rees: „Sagte der schießwütigste aus dem Team."

Patton: „Taktische Einsatzverfahren und Bewegungsabläufe oder nur freies Schießen?"

Murphy: „Ähm. Beides vermutlich."

Patton: „Es wäre toll, wenn ihr mir ein paar Handgriffe zeigen könntet."

Sev: „Das Früchtchen ist ja richtig motiviert."

Murphy: „Kein Problem, wir zeigen dir ein paar Kleinigkeiten."

Patton: „Danke. Warte mal … Früchtchen?"

Rees: „Er gibt dir einen Spitznamen. Das ist ein Zeichen dafür, dass er anfängt dich zu mögen. Pass bloß auf dich auf!"

Patton: (Amüsiert) „Ihr seid doch bescheuert."

Rees: „Nur anders."

Murphy: „Manchmal. Also dann, nachdem wir dem Rest der Crew helfen konnten, treffen wir uns um 15 Uhr in der Schießanlage. Passt dir das?"

Patton: „Perfekt. Danke."

Den gesamten Vormittag ist die Crew damit beschäftigt, die Schäden von Dylans Überfall zu beheben. Brandspuren werden beseitigt, Einschusslöcher gestopft und Kampfspuren bedeckt. Die gesamte Crew arbeitet Hand in Hand, sodass die letzten Arbeiten noch am selben Tag vollendet werden können. Grund genug für Raven seine Crew am Abend auf dem Strand zu versammeln.

Raven: „Wie ich sehe, sind alle da. Auch wenn wir nun schon einige Wochen hier sind und uns mit Papierkram und Renovierungsarbeiten beschäftigen, so fühlt es sich doch erst jetzt wieder richtig nach einem Zuhause an. Als wir hier vor fast drei Jahren vertrieben wurden, dachte ich nicht, dass wir diesen Ort jemals wieder betreten würden. Nicht nur wegen der angespannten Politik, sondern auch wegen der Erinnerungen. Wir wurden Opfer eines Angriffes, dessen Täter selbst nicht wusste, was er tut, und aus Verzweiflung gehandelt hat. Ich weiß, viele von euch mögen ihn nicht. Aus gutem Grund. Auch ich vergebe ihm diesen Angriff nicht. Trotzdem müssen wir weiter nach vorne schauen. Ein Bürgerkrieg liegt hinter uns und die nächsten Einsätze werden nicht lange auf sich warten lassen. Ob durch die Erdlinge, Vyrakay oder die Macht von Wesen, denen wir lieber nicht begegnen möchten. Was auch immer die Zukunft bringt, ich bin zuversichtlich, dass diese besondere und herausragende Besatzung eines ungewöhnlichen Schiffes weiterhin zusammenhält und sich jeder Herausforderung tapfer stellt. Ich bin stolz auf die Menschen, die ich hier um mich habe, und auch wenn sich meinerseits vieles verändert hat, bin ich euch zutiefst dankbar. Dankbar, dass ihr immer zu mir haltet, auch wenn man meine Absichten nicht immer ganz versteht. Ich bin dankbar für das Vertrauen und vor allem für diese mittlerweile sehr familiäre Gemeinschaft. Gemeinsam haben wir uns unser Zuhause zurückgeholt, es wiederaufgebaut. Selbst wenn ich mich im Hintergrund noch um das Werk der Knights of Eden kümmere, ich ziehe mit niemandem lieber in die Schlacht als mit euch. Auf dass sich dies auch nie mehr ändern möge und auf jene, die mittlerweile nicht mehr bei uns sind."

Raven und seine Crew stoßen gemeinsam an, um ihre Rückkehr in das Anwesen zu feiern. Die Feuerstellen am Strand brennen noch bis tief in die Nacht und die Crew macht sich einen angenehmen Abend.

Während sich die Crew am Strand des Anwesens amüsiert, schaut Raven hin und wieder auf ein verschlüsseltes Daten-Pad, um auf die Arbeit der Knights of Eden zu schauen. Denn auf einem Mond jenseits der Grenzen des Sektors der Menschen macht sich ein schwarzes

Shuttle im Schutze der Nacht auf den Weg zur Oberfläche. Trotz der Dunkelheit erkennt man unter dem klaren Sternenhimmel sowie unter dem Schein eines grauen Gasriesen, dass der Mond karg und wüst ist. Dennoch ist er lebensfreundlich und mit Wüstenpflanzen bedeckt. Das Shuttle der Ritter landet unauffällig am Rand eines schroffen Gebirges. Vier von ihnen steigen aus und werfen einen ersten Blick auf die Umgebung. Unter ihnen ist Aiden Conover. Erkennbar als einzige Heavy-Einheit unter ihnen, trägt er eine robuste Plattenrüstung, seinen modernen Ritterhelm und ein Langschwert. Allein sein weinroter Kapuzenumhang verbleibt im Shuttle, um Platz für ein Maschinengewehr auf seinem Rücken zu machen. Begleitet wird er von drei weiteren Rittern, die jeweils alle unterschiedlich ausgerüstet, jedoch mit ihren Kapuzenmänteln ähnlich gekleidet sind. Aiden führt die Ritter durch das Gebirge, vorbei an den braunen Felsen, zu einem Punkt, von dem man einen guten Ausblick auf eine weitläufige Wüstenebene hat.

Hinter einem Felsbrocken treffen die vier auf ein weiteres Mitglied des Ordens. Es ist Chester Cormac, ein talentierter Kämpfer und Anführer der sogenannten Shadow-Einheiten. Mit seinen Schwertern im Gürtel, einem Bogen samt Pfeilen auf dem Rücken und gekleidet in eine schwarze Kutte schaut er durch ein Fernglas auf einen sehr speziellen Ort. Eine Ausgrabungsstätte des ehemaligen Kanzlers Adams und eine Mine der Utopier. Der Zivilisation, welche vor Millionen Jahren verschwunden ist und ihre Technologie im vermutlich ganzen Universum zurückgelassen hat. Die Mine besteht aus einem großen und breiten Loch in der Wüstenebene, umrandet von metallischen Strukturen, welche von Scheinwerfern beleuchtet werden. Das Loch scheint einen Durchmesser von beinahe einem ganzen Kilometer zu haben und ragt tief bis ins Innere des Mondes. Die Ritter jedoch treffen nun schließlich aufeinander.

Conover: „Das ist der Ort?"

Cormac: „Ja, eine Kernmine der Utopier."

Conover: „Geht die wirklich bis in den Kern des Planeten?"

Cormac: „Du meinst *des Mondes*. Nicht ganz, nur bis an dessen Oberfläche."

Conover: „Trotzdem, tief genug. Wer da runterfällt, der fällt lang. Und wer weiß schon wohin?"

Cormac: „Das wird nicht unser einziges Problem sein. Diese Ausgrabungsstätte wurde vor einigen Tagen von der Garde eingenommen. Keine Ahnung, woher die die Koordinaten kannten, aber das Aufklärungsteam berichtete mir, dass sie dort unten bereits versuchen Material an die Oberfläche zu befördern. Bislang wurde nur noch nichts davon in den Orbit gebracht, wo übrigens auch eines ihrer Schiffe fliegt."

Conover: „Ich nehme an, das werden wir nachhaltig verhindern?"

Cormac: „Auf Anweisung des Großmeisters. Die Mine soll vernichtet werden."

Conover: „Was auch immer die Garde mit diesem harten Material panzern möchte, es kann nichts Gutes sein."

Cormac: „Andere Teams sind bereits an der Sache dran."

Conover: „Nur mal zum Verständnis. Warum schießen wir mit der Ghost nicht einfach einen Nuklearsprengkörper in dieses Loch? Oder könnte der Mond dadurch in die Luft fliegen?"

Cormac: „Ein großes Erdbeben wird es definitiv geben. Der Grund, weswegen keine Luft- und Orbitalschläge möglich sind, ist aber ein anderer."

Conover: „Schildgenerator?"

Cormac: „Exakt. Ein Schildgenerator und mobile Raketenabwehr. Das war das Erste, was die Garde hier aufgebaut hat, als sie vor einiger Zeit hier ankam."

Conover: „Gut, dann brauchen wir nur den Generator finden und sprengen. Wo ist der?"

Cormac: „Rate mal!"

Conover: „Sag mir nicht in dem Loch!"

Cormac: „Doch. Auf einer noch unbekannten Ebene. Ist der Generator gesprengt, kann die Ghost das Schiff im Orbit und die Mine zerstören."

Conover: „Klingt ja alles ziemlich durchdacht. Für die Planung muss ich dich wirklich mal loben."

Cormac: „Danke. Es muss nur noch mit der Durchführung alles klappen."

Conover: „Wie sieht es mit Feindbewegung aus? Nur Androiden oder auch Gardisten?"

Cormac: „Das werden wir gleich herausfinden. Vermutlich beides. Aber bestimmt mehr Androiden."

Conover: „Androiden machen mein Schwert stumpf."

Cormac: „Das musst du dann mal in Kauf nehmen. Oder du benutzt ausnahmsweise mal dein Maschinengewehr."

Conover: „Klingt fast so, als würde es heute schwierig werden, unbemerkt zu operieren."

Cormac: „Bei der Menge an Feinden ist das unmöglich. Wir haben zumindest das Überraschungsmoment."

Conover: „Immerhin das. Wann willst du zuschlagen? Wir sind bereit."

14

Zu Fuß machen sich die fünf Ritter auf in die Wüstenebene. Es gelingt ihnen, sich unbemerkt der ringförmigen Struktur an der Mine zu nähern, sodass sie zwischen den geometrischen Metallbauten Schutz finden. Einigen patrouillierenden Androiden weichen sie aus, ansonsten gelangen sie ohne weitere Zwischenfälle bis an den Rand der Mine.

Ritter: „Ich habe ja keine Höhenangst, aber das hier ist wirklich übel."
Der Anblick ist ebenso beeindruckend wie einschüchternd. Die Mine gleicht einer senkrechten Röhre, teilweise bebaut, teilweise umringt von Felsen. Sie reicht weit über den Mantel des Mondes hinaus und hat eine Tiefe, die den Grund nicht einmal erkennen lässt. Nur ein helles Licht strahlt von der tiefsten Stelle hinauf. Unklar ist, ob es sich dabei um Magma handelt, oder um die unzähligen Scheinwerfer auf dem Weg nach unten.

Conover: „Ich hoffe, der Generator befindet sich nicht ganz unten. Und selbst wenn, hoffe ich, dass es hier Aufzüge gibt."

Cormac: „Falls nicht, hätten wir vielleicht Fallschirme mitnehmen sollen."

Conover: „Finden wir erst mal heraus, wo wir hinmüssen."

Cormac: „Es müsste noch auf den oberen Ebenen so etwas wie eine Kommandozentrale oder einen Überwachungsraum geben. Ich vermute, dass wir das dort drüben in diesem großen Anbau finden."

Conover: „Dann los."

Die Ritter bewegen sich weiter am Rand der Mine entlang, bis sie den Bereich oberhalb des Anbaus erreichen. Das Ziel scheint in greifbarer Nähe zu sein, da die Präsenz von Kampfandroiden deutlich zunimmt. Als sie sich einer bewachten Tür nähern, kommt Aiden frontal auf sie zu. Er weckt sofort die Aufmerksam der vier Androiden, welche unverzüglich ihre Waffen heben. Im exakt gleichen Augenblick springen zwei Ritter oberhalb der Tür hinab, gefolgt von zwei weiteren, die aus dem Schatten am Wegesrand heraus angreifen. Blitzschnell sind die Androiden ausgeschaltet und der Weg für die Ritter ist frei. Sie positionieren sich zügig neben der Tür, während Cormac einen Sprengsatz an ihr scharf macht.

Cormac: „Jetzt wissen die, dass wir da sind. Zeit zum Chaos-stiften. Rauch und EMP!"

Fast jeder Android ist über ein Netzwerk miteinander verbunden. Das Signal eines zeitgleichen Ausfalls von vier dieser Maschinen alarmiert sofort sämtliche Kräfte im Bereich. Infolgedessen werden sie hinter der Tür bereits erwartet. Der Sprengsatz explodiert und die Tür öffnet sich. Gleich danach werfen die Ritter zwei Handgranaten hinein. Eine Rauchgranate, welche schlagartig die Sicht benebelt und eine EMP-

Granate, welche die Systeme der Androiden außer Kraft setzt. Wie ein Sturm rauschen die Ritter durch die Eingangstür und erledigen so viele Androiden wie möglich mit ihren Schwertern. Nur in besonders schwierigen Situationen greifen sie dabei auf Pistolen zurück. Der Kampf dauert nicht lange an, doch Verstärkung ist mit Sicherheit unterwegs. Auf dem Weg zu einer Kommandozentrale geraten sie in mehrere Gefechte. Mit Hilfe von EMP-Granaten, ihren Schwertern, Bögen und Schusswaffen kämpfen sie sich durch. So lange, bis sie ihren ersten Zielort erreichen. Ein großer Raum, mit Aussichtsfenstern und Computern sowie Schaltflächen in jeder Ecke.

Conover: „Sieht richtig aus. Jetzt muss unser IT-Experte mal ran!"

Cormac: „Dann haltet mir mal den Rücken frei!"

Schnell macht sich Cormac an der Hauptkonsole zu schaffen. Er schließt eigene Geräte an und hackt sich in das System.

Conover: „Schätze, die Schwerter müssen dann vorerst stecken bleiben."

Um der anrückenden Verstärkung entgegenwirken zu können, entscheiden sich die übrigen Ritter dazu, sich mit ihren Gewehren an den Seiten der Tür zu positionieren. Nicht einmal eine Minute dauert es, bis die ersten Androiden über den Gang auf sie zukommen und dabei in schweres Feuer geraten. Welle für Welle wird bekämpft, bis Cormac seine Arbeit beendet.

Cormac: „Ich habe alles. Karte der Anlage. Standort des Generators und ich habe die Kommunikation gestört."

Conover: „Wo ist der blöde Generator?"

Cormac: „Ebene 347."

Conover: „Was? Wir müssen 347 Etagen nach unten?"

Cormac: „50 Meter für jede Etage. Das sind doch nur 17,35 Kilometer."

Conover: „Hast du das gerade im Kopf gerechnet?"

Cormac: „Ist das wichtig?"

Conover: „Nein! Lass uns gehen!"

Cormac: „Durch die Seitentür hier kommen wir auf ein Gerüst. Von dort aus ist es nicht weit bis zu einem Aufzug."

Die fünf begeben sich nach draußen, wo sie über ein breites und löchriges Gitter zu einem Lastenfahrstuhl gelangen. Unter gegenseitiger Deckung und mit den Gewehren im Anschlag gehen sie auf dem Aufzug in Stellung. Während sie ihn einschalten und er langsam mit zunehmender Geschwindigkeit nach unten fährt, bleiben sie vorerst von weiteren Gefechten verschont.

Ritter: „Ich habe ja schon Weltraumlifts gesehen. Aber das hier ist verrückt."

Conover: „Das setzt doch gleich ganz neue Maßstäbe."
Während dieser Fahrt atmen sie durch und laden ihre Waffen nach.
Ritter: „Zumindest sollten wir jetzt für den Moment etwas Ruhe haben."
Cormac: „Ich bin mir sicher, dass die sich da oben schon was einfallen lassen."
Für eine kurze Zeit scheint es ruhig zu bleiben. Ausschließlich die dröhnenden Geräusche des Lifts sind zu hören, während der warme Wind aus der Tiefe emporsteigt. Jedoch reicht ein Blick nach oben, um zu sehen, dass die Garde bereits Transportschiffe und Drohnen hinabschickt, um den Fahrstuhl einzuholen.
Conover: „Da kommt Besuch."
Cormac: „Dann zeigen wir uns mal gastfreundlich."
Ritter: „Wir haben auf diesem Aufzug keine Deckung."
Conover: „Dann lösen wir das Problem mit überlegener Feuerkraft."
Die ersten bewaffneten Drohnen starten einen Angriff auf den Lift. Nur durch gebündeltes Feuer ist es den Rittern möglich, diese zu besiegen. Gleiches gilt für die Transportschiffe, aus deren Seitentüren die Androiden herausschießen. Ab diesem Punkt greift Cormac auf seinen Bogen zurück.
Conover: „Jetzt ist nicht die Zeit für Zielübungen!"
Cormac: „Die Drohnen bekommen wir vielleicht runter. Bei Schiffen wie diesen müssen wir etwas radikaler vorgehen."
Er zieht einen Antimateriepfeil aus seinem Köcher, spannt diesen in seinen Bogen ein und visiert eines der Triebwerke an. Als sich die Finger von der Bogensehne lösen, erschüttert eine heftige Explosion die Mine. Die Druckwelle bringt selbst die Ritter für einen kurzen Moment aus dem Gleichgewicht. Das Triebwerk des Transportschiffes ist schwer beschädigt und steht ebenso wie das gesamte Heck in Flammen. Aus einem Sinkflug wird nun ein Absturz, der mit dem Aufprall an der Wand der Mine endet. Nichtsdestotrotz nähern sich immer mehr dieser Schiffe dem hinabfahrenden Lift. Cormac gibt alles, was er mit seinen wenigen Antimateriepfeilen kann. Eines der abgeschossenen Transportschiffe jedoch lenkt nach der Explosion überraschend gegen den Aufzug. Es kracht und wackelt, während sich die brennenden Teile überall verteilen. Selbst die Gerüste rings um den Lift stürzen in sich zusammen und hinterlassen einen, an der Wand hängenden, Trümmerhaufen. Die Ritter müssen sich mit Mühe festhalten, um nicht in die endlos scheinende Tiefe zu stürzen. Zu ihrem Glück steht der Lastenfahrstuhl noch einigermaßen horizontal.
Conover: „Schöne Scheiße! Was machen wir jetzt?"
Cormac denkt einen Augenblick nach und schaut den Trümmerhaufen

hinunter in die tiefe Mine. Dabei kommt ihm eine Idee.

Cormac: „Wir sind fast da. Ich kann von hier oben aus den Schildgenerator sehen."

Conover: „Willst du da jetzt runterklettern?"

Cormac: „Nein. Ich habe aber noch zwei Antimateriepfeile."

Etwas skeptisch tritt Conover an den Abgrund heran und schaut auf den Schildgenerator herab. Er ist mehrere hundert Meter unter ihnen an Stahlseilen und Haltevorrichtungen befestigt.

Conover: „Mit zwei Pfeilen willst du dieses Ding aus dieser Entfernung treffen?"

Cormac: „Ich kann es nur versuchen. Wenn beide verfehlen sollten, dann können wir da immer noch runterklettern, wenn du magst."

Conover: „Dann triff bloß! Und erledige das schnell!"

Von oben nähern sich wieder mehrere Transportschiffe den Rittern. Noch während diese ausreichend weit weg sind, zieht Cormac seinen vorletzten Antimateriepfeil. Er spannt seinen Bogen, zielt einige Sekunden und schießt. Der Pfeil fliegt eine beinahe senkrechte Linie nach unten, geradewegs auf den Generator zu. Er verfehlt jedoch knapp.

Cormac: „Scheiße!"

Er zieht nun seinen letzten Pfeil und konzentriert sich umso mehr. In seinen Gedanken läuft die Zeit langsamer. Eine gefühlte Ewigkeit visiert er sein Ziel an, während die Schiffe von oben immer näherkommen. Endlich löst sich der Schuss, der Pfeil schnellt hinab. Eine heftige Explosion zeugt davon, dass der Generator getroffen wurde.

Cormac: „Hab ihn!"

Conover: „Gerade rechtzeitig!"

Das nächste Transportschiff nähert sich und bleibt schwebend neben dem Aufzug stehen. Unerwarteterweise springen neuartige Modelle von Kampfandroiden dort hinaus. Eine kleine Gruppe von ihnen landet direkt auf dem Trümmerhaufen und dem Aufzug. Ihr Körperbau scheint dynamischer, aber auch besser gepanzert zu sein. Am ungewöhnlichsten jedoch ist ihre Bewaffnung. Denn im Angesicht der Knights of Eden ziehen diese Androiden tatsächlich Schwerter hervor.

Ritter: „Seit wann benutzen Androiden Schwerter?"

Conover: „Vielleicht die Kinder von Chronos?"

Cormac: „Wenn die es wirklich auf die harte Tour haben wollen, dann werden wir sie nicht enttäuschen."

Mit schnellen und plötzlichen Bewegungen stürmen die Maschinen auf die Ritter zu. Ihre Schwerter schwingen sie gezielt, schnell und vor allem mit Kraft. Auch die Knights of Eden greifen auf ihre Schwerter zurück und geraten in einen überraschend ausgeglichenen Kampf. Die Androiden scheinen Techniken zu beherrschen, die eigentlich nur vom alten Hüter-Orden stammen können. Der Klang aufeinandertreffenden Stahls schallt durch die Mine. Funken werden geschlagen. Kratzer und Furchen bedecken zunehmend die Rüstungen. Die Bewegungen der Androiden sind derart agil, dass es den Rittern eine Menge Ausdauer abverlangt, sich ihnen zu stellen. Im Chaos des Kampfes gelingt es Conover den ersten dieser Androiden zu besiegen und in den Abgrund zu stoßen. Einige wenige folgen, doch der Kampf dauert weiter an.

Der übergreifende Einsatz von Schusswaffen während des Schwertkampfes führt zwar hin und wieder zu Erfolgen, doch in der Hektik gelingt es einem der Androiden durch einen schweren Hieb Aidans Maschinengewehr zu zerteilen. Somit bleibt ihm nur noch sein Langschwert und eine beinahe leergeschossene Pistole.

Ghost: (Per Funk) „Bodenteam, hier ist die Ghost. Schilde sind unten. Wir mischen jetzt auch mit. Seht zu, dass ihr da unten verschwindet!"

Cormac: „Wir geben uns Mühe, werden aber noch aufgehalten."

Im Orbit des Mondes erscheint die Ghost aus ihrer Unsichtbarkeit. Sie ist in unmittelbarer Nähe des Schlachtschiffes der Garde. Beide Schiffe zeigen sich unverzüglich die Breitseite und eröffnen das Feuer aufeinander. Der heftige Beschuss sowie das zeitgleiche Abfeuern von Torpedos während eines Ausweichmanövers werden den Gardisten schnell zum Verhängnis. Das Schlachtschiff erleidet dutzende schwere Treffer und beginnt hinab in die Atmosphäre zu stürzen. Der Beschuss der Ghost hört dann allerdings nicht auf, sondern richtet sich gezielt auf die Außenposten und Befestigungsanlagen rund um die Mine. Wortwörtlich treffen aus heiterem Himmel die Geschosse auf die Oberfläche und vernichten die Garde. Brände entstehen, während die Strukturen der Utopier in Explosionen gehüllt werden.

Am Horizont färbt sich der Himmel allmählich zunehmend orange. Die Sonne des Mondes geht langsam auf und taucht die schroffe Wüste in ein dunkles Licht. Davon sehen die Ritter allerdings nichts. Sie befinden sich immer noch in einer Tiefe von über 17 Kilometern und liefern sich einen Kampf gegen die Androiden. Auch wenn immer mehr Maschinen den Klingen der Knights of Eden zum Opfer fallen, werden die fünf von ihnen angesichts der feindlichen Überzahl umstellt. Sie werden regelrecht eingekreist von den Androiden, welche sich mit ihren Schwertern auf den umliegenden Trümmerhaufen verteilen.

Ein einziger zeitgleicher Angriff aller dieser Maschinen würde für Cormac und sein Team den sicheren Tod bedeuten. Doch plötzlich schlagen Raketen in den Trümmern ein und schnelle Salven von

Plasmageschossen regnen von oben auf die Feinde herab. Der Pilot des schwarzen Shuttles schnellt im Sturzflug in die Mine hinein, auf Höhe der 347. Ebene startet er ein Bremsmanöver und richtet sich wieder horizontal aus. Dessen automatische Bordgeschütze nehmen unverzüglich die letzten Androiden unter Beschuss. Obwohl die direkte Bedrohung beseitigt zu sein scheint, kündigt ein metallisches Knarren die nächsten Probleme an. Der Aufzug lockert sich und droht sich von den Trümmern zu lösen. Unvermeidlich würde er dann in die Tiefe stürzen.

Cormac: „Zum Shuttle! Los!"
Die fünf Ritter eilen über die Trümmer und versuchen in die offene Seitentür des Shuttles zu springen. Cormac ist der Letzte von ihnen. Ausgerechnet unter ihm lassen die Trümmer nach. Das Shuttle muss schlagartig nach unten steuern, damit er das Luftfahrzeug noch mit einer Hand greifen kann. Durch die heftigen Bewegungen verliert er nicht nur seinen Bogen, sondern auch den Halt am Shuttle. Als seine Hand sich löst, dauert es nur den Bruchteil einer Sekunde, bis Cormacs Arm von Aiden ergriffen wird. Es ist die Rettung in letzter Sekunde. Conover zieht ihn hinein und damit in Sicherheit.

Cormac: „Verdammt!"
Conover: „Das war ziemlich knapp."
Cormac: „Viel zu knapp. Danke. Ich schulde dir was."
Conover: „Rette mir beim nächsten Mal mein Leben und dann sind wir quitt."
Cormac: „Deal!"
Unter den Orbitalschlägen der Ghost stürzen bereits erste Trümmerteile die Mine hinab. Höchste Zeit, um zu verschwinden.

Pilot: „Festhalten dahinten!"
Das Shuttle richtet sich auf, zündet den Nachbrenner und schnellt in die Höhe. Dabei werden die Ritter im Inneren gegen die Rückwand und deren Sitze gedrückt. Den herabfallenden Trümmern ausweichend nimmt es mehrere Minuten in Anspruch, die Oberfläche zu erreichen. Im Schimmer der aufgehenden Sonne manövriert der Pilot seine Krieger durch die Geschosse der Ghost und bringt sie in eine sichere Entfernung. Als sich die Lage endlich beruhigt, beginnt das Shuttle nun die Mine in einem weiten Bogen zu umkreisen.

Ritter: „Kann mir einer sagen, was das für Dinger waren?"
Conover: „Die Androiden? Ich habe solche noch nie gesehen."
Cormac: „So wie die gekämpft haben, können die nur von Chronos ausgebildet worden sein. Der Großmeister erzählte schließlich, dass er von der Garde ursprünglich als Hüter-Killer entworfen wurde."
Ritter: „Also haben wir es mit Hüter-Killer-Androiden zu tun?"

Cormac: „Sieht ganz danach aus. Ich werde dem Großmeister davon berichten."

Conover: „Ich würde diese Dinger als ‚Stalker-Androiden' bezeichnen. So schnell, wie die sich bewegt haben. Ich befürchte sogar, dass sie im lautlosen Bewegen trainiert wurden."

Ritter: „Ich finde den Namen passend. Diesen Stalkern würde ich ungern in einem Dschungel begegnen."

Cormac: „Ich frage mich, was Chronos damit vorhat."

Conover: „Hoffentlich baut er keine Armee davon auf."

Ghost: (Per Funk) „Bodenteam, hier ist die Ghost. Seid ihr in Sicherheit?"

Cormac: „Bestätige. Ihr könnt loslegen."

Ghost: (Per Funk) „Verstanden. Genießt das Feuerwerk!"

Die Ghost richtet ihre schwersten Geschütze auf die Oberfläche des Mondes und eröffnet das Feuer. Die kraftvollen Plasmablitze rasen in die Mine hinein und hinterlassen beim Auftreffen starke Druckwellen. Alle Seitenwände der Mine brechen unter dem Beschuss zusammen. Eine Welle aus Explosionen, gefolgt von schnell aufsteigender Lava, befüllt die gesamte Anlage. Als das heiße Material explosionsartig an die Oberfläche gelangt, gleicht der Anblick einem Vulkanausbruch. Vor der aufgehenden Sonne am Horizont, ein malerisches Bild. Ohne Zweifel bedeutet das das Ende der Mine und somit verschwinden auch die letzten Überreste der Utopier auf diesem Himmelskörper.

Nicht allzu weit von diesem abgelegenen Sternensystem entfernt liegt der Sektor der Kardianer. Dort wütet bereits seit Jahrzehnten ein Krieg gegen das blutrünstige Volk der Vyrakay. Diese echsenartige Spezies dringt mittlerweile immer weiter in Richtung des menschlichen Sektors vor. Grund genug für das Privatmilitär der Schwarzen Legion, sich an den Schlachten zu beteiligen. Mit der zweiten und größeren Destiny als Flaggschiff fügen sie dem gemeinsamen Feind schweren Schaden zu. In diesem Augenblick befindet sich das größte Schlachtschiff der Menschheit in einem Gefecht gegen vyrakische Schiffe im Ring eines Kolonieplaneten der Kardianer. Zwischen den schwebenden Fels- und Eisbrocken verteilen sich allerlei Schiffe. Schlachtschiffe, Zerstörer und Kreuzer der Kardianer sowie der Schwarzen Legion liefern sich eine intensive Raumschlacht. Gedeckt von den unzähligen Felsen, fliegen mehrere Staffeln von Raumjägern durch den Ring. Darunter auch die drei besonderen Switchblades der Legion. Angeführt von General Kaelyn Harper persönlich, die nach dem Untergang der ersten Destiny in die Fußstapfen ihres Onkels trat.

Harper: „Feindliche Raumjäger im Anflug auf elf Uhr. Taktisches

Ausschwärmen bei Erstbeschuss. Achtet darauf, nicht in das Kreuzfeuer der Schiffe zu geraten und passt auf die Steine auf!"

Staffelführer: „Verstanden, General!"

Mason: „Das Steinschlagrisiko ist heute besonders hoch."

Graydon: „Das könnte ein paar Dellen im Lack geben."

Harper: „Ich schätze, für heute ist das unvermeidlich."

Die Geschosse der großen Schiffe rasen durch den Ring und treffen dabei unter anderem auch die Gesteinsbrocken. Diese zerspringen wiederum in tausende Bruchstücke.

Harper: „Da kommen sie. Scorpion-Staffel, bereitmachen, aus Formation auszutreten. Switchblades, ich mache uns Musik an."

Kaelyns Vorliebe zu Classic-Rock macht sich mal wieder bemerkbar, indem sie während eines Kampfeinsatzes über einen geschlossenen Funkkanal Musik abspielt. Eine Tradition, die mittlerweile zu einem festen Bestandteil des Teams geworden ist.

Mehrere Staffeln vyrakischer Raumjäger kommen auf die Switchblades zu. Sobald die erste Rakete abgefeuert ist, schwärmen sie aus. Die Jäger fliegen durcheinander und treffen dabei auf die Feinde. Während die Plasmabolzen der Gatling-Guns und Kanonen wild umherfliegen, vollziehen die Raumjäger riskante Ausweichmanöver um die schwebenden Gesteinsbrocken herum. Nicht selten kommt es dabei zu Kollisionen. Als Kampfpiloten der Eliteklasse verzeichnen die Switchblades die meisten Abschüsse. Für Kaelyn selbst stellen die kleinen Jäger der Vyrakay keine besondere Herausforderung dar. Erst in großer Anzahl werden diese tatsächlich zu einer unberechenbaren Gefahr.

Harper: „Es kommt mir vor, als wären die Piloten der Garde damals besser gewesen."

Graydon: „Die stecken schließlich immer noch irgendwo. Wenn du also eine Herausforderung suchst, dann sollten wir zurück nach Senua."

Harper: „Wird notiert."

Mason: „Würdet ihr bitte aufhören, über bessere Gegner zu sprechen und mir helfen?"

In diesem Augenblick wird Mason von vier feindlichen Jägern verfolgt. Sie fliegt wilde Manöver, um sie abzuschütteln, doch sie bleiben hartnäckig an ihr dran. Jade nutzt die Gelegenheit, um durch die Höhle eines rotierenden Felsbrockens zu fliegen. Wegen der Rotation prallen die Verfolger gegen die Felswand, jedoch kratzt auch sie beim Herausfliegen an dem Gestein. Eine der nach vorne gerichteten Tragflächen wird dabei beschädigt, was glücklicherweise in Raumkämpfen kaum Auswirkungen hat. Mason wendet ihre

Switchblade nun im vollen Flug und bekämpft einige Feinde hinter sich. Nachdem sie eine 360°-Drehung vollendet, beschleunigt sie wieder. Allerdings hat sie sich mit der Flucht durch den Felsbrocken in die Flanke der feindlichen Staffel manövriert. Somit fällt der Beschuss direkt wieder auf sie. Noch bevor die Raumjäger der Vyrakay ihr zu nahekommen, trifft ein Bündel Plasmabolzen und Raketen auf die Gegner. Im Handumdrehen werden diese vernichtet.

Graydon: „bitte schön, meine Liebe!"

Mason: „Danke, Schatz!"

Harper: „Muss das sein? Hebt euch die Romantik für später auf! Da kommt Arbeit für uns."

Ein feindlicher Zerstörer richtet sein Feuer auf die umherfliegenden Staffeln. Die Felsbrocken bieten dabei nur einen geringen Schutz. Mit mehreren Rollen weicht Kaelyn dem Beschuss frontal aus. Gleichzeitig feuert sie mehrere Raketen auf die Geschütze. Der Gegenangriff gelingt ihr und ihre Staffel wird vor weiterem Unheil bewahrt. Erst wenige Augenblicke später erscheint die Destiny und bekämpft sämtliche Schiffe in der Nähe mit ihrer mächtigen Breitseite. Der Ring spickt sich allmählich mit blauen Explosionen. Auch wenn der Kampf noch eine Weile anhält, entscheidet sich, mit der Ankunft der kardianischen Verstärkung, die Schlacht zugunsten der Verteidiger.

Nachdem der Kampf vorüber ist, sammeln sich sämtliche Schiffe bei der Destiny. In einem ihrer Hangars landen aufeinanderfolgend die drei Switchblades. Über die Startbahn rollen die Raumjäger dann in ihre Wartungsbuchten, wo sie leicht versetzt nebeneinander abgestellt werden. Graydon steigt als Erster aus und überprüft den Zustand seiner Switchblade. Es sind viele kleine Kratzer und Dellen zu erkennen, wie es beim Kampf im Ring eines Planeten zu erwarten war. Gleiches gilt auch für die anderen beiden. Jacob begibt sich zunächst zum Jäger seiner Freundin. Auch Jade steigt aus und begutachtet die entstandenen Schäden. Auffällig ist ein großer Riss inklusive Verformungen an der rechten Tragfläche.

Graydon: „Was hast du dir dabei gedacht? Durch einen Asteroiden zu fliegen?"

Mason: „Ich dachte mir: So könnte ich sie abschütteln. Hat doch geklappt."

Graydon: „Ja. Zum Glück. Deine Wartungscrew wird sich allerdings freuen, eine ganze Tragfläche austauschen zu müssen."

Mason: „Dafür ist sie da. Hattest du etwa Angst um mich?"

Graydon: „Vielleicht ein bisschen?"

Die beiden umarmen und küssen sich. Als Kaelyn aus ihrem Jäger aussteigt und ihren Helm absetzt, gerät das Pilotenpärchen direkt in ihr Sichtfeld. Sofort wendet sie ihren Blick von ihnen ab, richtet ihr blondes Haar und verlässt ohne Worte die Wartungsbucht. Ganz ohne den Zustand ihrer Switchblade zu überprüfen. Das bleibt auch bei Jade und Jacob nicht unbemerkt.

Graydon: „Weißt du, was mit Kaelyn los ist? Sie verhält sich merkwürdig."

Mason: „Sie redet nicht mehr viel, daher bin ich mir nicht ganz sicher. Ihr bekommt die Verpflichtung als General wohl nicht so gut. Außerdem kann es sein, dass sie immer noch frustriert über Ravens plötzliche Trennung ist."

Graydon: „So anhänglich ist sie doch nicht?"

Mason: „Normalerweise nicht. Keine Ahnung, ob sie da bei Raven anders denkt. Jedenfalls zieht sie sich ziemlich oft in ihr Quartier zurück und behauptet, sie würde Bürokratiearbeiten machen."

Graydon: „Dafür hat sie doch Angestellte?"

Mason: „Eben. Aber auch grundsätzlich scheint ihr die Decke auf den Kopf zu fallen. Selbst Stephen meidet den Kontakt zu ihr. Und das, obwohl er jahrelang auf sie stand und die beiden nach Asgard eine ziemlich besondere Freundschaft hatten."

Graydon: „Ich weiß von ihren intimen Treffen mit Stephen. Aber wann hast du sie das letzte Mal lächeln sehen? Ihr Gesichtsausdruck ist immer so bedrückt."

Mason: „Ich werde nachher mal versuchen, mit ihr zu reden."

Die beiden laufen an Kaelyns Switchblade vorbei. Bei einem flüchtigen Blick stellen sie jedoch gleich erschreckende Schäden fest. Einschusslöcher reihen sich aneinander, tiefe Furchen ziehen sich über die Tragflächen und schwere Verformungen bedecken einen Großteil der Oberfläche. Dazu kommen etliche Brandspuren und Risse im Cockpit. Einer dieser Risse ist sogar so breit, dass Kaelyn beinahe durchgängig im Vakuum des Alls gekämpft haben muss.

Graydon: „Du solltest definitiv mit ihr reden."

Einige Stunden vergehen und Kaelyn sitzt mittlerweile in ihrem Quartier. Auf dem Sofa sitzend, schaut sie sich einen Film an. Sie trinkt dabei eine Flasche Wein, als es unerwartet an der Tür klingelt. Seufzend pausiert sie den Film und öffnet mit einem kleinen Display die Tür vom Sofa aus. Eine alte und gute Freundin kommt hinein. Es ist May Lin, eine junge Frau, die als Söldnerin und Ansprechpartnerin der Waysider für die Destiny arbeitet.

Harper: „May? Mit dir habe ich heute nicht gerechnet. Alles in Ordnung bei den Waysidern?"

May: „Klar. Bisher gibt es keine Verluste bei uns. Die schlagen sich tapfer, auch gegen die Vyrakay."

Harper: „Was kann ich dann für dich tun?"

May: „Die Terrorzellen der Erdlinge nisten sich auf Senua ein. Sie übernehmen alte Garde-Stützpunkte und ziehen ihre Streitmacht wieder hoch. Das passiert leider schneller als erwartet. Im schlimmsten Fall übernehmen sie den Planeten. Dabei nehmen sie auch keinerlei Rücksicht auf die Kampfverbotszonen."

Harper: „Das hört sich gar nicht gut an. Wir haben Jahre lang für die Freiheit Senuas gekämpft und jetzt steht der Planet wieder kurz vor dem Fall."

May: „Das kommt davon, wenn man eine Regierung gründet, die ohne Militär auskommen sollte. Jetzt steht der Planet vor einer neuen Bedrohung und dafür müssen weitere Truppen abgezogen werden."

Harper: „Das bedeutet, du und die Waysider verlassen uns?"

May: „Ich befürchte schon. Zumindest eine Weile. Geht das in Ordnung?"

Harper: „Ja. Sicher. Ihr seid ja nur unsere Aushilfskraft. Ich habe schon überlegt, Verstärkung bei den Ranakkor anzufordern. Ihre Krieger sind würdige Gegner gegen diese blutrünstigen Echsen."

May: „Das klingt gar nicht schlecht. Dieses Volk sucht schließlich den Kampf. Nur mit der Kommunikation könnte es schwierig werden."

Harper: „Wieso? Wir haben ausreichend viele Übersetzerartefakte der Utopier. Auch wenn ich nicht begreifen kann, wie diese Dinger funktionieren."

May: „Ich habe gehört, die erzeugen ein Energiefeld, in dem man sich in einer Art Sphäre befindet, die es ermöglicht trotz verschiedener Sprachen sein Gegenüber telepathisch zu verstehen. Je mehr man sich damit auseinandersetzt, umso seltsamer wird das. Aber das meine ich gar nicht. Die Ranakkor haben ein ziemlich eigenes Hierarchiemodell. Selbst wenn sie auf deiner Seite kämpfen, machen sie viele Dinge so, wie sie es wollen."

Harper: „Wenn mein Onkel damit zurechtkam, dürfte ich das auch schaffen."

May: „Ich wünsche dir viel Erfolg dabei. Du schaffst das schon. Und wenn es Probleme gibt, dann komm nach Senua. Ich werde ein paar Erdlinge für dich übriglassen."

Harper: „Darauf komme ich gerne zurück. Ich werde die Ausgliederung aus den Einsätzen für euch fertigmachen. Dann könnt ihr gehen, wann ihr wollt."

May: „Danke. Ich werde dann auch wieder weitergehen. Ich habe heute noch einiges zu tun. Allein wegen des Einsatzes morgen."

Harper: „Kein Problem. Wir sehen uns dann."

Die beiden verabschieden sich. May geht durch die Tür, um das Quartier zu verlassen. Dabei kommt ihr Jade entgegen, welche wiederum die Chance nutzt, Kaelyn zu besuchen.

Harper: „Hey Jade, was gibt's?"

Mason: „Geht es dir gut?"

Harper: „So gut, wie es geht."

Mason: „Hört sich nicht gerade schön an."

Harper: „Ist irgendwas mit meiner Switchblade?"

Mason: „Mit deiner …? Nicht nur. Auch mit dir scheint etwas zu sein. Lass uns darüber reden."

Harper: „Ich habe keine Zeit zum Reden."

Mason: „Blödsinn! Du liegst hier rum. Als deine gute Freundin sage ich dir: Setz dich!"

Harper: (Seufzt) „Na gut. Worüber willst du reden?"

Mason: „Über dich. Du verhältst dich seltsam. Seit wann ist das so?"

Kaelyn schaut Jade in die Augen, wissend, dass dieses Gespräch eine Weile dauern wird. Im Laufe der nächsten Stunden reden die beiden über alles, was Kaelyn belasten könnte. Sowohl der Job als General, die erhöhte Risikobereitschaft als auch die Kurzbeziehung mit Raven. Leider bleibt Kaelyns Zustand dadurch unverändert. Die Probleme und Gefühle, die sie mit sich herumträgt, scheinen keine Lösungen zu kennen. Auch die unklaren Antworten und die teils abweisende Art tragen nicht gerade zu einem Fortschritt bei. Demnach verlässt Jade das Quartier wieder. Zumindest bestätigten sich durch dieses Gespräch einige Vermutungen, wobei auch hier nicht ganz klarwerden konnte, was tatsächlich in Kaelyn vorgeht.

Der Krieg gegen die Vyrakay wird allmählich intensiver. Ganz im Gegenteil zu der Lage im Eden-System. Nachdem die Diktatur von Kanzler Adams gestürzt wurde, sind die einzigen Bedrohungen, denen die Monde des Gasriesen Horus ausgesetzt sind, die regelmäßig auftretenden Terroranschläge der sogenannten Erdlinge. Die Bevölkerung des Sol-Systems und damit der ehemaligen Heimat der Menschen führte vor einigen Jahren einen großen Vergeltungsangriff auf Initium Novum durch. Angesichts des fortschrittlichen Militärs der VSE und den außerirdischen Alliierten wurden die Angreifer jedoch vernichtend geschlagen. Viele Unschuldige verloren ihr Leben und die Menschen des Sol-Systems sahen sich gezwungen sich im gesamten Sektor der Menschen zu verteilen. Sie tauchten unter und bekämpften ihre Feinde nur noch unregelmäßig. Überfälle und Terroranschläge häuften sich mit der Zeit. Unbemerkt durch all die Unruhen der letzten drei Jahre konnte sich die Sol-Flotte wieder organisieren. Ihr Ziel ist es immer noch, sich für den Untergang der Erde zu rächen.

In den Wolken des Wüstenmondes Hyena befindet sich ein brennender Gütertransporter im Sinkflug. Er wurde scheinbar in großer Höhe abgeschossen und stürzt nun langsam auf ein abgelegenes Dünenmeer. Er kracht in die Wüste und schleift mehrere hundert Meter über den Sand. Als er zum Stehen kommt, steigt eine lange und schwarze Rauchwolke in den Himmel. Die Besatzung beginnt bereits mit Löscharbeiten und der Versorgung von Verwundeten, als plötzlich das klopfende Geräusch von Hubschraubern zu hören ist. Da die Erdlinge die einzigen sind, die noch derart veraltete Fluggeräte verwenden, ist es eindeutig, dass sie auch die Angreifer sein müssen. Sechs Transport- und zwei Kampfhubschrauber nähern sich der Absturzstelle. Mit ihren Doppelrotoren fliegen sie einige Kreise um das abgestürzte Schiff. Dabei eröffnen sie das Feuer auf alles, was ihnen gefährlich werden könnte. Soldaten, Geschütze und Rettungsshuttles. Die Erdlinge kennen keine Gnade. Das wird umso deutlicher, als die Transporthubschrauber zur Landung ansetzen und die rustikal gepanzerten Kämpfer auf das Schiff zustürmen. Sie sprengen sich ihren Weg durch die Türen und erschießen jeden, der ihnen über den Weg läuft. Dabei ist die Gegenwehr besonders groß, da sie einen militärischen Transporter überfallen. Ihre Absicht ist es, so viele Waffen, samt Munition, zu erbeuten wie möglich. Dabei fallen auch einige Juggernauts in ihre Hände. Obwohl die Erdlinge vorwiegend veraltete Waffen mit Bleiprojektilen verwenden, bezwingen sie ihre Gegner durch ihr rücksichtsloses Vorgehen. Unter ihnen ist eine Frau. Sie trägt zwei Schwerter am Gürtel. Eines davon hat eine breite Klinge mit einem Sägerücken. Damit schlachtet sie sich regelrecht durch die Gänge. Begleitet wird sie von vier weiteren Erdlingen, die mit ihren Maschinenpistolen jene erledigen, welche die Schwerthiebe überleben.

Der Name der Frau ist Evelyn Wraith. Sie stürmt auf die Kommandobrücke und hinterlässt ein unschönes Blutbad. Sie kämpft, als wäre ihr alles egal. Doch auch sie hat eine Aufgabe.

Evelyn: „Flugplan und Ladeliste. Her damit!"

Pilot: „Dort drüben. Bitte, ich habe Familie. Verschonen Sie mich! Bitte!"

Evelyn: „Sowas machen wir nicht."

Sie zieht ihre Pistole und schießt dem Piloten kaltblütig in den Kopf. Gleich danach schnappt sie sich die Daten-Pads, auf denen sie auch den Flugplan sowie die Ladeliste findet. Anschließend macht sie sich auf den Weg in die Güterbereiche, in denen sowohl Container gestapelt als auch Fahrzeuge abgestellt sind. Dort durchwühlen die

Erdlinge jede Kiste, die sie öffnen können. Der Anführer der Truppe befindet sich ebenfalls dort und bespricht sich mit einigen seiner Gehilfen. Dabei kommt Evelyn auf ihn zu.

Evelyn: „Hey Boss, hier ist, wonach du gesucht hast."

Sie überreicht ihm die Pläne und Listen, welche sofort an einen der Gehilfen weitergegeben werden.

Anführer: „Das ging schnell. Sehr gut. Ich wusste, dass wir jemanden mit deinen Fähigkeiten brauchen würden."

Evelyn: „Man hat mir ja mehr oder weniger keine Wahl gelassen."

Anführer: „Stimmt. Dich beschäftigt ja etwas anderes. Was war das noch gleich? Kopfgeldjagd?"

Evelyn: „So ähnlich. Es ist eher etwas Persönliches."

Anführer: „Verstehe. Heute Abend werden wir wieder zurück sein. Dann kannst du gleich morgen früh weiterziehen."

Evelyn: „Danke."

In der anbrechenden Nacht versammeln sich die Erdlinge in einem ihrer Verstecke. Es liegt an einer Wasserquelle inmitten eines zerklüfteten Gebirges, welches vom Wüstensand umschlungen wird. Die einzige Vegetation hier draußen besteht aus Hyenas berüchtigten Wüstentannen sowie Kakteen und vertrockneten Sträuchern. Unweit des Landeplatzes der Hubschrauber befindet sich ein provisorisches Zeltlager. Es liegt direkt an einem kleinen Wüstensee, der in dieser Nacht von mehreren Lagerfeuern erleuchtet wird. An einem dieser Feuer sitzt Evelyn mit ihren eigenen Gefolgsleuten. Alles Kämpfer desselben Clans, dem sie auf der Erde angehörten.

Kämpfer: „Hey, Evelyn. Weißt du schon was Neues über deine Zielperson?"

Evelyn: „Soweit ich weiß, befindet Commander Raven sich wieder im Eden-System."

Kämpfer: „Warum jagst du eigentlich einem Mann hinterher, den du nicht finden kannst?"

Evelyn: „Ich werde ihn finden. Das muss ich. Er und seine Crew haben vor drei Jahren meine Familie auf der Erde getötet. Damals war ich nicht in der Lage, es mit ihnen aufzunehmen. Aber das hat sich jetzt geändert."

Kämpfer: „Du willst also Rache. Das verstehe ich. Hast du schon eine Idee, wie du das anstellen willst?"

Evelyn: „Ich denke, dass wenn wir ihn nicht finden, er uns finden wird. Ich habe in den letzten beiden Jahren viel über ihn erfahren. Genug, um ihm eine Falle stellen zu können. Klar ist jedoch, dass er unberechenbar und damit ziemlich gefährlich ist."

Am Himmel kommt hinter den Wolken der Gasriese Horus und damit auch sein äußerster Mond Initium Novum zum Vorschein. Evelyns Zielperson, Commander Raven, befindet sich zu diesem Zeitpunkt dort. Er verfeinert seine Schießkünste in der unterirdischen Schießanlage des Anwesens. Mit einer Schutzbrille und Gehörschutz trainiert er sowohl mit Sturmgewehren als auch mit Pistolen, Scharfschützengewehren und seinem Bogen. Dabei trifft er die beweglichen Zielscheiben mit überragender Präzision und Geschwindigkeit. Als er sein Training beendet, vollzieht er eine letzte Sicherungsüberprüfung der Waffen und legt seine Schutzausrüstung ab. In diesem Moment betritt Clyde Patton die Schießanlage. Scheinbar hat er seinen Commander einige Minuten bei seinen Übungen beobachtet.

Patton: „Sir? Haben Sie einen Moment?"

Raven: „Wenn du mich schon mit ‚Sir' ansprichst, kann es nur etwas Ernstes sein. Oder Dienstliches."

Patton: (Lächelt) „Entschuldigung. Manchmal dringt einfach nur der Soldat in mir durch."

Raven: „Kein Problem. Das passiert mal. Sogar mir. Was gibt's denn?"

Patton: „Ich trainiere jetzt schon eine Weile mit den Jungs vom Team und ich habe lange darüber nachgedacht. Jetzt, wo der Bürgerkrieg vorbei ist, habe ich vielleicht sogar die Zeit dazu. Es wäre eine Chance für mich, die nächste Stufe meiner militärischen Laufbahn zu erreichen. Ich möchte ein Eden-Commando werden und würde mich gerne dem Auswahlverfahren stellen."

Für einen kurzen Moment bleibt Raven still und wirkt nachdenklich.

Raven: „Nun … du weißt, dass EC's offiziell nur in Vierertrupps arbeiten?"

Patton: „Das weiß ich."

Raven: „Offiziell besteht ein Team aus vier Kommandosoldaten, inoffiziell ist mir das aber egal. Wir arbeiten sowieso sehr oft auf unsere eigene Weise und auch mal mit anderen Teams. Für mich ist das kein Hindernis. Oder möchtest du in ein eigenes Team?"

Patton: „Das habe ich mir überlegt. Ich bin dieser Crew gegenüber loyal und möchte bei Raptor arbeiten, sei es auch nur als Reserve."

Raven: „Das höre ich sehr gerne. Ansonsten bekommt Murphy die Führung, dann könntest du für mich einspringen. Das wird sich dann alles noch zeigen. Mentale Willensstärke ist entscheidend für das Auswahlverfahren. Ich selbst habe es nie durchlaufen, aber die Jungs haben bestimmt schon einiges erzählt."

Patton: „Das haben sie. Ich halte mich für fit genug. Körperlich wie geistig."

Raven: „Wenn das so ist, werde ich mal Kontakt zum EC-Oberkommando aufnehmen. Die stecken momentan auf Elysium. Ich werde mich schlaumachen und melde mich bei dir."

Patton: „Danke, Commander."

Raven und Patton verlassen gemeinsam die Schießanlage. Als sie aus dem Durchgang auf die Villa zukommen, hat Patton ein zufriedenes Lächeln im Gesicht. Auch wenn noch nichts wirklich sicher ist, freut er sich schon jetzt darauf, die Chance zu bekommen, in die angesehenste Eliteeinheit der Menschheit aufgenommen werden zu können.

Kapitel 2: Der Wille entscheidet

Einige Lichtjahre entfernt von der Grenze des von Menschen besiedelten Alls kreist ein noch unbekannter Planet seine Bahnen um einen orangen Zwergstern. Dunkle Wolken scheinen diese Welt zu umschlingen, wobei ein grünliches Glimmen hin und wieder hindurchscheint. Auf der Nachtseite des Planeten verteilen sich dutzende Gewitter, die aus dem All mit bloßem Auge erkennbar sind. Auf diesem recht ungemütlich aussehenden Himmelskörper befindet sich seit einigen Stunden die Black-Arrow. Sie ist auf einem schroffen Tafelberg aus dunkelgrauem Gestein gelandet. Unweit von ihr wandert der Erkundungstrupp durch die unwirklichen Täler. Die Landschaft ist geprägt von dunklen Steinformationen, die mit Pilzen in jeglichen Formen bewachsen sind. Wurzelartige Gebilde schlängeln sich dabei entlang sämtlicher Felswände, beinahe wie Bögen und Brücken, unter denen man laufen könnte. Einige der seltsamen Pilze in der Umgebung scheinen eine gläserne Membran zu besitzen und leuchten tatsächlich in einem schwachen grün. Ganz im Gegenteil zu den Flüssen dieses Planeten. Diese glühen regelrecht in einer giftig grünen Farbe und erleuchten damit die doch sehr dunkle Landschaft. Auch dort, wo der Erkundungstrupp sich an einem dieser Flüsse entlang bewegt. Aufgrund der eigentlich sehr toxischen und lebensfeindlichen Umgebung trägt jeder von ihnen einen Raumanzug.

Rees: „Ein Säureplanet. Hätte nie gedacht, dass es so etwas gibt."

Sev: „Bei allem, was wir schon gesehen haben, ist das hier nichts Besonderes mehr."

Murphy: „Dennoch ist es etwas Neues. Es gibt eben doch alles in diesem Universum."

Sev: „Fast."

Clarke: „Dieser Ort ist so faszinierend. Die Flüsse hier bestehen alle aus einer sauren Flüssigkeit, voll mit der Biolumineszenz von Bakterien."

Rees: „Die Flüsse leuchten also grün."

Clarke: „Offensichtlich."

Murphy: „Richtige Tiere scheint es hier jedenfalls nicht zu geben."

Clarke: „Nein. Vermutlich ist der Planet noch zu jung. Die Evolution hat wohl nur für bakterielles Leben gereicht. Die Flora hier scheint auch eher von Pilzen beherrscht zu sein, aber das gehört nicht wirklich zu meinem Fachbereich. Kyra hätte es hier bestimmt gefallen."

Wenige Meter neben ihnen steht Raven auf einem bröckeligen Stein. Als er Kyras Namen hört, wendet er seinen Kopf für einen Augenblick langsam Clarke zu. Sein Gesichtsausdruck verzieht sich schmerzlich und traurig für einen kurzen Moment. Dank seines Helmes bekommt dies aber niemand mit. Nur ein tiefes Ein- und Ausatmen lässt darauf schließen, dass er seine Botanikerin und ehemalige Partnerin selbst nach all den Jahren noch vermisst. Beziehungsweise sich immer noch schuldig fühlt, sie nach der Schlacht um Asgard alleingelassen zu haben. Nichtsdestotrotz sammelt er seine Gedanken und betrachtet weiterhin die fremdartige Umgebung. Die dichte Wolkendecke scheint allmählich aufzubrechen und die Abendsonne erhellt die grünliche Atmosphäre. Im Licht bekommt diese gefährliche Welt doch noch einen Hauch von Schönheit.

Rees: „So schweigsam heute. Was ist los, Boss?"

Raven: „Was soll schon los sein? Ich denke nur nach. Viel."

Plötzlich meldet sich Hunter über den Funk.

Hunter: (Per Funk) „Commander, die Drohnen sind zurück und die Gesteinsproben wurden isoliert im Labor untergebracht."

Raven: „Das hört sich gut an."

Hunter: (Per Funk) „Wie lange plant ihr noch da draußen zu sein?"

Raven: „Nicht mehr lange. Wir machen uns gleich auf den Rückweg und sind in etwa 30 Minuten wieder beim Schiff."

Hunter: (Per Funk) „Verstanden."

Raven: „Also dann. Wenn niemand von euch noch in der Säure plantschen will, dann machen wir uns jetzt auf den Weg."

Sein Blick fällt auf Rees, der gerade auf Steinen über den Säurefluss hüpft.

Rees: „Och, es hat gerade so viel Spaß gemacht."

Nach etwa einer halben Stunde erreicht der Erkundungstrupp die Black-Arrow. Noch im Hangar werden die Raumanzüge dekontaminiert und gereinigt, damit keine giftigen Substanzen in das Schiff gelangen. Nach dem Ablegen der Anzüge geht dann auch schon jeder seines Weges.

Clarke: „Ich kümmere mich dann gleich um die Gesteinsproben. Ihr wisst, wo mein Labor ist."

Rees: „Ich komme später dazu. Bis gleich."

Emily verschwindet mit ihren diversen Messinstrumenten im Fahrstuhl.

Sev: „Was hast du als Möchtegern-Sprengstoffexperte in einem Labor verloren?"

Rees: „Mentale Unterstützung als Motivator?"

Sev: „Du lenkst sie also von der Arbeit ab."

Rees: (Sarkastisch) „Ähm. Nein. Nicht immer."

Raven überkommt ein amüsiertes Lächeln, wobei er unscheinbar den

Kopf schüttelt. Daraufhin wirft er sich eine Tasche über die Schulter und begibt sich zum Fahrstuhl. Die Crew geht wieder ihrer gewöhnlichen Arbeit nach. Im Laufe des Tages führt Patton daher auch einige Wartungsarbeiten an den Waffen der Shuttles durch. Dabei taucht irgendwann Raven wieder im Hangar auf. In seiner Hand hält er einige Papiere.

Raven: „Patton?"

Patton: „Ich bin hier."

Raven: „Ich habe da was für dich."

Patton: „Was ist das?"

Raven drückt Patton die Papiere in die Hand. Seine Augen werden groß, schon, als er die Überschrift liest.

Raven: „Deine Anmeldung für das nächste EC-Auswahlverfahren. Nächste Woche geht es los. Dann fliegen wir beide nach Elysium und zeigen, was wir so können."

Patton: „Ich bin begeistert. Vielen Dank! Moment mal, sagtest du ‚Wir'?"

Raven: „Ja. Wir. Auch wenn ich bereits Teamleiter der Raptors bin, weiß jeder, dass ich kein Auswahlverfahren durchgemacht habe. Ich habe mich gleich mitangemeldet, so kann sich niemand mehr darüber beschweren, dass ich meinen Posten zu Unrecht hätte."

Patton: (Begeistert) „Das ist großartig. Und es ging auch noch so schnell."

Raven: „Manchmal hat es sogar Vorteile, ‚ich' zu sein. Wie dem auch sei, im Auswahlverfahren werden wir das gemeinsam als Teilnehmer durchstehen. Bereite dich schon mal vor, aber auch nicht zu viel. Es reicht einfach nur deine Sachen zu packen."

Patton: „Das werde ich. Nochmals danke."

Bereits eine Woche später landet die Black-Arrow in einer großen Kaserne auf Elysium. Dort wird sie auch während der nächsten Woche stehenbleiben. Der Anblick des schwarzen Schiffes ist ungewöhnlich für alle stationierten Soldaten, vor allem für eine verhältnismäßig so lange Zeit. Raven und Patton begeben sich schließlich gemeinsam zur Anmeldung für das Auswahlverfahren. Die Blicke des Personals sind dabei ebenso skeptisch wie bewundernd. Nachdem auch das Gepäck in den Unterkünften verstaut ist, geht es wenige Stunden später zu einer Einweisungsveranstaltung. Dort findet auch ein Antreten statt, bei dem alle 30 Teilnehmer anwesend sind. Sie stehen in Formation, als der leitende Ausbilder den Platz betritt und sich vor die Truppe stellt.

Leiter: „Herzlich willkommen, hier in der Kaserne des 26. Infanterieregimentes und Ausbildungszentrums für Spezialkräfte auf

Elysium. Im Moment dient dieser Ort dem EC-Oberkommando als Ausweichstelle, so lange, bis wir den Hauptsitz auf Initium Novum wieder betreiben können. Daher finden die Auswahlverfahren für die Eden-Commando-Anwärter immer noch hier statt. Wir haben Teilnehmer aus den verschiedensten Bereichen der VSE hier. Darunter sogar einige Prominente. Das wird allerdings keine Rolle mehr spielen, denn im Verfahren werden Sie alle im gleichen Boot sitzen. Sie werden in den nächsten sieben Tagen etwa 200 Kilometer zu Fuß zurücklegen und dabei viele Herausforderungen bewältigen müssen. Dies in sämtlichen Klimazonen und an verschiedenen Orten dieses Planeten. Sie werden vermutlich an Ihre Leistungsgrenze stoßen und sehen sich möglicherweise gezwungen, diese zu überschreiten. Sie werden permanent von unseren Ausbildern und Psychologen überwacht. Es wird nicht darauf ankommen, welche körperlichen Leistungen Sie erbringen können, vielmehr geht es um Ihre psychische Stärke. Der Wille wird entscheiden und genau hier werden Sie herausfinden, wie weit dieser Wille reicht. Achten Sie dennoch auf Ihre Gesundheit. Sie haben jederzeit die Möglichkeit, das Auswahlverfahren abzubrechen, sollte es zu Verletzungen oder Meinungsänderungen kommen. In gesonderten Fällen werden Sie von den Ausbildern aus dem laufenden Verfahren genommen, erhalten dann jedoch jedes Jahr die Chance es erneut zu versuchen. Morgen früh wird das Auswahlverfahren beginnen. Für einige werden dies ziemlich schwierige Tage werden. Aber Sie wissen alle, warum Sie hier sind. Halten Sie durch, beißen Sie sich durch und beweisen Sie, dass Sie das EC-Abzeichen wollen! Viel Erfolg!"

Nach dieser Ansprache und einigen bürokratischen Hürden geht es für die Soldaten auch schon los. Am nächsten Morgen um sechs Uhr versammeln sich die 30 Teilnehmer am Rand eines Waldes, unweit der Kaserne. Sie werden von einem der Ausbilder begrüßt, woraufhin die Anwesenheit aller Teilnehmer kontrolliert wird.

Ausbilder: „Gut. Fühlt sich jeder von Ihnen physisch und psychisch in der Lage, die Eignungsfeststellung durchzuführen?"

Er erhält keinerlei Antworten von der Truppe. Genau wie es zu erwarten war.

Ausbilder: „Dann beginnt hiermit die erste von drei Phasen. Zuerst stellen wir fest, ob Sie alle den Grundanforderungen eines Kommandosoldaten gewachsen sind. Darauf folgen die Team-Phase und die Einzel-Phase. Was genau das bedeutet, erfahren Sie, wenn es darauf ankommt. Haben Sie alle drei Phasen mit guter Bewertung abgeschlossen, steht Ihnen einer Ausbildung bei den Spezialkräften nichts mehr im Weg. Denken Sie daran: Schmerz ist okay, Hinfallen ist okay, Weinen ist okay, Wimmern ist okay, Rumkriechen ist okay. Aufgeben ist es nicht!"

Die erste Phase beginnt. Sie zeichnet sich insbesondere dadurch aus, dass die Grundfitness aller Soldaten stark gefordert wird. Nach einem relativ einfachen Marsch mit 20 Kilogramm Gepäck durch den Wald folgen Sporttests und kraftraubende Übungen. Raven und Patton schlagen sich hier besonders gut. Allein Patton profitiert von dem Training mit dem Raptor-Team. Der Sport mit voller Ausrüstung bringt bereits hier viele Teilnehmer an ihre Grenzen, somit überstehen zwei Kameraden den ersten Tag nicht und brechen ab. Die Belastung war scheinbar zu hoch und die Vorbereitung nicht ausreichend.

Die Ausdauer leidet am Anfang besonders. Allein, da die Soldaten die ersten 48 Stunden ohne Schlaf verbringen. Sie marschieren, absolvieren Tests, rennen mehrere Kilometer mit Gepäck und schleppen Gewichte mit sich herum. Patton scheint seine Grenze schon erreicht zu haben und nimmt sich ein wenig zurück. Auch Raven ist nicht mehr in Bestform, was man ihm angesichts der Müdigkeit und der hohen körperlichen Belastung nicht verübeln kann. Die Anzahl der Teilnehmer hat sich bereits auf 24 verkleinert, noch bevor sie zum ersten Mal eine richtige Pause machen können.

Insgesamt vier Stunden haben sie Zeit, sich auszuruhen und sich von der ersten Phase zu erholen. Obwohl es mitten am Tag ist, liegen die Soldaten, erschöpft und schlafend, versteckt im Wald. Die Explosion einer Übungsgranate weckt sie nach exakt vier Stunden. Viele Ausbilder wurden mittlerweile ausgewechselt und beginnen nun Phase zwei. Die sogenannte Team-Phase soll bewerten, wie gut die Soldaten zusammenarbeiten können, selbst wenn sie belastet sind und sich in Stresssituationen befinden. In kleinen Gruppen werden große Baumstämme getragen, dabei wechseln sich die Teilnehmer in regelmäßigen Abständen durch. Es kommt zu vielen kleinen Aufgaben, die nur als Gruppe bewältigt werden können, wie zum Beispiel das Überwinden hoher Mauern oder anderer Hindernisse. Unterbrochen wird die Team-Phase immer wieder von Einzelübungen, darunter fällt auch ein Schießtraining. Die Vorbelastung reicht bereits aus, um hier schon gravierende Defizite bei der Präzision und Konzentration festzustellen. Raven und Patton können hier allerdings viele Punkte erlangen, da sie beide schon längst ihre Erfahrungen im Kommandoschießen und in echten Gefechten haben.

Der vierte Tag beginnt mit einem Gepäcklauf. Innerhalb einer Stunde muss eine Strecke von sieben Kilometern durch den Wald zurückgelegt werden. Die Kameraden treiben sich gegenseitig an, motivieren sich oder nehmen sich gegenseitig die schweren

Rucksäcke ab, um sich zumindest kurzzeitig entlasten zu können. Ziel der ganzen Aktion ist es nicht, möglichst schnell die Ziellinie zu erreichen, sondern diese als Team zu erreichen. Wer alleine nach vorn sprintet, um überragende körperliche Leistung zu zeigen, bekommt in diesem Fall tatsächlich eine negative Bewertung. Obwohl Patton und Raven zu den besten Teilnehmern gehören, laufen die beiden im hinteren Drittel mit. Sie beide sind außer Puste, als sie endlich die Ziellinie erblicken. Ein kurzer Moment der Unachtsamkeit lässt Patton allerdings stolpern. Er stürzt mit vollem Gepäck auf den Waldweg und schafft es nicht auf Anhieb von allein aufzustehen. In diesem Augenblick kommt Raven von hinten und packt im Lauf eine Schlaufe von Pattons Rucksack. Er zieht ihn zu sich hinauf, sodass beide direkt wieder weiterlaufen können.

Raven: „Alles gut bei dir? Verletzt?"

Patton: (Erschöpft) „Alles gut. Ich habe nichts."

Letztendlich schaffen sie es gemeinsam über die Ziellinie laufen zu können. Danach erhalten die Anwärter eine wohlverdiente Pause. Sie sitzen gegen einen Baum gelehnt am Rande einer großen Freifläche. Dort trinken sie mehrere Wasserflaschen leer und bekommen sogar eine Kleinigkeit zu essen. Dabei führen die Ausbilder einige Gespräche mit den Soldaten. Begleitet werden sie dabei von einem Psychologen.

Raven: „Und? Hast du es dir so vorgestellt?"

Patton: „Es wird allen Erzählungen gerecht. Es selbst zu erleben, ist wiederum etwas anderes."

Raven: „Die Geschichten waren jedenfalls nicht übertrieben. So habe ich mich schon lange nicht mehr gefühlt."

Patton: „Ich habe mich noch nie so gefühlt. Aber das ist es wert."

Raven: „Lass dir die Motivation nicht nehmen, egal was noch kommt."

Ausbilder: „Alle mal herhören! Die zweite Phase neigt sich dem Ende zu und es sind nur noch 18 Teilnehmer im Rennen. Wenn Sie glauben, das Schlimmste sei überstanden, irren Sie sich. Die nächsten drei Tage werden Ihnen vermutlich am härtesten zusetzen. In diesem Moment ist ein Transportschiff im Anflug. Dieses wird Sie an die nächsten Stationen bringen. Stellen Sie sich schon mal auf warmes und kaltes Wetter ein. Und da ich sehe, wie Ihnen der Schlaf- und Nahrungsentzug zusetzt, möchte ich Sie daran erinnern: Ihr Geist kontrolliert den Körper und nicht der Körper den Geist."

Wenige Minuten nach dieser Ansprache landet ein elysianisches Transportschiff auf der Freifläche. Der anschließende Flug wird von allen Teilnehmern als lange Pause ausgenutzt, daher sind die

Ausbilder, die einzigen, die noch wach sind. Als das Schiff zur Landung ansetzt, sind schon einige Stunden vergangen. Die Teilnehmer müssen sich zusammenreißen und ihre schweren Rucksäcke erneut aufsetzen. Gleich nachdem sie das Transportschiff verlassen, erkennen sie, wo sie eigentlich sind. Inmitten Elysiums größter Wüste.

Ausbilder: „Der Witterung entsprechend sollten Sie gut überlegen, was sie sich anziehen. Sie befinden sich nun in der Jade-Wüste. Hier beginnt für Sie die dritte und letzte Phase des Auswahlverfahrens. Die sogenannte Einzel-Phase. Beziehungsweise die Einsame-Phase. Denn von nun an ist es Ihnen untersagt, mit Ihren Kameraden zu sprechen. Sollte dies dennoch geschehen, gibt es eine Verwarnung und die Gesamtbewertung sinkt. Gegenseitiges Unterstützen und Hilfestellungen sind strengstens verboten und führen zum sofortigen Ausschluss aus dem Verfahren. Sie sprechen nur mit Ihren Ausbildern, sollte dies erforderlich sein. Von nun an zählt die Einzelleistung und vor allem die eigene Willensstärke."

Die Teilnehmer, die sich zuvor als Team kennengelernt und unterstützt haben, werden von nun an bis zum Ende des Verfahrens auf sich gestellt sein. Der absolute Fokus auf sich selbst, ohne jegliche Motivation von außen, zwang in der Vergangenheit viele Anwärter zum Aufgeben. Wie es für den jetzigen Durchgang aussieht, wird sich schon sehr bald zeigen.

Ausbilder: „Ich nehme an, Sie sehen alle die Bergkette dort drüben sowie den breiten und spitzen Gipfel? Dies ist Ihr nächstes Marschziel. Teilen Sie sich Ihre Kräfte ein und halten Sie durch! Es liegen noch einige Herausforderungen vor Ihnen."

Die Soldaten passen ihre Kleidung dem Wüstenklima an, dazu haben sie insgesamt zehn Minuten Zeit. Danach geht es auch schon weiter. Ihr Weg führt durch eine felsige Wüste und hinein in ein von Schnee bedecktes Gebirge in der Ferne. Kilometer für Kilometer quälen sich die Anwärter voran. Sie marschieren alle in einer Reihe mit etwa zehn Metern Abstand zueinander. Die Sonne brennt auf sie herab, wobei der Schweiß unaufhörlich von der Stirn zu regnen scheint. Als die Wasserreserven knapp werden, brechen auch schon die ersten Teilnehmer zusammen. Ein begleitender Arzt beendet für sie damit auch das Auswahlverfahren und lässt sie von einem Shuttle abholen. Stellenweise müssen die Anwärter sogar zusätzliche Gewichte, wie Steine oder Sandsäcke tragen. Etwas, was sowohl Patton als auch Raven ziemlich zusetzt. Der Rücken schmerzt bereits, die Beine machen allmählich schlapp und die Füße haben Blasen bekommen. Eine unangenehme Situation für alle.

Bei Anbruch der Dämmerung beobachtet Raven, dass ein Psychologe auf Patton zukommt. Die beiden laufen eine Weile nebeneinanderher und beginnen ein Gespräch.

Psychologe: „Sie sehen übel aus. Denken Sie, das ist was für Sie?"

Patton: „Absolut."

Psychologe: „Es sieht aus, als ob Sie Schmerzen hätten. Wenn Sie möchten, können Sie noch heute Nacht in einem warmen und gemütlichen Bett schlafen."

Patton: „Nein. Ich bin lieber hier."

Psychologe: „Hier in der Wüste? Sind Sie sicher?"

Patton: „Ja."

Psychologe: „Es ist keine Schande, das Auswahlverfahren abzubrechen. Sie können es jederzeit wiederholen."

Patton: „Ich möchte im Moment nur laufen. Kein Interesse aufzugeben."

Psychologe: „Seien Sie ehrlich, das hier wollen Sie doch gar nicht. Sein Sie vernünftig!"

Patton: (Schnaufend) „Doch, das will ich."

Psychologe: „Wie lange wollen Sie hier noch laufen?"

Patton: „So lange wie möglich."

Psychologe: „Überhaupt schon mal ans Aufgeben gedacht?"

Patton: „Niemals!"

Der Psychologe bleibt stehen und lässt Patton weiterlaufen. Dabei macht er sich Notizen auf einem Daten-Pad. Sein Gesichtsausdruck scheint dabei zufriedenstellend zu sein. Wenige Minuten später läuft derselbe Psychologe neben Raven her. Auch ihm steht die Erschöpfung ins Gesicht geschrieben. Die beiden laufen allerdings nur nebeneinanderher. Ohne miteinander zu sprechen, werfen sie sich ausschließlich über längere Zeit einige Blicke zu. Raven lässt sich nicht viel anmerken und schleppt weiterhin seine Gewichte. Dann lässt auch der Psychologe wieder von ihm ab und geht zurück zu den Ausbildern. Raven kann sich daraufhin nicht verkneifen, zu schmunzeln. Scheinbar hat sich der Psychologe ganz bewusst dagegen entschieden, mit ihm zu reden.

Die Anwärter marschieren die gesamte Nacht durch. Um wieder zu Kräften zu kommen, bleibt nur eine zweistündige Pause, welche zum Morgengrauen stattfindet. Danach gibt es ein kurzes Frühstück, wobei die Wasserreserven wieder aufgefüllt werden. Schon am frühen Morgen absolvieren die Teilnehmer hunderte Höhenmeter. Es geht von nun an hauptsächlich bergauf. Allmählich legt sich auch schon der Schnee über den trockenen Wüstenstaub nieder. Bereits nach wenigen Stunden befinden sich die Soldaten in einem zerklüfteten Gebirge.

Das Klettern und Abseilen sind hier essenziell, um das Ziel zu erreichen. Beim raschen Abseilen einer mittelhohen Klippe knickt Patton sich den Fuß um. Er unterdrückt den Schmerz und versucht, den Vorfall zu vertuschen. Dennoch erkennt man bei seiner Gangart ein leichtes Humpeln. Bei beinahe konstantem Schneefall geht es nun auf den höchsten Berg im Umkreis, wobei sich auch die dünner werdende Luft stark auf die Leistung ausübt.

Als Nächstes steht eine Gewässerüberquerung in einem kalten Bergsee an. Die Teilnehmer verpacken ihre Kleidung und Gepäck möglichst wasserdicht und durchschwimmen einen etwa 100 Meter breiten Bergsee. Bei etwa 5 °C Wassertemperatur absolut kein Spaß. Gleich am anderen Ufer ziehen sich die Soldaten wieder an und setzen ihren Marsch schweigend fort. Es geht langsam voran, doch am Ende erreichen nur 13 Anwärter den Gipfel. Dort wartet nicht nur das Transportschiff auf sie, sondern auch ein unfassbar beeindruckender Ausblick auf die Berge mit der angrenzenden Wüste. Für einen Moment scheint all die Anstrengung des Aufstieges vergessen. So lange, bis die Ausbilder die Soldaten in das Schiff rufen. Erneut wird der Flug dazu genutzt, einige Stunden Schlaf nachzuholen. Immer noch darf niemand miteinander sprechen, was vor allem nach den erbrachten Leistungen einen immensen psychologischen Druck ausübt. Nur die Ausbilder sowie die Psychologen stellen regelmäßig unangenehme und demotivierende Fragen.

Als das Transportschiff wieder gelandet ist und Raven seine Augen öffnet, befinden sich die Teilnehmer des Auswahlverfahrens in einem dicht bewachsenen Dschungel. Erneut wird marschiert, gerannt, gekrochen und geschleppt. Die glühende Hitze der Wüste, das eisige Gebirge und nun dieser feuchte Dschungel zwingen nun auch schon zwei weitere Soldaten in die Knie. Wegen Kreislaufproblemen wurden diese wieder nachhause geschickt.

Es ist jetzt der vorletzte Tag und es geht in eine Art Durchschlageübung mit Überlebenstraining. Irgendwo inmitten des fremden Dschungels stehen die Teilnehmer nun vor der Aufgabe sich jeweils einen eigenen Lagerplatz zu bauen sowie ein Feuer zu entzünden. Für Raven ist dies ein Kinderspiel. Er wendet das Wissen an, welches er in den Jahren auf dem Mond Utopia erlernt hat und hat seinen Unterschlupf als erster fertiggestellt. Auch das Feuer bekommt er in kürzester Zeit mit natürlichen Mitteln an. Somit hat er zusätzliche Zeit gewonnen, sich im Dschungel nach Nahrung umzusehen. Währenddessen hat auch Patton ein Lager samt Feuer geschaffen. Nur einer der Kameraden scheint dabei große Probleme zu haben.

Ausbilder: „Was ist los, Lieutenant? Noch nie draußen gewesen?"
Lieutenant: „Doch, Sir. Normalerweise geht das besser."
Ausbilder: „Heute nicht gut genug. Wissen Sie, was Sie da tun?"
Lieutenant: „Normalerweise würde ich die Plasmapatronen aus der Waffe benutzen, um ein Feuer zu entfachen."
Ausbilder: „Ach, Sie schießen ihre Lagerfeuer also immer an und teilen dem Feind mit, wo Sie sind. Sie haben 30 Minuten, um Feuer zu machen! Danach sind Sie tot!"
Der junge Offizier quält sich sehr mit dem Holz. Der Drang ihm zu helfen ist groß, jedoch weiß jeder, dass dies strengstens verboten ist. Nach etwa 27 Minuten gelingt es ihm dann jedoch zumindest eine kleine Flamme am Leben zu halten. Zum etwa gleichen Zeitpunkt kommt Raven aus dem Dschungel zurück. Bei sich trägt er zwei selbst geflochtene Körbe, welche beinahe randvoll mit essbaren Pflanzen und Früchten sind. Als Raven an den provisorischen Lagerplätzen vorbeischreitet, lässt er unauffällig absichtlich einen der Körbe fallen. Dabei verteilen sich die Vorräte überall. Er hebt den beinahe leeren Korb wieder auf und begibt sich ohne schlechtes Gewissen zu seinem Unterschlupf. Einer der Ausbilder bemerkt diese ungewöhnliche Aktion. Wissend, dass Raven den Korb mit Absicht fallengelassen hat, um seinen Kameraden einige Vorräte auf dem Präsentierteller darzulegen, schüttelt der Ausbilder mit einem leichten Lächeln den Kopf und lässt ihn das durchgehen. Selbst nach all den Entbehrungen, die er die letzten Tage ertragen musste, verliert er nicht auch nur einen Funken seiner Selbstlosigkeit, etwas, was sowohl den Ausbildern als auch den Teilnehmern gefällt.
Die letzte Nacht des Auswahlverfahrens bricht an. Trotz des Überlebenstrainings ist diese Zeit die angenehmste für die Anwärter. Sie bekommen sogar mehr Schlaf als in all den Nächten davor. Nur zwischendurch warten einige schriftliche Tests auf sie. Mathematikaufgaben und Logikverständnis, um zu überprüfen, ob die Anwärter immer noch geistig fit sind.
Gleich am nächsten Morgen, während die ersten Soldaten schon am Frühstücken sind, geht ein Hagel aus Übungsgranaten im Dschungel nieder.
Ausbilder: (Ruft) „Der Feind hat Sie entdeckt! Packen Sie Ihre Sachen und zerstören den Lagerplatz!"
Es knallt und raucht überall im Dschungel. Nach dem Abriss der Nachtlager rennen die Anwärter gleich los. Es geht im Eiltempo auf einen Hindernislauf. Mauerreste, Baumstämme, Gräben, Pfützen, Schlammgruben und Seilstege erschweren den Weg. Überraschend werden sie dabei von anderen Soldaten im Nahkampf angegriffen.

Die Angriffe bestehen hauptsächlich aus simplen Schlägen, die relativ einfach zu verteidigen sind. Bei all dem Lärm und der Erschöpfung jedoch sieht das Ganze schon wieder anders aus. Raven und Patton schlagen sich hier allerdings besonders gut.

Als der Hindernislauf überwunden ist, geht das Marschieren wie gewohnt weiter. Gesprochen wird stundenlang kein einziges Wort. Es wird bloß stumpf geradeaus gelaufen. Keine Ziellinien sind zu sehen und ein Ende des Marsches ist nicht in Sicht. Nach dem Abseilen an einem Wasserfall geht es auf eine grüne Freifläche. Völlig überraschend landet dort das Transportschiff, bereit, die letzten zehn Anwärter ein letztes Mal aufzunehmen. Jeder nimmt seinen Platz ein, ohne zu wissen, was wohl als Nächstes kommt. Über die gesamte Zeit des Fluges herrscht Schweigen, so lange, bis das Schiff am Abend endlich gelandet ist.

Ausbilder: „Sie dürfen nun wieder miteinander sprechen. Die letzte Phase des Auswahlverfahrens haben Sie hiermit auch überstanden. Herzlichen Glückwunsch!"

Die Anwärter sehen sich alle gegenseitig an. Ohne Worte stehen sie auf und verlassen das Schiff. Es ist umringt mit Soldaten, Offizieren und den Angehörigen der Anwärter. Sie applaudieren den Teilnehmern des Lehrgangs, denen nur schwer in den Kopf gehen will, dass das Verfahren nun vorbei zu sein scheint.

Ausbilder: „Ziehen Sie sich eine frische Uniform an! In 30 Minuten findet ein letztes Antreten vor dem Kompaniegebäude statt. Kommen Sie bloß nicht zu spät!"

Erleichtert, zufrieden und stolz machen sich die Teilnehmer auf den Weg in das Gebäude. Sie beglückwünschen sich gegenseitig mit einem brüderlichen Handschlag inklusive eines Klopfens auf die Schulter.

Anwärter: „Verdammt, wir haben es tatsächlich geschafft."

Anwärter 2: „Respekt, Leute. Gute Leistung!"

Anwärter 3: „Das waren die schlimmsten sieben Tage meines Lebens."

Patton: „Dann kann es von nun an ja nur schlimmer werden."

Anwärter 3: „Oh. Ich freu' mich schon drauf."

Sie lachen, wobei der Anwärter Patton gegen die Schulter boxt.

Anwärter: „Also wirklich, dieses Gefühl, all das geschafft und durchgestanden zu haben, ist unbeschreiblich."

Anwärter 2: „Großartig."

Anwärter 3: „Wobei mir die Team-Phase am besten gefallen hat."

Anwärter: „Da stimme ich dir zu. Die letzte Phase war extrem anstrengend, als alle auf sich gestellt waren. Hätte nicht gedacht, dass das so hart wird."

Patton: „Nur so lernt man, wie wichtig das Team eigentlich ist."

Raven: „Viele Dinge im Leben lernt man erst zu schätzen, wenn man sie nicht mehr hat."

Anwärter 2: „Wie wahr. Allerdings schien einer von uns während der Einzelphase seiner Selbstlosigkeit treu zu bleiben. Oder, Commander? Die Nummer mit dem Korb war ein richtig schöner Tritt gegen das Schienbein für die Ausbilder. Danke nochmal dafür."

Raven: „Nicht dafür. Ich trete gerne Ausbildern gegen das Schienbein. Zumindest diesen."

Anwärter 2: „Ohne deine kleinen Vorräte hätte ich den letzten Tag vermutlich nicht durchgestanden. Sollten wir uns jemals in einer Bar begegnen, gebe ich dafür einen aus."

Raven: „Danke. Es war hart für alle. Gemeinsame Stärke hilft einen zu überleben. Diesen Kampf alleine zu führen, bedeutet, alle Lasten alleine zu tragen. Das zehrt an einem."

Anwärter: „Wobei ich die Psychologen am anstrengendsten fand. Die können vielleicht nervig sein."

Raven: „Das ist schließlich ihr Job."

Anwärter: „Stimmt. Ich bin froh, dass es vorüber ist."

Wenige Minuten später versammelt sich die Truppe für ein Antreten. Sie stehen wartend in einer Reihe, während brennende Feuerschalen den Platz und das Gebäude in ein flackerndes Licht tauchen. Die Ausbilder verteilen sich um die Formation, ebenso wie die Vertreter der Kompanien in der Kaserne. Sie tragen Fackeln, deren Flammen im warmen Wind hin und her schwanken. Dann verlässt der Leiter des Auswahlverfahrens endlich das Gebäude und tritt vor die Truppe. Bevor er zu reden beginnt, schaut er jeden Einzelnen mit einem zufriedenen Gesichtsausdruck an.

Leiter: „Willkommen zurück! Vor sieben Tagen standen noch 30 Anwärter vor mir. Nun sind es nur noch zehn. Diese Quote ist schon beinahe überdurchschnittlich im Vergleich zu früheren Auswahlverfahren. Oft stehen hier wesentlich weniger. Umso mehr bin ich stolz, eine neue Generation Kommandosoldaten vor mir zu haben. Genauso können Sie stolz auf sich und auf Ihre gezeigten Leistungen sein. Was Sie in den letzten Tagen durchgestanden haben, schaffen nur die wenigsten. Es erfordert gutes Vertrauen in das, wozu Ihr Körper in der Lage sein sollte. Doch Sie werden selbst gemerkt haben, dass der Körper bereits nach 40 % der erbrachten Leistung aufschreit und Ihnen vorlügt, er könne nicht mehr. Sie haben Ihre eigenen Körper besiegt. Ihr Wille hat entschieden. Und er hat sich dafür entschieden, ein Eden-Commando zu werden. Damit gehören Sie zu den Besten. Doch noch ist es ein weiter Weg. Sie werden schon in naher Zukunft zahlreiche Lehrgänge besuchen, um zu einem vollwertigen Kommandosoldaten ausgebildet zu werden. Dies gilt zumindest für die Kameraden, die nicht bereits in einem aktiven Team arbeiten. Demnach möchte ich den Commander Raven nochmals dazu beglückwünschen, diesen Schritt gegangen zu sein. Obwohl Sie bereits als Teamleiter eingesetzt sind, haben Sie durch den Abschluss dieses Verfahrens den vollendeten Status eines Eden-Commandos erreicht und den VSE bewiesen, dass Sie Ihre Aufträge gewissenhaft durchführen können. Niemand wird Ihnen diesbezüglich etwas vorhalten. Darauf können Sie stolz sein. Dem Rest wünsche ich gutes Gelingen sowie eine motivierende und lehrreiche Ausbildungszeit. Machen Sie das Beste daraus! Schließlich tragen Sie in Ihrer neuen Verwendung als Kommandosoldat eine große Verantwortung. Irgendwo dort draußen ist ein Feind. Ein echter Feind, der auf Sie wartet. Er trainiert und bereitet sich auf Sie vor. Genau deshalb müssen Sie sich auf diesen Feind vorbereiten. Sie müssen schlauer, stärker und besser sein als er. Denn wenn Sie sich in einem Kampf begegnen sollten, müssen Sie für dieses Treffen bereit sein. Es muss nicht einmal ein Mensch mit einer Waffe sein. Es muss nicht einmal etwas mit dem Krieg zu tun haben. Dort draußen warten Katastrophen auf Sie, die nur darauf aus sind, Sie zum Opfer zu machen. Seid darauf vorbereitet! Geben Sie alles und gewinnen Sie! Es liegt allein an Ihnen, ob Sie vorbereitet sind, Ihr Leben, Ihre Familie und Ihre Kameraden zu beschützen. Und zwar vor allem, was da draußen auf Sie zukommen mag. Bereiten Sie sich auf alles vor, selbst wenn die Gefahr fern erscheint! Lernen Sie so viel Sie können, um Ihre Probleme zu lösen und seien Sie fit genug ihnen standzuhalten. Und vergessen Sie nie: Der Wille entscheidet."

Gleich nach dieser Ansprache verteilt der Leiter die Urkunden und Abzeichen an die Teilnehmer. Jeder von ihnen wird separat gewürdigt und beglückwünscht. Dabei heftet der Leiter das goldene Abzeichen der Eden-Commandos über den Namen auf der Uniform. Es ist die Silhouette eines prachtvollen, digitalen Adlers. Darüber befinden sich zwei gekreuzte Kurzschwerter in einem Lorbeerkranz. Sobald das Abzeichen angebracht ist, wird dieses mit einem Boxschlag darauf besiegelt. Dies gilt für alle Soldaten. Da sowohl die eigenen Kameraden sowie die Ausbilder und der Leitende diesen Boxschlag zur Feier anwenden, wäre es nicht verwunderlich am nächsten Tag dort einen blauen Fleck vorzufinden. Es folgt nun eine Feier für die Soldaten und Angehörigen, wobei feinster Sekt eingeschenkt wird. Die Stimmung ist positiv, ebenso fühlen sich die Soldaten erleichtert. Die Bemühungen haben sich ausgezahlt. Da die Belastung der vergangenen Woche jedoch so groß war, schafft es keiner der Anwesenden bis tief in die Nacht durchzufeiern. So auch Raven und Patton, die gerade mit ihren Rucksäcken auf dem Weg zum Ausgang sind.

Raven: „Was macht dein Fuß?"

Patton: „Tut weh. Ist aber keine große Sache."

Raven: „Ich bin der Meinung, wir beide haben uns ein paar Tage Urlaub verdient. Ach was, gleich eine ganze Woche."

Patton: „Sehr gerne. Bin dabei."

Raven: „Ich habe übrigens nochmal mit dem Leiter gesprochen. Du wirst keine Lehrgänge besuchen müssen. Die Raptors werden dich ausbilden."

Patton: „Ausbildung durchs Team. Es könnte nicht besser sein."

Raven: „Freu dich nicht zu früh! Sev und Rees haben da ziemlich eigene Methoden."

Patton: „Mit den Jungs werde ich schon klarkommen. Ich freue mich schon ein Teil des Teams zu werden."

Gerade nachdem die beiden durch die Tür sind, kommt ein Commander auf sie zu.

Commander: „Herzlichen Glückwunsch zum bestandenen Auswahlverfahren, Kameraden."

Raven und Patton bedanken sich und reichen ihm die Hand.

Commander: „Ich sehe, Sie sind in Aufbruchsstimmung. Entschuldigen Sie die so späte Störung. Ich bin Commander Milo. Darf ich Ihnen eine Frage stellen?"

Raven: „Freut mich, Commander. Was kann ich für Sie tun?"

Milo: „Ich bin Kompanieführer der 8. Infanteriekompanie. Ich fahre morgen früh auf einen dreiwöchigen Lehrgang und bin auf der Suche nach einem Stellvertreter. Daher bin ich so spät noch in der Kaserne unterwegs."

Raven: „Gibt es hier in der Kaserne keine Möglichkeiten mehr?"

Milo: „Nein. Wir haben Personalmangel an Offizieren. Der Rest ist im Einsatz oder besucht Fortbildungen. Ich muss schon ziemlich verzweifelt sein, wenn ich dafür schon externe Soldaten fragen muss."

Raven: „Klingt ziemlich heikel."

Milo: „Ich frage nur ungern und ich weiß, dass Sie eigene Aufgaben zu bewältigen haben. Nach alldem, was ich über Sie gehört habe, möchte ich Sie dennoch fragen. Haben Sie die Zeit und Kapazität, mich in den nächsten drei Wochen als Kompanieführer zu vertreten?"

Raven: „Nun Commander, die Auftragslage auf der Black-Arrow ist momentan etwas dünn. Nach dem Bürgerkrieg in Eden gibt es noch nicht sehr viel zu tun. Daher denke ich, kann ich mir für die nächsten drei Wochen Zeit nehmen, um auf Ihre Leute aufzupassen."

Milo: „Ich wäre Ihnen wirklich unfassbar dankbar. Ich fliege morgen um 0900, wenn Sie vorher noch zu mir kommen, kann ich Ihnen dann die Kompanie übergeben."

Raven: „Alles klar, ich werde da sein. 8. Kompanie?"

Milo: „Richtig. Bis morgen, Commander."

Sie verabschieden sich voneinander, wonach Commander Milo wieder in sein Gebäude eilt. So wie es aussieht, wird die Black-Arrow für weitere drei Wochen in der Kaserne stehenbleiben müssen. Raven und Patton allerdings machen sich nun wieder auf den Weg zum Schiff.

Patton: „Du als Kompanieführer? Das würde ich gern sehen."

Raven: „Die nächsten drei Wochen hast du die Chance dazu."

Patton: „Meinst du, das ist etwas für dich?"

Raven: „Keine Ahnung. Ich hatte noch nie das Vergnügen. Aber ich habe einen Widerstand angeführt, befehlige ein Schiff und leite einen Geheimorden. So schlimm kann diese Kompanie nicht sein."

Patton: „Hoffentlich warst du nicht wieder zu selbstlos."

Raven: „Ich hoffe auch. Stärken können schließlich auch zur Schwäche werden, wenn sie zu stark ausgeprägt sind."

Am nächsten Morgen verlässt Raven sein Schiff und läuft einmal quer durch die Kaserne. Dabei wird er so häufig militärisch gegrüßt, wie schon seit Jahren nicht mehr. Selbst nach einer kurzen Einweisung in die Räumlichkeiten und Tätigkeiten der 8. Kompanie erfolgt eine für Raven unübliche Übergabe der Kompanie in Form eines Antretens. Nachdem Milo den Platz verlässt, steht nun Raven vor der Truppe aus 180 Soldaten. Diesmal als Chef.

Raven: (Zur Truppe) „Wie Commander Milo es bereits angesprochen hat, bin ich nun überraschenderweise Ihr stellvertretender Kompaniechef für die nächsten drei Wochen. Einige kennen mich vielleicht, das soll Sie allerdings nicht verunsichern. Ich schätze es, gemeinsam zu arbeiten und sich gegenseitig zu unterstützen. Wenn Sie es mir einfach machen, kann ich es auch Ihnen einfach machen. Ich freue mich jedenfalls auf die Mitarbeit und werde mir einmal ansehen, welchen Tätigkeiten Sie im Dienst und in der Ausbildung nachgehen. Vielleicht können wir voneinander lernen. Doch zunächst werde ich mich einarbeiten müssen. Bei Fragen jeglicher Art können Sie sich jederzeit an mich wenden. Wenn es sonst keine weiteren Punkte gibt, Zugführer übernehmen und mit dem Dienst fortfahren!"

Während die Zugführer ihre Aufgaben an die Soldaten verteilen, nimmt Raven Platz in seinem neuen Büro. Zuallererst steht ihm die Bürokratie im Weg. Anträge, Belehrungen und Einverständniserklärungen. Es dauert allein schon mehrere Stunden, bis Raven seine Zugänge für die IT-Systeme sowie passende Einweisungen dafür bekommt. Nun arbeitet er mit E-Mail-Programmen, verwaltet Tabellen, nimmt an langweiligen Besprechungen teil und verschafft sich einen Überblick über die nächsten drei Wochen. Auffällig hierbei ist, dass die Dienstpläne des gesamten Monats alle kopiert wurden. Lediglich das Datum wurde angepasst.

Hauptsächlich in seinem Büro eingesetzt, besteht Ravens Hauptaufgabe im Unterschreiben von Dokumenten und Absegnen von Aufträgen. Der normale Regeldienst ist etwas, was ihm seit dem Absturz auf Utopia völlig fremd ist. Das schließt mit ein, dass er zum Mittagessen in Begleitung seiner Zugführer in die Kantine der Kaserne geht. Hin und wieder läuft er hinüber zur Black-Arrow, um sich um eigene Anliegen zu kümmern, die nicht selten etwas mit den Knights of Eden zu tun haben. Dennoch verbringt er die meiste Zeit im Kompaniegebäude, wo auch er kaum Kontakt zu den Soldaten hat. Etwas, das ihm absolut missfällt. Irgendwann reicht es ihm und er lässt die Papiere auf dem Tisch liegen. Er erkundigt sich, wo sich welche Gruppen der Soldaten aufhalten und beschließt bei diesen vorbeizuschauen. Nahe dem Gebäude trifft er auf 15 Soldaten, die gerade an einer Waffenausbildung am Sturmgewehr teilnehmen. Er stellt sich dazu und beobachtet die Ausbildung für einige Minuten. Dabei fällt sein Fokus mehr auf die Ausbilder als auf die Soldaten selbst. Unter Aufsicht scheinen diese noch verbissener und überzogener auf Vorschriften achten zu wollen. Während einer kurzen Pause kommt einer der ausbildenden Sergeants auf Raven zu.

Sergeant: „Guten Tag, Sir. Sind Sie mit der Ausbildung zufrieden?"

Raven: (Zögerlich) „Welchen Sinn hat es, den Kameraden die Farbe, Materialbeschaffenheit und das Gewinde der Schrauben einzutrichtern? Wozu soll das gut sein?"

Sergeant: „So steht es in der Vorschrift. Die Ausbildungen werden schon seit Jahren so gehalten."

Raven: „Das mag vielleicht in der Gebrauchsanweisung eines CR55 stehen, aber ich bezweifle, dass diese überflüssigen Informationen in der Vorschrift zu finden sind. Sollten Sie diese Stelle in der Vorschrift finden, so zeigen Sie mir die bitte. Ansonsten bitte ich Sie darauf zu achten, was für die Ausbildungszwecke auch wirklich zweckmäßig ist. Die Soldaten sollen den Umgang mit der Waffe praktisch beherrschen können und nicht in der Theorie. Disziplin ist wichtig, aber wer zu diszipliniert in den Kampf zieht, stirbt deswegen. Das habe ich selbst beobachten müssen."

Sergeant: „Ähm. Jawohl, Commander. Ich werde die Ausbildung sinngemäß anpassen."

Raven: „Danke. Waren Sie eigentlich schon mal in einem echten Kampfeinsatz?"

Sergeant: „Nein, Sir. Die wenigsten in der Kompanie waren im Einsatz oder führten gar Gefechte."

Raven: „Verstehe."

Raven wendet sich während der Pause auch den auszubildenden Soldaten zu, wo er auch gleich deren Angespanntheit feststellt.

Raven: „Alles gut bei euch?"

Die Soldaten antworten alle mit: „Jawohl!". Es braucht einige Anläufe sowie lustige Sprüche, um das Eis zu brechen. Erst dann kommt es zu einem brauchbaren Gespräch.

Raven: „So wie sich das anhört, kratzt ihr ja nur an der Oberfläche der Waffenausbildung. Läuft das immer so?"

Soldat: „Das ist meine 14. Waffenausbildung dieses Jahr."

Raven: „Nur Zerlegen, Zusammensetzen und technische Daten? Sonst nichts?"

Soldat: „Leider nein. Wir gehen auch nur sehr selten zum Schießen."

Raven: „Alles klar. Das merke ich mir. Da wird sich etwas ändern."

Schon beinahe entsetzt über den Ausbildungszustand der Soldaten, kommt Raven zurück in die Kompanie. Scheinbar wird nur das Nötigste gelehrt und oft dienen die Ausbildungsabschnitte nur dazu niedrige Ränge zu schikanieren. Vor allem durch Sportübungen, die im Zusammenhang mit infanteristischen Tätigkeiten absolut keinen Sinn ergeben. Daher geht Raven zu einem der Planungsoffiziere und legt einige Papiere auf den Tisch. Der Mann selbst hat seine Snacktüte gerade noch so vor Raven verstecken können.

Raven: „Ich habe hier ein geplantes Einsatzszenario. Setzen Sie dieses bitte als Übung bis zum Ende der Woche um!"

Offizier: „Was genau ist das?"

Raven: „Ein Test, um herauszufinden, was diese Kompanie alles kann. Sollte keine große Sache sein."

Offizier: „Oh ... ähh ... ja. Jawohl, Commander. Ich kümmere mich darum."

Im Laufe der Woche führt Raven viele Gespräche, um ein klares Bild von der Kompanie zu bekommen. Er lässt die Büroarbeit sogar nachlässig liegen, um mit den Soldaten Sport zu machen. Somit verhindert er zum einen, dass die Kameraden unnötig schikaniert werden und zum anderen fördert er durch die richtigen Methoden deren Leistungsfähigkeit. Schnell ist er vor allem unter den Mannschaften sehr beliebt. Raven kümmert sich mit Sorgfalt um die Soldaten und bemüht sich, mit ihnen auf Augenhöhe zu sprechen.

Besonders bei den jungen Kameraden gilt es, diese motiviert zu halten. Durch erniedrigende und sinnfreie Aufgaben kann so etwas nicht gelingen. Eines Nachmittags sitzt dann auch einer der jüngeren Soldaten bei Raven im Büro. Sein Anliegen ist eine Versetzung in eine andere Kaserne.

Raven: „Warum wollen Sie sich versetzen lassen?"

Soldat: „Mein Wohnort liegt über 600 Kilometer von dieser Kaserne entfernt, auf Dauer wird mir diese Fahrerei einfach zu anstrengend, Sir. Des Weiteren habe ich alles, was mein Leben ausmacht, dort. Familie, Freunde, Beziehung, Hobbys. Ich habe Schwierigkeiten, hier in der Nähe der Kaserne Fuß zu fassen."

Raven: „Was machen Sie dann hier? Sie hatten wohl schlechtes Glück bei der Einplanung. 600 Kilometer ohne private Flugmöglichkeit ist anstrengend. Das kann ich gut nachvollziehen. Sie haben mit Commander Milo bereits darüber gesprochen?"

Soldat: „Ich habe es versucht. Dreimal. Er lässt nicht wirklich mit sich reden und er lässt sich schon gar nicht überzeugen. Meine Anträge wurden deswegen auch immer abgelehnt. Selbst wenn ich versuche deutlich zu machen, dass ich in keiner Kampfeinheit arbeiten möchte."

Raven: „In meinen Augen ist Ihre Wegstrecke zwischen Wohnort und Arbeitsplatz nicht zumutbar. Aus den Ihnen genannten persönlichen Gründen schließe ich eine nachhaltige psychische Belastung nicht aus. Um eine Demotivation innerhalb der Truppe sowie damit einhergehende und mögliche Personenschäden zu vermeiden, befürworte ich Ihren Antrag. Genau so werde ich das in Ihren Antrag schreiben. Es macht keinen Sinn, wenn Sie sich psychisch kaputt machen, hier unzufrieden sind oder auf dem Weg zur Kaserne in einem Unfall verunglücken. Ich sehe zu, dass Sie noch während der nächsten beiden Wochen heimatnahe versetzt werden. Sie haben mein Wort."

Soldat: (Erfreut) „Vielen, vielen Dank, Commander."

Im Laufe der ersten Woche macht sich Raven in der Kompanie immer beliebter. Die Kameraden können mit ihm viel offener sprechen als mit ihrem eigenen Kompanieführer. Das nimmt sich auch ein Sergeant zu Herzen, der um ein offenes Gespräch mit Commander Raven bittet. Binnen kürzester Zeit sitzt dieser bereits in seinem Büro.

Raven: „Sie wollten mich sprechen?"

Sergeant: „Ja, Commander. Ich möchte offen und ehrlich mit Ihnen sprechen, weil ich das Gefühl habe, dass ich bei Ihnen nicht gegen eine Wand rede."

Raven: „Sie können mit mir über alles sprechen. Worum geht es?"

Sergeant: „Commander Milo hält nicht viel von Ihnen. Vermutlich sind Sie deshalb hier."

Raven: „Inwiefern?"

Sergeant: „Er mag Sie als Mensch nicht, weil Sie es angeblich nicht verdient hätten, vom Gefreiten zum Commander aufzusteigen sowie eine eigene Besatzung zu führen. Dazu natürlich, dass Sie das Raptor-Team führen, ohne vollwertiges EC zu sein."

Raven: „Interessant. Und dann wählt er ausgerechnet mich als seinen Stellvertreter?"

Sergeant: „Ja. Natürlich gibt es genügend Offiziere in dieser Kaserne, die seinen Job übernehmen könnten. Mir kommt es eher so vor, als würde er Ihnen mit Absicht eins auswischen wollen. Sie haben gemerkt, dass in dieser Kompanie einiges schiefläuft. Vor allem im Bereich der Führungsebene. Ich will Milo nicht als inkompetent bezeichnen, aber manchmal scheint er selbst nicht zu wissen, was er tut. Oder er hat einfach keine Lust."

Raven: „Nun, wenn er mir aus Eitelkeit auf den Fuß treten will, dann trete ich freundlich zurück. In dieser Kompanie muss sich einiges ändern. Ich hoffe dabei auf Ihre Unterstützung."

Sergeant: „Sagen Sie mir nur, was ich tun kann!"

Am nächsten Tag findet Ravens Test an der Kompanie statt. Er hat ein Einsatzszenario mit kriegsähnlichen Umständen geplant. Auf dem Übungsplatz helfen ihm Soldaten aus seiner eigenen Crew sowie ein kleiner Trupp bestehend aus Übungsandroiden, die für dieses Szenario die Feinde spielen sollen. Das Raptor-Team wird der Fairness halber nicht dabei eingesetzt. Ziel dieser Übung ist es, die feindliche Flagge auf einem Gebäude zu erobern und die eigene Kompanieflagge zu hissen. Grundsätzlich eine einfache Aufgabe für eine Kampf- und Infanteriekompanie. Der Test endet allerdings in einer absoluten Vollkatastrophe. Nur mit Mühe gelingt es Ravens Crew, die Soldaten davor zu bewahren, sich selbst und gegenseitig zu verletzen. Sowohl die eingeteilten Truppführer sowie deren Soldaten waren mit der Situation überfordert. Letztendlich wurden etwa 100 Soldaten des elysianischen Militärs von 40 simulierten Feindkräften vernichtend geschlagen. Aus einem Shuttle heraus beobachtet Raven dieses Versagen. Dabei richtet sich sein Blick auf den Planungsoffizier, der ihm gegenübersitzt.

Raven: „Wir führen diese Übung ab jetzt jeden Freitag durch!"

Über das kommende Wochenende sind die Soldaten zuhause. Zumindest jene, die keine weite Fahrt haben. Auch Raven braucht zwei Tage Erholung, um sich einerseits von dem Auswahlverfahren als auch von der Kompanie zu erholen. Am Montag geht es direkt zu einem der Schießplätze. Raven hat als Kompanieführer den Dienstplan so angepasst, dass ständig neue und praktische Übungen durchgeführt werden können. Auch wenn hierdurch endlich ein sinnvolles Schießtraining stattfinden kann, sind die Ergebnisse, die Raven erblickt, alles andere als hoffnungsspendend. Die Soldaten verfehlen die Zielscheiben um mehrere Meter und haben absolut kein Verständnis vom taktischen Bewegen in Gefechtssituationen. Allein bei den Beobachtungen am Schießstand stellt er fest, dass sowohl die Ausbilder als auch die Soldaten selbst eine miserable Handhabung mit den Waffen haben.

Raven: „Sagen Sie mal, an welchen Waffen wurden Sie eigentlich alles ausgebildet?"

Soldat: „Nur dem Standard CR55 und der Pistole."

Raven: „Echt jetzt? Das reicht nicht."

Er sieht, wie einer der Ausbilder mit dem Sturmgewehr auf eine Zielscheibe feuert und verfehlt. Daraufhin schaltet Raven seinen Unterarmcomputer ein und tätigt einen Anruf.

Raven: „Sev? Ich brauche deine Hilfe. Komm mit dem Team zum Schießplatz! Ich habe Arbeit für euch."

Nicht einmal eine Stunde später steht das Raptor-Team in voller Montur am Schießplatz. Dazu haben sie die beste Ausrüstung mitgenommen, die sie kriegen konnten. Mit Bewunderung schauen die jungen Soldaten zu ihnen auf, während Sev, Murphy und Rees sich mit Raven unterhalten.

Raven: „Ist das okay für euch?"

Sev: „Irgendwer muss diesen Nichtsnutzen ja das Schießen beibringen."

Rees: „Entschuldige seinen Ton. Seine Ausbildungsmethoden sind rau, aber zielführend."

Raven: „Deshalb möchte ich, dass ihr diese Leute ausbildet. Zeigt ihnen und vor allem den Ausbildern wie es richtig geht!"

Murphy: „Keine Sorge, wir machen noch richtige Soldaten aus denen."

Rees: „Ich habe lange keinen Lehrer mehr gespielt. Das wird ein Vergnügen."

Sev: „Also dann, worauf warten wir noch?"

Binnen der nächsten Wochen bekommt die Kompanie eine intensive Ausbildung an sämtlichen Waffen und wird in taktischen Verfahren geschult. Die Soldatinnen und Soldaten erlernen Dinge, von denen sie noch nie gehört haben. Tricks und Methoden, die dabei helfen sollen, auf einem Schlachtfeld zu überleben. Tag für Tag wird geübt und trainiert. Unter der Anleitung der vier Eden-Commandos sowie unter Ravens Crew macht die Kompanie Fortschritte, die selbst in den letzten Jahren der Ausbildung nie erreicht wurden. Doch nicht nur die Trainingsstandards heben sich, auch die Kameraden wachsen zusammen und bilden ein abgerundetes, durchsetzungsfähiges Team.

Während Raven auf Elysium mit der 8. Kompanie zu kämpfen hat, so kämpfen zur gleichen Zeit die Bewohner des Eisplaneten Hela vor der Stadt Fallandfort gegen die Schneepiraten. Diese greifen während der anbrechenden Abenddämmerung die Stadtmauern mit einer Armee aus Fahrzeugen an. Kampffahrzeuge, Geländewagen und sogar die großen modifizierten ATT-Transporter hinterlassen ihre Spuren im Schnee. Eine Besonderheit bei den ATT's der Schneepiraten ist eine spitz zulaufende Schneeschaufel an der Front der Transporter. Ebenfalls nicht zu übersehen sind die großen Katapulte, welche auf ihren Dächern montiert sind. Damit feuern die Piraten brennende Bomben gegen die Stadtmauer oder auch darüber hinaus. Die Bewohner Fallandforts sind allerdings alles andere als wehrlos. Jeder Bürger ist bewaffnet. Mit Hilfe der Geschütze auf der Mauer und einem Widerstand aus Kampffahrzeugen verteidigen sie erbittert ihre Stadt. Unter den Fahrern, die hinter den mit Maschinengewehren bestückten Motorhauben sitzen, befinden sich viele Gesetzlose und Deathracer. Darunter auch Dylan Sykes, begleitet von Miranda und Kyra. Jeder von ihnen fährt einen eigenen Wagen und kämpft damit gegen die Kampffahrzeuge der Schneepiraten. Explosionen erschüttern das Eis, der Schnee färbt sich schwarz und brennende Fahrzeugwracks verteilen sich über die Schneewüste. Dylan driftet durch den Schnee und landet dabei einen Abschuss nach dem anderen. Unweit von ihm versucht Kyra ebenfalls einige Schneepiraten abzuschießen, doch sobald sie das Feuer eröffnet, rauscht Dylan an ihr vorbei und erledigt ihre Ziele.

Hades: „Mann, der kann es echt nicht lassen."

Miranda: (Meldet sich über den Funk) „Nimm es ihm nicht übel. Er ist nun mal gut in dem, was er tut."

Hades: „Das ist nicht zu übersehen. Dann suche ich mir eben etwas Größeres."

Kyra steuert auf eines der großen ATT-Katapulte zu. Sie feuert Raketen und Granaten darauf ab. Allerdings ist die Panzerung dieser Fahrzeuge besonders massiv und die gleichzeitige Gegenwehr ziemlich herausfordernd. Infolgedessen kommt Miranda zu ihr gefahren, um sie zu unterstützen. Obwohl Kyra einige Treffer abbekommt, ist es ihr möglich, die Bombe im Katapult anzuvisieren und zu zerstören. Die entstehende Explosion reißt den gesamten hinteren Aufbau des ATT's ab und hüllt ihn in Flammen. Von da an dauert es nicht lange, bis er zum Stehen kommt und das Munitionslager explodiert. Das Ergebnis ihrer Arbeit lenkt Kyras Blicke und Aufmerksamkeit für einen Augenblick auf die Explosion. Beim Anblick der herabregnenden Funken verliert sie kurzzeitig die Schlacht aus den Augen.

Sykes: „Vorsicht!"

Ohne es zu merken, rast ein weiterer ATT mit seinen riesigen Schneeschaufeln auf Kyra zu. Plötzlich schnellt Dylan mit seinem Nachbrenner auf Kyra zu und rammt sie. Ihr Fahrzeug rutscht mehrere Meter durch den Schnee, heraus aus dem Fahrweg des Transporters. Jedoch wird Dylan nun voll von den Schneeschaufeln erwischt und dabei mehrere Meter durch die Luft geschleudert. Trotz der Erschütterung und obwohl er sich mehrmals überschlägt, gelingt es ihm mit Hilfe der zusätzlichen Schubdüsen an seinem Fahrzeug wieder auf allen vier Rädern zu landen. Dabei tut er es Kyra gleich und wirft eine Mine auf dem Katapult ab, gleich über dem Munitionslager. Auch dieser ATT endet in einem brennenden Inferno.

Hades: „Scheiße! Das fasse ich jetzt nicht. Danke, Dylan."

Sykes: „Lass dich nicht ablenken!"

Die beiden nehmen den Kampf wieder auf. Zusammen mit den Kämpfern der Stadt gelingt es ihnen, die Schneepiraten zum Rückzug zu drängen. Noch während des Sonnenuntergangs sitzt Dylan vor den offenen Stadttoren auf seiner warmen Motorhaube und schaut auf die unzähligen Fahrzeugwracks. Die schwarzen Rauchsäulen steigen in den orangen Himmel, während der Ring Helas hellgrau am Himmel leuchtet. Miranda und Kyra kommen nun auch vom Schlachtfeld gefahren und stellen ihre Wagen neben dem von Dylan ab. Anschließend steigen sie aus und gehen zu ihm.

Sykes: „Alles gut bei euch?"

Miranda: „Wir haben es heil überstanden. Was ist mit dir?"

Sykes: „Ich bin noch in einem Stück."

Miranda: „Der eine ATT hat dich ziemlich herumgeschleudert. Ganz sicher?"

Sykes: „Sicher."

Miranda: „Wie du meinst."

Einer der Bürger, gekleidet in einer mit Fell überzogenen Rüstung, kommt auf die drei zu.

Bürger: „Dylan Sykes?"

Sykes: „Ja?"

Bürger: „Gute Arbeit hier draußen. Kara Shane schickt mich. Sie möchte mit dir sprechen."

Sykes: „Wenn die große Anführerin von Fallandfort um meine

Anwesenheit bittet, werde ich sie sicher nicht warten lassen."
Dylan steigt wieder in seinen Wagen und fährt in die Stadt hinein.
Dabei verbleiben Kyra und Miranda noch vor den Toren. Mirandas
Blick schweift nochmals zur untergehenden Sonne über der Eiswüste,
wohingegen Kyra Dylan, bis zu seinem Verschwinden,
hinterherschaut.
Hades: „Unfassbar, dieser Ort. Stundenlanges Kämpfen und mir ist
immer noch kalt."
Miranda: „Zum Glück stürmt es gerade nicht. Ich habe keine Ahnung,
was Dylan an dieser Eishölle so toll findet. Extremwetter hat ihm
schon immer zugesagt. Mir jedenfalls nicht. Komm mit! Wir sollten
zurück ins Warme. Nachts wird es hier draußen unerträglich."
Hades: „Bin gleich hinter dir."
Während Kyra und Miranda ihre Fahrzeuge in die Fahrzeughallen
innerhalb der Stadtmauer bringen, läuft Dylan durch die verwinkelten
Gassen zum Hauptwahrzeichen der Stadt. Die stählerne und gläserne
Kuppel mit ihrem brennenden Leuchtturm dient nicht nur als
Wegfinder für jene, die in der Eiswüste verloren gehen, sondern auch
als Hauptsitz der Anführerin Fallandforts. Im Inneren der Kuppel ist
es angenehm warm. Wie in einem Gewächshaus wachsen überall
Bäume und Pflanzen. Außerdem stürzen künstliche Wasserfälle von
der Decke und in die aufgewärmten Wasserbecken. Irgendwo in einem
dieser Gärten trifft Dylan auf Kara Shane.
Shane: „Willkommen zurück! Ich bin beeindruckt. Du hast viel für
unsere Stadt getan. Dafür bin ich dir Dank schuldig."
Sykes: „Ich habe nur meinen Job gemacht."
Shane: „Würdest du nicht so viel herumreisen, würde ich dich zum
Ehrenbürger Fallandforts ernennen. Sei gewiss, dass du immer einen
Platz bei uns findest, solltest du jemals nach einem Zuhause suchen."
Sykes: „Danke. Ich komme darauf vielleicht eines Tages zurück. So
lange gehe ich dorthin, wo auch immer mein Weg mich hinführt."
Shane: „Du klingst wie ein richtig motivierter, aber auch einsamer
Wanderer."
Sykes: „Kann sein."
Shane: „Egal wo du bist, wenn du etwas von uns brauchst, kannst du
auf uns zählen. So wie wir schließlich auch auf dich. Diese Angriffe
werden immer häufiger. Clankriege sind in der Eiswüste nichts
Fremdes, aber die Schneepiraten werden langsam zu einer Plage."
Sykes: „Überall, wo es Menschen gibt, gibt es Probleme."
Shane: „Was hältst du von einem Gegenangriff auf ihre Festungen?
Nach und nach könnten wir dann bis zu ihrer Hauptstadt vordringen."
Sykes: „Um ehrlich zu sein, würde ich einen Gegenangriff erst in

Betracht ziehen, wenn die Piraten es in Fallandfort hineingeschafft haben. Außerdem würde es Sinn machen, sich mit anderen Städten zu verbünden, damit man sich im Falle eines echten Krieges gegenseitig helfen kann."

Shane: „Du meinst eine Allianz aus Plünderern, Verstoßenen und Gesetzlosen? Das klingt gefährlich."

Sykes: „Dieser eisige Planet ist gefährlich."

Shane: „Die Idee ist ganz gut. Ich bin mir nur nicht sicher, ob das funktioniert."

Sykes: „Jemand sagte mal zu mir: ‚Warum Feinde machen, wenn man Freunde haben kann?' Ich denke, jeder, der da draußen nicht auf uns schießt, kann unser Verbündeter sein. Sollten die Schneepiraten dann aus der Reihe tanzen, dann steht ihnen zumindest eine Übermacht entgegen."

Shane: „Das ist ein echt guter Punkt. Dann werde ich schon bald Kontakt zu den Anführern der anderen Städte aufnehmen. Zumindest kann man es versuchen."

Sykes: „Wer weiß, was am Ende dabei herumkommt? Vielleicht bekommt Hela dann eine ganz eigene Regierung."

Shane: (Amüsiert) „Davon sind wir noch einige Jahrhunderte entfernt."

Sykes: (Lächelt) „Scheint so."

Shane: „Wie dem auch sei, ich muss jetzt gleich wieder weiter. Ein bisschen Ruhe könnte dir bestimmt guttun. Genieß die Zeit hier, so lang, wie du noch da bist."

Sykes: „Das werde ich. Danke."

Dylan verabschiedet sich und verlässt die Kuppel. Zwischen den steinernen Gebäuden und im Licht diverser Feuerschalen begibt er sich zu seiner Unterkunft. Miranda, Kyra und er wurden von Kara in einem für seine Verhältnisse luxuriösem Gebäude untergebracht, welches in einen Felsen hineingebaut wurde. Nobelste Inneneinrichtung, Kamine und Feuerstellen in jedem Zimmer. Nicht zu vergessen einen Badebereich im Keller, der an heiße Thermalquellen angeschlossen ist. Wie in einem Whirlpool sitzt Dylan allein in einem dieser Becken und versucht sich von den Ereignissen des Tages zu erholen. Seine Augen sind geschlossen und er ist in Gedanken versunken. Einige Geräusche wecken dann jedoch seine Aufmerksamkeit. Es ist Kyra, die mit einem Bademantel in den Keller kommt und ihre Sachen vor der Tür ablegt. Sie betritt den Badebereich und tauscht einen schweigsamen Blick mit Dylan aus. Ohne etwas zu sagen, steht er auf und verlässt das Becken, um für sie Platz zu machen. Er greift sich ein Handtuch und geht auf den

Ausgang zu. Dabei stellt Kyra sich ihm jedoch in den Weg.

Hades: „Du gehst schon? Nicht etwa wegen mir, oder?"

Sykes: „Ich will dich nicht stören."

Hades: „Das tust du nicht. Bleib doch noch!"

Sykes: „Warum?"

Kyra schaut ihm tief in die Augen. Ungewöhnlich, wobei sie sonst jeglichen Blickkontakt zu ihm meidet.

Hades: „Ich möchte mich noch bei dir bedanken. Dafür, dass du mich heute gerettet hast."

Sykes: „Du hast dich in Gefahr gebracht, ich bin dir daraufhin ins Auto gefahren. Du brauchst dich nicht bedanken."

Hades: „Das möchte ich aber."

Sie berührt mit ihren Fingern Dylans nasse Brust und fährt damit über seine unzähligen Narben.

Hades: „Miranda hat mir erzählt, was dir alles so passiert ist. Das tut mir sehr leid für dich."

Sykes: „Dinge passieren."

Hades: „Ich wünschte nur, ich könnte irgendwas für dich tun."

Kyra kommt Dylan ein Stück näher und öffnet ihren Bademantel. Darunter ist sie völlig nackt. Gleichzeitig schaut sie ihm verführerisch in die Augen. Ihre Köpfe kommen einander näher und enden langsam in einem Kuss auf die Lippen. Dylan hebt dabei seine Hand und legt sie seitlich auf Kyras Oberarm. Plötzlich stößt er sie zur Seite von sich weg, ohne sie dabei anzusehen.

Sykes: „Das solltest du nicht tun."

Hades: (Verwirrt) „Ich verstehe nicht. Ich dachte, du … warum denn?"

Sykes: „Das ist nicht richtig. Da draußen ist jemand, der dich wirklich liebt. Ich bin es nicht."

Hades: „Du meinst Raven? Das mit ihm ist fast drei Jahre her."

Sykes: „Ich weiß. Und er scheint trotzdem noch Liebe für dich zu empfinden."

Hades: „Er hat mich im Stich gelassen. Was weißt du schon?"

Sykes: „Mehr als du denkst. Ich bin ein Fehler. Du solltest es gar nicht erst versuchen. Es ist besser so."

Hades: (Zögerlich) „Okay, wie du willst. Dann halt nicht."

Dylan geht einige Schritte zur Tür, bevor er seinen Kopf ein letztes Mal etwas nach hinten neigt, um nach Kyra zu sehen. Sie wendet ihm leicht beschämt den Rücken zu und lässt dabei schon beinahe provokant den Bademantel fallen. In diesem Augenblick richtet Dylan seine Augen wieder nach vorne, verlässt den Keller und zieht sich um. Er hatte eigentlich vor, die Nacht in der Unterkunft zu verbringen.

Stattdessen läuft er durch die verschneite Nacht zu Lynchs Bar. Er setzt sich dort an den Tresen und bestellt sich ein Getränk. Irgendwann kommt Lynch persönlich vorbei und sieht Dylan dort sitzen.

Lynch: „Sykes. Der Todesengel der Eiswüste. Was führt dich so spät noch her?"

Sykes: „Alkohol?"

Lynch: „Guter Grund. Aber besauf' dich nicht zu viel! Hemsey hat sich heute aus dem Nichts bei mir gemeldet und nach dir gefragt. Du solltest ihn gleich morgen kontaktieren."

Sykes: „Hemsey? Das werde ich. Danke für den Hinweis."

Im Laufe der nächsten Stunden starrt Dylan ausschließlich Löcher auf den Boden der Gläser. Er grübelt so lange vor sich hin, bis er erst tief in der Nacht, wenn alle schlafen, zurück zur Unterkunft taumelt.

Am nächsten Morgen, während Dylan seinen Kater ausschläft, sind es Miranda und Kyra, die sich zum Frühstücken in Lynchs Bar treffen. Kyra war zuerst da und zieht ein ziemlich betrübtes Gesicht.

Miranda: „Guten Morgen. Was ist denn mit dir los? Du siehst so niedergeschlagen aus."

Hades: „Ich habe gestern versucht, mit Dylan zu schlafen."

Miranda: (Überrascht) „Warte. Du hast was?"

Hades: „Er hat mit abgewiesen."

Miranda: (Entsetzt) „Er hat was?"

Die beiden setzen sich gegenüber und schauen sich fragend an.

Miranda: „Er hat dich abgewiesen? Unser Dylan? Der Frauenaufreißer, schlechthin? Er hat noch nie jemanden abgewiesen."

Hades: „Mich schon."

Miranda: „Und auch das. Wieso wolltest du mit ihm schlafen? So bist du doch gar nicht."

Hades: „Ich wollte einfach. Er nicht."

Miranda: „Das ist für euch beide ein ziemlich ungewöhnliches Verhalten."

Hades: „Er meinte, Raven würde mich noch lieben. Keine Ahnung, was ich davon halten soll."

Miranda: „Das klingt schwierig."

Kyra trinkt zügig ihren Kaffee leer und steht ohne Vorwarnung auf.

Miranda: „Wo gehst du hin?"

Hades: „In die Arena. Mich abreagieren."

Miranda: „Was ist mit dem Essen?"

Hades: „Ich habe keinen Hunger."

Ohne weitere Worte zu verlieren, verlässt Kyra die Bar. Wenige Minuten später betritt sie die Arena Fallandforts in ihrem grauen Kampfanzug. Ihre beiden dünnen Schwerter hängen an ihrem Gürtel und ein dunkelgrauer Schal maskiert das Gesicht. Die Arena der Stadt ist in einem früheren Vulkankrater erbaut, in dem nun ein brodelnder See liegt, umrundet von steilen Felswänden, in deren Lavahöhlen das Publikum Platz findet. Über dem kochenden und dampfenden Wasser verteilen sich mehrere stählerne Plattformen, verbunden mit löchrigen Brücken. Bis auf einige wenige Metallmauern besteht überall die Gefahr herunterzufallen. Generell erweckt die gesamte Konstruktion den Eindruck, als wäre sie aus Schrott zusammengeschweißt worden. Wie Kyra es angekündigt hat, baut sie ihren Frust beim Kämpfen ab. Sie steht mehreren Plünderern, gefangenen Schneepiraten und Gesetzlosen gegenüber. Wer von ihren Schwertern verschont bleibt, der wird dennoch ziemlich übel zugerichtet. Dabei ist es egal, ob sie sich in Zweikämpfen befindet oder gar allein gegen ganze Gruppen kämpft.

Währenddessen steht auch Dylan langsam auf und betritt sein altes Transportschiff. Er begibt sich in den Kommunikationsraum und versucht einen Videoanruf bei Hemsey zu starten. Schon nach kurzer Zeit wird er durchgestellt.

Hemsey: „Sykes. Ich grüße dich. Was hast du auf Hela verloren? Schneemänner bauen?"

Sykes: „Hallo. Ich beschäftige mich hier nur ein wenig."

Hemsey: „Verschone mich mit den blutigen Details!"

Sykes: „Keine Sorge. Lynch sagte, du wolltest mich sprechen?"

Hemsey: „Ja. Ich habe gute Neuigkeiten für dich."

Sykes: „Was immer das heißen soll, her damit!"

Hemsey: „Ich habe mich schlau gemacht und einer meiner Informanten berichtete mir, dass sechs bescheidene Kopfgeldjäger auf Normandy untergetaucht sind. Deine alte Crew. Ich kann dir sogar sagen, in welchem Gebiet sie sich aufhalten."

Sykes: „Wirklich? Das sind tatsächlich sehr gute Neuigkeiten."

Hemsey: „Verlier besser keine Zeit!"

Sykes: „Ich werde schon bald aufbrechen. Irgendwas von der Silence gehört?"

Hemsey: „Noch nicht. Tarnkappenschiffe zu finden, ist schwierig. Wir sind an der Sache dran. Bis du auf Normandy warst, werden wir sie bestimmt gefunden haben."

Sykes: „Ich danke dir. Viele sind skeptisch, was dich angeht. Aber du hältst dein Wort."

Hemsey: „Ich wäre dumm, wenn ich das nicht täte. Ich muss mich schließlich auch bei dir bedanken. Mein neues Schiff ist fantastisch. Aber egal, lass dich nicht länger von den kleinen tragischen Ereignissen im Leben aufhalten und hol dir das, was du willst!"

Sykes: „Das werde ich."

Als der Anruf beendet wird, hat Dylan ein leichtes Lächeln auf den Lippen. Während er in den nächsten Stunden sein Gepäck aus der Unterkunft holt, begegnet er Miranda auf der Straße.

Miranda: „Du willst schon los? Wohin?"

Sykes: „Pack deine Sachen und hol Kyra! Wir fliegen nach Normandy."

Miranda: „Ähm. Okay? Was wollen wir da?"

Sykes: „Die Crew wieder vereinen."

Miranda: „Was, echt?"

Sykes: „Ich habe mit Hemsey gesprochen. Er weiß, wo sie sind."

Miranda: (Erfreut) „Das ist fantastisch. Warte bloß auf mich!"

Sykes: „Ich habe nicht vor, ohne euch abzuhauen."

Miranda: „Gut so!"

Noch am selben Tag verabschiedet sich Dylan von seinen Freunden auf Hela und startet mit seinem Schiff. Sein Kurs führt auf direktem Weg ins All und nach Normandy.

Kapitel 3: Das Tor zur Hölle

Es war am Ende des Jahres 2336, als eine Allianz sämtlicher Flotten, gefolgt vom Eden-Militär, die Heimatwelt der Garde angegriffen hat. Die Schlacht um den Planeten Asgard war im vollen Gange. Wohingegen über dem Ring des Planeten eine erbitterte Raumschlacht stattfand, lieferten sich die Soldaten in den Straßen der Hauptstadt blutige Kämpfe. Während die Angreifer nach und nach Straße für Straße einnahmen, leistete eine Gruppe von Gardisten entlang einer Hafenpromenade am Flussufer erbitterten Widerstand. Mittlerweile gab es schon keine klaren Fronten mehr, weshalb der Beschuss nahezu aus jeder Richtung kam. Zeitgleich entstand eine Schlacht zwischen Seeschiffen auf dem Fluss. Feuer brannten überall und die unaufhörlichen Explosionen brachten viele Gebäude zum Einsturz. Unter den Gardisten, die mit letzten Mitteln versuchten, die Hauptstadt zu verteidigen, war Chester Cormac. Damals noch als Angehöriger der Garde nahm er an der letzten Schlacht des Krieges teil. Seine Gruppe bestand aus wildzusammengewürfelten Gardisten, die ihre Einheiten verloren hatten, sowie einigen Kampfandroiden.
Gardist: „Diese Seite der Stadt ist verloren. Wir sollten uns zurückziehen!"
Android: „Rückzug wird nicht toleriert. Der Befehl lautet, die Feindkräfte um jeden Preis aufzuhalten."
Cormac: „Wir werden keine Feindkräfte aufhalten können, wenn wir tot sind!"
Gardist: „Wir müssen über die Brücke, an das andere Ufer!"
Cormac: „Von dort aus können wir sie besser bekämpfen. Die Brücke ist unsere einzige Chance."
Die Gefechte spitzten sich zu, während die Gruppe unter gegenseitiger Deckung zur Brücke vorrückte. Für einen kurzen Moment schien es so, als wären sie dem Kugelhagel entkommen. Die Gardisten überprüften ihre immer knapper werdende Munition. Dabei schaute Cormac hinüber zum Palastbezirk des Imperators, welcher auf der anderen Uferseite lag. Als Cormac sich den Tragegurt seines Gewehres wieder um die Schulter warf, entdeckte er ein seltsames schwarzes Schiff, welches vom Palast aus startete. Es schnellte steil in den Himmel und hinterließ dabei ein bedrohliches Dröhnen. Er ahnte nicht, dass es sich hierbei um Ravens Revenant handelte.
Plötzlich schlugen schwere Geschosse neben der Gruppe ein und töteten dabei drei Gardisten. Ein Panzer rollte über die Hafenpromenade auf sie zu und eröffnete das Feuer. Im Schutz

verwinkelter Mauern und stählerner Gerüste eilten die Gardisten eine Treppe hinauf. Als sie dann oben auf der Brücke ankamen, blieben sie nicht unentdeckt. Zu ihrem Vorteil befanden sich dort drei Drohnenpanzer sowie einige Androiden, die ihre Stellung hielten. Unter dem Feuer des Feindpanzers sowie den anrückenden Feinden, versuchte Cormac mit den anderen Gardisten das andere Ende der Brücke zu erreichen. Sie rannten zwischen den umherstehenden Autowracks hindurch, wobei zwei Androiden von ihnen vernichtet wurden. Währenddessen begannen zwei Seeschiffe sich auf dem Fluss zu beschießen. Unglücklicherweise lag die Brücke direkt dazwischen, weswegen es unvermeidlich war sie zu treffen. Die schweren Railguns der Schiffe zerfetzten die Brücke Stück für Stück. Einer der Schüsse landete sogar direkt in der Mitte, was zur Folge hatte, dass dort das gesamte Bauwerk in sich zusammenstürzte. Cormac versuchte sich noch an einigen Stahlstreben festzuhalten, doch er und seine Gruppe stürzten unweigerlich mit dem Rest der Brücke in den umkämpften Fluss. Aufgrund der vielen Explosionen war der Wellengang stark und unregelmäßig. Dennoch waren die Gardisten nun gezwungen, an das andere Ufer zu schwimmen. Dabei mussten sie Trümmerteilen ausweichen, welche von der Strömung mitgerissen wurden. Darunter war teilweise auch scharfes Metall, an dem man sich einfach verletzen konnte.

Mit dem Ufer im Fokus bekämpften sich die Schiffe im Fluss weiterhin gegenseitig. Der Kampf ging unglücklich für das Schiff der Garde aus. Es brannte vom Bug bis zum Heck und explodierte schließlich unter dem Beschuss der Railguns. Die Druckwelle war so stark, dass Cormac und seine Gruppe mehrere Meter durch das Wasser geschleudert wurden. Einer von ihnen starb dabei sogar. Als Cormac sich wieder in dem heftigen Wellengang orientieren konnte, erblickte er das sinkende Schiff hinter ihm. Ihm blieb nichts anderes übrig, als zwischen den treibenden Trümmern zum Ufer zu schwimmen. Um dem Beschuss zu entgehen, stieg er in einer kleinen Schiffswerft aus dem Wasser. Von nun an waren sie nur noch zu zweit.

Gardist: „Was ist denn das für eine Scheiße? Wie konnte die planetare Verteidigung so schwer versagen?"

Cormac: „Die letzten Funksprüche, die ich hörte, sagten, ein unsichtbares Schiff hätte sämtliche PDC's und Kontrollzentren vernichtet."

Gardist: „Wie kommt die VSE an unsichtbare Schiffe?"

Cormac: „Ich habe keine Ahnung. Scheint nichts Menschengemachtes zu sein."

Gardist: „Das wird immer schlimmer. Scheiße! Wohin jetzt?"

Cormac: „Irgendwelche Einheiten suchen, denen wir uns anschließen können."

Gardist: „Macht das überhaupt noch Sinn? Asgard scheint verloren."

Cormac: „Ich sehe auch keinen Ausweg mehr. Aber wir haben schließlich keine Wahl. Wenn wir nicht von der VSE getötet werden, dann von unseren Vorgesetzten."

Gardist: „Ich wünschte, ich wäre der Garde nie beigetreten."

Cormac: „Sag das nicht zu laut. Du weißt, was sie mit Untreuen und Deserteuren machen."

Gardist: „Ich habe die Schnauze voll von diesen loyalen Fanatikern. Sieh dir die Stadt an! Unsere Heimat brennt und diese Idioten wollen nichts weiter, als für den Imperator zu sterben."

Cormac: „Das spielt jetzt keine Rolle. Lass uns gehen!"

Über einen Hinterausgang in der Werft gelangten die beiden in eine Gasse, welche sie wieder auf die Straße führte. Sie befanden sich nun in der Nähe des Palastes. Es dauerte also nicht lange, bis sie auf eine andere Einheit trafen. Diese Gardisten verschanzten sich hinter einer provisorisch errichteten Straßensperre. Es schien so, als würden sie nur auf die nächste Welle von Feinden warten.

Offizier: „Was machen Sie hier draußen?"

Cormac: „Dem Feind entkommen. Uns geht die Munition aus."

Offizier: „Verstehe. Wir haben eine Kiste dort drüben. Rüsten Sie sich damit aus!"

Cormac: „Danke, Sir. Mein Funkgerät wurde zerstört, haben Sie zufällig einen Lagebericht für uns?"

Offizier: „Die Lage ist in jeder Hinsicht heikel und nicht nachvollziehbar. Der Imperator ist tot."

Gardist: „Wie bitte?"

Offizier: „Irgendjemand ist in den Palast eingedrungen und hat ihn mit Pfeilen im Thron festgenagelt. Diese verdammten Mistkerle."

Cormac: „Mit Pfeilen? Wie konnte das passieren?"

Offizier: „Keine Ahnung, aber es ist passiert."

Gardist: „Wissen Sie, wie die VSE uns so überraschend und plötzlich angreifen konnte?"

Offizier: „Ich weiß es nicht. Ich kämpfe nur. Aber vermutlich liegt es an dieser außerirdischen Raumstation, die entdeckt wurde."

Cormac: „Was für eine Raumstation?"

Das Geräusch von Ketten und Motoren drang durch die Straßen. Erst wenige Sekunden später pfiff ein Panzergeschoss über die Straßensperre hinweg. Die Soldaten der VSE kamen mit einer weiteren Angriffswelle durch die Straße. Diesmal in Begleitung von Panzern. Ein weiteres Gefecht entbrannte, in dem beide Seiten sich gegenseitig schweren Schaden zufügten. Wohingegen Raketenwerfer die Panzer bekämpften, zerfetzten diese die Straßensperre. Die Gardisten verzweifelten. Wissend, dass der Imperator ermordet wurde, verloren sie jeglichen Kampfeswillen. Völlig überraschend erhob sich eine weiße Fahne hinter einem Trümmerhaufen, woraufhin der Beschuss auf beiden Seiten schlagartig aufhörte. Auf beiden Seiten herrschte Verwirrung, bis drei Gardisten mit erhobenen Händen auf die Straße traten. Viele andere waren in der Versuchung, ebenfalls die Waffen niederzulegen und sich zu ergeben. Doch in diesem Augenblick kamen Schüsse aus den eigenen Reihen. Der Offizier sowie einige seiner Gefolgsleute eröffneten das Feuer auf die eigenen Soldaten. Mit erhobenen Händen hatte man den Dreien auf der Straße in den Rücken geschossen.

Offizier: „Wer aufgibt, stirbt! Wer desertiert, stirbt! In unseren Reihen gibt es keine Verräter!"

All die Soldaten, die zuvor daran dachten, sich zu ergeben, sahen sich nun gezwungen den Kampf fortzuführen. Ein plötzliches Mörserfeuer zerstörte die Straßensperre und tötete dabei sämtliche Gardisten. Darunter auch den Offizier.

Cormac: „Wenn ihr überleben wollt, dann lauft!"

Flüchtend brachte sich Cormac zwischen den zerstörten Gebäuden in Sicherheit. Viele der Gardisten folgten ihm dabei. Sie verschanzten sich in einem zerbombten Hochhaus, was ihnen gerade noch so gelegen kam. Denn genau in diesem Moment setzten die Landungsschiffe des Eden-Militärs unzählige Soldaten und Fahrzeuge im Palastbezirk ab. Cormac und seinen Kameraden blieb es nur noch übrig, abzuwarten. In diesem Augenblick bekamen die Gardisten sogar einen überraschenden Funkspruch.

Funk: „An alle Einheiten, die Schwarze Legion wurde im Orbit vernichtet. Das Eden-Militär hat die Destiny zerstört. Angriffe dauern weiterhin an. Bleiben Sie standhaft und verteidigen Sie tapfer Ihre Heimat!"

Gardist: (Lacht) „Tapfer? Na klar. Welche Heimat?"

Gardist 2: „Unsere Heimat, du Idiot! Wirst du etwa zum Verräter?"

Gardist: „Nein. Ich habe nur keine Lust mehr auf all das hier."

Gardist 2: „Genau das lässt dich desertieren."

Cormac: „Haltet die Klappe, ihr beiden!"

Die beiden Sonnen Asgards waren längst untergegangen, als sich die Situation auf den brennenden Straßen beruhigte. Nur vereinzelt klang das Echo von Schüssen und Gefechten durch die Stadt.

Gardist: „Kaum zu glauben, dass die Legion jetzt Geschichte ist, hätte nie gedacht, das nochmal zu erleben."

Cormac: „Ich schätze, für alle gab es heute einen verhängnisvollen Schicksalsschlag."

Gardist 2: „Wir sollten weiterziehen. Irgendwo wird die Garde einen Sammelpunkt errichtet haben."

Gardist: „Was wollen wir bei denen? Die Garde wird geführt durch die Verbreitung von Angst. Ich würde mich lieber bemühen, diesen Planeten so schnell wie möglich zu verlassen."

Gardist 2: „Wir gehören der Garde immer noch an und kämpfen für sie. Wenn wir heute nicht siegen können, dann schlagen wir eines Tages zurück. Deswegen müssen wir einen Weg zu unseren Kameraden finden."

An einem der zersplitterten Fenster stand Cormac und schaute grübelnd nach draußen. Er zweifelte die Prinzipien der Garde nach und nach immer mehr an. Allein der Fanatismus gegenüber dem mittlerweile gefallenen Imperium kränkte ihn.

Cormac: „Wir können nicht hierbleiben. Wir sollten gehen."

Gardist: „Wohin?"

Cormac: „Wo auch immer wir auskommen."

Die verbleibenden Gardisten packten ihre Ausrüstung wieder zusammen und begaben sich zum Ausgang des Gebäudes. Sie wanderten ziellos durch die verwüsteten Straßen. Die Trümmerhaufen brannten, wobei sich ein seichter Nebelschleier über der menschenleeren Stadt niederlegte. Hin und wieder waren die Triebwerke von Schiffen oder einige Schüsse zu hören. Ansonsten schien die gesamte Hauptstadt in der Stille zu versinken. Im Licht der zahlreichen Brände entdeckten die Gardisten jedoch etwas Erschreckendes.

Cormac: „Was haben die nur getan?"

Entlang der Straßen fand die Gruppe mehrere Deserteure, die an den Wänden hingerichtet worden waren. Ebenfalls wurden viele Menschen an Laternen und Bäumen erhängt. Oft wurde ihnen dabei ein Schild um den Hals gehangen, auf dem stand: „Deserteur", oder „Ich habe mein Imperium verraten".

Gardist 2: „Die bekommen, was sie verdienen."

Egal wie weit sie gingen, fast jede Straße und jeder Platz wurde scheinbar zum Schauplatz einer Hinrichtung.

Cormac: „Hier hängen sogar Zivilisten."

Gardist 2: „Wer nicht treu gegenüber dem Imperium ist, der hat es verdient bestraft zu werden."

Gardist: „Aber so? Ich dachte, die Menschheit hätte dieses Kapitel mittlerweile überwunden."

Cormac: „Die Geschichte wiederholt sich."

Immer mehr Zweifel kamen auf. Sowohl bei Cormac als auch bei einigen seiner Kameraden. So langsam entwickelte sich ein Hass gegenüber der Garde, was man beim Anblick der vielen Leichen nicht verübeln konnte. Letztendlich erreichte die Gruppe einen Platz, auf dem noch einige Shuttles und Kleintransporter standen. Allerdings schien auf den ersten Blick niemand dort zu sein.

Gardist: „Das hier war wohl mal ein Sammelplatz."

Cormac entdeckte einen Gardisten, der mit erhobenen Händen an eine Hauswand gelehnt war, wobei ein Android vor ihm stand und seine Waffe auf ihn richtete. Bevor der Abzug betätigt werden konnte, feuerte Cormac eine lange Salve mit seinem Gewehr ab. Der Android zersprang in seine Einzelteile und fiel zu Boden.

Cormac: „Was ist hier los?"

Mann: „Danke, Sir! Die letzten Befehle der oberen Führung besagen, dass alle Deserteure eliminiert werden sollen."

Cormac: „Welche Führung? Der Imperator ist doch tot?"

Mann: „Ist er. Es sind die Generäle. Sie ziehen die Truppen ab. Aber hauptsächlich die Kampfandroiden. Sie verlassen bereits das System."

Gardist: „Wer hat den Abzug der Androiden befohlen?"

Mann: „Chronos. Wer sonst?"

Gardist: „Und was ist mit uns? Machen die Maschinen sich jetzt selbstständig?"

Mann: „Ich weiß es nicht. Es bricht gerade alles zusammen. Asgard ist gefallen."

Gardist 2: „Wie kannst du so etwas sagen?"

Mann: „Es ist so!"

Cormac: „Beruhig' dich!"

Gardist 2: „Du brauchst mir gar nichts mehr sagen! Wieso hast du den Androiden erschossen?"

Cormac: „Willst du die Garde wirklich noch unterstützen, nach allem, was wir gesehen haben?"

Gardist 2: „Ich habe den Glauben an mein Imperium nicht verloren. Ich kämpfe dafür, koste es, was es wolle."

Gardist: „Du bist doch krank!"

Cormac: „Reißt euch mal zusammen! Wir befinden uns alle in einer aussichtslosen Situation."

Gardist: „Also wenn ihr mich fragt, ich hau hier ab. Ich schnappe mir den nächsten Transporter und verschwinde aus diesem Drecksloch."

Gardist 2: „Verdammter Verräter!"

Gardist: (Wütend) „Ich habe genug von deinem Gerede!"

Nach dieser Aussage bekam der treue Gardist von seinem Kameraden einen heftigen Schlag ins Gesicht. Als dieser mit einer blutenden Nase auf den Boden stürzte, machte sich der andere auf den Weg zu einem Shuttle. Bevor er jedoch den ersten Fuß hineinsetzen konnte, knallte es mehrmals. Gleich danach brach der Gardist mit einigen Schusswunden im Oberkörper zusammen. Die Schüsse kamen von dem blutenden Kameraden am Boden.

Gardist 2: „Für das Imperium."

Bevor er sich umdrehen konnte, schossen mehrere Gardisten der Gruppe auf ihn. Er starb noch auf der Stelle.

Cormac: „Verdammt, ich habe genug. Ich habe es satt. All diese Verblendung und dieser Fanatismus. Es reicht mir mit der Garde. Scheiß auf den Imperator und scheiß aufs Imperium!"

Mann: „Ich bin ganz deiner Meinung. Lass uns hier verschwinden!"

Gardist 3: „Wo sollen wir denn hin? Wir haben immer noch diese verfluchten Strichcodes auf dem Nacken. Man wird uns erkennen und finden."

Mann: „Ich habe eine Idee, wie wir die Tattoos loswerden können. Wir sollten allerdings schnellstmöglich aus diesem System verschwinden."

Cormac: „Nehmen wir diesen Transporter dort drüben. Er ist groß genug für uns alle."

Im Schutz des Nebels startete das Transportschiff und flüchtete ins All. Cormac schaute dabei enttäuscht aus dem Fenster hinaus, auf seine alte Heimat. Als das Schiff den Ring Asgards überflog, sah er sogar das aufgeplatzte Wrack der Destiny, welches in einem riesigen Trümmerfeld umhertrieb. Plötzlich kam dann auch der Mann, den er gerettet hatte, zu ihm.

Mann: „Die Männer haben es soweit hinter sich. Du wärst als Nächstes dran. Der Plasmabrenner ist bereit. Sicher, dass du das möchtest?"

Cormac: „Jeder Schmerz ist mir lieber, als mit dieser Schande auf meinem Nacken herumzulaufen. Bringen wir es hinter uns."

Mit Hilfe eines Plasmabrenners ließ er sich den Strichcode auf seinem Nacken entfernen. Für die Garde war er nur eine Nummer. Entbehrlich wie alle anderen. Jeder Gardist bekam zu seiner Eingliederung ins Militär diesen Strichcode zur Erkennung tätowiert. Unter den Flammen des Plasmabrenners verbrannte somit auch der letzte Rest des Gardisten in ihm.

Wenige Wochen später befand Cormac sich auf Senua. Getrieben von dem Hass auf die fanatischen Gardisten, versuchte er die Verstecke der Garde ausfindig zu machen und jagte deren Befehlshaber. Jene, die auch auf Asgard für die Hinrichtungen verantwortlich waren. Cormac selbst sah längst aus wie ein Söldner, mit eigener Bewaffnung und sogar dem Kurzschwert eines Plünderers an seinem Gürtel. Er versuchte möglichst unbemerkt den Befehlshaber eines Munitionsdepots auszuschalten. Dies gelang ihm sogar, jedoch wurde die gesamte Basis daraufhin auf ihn aufmerksam. Er kämpfte sich von einer Höhle in die nächste, bis er im Licht der beiden Monde Senuas in einem bebauten Erdloch umstellt wurde. Die Situation schien aussichtslos, als plötzlich ein Hagel aus Plasmabolzen und Pfeilen über die Gardisten niederging. Verwundert schaute Cormac in jede Richtung und bemerkte, dass das Erdloch, in dem er sich befand, von mysteriösen Gestalten umrundet war. Sie trugen seltsame Kapuzenmäntel und darunter eine moderne, aber immer noch frühe Version einer Ritterrüstung. Unter all diesen seltsamen Rittern mit ihren ungewöhnlichen Schwertern befand sich einer, der unter seinem Umhang die Rüstung eines Eden-Commandos trug. Erst später fand Cormac heraus, dass es sich dabei um den Großmeister und damit um Connor Raven handelte. Doch da war er längst in den Orden der Knights of Eden aufgenommen worden.

Heute steht Cormac als einer der zuverlässigsten und talentiertesten Ritter auf dem Aussichtsturm einer Utopier-Ausgrabungsstätte. Eine, welche von den Knights of Eden unter seiner Führung erobert und gesichert wurde. Er bereut keine einzige der Entscheidungen, die er seit seiner Flucht von Asgard getroffen hat. Als Ritter und Beschützer der Unschuldigen macht er die Fehler seiner Vergangenheit wiedergut. Manchmal lohnt es sich, den Kurs seines Lebens um 180° zu wenden, um wirklich herauszufinden, welche Größe in einem steckt.

Während die Knights of Eden im All verteilt immer mehr Ausgrabungsstätten sichern oder zerstören können, so begutachtet dessen Großmeister auf Elysium eine Infanteriekompanie, dessen Kommando er vor drei Wochen übernommen hat. Commander Raven hat mit der Hilfe seiner Crew aus der vermeintlich schlechtesten Einheit der Kaserne, eine schlagkräftige Kampftruppe geformt. Und das in kürzester Zeit. Bei Gefechtsübungen und beim Schießtraining zeigen die Soldaten Bestleistungen. Es ist wieder Freitag und Raven verabschiedet die Kompanie in das Wochenende, dabei hält er eine kurze Ansprache.

Raven: „Ich bin beeindruckt und stolz. Das dürfen Sie auch alle sein. Was Sie in den letzten drei Wochen gelernt und geleistet haben, ist vorbildlich für das gesamte elysianische Militär. Ihr eigentlicher Kompanieführer mag nicht an Sie geglaubt haben. Aber ich tue das. Sie sind mehr als nur einsatzfähig, das haben Sie in der letzten Übung deutlich bewiesen. Sie sind der Beweis, dass Wille und Ehrgeiz sich auszahlen können. Nächste Woche wird Commander Milo die

Kompanie wieder übernehmen. Für die Übergabe habe ich mir etwas Besseres ausgedacht als ein langweiliges Antreten."

Nach Ravens Ansprache kommt einer der Sergeants auf ihn zu, welcher ihm unter anderem vieles über den Commander erzählt hat.

Sergeant: „Sir, sind Sie sicher, dass die Veränderungen bestehen bleiben? Unter Milo könnte all der Fortschritt vergebens gewesen sein. Er führt diese Kompanie dann schließlich wieder auf seine Art."

Raven: „Sie haben mir einige negative Eigenschaften von Commander Milo aufgezeigt, vor allem, was seine Führungsmethoden angeht. Ich habe dem Kommandeur der Kaserne einen formellen Bericht überreicht. Wenn alles funktioniert, dann wird Ihr Kompanieführer schon sehr bald durch geeigneteres Personal ausgetauscht."

Sergeant: „Sind Sie sicher, dass das funktionieren wird? Der Kommandeur hat für solche angeblichen Belanglosigkeiten doch gar keine Zeit."

Raven: „Sie wissen doch mittlerweile, wer ich bin. Vertrauen Sie mir, das funktioniert."

Der Sergeant verlässt das Gespräch mit einem vorfreudigen Lächeln auf den Lippen.

Am folgenden Montag erreicht Commander Milo wieder die Kaserne. Dort macht er allerdings eine ungewöhnliche Entdeckung. Sein Kompaniegebäude ist völlig leer und es scheint kein Antreten für ihn stattzufinden. Stattdessen wartet ein Shuttle auf ihn.

Milo: „Was geht hier vor?"

Soldat: „Sir, ich habe die Anweisung, Sie zum Übungsplatz zu bringen. Commander Raven plant eine Vorführung der Einsatzfähigkeit der Kompanie."

Milo: „Einsatzfähigkeit? Die Kompanie ist nicht einsatzfähig, das sagen sämtliche Bewertungen."

Soldat: „Commander Raven möchte Sie gerne vom Gegenteil überzeugen."

Skeptisch, aber auch gereizt stellt Milo sein Gepäck ab und betritt das Shuttle. Schon nach wenigen Minuten landet es auf einer Anhöhe mit Blick auf das Übungsgebäude, wo auf dem Dach des größten Gebäudes die feindliche Flagge weht. Milo steigt aus und geht hinüber zu Raven, um ihn zu begrüßen.

Milo: „Commander Raven, Sie überraschen mich."

Raven: „Dafür bin ich bekannt. Willkommen zurück. Ich würde Ihnen gerne etwas zeigen."

Milo: „Eine Gefechtsübung mit der gesamten Kompanie?"

Raven: „Korrekt. Ich war mit dem Ausbildungsstand nicht ganz einverstanden und habe mit eigenen Ressourcen nachgeholfen."

Milo: „Aha. Ziel der Übung? Anzahl der Feinde?"
Raven: „Das Hissen der Kompanieflagge und 80 Übungsandroiden auf der höchsten Trainingsstufe."
Milo: „Was? Das schaffen die nie."
Raven: „Warten Sie es ab! Die Kameraden sind mit Helmkameras ausgerüstet. Sie können die Übung hiermit verfolgen."
Raven überreicht ihm ein Daten-Pad mit mehreren Kameraperspektiven darauf. Somit erhält Milo einen Gesamtüberblick vom Einsatzszenario.
Raven: (Funkt) „Kompanie, Kampfbereitschaft herstellen! Angriff nach eigenem Ermessen!"
Der Angriff beginnt. Die einzelnen Trupps der Kompanie stürmen aus dem umliegenden Waldstück und rücken überschlagend von Deckung zu Deckung vor. Dabei benutzen sie unter anderem Geländefahrzeuge und ein Shuttle. Schon nach wenigen Minuten gelingt es den Soldaten, das Gebäude ganz ohne eigene Verluste zu stürmen. Über das Daten-Pad beobachtet Milo, wie seine Soldaten taktisch vorgehen und einen Androiden nach dem anderen ausschalten. Die Präzision, die eigentlich an Einsätze von Spezialkräften erinnert, überrascht ihn. Zum Abschluss der Übung seilen sich einige Soldaten von dem Shuttle auf das Hausdach ab. Dort gelingt es ihnen, nach einem kurzen Schusswechsel, nahezu mühelos die Kompanieflagge zu hissen. Raven schaut langsam und vorsichtig hinüber zu Milo, dessen skeptischer Gesichtsausdruck nun ziemlich beschämt zu sein scheint. Kommentarlos gibt er das Daten-Pad zurück, wobei er einmal tief durchatmet.
Milo: (Seufzt) „Das haben Sie in drei Wochen aus diesem Haufen gemacht?"
Raven: „In zwei."
Milo: „Ich bin beeindruckt. Eigentlich dachte ich, dass Sie Probleme mit einigen der Soldaten bekommen könnten."
Raven: „Ich löse Probleme. Ob auf dem Schlachtfeld oder in Ihrer Kompanie. Ihre Soldaten sind jetzt einsatzfähig. Seien Sie stolz darauf."
Obwohl Milo nicht begeistert über Ravens Veränderungen ist, tut er jedenfalls so, als wäre er zufrieden mit seinen Soldaten. Wer ihn kennt, kann ihm ansehen, dass dies eine ziemliche Blamage für ihn ist. Eine, die er natürlich zu vertuschen versucht. Als einige Stunden später ein letztes Antreten stattfindet, verabschiedet sich Raven von der Kompanie, die ihn definitiv vermissen wird. Seine eigene Crew wartet bereits auf ihn in der Black-Arrow. Demnach macht er sich gleich nach der Verabschiedung auf den Weg zu seinem Schiff.

Die Black-Arrow steht immer noch auf dem Landeplatz der Kaserne. Jetzt gerade ist das Hangartor gesenkt, da der Schiffsmechaniker Isaac Reyes einige Lieferungen annimmt. Unter den zahlreichen Kisten ist eine schwarze Waffenkiste, die sofort Ravens Aufmerksamkeit erregt.

Raven: „Ist das, was ich denke, was es ist?"

Reyes: „Jep, ist es. Habe nicht gewusst, wie teuer diese Dinger sind."

Raven: „Qualität hat halt ihren Preis. Da wird sich jemand drüber freuen."

Reyes: „Ganz bestimmt. Geht es jetzt eigentlich wieder los?"

Raven: „Ich gehe davon aus."

Reyes: „Perfekt. So langsam wird es langweilig hier."

Raven: „Ein bisschen Ruhe tut auch mal gut. So wie ich unser Glück kenne, wird sich das bestimmt bald wieder ändern."

Reyes: „Hoffen wir mal auf nichts Schlimmes."

Raven: „Besser ist es, auch wenn man sich nicht darauf verlassen kann."

Mit dem Fahrstuhl fährt Raven in die Eingangshalle des Schiffes. Anstatt direkt den nächsten Fahrstuhl zum Kommandodeck zu nehmen, läuft er entlang der gesamten unteren Ebene bis zum Aussichtsdeck. Dort nimmt er eine der Treppen und begibt sich zu den Wohnquartieren der Crew. Er klopft dabei an Pattons Tür und wird hereingebeten.

Patton: „Hallo, Commander. Hat sich die Kompanie gut geschlagen?"

Raven: (Schmunzelt) „Du hättest mal Milos Gesicht sehen sollen. Er war entsetzt."

Patton: „Tja, niemand verscherzt es sich mit dem legendären Commander Raven."

Raven: „Vermutlich wird Milo bald ersetzt. Dann hat die Kompanie Ruhe vor ihm."

Patton: „Nach dem, was ich so gehört habe, wird das auch höchste Zeit."

Raven: „Ja. Ich bin übrigens hier, um dir mitzuteilen, dass im Hangar eine schwarze Waffenkiste für dich steht. Dem Team entsprechend bitte schwarz und nicht zu auffällig."

Patton: „Wie bitte?"

Raven: „Schau nach und sei kreativ!"

Mit diesen Worten verlässt Raven lächelnd das Quartier. Voller Neugier steht Patton auf und macht sich auf den Weg in den Hangar. Dort findet er die besagte Kiste, auf der sogar der Name „Clyde Patton" eingraviert ist. Er öffnet die Kiste und verfällt beim Anblick des Inhalts in ein glückliches Grinsen. Es ist ein brandneuer EC-Kommandoanzug, inklusive Exoskelett. Voller Begeisterung holt

Patton die dreieckig zulaufenden Rüstungsteile heraus und fängt unverzüglich damit an, sie individuell zu gestalten.

Mittlerweile kommt Raven auf dem Kommandodeck an und wird von seiner Crew begrüßt.

Javis: „Willkommen zurück! Endlich ist er wieder da."

Raven: „Ich war doch erst heute Morgen noch hier?"

Javis: „Ja, aber nun bist du wieder unser Commander."

Raven: „So ist es mir auch viel lieber."

Javis: „Dann nur raus mit der Sprache. Wo sind unsere nächsten Ziele?"

Raven: „Ähm, Hunter? Haben wir was?"

Hunter: „Haben wir tatsächlich. Es ist in den letzten Wochen nicht viel passiert, aber gestern Abend haben wir eine Nachricht von der Utopier-Station, beziehungsweise der Sanctuary-Station, bekommen. Einer von Murphys Freunden dort hat sich bei uns gemeldet."

Raven: „Okay? Was schreibt er?"

Hunter: „Nur, dass wir dringend kommen sollten."

Raven: „Das klingt ziemlich vage formuliert. Weiß Murphy mehr darüber?"

Hunter: „Leider nicht. Er weiß auch nicht, worum es gehen könnte."

Raven: „Dann bleibt uns wohl nichts anderes übrig, als nach Sanctuary zu fliegen."

Javis: „Es wird nie langweilig. Utopier-Raumstation, wir kommen!"

Ohne zu zögern, setzt die Black-Arrow einen neuen Kurs und hebt ab. Sie fliegt steil in den Himmel, verlässt das grüne Elysium und verschwindet in der Schwärze des Alls.

Zu diesem Zeitpunkt befindet sich ein bewaffnetes Transportschiff mit Überlichtgeschwindigkeit auf dem Weg zum Normandy-System. In der Ladebucht des Schiffes erklingt das Geräusch von aneinanderschlagendem Metall. Während Miranda Dylans Auto als Ablage zum Nähen zerrissener Einsatzkleidung nutzt, kämpfen Kyra und Dylan mit ihren stählernen Übungsschwertern gegeneinander. Beide von Kyras schmalen Klingen treffen mit hoher Geschwindigkeit auf Dylans Katana. Die Hiebe wechseln ihre Richtung so schnell, dass selbst Sykes einige Meter zurückweichen muss. Überrascht von Kyras Fertigkeiten bleiben ihm nur noch ausgefallene Methoden übrig, um sie zu schlagen. Er kombiniert athletische Ausweichbewegungen mit überraschenden und schweren Angriffen. Dabei kommen die beiden sich regelmäßig sehr nahe. Als sich ihre Rücken berühren, bleibt Kyra an ihm dran und dreht sich bei jeder Drehung mit, als würde sie Dylan damit ärgern wollen. Er wiederum entfernt sich mit einer Rolle von ihr und geht in einen Gegenangriff über. Völlig unerwartet findet sich beim Angriff eine von Kyras Klingen an Dylans Hals wieder. Als wären die beiden erstarrt, sehen sie sich gegenseitig an, wobei Kyra zu schmunzeln beginnt. Gleich danach wandern die Augen zu Miranda, die gerade noch dabei ist, ihren Kopf in die Richtung der beiden zu drehen. Binnen einer halben Sekunde entfernt Dylan die Klinge hektisch von seinem Hals und stößt Kyra von sich weg.

Sykes: „Ich bin beeindruckt. Wie viel trainierst du eigentlich?"

Hades: „Genug, hoffe ich."

Sykes: „Warst du nicht früher Botanikerin, oder sowas?"

Hades: „Ja, früher."

Sykes: „Nicht übel, was Miranda aus dir gemacht hat."

Miranda: „Ich habe sie nur in den Käfig geworfen, rausgekämpft hat sie sich von selbst."

Sykes: „Ziemlich große Veränderung finde ich."

Hades: „Du kennst mich doch nur so?"

Sykes: „Ein paar Sachen hat man mir über dich erzählt. Aber die Person, die ich kennengelernt habe, scheint gänzlich anders zu sein."

Miranda: „Zeiten können sich ändern."

Sykes: „Menschen auch."

Die anderen beiden lassen diese Aussage unkommentiert.

Hades: „Wollen wir als Nächstes, Miranda?"

Miranda: „Ich habe noch einiges zu nähen. Später vielleicht."

Sykes: „Dann solltest du aufhören, in so viele Messer zu rennen."

Miranda: (Amüsiert) „Ja, ja. Das musst du gerade sagen. Halt bloß die Klappe!"

Mit einem unscheinbaren Schmunzeln im Gesicht packt Sykes seine Sachen zusammen. Er geht die nächste Treppe hinauf, wirft seine Tasche im Gang in seine offene Kabine und läuft weiter zur Kommandobrücke. Sein Blick wandert immer wieder aus den Fenstern, wo die Staub- und Lichtpartikel am Schiff vorbeirauschen. Dylan beschließt, sich auf den Pilotensitz zu setzen, und wartet, bis das Transportschiff den Hyperraum verlässt. Es ist, als würde es schlagartig bremsen, wobei eine olivgrüne Kugel im All erscheint. Es ist der Planet „Normandy", auf dem Hemsey Dylans alte Crew ausfindig machen konnte. Nun dauert es nicht einmal mehr eine Stunde, bis Dylan das Schiff in die blaue Atmosphäre steuert. Am gekrümmten Horizont sind dabei die zahlreichen Weltraumlifte und Schiffswerften zu erkennen. Einige davon ragen direkt aus der Wolkendecke heraus.

Einer dieser Lifte wurde zu Kriegszeiten von der Garde zum Absturz gebracht. Über eine Länge von mehr als 100 Kilometern liegen die

Überreste dieses gewaltigen Konstrukts in der Landschaft. Wie eine riesige Röhre reicht der Lift von seiner Ankerstation bis etwa 50 Kilometer auf das offene Meer. Dieses Mahnmal des Krieges liegt hauptsächlich auf den unbesiedelten Ebenen der Region. Allerdings befindet sich der abgestürzte Weltraumlift auch in einem von Plünderern und Gesetzlosen umkämpften Gebiet.

Entlang der Küste und umgeben von weitläufigen Grasebenen verfolgen sich einige Fahrzeuge. Mit zwei großen Trucks, jeweils mit einem schweren Maschinengewehr auf dem Dach, verfolgen die sechs Kopfgeldjäger der Silence eine Gruppe Plünderer. Dabei kommen sie der steilen Küste immer näher. Bei dem Beschuss der vier kleineren Geländewagen schlagen immer wieder Funken und schlammiger Dreck wird aufgewirbelt. An einem der schweren MG's sitzt Logan Catter und versucht die Reifen der Plünderer zu treffen.

Logan: „Verdammt Damon, versuch doch mal geradeaus zu fahren!"

Damon: „Wenn du Muskelprotz nicht so grobmotorisch wärst, wäre das sicher kein Problem. Lass uns doch tauschen!"

Jason: „Könnt ihr beide mal aufhören, rumzumeckern? Lass Damon fahren! Ich versuche mal etwas anderes."

Jason holt einen kleinen Granatwerfer von der Rückbank und visiert damit die Fahrzeuge an. Die Geschosse hinterlassen kleine Explosionen, welche eine Menge Gras und Dreck aufwirbeln. Einige Meter neben ihnen fährt der Rest der Besatzung in einem eigenen Fahrzeug. Auch sie versuchen, mit dem Maschinengewehr die wendigen Plünderer zu beschießen.

Amanda: „Sehe ich das richtig? Miller benutzt den Granatwerfer?"

Ryan: „Der scheint verzweifelt zu sein."

Diana: „Kann ich ihm nicht verübeln. Hier zu fahren ist furchtbar."

Ryan: „Dran bleiben! Spätestens hinter der nächsten Anhöhe werden wir sie haben."

Diana: „Oder sie uns."

Von vorne kommt ein großer ATT-Transporter auf sie zu, gefolgt von drei weiteren Fahrzeugen der Plünderer. Es kommt zu einem kleinen und unübersichtlichen Gefecht auf Rädern. Die Explosionen häufen sich, einige Plünderer werden getroffen und die Crew bekommt unvermeidlich einige Treffer ab.

Logan: „Das gefällt mir nicht!"

Damon: „Ach wirklich?"

Plötzlich schlagen einige kräftige Geschosse auf dem ATT ein. Sie kommen eindeutig nicht von den Kopfgeldjägern, sondern von einem Raumschiff. Ein Transportschiff kommt von hinten angeflogen und eröffnet das Feuer auf die Plünderer. Wagen für Wagen wird zerstört.

Dabei wird der ATT sogar fahrunfähig geschossen.

Das Transportschiff geht in den Landeanflug über und stellt sich zwischen die brennenden Fahrzeugwracks, wo auch die Silence Crew zum Stehen kommt. Langsam senkt sich eine Laderampe an der Seite des Schiffes, woraufhin Miranda als Erste aussteigt und auf die alte, völlig überraschte Crew zugeht.

Logan: „Miranda?"

Amanda: „Nicht zu fassen."

Sie umarmen sich zur Begrüßung und haben die Verfolgungsjagd fast vergessen.

Miranda: „Ich freue mich echt, euch wiederzusehen. Es ist viel zu lang her."

Diana: „Wir haben dich gesucht, aber nirgendwo gefunden. Wie konntest du uns finden?"

Miranda: „Hilfe von Hemsey. Von euch fehlte auch jede Spur."

Einer von ihnen schaut neugierig, aber auch enttäuscht auf die brennenden Fahrzeuge.

Jason: „Fuck! Du hast unser Kopfgeld in die Luft gejagt!"

Miranda: „Sorry. Wie viel hättet ihr bekommen?"

Jason: „Lebendig 8.000. Tot bringt er uns nur noch 2500."

Aus dem schattigen Laderaum des Transportschiffes kommt Dylan hervor. Seine charakteristische schwarze Einsatzkleidung sowie sein dunkles und stürmisches Haar ziehen sofort alle Blicke auf ihn. Sie sind überrascht und entsetzt zugleich.

Sykes: „Für 8.000 so ein Aufwand?"

Ryan: „Das ist jetzt nicht wahr, oder?"

Sykes: „Doch. Das ist es."

Amanda: „Unmöglich. Du müsstest tot sein."

Logan: „Scheiße, was ist mit dir passiert?"

Sykes: „Bin gestorben, bin zurück."

Damon: „War die Hölle dir zu langweilig oder ist dir im Tod aufgefallen, dass du noch was zu erledigen hattest?"

Sykes: (Amüsiert) „Von beidem etwas."

In diesem Augenblick kommt Kyra aus dem Schiff gelaufen und stellt sich unauffällig zu Dylan.

Amanda: „Wer ist denn die Kleine da? Deine neue Freundin?"

Dylan und Kyra antworten gleichzeitig mit „Wir sind nicht …!" und schauen sich kurzzeitig auf unangenehme Weise an.

Sykes: „Das ist Kyra. Commander Ravens Ex."

Hades: „Ist das so wichtig?"

Amanda: „Stimmt. Ich erinnere mich an das Gesicht. Wie zum Teufel ist die bei dir gelandet?"

Sykes: „Nicht bei mir. Bei Miranda."
Miranda: „Wir haben uns im Gefängnis kennengelernt."
Amanda: „Wow. Die Geschichte möchte ich hören."
Diana: „Ich auch. Aber was mich noch viel mehr interessiert: Was ist auf Elysium passiert? Wie hast du überlebt, Dylan?"
Um diese kurzen Fragen so ausführlich wie möglich zu beantworten, schlägt Dylan vor, am Abend unter den Trümmern des Weltraumlifts ein Lagerfeuer zu machen. Dort erzählt er von seinem Kampf auf Elysium, seinem Tod auf dem Ozean, seiner Wiederbelebung, dem Schiffsunglück, dem Überleben in der elysianischen Wildnis sowie der Zuflucht in der Holzfällersiedlung. Er erwähnt auch sein Exil auf Asgard sowie sein unfreiwilliges Comeback, welches ihn nach Hela, nach Krondor und letztendlich zu Raven geführt hat. Die Crew kann nicht begreifen, dass er sich seinem ehemaligen Erzfeind angeschlossen hat und dann auch noch gemeinsam mit ihm den Bürgerkrieg im Eden-System beendet hat. Diese Geschichte findet nicht nur die Crew faszinierend, sondern auch Kyra, die ja ursprünglich auf der anderen Seite stand. Mit den ehemaligen Feinden an einem Lagerfeuer zu sitzen, hinterlässt bei ihr ein Gefühl der Ungewissheit. Sie enthält sich hauptsächlich und spricht mit niemandem außer mit Miranda.
Im Laufe des Abends tauscht die wiedervereinte Crew beim gemeinsamen Essen allerlei Geschichten aus. Sie reden darüber, was ihnen nach den Vorfällen auf Elysium vor knapp drei Jahren passiert ist. Dabei häufen sich die Erzählungen über Gefängnisausbrüche oder den Kämpfen mit Plünderern. Darunter natürlich auch die ein oder andere lustige Geschichte, die sogar Dylan mal wieder zum Lächeln und Lachen bringt. Ein schon beinahe ungewöhnliches Bild, wo er sich doch sonst nie etwas anmerken lässt. Die Stimmung am Lagerfeuer ist gut. Bis auf Kyra unterhalten sich alle miteinander, so lange, bis Dylan eine Nachricht auf seinem Unterarmcomputer erhält. Ganz ohne großartig viele Worte zu verlieren, steht er auf und begibt sich an einen ruhigeren Ort. Er beschließt, von seinem Transportschiff aus auf einen felsigen Hügel zu steigen. Von dort aus klettert er oben auf den abgestürzten Weltraumlift hinauf, wo er einen Anruf tätigt.
Hemsey: „Dylan Sykes. Ich habe versucht dich zu erreichen, du scheinst wohl unterwegs zu sein. Danke für den Anruf."
Sykes: „Hemsey. Du weißt doch, ich bin immer unterwegs. Du wolltest mich sprechen?"
Hemsey: „Ja. Bist du schon auf Normandy?"
Sykes: „Bin ich. Heute erst angekommen."
Hemsey: „Wie läuft die Suche nach deiner Crew?"

Sykes: „Gut. Hat nicht lange gedauert, sie zu finden. Die Wiedervereinigung wird gerade gefeiert."

Hemsey: „Wirklich? Das freut mich für dich. Ich meine natürlich, für euch. Dann fehlt ja nur noch eine Sache."

Sykes: „Ja. Hast du Neuigkeiten über die Silence?"

Hemsey: „Ja. Ich habe sie ausfindig machen können. Sowie den Typen, der damals das Kopfgeld für deine Ermordung kassiert hat."

Sykes: „Perfekt. Sag mir nur wer und wo!"

Hemsey: „Der Kerl heißt Damien Pike. Nachdem er dich in Sturmstadt angeblich getötet und das Kopfgeld kassiert hat, hat er sich deine Silence geschnappt und die Spezialeinheit verlassen, in der er war. Wenn ich das richtig sehe, zieht er jetzt als Gesetzloser und Gelegenheitssöldner durchs All."

Sykes: „Da ist aus dem guten Polizisten wohl ein böser Krimineller geworden."

Hemsey: „Sieht ganz so aus. Das scheint doch genau dein Fall zu sein."

Sykes: „Er hat mein Schiff. Außerdem war er es, der mich getötet hat. Damit wird das Ganze ziemlich persönlich."

Hemsey: „Er und seine alte Einheit genießen nun den Luxus des inoffiziellen Ruhestandes. Sie sind ständig unterwegs, weswegen es fast unmöglich ist, sie aufzuspüren. Allein schon, weil die Silence ein Tarnkappenschiff ist. Im Moment genießen sie den Landurlaub auf Elysium, aber vermutlich brechen sie schon sehr bald auf."

Sykes: „Dann sollte ich mich beeilen. Wenn die Silence den Planeten verlässt, beginnt die ganze Suche von vorn."

Hemsey: „Deswegen, lass dich nicht aufhalten. Ich sende dir die Koordinaten von Pikes Aufenthaltsort. Was du dann machst, obliegt ganz dir."

Sykes: „Ich werde mich darum kümmern. Danke für deine Hilfe."

Hemsey: „Eine Hand wäscht die andere, mein Freund. Wir sehen uns."

Das Gespräch endet und hinterlässt einen freudigen Gesichtsausdruck bei Dylan. Langsam, aber stetig scheint sich ein Problem nach dem anderen zu lösen.

Dylan befindet sich nun ganz oben auf dem abgestürzten Weltraumlift. Der Ausblick reicht von den grünen Ebenen des Inlandes, welche zurzeit in dunkle Regenwolken gehüllt sind, bis zum Sonnenuntergang über dem Meer. Gerade noch so im Dunst vor dem orangenen Horizont zu erkennen, erheben sich die Überreste einiger Plattformen des Weltraumliftes aus dem Wasser. Sykes setzt sich und schaut nachdenklich zum Horizont. Er versucht sich einen Plan über die Rückeroberung der Silence zu überlegen, doch verliert sich dabei immer wieder in anderen ablenkenden Gedanken. Wenige Minuten später kommt auch Miranda auf den Lift geklettert. Sie beobachtet Dylan dabei, wie er in den Sonnenuntergang blickt und beschließt sich zu ihm zu setzen.

Miranda: „Hey. Alles gut?"

Sykes: „Ausnahmsweise ist es das mal."

Miranda: „Die Aussicht hier ist echt beeindruckend."

Sykes: „Stimmt. Was machen unsere Leute unten?"

Miranda: „Sie sind froh, dass die Crew wiedervereint ist. Sie reden schon darüber, was wir alles wieder zusammen machen könnten. Ich bin gespannt, was die Zukunft bringt."

Sykes: „So einiges vermutlich."

Die beiden schauen eine Weile zusammen auf den Sonnenuntergang.

Miranda: „Du meintest heute, nicht nur Zeiten würden sich ändern, sondern Menschen auch. Bist du der Meinung, du hast dich geändert?"

Sykes: „Vieles hat sich verändert. Wie viel sich an mir geändert hat, weiß ich nicht. Einiges, aber wahrscheinlich nicht genug."

Miranda: „Ich schätze schon. Vorhin am Lagerfeuer, da hast du gelächelt und gelacht."

Sykes: „Das passiert schon mal."

Miranda: „Das gefällt mir. Du darfst gern öfter lachen."

Sykes: „Versprechen werde ich das nicht. Ich kenne schließlich mein Glück und wie schnell sich alles wieder ändern kann."

Miranda: „Versuch zumindest die kleinen Momente zu genießen. Wenn du den ganzen Tag herumgrübelst, ist auch niemandem geholfen. Dir schon gar nicht."

Sykes: (Amüsiert) „Grübeln ist aber eines meiner Lieblingshobbys."

Miranda: (Lacht) „Unübersehbar!"

Sykes: „Mich beschäftigt eben vieles."

Miranda: „Ich weiß. Nach dem, was du mir erzählt hast. Ich kann nachvollziehen, wie es ist, sich völlig verloren zu fühlen. Antriebslos zu sein. Den Wert des Lebens nicht mehr zu erkennen. Du hattest eine harte Zeit, ach was, du hattest ein verdammt hartes Leben. Wenn man dann auch noch alles verliert, kann ich verstehen, dass man früher oder später daran zerbricht und sich wünscht zu sterben. Ohne erkennbaren Ausweg sowieso."

Sykes: „Jemand wie du befürwortet Suizid?"

Miranda: „Nein. Das habe ich nicht gesagt. Bei alldem, was du erleben musstest, hätten viele längst aufgegeben. Aber da bewundere ich dich wiederum. Du bist zu stur, um aufzugeben. Trotzdem kämpfst du ums Überleben, selbst wenn das Leben gegen dich zu sein scheint. Du bist ein Kämpfer mit gutem Herz. Selbst wenn es gebrochen und voller Narben ist, ist es aus Gold. Wir sind nicht gerade die nettesten Menschen. Als gesetzlose Kopfgeldjäger sowieso. Aber wir haben gute Prinzipien, an denen wir festhalten. Und das soll auch so bleiben."

Sykes: „Danke. Aber bewundere mich nicht zu sehr. Die Lage ändert sich wöchentlich. Vertraue bitte nicht darauf, dass ich genau wüsste, wie gut ich mich und mein Leben im Griff habe. Es könnte jederzeit ein Schlag aus dem Nichts kommen und ich könnte immer wieder auf die Idee kommen, etwas Dummes tun zu wollen."

Miranda: „Hast du schon mal darüber nachgedacht, was du uns und vor allem mir damit antun würdest? Wenn du dich freiwillig töten lassen oder gar selbst umbringen würdest? Die alte Crew ist jetzt wiedervereint. Wir sind für dich da und du bist für uns da. Du bist nicht mehr allein und es lohnt sich, mit uns gemeinsam durchzuhalten. Wir schaffen das gemeinsam. Und egal was sein sollte, ich werde immer für dich da sein, wenn du mich brauchst. Das verspreche ich dir."

Dylan wendet seinen Blick ab vom Sonnenuntergang und schaut Miranda direkt in die Augen.

Sykes: „Ich bin wirklich sehr dankbar, dass du da bist. Obwohl es ironischerweise Raven war, der zu mir durchgedrungen ist und mich dazu verleitet hat mein Potenzial zu erkennen, so bist es du, die für mich die Therapeutin spielt. Du hilfst mir dabei durchzuhalten und ich wünschte, ich könnte mich wirklich angemessener dafür bedanken. Auch wenn du mich manchmal nervst, erkenne ich den Wert, einen Menschen wie dich in meinem Leben, in meiner Crew und in meinem kleinen Freundeskreis zu haben. Du bist zweifelsfrei ein guter Mensch. Auch wenn manche Menschen sich ändern, bitte ich dich darum, so zu bleiben, wie du bist."

Miranda: „So liebe Worte bin ich von dir gar nicht gewöhnt. Sicher, dass es dir gutgeht?"

Sykes: (Lacht) „Du Arsch!"

Miranda: „Es freut mich, dass du so denkst. Wirklich. Ich schätze, in meinem Fall habe ich die Phase der persönlichen Veränderung schon abgeschlossen. Ich helfe dir gerne bei deiner durchzuhalten. Wer weiß, was noch aus dir wird."

Sykes: „Hoffentlich kein Schnösel im feinen Anzug."

Miranda: „Niemals!"

Die Sonne versinkt hinter den letzten Wolken am Horizont und taucht die Landschaft in ein dunkles, dämmerndes Licht.

Sykes: „Komm mit! Ich habe unten etwas zu verkünden."

Miranda: „Na, jetzt bin ich neugierig."

Die beiden gehen wieder hinunter zu den anderen und setzen sich ans Lagerfeuer. Dabei wandert Kyras Blick immer wieder zu den beiden.

Logan: „Da seid ihr ja wieder. Gab es etwas Wichtiges zu besprechen?"

Sykes: „Es hat sich vieles bei uns allen verändert. Was sich jedoch nicht geändert zu haben scheint, ist Mirandas kommunikative Art."

Die Crew lacht leise vor sich hin, während Miranda selbst lächelnd den Kopf schüttelt.

Sykes: „Nach drei beschissenen Jahren haben wir es endlich geschafft uns wiederzufinden. Das ging schon mal schneller, Leute. Ich hoffe, dass ihr alle in Bestform seid. Es wird nämlich mal wieder Zeit, dass wir auf die Jagd gehen."

Jason: „Da ihr heute unser Kopfgeld verkleinert habt, ist das eine willkommene Sache. Wen hast du im Visier?"

Sykes: „Damien Pike, Ex-Polizist, Ex-Spezialeinheit und der Typ, der mich auf Elysium erschossen hat."

Jedes Crewmitglied schweigt ihn überrascht an.

Damon: „Uhhh. Das klingt nach was Persönlichem."

Sykes: „Ist es. Allein schon, weil er etwas besitzt, was uns gehört. Bereitet euch vor, wir werden so schnell wie möglich nach Elysium aufbrechen. Dann holen wir uns die Silence zurück."

Voller Begeisterung und Zuversicht macht sich die Crew noch am selben Abend an die Arbeit. An Schlaf ist erst mal gar nicht zu denken. Jeder möchte so schnell wie möglich dabei helfen, Dylans Mörder zu stellen und vor allem das alte Schiff zurückzuerobern.

Schon am frühen Morgen des nächsten Tages hebt sein temporäres Transportschiff vollbeladen ab und setzt seinen Kurs auf Elysium. Der Flug von Normandy bis nach Elysium nimmt selbst mit Überlichtgeschwindigkeit mehrere Tage in Anspruch. Die Kommunikation mit Hemsey bestätigt zum Glück, dass die Silence den Planeten noch nicht verlassen hat. Währenddessen trainieren die Kopfgeldjäger an Bord oder bereiten ihre Waffen für den Überfall vor. Kyra bleibt dabei ziemlich schweigsam. Obwohl sie nun ein Teil der Crew zu sein scheint, spricht sie nur sehr selten mit ihren ehemaligen Verfolgern.

Entlang des Äquators von Elysium liegt eine abgelegene Tropeninsel im Meer. Derweil zieht ein Tropensturm darüber her, weswegen es schon den ganzen Tag unaufhörlich regnet und der Wind die Kokospalmen am Strand hin und her reißt. Auf dieser Insel scheint sich ein modernes, aus Beton und Glas bestehendes, Anwesen zu befinden. Gleich daneben liegt eine große Landeplattform, auf der in diesem Augenblick zwei Shuttles neben der gesuchten Silence landen.

Ein großer Trupp von Söldnern steigt aus. Unter ihnen befindet sich auch Damien Pike. Auf der nassen und von Pflanzenresten bedeckten Landeplattform wundert er sich darüber, wo seine verbleibenden Wachen sind und warum das gesamte Anwesen dunkel ist.

Pike: „Warum ist das Licht aus? Stromausfall?"

Söldner: „Ich gehe zum Generator und überprüfe das. Vermutlich hat der Sturm eine Leitung beschädigt. Das dürfte nicht lange dauern. Bin gleich zurück."

Pike lässt seine Leute einige Kisten in eine unterirdische Lagerhalle bringen. Währenddessen schaltet der Söldner am Generator den Notstrom manuell ein. Ein Drittel aller Lichter schaltet sich wieder ein und elektrische Türen lassen sich wieder öffnen. Pike begibt sich aus dem Regen hinaus in die Eingangshalle seines Anwesens.

Pike: „Verdammt, wo sind denn diese Idioten?"

Selbst der Wohnbereich des Anwesens scheint menschenleer zu sein. Sie könnten sich ansonsten nur noch auf der Silence aufhalten, was dennoch ziemlich ungewöhnlich ist. Anstatt dem jedoch weiter nachzugehen, begibt sich Pike in sein privates Büro. Er schließt die Tür hinter sich und hängt seufzend seine Jacke auf. Noch funktionieren die Lichter im Büro nicht, weswegen das einzige Licht von außen durch eine Glaswand kommt, wobei die hinablaufenden Regentropfen ihre Schatten werfen. Noch bevor Pike seine Schutzweste auszieht, entdeckt er eine dunkle Gestalt, die hinter seinem Schreibtisch sitzt und dabei ein glänzendes, schwarzes Katana in der Hand hält. Er erstarrt und bewegt langsam seine Hand zu seiner Pistole.

Sykes: „Damien Pike? Ich schätze, wir hatten nicht die Gelegenheit, uns richtig vorzustellen. Erinnerst du dich an mich?"

Dylan steht auf und tritt in das Licht vor dem Fenster.

Pike: „Das kann nicht wahr sein."

Sykes: „Was, wenn es doch so ist?"

Pike: „Ich habe dich getötet!"

Sykes: „Ja, das hast du. Nun solltest du wissen, dass selbst du nicht in der Lage sein kannst einen Sensenmann zu töten."

Pike: „Bei Gott, das ist unmöglich!"

Sykes: „Gott? Bist du gläubig? Wenn ja, dann lass mich dir sagen, dass es scheinbar nicht zu Gottes Plan gehört, dass ich durch deine Hand sterbe. Damals nicht sowie heute."

Pike zieht seine Pistole und richtet sie mit zitternden Händen auf Dylan. Als er zu schießen beginnt, rollt Sykes sich hinter den großen Schreibtisch und geht in Deckung. Einige Schüsse treffen dabei auf das Fester, welches in tausende Scherben zerspringt. Der stürmische

Wind platzt in das Büro hinein und schleudert Papier sowie Pflanzenreste herum. In diesem entstandenen Chaos springt Sykes aus dem Schatten hervor und feuert mit seiner eigenen Pistole mehrmals auf Pikes Schutzweste. Dabei hinterlässt er glühende Einschusslöcher darauf. Noch bevor Pike nachladen kann, zerstört Dylans Katana die Pistole. Es kommt zu einem kurzen Schlagabtausch, bei dem sich keiner der beiden verletzt. Mit der Hilfe eines hölzernen Stabes versucht Pike sich gegen Dylans Schwert zu verteidigen. Jedoch wird dieser Stab bei jedem Aufeinandertreffen mit der Klinge kürzer. Die beiden sind jetzt auf einer Distanz, in der sie sich neben den Schlägen gegenseitig herumschleudern. Das endet wiederum damit, dass Dylan Pike bis zum zerbrochenen Fenster zerrt und ihm sein Katana an den Hals hält. Pikes ganzes Gewicht verlagert sich nun nach hinten. Würde Dylan ihn nicht am Kragen festhalten, würde er unweigerlich aus dem Fenster stürzen.

Sykes: „Wirklich bedauerlich, mitanzusehen, was Geld aus einem macht. Einst ein Polizist, heute ein Verbrecher. Lass mich dir zeigen, dass Geld allein absolut keinen Wert hat."

Dylan schleudert Pike zurück in das Büro, wo er direkt vor dem Schreibtisch zu Boden stürzt.

Pike: „Ich dachte, du willst mich töten?"

Sykes: „Das wäre wirklich kein großer Aufwand. Allerdings bin ich nur hier, um mir mein Schiff zu holen."

Pike: „Wie? Du lässt mich hier einfach zurück?"

Sykes: „Ja. Ausnahmsweise bekommst du von mir die Chance zu überleben. Entweder änderst du dich oder du stirbst bei dem Versuch. Viel Erfolg!"

Dylan steckt sein Katana ein und verlässt das verwüstete Büro, ohne Pike eines Blickes zu würdigen. Er begibt sich zur Landeplattform, wo seine Crew bereits alle Söldner überwältigt oder getötet hat. Kyra sitzt dabei im Licht des geöffneten Seitentors. Ihre beiden Schwerter sind von oben bis unten mit Blut bedeckt. Dem Anschein nach hat sie bei dem Überfall die meisten Söldner selbst getötet. Während Dylans Rückkehr verstaut die restliche Crew einige erbeuteten Vorräte im Schiff.

Jason: „Ist das Arschloch tot?"

Sykes: „Nein. Er bleibt auf dieser Insel zurück."

Damon: „Was? So gütig bist du doch sonst nie."

Sykes: „Es gibt auch mal Ausnahmen."

Dylan betritt nach langer Zeit wieder seine alte Silence. Sobald die Crew das Verladen der Vorräte beendet hat, setzt er sich in den Pilotensitz. Die Triebwerke starten und das Schiff hebt langsam ab.

Anstatt jedoch gleich in den Himmel zu schnellen, schwebt die Silence einige Male um die Insel. Dylan lässt dabei alle Geschütze und Kanonen auf sie richten. Völlig ohne Vorwarnung wird das Anwesen, die Landeplattform, die Shuttles und sämtliche Kommunikationsmöglichkeiten unter Feuer genommen. Pike wandert derweil verwirrt über die Insel und beobachtet, wie sie in Fetzen gerissen wird. Ihm bleiben keine Schiffe, keine Kommunikation, kein Unterschlupf und keine Gefolgsleute. Nachdem die Silence das Anwesen völlig vernichtet hat, realisiert Pike, dass er von nun an komplett auf sich gestellt ist. So fernab jeder Zivilisation ist er jetzt gezwungen, auf der Insel um sein Überleben zu kämpfen, ähnlich wie Dylan einst in der Wildnis. Selbst als Millionär wird ihm letztendlich klar, dass ihn sein Geld nicht retten kann.

Die Silence bricht ihren Angriff ab und schnellt in den Himmel hinauf. Hoch oben im All ist sie von all den anderen Sternen nicht mehr zu unterscheiden. Zwischen dem Planeten Elysium und dessen Mond Poseidon trifft sich die Silence nun mit Dylans altem Transportschiff, welches gerade von Ryan geflogen wird. Die beiden Schiffe starten ein Andockmanöver, sodass die Crew die letzten Sachen zurück in ihr altes Heim bringen kann. Der ganze Prozess verläuft reibungslos und ohne Zwischenfälle. Nachdem Ryan zurück ist und die beiden Schiffe sich wieder voneinander trennen, lässt Dylan den alten Transporter letztendlich in der Atmosphäre Poseidons verglühen.

Weit entfernt von der Silence befindet sich die Black-Arrow im Randgebiet zwischen den Sektoren von Eden und Asgard. Dort umkreist seit einigen Jahren die Raumstation der Utopier einen kleinen habitablen Planeten. Seit ihrem plötzlichen Auftauchen dient diese mysteriöse Raumstation als Zufluchtsstätte für allerlei Spezies. In den acht großen Türmen und der dazwischenliegenden Stadtebene der Station haben mittlerweile Millionen Menschen, Kardianer, Ranakkor und einige weitere Spezies ein neues Zuhause gefunden. Bei einer Höhe von etwa 500 Kilometern und einer Breite von 300 Kilometern gleicht diese Station einer fliegenden Metropole.

In diesem Augenblick fliegt die Black-Arrow zwischen zwei der Stationstürme hindurch und kreist über der Stadt. Dabei beginnt Javis im Pilotensitz zu funken.

Javis: „Sanctuary-Station, hier ist die Black-Arrow. Wir bitten um Landeerlaubnis."

Sanctuary: (Per Funk) „Hier ist die Sanctuary-Station. Sagten Sie, Black-Arrow?"

Javis: „Jawohl. Das sind wir."

Sanctuary: (Per Funk) „Grundsätzlich haben Sie eine freie Wahl des Landeplatzes. Allerdings werden Sie bereits erwartet. Ich würde Sie bitten, im Stationszentrum, im Regierungsviertel auf der Plattform A67 zu landen."

Javis: „Danke. Wir sind schon auf dem Weg."

Nach einem letzten Überflug über die Stadt geht die Black-Arrow in den Landeanflug über. Sie setzt auf der vorgesehenen Landeplattform auf und schaltet ihre Triebwerke aus. Es dauert nur wenige Minuten, bis Raven das Schiff in Begleitung einiger Crewmitglieder verlässt. Darunter befindet sich der Erkundungstrupp, zu dem auch das Raptor-Team gehört. Einige von ihnen waren seit der Entdeckung vor drei Jahren am Rand der Milchstraße nicht mehr an diesem Ort.

Rees: „Nicht zu fassen, was aus diesem Ort geworden ist."

Murphy: „Du wirst überrascht sein, was sich hier alles getan hat."

Rees: „Das bin ich jetzt schon. Wir mussten zur Erkundung nicht einmal zurückkommen. Die Station kam stattdessen einfach zu uns."

Raven: „Das hätte auch nur fast in einer Katastrophe geendet."

Rees: „Du meintest mal, diese Station könne man als Waffe nutzen?"

Raven: „Kann man. Wie wir es in Andromeda gesehen haben."

Rees: „Stimmt. Da war ja was."

Raven: „Deswegen können wir nur hoffen, dass diese Station nie in falsche Hände gerät und dass ihre Bewohner nie herausfinden, wie man sie benutzt."

Sev: „Apropos Bewohner."

Eine Gruppe aus Abgeordneten, bestehend aus verschiedenen Spezies, kommt ihnen entgegen. Unter ihnen ist ein Kardianer, dem Murphy ziemlich bekannt vorkommt.

Murphy: „Avara? Bist du das?"

Avara: „Jack, mein Freund. Es ist schon wieder eine Weile her. Es freut mich, dich zu sehen. Ich sehe auch, dass die Black-Arrow zurück ist und eure Crew wieder vollständig zu sein scheint."

Raven kommt dazwischen und reicht Avara die Hand.

Raven: „So gut wie. Zumindest sind wir wieder zurück."

Avara: „Commander Raven. Erfreulich Sie wiederzusehen."

Raven: „Ganz meinerseits. Wir erhielten eine ziemlich unpräzise Nachricht. Gibt es Probleme mit der Station?"

Avara: „Nicht mit der Station, aber ihre Scanner haben Beunruhigendes entdeckt. Ich wollte mit Ihnen persönlich darüber sprechen."

Raven: „Nun, jetzt sind wir hier."

Avara: „Ich plane eine Besprechung in wenigen Stunden. Dort werde ich alles erläutern."

Murphy: „Was hast du da eigentlich an? Gehörst du jetzt zu den Stationsabgeordneten der Kardianer?"

Avara: „Besser. Kurz nachdem ihr uns verlassen habt, gab es die ersten Wahlen auf der Station. Ich habe mich aufstellen lassen."

Murphy: „Sag nicht, du bist tatsächlich zum Stationspräsidenten geworden!"

Avara: „Doch, das bin ich. Sowie der Vorsitzende des Stationsrats."

Murphy: „Was? Das hätte ich nie gedacht. Herzlichen Glückwunsch! Sanctuary hätte keinen besseren Präsidenten bekommen können."

Avara: „Versuch nicht, dich bei mir einzuschleimen. Das versuchen schon genug. Ich kann zumindest sagen, dass ich die Situation auf der Station endlich im Griff habe."

Raven: „Gab es nicht Probleme mit Rassismus zwischen den Spezies oder Nahrungsmittelmangel und so weiter?"

Avara: „Ja. Sämtliche Versorgungsprobleme wurden mittlerweile bewältigt. Die Kriminalität lässt sich allerdings selbst mit eigenen Polizeieinheiten nicht wirklich kontrollieren."

Murphy: „Wie sieht es denn mit den Katakomben aus? Seid ihr weiter in die Station vorgedrungen?"

Avara: „Seit wir erfahren haben, dass nur eine Utopier-Signatur die Türen öffnen kann, haben wir keine weiteren Erkundungstrupps mehr hinuntergeschickt. Wir kommen maximal bis zum Aussichtsring. Dem Ort, an dem wir uns zuletzt begegnet sind, Commander."

Murphy: „Also habt ihr den KI-Kern noch nicht gefunden."

Avara: „Nein. Es gab andere Prioritäten. Allein durch die Einführung des Stationsrats."

Murphy: „Das kann ich verstehen."

Avara: „Es gibt gewiss noch viel zu erzählen und viele Geschichten auszutauschen. Allerdings hat eine Sache nun Vorrang."

Rees: „Die bedrohliche Entdeckung?"

Avara: „Ja. Treffen Sie mich bitte gleich in der Ratshalle!"

Raven: „Wir werden da sein."

Nachdem die Crew der Black-Arrow sich ein wenig im Regierungsviertel der Raumstation umgesehen hat, begibt sie sich wie abgesprochen in die Ratshalle. Ein runder Raum mit vielen Sitzen und einem Holodesk in der Mitte. Anwesend sind ausschließlich einige Abgeordnete sowie Teile von Ravens Crew. Raven selbst vermutet bereits, dass etwas Schlimmes auf sie zukommt. Avara betritt die Halle und zögert nicht, ein Hologramm von mehreren Sternen anzeigen zu lassen.

Avara: „Ich verzichte auf die Förmlichkeiten und möchte Ihnen gleich mitteilen, worum es geht. Das hier ist der Stern „KS1212" und seine interstellare Umgebung im normalen Lichtspektrum. Das hier wiederum ist KS1212 gemäß den Daten der Sanctuary-Station."

Das Hologramm verändert sich und zeigt einen glühend gelben Nebel, der von dunklen Staubwolken umschlungen wird.

Avara: „Dieser Nebel hat mittlerweile einen Durchmesser von etwa 10 Lichtjahren und hat mehrere Sternensysteme verschlungen. Alles deutet darauf hin, dass der Nebel aus dem KS1212 System entsprungen ist. Was bedeuten würde, dass ein einfacher gelber Zwerg in einer plötzlichen Supernova explodiert ist."

Hunter: „Wie ist so etwas möglich?"

Avara: „Das wissen wir nicht. Den Daten zufolge ist dieser Nebel auch nur wenige Wochen alt."

Raven: „Wochen? Bei einem Nebel dieser Größe? Wie soll das gehen?"

Avara: „Der Nebel muss sich mit weit mehr als klassischer Überlichtgeschwindigkeit ausgebreitet haben. Man kann ihn auch nur sehen, wenn man unmittelbar an ihm dran ist."

Hunter: „Der Stern ist zu jung, der Nebel zu groß. Das stimmt vorne und hinten nicht."

Avara: „Selbst den Messgeräten der Station ist es unmöglich, aus dieser Entfernung in den Nebel hineinzusehen. Offensichtlich sind in diesem Teil des Universums einige Naturgesetze außer Kraft gesetzt."

Hunter: „Was kann die Physik derart manipulieren?"

Raven: „Utopier-Technologie."

Avara: „Dunkle Utopier-Technologie, um genau zu sein."

Ravens Gesichtsausdruck wirkt sehr ernst und schon beinahe nervös. Seine plötzliche Anspannung verunsichert selbst seine Crew. Als würde er sich vor dem fürchten, was sich in diesem Nebel verbirgt.

Raven: „Wo liegt dieser Stern, beziehungsweise Nebel?"

Avara: „Jenseits des kardianischen Sektors im unbekannten Raum. Wie viele der Ausgrabungsstätten. Ein Überläufer der Ausgrabungsteams berichtete uns vor kurzem, dass ein Commander Talon für diesen Vorfall verantwortlich sein soll. Wir haben keine genaueren Informationen, aber er scheint Kontakt mit dieser Technologie gehabt zu haben."

Raven: „Wo finde ich diesen Überläufer?"

Avara: „Im Krematorium. Der Mann hat sich vor einigen Tagen das Leben genommen."

Raven: (Seufzt) „Scheiße."

Avara: „Wir haben bereits einige kleine Erkundungsschiffe entsandt, um Daten aus dem Nebel zu sammeln. Hoffentlich finden wir so heraus, was vorgefallen ist."

Murphy: „Ist das nicht zu gefährlich? Sollten wir nicht darauf warten, dass wir mehr über diesen Nebel erfahren?"

Avara: „Es ist gefährlich, ja. Aber eine Erkundungsmission in den Nebel ist der einzige Weg, um an verlässliche Daten zu kommen. Wir haben bisher nur diese ungenauen Bilder."

Raven: „Darf ich eine Kopie dieser Daten bekommen?"

Avara: „Selbstverständlich."

Raven: „Wenn all das mit Adams Ausgrabungsstätten zu tun hat, dann hat dieser Commander Talon das Tor zur Hölle geöffnet."

Die ganze Crew und alle Abgeordneten schauen beunruhigt zu Raven.

Avara: „Wenn das so ist, dann lagen wir bei der Wahl des Namens beängstigend präzise."

Rees: „Wieso?"

Avara: „In unseren Kreisen bezeichnen wir diesen Nebel als „Hells Gate Nebel"."

Hunderte Lichtjahre entfernt von der sicheren Raumstation der Utopier befinden sich die drei Erkundungsschiffe. Als diese den Hyperraum verlassen, scheint vor ihnen eine grell leuchtende gelbe Wand zu erscheinen. Wie verwobene Wurzeln scheint der Nebel von schwarzen Staubwolken durchwachsen zu sein. Nicht zu wissen, was hinter diesem Schleier verborgen liegt, bereitet vielen Besatzungsmitgliedern ein unbehagliches Gefühl.

Captain: „Da ist er. Der Hells Gate Nebel."

Pilot: „Er sieht wirklich aus wie der Eingang in die Unterwelt. Sind Sie sich sicher, dass wir da hineinfliegen sollten?"

Captain: „Das hängt ganz davon ab, welche Daten unsere Sonden übermitteln. Machen Sie diese bitte startbereit und senden sie aus."

Pilot: „Jawohl. Sonden sind unterwegs."

Von allen drei Erkundungsschiffen starten eine Handvoll Raumsonden. Sie scheinen in dem gelben Dunst zu versinken, senden jedoch immer noch Signale. Die Sonden springen in regelmäßigen Abständen mit Lichtgeschwindigkeit zum nächstgelegenen Sternensystem innerhalb des Nebels. Die Signale verzerren sich zunehmend und einige der Sonden scheinen auf ihrem Weg völlig zu verschwinden. Nur wenige von ihnen erreichen das anvisierte Sternensystem.

Wissenschaftler: „Alle Sonden, die die zehnfache Lichtgeschwindigkeit überschritten haben, sind verschwunden. Der Rest sammelt sich in diesem Sternensystem dort drüben. Es scheint so, als können die Sonden von dort aus keine Daten mehr aussenden. Ich befürchte, wir müssen die Daten vor Ort holen."

Captain: „Somit bleibt uns wohl keine andere Wahl. Verfolgen Sie eine der Routen von den Sonden, die es geschafft haben!"

Pilot: „Ja, Sir."

Zögerlich beschleunigt der Pilot das Schiff und taucht in den gelben Nebel ein. Fürs Erste scheint nichts ungewöhnlich zu sein. Eher gleicht es dem Flug durch eine dichte Wolkendecke. Trotz Überlichtgeschwindigkeit neigt sich der Tag dem Ende zu. Der Großteil der Besatzung hat sich längst in die Quartiere zurückgezogen und schläft. Auf der Kommandobrücke hingegen sitzt immer noch der Pilot, der wie hypnotisiert aus dem Fenster schaut. Dann kommt unerwartet der Wissenschaftler zu ihm und wirft ebenfalls einen Blick nach draußen.

Wissenschaftler: „Gibt es schon irgendwas Neues?"

Pilot: „Nichts. Die Sonden sind immer noch an Ort und Stelle. Allerdings werden wir gleich in dem Sternensystem angekommen sein."

Wissenschaftler: „Das wurde auch mal Zeit. Es kommt mir hier vor, als würde man eine Ewigkeit warten."

Pilot: „Wir reisen gerade mit exakter Lichtgeschwindigkeit. Man vergisst ziemlich schnell, wie langsam das eigentlich ist."

Wissenschaftler: „Nun, solange wir am Ziel ankommen, ist es mir gleichgültig."

Pilot: „Wir werden die Sonden vermutlich erst morgen früh erreichen. Ich empfehle Ihnen, bis dahin mal zu versuchen zu schlafen."

Wissenschaftler: „Das sollte ich wirklich. Sie auch."

Der Wissenschaftler verlässt die Kommandobrücke. Dabei bleibt der Pilot zurück. Er nimmt sich eine Decke, aber beschließt dennoch im Pilotensitz zu übernachten. Stunden vergehen, bis er endlich eingeschlafen ist. Mittlerweile ist alles im Schiff dunkel. Nur das gelbe Licht des Nebels schimmert bedrohlich durch die Fenster. Das Schiff hat das System nun erreicht. Obwohl es mit Lichtgeschwindigkeit reist, scheint es eher, als würde es langsam durch das All driften. Wie aus dem Nichts entstehen viele kleine Kratzer an den Fenstern der Kommandobrücke. Grundsätzlich ist das nichts Ungewöhnliches, wenn man mit hoher Geschwindigkeit durch Staubwolken fliegt. Was jedoch wirklich ungewöhnlich und gar unnatürlich ist, sind die dunklen Schatten, die die drei Erkundungsschiffe umkreisen. Plötzlich legt sich ein schwarzer Schatten über das Hauptfenster der Kommandobrücke. Der Schatten hat die Form einer knochigen Hand und gehört zu einem Wesen, welches aus Rauch zu bestehen scheint. Der Kopf ist verschwommen, die Arme dünn und lang, der Oberkörper knochig und verwest, wobei die Beine sich in einem Schatten aufzulösen scheinen. Es sind

Kreaturen wie aus einem Albtraum, die nun entlang der Schiffe an die Hülle kratzen. All das geschieht unbemerkt von den schlafenden Besatzungen, an einem Ort, an dem sie keiner hören oder finden kann.

Kapitel 4: Geisterschiff

Die Sonne verschwindet allmählich hinter dem Rand der Sanctuary-Station und für deren Bewohner bricht die Nacht an. Die gesamte Stadt ist hell erleuchtet, wobei Raumschiffe zwischen den acht hohen Außentürmen hin und her fliegen. Auf einem dieser Türme sitzt Raven an einem Geländer und starrt auf die schlaflose Stadt. Er wirkt nachdenklich, aber auch verunsichert. Die Neuigkeiten über den sogenannten Hells Gate Nebel lassen ihm keine Ruhe. Obwohl Raven allein zu sein scheint, kommt nach einer Weile sein Pilot umherirrend um die Ecke.

Javis: „Mann, hier steckst du also. Weißt du eigentlich, wie schwer du zu finden bist?"

Raven: „Sorry. Ist so eine Angewohnheit."

Javis: „Ja. Im Verschwinden bist du echt gut."

Raven: „Danke. Was führt dich eigentlich zu mir?"

Javis: „Die Black-Arrow fragt sich, wo ihr Commander steckt. Also bin ich los, um ihn zu suchen."

Raven: „Herzlichen Glückwunsch. Du hast ihn gefunden. Was macht die Crew?"

Javis: „Vergnügt sich in der Stadt. Wenn man das *Vergnügen* nennen kann. Sag mal, worüber denkst du nach? Diesen verbittert-frustrierten Gesichtsausdruck habe ich ja noch nie bei dir gesehen."

Raven: „Ich bin beim Grübeln für gewöhnlich auch allein. Es ist dieser Hells Gate Nebel, der mir Kopfzerbrechen bereitet."

Javis: „Wenn er wirklich seinen Ursprung in dunkler Utopier-Technologie hat, dann hoffe ich, dass wir dem gewachsen sind."

Raven: „Es ist dunkle Technologie. Und nein, dem sind wir nicht gewachsen. Ich warte nur darauf, dass die Utopier wieder irgendwie Kontakt zu mir aufnehmen."

Javis: „Mit dieser verrückten Telepathie-Sache?"

Raven: „So ähnlich, ja. Seit der Begegnung in Andromeda besteht eine Art Verbindung. Aber ich wundere mich, dass Sie mich nicht vor diesem Nebel gewarnt haben."

Javis: „Vielleicht kommt das noch. Mit etwas Glück bekommen wir sogar eine Handlungsanleitung, wie man den Nebel beseitigt."

Raven: (Schmunzelt) „Schön wär's. Uns bleibt wohl erst mal nichts anderes übrig, als auf den Bericht der Erkundungsschiffe zu warten. Vorausgesetzt, sie schaffen es überhaupt."

Javis: „Du wirkst, als würdest du wissen, was sich in diesem Nebel befindet."

Raven: „Ich mache mir weniger Sorgen über das Innere dieses Nebels als über das, was dort herauskommen könnte."
Javis: „Dunkle Utopier?"
Raven: „Wenn wir Glück haben."
Javis: „Wie ,Wenn wir Glück haben.'? Gibt es etwas Schlimmeres?"
Raven: „Ja. Jene Finsternis, die diese Utopier und unzählige andere Spezies verdorben hat. Etwas, das unzählige Welten ausgelöscht und ganze Universen vernichtet hat."
Javis: „Hoffentlich bist du jetzt kein Prophet. Was du da von dir gibst, bereitet einem echt Gänsehaut. Hör auf damit!"
Auf Ravens Unterarmcomputer erscheint eine Nachricht.
Javis: „Die Utopier?"
Raven: (Amüsiert) „Nein. Es ist Avara."
Javis: „Oh, dann habe ich schon ein ganz mieses Gefühl dabei."
Raven: „Na ja. Er scheint einen Auftrag für uns zu haben."
Javis: „Arbeit. Großartig. Ich kontaktiere die Crew."
Die Besatzung der Black-Arrow ist derzeit in der Stadt verteilt. Irgendwo zwischen den verwinkelten und von Neonlichtern bespickten Straßen befindet sich eine Bar. Dort versucht das restliche Raptor-Team in Begleitung von Hunter und Clarke einen entspannten Abend zu verbringen. Während Murphy und Hunter sich nett unterhalten, machen Rees und Clarke am anderen Ende des Tresens miteinander rum.
Hunter: (Amüsiert) „Die beiden da drüben sollten sich lieber ein Zimmer nehmen."
Murphy: „Ich schätze, ein paar Cocktails mehr und wir machen das Gleiche."
Hunter: „Ach so, ja?"
Die beiden küssen sich für einen Augenblick und lächeln sich gegenseitig verlegen zu.
Murphy: „Vielleicht lernt unser Sev heute Abend ja auch noch eine nette Bekanntschaft kennen."
Hunter: „Glaubst du wirklich? Würde mich nicht wundern, wenn diese Bekanntschaft zu einer Barschlägerei gehört."
Hinter den beiden Pärchen steht Sev und wirft verbissen auf eine Dartscheibe. Die Dartpfeile stecken überall, jedoch nicht in der Mitte. Was für einen Meisterscharfschützen schon ziemlich ironisch ist.
Sev: „Ich mag dieses Ding nicht."
Mit einem schadenfrohen Grinsen dreht Rees sich um.
Rees: „Ich sollte mir die bösen Sprüche lieber sparen."
Sev: „Definitiv, wenn du deinen Kopf behalten willst."
Clarke: „Also, ich finde es witzig."

Rees: „Schau ganz genau hin, Schatz! Du erlebst einen Meisterschützen in Aktion."

Sev atmet laut ein und aus. Er schüttelt den Kopf und wirft weiter auf die Scheibe. In diesem Moment betreten drei Menschen die Bar. Ihrem Gelächter und der Lautstärke ihrer Stimmen zu urteilen sind sie bereits angetrunken sowie ganz offensichtlich nicht gerade die Vernünftigsten. Sie bestellen sich ein paar Getränke beim Barkeeper, wobei ihnen ein Pärchen aus Kardianern auffällt.

Mann: „Hey ihr. Aliens haben in diesem Teil der Stadt nichts verloren."

Die beiden Kardianer bleiben ruhig und ignorieren den Mann, sie widmen ihm nicht einen Blick.

Mann: „Hört ihr Grauhäute schlecht?"

Mann 2: „Verschwindet hier! Wir mögen eure Art nicht."

Die beiden Kardianer ignorieren die Männer weiterhin. So lange, bis einer von Ihnen meint, handgreiflich werden zu müssen, und der kardianischen Frau das Getränk aus der Hand schlägt. Diese Aktion bleibt dem Team nicht unbemerkt, weswegen Murphy seinen Cocktail abstellt und aufsteht.

Hunter: „Jack, lass es sein!"

Murphy: „Dauert nur eine Minute."

Er geht auf die drei Männer zu und stellt sich vor den Tisch der beiden Kardianer.

Murphy: „Hey, beruhigt euch mal! Diese Bar ist für alle geöffnet, also lasst diese Leute in Ruhe. Und wenn euch das nicht passt, dann geht woanders trinken!"

Mann: „Was willst du?"

Mann 3: „Hältst du dich etwa für die Polizei? Warte mal, hier gibt's ja gar keine."

Murphy: „Die beiden haben euch nichts getan und werden euch auch nichts tun. Hört auf, die Leute zu belästigen oder verlasst diese Bar!"

Mann: „Müssen wir dir erst die Fresse polieren?"

Murphy: „Glaubt mir, das wollt ihr nicht. Also seid vernünftig und geht!"

Der Mann holt plötzlich zum Schlag aus und verpasst Murphy einen Haken gegen den Kopf. Murphy selbst zeigt sich von dem Schlag sehr unbeeindruckt. Als der Mann zu einem weiteren Schlag frontal in Murphys Gesicht ausholen will, wird seine Faust aus dem Nichts von Sev gegriffen und aufgehalten.

Mann: „Was willst du denn jetzt?"

Sev: „Ich habe ein Problem mit Leuten wie dir. Ich kann Arschlöcher und Rassisten nicht ausstehen."

Sevs Griff ist so kräftig, dass es ihm leichtfällt aus seiner Position in einen Armhebel zu wechseln. Der Mann scheint allerdings etwas Kampferfahrung zu besitzen und versucht sich aus dem Hebel herauszudrehen. Allerdings hat er gegen Sevs Schläge absolut keine Chance, weswegen er sich auch gleich wieder in einem Kontrollgriff befindet, der ihn nicht ganz unabsichtlich gegen eine Wand und anschließend mit dem Kopf auf den Tisch der Kardianer schleudert.

Sev: „Entschuldige dich bitte!"

Mann: „Willst du mich verarschen?"

Sev: „Nein. Das ist mein Ernst. Entweder du lernst in den nächsten zehn Sekunden zivilisiert zu sein und entschuldigst dich für dein untragbares Benehmen oder du verpisst dich und kriechst zurück in das Loch, aus dem du gekommen bist."

Der Mann versucht erneut sich aus dem Griff zu befreien, indem er Sev bis zum Tresen drängt, wo er sich aus dem Armhebel löst und in einer Drehung die Bierflasche eines anderen Gastes greift. Von oben versucht der Mann, die Flasche über Sevs Schädel zu ziehen. Er jedoch blockiert den Schlag, woraufhin Rees ihm von der Seite die Flasche aus der Hand reißt und sie dem Gast zurückgibt. Sev selbst bearbeitet den Mann mit ein paar Schlägen, schleudert ihn zu Boden und prügelt dort weiter auf ihn ein. Murphy stellt sich derweil weiterhin schützend vor die Kardianer, wo er die anderen beiden Männer davon abhält, ihrem Freund zu helfen. Die beiden trauen sich selbst kaum anzugreifen. Wenn sie es dennoch versuchen, wehrt Murphy jeden Schlag defensiv ab. Der Mann im Hintergrund hat bereits ein blutverschmiertes Gesicht.

Rees: „Ich glaube, der hat genug, Bruder."

Sev: „Glaubst du?"

Ein letzter kräftiger Faustschlag mitten ins Gesicht beendet den Kampf. Dabei wendet sich einer der Kardianer an Murphy.

Kardianer: „Ihr gehört zum Militär, nehme ich an."

Rees: „Zu den Besten!"

Murphy: „Das tun wir."

Kardianer: „Ich danke Ihnen."

Murphy: „Keine Ursache."

Sev hilft dem niedergeschlagenen Mann auf und schubst ihn zu seinen Freunden.

Sev: „Bringt ihn nach Hause! Ein Eisbeutel könnte helfen. Und arbeitet gefälligst an eurer gestörten Gesinnung!"

Ohne Worte stützen die beiden Männer ihren Freund und verlassen flüchtig die Bar.

Hunter: „Beeindruckend."

Murphy: „Sorry, das konnte ich nicht auf mir sitzen lassen."

Bei jedem von ihnen ertönt ein Signalton auf dem Smartphone oder dem Unterarmcomputer. Es ist eine Nachricht von Javis.

Clarke: „Sieht aus, als gäbe es wieder etwas zu tun."

Rees: „Mann ey! Der Abend hat doch gerade erst angefangen."

Murphy: „Die Pflicht ruft, Leute. Lasst uns gehen."

Als das Team an dem Tresen vorbeiläuft, hält Murphy nochmals kurz vor dem Barkeeper an.

Murphy: „Entschuldigen Sie bitte den Ärger."

Barkeeper: „Ach, keine Ursache. Diese rassistischen Idioten sind hier überall. Wurde auch mal Zeit, dass die einer aufmischt."

Murphy: „Vielleicht sollten Sie sich einen Kor als Sicherheitsdienst in diese Bar holen."

Barkeeper: „Eine gute Idee. Ich wünsche noch einen angenehmen Abend."

Murphy: „Gleichfalls."

Das Team verlässt die Bar und begibt sich mit den öffentlichen Verkehrsmitteln zurück in das Stadtzentrum und in den Regierungsbezirk. Dort werden sie bereits vom Rest der Crew in einem Besprechungsraum erwartet.

Raven: (Skeptisch) „Ähm ... Warum hat Murphy einen blauen Fleck im Gesicht und Sev Blut an den Knöcheln?"

Rees: „Wir haben die Station ein Stück sicherer gemacht."

Sev: „Gab ein rassistisches Problem in einer Bar. Haben uns darum gekümmert."

Raven: „Eine Schlägerei?"

Hunter: „Ist ja nicht so, als hätte ich es sogar angekündigt."

Sev: „Ich würde es als *unkonventionelle Befriedung öffentlicher Gastronomie* bezeichnen."

Raven: „Und das wahrscheinlich mit taktisch friedlichen Methoden."

Sev: „Natürlich."

Raven schüttelt amüsiert den Kopf, wobei die anderen leise zu lachen beginnen. Daraufhin kommt auch schon Avara in den Besprechungsraum und schaltet das Holodesk ein.

Raven: „Warum so dringlich? Geht es um Hells Gate?"

Avara: „Nicht ganz. Es geht zumindest in die Richtung."

Raven: „Das heißt genau?"

Über dem Holodesk erscheint das Hologramm eines Raumschiffes.

Avara: „Das hier ist die Trident. Ein elysianischer Frachter. Bewaffnet und an Forschungsmissionen angepasst. Sie sollte von einer der Ausgrabungsstätten Artefakte und Relikte der Utopier beschaffen und zur Sanctuary-Station bringen."

Javis: „Klingt jetzt schon so, als hätte das Schiff Probleme."

Avara: „Wir haben vor einer Woche den Kontakt verloren, konnten sie aber wieder an ihrer letzten Position aufspüren. Allerdings antwortet das Schiff auf keine Funksprüche und taucht auf keinem Radar mehr auf, obwohl es dort ist."

Murphy: „Das hört sich nicht gut an."

Avara: „Wir haben einen kleinen Transporter losgeschickt, dieser scheint an der letzten Position der Trident aber ebenfalls verschwunden zu sein. Auch bei diesem Schiff, kein Kontakt."

Raven: „Wo befindet sich die Trident gerade?"

Avara: „Etwa 15 Lichtjahre entfernt vom Hells Gate Nebel. Zwischen einigen aufgegebenen Ausgrabungsstätten. Sie befindet sich zwischen den Sektoren der Menschen und Kardianer. Also im kosmischen Niemandsland."

Rees: „Vielleicht wurde der Frachter überfallen. Utopier-Zeug scheint ja im Moment ziemlich begehrt zu sein."

Sev: „Oder die Besatzung hat gemeutert und versucht, das Schiff samt Inhalt zu stehlen."

Raven: „Es gibt zu viele Unbekannte. Alles ist möglich. Vielleicht war unter den Relikten eines, welches sie nie hätte mitnehmen dürfen."

Avara: „Ich befürchte, das müssen Sie persönlich herausfinden. Nur die Black-Arrow ist schnell genug, die Trident im herrenlosen All zu finden, bevor sie erneut verschwindet."

Raven: „Wir werden uns das ansehen. Macht das Schiff bereit! Ich will morgen früh bei diesem Frachter sein."

Sev: „Dann finden wir mal heraus, was da draußen ganze Raumschiffe verschwinden lässt."

Die Besatzung der Black-Arrow bereitet sich in den nächsten Stunden vor und hebt von der Raumstation ab. Das Schiff nimmt Geschwindigkeit auf, sodass es gleich am nächsten Morgen den Rand eines abgelegenen und unerforschten Sternensystems erreicht. Ein Teil der Crew hat sich bereits auf der Kommandobrücke versammelt, als Raven in seinem EC-Anzug dazustößt.

Javis: „Pünktlich wie immer. Wir erreichen unser Ziel in etwa einer Minute."

Die Black-Arrow findet die Trident am äußeren Rand des Systems. Der Stern ist schon beinahe so weit entfernt, dass kaum noch Licht auf den Frachter trifft. Als wäre er von einem dunklen Schatten bedeckt. Javis steuert die Black-Arrow näher heran und bleibt etwa 500 Meter neben dem Schiff stehen.

Hunter: „Da ist sie. Die Trident."

Javis: „Alles dunkel. Ich sehe kein einziges Licht."

Hunter: „Ich empfange keinerlei Signale. Es sind auch alle Zugänge geschlossen. Alle Hangartore und Andockringe sind verriegelt."

Murphy: „Ein Vakuumunfall vielleicht?"

Raven: „Möglich. Es könnte allerdings auch etwas Anderes sein."

Sev: „Vielleicht haben unsere diebischen Freunde sich auch einfach selbstständig gemacht und wollten das Schiff entführen."

Rees: „Oder wurden entführt."

Raven: „Was auch immer da los ist, hat wohl nicht geklappt."

Murphy: „Sollen wir uns aufteilen, um das Schiff zu erkunden?"

Rees: „Das ist ein verfluchtes Geisterschiff. Du musst wahnsinnig sein, da alleine durchzulaufen."

Raven: „Rees hat recht. Wir wissen nicht, was darin passiert ist, und ich will nicht, dass das endet wie in einem Horrorfilm. Wir bleiben definitiv zusammen."

Murphy: „Gut. Wie ist der Plan?"

Raven: „Wir nehmen ein Shuttle. Nur das Raptor-Team, Patton und zwei weitere freiwillige Soldaten. Dann schauen wir, dass wir den Seitenhangar irgendwie öffnen können. Rüstet euch aus und rechnet mit allem! In 20 Minuten starten wir."

In exakt 20 Minuten hebt das Shuttle mit seinen schwerbewaffneten Insassen ab und verlässt den Hangar. Die Raptors sind voll ausgerüstet und sogar Patton trägt seinen neuen schwarzen EC-Anzug. Im Cockpit sitzt Varis Faision, einer der Kampfpiloten der Black-Arrow.

Raven: „Alle Helme auf und Anzüge versiegelt?"

Das ganze Team gibt grünes Licht.

Raven: „Okay. Faision? Tür öffnen!"

Faision: „Alles klar, dann dreh ich euch mal die Luft ab."

Während der Druck im Shuttle ausgeglichen und damit ein Vakuum erzeugt wird, gibt Rees krächzende Geräusche von sich.

Rees: „Ugggh. Ahhhh. Ohhgg. Ha ha, war nur Spaß."

Sev: „Du Idiot! Muss der Kerl unbedingt dabei sein?"

Das Shuttle schwebt vor dem geschlossenen Hangartor der Trident. Die Seitentür öffnet sich und offenbart den Blick auf das dunkle Schiff. Raven und Murphy verlassen das Shuttle und fliegen mit Hilfe der Schubdüsen an ihren Anzügen durch die Schwerelosigkeit an die Außenkonsolen, wo sie die Notfallcodes eingeben.

Murphy: „Die Codes funktionieren. Wir kommen rein."

Das Hangartor öffnet sich langsam, so lange, bis genug Platz ist, um mit dem Shuttle zu landen. Der erste Eindruck des Teams scheint noch keine Besorgnis auszulösen.

Murphy: „Der Hangar scheint leer und intakt zu sein. Keine Spur von Plünderern, Avaras Rettungstrupp oder sonst jemandem."

Die Raptors schauen sich ein wenig im Hangar um, wobei sie an der Eingangstür eine beunruhigende Entdeckung machen.

Rees: „Da hat jemand etwas an die Wand gesprüht. Da steht: *Kommt nicht rein! Bleibt draußen!*"

Patton: „Vielleicht eine Warnung."

Sev: „Vor was? Schießwütigen Schiffsdieben?"

Rees: „Folgen wir der Anweisung?"

Raven: „Murphy, öffne die Tür!"

Murphy geht an die Türsteuerung und untersucht diese.

Murphy: „Der Notstrom ist an."

Raven: „Bekommst du die Tür auf?"

Murphy: „Mit den Zugangs- und Notfallcodes bekomme ich jede Tür auf, vorausgesetzt, sie ist intakt."

Rees: „Wenn nicht, öffne ich die Türen."

Die Tür öffnet sich tatsächlich und führt in einen finsteren Gang. Es ist so dunkel, dass das Team die Helmlampen an den Anzügen einschalten muss.

Raven: „Ziemlich dunkel für Notstrom."

Murphy: „Vielleicht gab es eine Überspannung, die die Lampen hat durchbrennen lassen."

Sev: „Geht das überhaupt?"

Murphy: „Unwahrscheinlich, aber nicht unmöglich."

Raven: „Wir werden es herausfinden. Patton? Du bleibst mit den anderen beim Shuttle. Falls nötig, fordern wir euch per Funk an."

Patton: „Verstanden, Commander. Ich bin ausnahmsweise froh darüber, nicht mit reinzumüssen."

Sev: „Das könnte sich ja jederzeit ändern."

Raven: „Machen wir uns auf den Weg zur Brücke, schauen uns um und sichern, falls nötig, den Flugschreiber."

Das Team betritt die dunklen Korridore. Ihnen fällt dabei auf, dass die Funkverbindung von nun an immer schlechter wird.

Raven: „Was ist denn da los? Ich empfange die Black-Arrow nicht mehr."

Murphy: „Ich auch nicht. Das ist seltsam."

Raven geht einige Schritte zurück zum Hangar. Er sieht von dort aus, wie sein Schiff immer noch an derselben Stelle schwebt. Auch das Funksignal ist wieder da.

Raven: (Funkt) „Javis? Hört ihr mich?"

Javis: (Per Funk) „Leichte Interferenzen. Gerade eben hatten wir kein Signal."

Raven: „Ich weiß nicht wieso, aber es scheint so, als können wir nur auf Sichtkontakt funken."

Javis: (Per Funk) „Das dürfte sich schwierig gestalten, wenn ihr in dem Schiff seid. Ein Störsender vielleicht?"

Raven: „Wissen wir noch nicht. Das würde allerdings für eine versuchte Entführung sprechen."

Javis: (Per Funk) „Also an unserem Schiff liegt es nicht. Hier sind alle Systeme okay."

Raven: „Dann werden wir für diesen Einsatz ohne euch auskommen müssen. Fliegt vielleicht ein paarmal um das Schiff und schaut, ob ihr etwas entdecken könnt."

Javis: (Per Funk) „Machen wir. Passt da drin auf euch auf!"

Raven geht zurück in den Korridor und betrachtet sein wartendes Team.

Rees: „Mir gefällt das nicht."

Raven: „Keinem gefällt das. Gehen wir weiter."

Gemeinsam unter gegenseitige Sicherung laufen sie tiefer in das Schiff hinein. Ihnen fällt auf, dass je weiter sie in das Schiff vordringen, die Schäden umso mehr zunehmen. Es liegen Rohre, Leitungen und Kabel auf dem Boden. Darunter auch ganze Abdeckplatten von der Decke und den Wänden. In diesem Chaos finden sie auch zahlreiche Einschusslöcher sowie Brandspuren.

Sev: „Sieht aus, als hätte es hier heftige Kämpfe gegeben."

Rees: „Vielleicht doch ein versuchter Überfall."

Ihnen fallen einige Blutspuren auf dem Boden auf. Je weiter sie den dunklen Korridoren folgen, umso mehr Blut verteilt sich über den Boden und über die Wände. Darunter sogar ganze Handabdrücke.

Murphy: „Das ist eine Menge Blut. Wo sind die Leichen?"

Sev: „Sieht teilweise nach Schleifspuren aus. Jemand hat sie anscheinend entsorgt."

Die dunklen Gänge des Schiffes hinterlassen eine unangenehme Stille. Das Team leuchtet jede Ecke mit ihren Taschenlampen aus und bleibt dicht beieinander. Jeder von ihnen ist in diesem Augenblick ziemlich angespannt. Schließlich weiß niemand, was in dieser Dunkelheit auf sie wartet.

Sev: „Es ist so ruhig. Nicht mal ein Summen."

Murphy: „Vielleicht ist der Reaktor heruntergefahren."

Das Geräusch von knarrendem Metall hallt plötzlich durch das Schiff.

Rees: (Erschreckt) „Verdammt! Wie war das nochmal mit dem Horrorfilm?"

Raven: „Bleibt konzentriert. Es gibt für alles eine logische Erklärung. Geister sind das sicher nicht."

Sev: „Bist du dir da 100 % sicher?"

Raven: „99."

Trümmerteile einer eingestürzten Decke versperren ihnen den Weg.

Murphy: „Das wäre der Weg zur Brücke gewesen."

Raven: „Dann müssen wir uns einen neuen suchen."

Raven öffnet eine holografische Karte des Schiffes. Was sie sehen, gefällt ihnen nicht.

Sev: „Sehe ich das richtig? Wir müssen auf die andere Seite des Schiffes?"

Rees: „Na, ganz toll. Noch tiefer rein."

Unweigerlich geht es weiter durch die finsteren Korridore. Das immer häufiger auftretende Geräusch von knarrendem Metall inmitten bedrohlicher Stille zerrt dabei an ihren Nerven.

Rees: „Verdammt. Hört ihr das?"

Murphy: „Was hören wir?"

Rees: „Dieses ... Sag nicht, dass ich mir das nur einbilde!"

Raven: „Was denn?"

Rees: „Dieses Kratzen in der Wand. Sobald ich ein paar Schritte gehe, scheint es mich zu verfolgen und wenn ich stehenbleibe, hört es auf."

Sev: „Das soll wohl wieder ein Witz sein."

Rees: „Über so eine Scheiße mache ich keine Witze."

Sie gehen einige Meter und Raven hört tatsächlich ein leises Kratzen, welches sie verfolgt. Bis dieses Geräusch plötzlich verschwindet.

Sev: „Da hat jemand wieder etwas an die Wand geschrieben. Mit Blut, wie es aussieht. Was für ein Klischee."

Murphy: „*Gefallene Engel*. Was soll das bedeuten?"

Sev: „Vielleicht wurde die Besatzung verrückt."

Rees: „Ein Haufen Psychopathen wäre mir lieber als andere Dinge."

Sie gelangen immer tiefer in das Schiff, wo sich ihnen eine neue Überraschung bietet.

Murphy: „Oh Mann, mir wird gerade ganz komisch. Hat sich die Schwerkraft verändert?"

Raven: „Das hat sie. Sie ist stärker geworden."

Sev: „Ein Defekt?"

Murphy: „Normalerweise fällt die künstliche Gravitation bei einem Defekt komplett aus."

Rees: „Wie weit ist es noch zur Brücke?"

Raven: „Pssst. Seid leise. Da ist irgendetwas."

Schlagartig bleibt das Team stehen und sichert sich mit den Waffen im Anschlag.

Raven: (Flüstert) „Schalldämpfer einschalten."

Langsam und vorsichtig rückt das Team weiter vor und folgt mit dem Lichtkegel ihrer Lampen einer getrockneten Blutspur. Am Ende dieser Spur entdeckt das Team eine verwesende Leiche. Diese ist vollkommen verstümmelt und der gesamte Brustkorb steht hervor, als hätte man ihn aufgerissen. Die Lichtkegel der Lampen richten sich weiter in die Tiefe des Ganges, wo das Geräusch von unregelmäßigen Schritten und schwerem Atmen entgegenkommt. Aus der Dunkelheit erscheinen zuerst die knochigen Beine, gefolgt von einem zerfressenden Oberkörper, dessen Rippen angewachsenen Spinnenbeinen gleichen. Zuletzt erscheint der Kopf mit seinen vielen Fangzähnen und acht Augen. Das Wesen scheint sogar gebrochene und zerfetzte Flügel auf dem Rücken zu haben. Die Raptors richten alle Waffen zielgerichtet auf diese unangenehme Kreatur. Als sie anfängt ihre Klauen zu spreizen und ihnen laut kreischend entgegenfaucht, stürmt sie los. Das Team eröffnet sofort das Feuer und stellt fest, dass diese Kreatur äußerst widerstandsfähig ist. Jedoch gelingt es ihnen, sie mit ausreichend vielen Kopfschüssen zu töten.

Rees: (Entsetzt) „Verfluchte Scheiße! Was war das?"

Raven: „Die Engel, so wie es aussieht."

Murphy: „So stelle ich mir Dämonen aus der Hölle vor."

Raven: „Ein halb humanoider Körperbau mit Spinnenkopf und so etwas Ähnlichem wie Fledermausflügeln. Ekelhaft."

Sev: „Wenn die Evolution Albträume ausspuckt. Großartig."

Rees: „Wie sind diese Viecher überhaupt in das Schiff gekommen? Wo kommen die her?"

Raven: „Ich kann mir das nicht erklären. Ich bin mir auch gar nicht so sicher, ob ich das wissen will."

Noch viel vorsichtiger und möglichst wachsam schreiten die Raptors weiter durch den Korridor. Manchen von ihnen zittert sogar der Finger am Abzug. Der Gang vor ihnen ist voll mit Trümmerteilen und Leichenresten. An manchen Ecken liegen Arme und an anderen wiederum halbe Beine. Rees schwenkt sein Gewehr über den Boden und folgt mit seinen Augen den zerstückelten Leichen. Dabei wandert sein Lichtkegel in eine Halle hinein. Er erblickt Berge von Leichen, welche sich wie aufgeschüttet überall verteilen. Als Rees die Taschenlampe am Gewehr in die Tiefe der Halle richtet, entdeckt er dutzende dieser grausamen Kreaturen, welche mit blutverschmierten Klauen an den zerfetzten Leichen fressen. Rees erschreckt sich derart, dass er seine Lampe ausschaltet und sich schlagartig gegen die letzte Wand wirft.

Rees: (Verängstigt) „Fuck!"

In diesem Augenblick kommt der Rest des Teams an ihm vorbei und richtet die Lampen in die Halle. Der Anblick dieses Gemetzels ist derart erschreckend, verstörend und fürchterlich, dass jedem Raptor das Blut in den Adern gefriert. Die gefallenen Engel entdecken das

Team und richten sich auf. Während einige von ihnen ihre löchrigen Flügel spreizen, geben sie alle ein unangenehmes und fauchendes Kreischen von sich. Es ist ein Klang, der regelrecht Ohrenschmerzen auslöst.

Raven: „Fuck!"

Die Engel stürmen auf das Team zu, welches unmittelbar das Feuer eröffnet. Schmale Plasmabolzen erhellen die dunklen Gänge und hinterlassen knochige Schatten der Kreaturen an den Wänden. Einige von ihnen fliegen auf die Raptors zu und müssen noch in der Luft erschossen werden. Die Menge der Engel ist so groß, dass es ihnen nur möglich ist, sie mit Hilfe von Gewehrgranaten auf Distanz zu halten.

Raven: „Weg hier! Den Gang runter!"

Das Team ergreift die Flucht und sprintet von der Halle weg. Immer wieder kommen ihnen in den Korridoren einige dieser Kreaturen entgegen. Sie lassen sich am besten verlangsamen, indem man ihnen die Beine abschießt, jedoch kriechen sie auch dann noch weiter und versuchen die Raptors zu packen. Eine ganze Gruppe dieser Kreaturen sprintet ihnen kreischend hinterher. Nur einige Blendgranaten und Sprengsätze halten sie für einen kurzen Moment auf.

Raven: „Da drüben! Durch das Tor! Schnell!"

In dem Korridor vor ihnen ist eine offene Tür. Raven feuert mit seinem Gewehr auf die Türsteuerung, woraufhin sich das Tor von oben langsam schließt. Die ersten drei Raptors schaffen es noch aufrecht unter dem Tor in Sicherheit zu laufen. Raven hingegen dreht sich zum Schießen ein letztes Mal um. Als er sich wieder der Tür zuwendet, ist sie fast zur Hälfte geschlossen. Raven nutzt die Schubdüsen seines Anzuges, um damit über den Boden unter dem Tor durchzurutschen. Anschließend rollt er sich nach vorne ab, richtet sich auf einem Knie auf und hält mit Dauerfeuer auf die Engel. So lange, bis das Tor sich vollständig geschlossen hat.

Rees: „Heilige Scheiße! Ich will hier raus!"

Sev: „Beruhig dich!"

Rees: „Ich soll mich beruhigen?! Hast du dir diese Viecher mal angesehen?"

Raven: „Checkt eure Ausrüstung! Überprüft eure Munition. Bleibt wachsam! Mir ist diese Scheiße genauso unangenehm wie euch, aber wir kommen hier nur raus, indem keiner von uns seine Nerven verliert."

Rees atmet tief durch. Währenddessen überprüfen die anderen ihre Munition. Dabei klopft, kratzt und schlägt es unaufhörlich an das Tor.

Murphy: „Ich denke nicht, dass es vorbei ist."

Rees: „Das wäre auch zu schön."

Raven öffnet seine holografische Karte und erkundigt sich nach der eigenen Position.

Raven: „Wir sind fast am Außengang des Schiffes. Von dort aus führt eine Treppe hinauf auf das Kommandodeck."

Murphy: „Du willst weitermachen?"

Raven: „Haben wir großartig eine Wahl?"

Ein Schulterzucken genügt als Antwort, woraufhin das Team sich sammelt, um gemeinsam weiterzugehen. Vorerst bleibt es ruhig, wobei nun die nächste Überraschung auf sie wartet.

Murphy: „Was ist das für ein Licht?"

Sev: „Tageslicht?"

Rees: „Wie kann das sein? Wir treiben mitten im Weltall."

Als die Raptors um die Ecke gehen, erreichen sie den Außengang der Trident. Er ist von vorne bis hinten mit Fenstern versehen, welche alle mit brüchigen Blechlatten verbarrikadiert wurden. Zwischen den einzelnen Latten gibt es jeweils eine schmale Öffnung, durch die ein grelles und gelbes Licht strahlt. Das trifft auf die Länge des gesamten Ganges zu, was wiederum ungewöhnlich ist, da sich das Schiff eigentlich am Rande eines Sternensystems mitten im All befindet. Raven wagt es, als Erster einen Blick zwischen die Blechlatten zu werfen. Was er sieht, raubt selbst ihm den Atem. Es ist eine höllische Welt. Als wäre die Trident auf einem Planeten abgestürzt, der mit scharfkantigen Felsdornen bespickt ist. Der Himmel ist voll mit fliegenden Engeln, die sich um das gesamte Schiff verteilen oder versuchen in es einzudringen. Der gelbe Dunst in der Atmosphäre leuchtet wiederum im Licht von drei Sonnen. Keiner der Raptors kann in diesem Augenblick seinen Augen trauen.

Murphy: „Ich verstehe das nicht. Wieso ist die Trident hier abgestürzt? Das macht keinen Sinn."

Rees: „Ich denke, wenn sie abgestürzt wäre, dann hätten wir das in den letzten 30 Minuten bestimmt gemerkt."

Murphy: „Dann muss sie vorher abgestürzt sein."

Sev: „Wie soll das gehen, wenn wir sie doch mitten im All betreten haben?"

Raven: „Ich verstehe gerade auch einfach gar nichts. Hierfür eine Erklärung zu finden, wäre jetzt ziemlich angebracht."

Murphy: „Wie kann ein Schiff gleichzeitig abgestürzt sein und durchs All treiben?"

Raven: „Keine Ahnung. Ich befürchte sogar, dass wir uns nicht einmal mehr in der Milchstraße befinden, wenn nicht sogar außerhalb unseres eigenen Universums."

Rees: „Jetzt spinnst du."

Raven: „Da draußen sehe ich drei Sonnen und man kann das Band einer dichten Galaxie am Horizont erkennen. Das System, in dem wir das Schiff betreten haben, hatte nur einen Stern."

Rees: „Mein Kopf explodiert sowieso schon, mach es ruhig noch schlimmer!"

Das Team schaut sich verwirrt an und versucht die Eindrücke zu verarbeiten.

Murphy: „Also dann zur Brücke?"

Raven: „Gehen wir!"

Sie folgen Ravens Karte entlang des Ganges. Eine Treppe führt hinauf auf das Kommandodeck, welches direkt an der Brücke endet. Glücklicherweise bleiben die Raptors von weiteren Begegnungen mit gefallenen Engeln verschont. Auf einem Fenster der Kommandobrücke steht „Tod ist Erlösung!" in Blut geschrieben. Als ob das nicht schon verstörend genug ist, findet das Team die Leiche des Captains im Pilotensitz, mit einem großen Loch in der Schädeldecke. Er hat sich offensichtlich in den Kopf geschossen und wurde anschließend von den Engeln bis auf die Knochen abgenagt. Noch beunruhigender als dieser Anblick ist jedoch die Aussicht auf das Schiff. Die leicht brüchigen Fenster ermöglichen einen Überblick über die unwirkliche Landschaft. Aus dem Dunst erheben sich scharfkantige Felsspitzen, die in alle Richtungen zeigen. Darunter auch die klauenartigen Überreste dunkler Utopier-Technologie. Eine dieser Klauen durchbohrt schräg den Bug der Trident und scheint an der Einbruchstelle seltsam zu leuchten.

Sev: „Seht mal dort! Scheint so, als hätte sich das Schiff aufgespießt."

Murphy: „In diesem Winkel? So sauber?"

Sev: „Sieht komisch aus, aber ich sehe es schließlich vor mir."

Murphy: „Irgendwelche Ideen, was das sein könnte? Sieht aus wie ein Turm, beinahe wie ein schwarzer Obelisk."

Raven: „Einige Berichte der Knights of Eden beschreiben die Relikte der dunklen Utopier mit diesem Aussehen. Vermutlich gehört dieser Obelisk auch dazu."

Murphy: „Na ja, das scheint alles immer verrückter zu werden. Ich sehe mal nach den Flugdaten und dem Flugschreiber."

Je länger Raven auf diesen Obelisken starrt, umso mehr wird ihm einiges klar.

Raven: „Ich glaube, diese Welt sah nicht immer so aus. Sie wurde von der Finsternis verändert."

Rees: „Wie meinst du das? Geterraformt? So radikal und bösartig?"

Raven: „Ja. Ich vermute es. Oder so ähnlich."

Sev: „Na sieh mal einer an. Ein Audio-Log. Was ein Zufall."
Raven: „Vielleicht gibt das uns ein paar Antworten."
Sev: „Nur zwei Aufnahmen."
Sev spielt die erste der beiden Aufnahmen ab.
Audio-Log: „Hier ist ... Ist doch egal. Wer auch immer das hier hört, es
tut mir leid, dass ihr in dieser Hölle gelandet seid. Es sollte ein
einfacher Transportauftrag sein. Keine Ahnung, wie das so
schieflaufen konnte. Vielleicht seid ihr gerade auf der Brücke und
seht, wie dieses schwarze Stück Metall unseren Bug durchbohrt. Wir
nennen dieses Ding *den Turm*. Er hat uns hierhergeführt. Er ist schuld
an all dem. Wir sind nicht mehr in der Milchstraße. Das ist sicher. Als
wir auf dem Rückweg von der Ausgrabungsstätte waren, traf uns
mitten im Hyperraum irgendwas. Es war ein Bruchstück aus Metall,
schneller als Licht. Es schien sich um ein Fragment des Turmes zu
handeln. Direkt nach dem Einschlag stoppten wir in einem
abgelegenen System. Dann brach die Hölle aus. Beim Versuch zu
fliehen, landeten die Shuttles und Rettungskapseln nicht dort, wo sie
sollten. Das Fragment, welches uns getroffen hatte, scheint zu diesem
Turm zu gehören, welches uns irgendwie an diesen Ort brachte.
Innerhalb eines Tages verwandelte sich der Weltraum um uns herum
in diese Hölle. Ich kann es nicht erklären. Niemand kann das. Und
dann sind da diese Bestien. Wir nennen sie „gefallene Engel". Eine
fliegende Kreuzung aus Menschen und Spinnen. Sie sind überall. Sie
kommen in das Schiff und sie fressen die Besatzung bei lebendigem
Leibe auf. Diesen Ort verlässt man nur noch durchs Jenseits. Also
sollten Sie gekommen sein, um uns zu retten, retten Sie sich selbst und
erschießen Sie sich."
Das Raptor-Team ist sprachlos und verunsichert. Absolut keine
Kontrolle über diese Situation zu haben, kränkt jeden Einzelnen von
ihnen. Doch vorerst scheint es so, als wären sie in diesem Albtraum
gefangen.
Raven: „Die zweite Aufnahme?"
Sev startet das zweite Audio-Log, auf dem nur schweres Atmen,
gefolgt von Schüssen, dem Kreischen der Engel und dem Geräusch
von brechenden Knochen zu hören sind.
Murphy: „Ich habe die Daten. Wenn sonst nichts dagegenspricht,
würde ich jetzt gerne von hier verschwinden."
Rees: „Können wir das überhaupt?"
Murphy: „Vielleicht, wenn wir es irgendwie zum Hangar
zurückschaffen."
Raven: „Vorher würde ich gerne zu diesem Turm."
Rees: „Ist das dein Ernst?"

Raven: „Ja. Vielleicht können wir von dort aus zurück in unser Universum. Ich habe den Eindruck, dass nicht das gesamte Schiff hier gefangen ist. Sonst hätten wir schließlich nicht landen können."

Murphy: „Klingt plausibel. Wenn unser einziger Weg hier raus über den Turm führt, dann bin ich dabei."

Sev: „Ich auch."

Rees: „Gruppenzwang. Na toll!"

Das Team macht sich erneut auf den Weg. Es geht wieder hinunter in den Außengang, der diesmal über die gesamte Länge des Schiffes verfolgt wird. Ihnen begegnen dabei nur einige verletzte Engel, die unter dem gemeinsamen Beschuss ein schnelles Ende finden. Je näher die Raptors allerdings dem Turm kommen, umso seltsamer fühlen sie sich. Es ist, als würde sich die Atmosphäre in jedem Korridor verändern. Sie betreten den Raum, in dem der Turm eingeschlagen ist, und sind überrascht über die Dinge, die sie sehen. Überall schweben durchsichtige sowie spiegelnde Scherben durch die Luft, als würde die Schwerkraft sie nicht beeinflussen. Dazu weht ein wirbelnder Wind durch den Raum.

Murphy: „Was ist das?"

Rees: „Sieht aus wie schwebende Glasscherben."

Murphy: „Darin spiegeln sich Dinge, die gar nicht da sind."

Rees: „Was sagst du dazu, Weltraum-Jesus?"

Raven: „So sieht es aus, wenn die Grenzen zwischen Universen gewaltsam aufgerissen werden."

Sev: „Ähm. Woher weißt du das?"

Raven: (Zögerlich) „Keine Ahnung. Ich weiß es einfach."

Das Team betrachtet den schwarzen Turm, der mit vielen feinen Linien und Furchen bedeckt ist. In diesen unregelmäßigen Vertiefungen des Materials scheint der Turm langsam pulsierend zu leuchten.

Raven: „Hört ihr das auch?"

Rees: „Das leise Kreischen und Fauchen von draußen? Ja."

Raven: „Nein. Das meine ich nicht. Dieses Summen. Es scheint vom Turm zu kommen."

Sev: „Ich höre vieles, aber kein Summen."

Raven: „Wirklich nicht? Es fühlt sich an wie eine Vibration, die den Körper durchdringt. Es wird stärker, je näher man diesem Ding kommt."

Rees geht einige Meter direkt an den Turm heran.

Rees: „Wirklich? Ich höre und fühle gar nichts."

Raven: (Skeptisch) „Komisch."

Murphy: „Vermutlich sind das die Reste der Utopier in dir."

Rees: „Oder du wirst langsam psychotisch."

Sev: „Was mich ebenfalls wundert, ist die Neigung des Turms im Vergleich zum Loch des Einschlages."

Er verweist auf ein Loch in der Decke, welches einmal schräg durch das Schiff führt, entgegengesetzt der Richtung, in die sich der Turm neigt.

Murphy: „Sieht so aus, als wäre das Fragment des Turms aus dieser Richtung eingeschlagen und dann hat es das Schiff hierher teleportiert. Direkt in diese ganze Struktur hinein."

Sev: „Pech kann man haben."

Während Raven sich weiter umschaut, spielt Rees an einigen der schwebenden Scherben herum.

Rees: „Was machen wir jetzt? Sprengen wir dieses Ding?"

Raven: „Daran habe ich auch erst gedacht, aber wer weiß, ob wir nicht an diesem Ort feststecken, wenn wir das tun."

Rees: „Scheiße, stimmt."

Raven: „Vielleicht nehmen wir einen Zeitzünder. Der sollte dann explodieren, nachdem wir diesen Ort verlassen haben."

Rees: „Alles klar. Wie viel Sprengstoff soll ich platzieren?"

Raven: „Alles!"

Rees: „Da geht mir wirklich das Herz auf. Danke, Raven!"

Trotz der angespannten Situation verkabelt Rees schon beinahe euphorisch all den Sprengstoff, den das Team dabeihat.

Rees: „Zeit zur Zündung?"

Raven: „Sechs Stunden."

Rees: „Dann bekommen wir von dem Feuerwerk ja gar nichts mit."

Raven: „So ist der Plan."

Seufzend stellt Rees den Zeitzünder ein und macht den Sprengstoff scharf.

Murphy: „Gehen wir jetzt zurück zum Shuttle?"

Raven: „Ja. Wenn meine Theorie stimmt, dass das Schiff nur zur Hälfte in dieser höllischen Welt feststeckt, dann müssten wir über den anderen Außengang zurück in unser Universum kommen."

Sev: „Hoffen wir es."

Unter gegenseitiger Sicherung begeben sich die Raptors zurück in die dunklen Korridore der Trident. Es wird wieder so dunkel, dass das Team dazu gezwungen ist, erneut die Taschenlampen zu benutzen. Bevor es jedoch zum Außengang geht, führt der Weg an einigen Hallen und Lagerräumen vorbei. Unter anderem finden Sie auch einige Rettungskapseln, welche von innen vollständig in Blut getränkt sind. Das Grauen nimmt allerdings kein Ende, denn hinter der nächsten Tür bedeckt ein dichter Nebel die Korridore. Die Sichtweite beträgt nun gerade mal drei Meter. Verschlimmert wird diese Situation nur noch durch Geräusche im Nebel, die darauf hindeuten, dass das Raptor-Team nicht allein ist.

Raven: „Visor auf Wärmebild umschalten!"

Dank der Kommandohelme des Teams ist es ihnen möglich, mit Hilfe einer Wärmebildoptik die unangenehmen Kreaturen ausfindig zu machen, bevor diese überraschend angreifen können. Einige Abschüsse und Korridore später geht der Nebel in einen feuchten Dunst über. Obwohl die Sicht allmählich besser wird, ist der nächste Anblick keineswegs angenehm. Alle Wände sowie der Boden sind mit einer Mischung aus organischem Schleim sowie Spinnennetzen bedeckt. An manchen Wänden hängen sogar Leichen inmitten der Netze. Doch das schleimige Geräusch der Stiefel auf dem Boden bereitet den meisten Raptors eine unangenehme Gänsehaut.

Rees: „Ohh, ist das ekelig."

Möglichst leise versuchen sie zum Hangar zurückzufinden, allerdings treffen sie immer wieder auf die gefallenen Engel sowie kleine spinnenartige Wesen mit kleinen Flügeln.

Murphy: „Sind das da Eier?"

Der gesamte Raum vor ihnen ist von schleimigen Kapseln bedeckt. Manche davon wachsen aus den Leichen heraus, wohingegen die meisten von ihnen sich über alle Wände verteilen.

Raven: „Versucht diese Dinger bloß nicht zu berühren."

Rees: „Was, wenn sie uns berühren?"

Raven: „Dann schießt auf alles, was da rauskommt!"

Sie setzten jeden Schritt mit Bedacht, so lange, bis sie nach einer gefühlten, angespannten Ewigkeit endlich die nächste Tür erreichen. Dahinter liegt der Außengang, welcher trotz seiner offenen Fenster in tiefster Dunkelheit liegt. Ein Blick hinaus lässt das Team für einen Moment wieder aufatmen.

Murphy: „Ich sehe Sterne."

Rees: „Ich habe mich noch nie so sehr darüber gefreut, dieses öde Weltall zu sehen."

Sev: „Hat dir die Trident etwa nicht gefallen?"

Rees: „Nie wieder Geisterschiffe. Beim nächsten Mal bin ich raus!"

Als die Black-Arrow neben dem Frachter auftaucht und dabei ihre Runden dreht, versucht Raven sie anzufunken, allerdings ohne Erfolg.

Raven: „Zumindest sind wir wieder in unserem Universum."

Plötzlich bricht das Gitter eines naheliegenden Lüftungsschachtes auf und ein gefallener Engel mit zerrissenen Flügeln stürmt hinaus. Er packt sich Rees und wirft ihn zu Boden, während er versucht, mit seinen Fangzähnen eine Schwachstelle in der Rüstung zu finden.

Ohne zu zögern, hebt Sev sein Gewehr an und gibt einen langen Feuerstoß ab. Die Kreatur sackt zusammen und Rees stößt sie schnellstmöglich von sich weg.

Rees: „Scheiße! Danke Bruder."

Sev: „Er wollte doch nur kuscheln."

Rees: „Natürlich. Ich liebe deinen stumpfen und zynischen Humor. Wirklich."

Die beiden schaffen es trotz dieser bescheidenen Situation zumindest für einen Augenblick zu lachen. Doch dieses wird schon sehr bald vergehen.

Murphy: „Mag sein, dass wir wieder in unserem Universum sind, aber diese Biester sind immer noch da."

Er zeigt hinter das Team in den Korridor hinein, wo eine Gruppe knochiger Gestalten humpelnd näherkommt.

Raven: „Bis zum Hangar ist es nicht mehr weit. Weg hier!"

Die Raptors sprinten durch den Gang, wobei die Kreaturen hinter ihnen sie stürmisch verfolgen. Im Hangar der Trident warten immer noch Patton, Faision und ein weiterer Soldat. Es passiert so wenig, dass sie sich schon beinahe langweilen. Doch plötzlich hallen die Klänge von Schüssen aus dem Gang hinaus, in dem das Raptor-Team anfangs verschwunden ist. Schlagartig nehmen die drei Soldaten ihre Waffen in die Hand und richten sie auf den dunklen Korridor. Dieser wird allmählich von dem Mündungsfeuer der Sturmgewehre beleuchtet, welche das Team dabeihat. Die Raptors stürmen aus dem Korridor hinaus in den Hangar, gefolgt von fünf gefallenen Engeln. Die drei Soldaten im Hangar erstarren vor Schock, doch Patton ist der Erste von ihnen, der das Feuer eröffnet. Gemeinsam schaffen sie es, die unheilvollen Kreaturen zu töten. Unmittelbar danach verschließt Murphy das Tor zum Hangar, sodass sie endlich in Sicherheit sind.

Rees: „Ich habe die Schnauze voll!"

Patton: „Was zum Teufel war das?"

Rees: „Nächstes Mal tauschen wir die Plätze, Patton!"

Auf direktem Weg läuft Rees an Patton vorbei und setzt sich in das Shuttle, gefolgt von Sev.

Patton: „Kann mir mal jemand erklären, was hier los ist?"

Murphy: „Die Besatzung nannte diese Dinger ,gefallene Engel'. Sei froh, dass du das da drin nicht mit ansehen musstest."

Patton: „Wieso? Was ist mit der Besatzung?"

Raven: „Alle tot. Ich erkläre gleich auf der Brücke, was passiert ist."

Patton: „Okay. Aber ich bin verwirrt."

Raven: „Faision? Mach das Shuttle startklar. Keiner von uns muss länger hier sein als nötig."

Schon wenige Minuten später befindet sich das Team wieder auf der Black-Arrow. Sämtliches Personal, welches bei dieser Mission beteiligt war, versammelt sich schließlich auf der Brücke.

Hunter: „Schon wieder zurück, Commander?"

Raven: „Ja. Die Trident ist verloren. Ich sende Avara einen Bericht."

Javis: „Natürlich ist die Trident verloren. Wir sind doch hier, um herauszufinden, warum?"

Raven: „Ich meine, es gibt keine Hoffnung. Ein Fragment dunkler Utopier-Technologie traf das Schiff im Bug. Es hielt die Trident zwischen zwei Universen und in einer höllischen Welt gefangen."

Javis: „Wie höllisch?"

In diesem Augenblick überträgt Sev Kameraaufnahmen von dem Visor der EC-Helme auf das Holodesk. Die Crew erblickt die blutige Schrift an den Wänden, die Leichen und vor allem die Aufnahmen der Kämpfe gegen die gefallenen Engel.

Hunter: „Was sind das für ekelhafte Dinger? Wo kommen die her?"

Raven: „Bevor die Crew vollständig ausgelöscht wurde, bezeichnete sie diese Dinger als *gefallene Engel*, vermutlich weil viele von ihnen gebrochene und abgerissene Flügel hatten. Diese Spezies wurde wahrscheinlich von dunkler Utopier-Technologie verdorben."

Murphy: „Glaubst du, uns könnte ein ähnliches Schicksal erwarten, wenn der Hells Gate Nebel sich ausbreitet?"

Raven: „So, oder so ähnlich. Darüber wissen wir noch zu wenig."

Sevs Aufnahmen zeigen nun die unwirkliche Landschaft außerhalb des Frachters. Darunter auch die umherfliegenden Engel sowie den Turm, welcher das Schiff durchbohrt.

Hunter: „Bei unseren Rundflügen fanden wir ein dunkles Loch in der Trident. Ich hätte nie gedacht, dass das solche Ausmaße annimmt."

Raven: „Commander Talon hat da draußen etwas Furchtbares erweckt. Ich hoffe, wir finden schnell genug heraus, wie wir es aufhalten können."

Rees: „Und was geschieht jetzt mit der Trident?"

Raven: „Javis, durchlöcher' dieses Schiff mit unseren schweren Waffen und hau diesem Frachter mindestens eine Nuklearrakete in den Bug."

Javis: „Mit Vergnügen. Ich schicke die Trident zurück in die Hölle und hoffentlich bleibt sie dort."

Die Waffen der Black-Arrow machen sich scharf und Javis richtet das Schiff aus. Von den Triebwerken aus beginnend durchsieben die kraftvollen Plasmablitze der schweren Kanonen das Schiff. Explosionen reihen sich aneinander, während der Frachter vom Heck bis zum Bug in seine Einzelteile zerfällt. Dabei verschwimmen die

Grenzen zwischen den Universen miteinander, was als gelblich flackernde Lichtblitze zu erkennen ist. Für Sekundenbruchteile ist dadurch sogar die dahinterliegende Landschaft zu sehen.

Hunter: „Wow. Das ist verrückt."

Zuletzt feuert Javis eine Nuklearrakete ab. Diese schlägt wie gewollt im Fragment des Turms ein, welches sich gerade langsam vom Schiff zu lösen beginnt. Ein greller Lichtblitz dringt durch die Fenster in die Black-Arrow. Eine große Explosion, bestehend aus unzähligen Funken, ionisierter Materie und lila Flammen, umringt von roten Blitzen, erscheint dort, wo ursprünglich die Trident ihren Platz hatte.

Javis: „Von dem Frachter ist nichts mehr übrig, Raven. Nicht mal eine Schraube."

Raven: „Gute Arbeit. Mir tun all die Seelen leid, die auf diesem Schiff ihr Ende gefunden haben."

Murphy: „Hoffen wir, dass wir dieses Schicksal nie teilen müssen."

Gleich nach der Zerstörung der Trident dreht die Black-Arrow ab und verlässt das Sternensystem. Dabei bereitet Raven einen Bericht inklusive Aufnahmen vor, welche Avara schon am nächsten Tag auf der Sanctuary-Station erhalten wird.

Auf dem kardianischen Heimatplaneten Tesra schwebt die Destiny über der Hauptstadt des Planeten. Die Ringe am Himmel erleuchten die Nacht, während unzählige Raumschiffe zwischen den massiven Bauwerken ihrem Kurs folgen. Manche davon überragen mehr als tausend Meter und erstrecken sich über mehrere Stadtbezirke. Es wirkt, als hätte man die Stadt mehrschichtig errichtet und mit enorm riesigen Gebäuden bestückt. Inmitten all der verwinkelten Ecken dieser gigantischen Metropole erstreckt sich eine breite Brücke, auf der sich allerlei Gebäude aneinanderreihen. Dort versteckt liegt eine unscheinbare Bar, die mit ihrer Glasfront ein beeindruckendes Panorama auf die Skyline bietet. In eben dieser Bar sitzt ein Mensch, bekleidet mit einem weißen Kapuzenpullover. Beinahe unbemerkt und anonym handelt es sich um Kaelyn Harper. Mit aufgesetzter Kapuze sitzt sie am Tresen und starrt betrübt auf den Boden eines leeren Glases. Offensichtlich möchte sie nicht erkannt werden, wobei es schon ungewöhnlich ist, dass die Anführerin der Schwarzen Legion sich in einer außerirdischen Bar versteckt.

Hinter dem Tresen steht eine kardianische Frau, welche eine Glasvitrine mit allerlei bunten Flaschen befüllt. Nachdem sie diese Arbeit beendet hat, fällt ihr Blick auf Kaelyn.

Barkeeperin: „Noch einen?"

Harper: (Zögernd) „Klar. Gerne."

Die Frau füllt Kaelyns leeres Glas wieder auf.

Barkeeperin: „Ich sehe wenige Menschen hier. Was führt dich her?"

Harper: „Die Arbeit."

Barkeeperin: „Bei der Schwarzen Legion?"

Sie zeigt aus dem Fenster und auf den Umriss der zweiten Destiny.

Harper: „Ja."

Barkeeperin: „Ihr habt viel für unser Volk getan. Ich habe gehört, dass ihr pausenlos gegen die Vyrakay kämpft. Dafür wollte ich mich bedanken."

Harper: „Danke. Wir tun alles, was wir können."

Barkeeperin: „Das bedeutet mir viel. Ich habe einige Familienmitglieder in diesem Krieg verloren."

Harper: „Das tut mir leid."

Barkeeperin: „Das muss es nicht. Irre ich mich oder hast du ein Übersetzerartefakt dabei?"

Harper: „Doch, ich habe eins. Wieso?"

Barkeeperin: „Nicht viele haben so etwas. Ich habe schon lange versucht irgendwo welche zu kaufen, aber entweder sind keine mehr auf Lager oder unaussprechlich teuer."

Harper: „Ich schätze, ein bisschen Glück braucht man auch."

Barkeeperin: „Das ist wahr. Ich wünschte, ich hätte Glück."

Harper: „Ich auch."

Der Gesichtsausdruck der Kardianerin wirkt zugleich verwirrt als auch besorgt. Kaelyns Körpersprache sagt mehr als tausend Worte darüber, dass es ihr im Moment nicht so gut geht. Als das Gespräch mit der Barkeeperin demnach abrupt beendet wird, senkt Harper wieder ihren Kopf. Langsam holt sie ein Smartphone aus ihrer Tasche und schaut auf das Display. Mehrere verpasste Anrufe und dutzende unbeantwortete Nachrichten. Eine davon erregt allerdings ihre Aufmerksamkeit. Es ist eine Videonachricht von May. Nachdenklich zögert Kaelyn einen Moment, bevor die Neugier zu groß wird. Sie nimmt einen letzten Schluck aus ihrem Glas und steht auf. Es geht auf direktem Weg an der Glasfront vorbei nach draußen auf eine breite Aussichtsplattform. Dort lehnt sie sich gegen das Geländer und startet die Videonachricht.

May: (Im Video) „Hey Kaelyn, ich hoffe, du lebst noch. Hab lang nichts mehr von dir gehört. Liebe Grüße von Senua. Meinem neuen Zuhause, wie es scheint. Ich vermisse Oka, das kannst du mir glauben. Aber solange die Anzahl der Erdlinge hier zunimmt, werde ich wohl erst mal nicht mehr zurück in meine alte Heimat kommen. Es werden immer mehr und sie verbreiten Krieg, Chaos und Terror, wohin sie auch gehen. Sie missachten sogar die Regeln, an die sich selbst die

Garde gehalten hat. Ich habe auch gehört, dass das Eden-Militär seinen Ruf wieder bessern möchte, indem sie die Kardianer gegen die Vyrakay unterstützen. Dann wärst du in deinem Kampf nicht mehr allein. Allerdings frage ich mich, ob die Legion dann überhaupt noch in diesem Krieg benötigt wird. Was ich damit sagen will, ist, dass es mich freuen würde, würde das Eden-Militär euch ablösen. Theoretisch könntest du uns dann wieder auf Senua helfen. Auf einem Planeten kämpfen, den du kennst. Du hast jedenfalls die Unterstützung unserer Kommandeure. Bitte denk darüber nach. Vielleicht tust du dir und deiner Legion damit einen Gefallen. Außerdem würde es mich freuen, dich wiederzusehen. Dann könnte ich dir auch bei deinen Problemen helfen. Vorausgesetzt, du lässt mich. Überleg' es dir. Senua oder Tesra. Wir könnten deine Hilfe gut gebrauchen. Also, bis dann und melde dich mal!"

Das Video endet und Kaelyn schaltet das Smartphone aus. Als ihr Blick auf die beeindruckende Skyline der Hauptstadt fällt, gehen ihr allerlei Gedanken durch den Kopf. Hat sie bereits genug für die Kardianer getan? Soll die Schwarze Legion abziehen und nach Senua aufbrechen? Wie würde es dann weitergehen? Ohne auch nur eine Antwort auf eine einzige Frage zu finden, verharrt sie mehrere Minuten an dem Geländer der Aussichtsplattform. Irgendwann jedoch wird es Zeit, zur Destiny zurückzukehren. Dazu geht sie erst einmal zurück in die Bar und läuft zum Tresen. Kaelyn legt überraschenderweise ihr Übersetzerartefakt darauf.

Barkeeperin: „Was soll das?"

Harper: „Es gehört dir. Pass gut darauf auf!"

Barkeeperin: „Was? Wirklich?"

Ohne ein weiteres Wort zu verlieren und ohne sich richtig zu verabschieden, verlässt Kaelyn die Bar und schreitet mit gesenktem Kopf durch die Straßen. Sie meidet das Licht von Laternen, während sie sich auf den Weg in eine Raumschiffswerkstatt macht. Als sie durch das offene Rolltor läuft, befindet sich zu ihrer Rechten etwas, das von einer großen Plane bedeckt ist. In diesem Augenblick kommt ein kardianischer Mechaniker auf sie zu und spricht sie in seiner außerirdischen Sprache an.

Harper: „Sorry. Ich habe kein Übersetzerartefakt mehr. Ich habe es verloren."

Sie gestikuliert mit ihren Händen, wobei der Kardianer weiterhin seine Sprache spricht.

Harper: „Hier ist das Geld. Danke für das Versteck."

Sie überreicht ihm ein kleines Bündel kardianisches Geld, woraufhin er ihr freundlich zunickt. Gemeinsam ziehen die beiden die Plane herunter, unter der sich Kaelyns Switchblade mit eingeklappten Flügeln befindet. Der Raumjäger ist provisorisch geflickt worden und gerade so flugtauglich. Immer noch sind daran viele Dellen, Kratzer und Einschusslöcher zu sehen. Trotz des bedenklichen Zustandes ihres Jägers zögert Harper nicht lange, sich in das Cockpit zu setzen und die Triebwerke zu starten. Langsam rollt sie aus der Werkstatt hinaus auf eine Landeplattform. Mit einem Senkrechtstart hebt die Switchblade ab, spreizt ihre Flügel und beschleunigt. Nach einem kurzen Rundflug über die Stadt landet sie auch wieder in einem kleinen Seitenhangar der Destiny.

Kaelyn schaltet die Motoren aus und öffnet die Cockpitscheibe. Beim Hinabsteigen der Leiter taumelt sie ein wenig und verfehlt sogar einige Stufen. Schon kurz nachdem sie wieder mit beiden Füßen auf dem Boden ist, geht sie eilig hinüber an eine Abfalltonne, um sich zu übergeben.

Harper: (Übel) „Fuck!"

Ohne Zweifel ist sie betrunken und ist in diesem Zustand auch noch über die kardianische Hauptstadt geflogen. Sie hatte schon immer eine ziemlich draufgängerische Art an sich, jedoch ist sie noch nie zuvor so fahrlässig unterwegs gewesen. Kaelyn schaltet die Lichter im Hangar aus und versucht sich unbemerkt zurück in ihr Quartier zu schleichen. Da sie das Wachpersonal in den Gängen selbst eingeteilt hat, schafft sie es auch ungesehen zu bleiben. In ihrem Quartier angekommen, ist ihr erstes und einziges Ziel das Bett. Ohne sich umzuziehen und ohne die Kapuze abzusetzen, legt sie sich hin und grübelt, bis sie schließlich einschläft.

Kapitel 5: Alte Wunden

Die Silence treibt irgendwo zwischen dem Elysium- und Eden-System durch das All. Im Inneren des Schiffes laufen die Arbeiten auf Hochtouren. Damon und Ryan reparieren die Systeme der Silence, während andere Crewmitglieder ihre alten Quartiere neu beziehen.

Jason: „Endlich wieder zuhause."

Amanda: „Freu dich nicht zu früh. Die Söldner haben ihren ganzen Dreck hiergelassen."

Jason: „Das dürfte unser geringstes Problem sein. Es ist einfach schön, wieder hier zu sein."

Amanda: „Du sagst es."

Am anderen Ende des Ganges läuft Kyra mit ihrem Gepäck herum. Sie entscheidet sich für eines der letzten beiden freien Quartiere. In dem Moment, als sie ihre Taschen und Rucksäcke dort ablegt, läuft Miranda an der Tür vorbei. Sie geht einige Schritte zurück, direkt zu Kyra.

Miranda: „Hey. Du nimmst dir dieses Quartier?"

Hades: „Ja. Oder sollte ich das nicht?"

Miranda: „Du darfst hier gerne einziehen. Nur das Quartier hat einmal Sam gehört."

Hades: „Sam? Ich erinnere mich an ihren Namen. Was ist noch gleich passiert?"

Miranda: „Sie wurde in Vektor-City auf Initium Novum von einem Kopfgeldjäger erschossen. Direkt vor Dylans Augen."

Hades: „Das klingt grausam. Das muss schwer gewesen sein für Dylan, das mit anzusehen."

Miranda: „Das war es. Ihn kränkt es, Menschen zu verlieren, die ihm nahestehen. Du kannst dir bestimmt denken, wie er auf diesen Mord reagiert hat."

Hades: „Was hat er getan?"

Miranda: „Was er am besten kann."

Hades: „Autsch."

Miranda: „Wie dem auch sei. Ich mache nachher Essen für die Crew. Wenn du möchtest, kannst du dann zu uns auf die Brücke kommen."

Hades: „Das hört sich gut an. Ich bin dabei."

Miranda: „Gut. Dann richte dich mal ein. Und willkommen auf der Silence."

Mit einem kurzen Lächeln schließt Miranda die Tür und lässt Kyra sich in Ruhe das Quartier ansehen. Zwei Stunden später versammelt sich die Crew schließlich zum Essen auf der Kommandobrücke.

Sie alle unterhalten sich, mit Ausnahme von Kyra, die ansonsten kein Wort mit den anderen Kopfgeldjägern wechselt. Wenig später erscheint auch Dylan.

Jason: „Na? Ausgeschlafen?"

Dylan schaut ihm schweigend in die Augen und kommentiert diesen Witz mit einem verurteilenden Blick.

Logan: „Gibt es schon Punkte, Pläne, Ziele oder Sonstiges?"

Sykes: „Nicht viel. Aber vor allem eine Sache beschäftigt mich gerade. Wir können zwar immer noch mit irrsinniger Überlichtgeschwindigkeit reisen, allerdings nicht in dem Tempo, in dem wir damals die Black-Arrow verfolgt haben. Hat jemand eine Idee, was wir deswegen tun können? Volta?"

Ryan: „Was, ich? Wir haben einen Alien-Reaktor in unserem Heck verbaut. Glaubst du etwa, ich kenne mich damit aus?"

Logan: „Was ist mit Lynch? Der hat uns diesen Antrieb doch eingebaut?"

Miranda: „Müssen wir dafür dann nicht zurück nach Hela?"

Amanda: „Was ist, wenn er uns auch nicht weiterhelfen kann?"

Sykes: „Das sind mir schon zu viele Fragen. Ich werde Lynch einfach von hier aus kontaktieren. Sind die Kommunikationssysteme wieder einsatzbereit?"

Damon: „Ich muss nur noch die Quantenfrequenz einstellen, dann können wir wieder mit dem ganzen Sektor telefonieren."

Sykes: „Wie lange brauchst du dafür?"

Damon: „Fünf Minuten."

Sykes: „Gut, dann kümmere dich bitte darum!"

Damon: „Wird gemacht."

Dylan dreht sich wieder um und läuft durch die Tür. Bevor er die Brücke jedoch ganz verlässt, stoppt er kurz und geht einige Meter zurück. Er nimmt sich, ohne dabei etwas zu sagen, einen Teller von Mirandas Essen. Woraufhin er seiner Crew einen letzten Blick zuwirft und sich wieder auf den Weg in sein Quartier macht.

Etwa eine Stunde später begibt Sykes sich in den Kommunikationsraum der Silence, um Lynch zu kontaktieren. Es braucht mehrere Versuche, bis er ihn endlich erreicht.

Lynch: „Das ist nicht wahr. Du hast sie zurück."

Sykes: „Hallo, Lynch. Ja, sie gehört wieder mir."

Lynch: „Ich will nicht wissen, wie der Vorbesitzer jetzt aussieht."

Sykes: „Treibt vermutlich auf einem Floß über den Ozean."

Lynch: „Wie? Er lebt? Nach einer Begegnung mit dir? Der scheint ja gewaltiges Glück gehabt zu haben."

Sykes: „Hatte er. Rufe dich allerdings wegen einer anderen Sache an."

Lynch: „Nur raus damit."

Sykes: „Du hast uns damals geholfen, den Black-Hole-Antrieb in die Silence zu bauen. Seitdem wird die Energie konstant verbraucht. Wie kann ich den Antrieb wieder aufladen?"

Lynch: „Eine herausragend interessante Frage, auf die ich keine Antwort habe."

Sykes: „Du hast uns das Ding eingebaut. Du musst es doch wissen."

Lynch: „Ja, ich habe dir das Ding in die Silence gesteckt und mit allem verbunden, was sich verbinden ließ. Stell dir den Antrieb als Batterie vor, ich kann sie zwar anzapfen, aber weiß nicht, mit welcher Vorrichtung sie sich wieder aufladen lässt. Dafür solltest du vielleicht mal jemanden fragen, der schon einen Black-Hole-Antrieb in seinem Schiff hat."

Sykes: „Na klar, davon gibt es auch so viele. Egal. Trotzdem danke für deine unzureichende Hilfe."

Lynch: „Gern geschehen. Ich wünschte, ich wüsste mehr. Viel Glück!"

Der Anruf wird beendet und Dylan bleibt ohne Antworten zurück. Er setzt sich auf den nächsten Stuhl und denkt nach. Dabei fällt ihm auf dem Display der Kommunikationsanlage auf, dass er einen Anruf von Hemsey verpasst hat. Unverzüglich drückt er einen Knopf und startet einen Rückruf.

Hemsey: „Dylan Sykes. Du hast es geschafft."

Sykes: „Habe ich. Die Silence ist wieder meins. Die Söldner haben allerdings einiges hier drinnen auf den Kopf gestellt. Aber wir kümmern uns bereits darum."

Hemsey: „Ich freue mich für dich. Dann bist du ja jetzt dem Anschein nach wieder voll einsatzfähig."

Sykes: „Lass mich raten, ein Job?"

Hemsey: „Korrekt."

Sykes: „Welches Biowaffenlabor soll ich diesmal in die Luft jagen?"

Hemsey: „In die Luft jagen, brauchst du nichts. Eher etwas beschaffen und abliefern."

Sykes: „Ein Kurierjob? Für mich?"

Hemsey: „Ja. Ausnahmsweise. Mein letztes Team hatte keinen Erfolg damit. Deswegen frage ich dich."

Sykes: „Wen oder was sollen wir entführen?"

Hemsey: „Niemanden. Es geht nur darum, einige Festplatten von einer abgestürzten Raumstation zu bergen."

Sykes: „Ernsthaft? Wo ist der Haken?"

Hemsey: „Die Station ist vor 70 Jahren auf einem unbesiedelten Dschungelplaneten abgestürzt. Er liegt noch innerhalb der Grenze des elysianischen Sektors, ist allerdings völlig in Vergessenheit geraten."

Sykes: „Was ist denn auf diesen Festplatten und wieso lässt du sie dir erst jetzt holen?"

Hemsey: „Wie gesagt, der Planet ist in Vergessenheit geraten. Ich weiß auch erst von einem Kunden, dass er existiert. Was auf den Festplatten ist, kann ich nicht sagen. Es sind irgendwelche Daten vom elysianischen Geheimdienst."

Sykes: „Ich kann dir diese Festplatten holen, wenn du mir sagst, wo ich sie finden kann. Aber das alles reicht doch noch nicht. Es muss mehr Probleme geben, wenn du dafür schon mich anheuerst."

Hemsey: „Stimmt auch. Der Planet wurde nie kolonialisiert, weil die Atmosphäre zu toxisch für Menschen ist. Du und deine Leute werdet Atemmasken brauchen. Und nach 70 Jahren gehe ich davon aus, dass diese Raumstation von einem Dschungel bedeckt ist."

Sykes: „Ein paar Pflanzen sollten für uns kein Problem sein. Definiere mal bitte „toxische Atmosphäre"."

Hemsey: „Keine Ahnung. Nach 60 Sekunden ohne Maske werdet ihr bewusstlos und erstickt wenige Minuten später. Ich schicke dir die Details später separat zu. Ebenso wie euren Lohn vorab."

Sykes: „Großzügig wie immer."

Hemsey: „Unter guten Geschäftspartnern geht das."

Sykes: „Gut. Ich werde mich um deine Festplatten kümmern."

Hemsey: „Fantastisch, alles Weitere sende ich dir zu. Wir bleiben in Kontakt."

Sykes: „Bleiben wir."

Das Gespräch endet und die Arbeiten auf der Silence nehmen wieder ihren gewohnten Lauf. Später trifft Dylan dann auch wieder auf seine versammelte Crew.

Sykes: „Wir haben einen Job."

Logan: „Wunderbar. Worum geht es?"

Sykes: „Beschaffung von Festplatten einer vor 70 Jahren abgestürzten Raumstation. Irgendwelche Freiwilligen?"

Logan, Damon, Amanda, Miranda und Kyra heben die Hand.

Sykes: „Reicht mir schon."

Logan: „Festplatten beschaffen? Sind wir außer Übung?"

Sykes: „Hemsey braucht die für einen Kunden. Die Belohnung für die Crew gibt es auch im Voraus."

Amanda: „Wenn Hemsey uns schickt, dann gibt es bestimmt Probleme."

Sykes: „Die gibt es immer. Die Raumstation ist auf einem Dschungelplaneten abgestürzt, mittlerweile vermutlich sogar völlig überwuchert. Sein letztes Team kam nicht zurück. Die Atmosphäre ist toxisch. Also brauchen wir Atemmasken oder Raumanzüge."

Damon: „Na, wenn es sonst weiter nichts ist."

Sykes: „Ryan, kannst du uns da hinbringen? Ich würde gerne morgen da sein."

Ryan: „Kommt drauf an, wie weit das weg ist. Gib mir die Koordinaten und ich bringe uns dahin."

Miranda: „Wer ist eigentlich der Auftraggeber beziehungsweise Hemseys Kunde?"

Sykes: „Ich habe nur einen Namen. Ich erfahre erst, wo wir hinmüssen, wenn wir die Festplatten haben."

Logan: „Also dann. Ich weiß gar nicht, wann ich das letzte Mal in einem Dschungel war. Wird bestimmt lustig."

Am nächsten Morgen springt die Silence aus dem Hyperraum. Unter ihr ist ein strahlend grüner Planet zu erkennen. Die Wolken verteilen sich über die hellblau leuchtende Atmosphäre, wohingegen die endlosen Dschungel von einem Netz aus Flüssen durchzogen sind. Aus der Ferne ein vertrauter Anblick, doch was sich unter den dichten Baumkronen befindet, bleibt vorerst ein Geheimnis. Dylan betrachtet bereits von der Kommandobrücke aus den unbekannten Horizont. Er trägt dabei seine volle Kampfausrüstung, von seinen Doppelpistolen, bis über die Unterarmklingen und seinem schwarzen Katana ist alles dabei. In diesem Augenblick betritt auch sein Team die Brücke.

Amanda: „Erwartest du einen schweren Kampf?"

Sykes: „Nein. Aber Hemseys letztes Team kam nicht mehr zurück. Dafür muss es einen Grund gegeben haben. Also will ich auf alles vorbereitet sein. Seid ihr alle bereit?"

Jeder im Raum nickt Dylan zu. Das Team ist ebenfalls vollständig ausgerüstet und bestens auf den Auftrag vorbereitet. In diesem Moment betritt Diana die Brücke und bringt die Atemmasken vorbei.

Diana: „Ich habe eine atmosphärische Diagnose laufen lassen. Kurzfassung davon ist, dass die Luft da unten nur für die Lungen schädlich ist. Also reichen die Atemmasken."

Logan: „Damon? Willst du wirklich einen Raumanzug da unten tragen?"

Damon: „Ich traue Dianas Diagnosen nicht. Ich war einmal in einer kontaminierten Atmosphäre, danach hatte ich monatelang ziemlich viel Spaß. Nicht."

Sykes: „Mach, was du willst. Hauptsache, du kannst in dem Ding arbeiten."

Jeder im Team, mit Ausnahme von Damon, nimmt sich eine Atemmaske.

Sykes: „Volta, wir sind soweit. Bring uns runter!"

Ryan: „Jawohl, Sir!"

Die Silence geht in den Sinkflug über und taucht in die Atmosphäre ein. Es ist ein weiter Weg durch die Wolken, bis zu den Zielkoordinaten. Inmitten eines unebenen und hügeligen Dschungels, welcher sich in jede Himmelsrichtung bis zum Horizont erstreckt, erheben sich stählerne Überreste. Während Ryan mit der Silence einige Runden über dem Zielgebiet dreht, wird immer mehr von der überwucherten Raumstation erkennbar. Wie eine zusammengesetzte und unsymmetrische Stadt erheben sich Quadrate, Klötze und Brücken aus dem Dschungel. Allesamt bedeckt mit Bäumen und Schlingpflanzen. Auffällig ist, dass die Station wie ein überwachsenes Labyrinth erscheint, welches von mehreren Seiten von Flüssen umschlungen wird. Infolgedessen stehen einige Bereiche der Station unter Wasser. Aus einigen Bruchstellen in der Außenhülle sowie aus alten Luftschleusen und Wartungsschächten stürzen regelrecht ganze Wasserfälle. Das Gesamtbild vermittelt einen postapokalyptischen, aber dennoch atemberaubend schönen Eindruck.

Miranda: „Das sieht ehrlich gesagt sogar ziemlich schön aus hier."

Logan: „Verlassene Tempel im Dschungel sind das eine, aber überwucherte Raumstationen? Das habe ich wirklich noch nie gesehen."

Amanda: „Man könnte hier sogar Abenteuerurlaub machen."

Miranda: „Ich kann es kaum erwarten, diesen Ort zu erkunden."

Sykes: „Nicht vergessen, irgendetwas da unten tötet Menschen. Wir sollten herausfinden, was mit dem letzten Team passiert ist."

Hades: „Wissen wir schon, wo wir hinmüssen?"

Sykes: „Erkläre ich, wenn unser Pilot einen Landeplatz gefunden hat."

Ryan: „Bin dabei. Hier gibt es nicht viel Auswahl. Zu viel Vegetation. Dort drüben, auf diesem kastenförmigen Stationsabteil, könnte ich es versuchen. Darauf scheint eine kleine Lichtung zu sein, groß genug für uns."

Sykes: „Das wird schon reichen."

Dylan verlässt die Brücke, gefolgt von seinem Team. Gemeinsam gehen sie hinunter in die Ladebucht.

Sykes: „Damon? Kannst du einen Luftaustausch durchführen?"

Damon läuft in seinem Raumanzug an eine Schalttafel.

Damon: „Alles klar. Erzeuge Vakuum."

Sykes: „Damon? Nein! Kein Vakuum!"

Damon: „Ich mache nur Witze. Keine Sorge."

Jeder setzt seine Maske auf und versiegelt sie. Gleich danach veranlasst Damon den Luftaustausch, woraufhin sich die vordere Laderampe der Silence öffnet.

Sykes: „Los geht's!"

Sie verlassen das Schiff und setzten erstmals einen Fuß auf einen metallischen Untergrund, der von Gräsern und anderen Pflanzen bedeckt ist. Dazu haben sie einen beeindruckenden Überblick auf die gesamte Station.

Miranda: „Fast wie im Paradies hier."

Amanda: „Also Boss, wo geht's lang?"

Sykes: „Wir müssen da drüben auf diesen breiten Turm. Das ist die Kommandozentrale. Dort sind die Festplatten."

Damon: „Dann nichts wie hin da."

Sykes: „Erst mal müssen wir einen Weg dorthin finden. So verschachtelt wie diese Raumstation aufgebaut ist, werden wir wohl viel klettern müssen. Außerdem müssen wir den Reaktor einschalten. Beziehungsweise dessen Notstrom. Sonst kommen wir weder in das Kontrollzentrum noch an die Festplatten."

Logan: „Super. Und wo ist der Reaktor?"

Dylan zeigt eine holografische Karte der Raumstation. Dabei zeigt er ungefähr in deren Mitte auf einen der unteren Bereiche. Ein Teil der Station, der scheinbar unter der Oberfläche des Planeten liegt.

Logan: „Verdammte Scheiße!"

Sykes: „Dann versuchen wir mal unser Glück. Folgt mir!"

Miranda: „Kennst du schon den Weg?"

Sykes: „Nein. Ich benutze meine Intuition."

Amanda: „Na großartig."

Das Team schaut sich gegenseitig skeptisch, aber auch schmunzelnd an. Kommentarlos folgen sie Dylan in den einen Dschungel. Es geht von Baumstämmen und Wurzeln auf Stahlstreben und Gerüste. Mit Hilfe von Lianen und anderen Schlingpflanzen klettern die Kopfgeldjäger an der Station hinab. Unten angekommen befinden sie sich auf einer großen Wiese, welche wie ein Tal zwischen den massiven Stahlblöcken der Station eingefangen zu sein scheint. Dieser Anblick erinnert Kyra an Ravens Erzählungen über die überwucherten Städte auf dem Mond Utopia. Mit dem einzigen Unterschied, dass es sich hierbei um die Hinterlassenschaften von Menschen handelt.

Vorbei an kleinen Wäldern, eingefangen zwischen hohen Wänden aus Stahl, geht es für das Team von einem Stationsabschnitt in den nächsten. Dort strömen mehrere Wasserfälle aus den zerbrochenen Fenstern heraus und speisen dabei einen breiten See.

Miranda: „Unfassbar, wie riesig diese Raumstation eigentlich ist. Wie eine ganze Stadt."

Amanda: „Ich könnte mir vorstellen, hier zu picknicken."

Logan: „Ich würde gerne sehen, wie du mit der Maske etwas essen willst."

Am Ufer des Sees entdeckt Dylan eine Leiche im Wasser treiben, sie trägt einen weißen Raumanzug. Er packt den leblosen Körper am Fuß und zieht ihn auf den Strand.

Miranda: „Sieht aus wie einer von Hemseys Leuten."

Sykes: „Der Anzug passt dazu."

Logan: „Dann haben wir sein Team wohl gefunden."

Dylan dreht die Leiche auf den Rücken und entdeckt sofort die Todesursache.

Amanda: „Einschusslöcher? Wir sind wohl nicht allein."

Damon: „Das macht die Sache hier komplizierter. Ich habe kein Interesse, mich hier von Plasma durchsieben zu lassen."

Fokussiert starrt Dylan weiterhin auf die Wunden, wobei ihm die Form der Löcher ziemlich bekannt vorkommt.

Sykes: „Das waren keine gewöhnlichen Waffen. Das waren Pfeile."

Damon: „Pfeile? Wie kommst du darauf."

Sykes: „Ich war lang genug im Hüter-Orden, um zu wissen, wie solche Spuren aussehen."

Damon: „Was für ein Orden?"

Sykes: „Lange Geschichte. Erzähle ich später."

Vorsichtig öffnet Dylan das Visier des Helmes. Durch die leicht zersplitterte Scheibe erkennt er eine Verfärbung der Blutgefäße unter der Haut.

Sykes: „Die Pfeile wurden in Gift getaucht. Haltet die Augen offen!"

Amanda: „Rennen hier etwa Leute mit Pfeil und Bogen durch den Wald?"

Logan: „Sowas wie Ureinwohner? Also wundern würde es mich jedenfalls nicht."

Mit erhöhter Vorsicht wandert die Gruppe den See entlang und klettert auf einige nahegelegenen Anbauten, um an dem Gewässer vorbeizukommen. Dabei laufen sie stellenweise sogar hinter den Wasserfällen vorbei.

Logan: „Das da unten scheint wohl Hemseys Schiff gewesen zu sein."

Damon: „Im See abgestürzt?"

Sykes: „Es liegt auf der Seite. Vermutlich wurde es von der Station hineingestoßen."

Amanda: (Ironisch) „Das wird echt immer besser."

Hinter dem See gelangen die Kopfgeldjäger in eine stählerne Schlucht, an deren Rändern ein dichter Wald wächst. Im Schatten der Baumkronen folgen sie einem schmalen Bach. Beinahe jede Bewegung und jeder schwingende Ast wird als potenzielle Bedrohung wahrgenommen. Demnach steigt auch die Anspannung im Team mit jedem Schritt vorwärts.

Damon: „Wie weit ist es noch?"

Sykes: (Schaut auf seine Karte) „So weit wie nötig."

Aus dem Nichts schlägt ein Wurfspeer direkt vor ihnen im Boden ein. Reflexartig ziehen sie ihre Waffen, gehen hinter nahegelegenen Trümmern in Deckung und beobachten den Dschungel. Bis auf den Wind in den Blättern herrscht absolute Stille. Eine Stille, die nun von den Kampfschreien einiger Ureinwohner verdrängt wird. Mit Bögen, Keulen und Speeren treten diese außerirdischen Wesen aus dem Wald heraus. Ihr Äußeres ähnelt dem von Amphibien. Glatte grünblaue Haut, große dunkle Augen und vier schmale Nasenlöcher. Gekleidet sind sie in natürlichen Materialien sowie in Lederresten. Manche von ihnen tragen sogar Federschmuck. Diese offensichtlich primitive Spezies scheint sich jetzt gegen die Eindringlinge zur Wehr setzen zu wollen. Es dauert nicht lange, bis die ersten Speere und Pfeile auf die Kopfgeldjäger zufliegen. Diese wirken dem Angriff jedoch mit ihren Schusswaffen entgegen. Die Plasmabolzen rasen auf den Dschungel zu und machen mit den neuen Feinden kurzen Prozess.

Damon: „Werfen die ernsthaft mit Stöcken nach uns?"

Logan: „Lasst euch nicht von den Pfeilen treffen!"

Eingeschüchtert von dem lauten Feuer der Waffen ziehen sich die Ureinwohner zurück in den Dschungel.

Sykes: „Die kommen wieder. Wir gehen weiter. Hinter dem nächsten Block müsste unser Zugang zum Reaktor sein. Folgt mir! Los!"

Das Team springt aus seiner Deckung heraus und rennt schnellstmöglich durch die Stahlschlucht. Schon nach wenigen Sekunden fliegen weitere Pfeile an ihnen vorbei.

Sykes: „In Bewegung bleiben!"

Als die Schlucht schmaler wird und die Anzahl der überwucherten Trümmer sich häuft, endet auch schon der Pfeilbeschuss. Stattdessen schwingen sich einige Ureinwohner mit Lianen zum Team und versuchen es im Nahkampf zu konfrontieren. Mit Keulen, Stöcken und Speeren greifen sie an. Kyra zieht ihre beiden Schwerter und befindet sich mit als Erste in einem Kampf gegen mehrere Gegner. Die Anderen verteidigen sich ebenfalls gegen die plötzlich auftauchenden Angreifer. Dylan nutzt neben seinem Katana auch seine Unterarmklingen zur Selbstverteidigung. In diesem unübersichtlichen Kampf gelingt es ihm einem der Einheimischen den Bogen abzunehmen. Er greift sich ein Bündel Pfeile und nutzt die primitive Waffe seines Feindes gegen ihn. Überraschenderweise sogar sehr gut und schnell. Nach wenigen Minuten sind die Angreifer besiegt. Der Großteil außerirdischer Leichen findet sich dabei hinter dem Team in Kyras Nähe. Ihre Klingen sind beinahe bis zum Anschlag mit Blut bedeckt. Allein bei ihrer letzten Verteidigung tötete sie in einer Bewegung zwei Gegner gleichzeitig.

Amanda: „Die Neue scheint ja ziemlich taff zu sein."

Miranda: „Ja. Sie hat Talent."

Selbst dieses Lob lässt Kyra unkommentiert. Schließlich hat sie gerade mehrere Wesen getötet, die nur ihre Heimat verteidigen. Da sie grundsätzlich kaum mit der Crew spricht, weiß auch niemand viel über sie. Mit Ausnahme von Miranda ist sie für alle nur die ehemalige Botanikerin der Black-Arrow.

Sykes: „Die Wartungsschächte dort drüben führen in die Station. Kommt!"

Dylan lässt den Bogen aus seiner Hand fallen und geht zügig zu den weit geöffneten Wartungsschächten. Unter gegenseitiger Sicherung läuft das Team dort hinein. Nun wird es dunkel, während von der Decke das kalte Wasser tropft. Mit Taschenlampen beleuchten sie sich ihren Weg und dringen immer tiefer in die abgestürzte Raumstation vor. Bisher gibt es keine Anzeichen von Ureinwohnern in diesen verwinkelten Korridoren.

Amanda: „Sykes? Wo hast du denn bitte Bogenschießen gelernt?"

Sykes: „Auf Asgard."

Damon: „Bei diesen Hütern?"

Sykes: „Ja."

Amanda: „Erzähl uns mal bitte davon. Das würde mich echt interessieren."

Sykes: „Ich rede ungern darüber. Später vielleicht. Wir haben zu tun."

Das Team erreicht tief unter der Erde den Reaktorraum. Dieser ist zylindrisch geformt und hat eine Höhe von 100 Metern. Ungünstigerweise ist der Raum bis zu den Laufstegen mit Wasser geflutet.

Logan: „Scheiße. Lass mich raten, der Reaktor ist irgendwo da unten."

Sykes: „Das ist er. Ebenso wie die Steuerkonsolen, um ihn einzuschalten."

Amanda: „Sollen wir etwa da runtertauchen? Ist das nicht viel zu tief?"

Sykes: „Mit einem Raumanzug schafft man das."

Alle Köpfe drehen sich zeitgleich zu Damon.

Damon: „Fuck!"

Eine Minute später steigt er bereits ins Wasser. Sein Anzug sollte ihn lange genug mit Sauerstoff versorgen und dem hohen Druck standhalten können. Nachdem sein Kopf abgetaucht ist und er langsam zum Grund sinkt, meldet sich Dylan per Funk.

Sykes: „Damon, hörst du mich?"

Damon: „Klar und deutlich. Ich sinke tiefer und es wird dunkler."
Sykes: „Ich hoffe, du weißt noch, wie man einen Reaktor startet."
Damon: „Ist eine Weile her, aber ich denke, das bekomme ich hin."
Meter für Meter taucht Damon weiter in die Tiefe, so lange, bis er die Umrisse des Reaktors erkennt. Er ist beinahe vollständig mit Algen bewachsen, weswegen die Schaltflächen und Hebel nicht mehr klar erkennbar sind.
Damon: „Okay, ich bin unten. Gebt mir einen Moment."
In absoluter Dunkelheit und nur mit Hilfe zweier kleiner Helmlampen beginnt er an den Schaltflächen zu arbeiten. Doch zuerst muss er mit einer Kurbel manuell genug Strom erzeugen, um mit den Bedienelementen den Reaktor starten zu können. Mehrere Minuten ist Damon mit dem Kurbeln beschäftigt und verbraucht dabei eine hohe Menge an Sauerstoff. Unter Wasser ist diese körperliche Anstrengung in einem Raumanzug doppelt so anstrengend wie über der Oberfläche oder im Vakuum des Alls. Plötzlich taucht im Lichtkegel von Damons Helmlampen eine graue Moräne auf. Er erschreckt sich so sehr, dass er auf den Rücken stürzt.
Damon: „Verdammt!"
Sykes: „Was ist?"
Damon: „Fische."
Sykes: „Reiß dich zusammen! Die werden dich schon nicht auffressen."
Während die Moränen und Aale anfangen, um Damon herumzuschwimmen, richtet er sich wieder auf und geht zurück an die Schaltfläche. Er wischt die Algen beiseite und konzentriert sich darauf, den Reaktor wieder hochzufahren. Nachdem die Zündung eingeleitet worden ist, gehen alle Lichter auf der Raumstation an. Diese flackern einige Sekunden auf, bevor sie letztendlich wieder ausgehen. Nun schaltet sich der Notstrom ein, erkennbar an einem Minimum der Beleuchtung.
Miranda: „Zumindest der Notstrom scheint zu funktionieren. Damit gehen immerhin die Türen und Fahrstühle wieder."
Sykes: „Damon, es hat funktioniert. Du darfst wieder raufkommen."
Damon: „Bin unterwegs."
Das Licht hat sämtliche Fische aus dem Reaktorraum vertrieben. Als Damon dann jedoch ein paar Schritte zurückgeht, bricht das Gitter unter ihm zusammen. Sein Stiefel bleibt stecken und lässt sich nur schwer bewegen.
Damon: „Fuck!"
Sykes: „Was ist jetzt? Haie?"
Damon: „Nein. Mein Fuß steckt fest. Der Boden hier ist brüchig."

Sykes: „Sieh zu, dass du da rauskommst! Deine Sauerstoffreserven werden sonst knapp."

Eine rot aufleuchtende Warnmeldung in Damons HUD löst bei ihm leichte Panik aus.

Damon: „Das sind sie schon. Das ist der Preis, wenn man nur einen halben Anzug trägt."

Während die Ziffern in seinem Helm herunterzählen, versucht er sich mit allen Kräften zu befreien. Bei all der Anstrengung und der Panik steigt der Sauerstoffverbrauch allerdings deutlich schneller. Es vergeht immer mehr Zeit, sodass der Countdown in Damons HUD schließlich bei null liegt. Ihm bleibt nun nichts anderes übrig, als die Luft anzuhalten. Mit allerletzter Kraft gelingt es ihm, seinen Fuß aus dem Gitter zu reißen. Unmittelbar danach springt er nach oben und benutzt beim Hochschwimmen die Schubdüsen seines Raumanzuges. Mittlerweile ringt Damon krampfhaft nach Luft. Dann erreicht er endlich die Wasseroberfläche, wo er unverzüglich von Logans Arm auf den Laufsteg gezogen wird. So schnell wie möglich öffnet er wieder die Sauerstoffzufuhr des Anzuges, woraufhin Damon kräftig aufatmet.

Damon: (Atmet hektisch) „Beim nächsten Mal taucht einer von euch da runter!"

Sykes: „Sollten wir das nächste Mal hier unten sein, bestimmt."

Damon: „Du kannst mich mal!"

Dylan öffnet seine holografische Karte und sucht sich den kürzesten Weg in das Kommandozentrum.

Sykes: „Lasst uns weitergehen. Mit etwas Glück kommen wir ohne Schwierigkeiten an unseren Zielort."

Das Team macht sich bereit und folgt Dylan durch die endlosen Korridore. Hätte er keine Karte, wäre das Innere dieser alten Station das reinste Labyrinth. Die Karte zeigt allerdings nur den Aufbau der Raumstation von vor 70 Jahren. Demnach überrascht es nicht, wenn ganze Abschnitte unter Wasser stehen, eingestürzt oder von oben aufgerissen sind. An diesen Orten dringt oftmals das Tageslicht in die Station hinein, genauso wie die Vegetation von außen. Nach beinahe 20 Minuten erreicht das Team einen alten, beschädigten Hangar. Schlingpflanzen hängen von der Decke und auf den ehemaligen Fahrzeugstellplätzen wachsen stellenweise ganze Bäume.

Miranda: „Immer wieder beeindruckend, dieser Ort."

Hades: „Die Natur holt sich zurück, was ihr gehört."

Aus dem Nichts klettert ein großes Tier in den Hangar hinein. Es ähnelt einem Flugsaurier, mit einem Sattel auf dem Rücken sowie einem der Ureinwohner darauf. Mit Hilfe des Tieres versucht das

Alien die Kopfgeldjäger anzugreifen. Ein wildes Umherrennen, gefolgt von einem ständigen Wechsel der Deckung, ist die einzige Möglichkeit, wie sich das Team zur Wehr setzen kann. Die fliegende Kreatur scheint jedoch ziemlich widerstandsfähig zu sein. Die Plasmageschosse scheinen nur eine geringe Wirkung zu zeigen. Im Kampf gelingt es Amanda, mit ihrem Sturmgewehr das verletzte Alien aus dem Sattel zu schießen. Anschließend zögert sie nicht, mit einem langen Feuerstoß auf den Kopf des Flugaliens zu zielen. Die Kreatur bricht schließlich zusammen und bleibt reglos im überwucherten Hangar liegen.

Logan: „Nicht übel, Amanda."

Damon: „Die reiten auf diesen Dingern?"

Amanda: „Lasst uns lieber von hier verschwinden, bevor die mit mehr von diesen Viechern ankommen."

Sykes: „Bin ganz deiner Meinung. Bis zum Kontrollzentrum ist es nicht mehr weit."

Wenig später erreicht das Team einen Aufzug. Dessen Tür mag zwar funktionieren, der Lift selbst ist allerdings mehrere Etagen unter ihnen zwischen Trümmern gefangen.

Miranda: „Ich nehme an, wir müssen nach oben."

Sykes: „Selbstverständlich."

Ihnen bleibt nichts Anderes übrig, als den Aufzugsschacht hinaufzuklettern. Für einen sicheren Halt sorgen dabei die unzähligen, Kabel, Rohre und natürlich auch die Schlingpflanzen. Fast 60 Meter geht es hinauf, bevor die sechs den Eingang zum Kontrollzentrum erreichen. Der ganze Raum gleicht einer großen Kommandobrücke. Überall stehen Schaltflächen, Computer, Bildschirme und mehrere Holodesks. Alles überwuchert mit Moosen, Gräsern und Schlingpflanzen. Auf einem Stuhl vor einem der Holodesks sitzt eine Leiche in weißem Raumanzug, mit einem Pfeil in der Brust.

Amanda: „Der wird wohl für Hemsey gearbeitet haben."

Die Leiche umklammert einen Koffer, den Logan neugierig öffnet.

Logan: „Ich habe hier zwei Festplatten. Wie viele brauchen wir?"

Sykes: „Fünf. Die müssten sich in den Holodesks verstecken."

Die Kopfgeldjäger durchsuchen die Kommandozentrale nach allem, was sie finden können. Sie reißen dabei einige Pflanzen von den Schaltflächen, um die gesicherten Schränke öffnen zu können. So kommen sie schließlich an alle fünf Festplatten heran.

Sykes: „Das müsste es sein. Ich schätzte, dann haben wir alles."

Miranda: „Was ist eigentlich auf diesen Festplatten?"

Sykes: „Ich habe keine Ahnung. Ich weiß nur so viel, wie ich wissen muss."

Miranda: „Ich dachte, sonst quetschst du immer jedes Bisschen an Information heraus, bevor du einen Auftrag annimmst."
Sykes: „Du kennst mich. Ich stürze mich auch gern unwissentlich in Probleme."
Hades: „Und wir folgen dir dabei."
Alle Blicke wandern gleichzeitig zu Kyra und Dylan.
Damon: „Nun, sie hat recht."
Sykes: „Ihr folgt mir doch freiwillig. Schon vergessen?"
Das Team zuckt mit den Schultern und schüttelt grinsend den Kopf.
Sykes: (Funkt) „Volta? Bist du da? Wir könnten ein Taxi gebrauchen."
Ryan: (Per Funk) „Wollt ihr nicht zurücklaufen?"
Sykes: „Nein. Zu viele Ureinwohner auf dem Weg. Kannst du uns auf dem Dach der Kommandozentrale abholen."
Ryan: (Per Funk) „Ich werde die Bäume da oben plattmachen müssen, aber ich bin unterwegs."
Die Silence kommt angeflogen und umkreist einige Male die Kommandozentrale. Dabei feuert Ryan mit sämtlichen Geschützen, um die Bäume zu stutzen.
Ryan: „Mann, das dauert doch ewig. Ich probiere mal etwas anderes."
Das Schiff dreht sich und richtet seine Triebwerke auf die dichte Vegetation. Im Schwebeflug betätigt Ryan den Nachbrenner und fackelt die Pflanzen in kürzester Zeit regelrecht ab. Das Team schaut derweil von den zerbrochenen Fenstern aus zu und betrachtet diese ungewöhnliche Methode.
Ryan: (Per Funk) „Mag zwar ein wenig angebrannt riechen, aber ihr könnt jetzt hochkommen."
Plötzlich greifen die Ureinwohner mit mehreren Flugkreaturen an. Diese geraten unmittelbar in den Beschuss der Silence. Ohne jedoch zu zögern, schnappt sich Dylan eine Liane, welche vor dem Fenster hängt, und klettert daran hoch. Die Anderen folgen ihm unmittelbar. Nach und nach erreichen sie das verkohlte Dach der Kommandozentrale, auf dem, neben der Silence, immer noch einige Pflanzen brennen. In diesem Augenblick tauchen auf den gegenüberliegenden Dächern die Ureinwohner mit Bögen auf und schießen Pfeile auf die Crew. Logan klettert als Letzter an der Liane hinauf und wird überraschend von einem Pfeil in der Schulter getroffen.
Logan: „Uhhh! Scheiße!"
Ein weiterer Pfeil trifft seine Wade und bleibt stecken. Obwohl das Nervengift langsam zu wirken beginnt, klettert Logan mit all seiner Kraft die letzten Meter hinauf zu seiner Crew.
Damon: „Fuck, Logan!"

Mit seinem eigenen Arm zieht Logan sich den Pfeil aus der Wade heraus. Kurz darauf stürmt Dylan zu ihm und zieht den an der Schulter hinaus.

Sykes: „Sofort zu Diana mit ihm! Los!"
Das Team bringt Logan und sich selbst zuerst im Laderaum des Schiffes in Sicherheit. Während sich die Tore schließen, eröffnen die Geschütze der Silence das Feuer auf die Bogenschützen.

Sykes: „Logan? Wie geht's dir?"
Logan: „Mir wird schwindelig ... ich ..."
Er kann sich gerade noch so auf den Beinen halten, bevor er letztendlich doch noch im Fahrstuhl zusammenbricht. Sie bringen ihn schnellstmöglich zu Diana ins Behandlungszimmer.

Diana: „Scheiße, was ist passiert?"
Sykes: „Giftpfeile. Einer in die Schulter und der andere in die Wade."
Diana: (Aufgebracht) „Giftpfeile?"
Als Sykes und Damon Logan auf eine Trage legen, fängt er an krampfhaft zu zittern.

Sykes: „Fuck, Logan. Tu mir das nicht an!"
Nur mit aller Kraft ist es möglich, Logan festzuhalten. Dabei gibt er schmerzende Geräusche von sich. Es hört sich beinahe so an, als würde er versuchen sich für etwas zu entschuldigen.

Sykes: „Das kannst du vergessen! Du stirbst mir hier nicht!"
So schnell es geht, saugt Diana das Gift aus den Wunden ab und legt gleichzeitig eine Infusion. Anschließend verkabelt sie Logan an diverse Geräte. Seine Vitaldaten erscheinen auf einem Bildschirm und zeigen eindeutig einen unfassbar hohen und unregelmäßigen Puls. Es bahnt sich ein Herzstillstand an, doch Diana zögert nicht, Logan mehrere Spritzen mit Schmerz- und Beruhigungsmittel zu geben. Nachdem eines der Geräte die Zusammensetzung des Giftes ermittelt hat, verabreicht sie unmittelbar danach ein Gegengift. Nun beruhigt sich der Puls und die krampfhaften Bewegungen hören auf. Logan verliert allerdings sein Bewusstsein.

Diana: (Atmet auf) „Ich habe getan, was ich konnte. Jetzt muss Logan das nur noch überstehen."
Sykes: „Wird er es schaffen?"
Diana: „Wenn wir schnell genug waren, vermutlich."
Sykes: „Scheiße. Danke, Diana."
Diana: „Das ist mein Job."
Sykes: „Bitte melde dich, wenn es etwas Neues von ihm gibt. Ich kontaktiere jetzt Hemsey. Hoffentlich war es das wert."
Dylan verlässt den Behandlungsraum und läuft dabei an seiner Crew vorbei, welche dem ganzen Ereignis beunruhigt zugesehen hat.

Während Logan weiterhin medizinisch versorgt wird, spricht Dylan mit Hemsey und fragt ihn, wohin er die Festplatten bringen soll. Als er einige Minuten später gereizt und aufgebracht auf die Kommandobrücke kommt, setzt er sich direkt in einen der Sitze und faltet die Hände über dem Kopf zusammen.

Ryan: „Was ist denn mit dir? Hab von Logan gehört. So wie das aussieht, hat das hier aber nichts mit ihm zu tun. Oder?"

Sykes: „Das Leben hasst mich mal wieder. Ich habe die Koordinaten von dem Abgabepunkt."

Ryan: „Das ist doch gut? Dann können wir den Auftrag zu Ende bringen. Wohin führen denn diese Koordinaten?"

Sykes: „Erinnerst du dich an den Planeten, an dem wir das Klonlabor in die Luft gejagt haben?"

Ryan: „Du verarschst mich doch, oder?"

Sykes: „Ich wünschte, es wäre so. Bring uns einfach dahin. Ich will das so schnell wie möglich hinter mich bringen."

Ryan: „Alles klar. Dann setze ich mal den Kurs. Zurück zu Planet-X."

Dylan ist ganz und gar nicht begeistert davon, diesen albtraumhaften Ort erneut zu besuchen. Allerdings scheint kein Weg mehr daran vorbeizuführen. Noch am nächsten Tag springt die Silence aus dem Hyperraum und taucht direkt vor dem von Nebel behangenen Planeten auf. Bei diesem Augenblick ist auch die Crew auf der Brücke anwesend.

Miranda: „Halt! Warte! Ist das nicht ...?"

Sykes: „Ist es."

Miranda: „Wieso? Was stimmt mit Hemsey nicht?"

Sykes: „Mit Hemsey ist alles in Ordnung. Anscheinend nur nicht mit den Leuten, die da unten ernsthaft leben wollen."

Miranda: „Das ist furchtbar. Ich setze keinen Fuß auf diesen Planeten."

Sykes: „Ich wünschte, da könnte ich mich dir anschließen."

Hades: „Ich verstehe nicht ganz. Was ist das für ein Ort?"

Sykes: „Ein Albtraum. Schlimmer als die Hölle."

Miranda: „Erinnerst du dich an die Geschichte von dem Klonlabor? Das war hier."

Hades: „Scheiße."

Die Silence taucht in die graue Atmosphäre ein und umfliegt die sich auftürmenden Wolken. Nach einiger Zeit ist bereits der gesamte Horizont bedeckt mit einem dichten Nebelschleier. Mit Ausnahme einiger Vulkane und Berge, die sich wie Inseln aus dem endlosen Grau erheben. Die Crew erblickt an ihrem Zielort mehrere Tafelberge. Einige davon sind mit kleinen Außenposten bebaut, welche schon beinahe befestigten Städten ähneln. Die Silence steuert auf die größte dieser Festungen zu und landet dort auf einer Plattform. Schon nach kürzester Zeit verlässt Dylan gezwungenermaßen sein Schiff, gefolgt von dem Team, wobei Damon den Koffer mit den Festplatten in der Hand hält. Niemand von ihnen möchte hier sein. Die Gesichter der Kopfgeldjäger sind skeptisch und leicht angespannt, als sie sich umsehen. Diese Festung ist auf einem Tafelberg erbaut, an deren Rändern eine hohe Mauer erbaut wurde. Diese ist zusätzlich mit dutzenden Geschützen und einer immensen Menge an Stacheldraht bestückt. Direkt kommt eine Gruppe bewaffneter Männer und Frauen auf Dylan zu. Ihr Anführer trägt einen auffälligen roten Mantel.

Mann: „Interessantes Schiff. Habt ihr euch verflogen?“

Sykes: „Leider nicht. Ich suche den, der sich hier *Baron* nennt.“

Mann: „Er steht vor dir. Was führt dich her?“

Sykes: „Hemsey. Festplatten.“

Baron: „Ahhhh, ihr seid also Hemseys Spezialtruppe.“

Sykes: „So ähnlich. Hier sind deine Festplatten. Was ist da eigentlich drauf?“

Dylan überreicht dem Baron den Koffer, wonach er einen prüfenden Blick hineinwirft.

Baron: „Wie du siehst, versuchen wir uns hier eine bescheidene Heimat aufzubauen. Die Daten und Pläne auf diesen Festplatten sollten uns dabei helfen können. Allein, was den Bau von Waffen- und Abwehrsystemen angeht.“

Sykes: „Wie kann man nur hier leben wollen?“

Baron: „Geschmäcker können sehr unterschiedlich sein. Hier draußen sind wir autark und unabhängig von jeder Regierung.“

Miranda: „Ist es das wert, sich diese Welt mit diesen Monstern zu teilen?“

Baron: „Damit kommen wir klar.“

Sykes: „Ihr habt hier ja ziemlich was hochgefahren.“

Baron: „Ist nun mal nötig auf diesem brutalen und kalten Planeten. Fast täglich sind unsere Geschütze im Einsatz. Wir verteidigen uns regelmäßig gegen Flugechsen, Riesenhundertfüßer, Fünffüßern und Spinnenwürmer.“

Hades: „Wie bitte?“

Baron: „Ihr scheint ja schon mal hier gewesen zu sein. Jemals einen Spinnenwurm gesehen?“

Sykes: „Nein. Und ehrlich gesagt, will ich das auch nicht.“

Der Baron überreicht einem seiner Männer den Koffer mit den Festplatten.

Baron: „Geh zur Gondel und bring die hier in die Forschungsstation!“

Der Mann nickt ihm zu, greift sich den Koffer und macht sich auf den Weg zur nächsten Gondel.

Sykes: „Gondel?"

Baron: „Ja. Viele der Kreaturen im Nebel reagieren empfindlich auf Triebwerksgeräusche. Je ruhiger wir uns hier oben verhalten, umso weniger Probleme bekommen wir."

In genau diesem Augenblick und wie aufs Stichwort ertönt eine Alarmsirene.

Sykes: (Zynisch) „Scheint ja gut zu funktionieren."

Baron: „Scheiße! Was ist jetzt schon wieder?"

Berater: „Ich empfange Meldungen über einen Angriff mehrerer Hitzesignaturen von Süden. Mindestens ein Hundertfüßer scheint dabei zu sein."

Baron: „Bemannt die Geschütze und macht diese Bestien kalt!"

Der gesamte Außenposten ist in Aufruhr. Jeder Einzelne bewaffnet sich oder geht in Stellung.

Baron: „Einige meiner Leute sind gerade auf einer Expedition. Kannst du ein Geschütz bedienen?"

Sykes: „Wenn du damit fragen willst, ob ich für dich einen Abzug betätigen kann, dann ja."

Baron: „Gut. An den Mauern des Außenpostens finden sich überall Doppelrailguns. Such dir eine aus und hilf uns!"

Sykes: „Hoffentlich nur dieses eine Mal."

Wie alle anderen eilen die Kopfgeldjäger zu den Geschützen am Abgrund. Dylan setzt sich in eine der Doppelrailguns und beobachtet den Nebel vor sich. Die ersten Schüsse fallen, noch bevor die erste Kreatur erscheint. Mit rasendem Herzen und zitternden Fingern am Abzug erblickt Dylan die erste Bewegung. Es ist einer der sogenannten Fünffüßer. Eine fünfbeinige Riesenspinne mit fast 20 Meter hohen, fleischig, knorpeligen und mit Klauen bedeckten Beinen. Der Körper dieser abscheulichen Kreatur wirkt verformt, wobei mehrere blutige Tentakel von dessen Rumpf hinabbaumeln.

Sykes: „Uh, ekelhaft!"

Ohne zu zögern, eröffnet Dylan das Feuer. Überall und fast aus jeder Richtung tauchen die glühenden Plasmageschosse in den Nebel ein. Hin und wieder entdeckt man bei dem Aufblitzen einiger Explosionen die Umrisse einiger Bestien. Dank der hohen Feuerkraft gelingt es den Verteidigern nach und nach die Fünffüßer zurückzudrängen. Dylan selbst schießt ihnen die Beine ab und erledigt sie, noch während sie in den Nebel stürzen. Irgendwann erscheint dann auch die dunkle Silhouette einer gigantischen Kreatur. Es ist der Hundertfüßer, der mit seinen hohen Spinnenbeinen aus dem Nebel emporsteigt. Noch bevor

er mit seinen Klauen der Festung zu nahekommt, richtet sich das
primäre Feuer auf ihn. Von sämtlichen Tafelbergen fliegen die
Geschosse auf die Bestie zu und trennen ihr einige Beine ab. Unter
den Explosionen von Granaten und Raketen bricht dieses schaurige
Geschöpf letztendlich zusammen und versinkt im dichten Nebel.
Allerdings taumelt es dabei so stark, dass es sich ein letztes Mal
versucht aufzutürmen, wobei das Drahtseil der Gondel beschädigt
wird. Samt Stahlseil stürzt diese nun ebenfalls in den Nebel hinab.
Baron: „Verfluchte Scheiße! Die Festplatten!"
Sykes: „So viel zur Gondel."
Baron: „Du musst uns helfen. Bitte, hol die Festplatten zurück!"
Sykes: „Ich muss gar nichts. Das ist reiner Selbstmord, da
runterzugehen."
Baron: „Ich ermögliche dir eine Eskorte, Begleitschutz. Shuttles. Was
immer du brauchst. Nur bitte hilf uns."
Sykes: „Dafür bekomme ich Extralohn."
Baron: „Wie du willst."
Sykes: „Gut. Silence? Ryan? Ich gehe in den Nebel. Runter vom Berg.
Ich erwarte schwere Luftunterstützung, sofort!"
Dylan verlässt das Geschütz und schaut sich planend um. Er entdeckt
die Gondel-Station unweit neben sich und eilt dorthin. Der Beschuss
hat mittlerweile nachgelassen, genauso wie das Brüllen der
einheimischen Kreaturen. Ein Zeitpunkt, den Dylan ausnutzt, um mit
Hilfe eines Hakens an dem noch halb gespannten Drahtseil in die
Tiefe zu rutschen. Hinein in den Nebel. Als Dylan auf dem Dach der
abgestürzten Gondel aufkommt, ist es unheimlich still. Als würde der
Nebel jedes noch so kleine Geräusch verschlucken. Die Luft scheint
vorerst rein zu sein. Demnach klettert Dylan vom Dach und geht
vorsichtig in die Gondel hinein. Alle Insassen sind tot. Unklar jedoch
ist, ob sie beim Aufprall gestorben sind, oder ob sie von etwas aus
dem Nebel getötet wurden. Ohne Zeit an diese Gedanken zu
verschwenden, greift sich Dylan den Koffer, der neben einem der
toten Körper liegt. Als er die Gondel wieder verlässt, hört er ein
knackendes und ein stanzendes Geräusch.
Sykes: „Silence? Wo bleibt ihr?"
Dylan schaut sich genaustens um und entdeckt die Umrisse des toten
Hundertfüßers im Nebel. Die langen und knochigen Spinnenbeine
werfen dabei einen unheimlichen Schatten auf die toten, von
Spinnweben bedeckten Bäume. Während seine Blicke die Umgebung
scannen, entdeckt er einige große Löcher in den umliegenden Felsen.
Sykes erstarrt und zieht zur Vorsicht eine Pistole. In diesem
Augenblick kriecht einer der verheißenen Spinnenwürmer aus einem

der Löcher. Das Wesen richtet sich auf und stellt seine unappetitliche Erscheinung zur Schau. Unzählige Spinnenbeine bedecken den Wurm an jeder Seite über seine gesamte Länge. Während die Beine in unregelmäßigen Abständen zucken, öffnet der Wurm bedrohlich sein Maul und faucht Dylan mit seinen spitzen Zahnreihen entgegen.

Sykes: „Ich hasse diesen Ort!"

Er richtet die Waffe auf die Kreatur, als sie plötzlich von einem Scheinwerfer angestrahlt wird. Es ist die Silence, die im Tiefflug in den Nebel eintaucht und dabei das Feuer eröffnet. Der Spinnenwurm hat keine Chance und weicht schwer verletzt in das Loch zurück. Das Knallen lockt jedoch weitere Kreaturen an, die nun alle auf Dylans Position zulaufen. Darunter die fast menschenähnlichen Dämonen, Fünffüßer und einige Riesenspinnen. Die Laderampe der Silence öffnet sich, während das Schiff sich langsam dem Boden nähert. Dylan stürmt wie besessen darauf zu und springt so schnell es geht zu seiner Crew in der Ladebucht.

Jason: „Verdammt, was denkst du dir dabei?"

Amanda: „Denken war noch nie seine Stärke."

Sykes: „Danke?"

Langsam steigt die Silence wieder aus dem Nebel empor. Als sie hoch genug ist, lässt Ryan ein Bündel Bomben abwerfen. Diese setzen den toten Wald und damit sämtliche Kreaturen dort unten in Brand.

Sykes: (Funkt) „Ryan? Warum sagst du nichts?"

Ryan: (Per Funk) „Oh, sorry. Hab versehentlich den Funk stummgeschaltet."

Sykes: „Du hast was? Du Idiot! Egal, wir reden später darüber. Setz mich mal eben beim Forschungszentrum ab!"

Keine Minute später springt Dylan auf dem nächsten Tafelberg wieder aus der Silence und geht zügig auf das größte Gebäude zu. Er reißt die Eingangstür auf, woraufhin man ihn erschrocken ansieht.

Sykes: „Ist das hier das Forschungszentrum?"

Wissenschaftler: (Verwirrt) „Ja. Ist es."

Sykes: „Liebe Grüße vom Baron!"

Dylan drückt dem Wissenschaftler den Koffer mit den Festplatten in die Hand und dreht sich um.

Wissenschaftler: „Sind das ...?"

So schnell wie Sykes in das Gebäude hineingeplatzt ist, so schnell verschwindet er auch schon wieder. Er macht sich nun auf den Rückweg zum Baron, welcher auf dem anderen Berg auf ihn wartet. Er trifft ihn direkt neben der Landeplattform.

Sykes: „Die Festplatten sind sicher im Forschungszentrum. Brauchst du uns noch oder können wir gehen?"

Baron: „Hast du es eilig?"
Sykes: „Ja. Ich will so schnell wie möglich hier weg."
Baron: „Nicht jeder steht auf diesen Real-Life-Horror. Kann ich verstehen. Sag mal, du bist dieser Dylan Sykes, richtig? Hemsey spricht in großen Tönen von dir."
Sykes: „Tut er das, ja?"
Baron: „Das ist schon ungewöhnlich für jemanden, der eigentlich tot sein sollte. Können Sensenmänner überhaupt sterben?"
Sykes: „Das können sie."
Dylan dreht sich um und läuft als Erster die Laderampe der Silence hinauf. Es ist mehr als nur offensichtlich, dass er diesen Ort schnellstmöglich verlassen möchte.
Baron: „Auf Wiedersehen!"
Sykes: „Ich hoffe nicht."
Zögerlich wirft die Crew dem Baron einige Blicke zu, bevor sie wieder im Schiff verschwindet. Miranda hingegen bleibt noch für einen Moment stehen.
Miranda: „Hey. Dieser Hemsey, was ist das eigentlich für ein Typ?"
Baron: „Ist Hemsey sein Vor- oder Nachname? Niemand weiß das. Niemand kennt ihn. Sicher ist jedenfalls, dass er reich ist und unglaublich viel Macht im Schatten der Gesellschaft hat. Anfangs hat mir dieser Kerl auch Sorgen bereitet, aber im Laufe der Zeit wurde er zu einem ehrlichen und entgegenkommenden Geschäftspartner. Er hat seine Finger sowohl in der Unterwelt als auch in der Wirtschaft und Politik."
Miranda: „Menschen mit zu viel Macht beunruhigen mich. Aber bisher hatten wir keine Probleme mit ihm."
Baron: „Ich glaube, die will auch keiner."
Miranda: „Na ja, trotzdem danke."
Baron: „Ich habe zu danken."
Auch Miranda geht zurück in die Silence, welche nach dem Schließen der Laderampe steil ins All schnellt. Das Schiff erreicht den Orbit in dem Augenblick, als Dylan die Brücke betritt.
Sykes: (Verurteilend) „Den Funk stummgeschaltet? Ernsthaft?"
Ryan: „Ja, ähm. Die Söldner haben komische Voreinstellungen installiert. Ich muss mich erst daran gewöhnen."
Sykes: „Schieb dir deine Ausreden sonst wo hin! Jetzt bring uns weg von hier!"
Ryan: „Okay. Wo soll es denn hingehen?"
Sykes: „Mir egal. Hauptsache, weg."
Ryan: „Du willst, dass ich entscheide, wo wir hinfliegen?"
Sykes: „Sei bloß vorsichtig!"

Ryan: „Ist ja gut."
Sykes: (Seufzt) „Ich schaue mal nach Logan. Wenn ich wieder zurück bin, sind wir im Hyperraum!"
Ryan: „Jawohl, Boss."

Während Dylan sich auf der Krankenstation der Silence nach Logan erkundigt, sitzt Raven, weit entfernt, allein auf der Kommandobrücke der Black-Arrow. Er denkt angestrengt nach und reibt sich verzweifelt die Stirn.
Raven: „Computer?"
Computer: „Wie kann ich behilflich sein, Commander?"
Raven: „Ich kann nicht glauben, dass ich dich das frage, aber hast du irgendeine Idee, wie man den Hells Gate Nebel zerstören kann?"
Computer: „Berechne Parameter, kalkuliere mögliche Szenarien. Keine Ergebnisse."
Raven: (Ironisch) „Hervorragend."
Computer: „Zu Ihren Diensten, Commander."
Mit einem tiefen Atemzug steht Raven auf und schreitet langsam am Holodesk vorbei. Frustriert von den Problemen mit dem Hells Gate Nebel, begibt er sich in sein Quartier. Dort setzt er sich, mit dem Rücken ans Bett angelehnt, auf den Boden und grübelt so lange vor sich hin, bis er letztendlich einschläft. Während seines unruhigen Schlafes wird er von den Utopiern aus seinen Träumen gerissen. Plötzlich findet Raven sich im Schatten einer Sonnenfinsternis auf einem schwarzen Turm wieder. Dieser wird von einer stürmischen Wolkendecke umschlungen, sodass kein Boden mehr erkennbar ist. Während Raven seine Umgebung von einer Plattform aus betrachtet, erscheint eine leuchtende Gestalt direkt hinter ihm.
Utopier: „Wir haben gesehen, wo du warst."
Raven: „Endlich. Dann wisst ihr auch von dem Nebel?"
Utopier: „Ja."
Raven: „Was ist er? Welchen Zweck erfüllt er?"
Utopier: „Unsere dunklen Ahnen haben solche Nebel erschaffen, um eine Brücke in das Geflecht der Multiversen zu schaffen. Um Zugang zu den Universen zu erhalten, welche von der Dunkelheit verdorben wurden."
Raven: „Also ist dieser Nebel die Eingangstür für die Dunkelheit in unser Universum?"
Utopier: „Nicht ganz. Die Brücke ist instabil. Sie zerbricht im selben Moment, in dem sie sich wieder aufbaut. Aber die Brücke ist dennoch stark genug, Dinge hindurchzulassen, die eine immense Bedrohung für deine Galaxie und das Universum darstellen."

Raven: „Die Finsternis kommt also hindurch und versucht uns auszulöschen."

Utopier: „Es sind unsere dunklen Ahnen, die der Finsternis den Weg bereiten wollen, dieses Universum zu verschlingen. Eine der verdorbenen Welten hast du vor kurzem gesehen."

Raven: „Wie können wir sie aufhalten?"

Utopier: „Gar nicht."

Raven: „Was können wir denn dagegen tun?"

Utopier: „Gar nichts."

Raven: „Also ist es hoffnungslos? Unser Universum wird überrannt und in eine Hölle verwandelt?"

Utopier: „Nicht ganz. Sie werden versuchen Spezies zu indoktrinieren, sie werden versuchen ein Werkzeug zu bauen, um eine stabile und direkte Verbindung in das Herz der Finsternis zu schaffen. Keine Spezies in deinem Universum ist fortschrittlich genug, es mit diesen Mächten aufzunehmen. Aber wir können es. Wenn der Zeitpunkt kommt, werden wir die einzige Schwachstelle ausnutzen und die Finsternis vernichten."

Raven: „Was für ein Werkzeug? Wann ist dieser Zeitpunkt? Wie können wir uns vorbereiten?"

Utopier: „Vorbereitung ist zwecklos. Zu eurer eigenen Sicherheit ist es wichtig, dass niemand weiß, was passieren muss. Du wirst es merken, wenn der richtige Zeitpunkt gekommen ist."

Die leuchtende Gestalt verschwimmt allmählich in der Luft und löst sich auf, ebenso wie die Landschaft am Horizont.

Raven: „Warte! Ich habe noch so viele Fragen."

Ohne auf Ravens Aufforderung zu hören, lösen die Utopier die Umgebung auf, in der dieses Gespräch stattgefunden hat. Als nun auch der Boden unter Raven zusammenbricht, wacht er schlagartig auf. Gleich nachdem er die Augen aufreißt, atmet er tief durch.

Raven: „Scheiße."

Schlaflos verbringt Raven den Rest der Nacht in seinem Quartier. Sein Kopf ist voll mit Gedanken, die ihn hoffentlich auf eine Idee bringen. Doch der Hells Gate Nebel ist bei weitem nicht das Einzige, worüber er sich Sorgen macht.

Die Menschheit ist zu jedem Zeitalter mit unterschiedlichen Problemen konfrontiert. Nur die schwerwiegendsten davon erhalten allerdings die erforderliche Aufmerksamkeit. Eines dieser Probleme ist der Konflikt zwischen den Kardianern und den Vyrakay, welcher von der Schwarzen Legion kräftig unterstützt wird. Heute zum letzten Mal.

In einem der unzähligen Hangars der Destiny werden die Shuttles der Shadow Recon Commandos beladen. Stephen Brandley, sein Team sowie dutzende weitere Angehörige dieser Eliteeinheit bereiten in diesem Augenblick ihre Waffen vor und verladen ihre Ausrüstung. Dabei bekommen sie unerwarteten Besuch.

Soldat: „Wow, sieh mal an. Unser General kommt persönlich zum Missions-Briefing vorbei."

Jeder der Soldaten steht still und salutiert.

Harper: „Meine Damen und Herren, Sie alle wissen, was auf Sie zukommt. Der letzte Einsatz der Schwarzen Legion im Kampf gegen die Vyrakay."

Eine holografische Karte des Einsatzgebietes erscheint in dem Hangar.

Harper: „Mission ist es, diese primäre Basis zu zerstören. Dafür müssen vorher die externen Schildgeneratoren sowie die einzelnen Module zur Flugabwehr und der planetaren Verteidigung ausgeschaltet werden. Das geschieht durch einen massiven Ansturm unserer Truppen, unterstützt durch das kardianische Militär."

Soldat: „Warum setzt man uns nicht hinter feindlichen Linien ab? Das ist schließlich unser Job."

Harper: „Da dies der letzte Einsatz an der Vyrakay Front sein wird, hat sich das Führungspersonal dafür entschieden, einen schnellen und schmutzigen Angriff auf die Basis zu starten."

Soldat: „Das bedeutet, wir sind wie alle anderen Fußsoldaten."

Harper: „In dem Fall muss ich Sie leider enttäuschen. Ja. Sie werden wie folgt eingeteilt ..."

Die Begeisterung über den Missionsplan hält sich in Grenzen. Für viele stellt der Missionsplan eine risikoreiche Verschwendung von Potenzial dar. Das Briefing geht nur wenige Minuten, da sich Kaelyn bei ihrem Vortrag ziemlich kurzfasst. Sie beantwortet einige Fragen und macht sich anschließend wieder auf den Weg, den Hangar zu verlassen. Dabei spricht Stephen sie von hinten an, noch bevor sie den Ausgang erreicht.

Brandley: „Hey, Kaelyn. Ist alles okay?"

Sie bleibt stehen und denkt für einen Augenblick nach.

Harper: „An die Arbeit, Soldat!"

Absolut nicht das, was Stephen hören wollte. Dennoch befolgt er seine Befehle und wirft seinen Rucksack in ein Shuttle. Dieses ist wenige Stunden später schon unterwegs in die Atmosphäre eines von den Vyrakay besetzten Planeten. Dabei kommt einer von Stephens Teammitgliedern mit ihm ins Gespräch.

Soldat: „Hey, Stephen. Du bist doch gut mit Harper befreundet. Weißt du, was mit ihr los ist? Sie verhält sich merkwürdig in letzter Zeit."

Brandley: „Kann ich schlecht sagen. Sie redet nicht viel mit mir. Mit keinem von uns. Der Stress scheint sie verrücktzumachen. Mittlerweile ertränkt sie ihre Sorgen in Alkohol. Das hat sie vorher noch nie getan."

Soldat: „Klingt ziemlich hart. Glaubst du, sie fängt sich wieder irgendwie? Wäre zumindest das Beste für alle. Viele von uns überlegen schon, die Legion zu verlassen."

Brandley: „Kaelyn hat schon viel überstanden. Hierbei braucht sie aber eindeutig Hilfe. Ich habe mir schon etwas überlegt, um sie ins Leben zurückzuholen. Eine Überraschung."

Soldat: „Was hast du dir ausgedacht?"

Brandley: „Das wird ihr bestimmt gefallen. Ich erzähle es dir nach dem Einsatz."

Mit der Landung der Shuttles in einer trockenen Wüste und dem Absetzen der Truppen samt Kampffahrzeugen beginnt die Schlacht. Die angreifende Armee schwärmt direkt in alle Richtungen aus, um sich um die Flugabwehr und die Schilde der Basis zu kümmern. Diese steht bedrohlich mit all ihren klauenartigen Türmen auf der Kante einer felsigen Klippe. Plasmageschosse in sämtlichen Farben fliegen kreuz und quer über die Wüste. Mit der Zeit füllt sich das Schlachtfeld mit brennenden Fahrzeugwracks und abgestürzten Raumschiffen. Inmitten dieses größer werdenden Trümmerhaufens kämpfen sich die SRC's durch einen zerbombten Vorposten.

Brandley: „Hier ist Bravo, sekundärer Schildgenerator ist ausgeschaltet. Die Basis kann angegriffen werden."

Destiny: (Per Funk) „Verstanden, Bravo. Stellung halten und warten auf weitere Befehle!"

Ein kratziges, metallisches Brüllen schallt über das Schlachtfeld. Zur Verteidigung entsenden die Vyrakay die sogenannten Deathcrawler. Große eidechsenartige Kampfmaschinen, die sich wie Maulwürfe unter dem Schlachtfeld bewegen. Zusätzlich zur anrückenden Verstärkung der Vyrakay erhebt sich einer dieser monströsen Deathcrawler direkt vor den Spezialkräften aus dem Sand.

Soldat: „Fuck! Wir brauchen ...!"

Die Kampfmaschine eröffnet das Feuer mit ihren zahlreichen Waffen, welche allesamt am Kopf montiert sind. Gleichzeitig schleudert sie Soldaten mit ihren Greifarmen herum.

Brandley: „In Deckung!"

Aus der Ferne schlagen die Geschosse der verbündeten Panzer in den Deathcrawler ein. Allerdings ohne Wirkung. Die Kampfmaschine zerfetzt die Elitesoldaten mühelos. Dabei wird Brandleys Team von einer schweren Salve getroffen. Zwei seiner Teammitglieder werden in Sekundenschnelle zerfetzt, wohingegen der dritte von einem der Greifarme zerstampft wird.

Brandley: „Fuck! Destiny! Hier Bravo! Erbitte Luftunterstützung! Sofort!"

Nach und nach sterben die Soldaten um ihn herum.

Destiny: (Per Funk) „Bravo, Luftunterstützung ist auf dem Weg."

Noch bevor er den Zeitpunkt erfragen kann, wird Stephen von einer Salve getroffen. Die blauen Plasmageschosse reißen ihm einen Arm samt Schulter ab und zerfetzen sein rechtes Bein. In dem Augenblick, als er blutend auf dem Sand aufschlägt, explodiert der Deathcrawler. Die Luftunterstützung kam schneller als erwartet, jedoch wenige Sekunden zu spät. Stephen verblutet innerhalb von Sekunden. Das Letzte, was er sieht, sind zwei Switchblades am Himmel. Mit dröhnenden Triebwerken überfliegen sie das Schlachtfeld, während Stephen Brandley im blutgetränkten Sand stirbt.

Kaelyn sitzt während dieser Schlacht nicht in ihrer Switchblade. Diese ist zu stark beschädigt, als dass sie an dem Kampf teilnehmen könnte. Stattdessen befindet Harper sich auf der Brücke der Destiny, welche nach der Zerstörung der planetaren Verteidigung über dem Schlachtfeld aus dem Hyperraum springt. Die Druckwelle des Sprungs erschüttert die Landschaft und wirbelt eine Menge Staub auf. Als dieser sich allmählich legt, präsentiert die Destiny der Vyrakay-Basis ihre Breitseite. Alle Geschütze feuern und lassen einen Hagel aus Feuer über den Vyrakay niedergehen. Der Einsatz von Mörsern, Raketen und Kanonen zur selben Zeit erzeugt sogar ein Erdbeben. Brennend fällt die Basis schließlich in sich zusammen und explodiert in einem Inferno aus blauen Flammen. Die Schlacht ist somit entschieden, jedoch hat die Legion auf dem Feld einen hohen Preis zahlen müssen. Erst nachdem alle Fahrzeuge und Kampfjets zurück in der Destiny sind, erhält auch Kaelyn eine Auflistung über die gefallenen Soldaten.

Berater: „Frau General? Leider muss ich ihnen mitteilen, dass Chief Stephen Brandley im Kampf gefallen ist."

Kaelyn erstarrt. Paralysiert verharrt sie einen Augenblick in dieser Position, woraufhin sie das Daten-Pad mit der Liste fallen lässt. Ihr ohnehin dauerhaft betrübter Gesichtsausdruck füllt sich jede Sekunde mehr mit extremer Trauer. Es gelingt ihr kaum noch, ihre eigenen Emotionen zu kontrollieren. Nur ganz knapp bekommt sie ein einziges Wort über die Lippen.

Harper: „W ... wo?"

Unverzüglich führt der Berater den General zur Leichenhalle. Sie stoppen vor einer eisernen Kiste. Stephens Sarg. Sein Name steht handgeschrieben auf der Seite und ein Teil seiner Erkennungsmarke hängt von einem der Griffe herab.

Harper: „Lasst mich bitte einen Moment allein!"

Der Berater nickt ihr aufrichtig zu und ruft sämtliches Personal zusammen. Anschließend verlässt jeder den Raum. Nur noch Kaelyn ist dort. Als sie langsam ihre zitternde Hand auf Stephens Sarg legt, bricht sie in Tränen aus. Die Emotionen, die sie ständig unterdrückt, explodieren nun regelrecht. Ebenso traurig wie auch wütend prügelt Kaelyn vor Frust auf den Sarg ein. Sie schreit vor Entsetzen, bevor sie schließlich auf die Knie fällt und mit ihren Händen das Gesicht bedeckt.

Die am nächsten Tag folgende Bestattung aller Gefallenen steht auf dem Dienstplan. Die Särge der verstorbenen Soldatinnen und Soldaten werden wie üblich in der Legion über der Atmosphäre eines Gasriesen abgeworfen. Den Hebel für Brandleys Sarg betätigt Harper in diesem Fall sogar selbst. Begleitet wird sie bei diesem Anlass von Mason, Graydon und ihren Beratern. Trotz gläserner Augen versucht Kaelyn sich nichts anmerken zu lassen. Dennoch schreit ihr Schweigen all den Schmerz und die Schuld, welche sie empfindet, heraus. In dem Moment, als Jade tröstend von Jacob in den Arm genommen wird, verlässt Kaelyn die Bestattungen. Sie zieht sich wie üblich in ihr Quartier zurück, wo sie zuallererst wutentbrannt gegen eine Glaswand schlägt. Gleich darauf setzt sie sich unter dem blutig, splitternden Abdruck auf den Boden und versinkt mit ihrem Kopf zwischen ihren verschränkten Armen.

Kapitel 6: Glückstreffer

In einer der weiten Wüsten Senuas ertönt ein klopfendes Geräusch. Über dem schwarzen Sand fliegt ein Kampfhubschrauber der Erdlinge. Mit seinen Doppelrotoren wirbelt er den Sand unter sich auf, während er auf eine grüne Bergkette zufliegt. Wenige hundert Meter von der Flugroute des Helikopters entfernt, läuft Edward Sev eine Düne hinauf. Der Scharfschütze des Raptor-Teams trägt einen Raketenwerfer auf seiner Schulter. Völlig gelassen geht er in den Anschlag und schaut durch das Visier. Er schätzt die Entfernung und Geschwindigkeit ein, wobei er die Schussrichtung entsprechend anpasst und vorhält. Der Abzug wird betätigt und eine Rakete rast mehrere Sekunden über den Sand. Als der Hubschrauber in eine Ausweichbewegung übergehen will, trifft die Rakete. Das Fluggerät geht in Flammen auf. Während des harten Absturzes zersprangen die Rotorblätter und alles, was übrigbleibt, ist ein brennendes Wrack im schwarzen Sand. Mit einer ungelenkten Rakete gelang es Sev den Hubschrauber im vollen Flug abzuschießen. Er senkt den Raketenwerfer und betrachtet die aufsteigende Rauchsäule.

Rees: „Natürlich trifft der."

Sev: „Eifersüchtig?"

Rees: „Auf dich? Klar. Angeber."

Murphy: „Können wir jetzt weiter?"

Raven: „Lauf einfach Murphy. Die kommen schon hinterher."

Das gesamte Raptor-Team marschiert an diesem Tag durch die schwarze Wüste von Senua. Sie kommen gerade von einem abgeschlossenen Einsatz und werden sogar von Patton begleitet.

Rees: „Kann mir nochmal jemand sagen, warum wir zu Fuß gehen?"

Patton: „Das passiert nun mal, wenn man das Zeitfenster verpasst."

Raven: „Könnt ihr bitte dieses Genörgel einstellen? Das ist ja nicht mehr auszuhalten."

Patton: „Schaut mal! Unser Taxi."

Rees: „Warum kein Shuttle?"

Raven: (Grinsend) „Rees!"

Ein Geländewagen der Waysider hält genau vor dem Team an.

Waysider: „Hat hier jemand eine Rettung bestellt?"

Rees: „Ja. Ich."

Sev: „Jetzt halt die Klappe und steig ein!"

Das fünfköpfige Team setzt sich in den Wagen. Die folgende Fahrt dauert etwa 30 Minuten, dann erreichen sie einen Außenposten der Waysider. Dieser liegt zwischen den grünen Bergen Senuas versteckt.

Dort steht auch die Black-Arrow auf einem der Landeplätze. Die Eden-Commandos verlassen das Fahrzeug und machen sich auf den Weg zu einem großen Zelt. Dieses scheint das operative Kommandozentrum zu sein. Sobald sie durch die Tür schreiten, fallen sämtliche Blicke auf das Team. Als sie sich einem Holodesk nähern, treffen sie auf eine der befehlshabenden Waysider.

May: „Was war denn da los?"

Raven: „Entschuldigung. Ich wollte eigentlich vor Sonnenaufgang zurück sein."

Sev: „Ein gewisser Jemand war gestern Abend etwas zu euphorisch mit seinem Granatwerfer unterwegs."

Rees: „Hey, ich habe nur den Feind bekämpft."

Sev: „Und dabei sämtliche Computer in die Luft gejagt, die wir gebraucht hätten."

May: „Ähm. Unkonventionelle Vorgehensweise."

Patton: „Willkommen beim Raptor-Team."

May: „Habt ihr trotzdem Informationen sicherstellen können?"

Raven: „Mehr als genug. Das Versteck haben wir anschließend ... demontiert."

May: (Schmunzelt) „Das ist gut. Ich danke euch. Die stille Invasion der Erdlinge hier auf Senua bringt unsere Kapazitäten im Moment echt an ihre Grenzen."

Raven: „Ich bin froh, wenn wir helfen konnten. Auch wenn es nur für eine Woche war."

May: „Trotzdem haben wir viel erreicht. Aber ich bin ehrlich, ich kämpfe lieber hier gegen die Erdlinge als gegen die Vyrakay."

Raven: „Das kann ich absolut nachvollziehen."

May: „Vielen Dank für die relativ spontane Hilfe. Ihr sollt wissen, dass ihr auf die Waysider zählen könnt, wenn ihr sie braucht."

Raven: „Ich befürchte, darauf bald zurückkommen zu müssen."

May: „Was immer es ist, wir sind auf eurer Seite."

Raven übergibt ein Daten-Pad mit allerlei Informationen über die Truppenbewegungen und Operationspläne der Erdlinge auf Senua.

May: „Dann fliegt ihr also schon morgen?"

Raven: „So ist der Plan. Vorausgesetzt, es kommt nichts dazwischen."

May: „Das hoffe ich doch. Ich bin jetzt auch fertig für heute. Macht euch noch einen schönen Tag."

Rees: „Wir geben uns Mühe."

Raven: „Gleichfalls."

Die Raptors packen ihre Ausrüstung zusammen, während May an ihnen vorbeiläuft. Dabei schaut sie auffällig hinüber zu Sev.

May: (Schmunzelnd) „Und wir sehen uns gleich."

Sev: „Ich hab's nicht vergessen."
Sie lächeln sich für einen Augenblick zu, bevor May das Kommandozentrum verlässt.
Rees: „Du und sie? Das geht mir immer noch nicht in den Kopf."
Sev: „Da passt ja auch nicht viel rein."
Murphy: „Scheint so, als käme auch unser erbittertster Krieger mal in den Genuss einer Beziehung."
In dem Augenblick, in dem Sevs neue Beziehung zum Gesprächsthema wird, wirft Raven sich seinen Rucksack über, greift sich eine Tragetasche und verlässt schweigend das große Zelt. Sobald er draußen ist, fokussiert er seinen Blick auf die Black-Arrow und läuft auf dem kürzesten Weg dorthin. Nachdem er seine Ausrüstung in seinem Quartier verstaut hat, schaut er noch einmal kurz auf dem Kommandodeck vorbei. Wie üblich trifft er dort auf Hunter.
Hunter: „Ihr habt aber ziemlich lange gebraucht."
Raven: „Ja. Rees hat das Zielobjekt in die Luft gesprengt."
Hunter: „Wieso wundert mich das nicht?"
Raven: „Na ja, der Auftrag ist erledigt und unsere Arbeit getan."
Hunter: „Nun ... Die Auftragsanforderungen stapeln sich langsam. Tag für Tag."
Raven: (Seufzt) „Wie sieht die Lage denn aus?"
Hunter: „63 Anfragen, 56 davon unbeantwortet."
Raven: „Und wie viele davon sind bloß Transportaufträge?"
Hunter: „Einige. Andererseits kam heute auch etwas Ungewöhnliches rein."
Raven: „Was ist denn bei uns noch ungewöhnlich?"
Hunter: „Eine eilende Nachricht vom EC-Oberkommando. Die suchen sich gerade alle verfügbaren Teams zusammen."
Raven: „Seit wann kontaktiert uns das EC-Oberkommando persönlich?"
Hunter: „Tun sie für gewöhnlich nicht. Der Auftrag muss wichtig sein. Sie bitten bloß um Bestätigung. Danach senden sie uns die Koordinaten für die Einsatzbesprechung. Die übrigens schon morgen ist."
Raven: „Was meinst du? Sollen wir annehmen?"
Hunter: „Würde zumindest ein gutes Licht auf das Raptor-Team werfen. Ich würde die Chance ergreifen."
Nachdenklich setzt sich Raven auf die kleine Treppe, welche zum Pilotensitz führt.
Raven: (Zögerlich) „Okay. Bestätige!"
Riley wirft Raven einen besorgten Blick zu, bevor sie auf die Schnelle eine Antwort an das Oberkommando schickt.

Hunter: „Ist erledigt. Sag mal, ist alles in Ordnung bei dir?"

Raven atmet durch, steht auf und läuft am Holodesk vorbei.

Raven: „Ja. Mir geht's gut."

Hunter: „Bist du dir sicher? Du hinterlässt nicht gerade den Eindruck, dass es dir wirklich gutgeht."

Raven: „War einfach nur eine lange Nacht."

Hunter: „Sicher? Wenn du über irgendetwas reden möchtest, dann sag nur Bescheid."

Raven: „Für so etwas war Kyra immer da. Jetzt ist sie es nicht mehr. Egal. Ich komme schon klar. Danke."

Noch bevor Hunter etwas sagen kann, geht Raven weiter und verschwindet in seinem Quartier. Ihn so aufgewühlt zu sehen, bereitet ihr einen besorgten Gesichtsausdruck. Vor allem, da er Kyras Namen seit der Konfrontation mit ihr vor mehreren Monaten nicht ein Mal erwähnt hat. Während Raven sich in seinem Schiff zurückzieht, verlassen auch die anderen Raptors das Kommandozentrum der Waysider. Wohingegen Rees und Murphy zurück zur Black-Arrow gehen, so verschwindet Sev in Mays großem Zelt. Am nächsten Morgen werden die beiden von vorbeifahrenden Fahrzeugen und marschierenden Waysidern geweckt. Es ist eindeutig, dass die beiden die gesamte Nacht miteinander verbracht haben.

May: „Es ist schade, dass ihr heute schon geht."

Sev: „Finde ich auch. Ich werde es vermissen, die Erdlinge mit euch aufzumischen."

May: „Ist das alles, was du vermissen wirst?"

Sev: „Lass mich kurz überlegen. Hmmm … doch … Eine Sache gäbe es da."

May: „Ach ja?"

Die beiden küssen sich, während sie sich in den Armen liegen.

Sev: „Die Schwarze Legion kommt doch bald, oder?"

May: „Ja. Nur habe ich diesmal ein ungutes Gefühl dabei."

Sev: „Warum? Kaelyn Harper ist doch jetzt General. Da ist dir doch die volle Unterstützung sicher."

May: „Ich mache mir ein bisschen Sorgen um sie. Sie ist nicht gerade in bester psychischer Verfassung."

Sev: „Wie meinst du das?"

May: „Sie trinkt im Moment sehr viel, vereinsamt in Depression. Sie fühlt sich ziemlich alleingelassen, wobei sie viele ihrer Freunde von sich wegstößt. Außerdem scheint sie mit der Verantwortung eines Generals nicht ganz zurechtzukommen."

Sev: „Das klingt überhaupt nicht gut. Weder für sie noch für die Legion. Wie lange geht das schon so?"

May: „Keine Ahnung. Sie spricht fast mit niemandem mehr. Aber ich vermute, dass das alles geschah, nachdem Raven sie hat sitzen lassen."

Sev: „Also ist Raven der Grund?"

May: „Nein. Und wenn, dann auch nur einer von vielen. Ich hoffe, ich kann bald mit ihr sprechen."

Sev: „Du kriegst das schon hin."

May: „Ich hoffe es."

Vor dem Eingang des Zeltes sind laute Schritte zu hören.

Rees: „Klopfe ich jetzt echt gegen ein Zelt? Hallo? Jemand zuhause?"

Sev verdreht die Augen, während May ein schadenfrohes Grinsen im Gesicht hat.

Sev: „Was willst du? Es ist noch nicht soweit."

Rees: „Ich möchte eure ungewöhnliche Zweisamkeit nicht unterbrechen, aber unser Boss lässt die Crew versammeln. Sondereinsatz."

Sev: „Ach verdammt. Bin gleich soweit."

Seufzend steht Sev auf. Er und May ziehen sich an und kommen wenige Minuten später aus dem Zelt. Schlagartig wird Rees von Sevs einschüchternd bösen Blick konfrontiert.

Sev: „Was für ein Sondereinsatz?"

Rees: „Vom EC-Oberkommando. Wir treffen uns noch heute zur Einsatzbesprechung."

May: „Dann sieht es wohl nach Abschied aus."

Rees: „Leider ja."

Sev: (Schaut nach oben) „Möglicherweise gerade rechtzeitig. Ich glaube, die zweite Destiny ist gerade angekommen."

Rees: „Hä, was? Nicht mal du kannst bis in den Orbit gucken."

Sev: „Doch klar. Der diamantförmige helle Fleck da oben."

Sie alle schauen skeptisch nach oben. Rees ergreift sein Gewehr, aktiviert den Scharfschützenmodus und schaut durch das Zielfernrohr in den Himmel. Dort erkennt er die Umrisse der Destiny und ihrer Begleitschiffe.

Rees: „Das fasse ich jetzt nicht. Aber egal, wir müssen los."

Sev schnappt sich seinen großen Rucksack und umarmt May zum Abschied.

May: „Ich liebe dich."

Sev: „Ich weiß."

May: „Wie unhöflich."

Sev: „Ich dich auch."

Gleich neben ihnen steht Rees mit erhobenen Augenbrauen. Nicht fassend, was Sev da gerade von sich gibt.

Sev: „Was?"

Rees: „Du widerst mich an."

Sev: (Böse lächelnd) „Lauf!"

Zügig dreht Rees sich um und geht mit eiligen Schritten zur Black-Arrow zurück. Gleich danach folgt im Sev. Nachdem auch er wieder im Schiff ist, lässt der Start nicht lange auf sich warten. Beim Flug in den Orbit kommt die Black-Arrow sogar an der Destiny vorbei. Als Kaelyn auf der Kommandobrücke Ravens Schiff auf dem Radar entdeckt, beginnt ihre Hand leicht zu zittern. Unmittelbar ballt sie eine Faust und versteckt diese, indem sie ihre Arme hinter dem Rücken verschränkt.

Harper: „Macht mir ein Shuttle bereit!"

Während General Harper mit einigen Beratern und Offizieren auf die Planetenoberfläche von Senua zusteuert, so verlässt die Black-Arrow mit einem Hyperraumsprung das Sternensystem. Sie trifft sich mit einer Handvoll anderer Schiffe im Schatten eines der äußeren Ringplaneten.

Javis: „Willkommen im Daruun-System."

Raven: „Wieso habe ich von diesem System noch nie etwas gehört?"

Hunter: „Das System ist erst seit wenigen Monaten von Menschen erschlossen. Wir liegen weit hinter dem elysianischen Sektor. Gemäß einigen Militärberichten gab es in dieser Region sogar erste Truppenbewegungen der Vyrakay."

Javis: „Sicher, dass wir hier sein wollen?"

Raven: „Lieber hier oder im Hells Gate Nebel?"

Javis: „Okay. Dann lieber hier."

Hunter: „Da drüben sind die anderen Schiffe der VSE. Soll ich das Andockmanöver einleiten lassen?"

Raven: „Nur zu."

Hunter: „Okay. Javis? Andockmanöver einleiten!"

Verwirrt dreht Javis sich im Pilotensitz fragend um. Er schaut kopfschüttelnd hinter sich.

Javis: „Meint ihr das ernst?"

Hunter zuckt mit den Schultern, wobei Raven mit einem leichten Lächeln den Kopf schüttelt. Nachdem die Black-Arrow an einem elysianischen Kreuzer angedockt ist, sammelt sich das Raptor-Team. Sie werden auf der anderen Seite der Luftschleuse bereits von Soldaten erwartet, welche sie in einen großen Besprechungsraum führen. In dessen Mitte ist ein rundes Holodesk aufgebaut, um das sich bereits mehrere Eden-Commandos verteilen. Ein Offizier vom Oberkommando betritt letztendlich mit einem letzten Team den Raum und schließt die Türen.

Offizier: „Meine Damen und Herren, willkommen auf der Archangel."

Ich bin froh, dass wir zumindest vier Teams bekommen konnten. Ich denke, mit Rhino, Shark, Wolf und Raptor haben wir die besten Erfolgschancen. Sicherlich fragen Sie sich, warum Sie hier sind." Über dem Holodesk erscheint das Hologramm eines der inneren Planeten des Sternensystems.

Offizier: „Das hier ist der Planet „Daruun". Ein gemäßigter Wüstenplanet. Sehr dünn besiedelt von kardianischen und menschlichen Außenposten. Genau hier haben die Erdlinge vor wenigen Tagen ein elysianisches Schlachtschiff entern wollen. Bei dem Angriff ist das Schiff abgestürzt."

Rhino-1: „Wozu brauchen Sie dann vier Teams?"

Offizier: „Das ist die Mantis. Unseren Aufklärungsdrohnen zufolge ist sie noch intakt, nur der Antrieb ist beschädigt, beziehungsweise wurde von der eigenen Besatzung sabotiert. Die halbe Crew wurde getötet, der Rest im Zellentrakt untergebracht. Vermutlich versuchen die Erdlinge, das Schiff wieder einsatzbereit zu bekommen und damit gegen uns einzusetzen."

Wolf-1: „Warum keine Rückeroberung mit anderen Schiffen? Oder einem Angriff aus der Luft?"

Offizier: „Wie schon gesagt, ist die Mantis intakt. Das gilt auch für die Geschütze. Das Schiff wurde mit Langstreckengeschützen ausgestattet. Also kleinen PDC's. Annäherungen aus der Luft sind beinahe unmöglich."

Rhino-1: „Wie sieht es mit der Verbringung ins Einsatzgebiet aus?"

Rees: „Wir laufen. Was sonst?"

Offizier: „Leider hat der Kamerad recht. Um unbemerkt agieren zu können, werden Sie mit vier Juggernauts hinter einer Bergkette nahe der Absturzstelle abgesetzt."

Wolf-2: „Solange das keine 50 Kilometer sind, kann ich damit leben."

Offizier: „Es sind neun. Zumindest vom geplanten Absetzpunkt aus."

Raven: „Wie sollen wir vorgehen? Wir sind vier Teams. Was ist der Plan?"

Offizier: „Die Teams werden nach dem Anmarsch an das Zielobjekt aufgeteilt. Sie verschaffen sich an unterschiedlichen Punkten Zugriff zum Schiff. Die Befreiung der Crew, die Inbetriebnahme des Antriebs, die Eroberung der Kommandobrücke und die Kontrolle über die Geschütze müssen nahezu zeitgleich erfolgen."

Shark-3: „Klingt nach keiner Herausforderung."

Offizier: „Wir haben Spezialkräfte der Sol-Flotte identifizieren können. Die werden es Ihnen nicht leicht machen. Daher sind wir froh, dass wir zumindest 16 erfahrene Eden-Commandos gefunden haben."

Raven: „Wenn für Sie jeder EC zählt, hätte ich noch einen auf meinem Schiff. Dann wären wir 17."

Offizier: „Ein fünfköpfiges EC-Team? Wie geht das?"

Raven: „Einen in Reserve. Noch nicht voll ausgebildet, aber einsatzfähig."

Offizier: „Das ist ungewöhnlich."

Raven: „Alles am Raptor-Team ist ungewöhnlich."

Offizier: „Das ist Ihr Team, Sie entscheiden."

Raven: „Gut. Dann sind wir 17."

Die Elitesoldaten im Raum schauen sich skeptisch an. Man mag vom Raptor-Team halten können, was man will. Im Endeffekt sind alle Teams aufeinander angewiesen.

Offizier: „Also dann, der Einsatz soll folgendermaßen ablaufen ..."

Der Offizier vom Oberkommando verteilt die Teams und führt die Einsatzbesprechung zu Ende. Unmittelbar danach rüsten die Kommandosoldaten sich für den Einsatz aus. Das Raptor-Team sammelt sich dabei in der Waffenkammer der Black-Arrow.

Rees: „Raven? Bist du sicher, dass du Patton da mitreinziehen willst?"

Raven: „Wir sind vier Teams. Patton ist motiviert. Er soll auch mal seine Chance bekommen, Erfahrung zu sammeln. Außerdem ist er bei uns gut aufgehoben."

Rees: „Du bist der Boss. Wir sind Team- *Ungewöhnlich*. Das wird bestimmt spannend."

In diesem Augenblick kommt Patton ahnungslos durch die Tür.

Patton: „Sie haben nach mir gerufen, Sir?"

Raven: „Sir? Zieh deinen Anzug an und hol dein Gewehr! Wir haben einen Einsatz."

Patton: „Zu fünft?"

Raven: „Zu fünft."

Patton: „Offiziell?"

Raven: „Offiziell."

Sev: „Jetzt hör auf so blöd rumzustehen und wirf dich in Schale!"

Mit einem Grinsen im Gesicht geht Patton an seine Waffenkiste und rüstet sich aus. Nach nicht einmal zehn Minuten ist das Team voll einsatzbereit.

Raven: „Dann kann es losgehen. Gehen wir zur Luftschleuse."

Einer nach dem anderen verlässt die Waffenkammer. Raven ist für gewöhnlich der Letzte, der geht. Doch vor ihm bleibt Murphy in der Tür stehen und wartet einen kurzen Augenblick.

Murphy: „Ist alles in Ordnung bei dir?"

Raven: „Wieso fragst du?"

Murphy: „Riley hat mit mir gesprochen."

Raven: „Natürlich hat sie das. Mir geht's weder wirklich gut noch wirklich schlecht. Ich denke über vieles nach."

Murphy: „Worüber?"

Raven: „Hells Gate, die Dunkelheit, terrorisierende Erdlinge, Personen, die nicht mehr da sind, die Knights of Eden ... So ziemlich über alles."

Murphy: „Sicher, dass du bei dem Einsatz ganz bei der Sache bist?"

Raven: „Mach dir keine Sorgen! Sollte ich einen Burnout bekommen, kannst du das Team führen. Ich glaube aber nicht, dass das notwendig sein wird."

Murphy: „Sicher? Du hast schon wieder deinen Bogen vergessen."

Raven: (Lächelt) „Ich will mich dem Gruppenzwang nur anpassen."

Lächelnd klopft Murphy Raven auf die Schulter. Gemeinsam gehen sie zurück in die Archangel und treffen sich in deren Hangar mit den anderen Teams. Das Schiff springt in den Orbit von Daruun, wo keine 15 Minuten später vier Juggernauts durch die Wolken stürzen. Unter ihnen liegt eine felsige Wüstenlandschaft mit überschaubar geringer Vegetation. Über einer leeren Ebene inmitten der Wüste öffnen sich die Seitentüren der Juggernauts. Die Aufmerksamkeit der Teams richtet sich nun auf die Umgebung. Schnell schaut allerdings jeder einzelne von ihnen in Richtung des Sonnenunterganges. Dessen orangenes Licht durchdringt ein Gewitter in der Ferne. Die starken Regenschauer sind mit bloßem Auge zu erkennen und bieten einen starken Kontrast. Die Juggernauts landen versetzt in einer Reihe auf dem Wüstenboden. Während die Triebwerke den Staub aufwirbeln, steigt jedes Team aus, kniet sich in einem Kreis ab und sichert somit zu allen Seiten. Nachdem der letzte Soldat seine Position eingenommen hat, heben die Juggernauts beinahe zeitgleich wieder ab. In Formation drehen sie in etwa 30 Metern Höhe um und fliegen davon. Das Dröhnen der Triebwerke wird immer leiser, bis letztendlich nur noch der Wind zu hören ist. Die Teams in ihren Sicherungsbereichen tauschen nun einige Handzeichen aus.

Rhino-1: (Funkt) „Archangel, hier Rhino-1, bestätige Landung."

Archangel: (Per Funk) „Verstanden Rhino. Sie sind gut im Zeitplan. Setzten Sie den Einsatz fort!"

Der Anführer des Rhino-Teams gibt das Handzeichen zum Losmarschieren und zeigt dabei in die Marschrichtung. Beinahe zeitgleich verlassen die vier Teams die Sicherung und stehen auf. In einigen Metern Entfernung voneinander marschieren sie jetzt auf eine felsige Bergkette zu.

Rees: „Mann, wann hatten wir das letzte Mal einen richtigen Einsatz wie diesen?"

Murphy: „Ist schon eine Weile her."

Patton: „Für mich ist es das erste Mal."

Sev: „Dein erstes Mal wird bestimmt unvergesslich."

Rees: „Du machst den Jungen noch ganz verlegen. Der betätigt vor Vorfreude noch den Abzug."

Murphy: „Echt jetzt?"

Sev: „Ist doch nur Spaß, Jackie."

Patton: „Ach, ich liebe dieses Team."

Rhino, Shark, Wolf und Raptor erreichen nach einiger Zeit die Bergkette. Inmitten der Felsen können sie sich unbemerkt dem Zielgebiet nähern.

Shark-1: „Archangel, hier Shark-1, ich melde Checkpoint Alpha passiert."

Archangel: (Per Funk) „Bestätige, Shark-1."

Die Teams bewegen sich quer durch das Gebirge, bis sie letztendlich einen Beobachtungspunkt erreichen, von dem aus sie die Mantis, mit den Triebwerken voran, sehen können. Das Schiff liegt in einer Ebene aus Sanddünen, welche von Felsen umfasst werden. Rund um die Mantis herum stehen kleine Transportschiffe der Erdlinge sowie einige Zelte und Container.

Rhino-1: „Archangel, wir haben Checkpoint Bravo passiert."

Die Scharfschützen der Teams untersuchen die Umgebung mit ihren Fernrohren.

Sev: „Irgendwas stimmt da nicht. Ich sehe niemanden da draußen."

Wolf-3: „Bestätige. Keine Bewegung am Zielobjekt."

Shark-1: „Vermutlich sind sie schon alle im Schiff."

Rhino-1: „Das würde bedeuten, dass die Mantis schon bald wieder flugfähig sein könnte."

Raven: „Wenn dem so wäre, dann würden die ihre alten Schiffe nicht zurücklassen."

Wolf-1: „Das ist wahr. Sollen wir uns das näher ansehen?"

Rhino-1: „Rücken wir vor und schwärmen aus! So wie geplant."

Die Teams bewegen sich den Berg hinunter. Gedeckt von den Felsen, gelangen sie an den Außenbereich des Schiffes. Immer noch fehlt von den Erdlingen jede Spur. Von Deckung zu Deckung geht es näher an das Schiff, vorbei an den Zelten der Erdlinge.

Patton: „Scheiße! Ich glaube, ich weiß, warum sich hier draußen niemand bewegt."

Sev: „Sie sind alle tot."

Shark-1: „Was ist denn hier passiert?"

Raven: „Vermutlich ein Überfall. Bei der Menge an Blut im Sand haben die keine Gnade gezeigt."

Shark-1: „Plünderer?"

Raven: „Hoffentlich."

Rhino-1: „Archangel? Wir haben hier ein Dutzend Leichen vor dem Zielobjekt. Haben Sie neue Informationen für uns?"

Archangel: (Per Funk) „Negativ, Rhino. Die Aufklärungsdrohnen haben bei ihrem letzten Überflug keine Veränderungen festgestellt. Finden Sie heraus, was da los ist!"

Rhino-1: „Wir sind dabei."

Rhino-2: „Das gefällt mir nicht."

Rhino-1: „Mir auch nicht. Aber wir haben keine andere Wahl als fortzufahren."

Der Sand ist schon beinahe übersät mit blutigen Leichen. Viele der Zelte sind völlig durchlöchert und die Transportschiffe teilweise schwer beschädigt. Jedoch ist unklar, was oder wer dieses Blutbad angerichtet hat. Nichtsdestotrotz ist nun der Zeitpunkt gekommen, an dem sich die Teams aufteilen. Das Wolf- und Shark-Team verschaffen sich Zugang zum Schiff über die Wartungsschächte zwischen den Triebwerken der Mantis. Ihre Ziele sind der Zellentrakt und der Maschinenraum. Weiter in der Mitte des Schiffes verschafft sich das Rhino-Team Zugang zu einer Laderampe am Rumpf. Von dort aus bewegen sie sich zur Kommandobrücke. Das Raptor-Team hingegen ist mit den Geschützen beauftragt. Um ihre Ziele schnellstmöglich zu erreichen, klettern sie in einen der Außenhangars. In dem Augenblick, in dem die anderen Teams einen erfolgreichen und reibungslosen Zugriff melden, macht Raven in dem Hangar eine beunruhigende Entdeckung.

Raven: „Raptor-1 an alle. Zugriff erfolgt. Wir sind im Hangar auf ein Landungsschiff der Vyrakay gestoßen."

Rhino-1: (Per Funk) „Damit wissen wir, was die Erdlinge draußen so zugerichtet hat. An alle Teams, bleibt wachsam! Jetzt ist jeder auf sich gestellt."

Die Raptors verstecken sich hinter einem Stapel Kisten und tauschen einige Blicke aus.

Patton: „Da stehen fünf von denen. Was sollen wir machen?"

Raven: „Ich befürchte alle Ziele ausschalten und das Schiff sprengen."

Rees: „Letzteres übernehme ich."

Raven: „Dann los."

Plötzlich erhebt sich das Team und eröffnet das Feuer auf die Vyrakay. Alle fünf werden in unter drei Sekunden erschossen. Die Verstärkung, welche überrascht aus dem Schiff gerannt kommt, fällt direkt Murphys Sturmgewehr zum Opfer. Schnellstmöglich stürmen die Raptors in das kleine Schiff.

Raven: „Rees. Jetzt bist du dran. Wir decken dich. Bring eine Ladung im Reaktor an!"

Rees: „Bin unterwegs."

Begleitet von Patton verschwindet Rees im Maschinenraum. Währenddessen hält der Rest des Teams die übrigen Vyrakay auf. Etwa drei Minuten dauert der Schusswechsel, bevor Rees und Patton zurückkehren.

Rees: „Ladung ist scharf!"

Raven: „Okay, raus hier!"

Das Team sprintet aus dem Landungsschiff heraus, woraufhin Rees flüchtig den Auslöser betätigt. Eine Explosion erschüttert den Hangar, welche nicht nur Metallteile herumschleudert, sondern auch noch im gesamten Schiff zu hören ist.

Wolf-1: (Per Funk) „Was zur Hölle war das?"

Raven: „Das Raptor-Team hat soeben das Landungsschiff gesprengt."

Wolf-1: (Per Funk) „Seid ihr verrückt? Die kommen jetzt doch alle zu euch gerannt. Und das Überraschungsmoment ist jetzt auch dahin."

Raven: „Ich schätze, spätestens beim Absetzen des ersten Funkspruches weiß das ganze System, dass wir hier sind."

Rhino-1: (Per Funk) „Hier ist Rhino. Wir haben auf dem Weg zur Brücke erste Gefechte mit den Vyrakay. Die scheinen ebenfalls Spezialeinheiten geschickt zu haben."

Shark-1: (Per Funk) „Shark-1. Bisher keinen Kontakt. Wir haben den Maschinenraum gesichert. Moment, wir bekommen Besuch."

Rhino-1: (Per Funk) „Feuerkampf aufnehmen, aber verliert unsere Ziele nicht aus dem Auge!"

Patton: „Scheint so, als würde es gleich ungemütlich werden."

Sev: „Gut so. Dann wird es jedenfalls nicht langweilig."

Raven: „Das wird es nie. Wir sollten jetzt weitergehen, bevor die Vyrakay uns hier im Hangar einkreisen."

Gemäß dem Einsatzplan betritt das Raptor-Team die seitlichen Korridore des abgestürzten Schlachtschiffes. Es kommt vereinzelt zu Feindkontakt. Grundsätzlich kein Problem für die Elitesoldaten. Allerdings errichten die Vyrakay improvisierte Barrikaden oder versperren Türen, um die Teams aufzuhalten. Die Raptors sind gezwungen, einen Umweg über den Laderaum zu nehmen. Mit den Waffen im Anschlag sichern sie sich, als sie durch eine Tür die oberste Ebene des Laderaums erreichen. Hier oben bewegen sie sich auf Laufstegen und Gerüsten über die unzähligen Frachtcontainer unter ihnen.

Murphy: „Verdammt, wir sitzen hier oben auf dem Präsentierteller."

Raven: „Dann sollten wir uns beeilen. Wir müssen an das andere Ende dieser Halle."

Patton: „Ich glaube, die da könnten etwas dagegen haben."

Rees: „Oh nein! Nicht diese Typen!"

Zwischen den Containern kommen Spezialeinheiten der Vyrakay hervor. Mit ihren Jetpacks sind sie in kürzester Zeit auf Augenhöhe mit dem Raptor-Team. Bewaffnet mit unglaublich schnell feuernden Maschinengewehren, gehen sie auf die fünf los. Bei dem Beschuss hilft nur noch Deckung-Suchen, allerdings ist auf dem Laufsteg kaum eine Gelegenheit dazu. Im Eifer des Gefechts macht Rees seinen Granatwerfer bereit und pustet einen der Vyrakay aus der Luft.

Murphy: „Keine Bewegung ohne Feuer! Los!"

Während sie an dem spärlich gepanzerten Geländer entlangrennen, erwidern sie im selben Augenblick das Feuer. Es gelingt ihnen, die meisten Vyrakay erfolgreich zu bekämpfen. Jedoch nicht, ohne auch selbst getroffen zu werden. Bevor Verstärkung mit Jetpacks angeflogen kommt, schaffen es die Raptors, die letzte Tür der Halle zu erreichen und hinter sich zu versiegeln.

Rees: „Verflucht. Habe ich schon mal den Typen gelobt, der diesen Anzug entworfen hat?"

Murphy: „Nein. Die haben dich wohl erwischt. Geht's dir gut?"

Rees: „Ich bin noch in einem Stück. Das reicht fürs Erste."

Wolf-1: (Per Funk) „Das Wolf-Team hat den Zellentrakt unter Kontrolle. Wir befreien jetzt die Ingenieure und eskortieren sie zu euch, Shark-Team."

Shark-1: (Per Funk) „Verstanden. Wir halten Verteidigungsposition."

Sev: „Die Jungs kommen vorwärts."

Raven: „Wir auch. Die Geschützkontrolle samt Bordgeschütz befindet sich gleich hinter dieser Tür."

Patton: „Wie gehen wir vor?"

Raven: „Murphy, Notöffnung der Tür initialisieren. Rees, Granatwerfer bereitmachen. Wir stürmen rein."

Rees: „Der Mann spricht endlich eine Sprache, die ich verstehe."

Während Murphy sich an der Türsteuerung zu schaffen macht, geht das restliche Team in Stellung.

Murphy: „Tür ist offen in 3…2…1."

Schlagartig öffnet sich die Tür. Die dahinterstehenden Vyrakay drehen sich aufgeschreckt um und sind dem Feuer der Raptors direkt ausgeliefert. Die fünf sprinten in den Raum und schießen auf alles, was eine Waffe trägt. Dabei rennen sie dicht an ihren Gegnern vorbei und nutzen diese als lebende Deckung. Raven und Sev geraten sogar in den Nahkampf mit einigen der zwei Meter großen Vyrakay. Als dann jedoch eine der Spezialeinheiten den Raum betritt, muss das

Team in die nächsten Deckungsmöglichkeiten ausweichen. Es folgt ein ausgeglichener Schusswechsel, der jedoch erfolgreich für die Raptors ausgeht. Rees landet den letzten Abschuss, wobei sich das Jetpack des Vyrakay entzündet und er unkontrolliert gegen die Decke geschleudert wird.

Rees: „Whoooohoo, ein Feuerwerk!"

Patton: „Waren das alle?"

Sev: „Mit Sicherheit nicht."

Raven: „Einen Moment werden wir zumindest Ruhe haben. Murphy, bring die Geschütze wieder online. Der Rest sichert ab."

Das Team verteilt sich auf dem Deck der Geschützkontrolle, welches unmittelbar an eine der großen und schweren Breitseitenkanonen grenzt.

Rhino-1: (Per Funk) „Hier Rhino. Brücke ist gesichert. Radarüberwachung wird wieder aufgenommen. Da kommt was Großes in die Atmosphäre geflogen."

Archangel: (Per Funk) „Hier Archangel. Bestätige Ankunft eines Vyrakay Schlachtschiffes. Können ohne weitere Unterstützung noch nicht eingreifen."

Raven: „Raptor hier, wir sind an dem Problem dran. Die Geschütze gehen gleich wieder online."

Archangel: (Per Funk) „Verstanden, Raptor. Archangel macht sich für Orbitalschläge bereit. Auf ihr Zeichen bündeln wir den Angriff."

Patton: „Die Archangel ist groß, wie kann sie es nicht alleine mit einem Vyrakay Schlachtschiff aufnehmen?"

Rees: „Schon mal eins gesehen? Die Teile sind gewaltig."

Patton: „Oh, ich sehe schon. Da kommt es."

Durch die hohe Glasfront des Bordgeschützes sieht das Team, wie hinter einem entfernten Berg das Schiff der Vyrakay hervorkommt. Mit seinem klauen- und knochenartigen Design hat es schon beinahe eine Gesamtlänge von zwei Kilometern. Das Team kann froh sein, es nur mit einem dieser Schiffe zu tun zu haben.

Wolf-1: „Wolf meldet, die Ingenieure fahren den Antrieb wieder hoch. Nur noch wenige Minuten."

Patton: „Wir werden vielleicht keine Minuten mehr haben."

Das Schlachtschiff der Vyrakay steuert direkt auf die Mantis zu, welche hilflos zwischen den Dünen feststeckt.

Sev: „Ich kümmere mich um die."

Rees: „Du allein gegen das Schlachtschiff? Wie willst du das bitte anstellen?"

Sev: „Ich nehme die große Kanone hier."

Patton: „Etwa manuell?"

Rees: „Nicht mal du sniperst mit dem Bordgeschütz eines Schlachtschiffes."

Sev: „Es gibt immer ein erstes Mal."

Rees: „Du bist irre. Du hast doch gar keine Ahnung, wie man so ein Ding bedient."

Sev: „Du hast recht. Ich werd's herausfinden müssen."

Patton: „Der Kerl macht Witze."

Binnen weniger Sekunden sitzt Sev an der Kontrollkonsole für das riesige Bordgeschütz. Er klickt sich durch die unzähligen Funktionen, wobei er das Visier der Kanone auf einen großen Bildschirm überträgt. Mit Hilfe diverser Regler justiert er die Waffe auf sein Ziel. Die Kommandobrücke des Vyrakay Schiffes.

Patton: „Das macht er jetzt nicht wirklich, oder?"

Rees: „Und wie er das macht."

Sev: „Na, hoffentlich klappt das."

Zuversichtlich betätigt Sev einen roten Knopf. Plötzlich feuert das Bordgeschütz zwei Schüsse schnell hintereinander ab. Der Knall erschüttert das Schiff und wirbelt den Sand unter der Kanone auf. Die zwei Plasmablitze rasen auf das feindliche Schiff zu. Der erste Blitz trifft auf den Schild des Schlachtschiffes. Dieses wird am Punkt des Auftreffens stark genug geschwächt, sodass der zweite Plasmablitz ungehindert hindurchfliegt. Er schlägt direkt im Zentrum der Kommandobrücke ein und hinterlässt ein glimmendes Loch, gehüllt in blaue Flammen.

Patton: „Scheiße! Genau ins Schwarze."

Rees: „Und jetzt sind die sauer."

Sevs Schuss scheint die Vyrakay desorientiert zu haben, jedoch steuert das Schiff immer noch auf die Mantis zu.

Rhino-1: (Per Funk) „Rhino an Raptor, habt ihr gerade allen Ernstes auf das Schlachtschiff gefeuert?"

Raven: „Bestätige Rhino. Haben den Feuerkampf aufgenommen."

Rhino-1: (Per Funk) „Ihr könnt doch nicht einfach ..."

Der Funkspruch wird unterbrochen durch das laute Knallen des Bordgeschützes.

Rhino-1: (Per Funk) „Seid ihr ..."

Erneut betätigt Sev den roten Knopf und gibt einen Feuerstoß ab.

Rhino-1: (Per Funk) „Ihr verfluchten ..."

Das laute Geräusch der Kanonen unterbricht den wütenden Anführer des Rhino-Teams jedes Mal. Auf der Geschützkontrolle wandern die Blicke derweil zu Sev, wobei auch Raven allmählich zu schmunzeln beginnt. Allerdings feuern nun auch die Vyrakay blind auf die Mantis.

Murphy: „Geschütze sind online!"

Raven: „Archangel, Geschütze einsatzbereit! Erbitte Luftunterstützung!"

Archangel: (Per Funk) „Bestätige, Raptor."

Während alle Geschütze der Mantis gleichzeitig das Feuer eröffnen, beginnt die Archangel einen massiven Orbitalschlag auf das Schlachtschiff der Vyrakay. Nach gerade mal einer Minute brechen die Schilde zusammen und das Schiff zerfällt in seine blau brennenden Einzelteile. Es zerschellt letztendlich auf dem sandigen Boden von Daruun.

Archangel: (Per Funk) „An alle Einsatzteams: Das feindliche Schlachtschiff wurde zerstört."

Shark-1: (Per Funk) „Hier ist Shark-1. Der Antrieb fährt hoch. Die Besatzung wurde befreit und übernimmt wieder das Schiff. Bislang kein Feindkontakt."

Rhino-1: (Per Funk) „Wenn das so ist, haben wir soeben Checkpoint Echo passiert."

Archangel: (Per Funk) „Verstanden. Wenn keine Feindbewegungen mehr registriert werden, sammeln Sie sich vor dem Steuerbordhangar. Bereitmachen zur Exfiltration!"

Die Crew der Mantis nimmt wieder ihren Platz ein, während die Eden-Commandos sich vor dem besagten Hangar treffen.

Rhino-1: „Raptor, was ist los mit euch? Habt ihr völlig den Verstand verloren? Die Geschütze abzufeuern, gehörte nicht zum Einsatzplan."

Raven: „Genauso wenig wie das Schlachtschiff der Vyrakay."

Sev: „Wir haben nur die Initiative ergriffen."

Rhino-1: „Diese Initiative hätte uns alle umbringen können."

Raven: „Die Vyrakay auch."

Rhino-1: (Schüttelt den Kopf) „Ihr seid doch krank. Unkonventionelle Methoden. Mehr Glück als Verstand. Aber mal ehrlich. Ich würde das nicht sagen, wenn wir dabei draufgegangen wären, aber das war mal eine geile Aktion."

Rees: „Tja. Unser Scharfschütze benutzt sogar Bordgeschütze. Ihr könnt noch was von uns lernen."

Rhino-1: „Ob man von euch überhaupt etwas lernen kann, diskutieren wir ein anderes Mal. Da kommt unsere Abholung."

Hinter den Felsen tauchen die vier Juggernauts wieder auf. In Formation landen sie mit geöffneten Seitentüren neben den Teams. Nach einem einzigen Handzeichen steigen diese ein und heben hintereinander ab. Dabei werfen sie noch einen letzten Blick auf die startende Mantis.

Archangel: (Per Funk) „Achtung, Teams. Wir erfassen zwei Kampfjets der Vyrakay in eurem Luftraum. Die müssen es vor dem Absturz des

Schlachtschiffes aus dem Hangar geschafft haben."

In diesem Augenblick fliegen blaue Plasmageschosse an den Juggernauts vorbei, gefolgt von Raketen. Unverzüglich werden Ausweichmanöver geflogen und Täuschkörper abgeschossen.

Rhino-1: „Rhino an alle, Fallschirme anziehen. Nur zur Sicherheit."

Ohne es zu hinterfragen, zieht jeder Kommandosoldat einen Fallschirm an. Während die Juggernauts nun steil in den Himmel schnellen, ist es ausgerechnet der Juggernaut des Rhino-Teams, welcher unter dem schwersten Beschuss steht. Nach und nach wird das Fahrzeug durchlöchert und geht in Flammen auf. Während der Pilot sich mit einem Schleudersitz rettet, springen die Rhinos synchron aus den Seitentüren. Im freien Fall zückt einer von ihnen einen Raketenwerfer hervor und feuert ihn auf den aufsteigenden Kampfjet ab. Er wird tatsächlich getroffen und verendet in einer Explosion.

Rees: „Wow. Das war beeindruckend."

Sev: „Ach bitte, das hätte ich auch gekonnt."

Die Rhinos öffnen ihre Fallschirme, während der zweite Jet von der Flugabwehr der Mantis abgeschossen wird. Sie gleiten auf das Deck der Mantis, wo sie später von der Besatzung gerettet werden.

Rhino-1: (Per Funk) „Rhino ist in Sicherheit. Ich melde einen demontierten Juggernaut. Dem Piloten geht es gut. Wir treffen uns im Orbit auf der Archangel."

Als der Tag sich dem Ende zuneigt, befindet sich jedes Team wieder auf seinem eigenen Schiff. Darunter natürlich auch die Raptors im Hangar der Black-Arrow.

Murphy: „Das war mal wieder ein ereignisreicher Tag."

Rees: „Und eine Feuertaufe für unseren Frischling."

Patton: „Bin ich jetzt immer noch ein Frischling?"

Sev: „Das wirst du immer bleiben. Zumindest die nächsten fünf Jahre."

Patton: „Na großartig."

Sev: „Aber willkommen im Raptor-Team. Du hast dir dein Raptor Abzeichen redlich verdient."

Patton: „Wir haben eigene Abzeichen?"

Raven: (Grinsend) „Nein, haben wir nicht."

Langsam fangen sie alle an zu lachen. Nach dem Verstauen der Ausrüstung trifft sich das Team im Mannschaftsquartier, um den erfolgreichen Einsatz zu feiern.

Jenseits des elysianischen Sektors schleift Aiden Conover in diesem Augenblick sein Langschwert. In seinem Quartier auf der Ghost zieht er es langsam über einen nassen Schleifstein. Seine Augen starren dabei nachdenklich in eine Feuerstelle hinein. Die Flammen erinnern ihn an seine letzte Schlacht im Eden-Militär. Die Schlacht um Asgard vor etwas mehr als zwei Jahren. Als Richtschütze in einem Panzer kämpfte er sich mit seinem Zug durch die Straßen der Hauptstadt. Im selben Moment, als Raven damals den Imperator konfrontierte, kämpfte Conover mit seiner neuen Besatzung gegen Drohnenpanzer und Gardisten. Brennende Wrackteile fielen wie Regen vom Himmel, es wehten Funken durch den Wind und aufsteigender Rauch verdunkelte die untergehenden Sonnen. Zwischen den brennenden Trümmerhaufen flogen Geschosse umher, die Druckwellen zerfetzten ganze Gebäude und das Geräusch von Schüssen hallte wie ein Echo über die umkämpften Straßen. In all diesem Chaos rückten die Panzer aus Aidens Division weiter vor. Selbstverständlich nicht ohne Verluste. Die Garde scheute sich nicht, über der eigenen Hauptstadt Bomben abzuwerfen. Einige davon trafen die umliegenden Gebäude und bedeckten Panzer wie auch Menschen unter ihren Trümmern.

Fahrer: „Verdammt! Hier kommen wir nicht weiter."

Beifahrer: „Dann finde einen anderen Weg! Die Garde kesselt uns hier ein!"

Conover: (Funkt) „Hier ist Thunder-3 ..."

Ein plötzlicher Kugelhagel schlug auf den Panzer ein. Einige der Geschosse drangen sogar in den Panzer ein und verursachten einen Brand im Inneren.

Beifahrer: „Scheiße! Aiden, mach die Luke auf! Wir müssen hier raus!"

Conover versuchte die Dachluke des Panzers zu öffnen, als das Aufschlagen mehrerer Trümmer zu hören war.

Conover: „Die Luke klemmt. Vermutlich liegt da oben irgendwas drauf."

Beifahrer: „Dann dreh den Turm und versuch es nochmal!"

Conover: „Die Turmsteuerung ist defekt. Die haben wohl eine Leitung getroffen."

Erneut trafen mehrere Geschosse den Panzer. Gefolgt von einigen Explosionen, welche die gesamte Besatzung durchschüttelten. Niemand wusste, was draußen passierte. Die plötzlich auftretende Stille verunsicherte jeden von ihnen. Das dumpfe Geräusch von Schüssen war in der Ferne zu hören sowie Schritte auf dem Dach des Panzers. Die Eden-Soldaten zückten bereits ihre Maschinenpistolen, als sie merkten, dass jemand die Luke von außen öffnete. Entgegen allen Erwartungen stand über ihnen ein Söldner der Schwarzen Legion.

Söldner: „Sieht so aus, als könnten Sie da drin Hilfe gebrauchen. Ich empfehle Ihnen besser auszusteigen."

Beifahrer: „Wow, ich war noch nie so froh, Leute wie euch zu sehen."
Der Söldner reichte den Soldaten die Hand und half ihnen aus dem brennenden Panzer heraus. Als Aiden und seine Kameraden auf dem beschädigten Turm standen, sahen sie, dass die Söldner der Legion alle Feinde im Umkreis vernichtet hatten. Die brennenden Wracks und zerstörten Androiden verteilten sich überall in der Umgebung.

Conover: „Danke für die Rettung. Wir müssen zurück zu unserer Division. Kamen hier kürzlich noch andere vom Eden-Militär vorbei?"

Söldner: „Wir haben keine gesehen. Entweder fielen sie den Luftangriffen zum Opfer oder sie sind hinter der Front."

Fahrer: „Verdammt. Dann sollten wir zusehen, dass wir von der Front wegkommen."

Söldner: „In dem Panzer fahren Sie vermutlich nirgendwo mehr hin. Folgen Sie uns, wir haben einen Gefechtsstand im nächstgelegenen Stadtpark errichtet. Von dort aus können wir Sie mit einem Shuttle zurück zu Ihren Leuten bringen."

Beifahrer: „Das ist eine große Hilfe. Danke."

Söldner: „Sehr gerne. Wir stehen schließlich auf derselben Seite. Der Weg zum Ziel könnte allerdings ein wenig holprig werden."
Der Söldner übergab jedem der drei Soldaten ein Sturmgewehr inklusive Munition. Diese brauchten sie auch, denn auf dem Weg zum nächsten Gefechtsstand trafen sie regelmäßig auf Androiden der Garde. Obwohl das Eden-Militär selten mit privaten Militärs, wie der Schwarzen Legion, arbeitete, agierten alle Soldaten und Söldner wie eine Einheit. Gemeinsam lockten sie Drohnenpanzer in einen Hinterhalt oder bekämpften die vierbeinigen Kampfläufer. Inmitten der Ruinen retteten die Söldner den Soldaten das Leben, allerdings beruhte dies auch auf Gegenseitigkeit. Aiden bewahrte den Anführer des Trupps vor einer Sprengfalle. Ohne Zweifel war es nur möglich, kameradschaftlich das Ziel zu erreichen. Nach dutzenden Gefechten gelang es ihnen letztendlich unverletzt in dem Stadtpark anzukommen. Sämtliche Zugangsstraßen waren dort mit Schützenpanzern gesperrt und mit mobiler Flugabwehr abgesichert.

Conover: „Nochmals vielen Dank für die Hilfe. Ohne Sie hätten wir das nicht geschafft."

Söldner: „Gleichfalls. Sammeln Sie sich mit den anderen Ihrer Soldaten. Wir versuchen derweil ein paar Shuttles zu organisieren."
Die Soldaten betraten den Park. Überall lagen Vorrats- und Munitionskisten herum. Zwischen den dutzenden Fahrzeugen

sammelten sich die Verletzten und Verlorenen. Darunter auch Teile von Aidens Zug.

Conover: „Sir? Was machen Sie hier? Was ist mit dem Zug passiert?"

Zugführer: „Die verdammten Gardisten haben uns in einen Hinterhalt gelockt. Die Juggernauts haben unsere Panzer zerstört. Nur die Hälfte von uns hat es geschafft."

Conover: „Scheiße! Wie soll es jetzt weitergehen? Ich bin froh, dass uns die Legion gefunden hat."

Zugführer: „Wir warten ab. Erst mal sorgen wir dafür, dass wir wieder zur Division stoßen können. Bis dahin versorgen Sie bitte unsere Verwundeten!"

Conover: „Jawohl, Sir!"

Während sich Aiden und seine Besatzung um die eigenen Kameraden kümmerten, versuchten die Söldner über den Funk ihre Shuttles zu erreichen. Allerdings kamen unzählige Funksprüche an. Einige davon beunruhigten die Söldner. Auffällig war, dass einige von ihnen nach oben in den, mit Explosionen bespickten, Himmel schauten und anschließend den Soldaten des Eden-Militärs skeptische sowie böse Blicke zuwarfen. Aiden beobachtete, wie auch sein Zugführer und seine Funker einige Funksprüche erhielten. Söldner und Soldaten sahen sich nun alle gegenseitig und angespannt an. Diese Situation hielt mehrere Minuten lang an. So lange, bis der Funkkontakt zur Destiny schlagartig abbrach. Der Anführer der Söldner-Einheit schaute skeptisch in den Himmel, als plötzlich ein heller Lichtblitz über dem Ring erschien.

Aus dem Nichts eröffneten einige Soldaten das Feuer. Sie erschossen mehrere Söldner der Legion und begannen, mit Granaten um sich zu werfen. Wenige Meter neben Aiden wurde der Mann erschossen, der ihnen vor kurzem noch das Leben gerettet hatte.

Conover: „Was zur Hölle soll das? Sind Sie wahnsinnig?"

Zugführer: „Befehl vom Kanzler!"

Conover: „Das ist unmöglich! Wir stehen auf derselben Seite!"

Juggernauts des Eden-Militärs flogen durch die Häuserschluchten und feuerten auf die Barrikaden der Schwarzen Legion. Überraschend trafen sie die Legion, wo sie am verletzlichsten waren. In ihrem eigenen Gefechtsstand schossen alle um sich. Die Soldaten von Eden machten nicht einmal Halt davor, die Unbewaffneten und Verletzten zu erschießen. Aiden stand geschockt im Kugelhagel und konnte nicht begreifen, was gerade passierte. In dem Augenblick, in dem der Zugführer sein Gewehr anhob, um einen der Söldner zu erschießen, zog Aiden instinktiv seine Waffe und feuerte auf seinen Vorgesetzten. Beobachtet von seinen Kameraden, löste er damit ein Unbehagen aus.

Diese Aktion führte schließlich dazu, dass sich alle gegenseitig ins Visier nahmen. Kameraden kämpften gegen Kameraden, jedoch hielt dieser Widerstand nicht lange an. Anrückende Verstärkung des Eden-Militärs löschte die Legion vor Ort regelrecht aus. Dabei wurden alle Deserteure gewaltsam festgenommen.

Einige Monate nach der Schlacht um Asgard befand sich Aiden in einem Gefängnis auf Initium Novum. Mittlerweile waren seine Haare lang gewachsen. Seine Enttäuschung gegenüber seinen eigenen Leuten wandelte sich allmählich in Hass. Er riskierte sein Leben im Krieg für die Freiheit, nur um zuzusehen, wie all seine Mühen umsonst waren. Nun war er gezwungen mitanzusehen, wie aus der Demokratie, die er verteidigte, eine Diktatur wurde. Angetrieben von diesen Gedanken begann er in der Kantine des Gefängnisses Essen zu stehlen. Während des Hofganges aller Gefangenen stürzte er sich von einer Schlägerei in die nächste. In seiner Zelle trainierte er wie besessen, sodass er in kürzester Zeit eine Menge an Muskelmasse zulegte. Genug, um sich eines Tages während eines Gefangenentransportes in ein anderes Gefängnis selbst zu befreien. Seine Kampferfahrung und Fitness verhalfen ihm letztendlich zur Flucht.

Obwohl er den Fängen des Eden-Militärs entkam, hörte er nicht auf, sich mit seinen alten Kameraden zu beschäftigen. Während der Bürgerkrieg im Eden-System ausbrach, begann Aiden im Alleingang das Militär zu sabotieren. Er sprengte Transportschiffe und schnitt sämtliche Versorgungswege ab. Eines Tages überfiel er einen Zug, der eine Unmenge neu produzierter Militärandroiden transportierte. In einer selbstangefertigten Rüstung schoss er sich über die Güterwagons. Er trug einen von Kampfspuren gezeichneten Mantel, welcher mit Panzerplatten verstärkt war. Auf seinem Rücken trug er ein Plünderer-Schwert, während er mit seinem Maschinengewehr das Feuer auf die Eden Soldaten eröffnete. Conover wurde zu einem Freiheitskämpfer und nutze alles, was er hatte, gegen seine Feinde. Außerplanmäßig warf eine Explosion den Zug aus seinen Gleisen. Als die Wagons sich vor ihm auftürmten, zog er den Entschluss abzuspringen. Er landete neben den Gleisen und sah, wie der Zug, den er eigentlich selbst zu einer Sprengfalle umrüsten wollte, in einer Explosion aufging.

Aiden war allerdings nicht der Einzige, der vom Zug sprang. Fünf Soldaten stürmten auf ihn zu und richteten die Waffen auf ihn, als sie plötzlich allesamt von Pfeilen getroffen wurden. Verwirrt sah sich Conover um. Er hatte keine Ahnung, wo die Pfeile herkamen, bis aus dem Schatten einiger Bäume dunkle Gestalten hervortraten.

Offensichtlich waren es Menschen. Manche von ihnen in schwarze Gewänder gehüllt, andere wiederum schienen eine Art moderne Ritterrüstung zu tragen. Obwohl ihre Helme und Schwerter an das Mittelalter erinnerten, trugen sie modernste Technik und Energiewaffen mit sich. Diese seltsamen Ritter kamen nun auf Aiden zu.

Conover: „Ihr seht nicht aus wie Rebellen."

Ritter: „Du auch nicht. Haben wir dich gestört?"

Conover: „Etwas. Den Zug da hätte ich eigentlich noch gebraucht."

Ritter: „Tut uns leid, dass wir schneller waren. Wir haben dich auf dem Zug kämpfen sehen. Wirklich beeindruckend. Wo hast du das gelernt?"

Conover: „Nirgendwo. Ich gehörte mal zum Eden-Militär. Jetzt jage ich sie. Habe in den letzten Monaten viel gelernt."

Ritter: „Du kämpfst alleine?"

Conover: „Ja."

Ritter: „Du zeigst Potenzial. Wärst du bereit, dich uns anzuschließen? Du würdest Adams Diktatur damit gewaltigen Schaden zufügen können."

Conover: „Das kommt alles ein bisschen schnell, findet ihr nicht? Ich weiß nicht einmal, wer ihr seid, und euer Aussehen ist auch jenseits dieses Jahrhunderts."

Ritter: „Du hast recht. Wir sollten nochmal von vorne anfangen. Mein Name ist Chester Cormac. Wir gehören zu den Knights of Eden. Einem Geheimbund, der es sich zur Aufgabe gemacht hat, für Freiheit und Frieden zu sorgen. Wir kämpfen im Schatten, niemand weiß von uns. Und je größer unser Orden wird, umso schneller beenden wir diesen Bürgerkrieg."

Conover: „Klingt verlockend, Mr. Cormac. Ich nehme an, ihr würdet mich umbringen, wenn ich nicht beitrete?"

Cormac: „Für wen hältst du uns? Wir sind keine Plünderer. Wir bieten dir nur eine Chance. Es obliegt ganz deinem freien Willen, sie anzunehmen oder nicht. Deine Freiheit, deine Entscheidung."

Aiden dachte für einen Augenblick nach und betrachtete die ungewöhnlichen Rüstungen der Ritter. Gleich danach sah er auf Cormacs Bogen, die Pfeile, die in den toten Soldaten steckten, und letztendlich den brennenden Zug.

Conover: „Mein Name ist Aiden Conover. Es wäre mir eine Ehre."

Cormac lächelte zufrieden unter seiner Kapuze. Es war das erste Mal, dass er seinen eigenen Einsatz leitete, und dabei rekrutierte er sogar einen äußerst talentierten Kämpfer. Ein Kämpfer, der eines Tages zu einem seiner engsten Freunde wurde.

160

Nur eine Woche später befand sich Aiden auf der Ghost. Gehüllt in ihrer Unsichtbarkeit war sie auf einem Rekrutierungsfeldzug in sämtlichen Sternensystemen unterwegs. Währenddessen begann das Training. Aiden erlernte den Kampf mit Schwertern, Bögen und Fäusten. Die Kampftechniken, die er erlernte, waren allesamt Weiterführungen der alten Hüter. Die Knights of Eden nutzten sämtliche Planeten auf ihrem Weg für ihre Ausbildung. Egal ob Klettern, Schleichen oder Kämpfen, Aiden lernte so viel wie noch nie zuvor. Ähnlich wie die Hüter, lernte er allerdings auch viel über Selbstdisziplin, Philosophie und erweiterte taktische Methoden. Vor allem, was er alles über die verschollenen Utopier erfuhr, faszinierte ihn. Er realisierte, dass so viel mehr hinter dem steckte, was er bereits glaubte, über das Universum zu wissen. Die Technologie, die Geschichte. Dinge, die ihm unbegreiflich vorkamen, motivierten ihn zu einem ausgezeichneten Ritter und Anwärter für die Heavy-Einheiten zu werden. Im Laufe seines Trainings verliebte Conover sich in das Langschwert und übte ununterbrochen damit. Begleitet wurde er dabei ständig von Meistern oder den erfahrenen Rittern des Ordens, die den Rekruten immer wieder motivierende Ansprachen hielten.

Meister: „Wir sind die Knights of Eden. Der Schatten des Hüter-Ordens, der Schatten eines unrechtmäßigen Krieges. Wir kämpfen für jene, die nicht für sich selbst kämpfen können. Wir helfen in Zeiten der Not, wir wachsen, wir lernen, wir trainieren, wir kämpfen. Auch wenn sich dieser Orden noch in seinen Anfangszeiten befindet, mit dem Wissen und der Weisheit, die wir erlangten, werden wir das Eden-System zurückerobern und Kriege beenden. Wir beschützen die Freiheit aller Wesen im Universum, besonders die Verbündeten der Menschen. Wir kämpfen, um die Freiheit zu bewahren und den Frieden zu erhalten."

Immer wieder unterbrochen durch die Reden der Meister, setzten die Novizen ihr Training fort. Eines Tages befanden sich 20 angehende Ritter in einer großen Halle im Inneren der Ghost. Von einer erhöhten Position aus blickte einer der Meister auf die Kämpfer hinab. Unter ihnen waren bereits Angehörige verschiedenster Spezies.

Meister: „Die folgende Übung dient der Schärfung eurer Sinne. Ihr werdet lernen, euch auf den Verstand zu verlassen und euch vollständig auf eure Fähigkeiten zu konzentrieren. Eure Aufgabe wird es sein, gegeneinander anzutreten und als Letzter übrigzubleiben. Wer ausscheidet, wird von unseren Rittern aus dieser Halle begleitet. Die Übung wird jetzt beginnen."

Mit einem Abstand von etwa fünf Metern zueinander verteilten sich die Novizen in der Halle, als plötzlich das Licht ausging. Es war stockfinster und nicht einmal das kleinste Licht war zu sehen. Die Anspannung der Novizen stieg und der Puls wurde schneller. Jeder von ihnen hatte zuvor einen Trainingsdolch bekommen. Nun verharrten sie in der Dunkelheit und achteten auf jedes noch so kleine Geräusch. Zuerst konzentrierten sie sich auf die Schritte ihrer Gegner und auf alles, was den Standort eines anderen Novizen verriet. Kam es zu einer Begegnung, erfolgte ein kurzer, blinder Kampf. Wer in diesem Trainingsszenario getötet wurde, der wurde von den Shadow-Einheiten im Raum hinausgeführt. Fast jeder Kampf erzeugt zu Beginn einige Geräusche, welche die anderen Novizen anlockte. Es entbrannte ein stilles Chaos. So lange, bis die Anzahl der Novizen abnahm und wieder Ruhe einkehrte. Neben Aiden hatten es bis hierher nur noch neun weitere geschafft. Sie schlichen durch die Halle und versuchten jede Kleinigkeit wahrzunehmen. Von den leisesten Atemzügen, über den Luftzug einer vorbeiziehenden Person, bis sogar zu dem Geräusch des bloßen Herzschlages. Nach mehreren Minuten in der Dunkelheit stampfte Aiden völlig überraschend mit seinem Fuß auf den Boden und lockte die verbleibenden Novizen zu sich. Kampfgeräusche waren zu hören, bevor alles erneut verstummte. Schlagartig schaltete sich das Licht wieder ein. Conover war der letzte verbliebene Novize in der Halle. Allerdings stand Cormac unmittelbar vor ihm und hielt ihm ein Kurzschwert an den Hals. Er hatte sich völlig unbemerkt an ihn herangeschlichen.

Cormac: „Bist du dir sicher, dass du nicht zu den Shadow-Einheiten gehören willst."

Conover: „Netter Versuch. Ich habe mehr Freude im offenen Kampf, allerdings schadet es nicht einfach von allem etwas zu können."

Cormac: „Du wirst noch zum leisesten Türeintreter, den die Milchstraße je gesehen hat."

Obwohl Aiden in allen Disziplinen der Ausbildung Bestleistungen zeigte, war es sein Wunsch, mit eigener Ritterrüstung und dem Langschwert seinen Aufgaben nachzugehen. So kämpfte er schon bald nach seiner Ernennung in der sogenannten Zitadelle mit dem Langschwert gegen andere Meister. Doch auch als voll ausgebildeter Ritter hatte Conover noch lange nicht ausgelernt.

Meister: „Beachtet stets die Regeln des Kampfes: Tut nichts Unnötiges. Unterbrecht den Angriff eures Gegners. Führt den Kampf und lasst euer Gegenüber Fehler machen. Lasst euren Feinden keine Zeit zum Erholen. Wahrt stets einen sicheren Stand. Seid schnell, aber kommt nicht aus dem Gleichgewicht. Seid euch eurem Umfeld zu jedem Zeitpunkt gewiss ..."

Aiden prägte sich jede Grundlage und jede Regel ein, so lange, bis er sie schließlich meisterte.

Heute wendet Conover diese Regeln bewusst im Kampf gegen die Androiden von Chronos an. Mit dem Langschwert kämpft er sich durch einen Stützpunkt der Garde, welcher in dem stürmischen Ozean eines unbesiedelten Ringplaneten versteckt liegt. Mehrere massive Gebäudekomplexe erheben sich aus dem Meer und umringen die schroffen Felsspitzen kleiner Inseln. Es ist tiefe Nacht, als die Knights of Eden versuchen inmitten eines Sturms in den Stützpunkt einzudringen. Allerdings bleibt ihre Anwesenheit nicht lange unbemerkt.

Conover: „Verdammt, die kommen ja wie vom Fließband."

Ritter: „Was erwartest du auch? Das hier ist eine Androiden-Fabrik."

Conover: „Und wahrscheinlich noch viel mehr. Wie kommt denn unser Computer Guru zurecht?"

Während Aiden in Begleitung einiger Ritter die Androiden auf einer Brücke in ihre Einzelteile zerlegt, hackt sich Cormac im nächsten Kontrollturm in einige Computer. Dabei steht er in Funkkontakt mit den anderen Rittern.

Cormac: „Das würde wesentlich schneller gehen, wenn ihr da unten nicht so viele von denen durchlassen würdet."

Immer wieder ist er gezwungen, seinen Bogen zu ziehen und mit seinen gezielten Pfeilen die Androiden abzuwehren. Als Unterstützung aus weiterer Shadow-Einheiten den Turm erreicht, gelingt es Cormac letztendlich auf die sensiblen Daten des Stützpunktes zuzugreifen. Darunter sind die Aufnahmen von Überwachungskameras und Protokolle über die Androiden-Produktion.

Cormac: „Verfluchte Scheiße!"

Conover: (Per Funk) „Wenn du so fluchst, kann das nichts Gutes bedeuten."

Cormac: „Natürlich nicht. Das hier ist nicht nur eine Androiden-Fabrik."

Conover: (Per Funk) „Das war uns schon von Anfang an klar. Was hast du herausgefunden?"

Cormac: „Die Androiden, die hier produziert werden, haben alle eine vollwertige KI. Das sind selbstständig denkende Lebewesen, die hier erschaffen werden."

Conover: (Per Funk) „Du meinst also Chronos erschafft hier Reproduktionen von sich selbst?"

Cormac: „Es sieht eher so aus, als würde er eine ganz eigene Spezies erschaffen. Außerdem werden hier auch Kriegsmaschinen entwickelt, welche von ihrer Anzahl her eine riesige Flotte aufstellen könnten."

Auf der Brücke vor dem Kontrollturm erledigt Aiden gerade mit Schwert und Gewehr die letzten anrückenden Androiden.

Conover: „Glaubst du etwa, er plant einen Vergeltungsschlag wegen Asgard?"

Cormac: (Per Funk) „Wäre zumindest naheliegend. Aber dann verstehe ich nicht, warum er den Androiden eine perfekte KI implantiert."

Conover: „Vielleicht, um Herrscher über sein eigenes Volk zu werden?"

Ritter: „Warum fragen wir die nicht? Stalker sind im Anmarsch!"

Eine Gruppe der Hüter-Killer-Androiden taucht auf der Brücke auf. Sie zücken ihre Schwerter hervor und stürmen geradewegs auf die Ritter zu. Es entbrennt ein unübersichtlicher Kampf. Die Klingen schlagen Funken im Regen, unterbrochen von den Pfeilen der Shadow-Einheiten. Cormac sprintet in den Kampf hinein und rutscht auf seinen Knien an den Maschinen vorbei. Dabei trennt er zwei von ihnen die Beine ab. Nachdem er sich aufrichtet, trennt er einem dieser Stalker mit einer Drehung den Kopf ab.

Conover: „Schon fertig?"

Cormac: „Nein. Aber der ganze Stützpunkt weiß jetzt über uns Bescheid. Wir sollten zusehen, dass wir hier verschwinden."

Ritter: „Sag mir bitte, dass du Verstärkung gerufen hast!"

Cormac: „Ist auf dem Weg."

Ritter: „Gut, denn der Feind hat auch welche angefordert."

Zwischen den Gebäuden kommen Kampfdrohnen hervor. Sie schweben bis zur Brücke und eröffnen das Feuer. Einem der Ritter gelingt es dabei, mit Hilfe eines Antimateriepfeils eine der Drohnen zum Absturz zu bringen. Jedoch scheint die Garde allmählich die Oberhand zu gewinnen. Genau rechtzeitig stürzen drei Jagdbomber der Ghost vom Himmel. Die Technologie der Utopier ist der der Garde in diesem Fall deutlich überlegen. Während sie den Luftraum um die Ritter absichern, fliegt ein Truppentransporter zu ihrer Position. Die Geschütze des Transporters nehmen die Hüter-Killer ins Visier und feuern auf sie. Unter all dem Beschuss wird die Brücke zwar gesichert, jedoch erleben die Knights of Eden eine beunruhigende Überraschung. Aus dem stürmischen Ozean erheben sich unzählige Schlacht- und Kriegsschiffe. Einige davon hat zuvor noch kein Mensch gesehen. Ihre Größe entspricht schätzungsweise der Hälfte der alten Destiny.

Ritter: „Was zum Teufel sind das für Schiffe?"

Cormac: „Keine Ahnung. Ich habe noch nie solche gesehen. Die sind riesig."

Conover: „Hoffentlich ..."

Die Ritter werden von einer heftigen Explosion unterbrochen. Völlig ohne Vorwarnung feuern sämtliche Schlachtschiffe auf den Stützpunkt. Die kraftvollen Plasmablitze zerreißen die Gebäudekomplexe regelrecht in Stücke.

Cormac: „In den Transporter! Sofort!"

Während die ganze Androiden-Fabrik in Explosionen versinkt, starten immer mehr Schiffe der Garde aus dem Ozean. Vom Transporter aus beobachten die Knights of Eden, wie sie von der Wasseroberfläche aus hintereinander in den Hyperraum springen. Eine ganze Flotte scheint sich in diesem Meer versteckt zu haben und flüchtet nun ins All. Ohne Zweifel wurde die Garde hier von den Rittern aufgescheucht. Ohne zu verstehen, was an diesem Ort vorgeht, fliegen auch die Knights of Eden zurück zur Ghost. Dabei werden sie jedoch von einem großen Raumjäger angegriffen. Einer der Utopier-Jagdbomber geht dabei in einer Explosion auf. Noch bevor die Ritter das Feuer erwidern können, rauscht das Schiff mit gelb leuchtenden Triebwerken an ihnen vorbei und verschwindet mit einem Hyperraumsprung.

Ritter: „Scheiße! War das Chronos?"

Cormac: „Sieht ganz so aus. Ich wünschte, ich wüsste, was dieses Ding vorhat."

Conover: „Ich fürchte, wir sollten es herausfinden, bevor es zu spät ist."

Während die letzten Schiffe der Garde die Flucht ergreifen, taucht die Ghost über der dichten Wolkendecke auf. Das Transportschiff sowie die Jagdbomber landen im Hangar, als die Androiden-Fabrik nach und nach brennend im Ozean versinkt. Die Ritter haben viele Fragen, die hoffentlich durch Cormacs erbeutete Daten beantwortet werden. Gleich nachdem er diese an Raven weitergeleitet hat, durchstöbert er sie selbst im Detail. Dabei entdeckt er Baupläne von Schiffen, neuen Androiden und riesigen Kriegsmaschinen. Der Eindruck wird erweckt, als hätte die Garde sich heimlich neu aufgebaut. Auffällig ist, dass sie scheinbar nur noch aus Androiden besteht, geführt von General Chronos. Leider geben die Pläne keine Auskunft darüber, wozu diese Flotte dient oder welche Ziele die Garde nun verfolgt. Klar ist jedoch, dass Chronos irgendwas mit künstlicher Intelligenz erschaffen und vermutlich auch kontrollieren will.

Kapitel 7: Gefallener Adler

Es beginnt ein neuer Tag auf der Silence. Kyra wacht allmählich in ihrem Quartier auf. Gleich nachdem sie sich fertiggemacht hat, kümmert sie sich um ihre Zimmerpflanzen. Sie hat sich bereits mit Miniaturbäumen und exotischem Farn eingedeckt. Trotz all der Veränderungen, die sie in den letzten Jahren durchlebte, scheint Kyra dieses eine kleine Hobby dennoch beizubehalten. Sie schnappt sich einen Korb und geht damit einmal quer durch das Schiff in den Bereich der Lebenserhaltungssysteme. Aus dem Raum, der eigentlich für die Sauerstoffaufbereitung zuständig ist, hat Kyra ein kleines Gewächshaus gemacht. Entlang der Geräte an der Wand finden sich überall Blaubeersträucher sowie ein kleiner Apfelbaum. Wenige Minuten später verlässt sie den Raum mit einem leichten Lächeln auf den Lippen. Der Korb ist beinahe randvoll mit Beeren und Äpfeln. Es ist eine erfolgreiche Ernte und damit auch ein positiver Start am frühen Morgen. Mit dem Korb in der Hand läuft Hades durch die Gänge der Silence. Dabei kommt sie an der Krankenstation vorbei, wo Logen ebenfalls gerade aufgewacht zu sein scheint und auf seinem Krankenbett sitzt.

Logan: „Hey, Kyra."

Kyra blickt, ohne zu antworten, hinüber zu Logan und wieder in die Richtung, in die sie eigentlich gehen wollte. Anstatt jedoch wie sonst wortlos zu verschwinden, entscheidet sie sich dafür, die Krankenstation zu betreten.

Hades: „Hey, Logan. Wieder auf den Beinen?"

Logan: „Noch nicht ganz. Dieses Pfeilgift hat mir echt übel zugesetzt. Ich bin froh, dass ihr alle heil davongekommen seid."

Hades: „Einige von uns hatten wohl Glück. Hoffentlich hast du keine bleibenden Schäden davongetragen."

Logan: „Ich denke nicht. Ich bin zäh."

Hades: „So siehst du auch aus."

Logan: „Du sagst es. Das Gift hatte keine Chance gegen mich."

Auch Kyra fängt leise an zu lachen.

Logan: „Was hast du denn da?"

Hades: „Oh. Das sind Äpfel und Blaubeeren. Frisch geerntet."

Logan: „Geerntet? Wo hast du die her?"

Hades: „Aus der Sauerstoffaufbereitung. Ich habe dort ein paar Nutzpflanzen angebaut. Hier, nimm dir doch einen."

Kyra reicht Logan einen der Äpfel. Er beißt hinein und schaut Kyra überrascht an.

Logan: „Wow. Und das wächst in diesem Schiff?"

Hades: „Ja. Tatsächlich."

Logan: „Ich kann mich nicht erinnern, wann ich das letzte Mal so frisches Obst gegessen habe. Du warst mal Botanikerin, oder? Du hast immer noch ein Talent dafür."

Hades: „Ich danke dir. Aber ich denke, es gibt andere Talente, die im Moment mehr Aufmerksamkeit erfordern."

Logan: „Ich befürchte, ich weiß, was du meinst. Achte trotzdem auf dich. Das Botanik-Zeugs ist ein guter Ausgleich, zu dem, was nicht zur Gewohnheit werden sollte."

Hades: „In diesem Job etwas schwierig, findest du nicht?"

Logan: „Ja. Genau deswegen ist es wichtig. Vergiss nicht, auch mal nur auf dich selbst zu achten. Tu, was dir guttut. Man verliert sich ansonsten zu schnell in dieser Branche."

Hades: „Danke für den Rat. Ich werde darüber nachdenken. Und jetzt empfehle ich dir auch mal auf dich zu achten. Noch bist du nicht zu 100 % fit."

Logan: (Lächelt) „Wart's ab. Spätestens morgen werde ich wieder Bäume ausreißen können."

Hades: (Lacht) „Natürlich wirst du das. Aber wag es nicht meinem Apfelbaum auch nur ein Blatt zu krümmen!"

Logan: „Das würde mir nicht im Traum einfallen."

Hades: „Gut so."

Lächelnd verabschiedet sich Kyra und verlässt die Krankenstation. Ihr Weg führt sie nun in den Aufenthaltsraum des Schiffes, wo eine offene Gemeinschaftsküche angrenzt. Sie ist allerdings nicht allein. Dylan und Ryan schauen sich dort einige Hologramme an und sind mitten im Gespräch.

Ryan: „Ich weiß, Dylan. Nur habe ich absolut keine Ahnung von dieser Antriebstechnik. Du wirst ihn wohl selbst fragen müssen."

Sykes: „Ich hatte gehofft, es gäbe noch andere Möglichkeiten."

Ryan: „Keine, die sonst jemand kennt. Nicht mal Lynch konnte uns helfen."

Sykes: (Seufzt) „Ach, verdammt. Dann werde ich es wohl versuchen müssen."

Kyra läuft durch den Raum in Richtung der Küche.

Ryan: „Guten Morgen, Hades. Was ist in dem Korb?"

Hades: „Ach, nur etwas Obst, das ich vorbeibringen wollte."

Dylan kneift skeptisch seine Augen zusammen.

Sykes: „Wo hast du das her?"

Hades: „Aus dem Gewächshaus?"

Sykes: „Ähm, die Silence hat kein Gewächshaus."

Hades: „Das ist schade. Ihr könntet euch echt mal eins zulegen. In der Sauerstoffaufbereitung wächst ein Apfelbaum."

Sykes: „Wo? Seit wann?"

Hades: „Seit wir wieder hier sind. Ich habe ein paar Pflanzen von der Insel auf Elysium mitgenommen. War seitdem etwa niemand mehr in der Lebenserhaltung?"

Dylan und Ryan zucken gleichzeitig mit den Schultern.

Ryan: „Kann gut sein, dass wir hin und wieder mal vergessen, dass diese Räume überhaupt existieren."

Hades: „Ich kenne mich zwar nicht so gut aus, aber es wäre vielleicht ratsam, da hin und wieder mal vorbeizuschauen. Nicht, dass uns irgendwann mal der Sauerstoff ausgeht, oder so."

Sykes: „Wird notiert, wenn wir es nicht wieder vergessen."

Dylan steht auf und begibt sich zur Tür.

Ryan: „Wo gehst du jetzt hin?"

Sykes: „Versuchen, jemanden anzurufen."

Ryan: „Na dann, viel Erfolg!"

Während Kyra sich ein Frühstück macht, geht Dylan ein Deck tiefer in den Kommunikationsraum. Im selben Augenblick befindet sich Raven auf der Black-Arrow ebenfalls an der Kommunikationsanlage unter der Kommandobrücke. Er führt ein Gespräch mit Cormac, der ihn über die aktuellen Erfolge und Misserfolge der Knights of Eden informiert.

Cormac: (Per Übertragung) „... Die Garde hat den gesamten Stützpunkt vernichtet, bevor wir alle Informationen hatten. Die Menge der Schiffe vor Ort war ungewöhnlich hoch. Leider wissen wir noch nicht, was Chronos damit vorhat."

Raven: „KIs, Kampfschiffe und neu produzierte Androiden-Armeen. Als stünde die Menschheit nicht schon genug Gefahren gegenüber."

Cormac: „Zumindest konnten wir noch keine Massenvernichtungswaffen sicherstellen. Das ist entweder ein gutes oder schlechtes Zeichen."

Raven: „Wir können es uns im Moment nicht leisten, den Orden auf drei Fronten aufzuteilen. Ich möchte auch ungern Hilfe in der Zitadelle anfordern. Zumindest noch nicht. Was ist mit Commander Talon? Gibt es schon etwas Neues über ihn?"

Cormac: „Nein. Er scheint im Hells Gate Nebel verschwunden zu sein, völlig spurlos. Aber wir halten weiter unsere Augen offen."

Raven: „Avara und die Sanctuary-Station entsenden jeden Tag mehr Schiffe, um eine Blockade am Nebel zu errichten. Was immer den Nebel verlässt, sollte von ihnen erfasst werden. Dann werden wir weitersehen."

Cormac: „Wir gehen so lange unseren Aufgaben nach und warten auf Weiteres. Cormac, Ende."

Das Gespräch sowie die Übertragung werden beendet. Nachdenklich lehnt sich Raven auf seinem Stuhl zurück. Als er aufstehen möchte, bemerkt er, dass ein Videoanruf hereinkommt. Ein Anruf von der Silence. Überrascht, aber auch ein wenig verunsichert, bewegt er zögerlich seinen Finger zum Bildschirm. Mit einem Knopfdruck nimmt er den Anruf an und stellt sich neugierig vor die Kamera.

Raven: „Also damit habe ich jetzt wirklich nicht gerechnet."

Sykes: „Hallo ... wie geht's?"

Raven: (Verwirrt) „Ähm ... Ist alles in Ordnung?"

Sykes: „Ja. Nein. Also, naja. Ich habe da eine Frage."

Raven: „Nur zu."

Sykes: „Als wir dich damals verfolgt haben, haben wir einen Black-Hole-Antrieb in unser Schiff eingebaut. Einen originalen von diesen Utopiern. Jedenfalls geht der Silence allmählich die Energie aus und ich würde gerne herausfinden, wie man den Antrieb wieder auflädt."

Bevor er antwortet, fängt Raven an zu schmunzeln und muss leise lachen.

Raven: „Ganz einfach. Du musst nur tief über die Oberfläche eines Sterns fliegen."

Sykes: „Du verarschst mich gerade, oder?"

Raven: (Amüsiert) „Nein."

Sykes: „Fuck!"

Raven: „Ihr habt ein schwarzes Loch in eurem Antrieb, eingehüllt in ein Wurmloch. Durch das Einspeisen von Sonnenwinden, beziehungsweise deren energiereichen Partikeln, wird dieses Loch auf Größe gehalten. Wir machen das mit den Solarflügeln unseres Schiffes."

Sykes: „Na großartig. Wir haben weder Solarflügel an der Silence noch hält sie die Temperaturen an einer Sternoberfläche aus. Gibt es keine andere Lösung?"

Raven: „Vielleicht ein Energietransfer von Antrieb zu Antrieb."

Sykes: „Das funktioniert?"

Raven: „Keine Ahnung. Ich habe so etwas noch nie gemacht."

Sykes: „Gut, wann hast du Zeit?"

Raven: „Kommt drauf an. Wo wollen wir uns treffen?"

Sykes: „Wo steckst du denn?"

Raven: „Ich stehe gerade mit der Black-Arrow auf der Sanctuary-Station."

Sykes: „Oh. Das ist nicht gerade um die Ecke. Wir fliegen gerade nach Hyena. Landen vermutlich noch heute."

Raven: „Ich denke, dann wäre ich schneller bei dir. Habe hier aber noch einiges zu tun. Morgen Nachmittag sollte ich Hyena erreichen können. Ich schätze, in 40 Stunden kann ich da sein."

Sykes: „Du brauchst ernsthaft einen Tag für eine Stecke, die normalerweise mehrere Wochen dauert?"

Raven: „Ach bitte. Ich könnte in einer Minute da sein. Aber wie gesagt, ich habe leider noch einiges zu erledigen."

Sykes: „Okay. Dann will ich nicht weiter stören. Ich sende dir die Koordinaten eines sicheren, versteckten Landeplatzes. Und ja, der Landeplatz ist wirklich sicher, unabhängig von der Lage."

Raven: „Wenn ich dem nicht zustimme, verlagern wir den Energietransfer eben in den Orbit."

Sykes: „Wäre mir ehrlich gesagt lieber, wenn die Schiffe stehen. Bevor irgendwas schiefgeht."

Raven: „Okay, wie du meinst. Dann sage ich schon mal, bis morgen."

Sykes: „Bis morgen."

Die Übertragung endet. Raven legt seine Hand auf sein Gesicht und schüttelt langsam den Kopf. Doch dann macht auch er sich auf den Weg, um sich mit Avara zu treffen. Im Laufe des Tages springt die Silence wiederum im Eden-System aus dem Hyperraum. Sie fliegt auf einen unscheinbaren blauen Fleck zu. Nach einer Umkreisung des Gasriesen Horus geht das Schiff in den Landeanflug auf Hyena über. Ziel sind wie so üblich die Slums in einem Vorort der Hauptstadt. Gleich nach der Landung verteilt sich die Crew. Ein Teil fährt in Richtung der Großstadt, wohingegen der Rest in der Nähe des Schiffes bleibt. In Begleitung von Jason und Damon begibt sich Dylan zu Burtons Bar. Als er durch die Tür schreitet, beobachtet er, wie Burton in ein Streitgespräch mit drei Männern verwickelt ist. Noch bevor er begreift, worum es eigentlich geht, zieht Burton den Kopf einer der Männer zu sich und schlägt ihn auf die Theke. Gleich danach schreitet er lässig um die Bar herum und stellt sich den ungebetenen Gästen gegenüber.

Sykes: „Können wir dir helfen?"

Burton: „Mit diesem Lauchgemüse werde ich schon fertig."

Mann: „Du verdammter Drecksack!"

Aggressiv holt einer der Drei zum Schlag aus. Burton jedoch taucht unter und verpasst seinem Gegner gleichzeitig einen Schlag in den Kehlkopf. Er greift sich seinen Arm und dreht sich unter ihm hindurch. Schnell genug, um dem Angriff mit einem Barhocker auszuweichen. Burton wirft den ersten der Männer zu Boden und befördert anschließend den zweiten mit dem Hocker durch einen gedrehten Kick von sich weg. Der, der zuvor Bekanntschaft mit der harten Oberfläche des Tresens machen durfte, scheint sich allmählich zu erholen. Doch noch bevor er einen Angriff starten kann, bekommt er einen kräftigen Tritt zwischen die Beine verpasst. Die folgende Schlagserie von Burton zwingt ihn ebenfalls zu Boden. Der letzte der Angreifer versucht es erneut mit dem Barhocker, doch binnen von Sekunden wird er entwaffnet und selbst damit gegen den Tresen und auf den Boden geprügelt.

Burton: „Ich sage das nicht noch einmal. Verschwindet von hier!"
Blutend und wimmernd helfen sich die drei gegenseitig auf die Füße und flüchten, an Dylan vorbei, zum Ausgang.
Jason: (Beeindruckt) „Wow! Der alte Mann hat's echt drauf."
Burton: „Wen nennst du hier *alt*?"
Sykes: „Es ist lange her, dass ich dich so habe kämpfen sehen."
Burton: „Ich vermute, damals waren wir noch in Senua-City unterwegs."
Sykes: „Andere Zeiten. Was war denn da gerade los?"
Burton: „Ach, das Übliche. Diese Erdlinge werden immer penetranter."
Sykes: „Du lässt Erdlinge in deine Bar?"
Burton: „Mir ist egal, wer hier aufschlägt, solange er sein Geld bei mir lässt."
Sykes: „Schon klar."
Dylan bemerkt, dass überall in der Bar Kartons und Holzkisten herumstehen.
Sykes: „Und was hat das alles zu bedeuten?"
Burton: „Ich schließe die Bar. Wonach sieht's aus?"
Sykes: „Wirklich? Wieso?"
Burton: „Es ist Zeit, dass ich weiterziehe. Außerdem kommt es mir vor, als hätte ich während des Bürgerkrieges hier mehr Ruhe gehabt. Jetzt wuchert es hier überall von Erdlingen."
Sykes: „Und wo willst du jetzt hin?"
Burton: „Pearl. In die Hauptstadt. Ich mache dort eine Strandbar auf."
Sykes: „Was? Ehrlich? Du gehst unter die Strandleute? Willst du den Käfig nicht mitnehmen?"
Burton: „Auf dem Grundstück am Strand habe ich etwas Besseres. Eine Felsbucht, direkt am Wasser. Fast eine kleine Arena."
Sykes: „Bestimmt kommen wir dich mal besuchen."
Burton: „Ich hätte auch nichts anderes erwartet. Aber sag mal, was treibt dich schon wieder her? Du willst doch bestimmt irgendwas, oder?"
Sykes: „Der alte Raumhafen am Stadtrand, ist der immer noch stillgelegt?"

Burton: „Du meinst das alte steinige Ding? Den haben die Sandraiders letzten Monat als Parkplatz missbraucht. Mittlerweile müsste dort aber wieder alles leer sein. Das ganze Gebiet ist quasi eine Geisterstadt. Was willst du da?"

Sykes: „Perfekt. Ich treffe mich dort mit jemandem."

Burton: „Na dann. Erspare mir die Details!"

Während Burton sich wieder hinter den Tresen stellt und einige Gläser einräumt, stellen sich die drei Kopfgeldjäger dazu.

Damon: „Willst du denn nicht mit uns auf deinen Umzug anstoßen?"

Burton: „Ihr habt Glück. Eine Flasche habe ich noch da."

Er stellt vier Gläser auf den Tresen und schenkt jedem etwas ein. Damon ist der Erste, der sein Glas anhebt. Der Rest tut es ihm anschließend gleich.

Damon: „Dein Umzug. Auf was stoßen wir an?"

Burton: „Auf das Leben!"

Die klirrenden Gläser stoßen aufeinander, während Dylan langsam den Kopf schüttelt und diesen Spruch vulgär kommentiert.

Sykes: „Arschloch."

Innerhalb der nächsten Viertelstunde trinken sie die Flasche leer.

Sykes: „Ich nehme an, wenn du hier zumachst, gibt es heute keine Kämpfe?"

Burton: „Im Käfig? Nein. Wenn du dich prügeln willst, es treiben sich genug Erdlinge auf den Straßen herum."

Sykes: „Dann werde ich mich heute wohl anders beschäftigen müssen."

Burton: „Sollte jemandem wie dir nicht schwerfallen."

Dylan senkt nachdenklich, aber auch schmunzelnd seinen Blick und lässt dabei das Glas in seiner Hand über den Tresen kreisen.

Sykes: „Nun, wir wollen dich nicht länger vom Packen abhalten. Wir sehen uns bald in deiner neuen Bar."

Burton: „Ich befürchte es."

Nachdem sie sich voneinander verabschiedet haben, gehen Dylan, Damon und Jason wieder hinaus. Sie blicken auf den Kanal direkt vor der Bar und lehnen sich gegen ein brüchiges Geländer. Dabei richtet sich ihr Blick auf den Sichel des blauen Gasriesen hinter der Skyline.

Jason: „Ich glaube, ich werde diesen Ort vermissen."

Damon: „Bei dem Gestank? Wir sind hier in den Slums, schon vergessen?"

Jason: „Das kann man nicht vergessen. Dieser Ort führt einem nur immer wieder vor Augen, wie gespalten die Gesellschaft ist, wozu man gezwungen wird und wie man sich vom Boden aus emporkämpfen kann."

Damon: „Das ist wohl wahr. Trotzdem habe ich nichts gegen einen tropischen Strand einzuwenden."

Während sich die beiden unterhalten, schweift Dylans Blick über all die heruntergekommenen Lehmhäuser und Blechkonstruktionen zu den gläsernen Wolkenkratzern am Horizont.

Sykes: „Hey, könnt ihr beiden schon mal zur Silence gehen und Ryan sagen, dass er sie zum alten Raumhafen fliegen soll? Er wird wissen, wo das ist."

Damon: „Klar. Was ist mit dir? Bleibst du noch hier?"

Sykes: „Wer weiß, ob wir jemals wieder hierher zurückkommen werden? Ich gehe zu Fuß zum Raumhafen. Wir treffen uns dort."

Jason: „Verstehe. Du suchst dir eine Beschäftigung. Versuch niemanden umzubringen!"

Sykes: (Lacht) „Jetzt haut schon ab!"

Als sich der Himmel durch die Abendsonne langsam orange färbt, trennt sich Dylan von seiner Crew. Er wandert allein zwischen den Kanälen der Slums umher und geht einen Umweg durch die Vorstadt. Auch wenn er die Slums dort hinter sich gelassen hat, so sind die Straßen immer noch voll mit Müll und demolierten Fahrzeugen. Grübelnd läuft Sykes zwischen stillgelegten Industrieanlagen und Magnetschwebebahnen umher. Den Schienen folgend gelangt er letztendlich auf eine rostige Brücke, auf der er einem jungen Mann begegnet, der auf der anderen Seite des Geländers steht und dabei verzweifelt nach unten schaut.

Sykes: „Was soll das denn werden?"

Mann: „Das geht dich gar nichts an! Geh einfach weiter!"

Sykes: „Wenn du das vorhast, was ich denke, dann kann ich nur sagen, dass es da effektivere Methoden gibt."

Mann: „Hau ab! Du kannst mir nicht helfen! Niemand kann das!"

Sykes: „Ich bin hier. Rede mit dir. Danach kannst du immer noch springen. Ich werde dich nicht davon abhalten. Deine Entscheidung."

Mann: „Willst du mich verarschen?"

Sykes: „Sollte ich das?"

Mann: „Ähm?"

Sykes: „Bevor du schon auf diese Weise abtrittst, was bei dieser Höhe nicht unbedingt wahrscheinlich ist, dann erzähl mir wenigstens wieso?"

Mann: „Fuck. Ich habe alles verloren, was mein Leben ausgemacht hat. Ich fühle mich nutzlos, unbedeutend und einsam. Ich habe all meine Freunde verloren, genauso wie die Menschen, die ich liebe. Da ist nichts mehr und da kommt nichts mehr."

Sykes: „Hm. Das kommt mir bekannt vor."

Mann: „Du verstehst nicht, wie es ist, einen traumatisierten Menschen bei einem Nervenzusammenbruch in den Armen zu halten, sie so lange festzuhalten, bis sie sich wieder fängt und sie dir dann weinend und aufrichtig sagt, wie sehr sie dich liebt, sich von Herzen bei dir bedankt, für sie da zu sein und dich darum bittet, sie niemals zu verlassen. Nur um dich Jahre später in ein tiefes Loch fallenzulassen und alles dafür gibt, dass du kein Teil ihres Lebens mehr bist. Ich fühle mich verraten von der Person, die mich am meisten geliebt hat."

Sykes: „Das Traurigste an Verrat ist, dass er niemals von deinen Feinden kommt. Auch ich habe Menschen verloren, die mich geliebt haben und die ich geliebt habe. Und auch ich stand vor der Entscheidung, vor der du heute stehst. Ich bin noch hier, wenn auch nicht mehr ganz ich selbst. Ich kenne diesen Schmerz."

Mann: „Sie und ihre Familie waren die größte Bereicherung, die mein Leben jemals hatte. Jetzt ist all das weg und es wird nie wieder zurückkommen. Sie hat sogar einen Neuen, ist das zu glauben? Wie kann sie ohne mich dasselbe empfinden? Als wäre ich ihr völlig bedeutungslos. Ich hasse mein Leben. Was habe ich getan, um so etwas zu verdienen? Dieser Verlust setzte eine Kettenreaktion in Gang, die mir das ganze Leben zerstörte."

Sykes: „Du bist in einem tiefen Loch, ohne auch nur einen Hauch von Licht. Das Leben selbst scheint dich brechen zu wollen. Du fühlst dich nicht nur verraten von denen, die du liebst, sondern auch vom Leben selbst."

Mann: „Ich habe es mit Therapien und Ärzten versucht. Die haben alles nur noch schlimmer gemacht. Mittlerweile habe ich einen Punkt erreicht, an dem ich jede Hoffnung aufgeben habe und mir nicht einmal mehr helfen lassen will. Egal was ich tue, alles verschlimmert sich."

Sykes: „Lass dein altes Leben hinter dir! Erfinde dich neu! Mache aus dir einen völlig neuen Menschen! Ziehe so weit weg wie möglich oder beginne eine lange Reise! Es gibt so viele Orte und Erfahrungen zu entdecken. Es wäre doch zu schade, diese vor dem Ende nie gesehen zu haben, oder? Wenn das Leben gegen dich ist, dann kämpfe dagegen an! Entscheide dich dafür zu leben und nicht einfach nur zu existieren. Die Zukunft steckt voller Möglichkeiten. Denk darüber nach dem Leben noch eine Chance zu geben, nur eben woanders, oder als jemand anderes. Auch wenn du dich einsam und allein fühlst, denk daran, dass du am meisten an den Hindernissen wächst, denen du dich allein stellst. Allein zu sein, erfordert Stärke und je länger du allein bist, umso stärker wirst du eines Tages sein. Für dich selbst und für andere. Und wenn all das nicht funktioniert, dann kannst du dich immer noch umbringen. Am Ende tötet dich das Leben schon von allein. Da brauchst du nicht nachzuhelfen. Nimm alles mit, was du kriegen kannst! Halte durch und überlebe!"

Der Mann ist sprachlos. Mit tränenden Augen schaut er die Brücke hinab und anschließend wieder zu Dylan. Auch er hat einen traurigen, ernsten Gesichtsausdruck.

Mann: „Darf ich fragen, was mit dir ist? Oder war?"

Sykes: „Ich hatte eine beschissene Kindheit. Man hat mich verlassen, betrogen, ausgenutzt, verletzt, gefoltert, getötet. Aus mir wurde ein Monster. Ich dachte, ich hasse die Menschheit, doch am Ende hasste ich nur mich selbst. Sah genau wie du keinen Ausweg, keine Besserung."

Mann: „Was hat dich davon abgehalten, dich ... du weißt schon?"

Sykes: „Einer meiner ärgsten Feinde. In dem Moment, als er mich hätte töten können, tat er es nicht. Stattdessen redete er mit mir, stieß mich in die richtige Richtung. Das hoffe ich zumindest. Auch ich habe noch nicht alle meine Dämonen besiegt, aber ich arbeite daran."

Erneut blickt der Mann in die Tiefe und schüttelt enttäuscht den Kopf.

Mann: „Fuck!"

Langsam klettert er über das Geländer und bekommt wieder festen Boden unter den Füßen.

Mann: (Seufzt) „Aber wo soll ich nur hin?"

Sykes: „So weit weg von allem, was dir wehtut. Dann baue dich neu auf. Am besten verlässt du diese Staubwüste, oder gleich den ganzen Mond, wenn nicht sogar das System."

Mann: „Ich wüsste schon, wie ich hier wegkomme. Ich kann es zumindest versuchen."

Sykes: „Tu das und lass dich dabei nicht stoppen. Viel Erfolg beim Überleben."

Mann: „Dir auch. Danke. Wirklich. Diese Begegnung hat mir vielleicht die Augen geöffnet."

Sykes: „Dann sieh besser zu, dass du so schnell wie möglich von hier verschwindest, bevor du es noch bereust."

Völlig überraschend taucht ein leichtes Lächeln in dem Gesicht des Mannes auf und er umarmt Dylan zum Abschied. Er verschwindet anschließend entlang der Bahngleise hinter der Brücke. Dylan bleibt dabei mit einem verwirrten Gesichtsausdruck zurück. Er kann selbst nicht fassen, was er da gerade getan hat. Obwohl er sich lange nichts mehr gewünscht hat als den eigenen Tod, so hat er heute eine fremde Person vor dem Suizid bewahrt. Diese schicksalhafte Ironie gibt ihm zu denken. Vor allem da er auf eine ähnliche Weise von Raven davon überzeugt wurde, das Leben nicht aufzugeben und einen Schritt ins

Ungewisse zu wagen. Er benutzte sogar seine Worte, was Dylan am meisten überrascht. Nichtsdestotrotz geht er weiter. Bis zur Silence ist es noch ein weiter Weg, weswegen er den verlassenen Raumhafen erst in der Nacht erreicht.

Der gleiche Tag beginnt auf der Destiny mit einem routinierten Dienstbeginn. Während sich die Söldner auf kommende Einsätze vorbereiten, schlafen Mason und Graydon in ihrem Quartier in Ruhe aus. Durch das Fenster sehen die beiden, dass die Destiny bereits in die Atmosphäre Senuas eingetaucht ist und mit anderen Schiffen der Schwarzen Legion über einer dichtbehangenen Wolkendecke schwebt. Stressfrei stehen Jade und Jacob auf und bereiten sich ein ausgewogenes Frühstück zu. Allerdings macht sich so langsam ein Unbehagen in ihren Gesichtern bemerkbar.

Graydon: „Willst du es ihr sagen?"

Mason: „Wir sollten es ihr gemeinsam sagen. Wir sind schließlich ein Team."

Graydon: „Du meinst, das waren wir mal."

Mason: „Ich kann auch nicht abschätzen, wie sie reagieren wird, aber schließlich ist das hier unsere Entscheidung. Sie wird schon Verständnis dafür haben. Das hoffe ich zumindest."

Graydon: „Kaelyn hat sich selbst nicht mehr unter Kontrolle. Das siehst du. Denkst du, das ist der richtige Zeitpunkt?"

Mason: „Ich will nicht mitansehen, wie all das zugrunde geht. Wenn nicht jetzt, wann dann?"

Graydon: „Ich weiß die Lage einzuschätzen, aber Kaelyn geht es wirklich nicht gut. Ich glaube, das wird all das nur verschlimmern. Vor kurzem haben wir erst Brandley verloren."

Mason: „Ich habe versucht, mit ihr zu reden, jeden Tag. Aber egal was ist, sie will sich einfach nicht helfen lassen. Ich habe es aufgegeben. Keine Ahnung, was man bei ihr noch machen soll."

Graydon: „Vielleicht sollte sie mal eine Auszeit von der Destiny und der Legion nehmen. Mal etwas anderes sehen als Geschütze, Waffen und Krieg."

Mason: „Glaubst du wirklich, sie ließe sich zu einem Urlaub überreden? Sie geht mittlerweile so sehr in ihrer neuen Berufung auf, dass es ihr Schaden zufügt."

Graydon: „Also gehen wir gleich zu ihr?"

Mason: „Das müssen wir."

Während sich die beiden in den nächsten Minuten auf den Weg zu Kaelyn machen, sitzt sie in einem Besprechungsraum und streitet sich mit ihren Beratern und kommandierenden Offizieren.

Harper: „Wir kämpfen hier nur gegen Menschen, nicht gegen Vyrakay. Wieso dauert das so lange?"

Berater: „Die Erdlinge schlagen kaum noch offene Schlachten. Ihre Strategie beruht allein auf Guerilla-Taktiken. Unsere Aufklärer können sie nicht allein ausfindig machen."

Harper: „Dann stellen Sie mehr Aufklärer in den Dienst. Ich will schnellstmöglich eine detaillierte Lagekarte aller Einsatzgebiete!"

Berater: „Frau General, es ist uns momentan nicht möglich, mehr Truppen zu entsenden als gerade einsatzfähig sind. Die Rekrutierung kann erst erfolgen, wenn mehrere Sicherheitszonen eingerichtet wurden."

Harper: „Dann richten Sie diese Zonen ein! Wegtreten!"

Ohne ein weiteres Wort zu verlieren, stehen die Teilnehmer der Besprechung auf und verlassen den Raum. Mit den Händen voller Akten und Daten-Pads verlässt Harper den Raum als Letzte. Sie begibt sich zu ihrem Quartier, vor dem Mason und Graydon bereits auf sie warten.

Harper: „Habt ihr nicht heute frei? Was macht ihr hier?"

Mason: „Wir wollen dir etwas sagen."

Harper: „Na gut, kommt rein, ich habe allerdings nicht viel Zeit."

Mason: „Das sollte nicht lange dauern."

Die drei betreten das Quartier, welches man nicht gerade als *aufgeräumt* bezeichnen kann. Kaelyn legt ihre Sachen auf dem Tresen der eigenen Bar ab, welche voll ist mit Papier und zukünftigen Dienstplänen.

Harper: „Also, was gibt's?"

Schweigend und vorsichtig überreicht Jade ihr zwei Dokumente.

Harper: „Was ist das?"

Mason: „Kaelyn. Jacob und ich haben nachgedacht und wir haben uns dafür entschieden, die Schwarze Legion zu verlassen. Das ist unsere Kündigung."

Erschrocken und entsetzt schaut Kaelyn auf die Dokumente und richtet ihren Blick wieder auf ihr Team. Ihrem Gesichtsausdruck zufolge kann sie nicht glauben, was sie da gerade in den Händen hält. Sie ist sowohl geschockt und traurig als auch verwirrt.

Harper: „Das ... das kann doch nicht euer Ernst sein."

Graydon: „Tut uns leid. Wir sind schon eine Weile dabei und haben uns entschieden zu gehen."

Harper: „Das könnt ihr doch nicht machen. Was soll aus euch werden? Ihr seid Kampfpiloten. Die besten."

Mason: „Wir wollen nach Elysium. Neu anfangen. Es liegt nicht an dir oder der Legion. Wir haben einfach genug vom Krieg."

Harper: „Der Krieg ist alles, weswegen wir hier sind. Ohne den Krieg würden wir uns nicht kennen. Könnt ihr damit nicht warten, bis wir gewonnen haben?"

Graydon: „Gewonnen? Sobald ein Feind besiegt ist, kommt der nächste. Krieg ist ein endloser Kreislauf. Wir haben gegen die Vyrakay gekämpft. Aber jetzt, wo du gegen die Erdlinge kämpfen willst, wollen wir damit aufhören."

Harper: „Verdammt! Stephen ist erst vor kurzem gestorben und jetzt wollt ihr mich auch verlassen? Ihr seid die einzigen Freunde, die ich noch habe."

Mason: „Wir werden den Kontakt zu dir auch nicht abbrechen. Du bleibst unsere Freundin. Nur in letzter Zeit bekommt unsere Freundschaft so wenig Aufmerksamkeit, dass es vermutlich kein großer Unterschied wäre, wenn wir nach Elysium gehen."

Für einen kurzen Augenblick schweigt Kaelyn und wendet ihren Blick von den beiden ab.

Harper: „Und wie wollt ihr das machen?"

Mason: „Wenn wir das nächste Mal in Senua-City sind, nehmen wir ein ziviles Transportschiff. Wir haben bereits alles mit der Personalabteilung geklärt. Außerdem haben wir eine Liste der besten Piloten der Legion erstellt, die unsere Plätze in den Switchblades besetzen können. Alles, was wir noch brauchen, ist deine Unterschrift."

Kaelyn holt einen Stift hervor und legt die Kündigungen auf den Tresen. Sie zögert diese zu unterschreiben. Nachdem sie allerdings mehrere Blicke mit ihren Freunden austauscht, unterzeichnet sie. Beinahe wütend gibt sie ihnen die Dokumente zurück, ohne sie anzusehen.

Harper: „Bitte. Viel Spaß damit."

Mason: „Danke, Kaelyn. Das bedeutet uns viel."

Graydon: „Danke. Wie gesagt, wir bleiben in Kontakt. Wenn irgendwas ist, dann melde dich."

Harper: „Okay."

Mason: „Wir sehen uns später nochmal. Okay?"

Harper: „Ja, sicher."

Kaelyn versucht so gut wie möglich ihr deprimiertes Gesicht zu verstecken, als Jacob und Jade das Quartier verlassen. Gleich nachdem sich die Tür schließt, beginnt ihr Kiefer zu zittern, wobei sie kräftig gegen die Glaswand schlägt. Beim Anblick der Risse in der Scheibe versucht Kaelyn ihre Trauer zu unterdrücken und ersetzt sie durch Wut. Kurz darauf wirft sie alles vom Tresen herunter. Jedes Dokument und jedes Glas dazwischen. Erst Minuten später schafft sie es wieder ihre Emotionen einigermaßen zu kontrollieren.

Trotz allem beschließt Harper, sich ihren Pilotenanzug anzuziehen und ihren Berater auf der Kommandobrücke aufzusuchen.

Harper: „Hey! Wann beginnt die nächste Aufklärungsmission?"

Berater: „Erst morgen, Frau General."

Harper: „Na toll. Dann gehe ich jetzt eine Runde fliegen. Allein."

Berater: „Davon kann ich nur abraten. Der erweiterte Luftraum ist nicht gesichert. Sie bräuchten eine Staffel zum Begleitschutz."

Harper: „Wie gesagt, ich fliege allein. Ich bin bewaffnet, also komme ich schon klar. So lange kümmern Sie sich hier auf der Brücke!"

Berater: „Wie lang werden Sie weg sein?"

Harper: „Weiß ich nicht."

Berater: „Aber Frau General ..."

Harper: (Unterbrechend) „Sie haben Ihre Befehle. Führen Sie sie aus!"

Ohne weiter zu diskutieren, begibt sich Kaelyn auf den schnellsten Weg zum Hangar, wo die Wartungscrew derzeit die Schäden an ihrer Switchblade repariert.

Harper: „Keile weg! Luken versiegeln! Ich will sofort starten!"

Mechaniker: „Frau General, die Reparaturen an Ihrer Switchblade sind bei weitem noch nicht abgeschlossen. Sie ist immer noch beschädigt."

Harper: „Ist sie betankt und flugfähig?"

Mechaniker: „Ist sie, aber ..."

Harper: „Dann werde ich auch fliegen."

Mechaniker: „Aus Gründen Ihrer Sicherheit kann ich das nicht zulassen."

Harper: „Wollen Sie etwa Befehle verweigern?"

Mechaniker: „Nein. Es geht darum, dass ..."

Kaelyn packt ihren Mechaniker am Kragen und verpasst ihm einen Schlag ins Gesicht.

Harper: „Sehen Sie das als eine Verwarnung. Beim nächsten Mal veranlasse ich Ihre Entlassung."

Völlig erschrocken weicht der Mechaniker zurück. Ohne Worte signalisiert er der Wartungscrew, dass sie die Befehle des Generals befolgen sollen. Harper setzt sich ihren Pilotenhelm auf und steigt in ihre beschädigte Switchblade. Sie zögert nicht lange und schaltet die Triebwerke ein. Ohne um Starterlaubnis zu bitten, beschleunigt sie und hebt ab. Sie verlässt den Hangar der Destiny, woraufhin sie mehrmals angefunkt wird. Genervt von den Funksprüchen, schaltet sie das Bordfunkgerät ab. Somit fliegt sie davon und taucht in ausreichender Entfernung in die dichte Wolkendecke ab. Unter ihr erstrecken sich die schwarzen Sandwüsten, aus denen sich immer wieder saftig grüne Hügel und Berge erheben.

Im phasenweise auftretenden Regen fliegt sie dicht unter den Wolken, doch schon nach wenigen Minuten ertönt ein Warnsignal im Cockpit. Sie wird erfasst. Unbemerkt vom flackernden Luftradar tauchen zwei Jets der Erdlinge hinter ihr auf. Ohne zu zögern, feuern sie die ersten Raketen auf Kaelyn ab. Mit Hilfe von Täuschkörpern gelingt es ihr jedoch, diese von sich fernzuhalten. Allerdings versuchen die Jets es anschließend mit ihren Bordkanonen, was zu einer hektischen Verfolgungsjagd zwischen den Wolken führt. Trotz aller Bemühungen fällt es Harper schwer, die Verfolger abzuschütteln. Die Jets der Erdlinge sind zwar schlicht gebaut, jedoch auch unfassbar wendig. Beinahe ebenbürtig mit Raumjägern wie der Switchblade. Die erschwerten Bedingungen zwingen Kaelyn letztendlich dazu, ihren Einfallsreichtum auszunutzen. Nur noch die besten Tricks der Elitepiloten könnten jetzt noch helfen. Harper zieht den Steuerknüppel leicht zu sich und schlägt ihn ruckartig zur Seite. Die Switchblade macht eine Rolle, wobei ein plötzlicher Bremsschub sie hinter den feindlichen Jäger befördert. Aus nächster Nähe feuert Kaelyn eine ausführliche Salve mit ihren doppelten Bordkanonen ab. Von den Triebwerken bis zum Cockpit schlagen die Projektile beim Feind ein und lassen ihn in Flammen aufgehen. Die Tragflächen brechen ab und der Jet fällt auseinander. Während Kaelyn der Auswirkung ihres ersten Abschusses in diesem Kampf hinterherschaut, wird die Switchblade flüchtig von dem zweiten Jet getroffen. Instinktiv beschleunigt Kaelyn und geht in wilde Ausweichmanöver über. Dabei rauscht eine feindliche Rakete an ihr vorbei. Dem Erdling fällt es schwer sie anzuvisieren, weswegen er alles Mögliche versucht, um sie zu verfolgen. Die Switchblade steigt allerdings wieder in die Höhe und streift dabei die Wolkendecke von unten. Die Sicht ist nun leicht eingeschränkt, was Kaelyn allerdings genug Zeit verschafft, um ihren nächsten Schritt zu planen. Mitten im Flug schaltet sie die Haupttriebwerke aus und verwendet die seitlichen Steuerdüsen, um die Switchblade in eine Drehung zu versetzen. Der Plan geht auf und eine ungelenkte Rakete trifft den Erdling frontal. Er geht in einer Explosion auf, aus der unzählige glühende Trümmerteile herabregnen. Harper hat nun einen Moment zum Durchatmen. Während sie sich beinahe im freien Fall befindet, startet sie wieder die Triebwerke. Trotz unheimlich vieler Warnmeldungen auf dem Display gelingt es ihr sich wieder zu fangen. Die Switchblade geht wieder in den normalen Flug über, wobei beim Beschleunigen weitere Warnmeldungen auftauchen. *Triebwerk überlastet*, *Triebwerk Fehlfunktion* und *Leitwerke blockiert*. Kaelyns Raumjäger ist derart beschädigt, dass nur noch eine Notlandung in der Destiny die Schäden beheben lassen könnte. Daran denkt sie allerdings nicht. Stattdessen richtet sie ihre Scanner aus und entdeckt fünf Stellungen der Erdlinge auf dem Boden. Sie verteilen sich über eine große Freifläche und einige Hügel. Kaelyn weist fünf Raketen ihren Zielen zu und feuert sie bedenkenlos ab. Alle fünf Raketen treffen nach kürzester Zeit, zumindest zeigt das das flackernde Radar an. Erneut ertönt ein Warnsignal und markiert mehrere Raketen, die vom Boden aus abgefeuert werden. Um diesem Angriff entgegenzuwirken, versucht Kaelyn die anfliegenden Raketen mit ihren eigenen zu beschießen. Was jedoch unbeachtet bleibt, ist, dass die Munitionsanzeige defekt ist. Es werden zu wenig Raketen abgefeuert, weswegen Harper nur noch mit Ausweichmanövern entkommen kann. Dies gestaltet sich bei dem starkbeschädigten Fluggerät jedoch schwieriger als gedacht. Während sie versucht, wieder über die Wolken zu kommen, entdeckt sie die Explosionen ihres Gegenangriffes. Doch auch der Annäherungsalarm ist defekt. Kaelyn wird ausgerechnet zuerst von einer EMP-Rakete getroffen. In der gesamten Switchblade fällt der Strom aus, woraufhin eine zweite Rakete unterhalb der Triebwerke einschlägt.

Harper: „Fuck! Fuck!"

Bei dem Versuch den Schleudersitz auszulösen, stellt sie fest, dass auch dieser defekt ist.

Harper: (Verzweifelt) „Fuck!"

Sie kämpft verzweifelt darum, die Switchblade irgendwie in der Luft zu halten, jedoch befindet sie sich bereits im Sinkflug und verliert zunehmend an Höhe. Der Absturz fühlt sich wie eine Ewigkeit an. Langsam gleitet Kaelyns brennender Raumjäger zu Boden und legt inmitten einer schwarzen Wüste eine holprige Bruchlandung hin. Sie wird dabei selbst derart durchgeschüttelt, dass sie sich beim Absturz den Kopf stößt und das Bewusstsein verliert.

Eine ungewisse Zeit später kommt Harper wieder zu sich. Während sie langsam die Augen öffnet, nimmt sie zuerst die Flammen im Cockpit und anschließend das Geräusch leichten Regens wahr. Das Visier ihres Helmes ist völlig zersplittert, ebenso wie die von Wassertropfen bedeckte Cockpitscheibe. Ohne sich wirklich orientieren zu können, versucht sie aus dem deformierten Pilotensitz herauszukommen. Mit Schmerzen im gesamten Körper befreit sie sich aus dem Cockpit und stürzt in den schwarzen Sand. Würde sich das Feuer nicht ausbreiten, würde sie am liebsten liegen bleiben. Gleich nachdem sie sich aufgerichtet hat, humpelt sie einige Meter und nimmt ihren zerstörten Helm ab. Sie dreht sich um und erblickt das im

Regen brennende Wrack ihrer Switchblade. Wie gelähmt steht sie dort und fängt an zu weinen. In all ihrer Verzweiflung wird sie dann auch noch von Fahrzeugen der Erdlinge eingekreist. Ihre Tränen vermischen sich mit dem Blut in ihrem Gesicht. Trauer und Selbsthass überwältigen sie, noch bevor sie von den Erdlingen gefangengenommen wird. Niemals hätte sie gedacht, dass sie im Amt des Generals der Schwarzen Legion mitansehen muss, wie ihr eigenes Leben zerbricht und an ihrem Tiefpunkt abstürzt.

Am nächsten Tag erreicht die Black-Arrow das Eden-System. Der erste Anlaufpunkt der Crew ist der Stern selbst. Während die Schilde hochfahren und Solarflügel sich ausrichten, taucht das Schiff in die Atmosphäre ein. Es fliegt über ein endloses Meer aus Flammen und glühendem Plasma. Dabei lädt sich die Energie des Antriebs wieder auf. Überwacht wird dieser Vorgang von Raven und Hunter auf der Kommandobrücke.
Hunter: „Das Maximum ist gleich erreicht. Ich vermute, das dürfte für einen Energietransfer reichen. Haben wir schon die Koordinaten?"
Raven: „Die habe ich Javis auf das HUD geladen. Haben wir eigentlich sonst noch irgendwas auf Hyena zu tun? Irgendwelche Aufträge?"
Hunter: „Ich schaue nochmal nach ... ja, tatsächlich. Vier Transportaufträge, einer der Auftraggeber hat sogar ganze 18-mal angefragt."
Raven: „18-mal? Entweder ist es sehr wichtig oder er ist verzweifelt. Naja, was auch immer es ist, wenn wir schon mal hier sind, dann können wir uns das auch mal ansehen."
Hunter: „Das klingt ja schon fast nach Normalität."
Raven: „Javis? Wir sind soweit. Bring uns nach Hyena."
Javis: „Jawohl, Boss. Setze Kurs auf die Wüstenslums."
Auf Hyena wartet derweil die Crew der Silence in dem verlassenen Raumhafen. Die schrägen Lehmmauern rund um die Landeplätze sind hoch genug, um vor neugierigen Augen zu schützen. Im Augenblick sitzt Dylan auf einer Kiste vor seinem Schiff. Die Mittagssonne brennt im Zenit auf den Wüstenmond herab, daher scheint es fast unmöglich draußen einen schattigen Platz zu finden. Dylan scheint dies allerdings nichts auszumachen. Während er wartet, kommt Logan aus der Ladebucht der Silence.
Sykes: „Du bist wieder auf den Beinen?"
Logan: „Ich lag lang genug im Bett. Hab gehört, wir waren wieder auf Planet X, als ich weggetreten war."
Sykes: „Erinnere mich nicht daran! Ich hasse diesen Ort. Kaum zu

glauben, dass irgendwelche Verrückten sich da niederlassen wollen."

Logan: „Scheint, als wäre nichts mehr unmöglich."

Sykes: „Wie recht du doch hast."

Logan: „Kannst du mir eigentlich mal sagen, wo wir hier sind und was wir hier machen?"

Sykes: „Wie du vielleicht weißt, geht der Silence der Saft aus. Wir warten auf denjenigen, der unseren Antrieb wieder aufladen kann."

Logan: „Du meinst ..."

Sykes: „Genau der."

Zu diesem Zeitpunkt fliegt die Black-Arrow bereits über die Slums von Hyena-City. Die Gefühle auf der Kommandobrücke sind dabei ziemlich gemischt.

Hunter: „Ich habe ein ungutes Gefühl dabei, so tief über diesen Ort zu fliegen."

Raven: „Das sehe ich genauso. Javis, bitte sorg dafür, dass wir nicht unnötig viel Aufmerksamkeit erregen!"

Javis: „Ich gebe mir Mühe, befürchte aber, dass es dafür schon zu spät ist."

Jeder Bewohner der Stadt, der die Black-Arrow kennt oder sie schon einmal flüchtig gesehen hat, richtet seinen Blick neugierig in den Himmel. Glücklicherweise ist über die Mittagszeit nicht viel auf den Straßen los. Dennoch schützt das nicht davor, von Kriminellen oder Plünderern entdeckt zu werden. Selbst einige Erdlinge werden auf das ungewöhnliche Schiff aufmerksam und greifen direkt zu ihrem Funkgerät. Nun erblicken auch Dylan und Logan die Black-Arrow, welche plötzlich abbremst und zügig zur Landung ansetzt. Kyra ist gerade in ihrem Quartier und zieht sich ihren grauen Kampfanzug an, als das Schiff direkt neben der Silence auf dem sandigen Boden aufsetzt. Sie wusste nichts von Dylans Plan, weswegen sie überrascht aus dem Fenster schaut.

Hades: (Gereizt) „Das kann doch nicht wahr sein."

Seufzend geht sie auf die Tür zu und greift sich dabei ihre beiden Schwerter. Während sie das Quartier verlässt, verlässt Raven, zusammen mit Reyes und einigen Technikern, die Black-Arrow. Sie gehen direkt hinüber zur Silence, wo sich Dylan und Raven im Laderaum mit einem Handschlag begrüßen.

Sykes: „Freut mich, dass du es gefunden hast."

Raven: „Bist du sicher, dass dieser Ort sicher ist?"

Sykes: „Dieser Ort ist verlassen und selbst wenn irgendwas passieren sollte, stehen hier die zwei gefährlichsten Schiffe des Systems samt Crew. Was immer kommen sollte, damit werden wir fertig."

Raven: „Also ist deine Antwort ‚Nein'. Gut, ich hätte nichts dagegen, wenn es schnell geht."

Sykes: „Nervös? Wir wissen beide, dass das vorher noch niemand gemacht hat. Wir können uns also nur überraschen lassen."

Raven: „Deine risikoreichen und undurchdachten Pläne sind echt beeindruckend."

Sykes: „Dankeschön."

Raven: „Das ist Isaac Reyes, unser Schiffsmechaniker. Vielleicht kennt ihr euch noch. Jedenfalls wird er den Transfer durchführen."

Sykes: „Danke für die Hilfe."

In diesem Augenblick kommt Kyra bis an die Zähne mit Klingen und Pistolen bewaffnet in den Laderaum gelaufen und bleibt überrascht wenige Meter neben den anderen stehen. Sie und Raven sehen sich starr gegenseitig an.

Raven: „Kyra."

Hades: „Connor."

Die beiden sehen sich an wie Raubtiere. Ganz ohne sich aus den Augen zu verlieren.

Hades: „Was macht ihr hier?"

Raven: „Energietransfer für die Silence."

Hades: „Aha."

Jeder im Raum bemerkt die plötzliche Anspannung. Nicht zuletzt, weil die beiden sich gegenseitig anstarren und Kyra dabei schon ganz nervös mit einer Hand an einem ihrer Schwertgriffe ist. Als könnte jede noch so kleine Bewegung zu einem explosiven Angriff führen.

Reyes: „Ähm ... Wollen wir anfangen?"

Sykes: „Gern. Ich bring' euch zum Maschinenraum."

Hades: „Ich bin dann mal weg."

Sykes: „Wohin?"

Hades: „Weg!"

Kyra läuft so dicht an Raven vorbei, dass sich ihre Ärmel berühren. In diesem Augenblick ist der Puls bei beiden von ihnen rasend. Ohne sich jedoch weitere Blicke zu schenken, setzt Kyra sich auf eines der geparkten Motorräder und fährt zügig die Laderampe hinunter. Nur Raven blickt kurz zurück zu der Staubwolke, welche seine Exfreundin vor dem Schiff hinterlässt.

Reyes: „Sieht aus, als wäre es gerade noch so gut ausgegangen."

Raven: „Ich will nicht darüber reden."

Gemeinsam begeben sie sich zum Maschinenraum der Silence. Dort finden sie den dunklen Antrieb, welcher offensichtlich ziemlich provisorisch angebracht wurde. Reyes schaut sich genaustens um und wird dabei von Dylan begleitet.

Reyes: „Was zum Teufel ist das denn? Wie habt ihr dieses Ding hier reinbekommen?"

Sykes: „Wir hatten Hilfe von einem verrückten Mechaniker."

Reyes: „Verrückt, in der Tat. Ein Wunder, dass euch die Kiste noch nicht explodiert ist."

Sykes: „Also ich finde, er hat Talent."

Reyes: „Was ist denn das bitte für ein Mechaniker?"

Sykes: „Sein Name ist Lynch. Kommt von Hela. Er baut Autos aus Raumschiffen und umgekehrt. Er war auch maßgeblich am Bau der Silence beteiligt."

Reyes: „Am Bau? Du meinst am Klau. Die Silence gehört zu einem Prototypen elysianischer Tarnkappenschiffe, für Geheimdienste entworfen. Die Schiffe haben es allerdings nicht in die Produktion geschafft, und bevor sie privat verkauft oder verschrottet werden konnten, wurde ein Exemplar davon gestohlen. Ich schätzte das hier."

Sykes: (Überrascht) „Interessant."

Reyes: „Ohne Frage hat dieser Lynch aus dem Rohbau einiges gemacht. Ich würde schon fast ‚beeindruckend' sagen, wäre es nicht diese primitive Plünderer-Technik."

Sykes: „Ich sehe, da kennt sich jemand aus. Und hat Ansprüche."

Schelmisch lächelnd legt Reyes ein paar Hebel um und öffnet die Zugangskanäle zum Antrieb.

Reyes: „Also von mir aus kann's losgehen."

Binnen der nächsten Minuten werden zwischen der Silence und der Black-Arrow schwere Kabel verlegt. Die Antriebe werden zusammengeschaltet und mit Hilfe des Bordcomputers aufeinander abgestimmt. Somit dauert es von nun an nur wenige Stunden, bis sich um das schwarze Loch im Inneren der Silence eine neue Akkretionsscheibe bildet. Der Maschinenraum wird wieder in ein flackerndes gelbes Licht getaucht. Ganz zu Dylans Zufriedenheit.

Sykes: „Wie lang wird das reichen?"

Von einem der Bildschirme liest Raven einige Daten ab.

Raven: „Bei aktuellem Durchschnittsverbrauch 43 Jahre. Solltest du dabei allerdings zweimal die Milchstraße umkreisen, wie du es schon mal getan hast, dann nur noch drei Jahre."

Sykes: „Wow. Verbraucht das wirklich so viel?"

Raven: „Ja. Die Silence ist nicht so optimiert wie die Black-Arrow. Für deine Zwecke sollte es aber reichen. Du könntest damit sogar innerhalb einer Woche nach Andromeda fliegen. Allerdings auch nie wieder zurück."

Sykes: „Verlockend, aber darauf kann ich gut verzichten. Danke nochmal."

Raven: „Kein Problem. Kann ich dich in Zukunft kontaktieren, wenn

ich mal Hilfe brauche?"
Sykes: „Willst du wieder kosmische Monster jagen?"
Raven: „Wäre nicht auszuschließen."
Sykes: „Eine Hand wäscht die andere. Solange du es nicht übertreibst."
Raven: „Ähm, gleichfalls. Bei dem, was wir beide machen, ist es schwierig einzuschätzen, was davon übertrieben ist und was nicht."
Sykes: „Da hast du wohl recht. Ich habe in nächster Zeit eh nicht viel vor. Meld' dich einfach."
Raven: „Ich befürchte, das werde ich."
Sykes: „Ich auch."
Während sich die beiden Crews voneinander verabschieden, sitzt Kyra einige Kilometer entfernt auf dem Balkon einer zwischen Gassen versteckten Bar. Allein auf einem Sofa sitzend und mit den Füßen auf dem Glastisch trinkt sie grübelnd ein eisgekühltes Getränk. Zufällig sieht sie von oben, wie sich vor dem Eingang der Bar eine Gruppe Erdlinge trifft und hört deren Gespräch zu. Dem Anschein nach haben sie es eilig.
Erdling 1: „Was soll das? Wir haben noch nicht einmal angefangen, einen zu trinken."
Erdling 2: „Das muss warten. Die Black-Arrow ist hier."
Kyra wird plötzlich hellhörig.
Erdling 1: „Die Black-Arrow? Wirklich? Weiß Wraith Bescheid?"
Erdling 2: „Ja. Alle sammeln sich gerade. Über der Ost-Ebene werden sie uns in die Falle laufen."
Erdling 1: „Sicher, dass sie darauf reinfallen?"
Erdling 2: „Der Plan hat dutzende Notfallpläne. Darauf haben wir uns Jahre lang vorbereitet."
Erdling 1: „Endlich. Worauf warten wir noch? Los geht's!"
Die Erdlinge verschwinden in den Gassen, während Kyra immer noch auf dem Balkon sitzt. Sie denkt angestrengt nach und ist sich unsicher, was sie tun soll. Sie durchsucht ihre Sachen, nur um festzustellen, dass sie ihr Funkgerät und Smartphone in der Silence gelassen hat. Schließlich steht sie auf, schaut vom Balkon hinunter und wirkt besorgt.
Hades: „Fuck!"
Obwohl sie anfangs zögert, springt sie vom Balkon und eilt zu ihrem Motorrad. Gleich nachdem der Motor startet, gibt sie Vollgas. Den Passanten ausweichend, rast sie durch die staubigen Straßen und über die Brücken der Slums. Dabei entdeckt sie am Himmel, wie die Black-Arrow zügig über die Stadt fliegt.
Hades: (Gibt Gas) „Ach, verdammt!"

Währenddessen geht Hunter auf der Kommandobrücke die Aufträge durch, welche sich im Laufe der letzten Zeit angesammelt haben.

Hunter: „Raven? Möchtest du dich noch um einige Sachen vor Ort kümmern, bevor wir zurück nach Sanctuary fliegen?"

Raven: „Klar. Zeig mal, was es hier so gibt."

Hunter: „Der Auftrag, der bei uns 18-mal angefragt wurde, ist ganz in der Nähe."

Am Holodesk überprüft Raven die Koordinaten, während Javis auf den Ort zufliegt.

Raven: „Der Treffpunkt ist ein verlassenes Flugfeld. Eindeutig Kopfgeldjäger. Du kannst alle Anfragen löschen, Hunter."

Hunter: „Wird gemacht."

Gleich nachdem die Aufträge gelöscht sind und die Black-Arrow eigentlich abdrehen will, ertönt ein plötzlicher Signalton.

Raven: „Was ist das?"

Hunter: „Ein Notsignal auf gesicherter Frequenz. Das ist ein Hilferuf. Der kommt von einem militärischen Tarnsportschiff."

Raven: „Was ist passiert?"

Hunter: „Ein Abschuss durch Plünderer. Die sitzen gerade in der Wüste fest und werden angegriffen."

Raven: „Javis? Koordinaten anfliegen, Geschütze bereitmachen! Ein Überflug sollte genügen."

Javis: „Aye aye, Commander."

Die Black-Arrow dreht schlagartig zur Seite und fliegt geradewegs auf die Wüste zu. Am Horizont erkennt die Crew, dass hinter den felsigen Bergen schwarzer Rauch aufsteigt. Das Schiff gleitet über die Dünen hinweg, dem Hilferuf folgend. Doch völlig ohne Vorwarnung spickt sich die Wüste rund um das Schiff mit unzähligen Explosionen. Der Sand türmt sich zu Säulen auf und versperrt die Sicht. Gleichzeitig erreichen mehrere elektromagnetische Schockwellen die Black-Arrow. Schlagartig fällt der Strom im gesamten Schiff aus und auch die Triebwerke stellen ihre Arbeit ein. Gestresst reißt Javis den Steuerknüppel herum und versucht die Black-Arrow in der Luft zu halten, doch ein Absturz ist unvermeidlich. Der Rumpf des Schiffes berührt die Oberfläche und schleift durch die Wüste. Der Sand wirbelt sich auf, als das Schiff in eine Düne kracht und sich dabei um fast 180° dreht. Die gesamte Crew ist überrascht und geschockt.

Raven: „Scheiße! Was war das?"

Javis: „Alle Systeme sind offline. Eindeutig ein EMP-Angriff."

Raven: „Verdammt, wir sind in ein verfluchtes Minenfeld geflogen."

Javis: „Das ist eine Falle."

Raven: „Ach, echt?"

Hunter: „Das kann nicht alles gewesen sein, wir müssen uns irgendwie verteidigen."

Javis: „Alle Automatikgeschütze sind offline. Das System wird eine Weile brauchen, um wieder hochzufahren. Fast wie damals über Asgard."

Raven: „Da wusste jemand genau, was er tut."

Hunter: „Was sollen wir jetzt machen? Wir sitzen hier fest."

Raven: „Ich hole das Team. Jeder, der hier eine Waffe bedienen kann, soll sich im Hangar sammeln."

Die gesamte Crew rüstet sich aus und bewaffnet sich. Alle Soldaten sammeln sich im Hangar und richten sich eine Verteidigungsposition ein. Kisten werden zu Deckungen und MG-Stellungen aufgestapelt, während die übrigen Fahrzeuge, die sich noch bewegen lassen, in Sicherheit gebracht werden. An der Decke des Hangars hängt immer noch die Revenant, welche allerdings ebenfalls nicht starten kann. Als Raven aus ihr herausspringt, trägt er sein schwarzes Schwert auf dem Rücken und hält seinen Bogen in der Hand. Daraufhin kommt ihm das Raptor-Team entgegen, wobei Murphy ihm ein geladenes Sturmgewehr überreicht. Keiner von ihnen trägt einen EC-Kampfanzug, dennoch sind sie bis an die Zähne bewaffnet.

Murphy: „Was ist der Plan?"

Raven: „Wir benutzen alles, was wir gerade haben. Man hat uns mit EMP-Minen angegriffen. Das bedeutet, dass jemand das Schiff intakt will. Wir werden das verhindern."

Sev: „Sollen sie kommen! Die wissen nicht, was sie erwartet."

Rees: „Die werden es bitter bereuen."

Raven: „Ich will unnötige Schäden vermeiden. Daher werden wir sie vom Hangar aus aufhalten. Sobald das Tor unten ist, schießen wir auf alles, was hier rein will."

Murphy: „Wir müssen die Stellung nur so lange halten, bis die Automatikgeschütze wieder laufen. Dann kann Javis den Rest erledigen."

Patton: „Wissen wir schon, wer das war?"

Raven: „Nein. Aber das wird sich gleich zeigen."

Langsam senkt sich das Hangartor. Die Crew blickt in die weitläufige Wüste und auf die in der Ferne liegende Skyline von Hyena-City, welche sich dunkel vor der hinter Wolken untergehenden Sonne erhebt. Zwischen den Dünen bewegen sich einige kleine Staubwolken. Raven erkennt, dass ein Dutzend Wüstenfahrzeuge auf ihn zukommt. Sev schaut durch das Zielfernrohr seines Scharfschützengewehrs und erkennt ein kleines Transportschiff hinter den Fahrzeugen.

Sev: „Das sind Erdlinge."

Ravens Blick fokussiert sich auf die herannahenden Gegner, während er vier Antimateriepfeile zieht. Er hält sie in einer Hand, wobei er den ersten in seinen Bogen einspannt. Er zielt leicht nach oben und feuert die Pfeile binnen drei Sekunden ab. Sie fliegen unbemerkt auf die Fahrzeuge zu. Erst als der erste Wagen in einer Explosion aufgeht, teilen sich die Erdlinge flüchtig auf. Dennoch gelingt es Raven allein mit seinen vier Pfeilen zwei Fahrzeuge auszuschalten. Er zieht weitere drei Antimateriepfeile hervor und läuft das Hangartor einige Meter hinab. Während das Transportschiff in Reichweite kommt und das Feuer eröffnet, erwidert Raven den Beschuss mit seinen Pfeilen. Alle drei Pfeile treffen und lassen das Schiff in der nächsten Düne abstürzen.

Patton: „Scheiße, macht der das öfter?"

Rees: „Hin und wieder."

Die Wüstenfahrzeuge fahren kreuz und quer vor der Black-Arrow und eröffnen dabei das Feuer auf den Hangar.

Raven: (Ruft) „Alle schweren Waffen, Feuer frei!"

Ohne zu zögern, nehmen die Raketen- und Granatwerfer der Crew die Fahrzeuge ins Visier. Gebündelt mit dem Beschuss der Maschinengewehre gelingen ihnen mehrere Abschüsse. Doch die Erdlinge sind darauf vorbereitet. Aus dem Nichts schlagen Rauchgranaten rund um die Black-Arrow ein. Die effektive Kampfentfernung der Crew beträgt nun nur noch wenige Meter. Die Sicht wird derart verschlechtert, dass keine präzisen Schüsse mehr möglich sind. Wo es nicht schon schlimm genug sein könnte, so landen im Nebel mehrere Transportschiffe der Erdlinge. Anstatt jedoch direkt auf den Hangar zuzustürmen, feuern sie Brandbomben und Tränengasgranaten hinein. Wohingegen der Großteil der Crew zurückgedrängt wird, bleibt den Raptors nur die schnelle Flucht aus dem Hangar. Raven lässt seinen Bogen zurück und wechselt auf sein Sturmgewehr. Die Erdlinge rennen auf ihn zu und versuchen die Raptors anzugreifen. Dabei geraten sie von hektischen Schusswechseln in den Nahkampf. Etwas, bei dem die Eden-Commandos und vor allem Raven deutlich im Vorteil sind. Überraschende Explosionen, welche nur noch mehr Sand aufwirbeln, trennen die Teammitglieder dabei voneinander. Patton und Murphy decken sich weiterhin gegenseitig. Doch ebenso wie Rees und Sev ist auch Raven allein im Kampf gegen die Erdlinge. Sie landen einen Abschuss nach dem anderen, obwohl sie von gefühlt allen Seiten mit sowohl Hieb- und Stichwaffen als auch Schrotflinten angegriffen werden. Ganz ohne Verletzungen schafft es niemand von ihnen dort heraus.

In dem Moment, als Raven allein gegen acht Feinde ankämpft und schon den ein oder anderen Schlag einstecken musste, ertönt das Geräusch eines Motors im Rauch. Kyra driftet mit ihrem Motorrad an ihnen vorbei und erledigt mehrere Feinde mit ihren Schwertern. Raven ist überrascht, muss sich jedoch auch weiterhin auf den Kampf konzentrieren. Als Raven sein Gewehr anhebt, um einen der Erdlinge zu erschießen, wird dieser überraschend von Kyras Motorrad überfahren. Sie selbst ist kurz vorher abgesprungen und landet mit einer Rolle im Sand direkt vor Raven. Die dunkle Silhouette im Staub mit ihren zwei Schwertern wirkt mehr als einfach nur bedrohlich. Ihr Kopf richtet sich Raven zu, der skeptisch den Finger am Abzug hält. Plötzlich stürmt sie auf ihn los, jedoch nicht um ihn anzugreifen, sondern um zwei Erdlinge hinter ihm zu erledigen. Nach einem weiteren überraschenden Angriff durch drei Erdlinge stehen die beiden nun Rücken an Rücken. Kyra mit ihren gesenkten Schwertern und Raven mit seinem Sturmgewehr, welches er möglichst schnell nachlädt.

Raven: „Das habe ich jetzt nicht erwartet.“

Hades: „Ich auch nicht.“

Raven: „Auch wenn die Umstände gerade nicht so gut sind, bin ich froh, dass du hier bist.“

Hades: „Ach, wirklich? Ich dachte, du magst die neue Kyra nicht?“

Nach diesem kurzen Gespräch tauchen im Rauch die Umrisse von dutzenden Feinden auf. Ohne weiteren Kommentar gehen sie zeitgleich in einen Gegenangriff über. Dabei kommt es wie schon zuvor zu Nahkämpfen. Kyra schneidet sich akrobatisch und beinahe mühelos durch die Gegner, wobei Raven Salve für Salve abfeuert. Dabei kommt er nicht dabei herum, sein Gewehr auch zum Schlagen und Hebeln zu verwenden. In all diesem Chaos scheinen Kyra und Raven sich aufeinander abzustimmen. Sie ergänzen ihre Angriffe und Verteidigungen gegenseitig. Raven stößt seine Gegner beabsichtigt in Kyras Klingen und sobald sie jemanden fest im Griff hat, lässt sie Raven darauf schießen. Das geht so lange gut, bis Raven all seine Munition verschossen hat und zu seinem Schwert wechseln muss.

Raven: „Ich glaube, so langsam fange ich an, die neue Kyra zu mögen.“

Hades: „Gewöhn' dich besser nicht dran.“

Als wären sie eine Einheit, kämpfen sie sich durch die Reihen der Erdlinge. Dabei kommt es vor, dass sich Kyra und Raven gegenseitig festhalten, um ihre Verteidigungen mit einem Gegenangriff zu ergänzen. In dieser Situation haben sie ungewöhnlich viel Körperkontakt, der sich erst löst, als sich auch der Rauch und aufgewirbelte Sand legt. Allmählich ist die Wüste rundherum wiederzuerkennen. Überall verteilen sich brennende Fahrzeugwracks und die Leichen der Erdlinge. Unter Ravens Crew gibt es glücklicherweise keine Verluste, sondern nur einige Verletzte.

Hades: „Kannst du mir erklären, was hier los ist?"

Raven: „Ich weiß es nicht. Wir waren mal wieder zu gutmütig. Woher wusstest du von dem Hinterhalt?"

Hades: „Habe ein paar Erdlinge belauscht. Ich wollte euch warnen, da wart ihr aber schon weg."

Raven: „Danke, dass du gekommen bist."

Hades: „Das war eine schwierige Entscheidung."

Plötzlich hagelt es wieder Granaten vom Himmel. Inmitten der Explosionen versuchen Raven und Kyra zum Hangar der Black-Arrow zu rennen, genauso wie das Raptor-Team. Währenddessen steuern die Fahrzeuge weiter auf sie zu. Durch das ständige Ausweichen bemerkt Raven nicht, dass eine Rakete direkt an seinen Füßen vorbeifliegt und neben ihm einschlägt. Die Druckwelle schleudert ihn mehrere Meter durch die Luft, sodass er unweit des brennenden Hangars auf dem Boden aufschlägt. Besorgt stürmt Kyra auf ihn zu, um nach ihm zu sehen. Sein Gesicht ist völlig verdreckt und leicht blutverschmiert. Benommen versucht er sich aufzurichten, wobei er nur dumpfe Töne wahrnimmt. Als Kyra bei ihm ankommt, packt sie ihn an den Schultern und hilft ihm auf. Alles, was Raven sieht, ist im Moment Kyras besorgtes Gesicht.

Hades: „Hey. Komm hoch! Hörst du mich? Bist du okay?"

Langsam kommt Raven wieder zu sich. Doch plötzlich durchbohrt ein Schwert Kyras Oberkörper von hinten. Die Spitze der Klinge dringt dabei sogar einige Zentimeter in Ravens Brust ein. Sie beide stürzen auf den sandigen Boden und schauen sich erschrocken in die Augen. Als das Schwert wieder herausgezogen wird, rollt Kyra von Raven runter. Er sieht vor sich eine Frau. Es ist Evelyn Wraith, die Kyra eiskalt von hinten erstochen hat.

Evelyn: „Erinnerst du dich an mich?"

Raven: „Ich weiß nicht, wer du bist."

Evelyn: „Das dachte ich mir. Mein Name ist Evelyn Wraith. Vor drei Jahren standen wir uns auf der Erde gegenüber. Du hast meine Familie getötet. Jetzt werde ich dich dafür töten."

Wraith zieht eine Pistole und richtet sie auf Raven, als plötzlich mehrere Schüsse ihren Oberkörper treffen. Ravens Blick richtet sich nach rechts, wo Kyra mit gezogener Waffe auf sie zielt. Evelyn bricht zusammen, während Kyra ihre Pistole fallen lässt. Ohne auf seine eigenen Verletzungen zu achten, kriecht Raven zu ihr rüber und beugt sich über sie. Ihr gesamter Oberkörper ist mit Blut bedeckt und ihr Gesicht wird zunehmend blasser.

Raven: (Entsetzt) „Fuck! Kyra! Bleib bei mir! Tu mir das nicht an! Bitte bleib bei mir! Kyra! Kyra!"

Verzweifelt drückt Raven auf die Wunde und schaut ihr traurig in die Augen. Alles, was Kyra noch sieht, ist Ravens entsetztes Gesicht, bevor ihre Augen zufallen und es endgültig dunkel wird.

Kapitel 8: Die schwarze Sonne

Langsam öffnen sich ihre Augen. Der Raum ist dunkel, der
Untergrund weich und warm. Allmählich erwacht Kyra Hades aus
dem Schlaf. Die Wände um sie herum kommen ihr bekannt vor,
ebenso wie die Form des Fensters neben ihr. Es ist tiefe Nacht, als sie
realisiert, dass sie sich auf der Krankenstation der Black-Arrow
befindet. Als sie ihren Kopf zur Seite neigt, sieht sie, dass Raven
direkt neben ihr am Krankenbett sitzt. Kyras Bewegungen wecken
auch ihn langsam auf. Dem Anschein nach sitzt er schon die ganze
Nacht neben ihr. Schließlich sehen sich die beiden schweigend an,
wobei Raven eindeutig erleichtert zu sein scheint.

Raven: „Hey."

Hades: „Hey du."

Raven: „Du lebst."

Hades: „Das überrascht mich auch. Ich dachte, ich wäre tot."

Raven: „Das warst du auch. Zwar nur kurz, aber du warst tot."

Hades: „Verdammt. Was ist passiert?"

Raven: „Du hast mich gerettet. Erinnerst du dich an die Frau, die du
erschossen hast."

Hades: „Ja. Sie hat dir eine Pistole ins Gesicht gehalten."

Raven: „Ich habe herausgefunden, dass ihr Name Evelyn Wraith war.
Sie gehörte zu den ersten Menschen, auf die wir damals im Sol-
System trafen. Wir dachten, sie seien Plünderer. Das Raptor-Team hat
ihre Freunde getötet und jetzt wollte sie Rache. Sie plante schon lange
einen Hinterhalt und hatte jetzt ihre Chance."

Hades: „Sie hat mich von hinten erstochen, ist das richtig?"

Raven: „Ja, das hat sie. Ich habe dich zur Krankenstation gebracht.
Thompson hat die ganze Nacht um dich gekämpft."

Hades: „Hm. Dann bin ich also auf der Black-Arrow. Ich sollte mich
wohl bei Carrie bedanken."

Kyra versucht sich aufzurichten, lässt dies aufgrund der Schmerzen
aber doch besser sein. Sie schaut unter die Decke, um nach ihren
Wunden zu sehen, ist bei dem Anblick allerdings ziemlich überrascht.

Hades: „Was zum? Kein Verband? Keine Narben?"

Raven: „Ja. Zumindest die Austrittswunde. Auf deinem Rücken wird
allerdings eine Narbe bleiben. Thompson hat für dich den letzten
Vorrat medizinischen Gels aufgebraucht. Deine Haut mag von außen
aussehen, als sei nie etwas passiert, aber die inneren Schäden werden
noch etwas Zeit brauchen, um zu verheilen."

Hades: „Wow. Bin ich so wichtig? Was ist mit dir? Das Schwert hat dich doch auch erwischt."

Raven zieht sein T-Shirt bis zur Brust hoch und offenbart eine senkrechte und frische Narbe auf seinem Oberkörper.

Raven: „Ich schätze, die werde ich behalten."

Hades: „Du bist so ein Idiot."

Die beiden lächeln sich an und lachen leise.

Raven: „Ich bin froh, dass es dir wieder besser geht."

Hades: „Wenn ich auf der Black-Arrow bin, was ist mit der Silence? Die suchen doch bestimmt nach mir."

Raven: „Ich habe mit Sykes gesprochen. Das ist okay für ihn. Bevor wir das Eden-System verlassen haben, dockte er noch bei uns an und hat deine Sachen bei uns abgegeben."

Hades: „Hat er das? Oh, dieses Arschloch."

Raven: „Was ist denn?"

Hades: „Ach, nichts. Wo sind wir jetzt?"

Raven: „Auf der Sanctuary-Station."

Hades: „Die Raumstation, die wir mal gefunden haben? Habe gehört, daraus ist eine ganze Stadt geworden."

Raven: „Das stimmt. Es ist wirklich beeindruckend, was aus diesem Ort geworden ist und was verschiedene Spezies zusammen erreichen können."

Hades: „Wann kann ich zurück zur Silence?"

Raven: „Wann immer du willst. Aber werd' erst mal wieder gesund."

Hades: „Ich werde mir Mühe geben."

Raven: „Sehr gut. Dann lass ich dich aber mal in Ruhe. Du solltest dich noch erholen."

Hades: „Vermutlich."

Raven: „Dürfen die anderen dich besuchen?"

Hades: „Ich habe Angst, dass sie alle die gleichen unangenehmen Fragen stellen werden. Besser nicht. Es wäre mir lieber, wenn ich erst einmal wieder fit werde."

Raven: „Klar. Ich verstehe. Nur Thompson wird hin und wieder nach dir sehen müssen."

Hades: „Damit werde ich zurechtkommen."

Raven: „Dann wünsche ich dir noch eine gute Nacht."

Er steht auf und will das Krankenzimmer verlassen, als Kyra ihn plötzlich aufhält.

Hades: „Connor, warte!"

Raven bleibt in der Tür stehen und dreht sich neugierig zu Kyra.

Hades: „Danke."

Froh schaut er Kyra an, bevor er das Zimmer verlässt. Gleich danach schließt sie lächelnd die Augen. Als sie sie jedoch wieder öffnet, laufen ihr einige Tränen die Wange hinunter. Sie ist sich nicht sicher, ob sie nun glücklich oder traurig sein sollte.

In derselben Nacht, in der Kyra erwacht, treibt Dylans Schlaflosigkeit ihn hinunter in den Laderaum der Silence. Bei sich hat er eine Gitarre. Damit setzt er sich auf eine Kiste inmitten des Raumes und beginnt einige Akkorde zu spielen. Wobei das schon ungewöhnlich genug ist, so fängt er etwa eine Stunde später an beim Gitarre Spielen leise zu singen.

Sykes: (Singt) „There was a time, when I brought light to your eyes.
Even the worst of days could not keep us apart.
And you weren't afraid, to spill those evil thoughts,
even the ones that made you question who you are.
You feel it, eyes racing, my feet were buried in the ground,
my chains break and I can't take the sounds.
I don't feel like I still have anything to hold me here.
My steps fade and she can't take the sound ...“

Was Dylan nicht bemerkt ist, dass Miranda ihn beim heimlichen Gitarre Spielen und Singen beobachtet. Nach einiger Zeit kommt sie völlig unangekündigt um die Ecke und setzt sich Dylan gegenüber.

Miranda: „Das war echt schön.“

Sykes: „Scheiße.“

Miranda: „Wusste gar nicht, dass du auch singen kannst.“

Sykes: „Ich auch nicht.“

Miranda: „Wie kommt's? Du spielst doch sonst nur, wenn du nachdenklich bist.“

Sykes: „Mir war einfach danach. Wie lang hörst du schon zu?“

Miranda: „Schon eine Weile.“

Sykes: „Und warum?“

Miranda: „Ich konnte nicht schlafen. Auf dem Weg zur Küche habe ich dann Musik gehört.“

Sykes: „Beim nächsten Mal spiele ich im Vakuum.“

Miranda: „Bitte nicht. Das hat sich echt gut angehört. Spiel weiter!“

Sykes: „Mit Publikum, ja? Das hättest du wohl gern.“

Miranda: „Und wie. Aber sag mal, was beschäftigt dich?“

Während Dylan an einigen Gitarrenseiten zupft und leise Töne spielt, schaut er Miranda nachdenklich an.

Sykes: „Na ja. Als wir auf Hyena waren, lief ich allein durch die Stadt. Dort traf ich einen Mann auf einer Brücke. Er wollte springen, ich fragte ihn wieso. Er hat mir erzählt, wie sein Leben zusammengebrochen ist und fühlte sich genauso wie ich. Verloren und ohne Sinn im Leben. Normalerweise würde ich jeden Selbstmord befürworten, schließlich ist es jedem seine eigene Entscheidung. Aber an diesem Tag habe ich es ihm ausgeredet. Ausgerechnet ich habe jemanden motiviert und vom Suizid abgehalten. Und ich habe absolut keine Ahnung, wieso ich das getan habe."

Überrascht strahlen Mirandas Augen vor Freude.

Miranda: (Glücklich) „Was? Wirklich? Scheiße Dylan, ich bin so stolz auf dich. Du hast das getan, weil du ein guter Mensch bist. Du nutzt deine eigenen Erfahrungen, um anderen zu helfen. Aus Instinkt tust du Gutes und es freut mich so sehr, dass du endlich zu dir gefunden hast."

Sykes: „Zu mir gefunden? Ich bin ein Sensenmann, schon vergessen?"

Miranda: „Der gutherzigste, aufrichtigste und freundlichste Sensenmann des Universums. Das Leben hat dir genau gezeigt, was falsch läuft und du hast dich dazu entschieden es besser zu machen. Du gehörst zu den Guten, aber du vergisst es immer wieder, weil du ein Idiot bist."

Sykes: (Lacht) „Du Arsch. Danke. Ob du es mir glaubst oder nicht, das bedeutet mir viel."

Miranda: „Du weißt, ich bin für dich da. Was auch immer ist und ob du meine Hilfe willst oder nicht."

Tatsächlich schafft es Miranda Dylan gerade zum Lächeln zu bringen. Ein seltener Anblick.

Sykes: „Wie geht es dir? Machst du dir noch Sorgen um Kyra?"

Miranda: „Ja, schon. Schließlich hat man sie aufgespießt."

Sykes: „Dafür hat sie Raven gerettet."

Miranda: „Ich weiß halt nicht, wie ich es finden soll, dass sie jetzt gerade bei ihm auf der Black-Arrow ist. Die könnten sich entweder gegenseitig auffressen oder wieder zueinanderfinden. Was in jedem Fall ziemlich seltsam wäre, nach allem, was sie durchgemacht haben."

Sykes: „Glaubst du, die beiden schaffen das?"

Miranda: „Ich weiß, dass sie es können, wenn sie es beide wollen. Liebe ist einfach verrückt."

Sykes: „Das ist sie."

Miranda: „Was ist eigentlich mit dir? Glaubst du, du könntest jemals wieder Liebe in dein Leben lassen?"

Sykes: „Ich weiß nicht, ob ich jemals wieder jemanden lieben kann. Es ist schwer, jemanden zu finden, den man lieben kann und gleichermaßen zurückgeliebt wird. Schätze, die Angst ist zu groß, dass es mich am Ende wieder zerbricht."

Miranda: „Verstehe. Je schöner die Liebe, umso größer der Schmerz, wenn man sie verliert."

Sykes: „Jetzt verstehst du mich. Und was ist mit dir? Denkst du, du könntest eines Tages wieder in einer Beziehung enden?"

Miranda: „Ich wollte nie wirklich darüber nachdenken. Um ehrlich zu sein, habe ich Angst davor."

Sykes: „Angst, dich zu verlieben?"

Miranda: „Ja. So schön es auch wäre, ich fürchte, dass auch das wieder tragisch enden könnte. Aber egal."

Sykes: „Kyra und Raven kommen zurecht. Zumindest Raven scheint vieles zu bedauern."

Miranda: „Kyra versteckt ihre Liebe hinter Hass. Ich hoffe, sie kann das überwinden. Sonst endet das für beide böse."

Sykes: „Kann man ihr nicht übelnehmen. Raven ist schließlich zwei Jahre lang verschwunden gewesen."

Miranda: „Du warst auch zwei Jahre lang weg. Hast du mich denn wenigstens vermisst, als du dich in elysianischen Wäldern herumgetrieben hast?"

Sykes: (Lacht) „Du kannst unfassbar nervig sein, aber ja, das habe ich."

Miranda: „Da hast du dich gerade noch so gerettet."

Sykes: „Wovor? Hättest du sonst meine Gitarre zerbrochen und hättest mich alleingelassen?"

Miranda: „Das hätte ich tun können. Aber nein, dafür mag ich dich zu sehr. Außerdem könntest du mir dann keine Lieder mehr vorsingen."

Sykes: (Amüsiert) „Was? Wer hat gesagt, dass ich das tun werde?"

Miranda: „Ich. Also dann, spiel mal was!"

Sykes: „Nein."

Miranda: „Ich könnte auch gehen und dich weiter heimlich belauschen. Komm schon! Wir sind doch hier unter uns. Bitte!"

Dylan schaut grübelnd auf seine Gitarre und denkt nach, während Mirandas Augen größer werden.

Sykes: „Na gut, aber nur weil du es bist."

Miranda: „Ja! Danke!"

Sykes: „Du kannst froh sein, dass ich dich auch mag. Du nervige Möchtegern-Therapeutin."

Ein breites Grinsen zieht sich über Mirandas Gesicht, als Dylan anfängt, einige Lieder auf der Gitarre zu spielen. Sie sind völlig allein im Laderaum der Silence und bleiben dabei ungestört.

Etliche Lichtjahre vom Kurs der Silence entfernt, fliegt die Destiny über die grünen Ebenen von Senua. Es ist früher Vormittag, als ein kleines Transportschiff mit einem Kran die geborgenen Überreste von Kaelyns Switchblade im Hangar ablegt. Beobachtet wird dieses Ereignis von Kaelyns Wartungscrew sowie von Jacob und Jade, die mehr als nur besorgt aussehen.

Graydon: „So wie es aussieht, muss unsere Entlassung noch warten."
Mason: „Scheiße! Was denkt die sich?"
Sie betrachten das völlig demolierte Wrack der Switchblade. Es ist mit Brandflecken und Einschusslöchern übersät. Kaum zu glauben, dass jemand einen solchen Absturz überleben konnte. Jacob wendet sich direkt an einen der kommandierenden Offiziere der Bergungsmission.
Graydon: „Hey, können Sie uns sagen, was das Bergungsteam herausgefunden hat?"
Offizier: „Die Switchblade wurde in den Ebenen gefunden. Selbstzerstörung und Schleudersitz sind beide defekt. Von General Kaelyn Harper fehlt jede Spur. Ihre Anzugsysteme zeigten nach dem Absturz noch gute Werte an, allerdings brach kurz darauf die Verbindung ab. Sie scheint zwar überlebt zu haben, aber wir wissen nicht, wo sie ist."
Graydon: „Nach dem Absturz muss sie verletzt sein. Sie kann unmöglich allein losgezogen sein."
Offizier: „Reifenspuren im schwarzen Sand deuten darauf hin, dass sie von den Erdlingen, die dieses Gebiet besetzen, gefangengenommen wurde. Ich habe bereits veranlasst, dass alle Aufklärungsteams mobil gemacht werden. Für eine Rettungsaktion fehlen uns allerdings die Spezialkräfte."
Graydon: „Konzentrieren wir uns erst mal darauf, sie zu finden. Ich werde versuchen, alle übrigen SRC's ausfindig zu machen."
Mason: „Da brauchst du gar nicht lange suchen. In der letzten Schlacht gegen die Vyrakay haben nur sechs von ihnen überlebt. Vier davon liegen immer noch schwerverletzt auf der Krankenstation."
Graydon: „Verdammt! Dann werden wir uns irgendwie anders helfen müssen."
Mason: „Ich kann May kontaktieren. Vielleicht können die Waysider uns unterstützen."
Graydon: „Gute Idee. So oder so werden wir noch eine Weile bleiben müssen."
Während auf der Destiny alle Vorbereitungen für eine Such- und Rettungsaktion getroffen werden, befindet sich Kaelyn in einem unterirdischen Gefängnis der Erdlinge. Sie liegt in einer felsigen Zelle hinter einem Geflecht aus Gitterstäben. Ihre Füße sind aneinandergekettet und ihre Hände mit rostigem Draht verschnürt, welcher ihr in die Handgelenke schneidet. Regungslos liegt Kaelyn auf dem nassen und verdreckten Boden. Kaum blinzelnd starrt sie in die Leere, als plötzlich ein Erdling die Zellentür öffnet.
Erdling: „Na, gut geschlafen? Du wirst es nicht fassen, aber wir haben herausgefunden, wer du bist. General Kaelyn Harper. Anführerin der

legendären Schwarzen Legion. Ein wahrer Jackpot. Und jetzt gehörst du uns."

Der Erdling fängt an zu lachen, was Kaelyn absolut missfällt.

Harper: „Halts Maul, Arschloch!"

Der Mann tritt ihr in den Bauch und packt sie sich.

Erdling: „Du hast eine ziemlich große Fresse, Kleine."

Mit Klebeband klebt er ihr den Mund zu. Als er danach versucht sie am Arm mit sich zu ziehen, versucht Kaelyn sich irgendwie zu wehren. Allerdings schlägt man ihr daraufhin heftig ins Gesicht. Sie fällt zu Boden, wobei der Erdling sie am Draht an den Handgelenken packt und aus der Zelle schleift. Sie wird einen Korridor hinuntergezerrt und in einen dunklen Raum gebracht. Dort wird sie auf die Knie gesetzt und von zwei weiteren Erdlingen festgehalten. Scheinwerfer leuchten ihr direkt ins Gesicht, während einer der Erdlinge vor ihr eine Kamera platziert. Plötzlich fühlt Kaelyn den kalten Stahl einer großen Messerklinge am Hals. Schnell werden ihre Augen groß und sie panisch.

Erdling: (Zur Kamera) „Das ist eine Nachricht an die Schwarze Legion und an die Waysider. Senua gehört uns. Seit Monaten bekämpft ihr uns und versucht uns von hier zu vertreiben. Aber wir werden nicht aufgeben. Wir erwarten eure bedingungslose Kapitulation. Ihr habt wohl vergessen, dass ihr von dem Geschwür abstammt, welches die Menschheit zugrunde gerichtet hat. Wenn ihr kämpfen wollt, dann viel Glück dabei. Wenn wir in diesem Kampf sterben sollten, verspreche ich euch, werden wir die Welt in Flammen, mit uns in die Hölle reißen. Lasst das hier für euch eine Lehre sein!"

Die Klinge des Messers zieht sich über Kaelyns Hals und hinterlässt ein warmes Gefühl, vergleichbar mit frischem Blut. Gerade als ihr die Tränen kommen, realisiert sie, dass die Klinge stumpf ist. Die Hinrichtung war nur gestellt, um sie psychisch zu brechen. Doch das allein scheint nur der Anfang gewesen zu sein.

Erdling: „Gewöhn' dich besser nicht daran. Ich verspreche dir, eines Tages ist die Klinge scharf. Vielleicht ja schon beim nächsten Mal. Oder wird's die Pistole?"

Der Mann lacht und schubst Kaelyn dabei um.

Erdling: „Wenn ihr nichts dagegen habt, dann werde ich mir die Hübsche als Erster vorknöpfen."

Erdling 2: „Haha! Ich gebe dir 15 Minuten."

Erneut wird Kaelyn am Draht aus dem Raum gezerrt. Sie versucht zu schreien und strampelt mit ihren gefesselten Beinen herum. Leider ohne etwas bewirken zu können.

Weit entfernt von dem Chaos auf Senua treffen immer mehr Kriegsschiffe bei der Sanctuary-Station ein. Es sind Schiffe der Kardianer, der Su'wi und der Shawahn. Spezies, die weit entfernt von den Menschen beheimatet sind, entsenden nun sogar eigene militärische Kräfte, um Avara den Rücken zu decken, während er sich und die Station auf den Hells Gate Nebel vorbereitet. Die Flotte mag zwar noch sehr klein sein, aber was auch immer eines Tages aus dem Nebel kommt, muss mit allen verfügbaren Mitteln bekämpft werden. Die Gespräche mit den verschiedenen Kommandeuren und Generälen ziehen sich oft bis tief in die Nacht.

In einer dieser Nächte schleicht sich Kyra Hades aus ihrem Krankenzimmer. Unbemerkt wandert sie durch die vertrauten Gänge und schaut sich um. Ihre kleine Tour endet dabei am Aussichtsdeck in der Mitte des Schiffes. Ein Blick aus dem Fenster genügt bereits, um vom Landeplatz der Black-Arrow auf die belebte Stadt und die Türme der Raumstation zu schauen. Für sie ist es ein überwältigender Anblick. Noch bevor sie sich auf eines der Sofas setzt, holt sie sich eine Decke aus einem der Regale unter den Möbeln. Allein setzt sich Kyra und schaut beinahe eine Stunde lang nachdenklich aus dem Fenster. Sie versinkt in allerlei Gedanken, was sie unter anderem auch traurig macht. Während sie grübelnd hinausschaut, bemerkt sie nicht, dass jemand näherkommt.

Raven: „Was machst du hier?"

Hades: „Und was machst du hier?"

Raven: „Ich bin gerade zurück und wollte nach dir sehen. Aber du warst nicht da."

Hades: „Ich wollte einfach mal raus."

Raven: „Geht es dir gut?"

Hades: „Ähm ... ja, ja. Die Wunden sind gut verheilt."

Raven: „Und geistig?"

Hades: „Wirklich?"

Raven: „Ja, wirklich."

Hades: „Ich verstehe einfach nichts mehr von dem, was gerade passiert. Ich denke über das nach, was passiert ist, wo ich gerade bin und was wohl als Nächstes kommt. Ich finde auf keine Frage eine Antwort und ich weiß einfach nicht, was ich tun soll."

Raven: „Wie wäre es damit fürs Erste diese Aussicht zu genießen?"

Hades: „Hab ich schon versucht."

Raven: „Ich habe unzählige Orte im Universum bereist und sah die unvorstellbar schönsten Aussichten. Aber ich habe gelernt, dass man mehr von ihnen hat, wenn man nicht allein ist."

Hades: „Willst du dich jetzt etwa zu mir setzen?"

Raven: „Das war der Plan."

Hades: (Seufzt) „O Mann."

Raven geht an ein kleines Regal und holt eine Flasche Wein sowie zwei Gläser heraus.

Raven: „Möchtest du auch?"

Hades: „Wein? Ernsthaft? Seit wann trinkst du Alkohol?"

Raven: „Nun ... ähm ... nur zu besonderen Anlässen."

Hades: „Und mit mir hier zu sitzen, ist einer dieser besonderen Anlässe?"

Raven: (Zögerlich) „Finde schon."

Kyra muss anfangen zu schmunzeln und schüttelt unscheinbar den Kopf, wobei sie ihre Augen verdreht.

Hades: „Ist gut."

Nachdem Raven den Wein eingeschenkt hat, setzt er sich neben Kyra auf das Sofa.

Hades: „Und worauf willst du anstoßen?"

Raven: „Ich habe keine Ahnung. Ideen?"

Hades: „Auf die zerbrochene Liebe?"

Raven: „Ernsthaft? Vergiss es! Darauf stoße ich ganz sicher nicht an."

Hades: „Gut so. Tut mir leid. Auf die guten alten Zeiten?"

Raven: „Zeiten, die ich sehr vermisse. Damals war vieles einfacher."

Hades: „Das ist wahr."

Die beiden stoßen ihre Gläser aneinander und trinken einen Schluck Wein. Dabei schweigen sie sich für einen Moment gegenseitig an und starren nach draußen.

Raven: „Es tut mir leid."

Hades: „Was tut dir leid?"

Raven: „Einfach alles. Mein Verschwinden, mein außerweltliches Verhalten, dass ich dich und die Crew zurückgelassen habe, das mit Kaelyn ... alles eben."

Hades: „Das mit Kaelyn war schon hart. Wie war sie so?"

Raven: „Was meinst du?"

Hades: „Wie war der Sex?"

Raven: „Ist das dein Ernst? Du könntest 1000 Fragen stellen, aber das interessiert dich?"

Hades: „Ja. Fürs Erste."

Raven: „Es war … gut. Aber ... es hat sich falsch angefühlt."

Hades: „Oh, ach echt?"

Raven: „Gut, dass es nicht länger als zwei Wochen gehalten hat. Das war ein riesiger Fehler von vielen."

Hades: „Immerhin zwei Wochen. Ich finde es trotzdem gut, dass es nicht funktioniert hat, so böse das klingt. Aber ich muss gestehen, dass auch ich es deswegen bei Dylan versucht habe."

Raven: „Wie bitte? Du hast mit ihm geschlafen?"

Hades: „Nein. Er hat mich eiskalt abgewiesen. Als ich es versucht habe, begründete er es damit, dass mich da draußen noch irgendjemand lieben würde. Und damit meinte er offensichtlich dich."

Raven: „Er hat das wirklich gesagt? Dieses Arschloch."

Hades: „Was erwartest du bitte von Dylan Sykes."

Raven: „Na gut. Hast recht."

Hades: „Du hast gesehen, was aus mir geworden ist. Was das alles aus mir gemacht hat. Wie sehr mich dieses Ereignis verändert hat. Ich würde gerne verstehen, warum du weg warst und was du in dieser Zeit gemacht hast. Was war es wert, all das zu rechtfertigen?"

Für einen kurzen Moment geht Raven in sich und überlegt sich, was er als Nächstes sagen soll.

Raven: „Sagen dir die Knights of Eden irgendwas?"

Hades: „Hab mal in den Nachrichten davon gehört. Wieso?"

Raven: „Dass sie existieren, ist meine Schuld."

Hades: „Ich dachte, sie wären die Überreste des Hüter-Ordens."

Raven: „Nicht ganz. Sie bauen darauf auf."

Hades: „Und was hast du damit zu tun?"

Raven: „Ich habe sie gegründet. Ich bin ihr Großmeister. Zumindest für den Teil, der für die Milchstraße verantwortlich ist."

Hades: „Für die ... was? Erklär mir das!"

Raven: „Ich würde es dir lieber zeigen. Lust auf einen Ausflug?"

Hades: „Ausflug wohin?"

Raven: „Zu einem weitentfernten Ort. Wir nehmen die Revenant. Wann möchtest du aufbrechen?"

Hades: „Ähm ... in einer Stunde?"

Raven: „Kein Problem. Pack schon mal deine Sachen! Wir treffen uns im Hangar."

Exakt eine Stunde später treffen sich die beiden, wie vereinbart, im Hangar. Dort steht die Revenant bereit. Neugierig steigt Kyra in dieses ungewöhnliche Raumschiff und begibt sich ins Cockpit. Gleichzeitig setzt sich Raven in den Pilotensitz.

Hades: „Du weißt, dass das hier ein Einsitzer ist, oder?"

Raven: „Ich weiß. Das sollte aber nicht stören. Wir fliegen nur wenige Minuten."

Hades: „Na, wenn du das sagst."

Plötzlich schalten sich die Bildschirme an den Cockpitwänden ein und zeigen den Hangar der Black-Arrow. Es kommt einem vor, als würde man auf einem schwebenden Pilotensitz sitzen. Die Revenant hebt ab und verlässt den Hangar des Schiffes. Als sie weit genug von der

Raumstation entfernt ist, beschleunigt Raven so schnell, dass die Sterne wie Schneeflocken an ihnen vorbeiziehen. Kyra schaut neugierig hinter sich und bemerkt, dass sie gerade dabei sind, die Milchstraße zu verlassen. Sie von außerhalb zu sehen, erfüllt einen mit tiefer Demut, genauso wie der Blick nach vorn.

Raven: „Siehst du all diese Lichtpunkte? Jeder einzelne davon ist eine Galaxie. Das Universum ist voll davon. Unbegrenzte Möglichkeiten und unbegrenzt viele Geheimnisse."

Hades: „Das ist kaum vorstellbar."

Die Revenant beschleunigt weiter. Mittlerweile ist sie so schnell, dass selbst die Galaxien wie Schneeflocken in einem Sturm an ihr vorbeiziehen. Spätestens in diesem Moment fühlt sich jeder Mensch klein und unbedeutend. Als wäre man wie ein Staubkorn im Wind. Nach einigen Minuten erreicht die Revenant eine irregulär geformte Galaxie. Wie eine blau schimmernde Wolke treibt sie in der Schwärze des leeren Alls umher. Sie dringen in die Galaxie ein und entdecken ringförmige Bänder aus Nebeln, welche ein gemeinsames Zentrum umkreisen. Sterne und Nebel in allerlei Farben verteilen sich überall. Doch nun vollführt die Revenant einen Sofortsprung an den Zielort. Plötzlich haben Kyra und Raven eine schwarze Kugel vor sich. Es handelt sich um die Nachtseite eines Planeten.

Hades: „Ist das dieser besondere Ort?"

Raven: „Das ist er. Er wird dir gefallen."

Das Schiff fliegt auf die Dämmerzone des Planeten zu und taucht in dessen Atmosphäre ein. In beinahe völliger Dunkelheit landet Raven auf einem flachen Felsen. Von der Umgebung ist allerdings noch nichts zu sehen.

Raven: „Wir sind da. Bereit?"

Hades: (Schmunzelt) „Jetzt mach es nicht so spannend!"

Die Laderampe der Revenant senkt sich und die beiden verlassen das Schiff. Als Kyra an den Rand des Felsens tritt, kann sie ihren Augen kaum trauen. Die Vegetation auf dieser Welt leuchtet im Dunkeln. Sämtliche Pflanzen geben weißes, blaues oder violettes Licht ab. An manchen Bäumen wachsen Knospen, welche wie schmale Glühbirnen aussehen. Als hätte man einen gesamten Wald mit Lichterketten geschmückt.

Raven: „Lust auf einen kleinen Spaziergang?"

Hades: „Absolut!"

Binnen weniger Sekunden klettern die beiden von dem Felsen hinunter. Während Kyra voller Begeisterung die Pflanzenwelt betrachtet, läuft Raven lächelnd neben ihr her.

Hades: „Das ist unglaublich. Biolumineszenz, einfach überall."

Raven: „Das lässt dein Herz für Botanik doch wieder höherschlagen, oder?"

Hades: „Ich würde so gerne Proben nehmen."

Als Kyra eines der leuchtenden Blätter berührt, entdeckt sie, dass die Leuchtkraft bei Bewegungen verstärkt wird. Wie ein Kind läuft sie umher und berührt die Pflanzen um sich herum. Dabei scheinen all ihre Sorgen vergessen zu sein.

Raven: „Folge mir, ich möchte dir noch etwas zeigen."

Nebeneinander wandern sie durch den leuchtenden Wald. Dabei staunt Kyra immer wieder über die teilweise verrückten Pflanzen. Selbst einige Vögel und Fluginsekten scheinen in der Dunkelheit zu leuchten. Letztendlich gelangen sie an einen schmalen Bach und folgen dessen Strömung. Die beiden erreichen einen Strand an der Küste, wo bereits die nächste Überraschung wartet. Im Wasser schwimmt Plankton, welches beim Brechen der Wellen ein helles blaues Leuchten von sich gibt. Es weht ein leichter, warmer Wind und das einzige hörbare Geräusch ist die Brandung des Meeres.

Hades: „Es ist wunderschön. Hast du diesen Ort zufällig entdeckt?"

Raven: „Nicht ganz. Ich kam aus einem Grund hierher. Aber an Stränden wie diesen habe ich unzählige Nächte verbracht. Hier habe ich gegrübelt, nachgedacht und mich für die Fehler geschämt, die ich begangen habe."

Hades: „Ich finde es irgendwie ernüchternd, dass es dir ähnlich schlecht ging wie mir. Nur warum musste es nur so lange dauern? Für mich war jeder Tag einer zu viel. Bis ich es letztendlich aufgeben musste. Jemanden loszulassen, den man über alles liebt, tut unfassbar weh. Das sind nie enden wollende seelische Schmerzen. Kannst du dir überhaupt ansatzweise vorstellen, was du mir damit eigentlich angetan hast?"

Raven: „Was ich getan habe, hat auch mir wehgetan. Ich werde mir das nie verzeihen können und ich weiß, dass es in jederlei Hinsicht falsch war. Wenn es irgendwas gäbe, um das wieder gut oder rückgängig zu machen, dann würde ich es tun. Mir ist leider viel zu spät klargeworden, dass ich es nicht ertragen kann dich zu verletzen. Es hat dir nicht gutgetan und mir auch nicht. Kannst du mir das irgendwie verzeihen?"

Hades: „Wenn du mir irgendwie verzeihen kannst, dass ich in Burtons Bar auf dich losgegangen bin, dann vielleicht."

Raven: „Du hast dein Leben riskiert, um meines zu retten. Natürlich vergebe ich dir diesen kleinen Streit."

Hades: „Wenn das nur ein kleiner Streit war, will ich nicht wissen, was wir tun würden, wenn wir richtig sauer aufeinander sind."

Raven: (Lacht) „Ich auch nicht."

Hades: „Ich denke nicht, dass du allein zum Grübeln auf diesem Planeten warst. Und ich verstehe auch nicht, was dieser Ort mit den Knights of Eden zu tun haben soll."

Raven: „Das werde ich dir schon sehr bald zeigen. Bleiben wir noch ein bisschen hier."

Am Horizont wird der Himmel allmählich heller.

Hades: „Dort drüben geht die Sonne auf."

Raven: „Du solltest wissen, dieser Planet gehört zu keinem Sternensystem und umkreist keine Sonne."

Skeptisch und leicht verunsichert blickt Kyra zum Horizont. Ein gelbes Licht geht über dem Ozean auf und steigt langsam höher. Es scheint ein normaler Sonnenaufgang zu sein, jedoch folgt auf das helle Licht eine tiefe Schwärze. Vor lauter Staunen bekommt Kyra ihren Mund nicht mehr zu, wobei ihre Augen immer größer werden. Ein schwarzes Loch samt hell glühender Akkretionsscheibe geht anstelle einer Sonne am Horizont auf.

Raven: „Dieser Planet umkreist das supermassive schwarze Loch im Zentrum dieser Galaxie."

Hades: „Un…fassbar. So ein Objekt hat eine habitable Zone? Die Flora und Fauna leuchten in der Nacht, die Sonne ist ein schwarzes Loch. Ich begreife das nicht. Wie gering muss die Wahrscheinlichkeit sein, dass auf natürliche Weise so ein Ort entsteht?"

Raven: „Sie ist sehr gering. Aber ich muss gestehen, die Utopier haben sehr stark nachgeholfen."

Hades: „Terraforming?"

Raven: „Ja. Wirklich beeindruckendes Terraforming."

Hades: „Ob natürlich oder nicht, diese Welt ist unbeschreiblich schön. Danke, dass du mich hergebracht hast."

Die beiden stehen dicht nebeneinander, als sie gemeinsam zum Horizont schauen. Das schwarze Loch spiegelt sich mittlerweile sogar auf der Wasseroberfläche, dessen Wellen immer noch blau aufleuchten. Während sie diesen unbeschreiblichen Anblick genießen, lehnt Kyra ihren Kopf an Ravens Schulter. Ihn überrascht das, er möchte den Moment allerdings nicht mit seinen Worten zerstören. Stattdessen lehnt er seinen Kopf ebenfalls an Kyra an.

Hades: „Sag mal, hatte Dylan eigentlich recht?"

Raven: „Recht womit?"

Hades: „Na ja, dass du mich immer noch liebst?"

Zögerlich richtet Raven seinen Kopf wieder auf und denkt nach.

Raven: „Ja ... das hatte er."

Die beiden drehen sich zueinander und schauen sich tief in die Augen.

Kyra laufen einige Tränen die Wangen hinunter, während sie Raven vor Freude anlächelt. Er selbst weiß nicht ganz, wie ihm geschieht, jedoch erwidert er das Lächeln.

Hades: „Ach, Scheiße!"

Völlig ungehemmt wirft sich Kyra in Ravens Arme, woraufhin sie ihn lange und ausgiebig küsst. Die Zeit scheint stehenzubleiben, während sie sich in den Armen liegen. Doch als sie aufhören sich zu küssen, weicht Kyra ein Stück zurück und richtet ihren Blick auf den Boden.

Raven: „Alles okay?"

Hades: „Ich weiß nicht."

Den Kopf leicht schüttelnd wendet sie sich von Raven ab und schaut unsicher, aber auch fast ein wenig beschämt zu dem aufgehenden schwarzen Loch. Dabei nutzt Raven den Moment, um mit Hilfe seines Unterarmcomputers die Revenant herbeizurufen. Sie landet nicht einmal eine Minute später auf dem Strand.

Raven: „Du wolltest doch wissen, was dieser Ort mit den Knights of Eden zu tun hat, oder?"

Hades: „Ähm. Ja."

Raven: „Dann komm mit! Die Tour ist noch nicht vorbei."

Nur mit Mühe kann Kyra ihre Augen von dem schwarzen Loch abwenden. Schweigend folgt sie Raven anschließend zurück in die Revenant. Nachdem das Schiff abhebt, gleitet es unverzüglich über die eindrucksvolle Landschaft hinweg. Berge erheben sich majestätisch aus einem endlos scheinenden Dschungel, unterbrochen von einem Netz türkisblauer Flüsse. Die Formen der Pflanzen gleichen oft der von kleinen Glaskuppeln, wohingegen sich einige Bäume wie blaugemusterte Palmen aus dem sonst üppig grünen Blätterdach erheben. Der Stamm der eigentlichen Palmen ist wie eine Spirale geformt und erhebt sich oft weit über die durchschnittliche Höhe des Waldes. Für die Revenant geht es nun vorbei an riesigen Tafelbergen mit steilen Klippen, an denen mächtige Wasserfälle in die Tiefe stürzen. Ebenso stapeln sich gigantische Gesteinsplatten in der Landschaft und erzeugen damit häufig dreieckig geformte Höhlen. Nachdem Raven durch eine dieser Höhlen fliegt, befindet er sich auch schon an der Küste. Über den Ozean fliegend, überqueren Raven und Kyra beinahe den halben Planeten, bis sich die nächste große Überraschung offenbart.

Raven: „Darf ich vorstellen? Das ist die sogenannte ‚Zitadelle'."

Entlang einer Einbuchtung in einer kilometerlangen Steilküste reihen sich spitzzulaufende und hochmoderne Gebäudekomplexe. Mit ihrer weißen Farbe und ihren schwarzen Fenstern heben sie sich deutlich von der Landschaft ab. Fast alles scheint geometrisch perfekt, aber immer noch chaotisch angeordnet zu sein. In der Mitte der Bucht erhebt sich das höchste dieser Gebäude. Es verdeckt jedoch kaum den Anblick auf eine gewaltige, abgeschrägte Stufenpyramide, welche sich hinter der eigentlichen Zitadelle aus dem Dschungel erhebt und entsprechend überwuchert ist.

Hades: „Was ist das für ein riesiges Ding? War diese Pyramide schon vorher da oder kommt sie von den Utopiern?"

Raven: „Unter diesem Bauwerk befindet sich der obere Teil eines Terraformers."

Hades: „Der obere Teil?"

Raven: „Ja. Die Spitze liegt etwa 2000 Meter über dem Meeresspiegel. Allerdings geht es darunter bis zu 15 Kilometer in die Tiefe. Zehn Stück davon verteilen sich über den gesamten Planeten."

Hades: „Immer dieser utopische Größenwahn."

Leise gibt Raven ein Lachen von sich, während er in den Landeanflug übergeht. Anstatt jedoch in einer der riesigen Hangars entlang der Steilküste zu landen, landet er oberhalb der Bucht auf einer kleinen Plattform, direkt am Rand einer Klippe. Gleich nachdem die beiden die Revenant verlassen haben, folgt Kyra Raven über einen ausgebauten Weg entlang der Felswand. Wohingegen zu ihrer linken Seite die futuristischen Gebäude aufgereiht sind, geht es auf der rechten Seite 200 Meter in die Tiefe. Dort unten befindet sich ein großer, ebener Platz. Dieser dient dem nächsten Schiff als Landefläche. In diesem Augenblick setzt ein Raumschiff der Utopier zur Landung an. Es ist matt weiß und gleicht optisch der Ghost.

Hades: „Wow. Ist das euer Schiff?"

Raven: „Na ja, eins davon."

Hades: „Wie bitte? Wie viele habt ihr?"

Raven: „Eine ganze Flotte. Die wird allerdings über alle Spezies im Universum aufgeteilt."

Hades: „Universum? Ich verstehe nicht ganz."

Raven: „Dieses Schiff dort ist die Zian-Asra. In der Sprache der Utopier, beziehungsweise der Zian-Var, bedeutet das ‚Sternenkreuzer'. Sie dient ausschließlich der Erkundung und Rekrutierung neuer Spezies für den Orden."

Als sich die Laderampe der Zian-Asra senkt, verlassen verschiedenste Wesen das Schiff. Kaum eine Kreatur gleicht der anderen. Selbst Menschen sucht man unter ihnen fast vergeblich.

Raven: „Dieser seltsame Ritterorden besteht aus diversen Spezies. Sie alle kommen aus verschiedenen Galaxien. Die Ghost, unser Schiff, ist allein für die Milchstraße zuständig. Doch wie viele Schiffe ihrer Art ist sie gerade im Einsatz."

Hades: „Wie viele Alien-Spezies hat der Orden?"

Raven: „Es kommen ständig neue dazu. Mittlerweile müssten es 51 sein. Aus 30 Galaxien."

Hades: „So viele? In der Milchstraße kennen wir gerade mal sechs Zivilisationen. Und du bist ernsthaft ihr Anführer?"

Raven: „Nicht ganz. Es war meine Idee den Orden zu gründen, aufbauend auf dem, womit die Hüter einst begonnen haben. Ich selbst bin als Großmeister nur für die Milchstraße zuständig."

Hades: „Also habt ihr gar keine richtigen Anführer?"

Raven: „Nein. Es gibt nur den hohen Rat, bestehend aus allen Großmeistern aller Galaxien."

Hades: „Das klingt alles so unwirklich. Wie konntest du in so kurzer Zeit so eine Gemeinschaft aufbauen?"

Raven: „Als ich diesen Ort fand, war ich nicht allein. Die Technologie der Zian-Var verteilt sich über das gesamte Universum. Sie waren fast überall und haben ihre Spuren hinterlassen. Wie wir mit der Black-Arrow gibt es da draußen auch noch andere, die mit vergessenen Schiffen das All erkunden. Einige davon traf ich. Einige davon waren Kämpfer. Kriege und Konflikte gibt es überall im Universum. Also haben wir uns etwas überlegt."

Hades: „Dein Hüter-Orden 2.0 also."

Raven: „Fast. Ich erzählte ihnen von dieser alten Bruderschaft. Sie alle waren von den Prinzipien und Werten der Hüter fasziniert. So kam die Idee auf, einen ähnlichen Orden zu gründen. Gemeinsam haben wir trainiert, rekrutiert und uns aufgebaut. Schon nach einem Jahr hat sich hier alles verselbstständigt."

Hades: „Wahnsinn. Da verschwindest du einfach, erkundest ein paar Planeten und gründest die Knights of Eden."

Raven: „Du glaubst mir also hoffentlich, wenn ich dir sage, dass ich ziemlich beschäftigt war."

Hades: „Ich gebe zu, es ist beeindruckend. Auch wenn es mir das Herz gebrochen hat."

Raven: „Ein Opfer, welches ich mir nicht verzeihen werde. Ich hätte das alles auch anders angehen können."

Hades: „Na ja, im Nachhinein ist man immer schlauer. Warum eigentlich der Name? Knights of Eden? Wir sind ziemlich weit weg vom Eden-System. Findest du nicht?"

Raven: „Nun, dieser Orden heißt für jede Spezies anders. Nur das Kern-Wort „Ritter" hat beinahe überall dieselbe Bedeutung. Die Knights of Eden haben ihren Namen daher, dass die ersten Rekruten alle aus dem Eden-System stammen und sich das Ziel gesetzt haben, den Bürgerkrieg zu beenden."

Hades: „Ah. Das habt ihr ja schon erfolgreich umgesetzt. Wie geht es jetzt für euch weiter?"

Raven: „Herausfinden, was die Garde plant, Commander Talon aufhalten und den Hells Gate Nebel bekämpfen, bevor das Universum vernichtet wird."

Hades: (Verwirrt) „Ähm ... Wie bitte?"

Raven: „Ja. Ziemlich wirres Zeug. Ich erkläre es dir später."

Hades: „Bitte?"

Die beiden spazieren eine Weile über das Gelände der Zitadelle, bevor sie in die ersten Innenhöfe kommen. Gepflegte Parkanlagen verteilen sich hier inmitten großer Plätze, an denen sich allerlei Ritter treffen.

Raven: „Siehst du den Belurianer da drüben? Der Gorilla in Rüstung?"

Hades: „Der ist riesig, wie soll man den übersehen?"

Raven: „Das Volk der Beluren kommt von einem Planeten mit der vierfachen Masse von Initium Novum. Menschen könnten auf ihren Planeten nicht mal einen Fuß setzen."

Hades: „Verrückt. Wie helft ihr euch dann gegenseitig?"

Raven: „Wir mischen uns nicht gegenseitig in unsere Angelegenheiten ein. Jede Galaxie ist für sich. Nur in äußersten Notfällen unterstützt sich der gesamte Orden."

Hades: „Gab es schon mal so einen Notfall?"

Raven: „Noch nicht."

Hades: „Und ihr alle benutzt die Technologie der Utopier? Beziehungsweise der Zian-Var?"

Raven: „Ja. Wir nutzen sie, um andere vor ihr zu bewahren und ihren Missbrauch zu verhindern. So wie Adams es vorhatte. Dieser Fortschritt ist faszinierend, aber auch unglaublich gefährlich."

Hades: „Immerhin hilft euch das. Diese Technologie scheint euch zu verbinden. Schließlich könnt ihr euch auch so verständigen."

Raven: „Dem Übersetzerartefakt sei Dank. Ohne wären wir ziemlich aufgeschmissen gewesen. Wobei es immer noch schwierig ist, sich mit den Illianern zu verständigen. Diese Spezies kommuniziert über Farben. Total verrückt."

Hades: „Was? Wie soll das denn gehen?"

Raven: „Das ist ... unnötig kompliziert. Frag sie lieber selbst. Vielleicht treffen wir ja einen."

Einen Illianer treffen die beiden auf ihrem Weg zwar nicht, jedoch kommen ihnen einige Menschen, Kardianer und Ranakkor entgegen. Sie legen ihre Faust auf die Brust und senken den Kopf, als sie am Großmeister vorbeilaufen. Raven erwidert diesen Gruß, wobei Kyra all das schon ziemlich befremdlich findet. Der Rundgang durch die Zitadelle endet nahe dem zentralen Gebäudekomplex. Raven und Kyra betreten ein Haus, bestehend aus schrägen weißen Wänden mit undurchsichtigen schwarzen Fenstern. Die gesamte äußere Fassade scheint auf Hochglanz poliert zu sein. Als sie durch die Eingangstür hineingelangen, sticht die Inneneinrichtung sofort ins Auge. Wände aus schwarzglänzendem Marmor, gläserne Treppen und Möbel aus natürlichem Hartholz. Alles beleuchtet durch indirektes Licht. Entlang sämtlicher Wände befinden sich entweder Pflanzenbeete oder künstliche Wasserfälle. Ohne Zweifel ein eindrucksvoller Anblick.

Raven: „Willkommen in einem meiner vielen Nebenwohnsitze."

Kyra antwortet auf diese Aussage mit einem sowohl skeptischen als auch vorwurfsvollen Blick. Sie gehen die Treppe hinauf, wo sich ein großer Wohnbereich mit Bett, Schreibtisch und Balkon befindet. Auffällig sind allerdings die Steinbeete, welche sich im gesamten Raum verteilen. Als Raven an einem dieser Beete vorbeiläuft, holt er einen Stein aus seiner Tasche und legt ihn in eines der Beete.

Hades: „Steinbeete? Wirklich?"

Raven: „Ich weiß, Pflanzen sind dir lieber, aber jeder Stein ist von einem anderen Planeten."

Kyra schaut sich nochmals genau um und bemerkt die hohe Anzahl der Steine. Wenn jeder davon von einem anderen Planeten stammt, muss Raven hunderte besucht haben.

Einige Stunden später nähert sich die schwarze Sonne dem Horizont. Von Ravens Balkon aus betrachtet Kyra diesen ungewöhnlichen Sonnenuntergang. Fast in perfekter Ausrichtung zur Zitadelle spiegelt sich das schwarze Loch sogar auf der Wasseroberfläche des ruhigen Meeres. Während sie sich in Gedanken verliert, kommt Raven die Treppe hinauf. Er stellt eine Tragetasche neben dem Schreibtisch ab und geht danach ebenfalls auf den Balkon, wobei er sich an das Geländer lehnt.

Raven: „Wie geht's dir?"

Hades: „Keine Ahnung. Ich versuche noch all das zu verarbeiten."

Raven: „Klar. Das ist ziemlich viel auf einmal."

Hades: „Extrem viel. Und wie geht es dir?"

Raven: „Schätze, genauso wie dir."

Hades: „Versuchst du etwa zu akzeptieren, dass ich nicht mehr die harmlose Botanikerin von früher bin?"

Raven: „Ich werde es akzeptieren müssen. Ich verstehe auch, wieso du diesen Weg gegangen bist. Jedenfalls werde ich die alte Kyra vermissen."

Hades: „Die neue ist auch nicht übel."

Raven: „Ich denke, ein bisschen von der lebensfrohen Botanikerin steckt noch in dir. Irgendwo."

Hades: „Vielleicht. Aber aus dieser Botanikerin wurde eine gesetzlose Kopfgeldjägerin."

Raven: „Fühlt sich das richtig an? Findest du, das war es wert?"

Hades: „Hatte nicht das Gefühl, eine Wahl zu haben. Ich habe mich sehr verändert, das ist klar. Du dich ja auch."

Raven: „Das ist wohl wahr und lässt sich nicht abstreiten. Übrigens, was du da auf Hyena abgezogen hast, war echt beeindruckend."

Hades: „Was ich da abgezogen habe, hat mich umgebracht. Schon vergessen?"

Raven: „Stimmt. Aber ich hätte nie gedacht, dass du das Talent hast, so zu kämpfen."

Hades: „Ich auch nicht. Wie gesagt, vieles hat sich verändert."

Raven: „Würdest du sagen, das Töten hat dich verändert?"

Hades: „Auch. Aber ich rede nicht gern darüber."

Raven: „Warum?"

Hades: „Weil ich darin besser bin, als mir lieb ist. Anfangs fand ich es erschreckend, das Gefühl, jemanden das Leben genommen zu haben. Mittlerweile ist es völlig normal."

Raven: „Versprich mir, dass du nie vergisst, wie schlimm das Töten eigentlich ist und dass jedes Töten gerechtfertigt sein muss."

Hades: „Das musst gerade du sagen? Wie viele sind deinen Klingen, Pfeilen und Schüssen zum Opfer gefallen?"

Raven: „Jeder von ihnen ist einer zu viel. Aber für jeden einzelnen gab es einen Grund."

Hades: „Wäre das Leben nicht so gewalttätig, wäre es vielleicht gar nicht nötig zu töten."

Raven: „In einem perfekten Universum, vielleicht. Die einzigen Universen, die die Utopier kennen, in denen es keine Gewalt gibt, sind die ohne Leben."

Hades: „Das soll einem mal zu denken geben."

Raven: „Möchtest du zurück auf die Silence?"

Hades: „Ich weiß nicht. Irgendwie schon, aber auch irgendwie nicht."

Raven: „Was würde denn dafürsprechen?"

Hades: „Mein neues Leben, meine neue Arbeit. Die Kopfgeldjagd."

Raven: „Und was spricht dagegen?"

Hades: „Na ja, nach alldem fühle ich mich immer noch nicht ganz der Crew zugehörig. Ich bin es, ohne Zweifel, aber es fühlt sich einfach nicht so an."

Raven: „In der Black-Arrow wirst du jedenfalls immer einen Platz haben. Ob als Botanikerin oder als ... unkonventionelle Sicherheitskraft."

Hades: (Lächelnd) „Danke. Vielleicht bleibe ich ja eine Weile."

Raven: „Mich würde es jedenfalls freuen."
Die beiden schauen eine Weile schweigend auf das schwarze Loch, welches nach und nach hinter dem Horizont verschwindet. Gleich nachdem die Dämmerung einsetzt, fliegen die ersten leuchtenden Vögel über die Zitadelle. Auch die umliegenden Pflanzen beginnen langsam zu leuchten. Ein Anblick, der Kyra ihre Sorgen vergessen und sie lächeln lässt. In diesem Moment umarmt Raven Kyra von hinten und schaut über ihre Schulter.
Raven: „Denkst du, wir kriegen das wieder hin?"
Hades: (Zögerlich) „Ich glaube schon. Ja."
Raven: (Küsst Kyra auf die Wange) „Danke."
Hades: (Schmunzelt) „Aber wenn du mich jemals wieder verlassen solltest, dann töte ich dich."
Auf diese Aussage antwortet Raven mit einem leisen, zufriedenen Lachen.
Raven: „Gut so."
Knapp eine Stunde später liegen die beiden in Ravens Bett. In ihren Armen liegend schauen sie sich in die Augen, wobei Raven seine Hand auf Kyras Wange legt. Nachdem es wieder und wieder zu einigen Küssen kommt, zupft Kyra mehrmals spielerisch an Ravens Shirt.
Hades: „Du hast zu viel an."
Verlegen lächelt Raven ihr entgegen. Dies führt letztendlich dazu, dass die beiden einen kurzen Augenblick später miteinander schlafen. Alle Probleme scheinen vergessen, genauso wie die Gründe, weswegen sich die beiden ursprünglich getrennt und sogar bekämpft hatten.
Am nächsten Morgen zieht Raven die schwarz-rote Gewandung der Knights of Eden an. Kyra selbst zieht ihren grauen Kampfanzug an, jedoch ohne dabei irgendwelche Waffen mit sich zu tragen. Als Raven die Treppe hinaufkommt, sitzt Kyra bereits auf dem Bett und schaut überrascht.
Hades: „Wow. Interessantes Outfit."
Raven: „Zu nobel?"
Hades: „Für deine Verhältnisse auf jeden Fall."
Raven: „Heute trifft sich der hohe Rat. Du kannst mich begleiten, wenn du magst."
Hades: „Wäre die Alternative etwa, mich hier sitzenzulassen? Natürlich komme ich mit."
Bereits wenige Minuten später machen sich die beiden auf den Weg durch die Zitadelle. Ihr Ziel ist das größte Gebäude der Anlage, welches mit seinem schrägen und spitzen Aussehen wie eine breite Messerklinge auf den Ozean gerichtet ist. An dutzenden Rittern

vorbei, geht es für Raven und Kyra die Treppen hinauf in den Besprechungsraum des hohen Rates. Die getönten Fenster sind so hoch wie der Raum selbst und passen sich der kantigen Form des Gebäudes an. Wirft man einen Blick hinaus, so kann man die gesamte Zitadelle überblicken. Der Saal ist beinahe leer. Nur ein dreieckiger Tisch, an dem sämtliche Großmeister verschiedenster Spezies ihren Platz finden, steht in der Mitte. Wohingegen Raven auf den großen Tisch zugeht, stellt sich Kyra neben einen der menschlichen Ritter an die Wand. Dieser steht dort in einer prachtvollen Rüstung und trägt einen weinroten Umhang. Die silbern glänzenden Platten werden unterbrochen von dem Gewebe modernster Militärausrüstung. Mit der Spitze des Langschwertes auf dem Boden dreht sich der glänzende Helm langsam zu Kyra. Auch sie wirft dem Ritter einen kurzen, skeptischen Blick zu, wobei die beiden zeitgleich ihren Kopf wieder nach vorne drehen.

Raven setzt sich derweil mittig an den Tisch, wobei ihm auffällt, dass beinahe alle der Großmeister neugierige Blicke auf seine ungewöhnliche Begleitung werfen. Zum Glück beginnt einer der Anwesenden rechtzeitig das Gespräch.

Ankaner: „Willkommen zurück, Großmeister Raven."

Raven: „Danke. Es gibt viel zu tun, aber ich bin froh für eine kurze Zeit wieder hier sein zu dürfen."

Ankaner: „Gerade rechtzeitig, sodass Ihr an diesem Treffen teilnehmen könnt."

Raven: „Ich bin gespannt, was Ihr zu sagen habt. Ich sah, dass unser Kundschafter-Schiff gestern zurückkam."

Ovure: „Korrekt. Wie es nach der Rückkehr üblich ist, besprechen wir wie gewohnt die gewonnenen Erkenntnisse. Die Zian-Asra traf bei der Erkundung verschiedener Galaxien auf das Volk der Vi'Zong."

Der Ovure verweist auf einen dünnen Alien, der mit ihnen am Tisch sitzt. Dieser Vi'Zong hat einen dünnen Körperbau, schmale Arme und Beine. Sein Kopf ist auffällig hoch, wobei die schwarzen Augen markant hervorstechen.

Vi'Zong: „Es ist mir eine Ehre, hier sein zu dürfen. Dieser Ort beeindruckt mich gleichermaßen wie die Fähigkeiten der Ritter. Ohne Eure Hilfe im Kampf gegen die Wächter-Maschinen wäre ich vermutlich nicht hier. Ich bin diesem Orden zu tiefem Dank verpflichtet und hoffe Ihnen angemessen entgegenkommen zu können."

Ovure: „Die Vi'Zong kommen von einem Wüstenplaneten, unter dessen Oberfläche gewaltige Strukturen der Zian-Var erbaut wurden. In benachbarten Sternensystemen sind sogar Spuren des letzten

Krieges zu finden sowie Technologie aus der Zeit der transuniversalen Verschmelzung. Nun möchte dieses Volk mit uns in Kontakt treten und uns bei unserer Sache unterstützen."

Vi'Zong: „Wie mein Aussehen darauf hindeutet, besteht unser Volk nicht aus Kriegern. Im Falle eines Konfliktes nutzen wir Fahrzeuge und Maschinen. Demnach werden wir kämpferisch keine erwähnenswerte Unterstützung erbringen können, jedoch ist unser Volk sehr vertraut mit der Technologie der Zian-Var. Vor allem in den Bereichen der Portal-Technologie und Antriebstechnik."

Taraner: „Für unsere Forschung könnte dieses Wissen von Wert sein."

Ovure: „Wenn der Rat einstimmig für die Aufnahme der Vi'Zong in den Reihen unseres Ordens stimmt, so könnte ihr Volk uns bei allen wissenschaftlichen Angelegenheiten Beistand leisten."

Raven: „Grundsätzlich spricht nichts gegen eine Aufnahme im Orden. Bevor wir jedoch darüber abstimmen, würde ich gerne Eure Geschichte hören. Erzählt mir von Eurem Volk, der Art, wie es lebt, und seiner Vergangenheit."

Der Vi'Zong fängt an zu erzählen. Mehrere Minuten berichtet er von Entwicklung, Raumfahrt, Naturaktstrophen, interplanetaren Pandemien, Kriegen und der Entdeckung fremder Technologien. Dabei hört jeder der Großmeister aufmerksam zu. Nur Kyra scheint sich nach einiger Zeit im Hintergrund zu langweilen. Allerdings muss sie dies noch eine Weile erdulden. Nachdem der hohe Rat über die Aufnahme der Vi'Zong abgestimmt hat, wird über allerlei Themen diskutiert und sich beraten. Doch bevor das Treffen endet, bittet Raven ein letztes Mal um Aufmerksamkeit, wobei auch Kyra wieder hellhörig wird.

Raven: „Es gäbe da noch eine letzte Sache, die ich gerne ansprechen möchte. Etwas, was im schlimmsten Fall uns alle betreffen könnte."

Über dem Tisch erscheint das Hologramm eines hellleuchtenden, gelben Nebels.

Raven: „Das ist der sogenannte Hells Gate Nebel. Er breitete sich in meiner Heimatgalaxie aus und scheint ein Portal zwischen den Universen darzustellen."

Ankaner: „Zwischen welchen Universen?"

Raven: „Es gibt einen Menschen, der scheinbar von dunkler Technologie besessen zu sein scheint. Er öffnete dieses Tor und wir vermuten, dass schon sehr bald etwas dort herauskommt. Allen Annahmen zufolge ist es etwas, was älter ist als die Zian-Var selbst."

Taraner: „Die Finsternis?"

Raven: „Ja. Kein Schiff, welches in diesen Nebel geflogen ist, ist je zurückgekehrt."

Ankaner: „Das kann nicht sein. Wenn es sich um die Finsternis handelt, so wäre das eine Katastrophe, die das gesamte Universum bedroht."

Raven: „Die Ghost kämpft im Moment an mehreren Fronten und bereitet sich auf das Schlimmste vor. Bislang blieb es in der Umgebung des Nebels ruhig, dennoch suchen wir nach einer Möglichkeit, was immer darin lauert, es aufzuhalten."

Ovure: „Wir reden von der Präsenz, die die Zian-Var verdorben hat. Wenn wirklich etwas aus diesem Nebel kommt, wie sollen wir es aufhalten?"

Raven: „Bis es soweit ist, werden wir hoffentlich eine Lösung gefunden haben. Aber im schlimmsten Fall werde ich auf die Ressourcen des Ordens zurückgreifen müssen. Des gesamten Ordens."

Ankaner: „Wenn die Finsternis einen Zugang in dieses Universum findet, dann wird die Milchstraße zwar als erstes betroffen sein, doch irgendwann werden sie zu einer Plage für das gesamte Universum heranwachsen. Wenn es dafür nicht schon zu spät ist, so seien Euch die Kräfte des Ordens gewiss."

Raven: „Vielen Dank. Ich hoffe, dass es nicht dazu kommt."

Nachdem Raven mit den anderen Großmeistern über den Ernst der Lage in der Milchstraße diskutiert hat, endet das Treffen. Die Anwesenden verlassen den Saal. Nur Raven begibt sich zuletzt zum Ausgang, wo Kyra bereits auf ihn wartet.

Hades: „Hells Gate Nebel? Was zum Teufel? Was willst du dagegen unternehmen?"

Raven: „Erst mal improvisieren, so lange, bis die Ghost oder die Utopier selbst mir Informationen liefern."

Hades: „Klingt beschissen."

Raven: „Das ist es."

Die beiden verlassen den Saal und gehen die ersten Treppenstufen hinunter.

Hades: „Nun ... Und was machen wir jetzt?"

Raven: (Denkt nach) „Hm. Ich habe da schon eine Idee. Folge mir!"

Hades: (Sarkastisch) „Natürlich."

Bereits wenige Minuten später sind die beiden in einem der vielen Gärten der Zitadelle. Umringt von Pflanzen und Wasserbecken, sitzen sie an einem steinernen Schachbrett.

Hades: „Echt jetzt?"

Raven: „Was denn?"

Hades: „Schach?"

Raven: „Ohne Regeln."

Hades: „Ja, ja. Ich weiß, worauf du hinauswillst."

Kyra nimmt unmittelbar die Königin und bringt mit einer Bewegung einen Bauern sowie den König zu Fall.

Hades: „Ich habe Carters Berichte gelesen. Ich weiß, dass Rex damit deine persönlichen Vorgehensweisen erfahren wollte."

Raven: „Hast du das mit Absicht so gemacht, oder war das ein echter Zug?"

Hades: „Ich wusste zwar, was du wolltest, aber der Zug war echt. Wie habe ich mich geschlagen?"

Raven: „Ungewöhnlich, aber gut. Ähnlich wie ich damals."

Hades: „Und was hast du von dieser Erkenntnis?"

Raven: „Nun ja, für die Knights of Eden ist das hier eine Methode, um mehr über die angehenden Novizen zu erfahren."

Hades: „Willst du mich rekrutieren?"

Raven: „Du hast Qualitäten und Talent."

Hades: (Schaut sarkastisch verführerisch) „Ah, danke. Schön, wenn es dir gefallen hat."

Raven: (Lacht) „Ich meinte eigentlich deine kämpferischen Fähigkeiten. In die richtige Richtung gelenkt, würdest du bestimmt gut zu den Shadow-Einheiten passen. Hättest du Interesse?"

Hades: (Zögerlich) „Um ehrlich zu sein ... Ich bin mir unsicher. Und damit tendiere ich zu ‚Nein'."

Raven: „Warum?"

Hades: „Ich kann mir gut vorstellen dir vielleicht bei den ein oder anderen Sachen zu helfen, aber ich bin lieber für mich. Ich glaube, dieser Orden und dieses Umfeld wäre nichts für mich. Schließlich zähle ich mich immer noch zu den Gesetzlosen."

Raven: „Viele Ritter haben ihren Ursprung im Untergrund der Gesellschaft. Du wärst nicht die einzige."

Hades: „Danke für das Angebot, aber ich werde es ablehnen müssen."

Raven: „Okay. Ich zwinge dich zu nichts. All das sind deine Entscheidungen."

Hades: „Danke."

Obwohl Raven nicht ganz von Kyras Antwort begeistert ist, akzeptiert er ihre Entscheidung. Dennoch verbringen sie den Rest des Tages in der Zitadelle und erkunden die Umgebung.

Millionen von Lichtjahren von ihnen entfernt befassen sich die Menschen in der Milchstraße mit ihren eigenen Problemen. Eines davon sind die Erdlinge, welche zunehmend ganze Landstriche auf verschiedensten Planeten besetzen. Ihr begehrtestes Ziel ist dabei der, vom Krieg geschwächte, Planet Senua. Irgendwo dort, inmitten von saftig grünen Bergen und schwarzen Wüsten, wird Kaelyn Harper immer noch in einem unterirdischen Gefängnis festgehalten. Heute wird sie erneut aus ihrer Zelle geschliffen und vor eine Kamera gezerrt. Einer der Männer hält dieselbe Rede, wie die Male zuvor auch. Doch an diesem Tag hält man Kaelyn anstelle eines Messers eine Pistole an den Kopf. In dem Augenblick, als der Abzug betätigt wird, zuckt sie erschrocken zusammen und fängt an zu zittern. Tag für Tag muss sie diese Folter ertragen, unterbrochen von unangenehmen und stressigen Befragungen, um wichtige Informationen aus ihr herauszuquetschen.

Was man ihr an diesem Ort physisch und psychisch antut, überstehen nur die wenigsten. Mittlerweile wehrt Kaelyn sich schon gar nicht mehr gegen ihre Geiselnehmer. Ihr Gesicht sowie ihr Körper sind voller blauer Flecken, ihre Kleidung ist zerrissen und mit Blut bedeckt. Obwohl sie bereits tagtäglich verletzt wird, scheint der Schrecken kein Ende zu nehmen. Ihr bleibt nur die Hoffnung, dass die Schwarze Legion schnellstmöglich zur Hilfe kommt. Doch je mehr Tage vergehen, umso mehr verliert Harper ihr Durchhaltevermögen. Letztendlich gibt sie sich, die Legion und alle verbleibenden Hoffnungen auf. Sie fühlt sich, als würde sie innerlich sterben, während man ihren Körper herumschleift und verprügelt. Unter all dieser Belastung zerbricht Kaelyns Psyche. Alles, was ihr noch bleibt, ist weiterzuatmen und durchzuhalten. Die Frage ist jedoch, wie lange all das noch auszuhalten ist. Die Schwarze Legion bemüht sich, Harper zu finden, doch jegliche Aufklärungsflüge bleiben vorerst erfolglos. Allerdings erschwert die schlechte Verfassung des Privatmilitärs dieses Vorhaben auch ungemein.

Kapitel 9: Invasion und Auslöschung

Es ist später Vormittag auf der Silence, als Dylan Sykes sich verschlafen aus dem Bett kämpft. Auf seinem digitalen Kalender leuchtet der 10. Oktober. Ein Tag, den Dylan lieber schnellstmöglich hinter sich bringen möchte. Einige Minuten später läuft er durch die leeren Gänge zur Küche des Schiffes. Schon als er durch die Tür kommt, fällt ihm etwas auf. Gleich neben ihm steht ein Muffin auf dem Tisch, in dem eine brennende Kerze steckt. Seufzend verdreht Dylan die Augen, woraufhin er, den Muffin essend, zur Kommandobrücke geht. Dort sitzt Ryan und überprüft den aktuellen Kurs der Silence.

Sykes: „Wer war das?"

Ryan: „Auch hallo. Was denkst du denn?"

Sykes: „Hat sie etwa vergessen, dass ich das nicht mag?"

Ryan: „Kennst sie doch. Außerdem warst du ja lang genug weg. Vielleicht denkst du ja mittlerweile anders darüber."

Sykes: „Tue ich nicht."

Ryan: „Dann wünsche ich dir trotzdem alles Gute."

Sykes: „Ach, halt die Klappe! Wann sind wir da?"

Ryan: „In etwa einer Stunde."

Dylan verlässt die Brücke wieder kommentarlos durch die Tür.

Ryan: (Rufend) „Schmeckt es denn wenigstens?"

Sykes: „Ja!"

Nach etwas mehr als einer Stunde verlässt die Silence den Hyperraum. Unter ihr liegt das tropische Inselparadies, Pearl. Das Ziel der heutigen Reise ist die Hauptstadt, Crescent-City. Eine Stadt, welche direkt an der Küste einen riesigen Einschlagskrater umrundet. Diese kreisförmige Stadt ist nicht nur für ihre besonders eindrucksvolle Lage, sondern auch für die verrufenen Außenbezirke bekannt. Begleitet von Musik und im Schatten von unzähligen Kokospalmen, fährt Dylan mit seinem Wagen an der idyllischen Küste entlang. Nachdem er den ein oder anderen Glastunnel durchquert hat, erreicht er eine Unterführung, welche ihn unter die Wasseroberfläche und zu einem luxuriösen Gebäudekomplex führt. Wenige Minuten später schleift Dylan einen sich bewegenden schwarzen Sack über einen weinroten Teppich hinter sich her. Vorbei an Söldnern in weiß glänzenden Kampfanzügen geht es in eine Art Lounge mit raumhoher Glaswand und Blick auf die Unterwasserwelt von Pearl. Dort trifft er auf einen alten Bekannten.

Sykes: „Ich habe hier ein Kopfgeld abzugeben."

Hemsey: „Sykes, willkommen. Das ging schnell. Und du hast es tatsächlich geschafft, ihn am Leben zu lassen. Beeindruckend. Ab jetzt kümmern wir uns um ihn."

Der Sack wird an Hemseys Gefolgsleute übergeben, welche ihn in einen der Nebenräume zerren.

Sykes: „Was sagtest du noch gleich, hat er verbrochen?"

Hemsey: „Sich nicht an das Geschäft gehalten."

Sykes: „Ah. Als wir uns kennengelernt haben, warst du nur ein Waffenhändler mit einer Vorliebe für Rennsport. Du scheinst mittlerweile mehr erreicht zu haben. Ich würde gern wissen, was."

Hemsey: „Ungewöhnliche Frage. Aber gut. Nachdem Asgard und die Garde besiegt waren, verschwand die Schwarze Legion, wie du weißt. Die schlagkräftigste private Militärmacht der Menschheit war ganze zwei Jahre lang nirgendwo mehr zu finden. Und du weißt, dass Macht kein Vakuum zulässt. Ich habe also versucht, diese Lücke zu füllen."

Sykes: „Du bist also unter die Privatmilitärs gegangen und hast dir ein eigenes aufgebaut?"

Hemsey: „So ähnlich. Es ist nur etwas diskreter. Ich habe nicht nur meine eigenen Untergrundtruppen aufgestellt, sondern gleich ein ganzes Netzwerk geschaffen."

Sykes: „Ein Netzwerk, wofür?"

Hemsey: „Für private Kriegsführung."

Sykes: „Und du kontrollierst dieses Netzwerk."

Hemsey: „Ja. Behalte das bitte für dich! Sämtliche Privatarmeen stehen unter meinem Kommando. Egal ob Waysider, Scavenger oder andere. Sobald ich mit dem Finger schnippe, stellen sie das Kämpfen ein, oder beginnen woanders von neuem."

Sykes: „Sogar die Waysider? Was ist mit der Legion? Du hattest doch mal Geschäfte mit ihr."

Hemsey: „Hatte ich. Sie versorgt sich mittlerweile selbst, aber so wie ich hörte, ist General Harper in Gefangenschaft der Erdlinge. Je nachdem wie das Ganze ausgeht, hätte ich die Chance auch irgendwann die Legion zu ... verwalten."

Sykes: „Mit der Legion und diesem Netzwerk wärst du der mächtigste Mensch in der Galaxie."

Hemsey: „Und der reichste. Alle anderen Geschäfte laufen schließlich weiter."

Sykes: „Selbst die Regierungen der VSE könnten es nicht mit dir aufnehmen."

Hemsey: „Es ist meine Absicht, im Untergrund zu bleiben. Auf die Konfliktebene der VSE möchte ich mich nicht begeben. Genauso wenig möchte ich Einfluss auf die Sanctuary-Station nehmen."

Sykes: „Macht kann Menschen verderben. Das habe ich schon so oft gesehen. Ich hoffe für dich, dass du deinen guten Grundsätzen treubleibst und nicht auf die falsche Bahn gerätst."

Hemsey: „Weil du mich sonst umbringen würdest?"

Sykes: „Wenn du mir keine Wahl lassen würdest."

Wegen dieser Bemerkung schauen sich sämtliche Söldner im Raum gegenseitig an. Manche von ihnen ergreifen dabei fest das Griffstück ihrer Gewehre.

Hemsey: „Ich weiß sehr gut, wie talentiert du im Töten bist. Wir beide stehen auf derselben Seite und darüber bin ich froh. Jemanden wie dich will man nicht als Feind haben."

Sykes: „Warum Feinde machen, wenn man Freunde haben kann?"

Hemsey: „Ganz genau. Sollte ich jemals meine Macht zu Unrecht missbrauchen oder Unschuldigen Leid zufügen, so sei es dir gestattet, mich umzubringen. Ich bitte dich sogar darum."

Sykes: „Was? Wirklich?"

Hemsey: „Ja. Versprichst du es mir?"

Sykes: „Das werde ich. Versprochen."

Erneut tauschen die Söldner skeptische Blicke untereinander aus. Allerdings lockert sich auch ihr Griff an den Waffen.

Hemsey: „Gut. Danke. Da drüben liegt übrigens ein Geschenk von Lynch."

Er verweist auf ein großes schwarzes Paket, welches auf einem Sofa abgelegt wurde.

Sykes: „Ein Geschenk?"

Hemsey: „Du hast doch Geburtstag, oder?"

Sykes: (Seufzt) „Ja."

Hemsey: „Freust du dich?"

Sykes: „Nein."

Neugierig, aber auch genervt geht er zu dem Sofa, auf dem das Paket liegt. Als er es öffnet, traut er seinen Augen nicht. Er ist gleichermaßen überrascht wie abgeneigt.

Sykes: „Eine Sense? Ernsthaft?"

Hemsey: „Was hast du denn? Das ist doch das perfekte Geschenk für einen Sensenmann wie dich. Gefällt sie dir?"

Sykes: „Nein."

Hemsey: „Tja, geschenkt ist geschenkt. Die nimmst du auf jeden Fall mit!"

Dylan greift sich die moderne Sense und wirbelt sie ein wenig herum. Gleich danach schüttelt er seinen Kopf.

Hemsey: „Fährst du eigentlich noch Rennen?"

Sykes: „Ich hatte in letzter Zeit kaum die Gelegenheit dazu."

Hemsey: „Noch an Deathracing interessiert?"
Sykes: „Im Moment nicht mehr so sehr."
Hemsey: „Schade. Könnte ich dich denn für SSR begeistern?"
Sykes: „Speed-Ship-Racing mit Raumschiffen?"
Hemsey: „Ja. Mit mehreren tausenden Kilometern die Stunde an Überschallrennen teilzunehmen, klingt doch verlockend, findest du nicht?"
Sykes: „Doch, sicher. Aber im Moment habe ich keine Zeit zum Rennfahren. Vielleicht komme ich irgendwann mal darauf zurück."
Hemsey: „Würde mich freuen. Ich stelle gerade ein Team auf. Vielleicht gehörst du ja irgendwann mal dazu."
Sykes: „Wir werden sehen. Aber nun werde ich erst mal gehen. Ich muss noch jemanden besuchen."
Hemsey: „Kein Problem, wir bleiben in Kontakt."
Dylan geht mit der Sense in der Hand in Richtung Ausgang, wird allerdings noch kurz von Hemsey aufgehalten.
Hemsey: „Sag mal, wirst du mit dem Ding jemanden töten?"
Sykes: „Hoffentlich nicht."
Keine zehn Minuten später befindet sich Dylan wieder auf den Straßen Pearls. Entlang der Küste fährt er an traumhaften Stränden vorbei, wobei sich die Sonne allmählich dem Horizont nähert. Auf einem tropischen Hügel hält sein Wagen vor einer Bar. Sie besteht vorwiegend aus Holz, ist aber auch teilweise mit großen Stahlplatten und Wrackteilen bebaut. Dylan nimmt sich die Sense und spaziert durch die Eingangstür. Unmittelbar wird er überraschend von dem neuen Besitzer der Bar begrüßt.
Burton: „Hallo Dyl ... Was ist das?"
Sykes: „Die Sense? Ein Einzugsgeschenk für dich."
Burton: „Du willst, dass ich das Ding an die Wand hänge?"
Sykes: „An meiner wird's nicht hängen."
Burton: „Okay. Na gut."
Sykes: „Wie geht's voran?"
Burton: „Gut. In zwei Stunden ist die Eröffnung. Ich nehme an, ihr seid alle dabei?"
Sykes: „Dieses Event werden wir uns doch nicht entgehen lassen."
Burton: „Oh, ich habe da was, das wird dir bestimmt gefallen."
Dylan wird in Burtons Bar ein wenig herumgeführt. Dabei findet auch die Sense einen Platz über dem Tresen. Zuallerletzt zeigt man ihm den neuen Kampfplatz im Hinterhof des Gebäudes. Eine Senke im Hügel, welche zu einer Arena ausgebaut wurde. Sie ist umringt von Palmen, mit Aussicht auf den Strand und das Meer. Auch die Crew der Silence treibt sich hier derweil herum.

Sykes: „Eine Arena? Gefällt mir."

Burton: „Käfigkämpfe sehe ich schon mein ganzes Leben. Das hier ist endlich mal etwas anderes."

Sykes: „Verständlich. Brauchst du noch jemanden für den Eröffnungskampf?"

Burton: „Netter Versuch. In meinen Bars gibt es eine Tradition. Ich allein beginne den allerersten Kampf."

Sykes: „Bist du denn noch fit genug dafür?"

Burton: „Sehe ich etwa so alt aus? Ich bin ein bisschen eingerostet, aber das lasse ich mir nicht nehmen. Du und deine Crew, ihr könnt gerne nach mir in die Arena steigen."

Sykes: „Liebend gern."

Kurz nachdem die Sonne am Horizont untergegangen ist und der Himmel immer noch in rotes Licht getaucht wird, beginnen die Eröffnungskämpfe in Burtons neuer Arena. Wie er es angekündigt hatte, steht Burton selbst als erster auf dem Sand und stellt sich seinem ersten Gegner. Im Licht von Fackeln und Feuerschalen stehen sie sich gegenüber und warten auf das Startsignal. Der Gong ertönt und die beiden Kontrahenten gehen in ihre Kampfhaltung. Burtons Gegner ist ein muskulöser Schläger aus der Stadt. Auf den ersten Blick scheint es so, als wäre er Burton bei weitem überlegen. Die ersten Schläge kommen und werden erfolgreich pariert, dabei weicht Burton den Angriffen agiler aus, als man es von ihm erwartet hätte. Aus der Deckung heraus geht es in einen Gegenangriff. Mit Schlägen und Tritten bewegt er sich hin und her. Beide Kämpfer bekommen regelmäßig einige Treffer ab, doch sie bleiben standhaft. Durch den geschickten Einsatz von Hebeln und Ellenbogenschlägen irritiert Burton seinen Gegner so sehr, dass er ihn mühelos über die Schulter zu Boden werfen kann. Gleich danach lässt Burton sich mit seinen Knien auf den Hals und die seitlichen Rippen fallen. Somit fixiert er seinen Gegner und überstreckt seinen Arm. Das tut er so lange, bis der Mann mehrmals auf den Sand schlägt und aufgibt. Die Menge jubelt, wobei Burton seinem besiegten Gegner die Hand reicht und ihm aufhilft.

Burton: „Mögen die Kämpfe beginnen!"

Die nächsten Kämpfe des Abends werden wie vereinbart von der Silence Crew bestritten. Jedes einzelne Crewmitglied bestreitet seinen eigenen Kampf. Logan und Miranda sorgen dabei für die bis dato aufregendste Show. Das ändert sich allerdings, als Dylan als Letzter in die Arena steigt. Oberkörperfrei tritt er auf den Sand und stellt seine unzähligen Narben im Licht der Fackeln zur Schau. Es wäre allerdings kein Kampf auf Dylans Niveau, wenn er nicht gleich gegen fünf

Gegner gleichzeitig antreten würde. Sobald der Gong ertönt, lässt Dylan sich zunächst einkreisen. Als dann der erste Angriff erfolgt, reagiert er blitzschnell und schlägt in alle Richtungen. Er wechselt zwischen seinen Gegnern hin und her, bis er sich aus dem Kreis herausrollt. Nun nutzt er einen der Kämpfer als menschlichen Schutzschild, gefolgt von einer Reihe akrobatischer Tritte. Trotz all der Hektik und Dylans verhältnismäßiger Brutalität, geht er noch ziemlich sanft mit seinen Gegnern um. Im restlichen Verlauf des Kampfes wirft er mit seinen Kontrahenten regelrecht um sich. Er schleudert sie durch den Sand, rollt sich an ihnen vorbei und schlägt sie nacheinander kampfunfähig. Ein Sieg, der von den Zuschauern laut bejubelt wird.

Bis tief in die Nacht findet nun eine große Feier in Burtons Bar statt. Das flackernde Licht und verschiedenste Lasershows lassen die tropischen Pflanzen in allen möglichen Farben erstrahlen. Die Musik ist laut, auf der Tanzfläche sammeln sich allerlei Menschen und in jeder Sitzecke betrinken sich die Besucher der Bar. Darunter auch Dylan, der mittlerweile schon neben seinen Cocktails auf der Theke eingeschlafen zu sein scheint. Miranda bemerkt ihn beim Vorbeigehen und schüttelt lächelnd den Kopf. Sie geht auf ihn zu und legt seinen Arm über ihre Schulter.

Sykes: (Wacht betrunken auf) „Hey, was soll das?"

Miranda: „Ich finde, du hast genug."

Sykes: „Aber ..."

Miranda: „Vergiss es! Du kommst jetzt mit."

Sykes: „Wohin?"

Miranda bringt Dylan über einen schmalen Feldweg durch den kleinen Dschungel zu einer Landeplattform, wo die Silence steht. Kurz darauf bringt sie ihn in sein Quartier, wo sie ihn über dem Bett fallen lässt.

Sykes: (Verschlafen) „Danke. Du bist nett. Jetzt sag's schon, ich bin ein Idiot."

Miranda: (Lacht) „Ein betrunkener Idiot. Schlaf gut, Geburtstagskind."

Ein genervtes Seufzen ist alles, was Dylan noch von sich gibt, bevor Miranda das Quartier kopfschüttelnd und lächelnd verlässt.

In der Nacht, in der Dylan sich ausnüchtert, bahnt sich Lichtjahre entfernt ein verhängnisvolles Ereignis an. Im Doppelsternsystem von Asgard bewegt sich ein großer Haufen unterschiedlich großer Objekte zwischen den beiden Sonnen auf die ehemalige Heimatwelt der Garde zu. Diese Objekte werden allerdings erst von den Verteidigungssystemen erfasst, als sie bereits in unmittelbarer Nähe sind. Die Hauptfeuerleitstelle der planetaren Verteidigungskanonen, verwaltet durch elysianische Soldaten, erfährt als erste von diesen mysteriösen Objekten.

Soldat: „Ähm, Sir? Da ist eine Ansammlung Meteoriten auf Kollisionskurs mit Asgard."

Offizier: „Meteoriten? So plötzlich? Das hätten wir Tage im Voraus sehen müssen."

Soldat: „Sie kommen aus direkter Richtung der beiden Sonnen. Die optischen Sensoren haben sie erst spät erfasst."

Offizier: „Größe und Kurs der Meteoriten?"

Soldat: „Nichts über 2500 Metern Durchmesser. Zusammensetzung unbekannt. Die automatische Kursberechnung deutet auf die Hauptstadt für einen potenziellen Einschlag."

Offizier: „Ausgerechnet die Hauptstadt? Verbinden Sie mich mit dem orbitalen PDC-Kontrollzentrum!"

Soldat: „Jawohl. Verbindung steht."

Offizier: (Funkt) „Hier ist die Hauptfeuerleitstelle. Mehrere Meteoriten sind auf Kollisionskurs mit Asgard. Ich bitte um die Beseitigung dieser Bedrohung durch den Einsatz von PDC´s und Torpedos."

Das orbitale PDC-Kontrollzentrum ist eine große Raumstation im Orbit Asgards, allerdings erfolgt keine Antwort auf den Funkspruch des Offiziers.

Offizier: (Funkt) „Hier ist die Hauptfeuerleitstelle. Hören Sie mich?" Plötzlich reißt die Verbindung ab.

Offizier: „Was ist da los?"

Der Soldat überprüft all seine Bildschirme und entdeckt eine überraschend hohe Anzahl an Warn- und Fehlermeldungen.

Soldat: „Wir verlieren den Kontakt zu sämtlichen PDC´s im Orbit. Kommunikationssatelliten werden gestört und ..."

Offizier: „Zeigen Sie mir Bilder von diesen Meteoriten."

Soldat: „Das ist eine Live-Übertragung des Teleskops."

Bei genauerem Hinsehen entdeckt der Offizier, dass zwischen einigen Gesteinsbrocken unzählige geometrisch geformte Objekte fliegen, welche dem Anschein nach aus Metall bestehen.

Offizier: „Das sind keine Meteoriten!"

Noch bevor die Warnungen an das Militär herausgehen, springen die ersten Objekte mit Überlichtgeschwindigkeit in die Atmosphäre Asgards hinein. Sie kommen direkt über der Hauptstadt zum Stehen. Nun ist ohne Zweifel zu erkennen, dass es sich um eine gigantische Flotte handelt, bestehend aus den Schlachtschiffen der Garde. Ohne auch nur eine Sekunde zu zögern, feuern sie ihre Geschütze in alle

Richtungen ab, während einige der Gesteinsbrocken zeitversetzt in den Städten und in dem angrenzenden Ozean einschlagen. Schlagartig muss sich das elysianische Militär verteidigen. Durch diesen Überraschungsangriff jedoch verlieren sie wichtige Zeit. Zeit, welche das Leben unzähliger Zivilisten fordert. Nun treten drei gewaltig große Objekte in die Atmosphäre Asgards ein. Kaum erkennbar durch das Glühen, steuern sie auf das Stadtzentrum der Hauptstadt zu, wo sie abbremsen und kontrolliert einschlagen. Schnell entpuppen sich diese Objekte als riesige Kampfmaschinen. Mit vier schwergepanzerten Beinen und doppelten PDC´s als Hauptgeschütze überragen sie die umliegenden Wolkenkratzer bei weitem. Diese Kampfläufer bewegen sich langsam durch die Stadt und zerstampfen dabei sämtliche Gebäude unter ihnen. Beim Abfeuern der großen Geschütze reißt die Druckwelle jedes Schusses die Straßen darunter in Stücke. Es dauert nicht lange, bis die Garde-Flotte mit ihren Kampfmaschinen die gesamte Hauptstadt bis zum Horizont in Brand setzt und ein weiteres Mal in schwarze Rauchsäulen hüllt.

Chronos scheint sich lange auf diese Invasion vorbereitet zu haben. Obwohl seine Absichten immer noch nicht ganz klar sind, verbreitet sich die Nachricht von diesem Angriff im gesamten Sektor und landet damit letztendlich auch bei den Knights of Eden.

Während dieses verheerenden Ereignisses befindet sich der Anführer der Ritter immer noch in der Zitadelle, Millionen von Galaxien entfernt. Es ist Nacht, als Kyra durch eine leuchtende Blumenwiese streift. Ihre Hände berühren sanft die zahlreichen Blüten, welche bei Kontakt intensiver aufleuchten. Einige Meter hinter ihr läuft Raven. Die beiden machen einen nächtlichen Spaziergang hinter der Terraforming-Pyramide der Utopier. Als Kyra sich umdreht, hat sie ein strahlendes Lächeln im Gesicht.

Hades: (Fröhlich) „Habe ich schon mal gesagt, wie schön ich diesen Ort finde?"

Raven: (Lächelt) „Nun, das sagtest du bereits auf jeder Wandertour in den letzten Tagen."

Hades: „Es gibt wirklich keinen schöneren Ort im Universum."

Raven: „Das habe ich auch schon öfter von dir gehört."

Die beiden kommen sich näher, nehmen sich in die Arme und küssen sich inmitten der Blumenwiese. Die Umgebung lädt regelrecht dazu ein und könnte nicht schöner sein.

Hades: „Du kannst ja ziemlich romantisch sein."

Raven: „Ich bin, wie ich bin."

Hades: „Und das darf gerne so bleiben."

Sie küssen sich erneut, bis ein aufdringlicher Alarmton an Ravens Unterarmcomputer ertönt. Neugierig schaut er auf die Nachricht, welche er soeben erhalten hat. Schlagartig vergeht ihm das Lächeln und wandelt sich zu einem besorgten Gesichtsausdruck.

Raven: „Pack deine Sachen! Wir müssen sofort los."

Hades: „Was ist passiert?"

Raven: „Krieg."

Hades: „Keine große Überraschung. Wo?"

Raven: „Asgard. Wir müssen sofort zur Black-Arrow."

Ohne viel Zeit zu verlieren, eilen die beiden zur Revenant, welche am Rande der Blumenwiese steht. Es dauert von nun an keine 30 Minuten, bis Kyra und Raven durch das gefühlt halbe Universum reisen und innerhalb der Milchstraße in der Black-Arrow landen, welche sich bereits im äußeren Bereich des Asgard-Systems aufhält. Raven begibt sich unmittelbar nach der Landung zum Kommandodeck, wo sich bereits ein Großteil der Crew sowie das Raptor-Team versammelt haben.

Raven: „Wie ist die Lage?"

Hunter: „Massive Angriffe auf die Hauptstadt Asgards. Weite Teile des elysianischen Militärs hat es hart getroffen. Sie organisieren sich neu, um die Invasionsflotte am Boden frontal anzugreifen."

Raven: „Warum nur am Boden?"

Hunter: „Der Einsatz dieser drei Riesenkampfläufer stellt eine Gefahr für den Luftraum dar. Ohne schlagkräftige Verstärkung ist der Raum- und Luftkampf zu riskant."

Rees: „Na, beschissener hätte es nicht laufen können."

Raven: „Wir machen das Beste aus diesem Mist. Wie immer. Konntet ihr schon Kontakt zum elysianischen Militär herstellen?"

Javis: „Ja. Es sind nicht viele von ihnen hier im System. Verstärkung ist unterwegs. Es ist allerdings nicht gewiss, ob die reichen wird."

Raven: „Wir brauchen also jede Hilfe, die wir kriegen können."

Javis: „Was ist mit den Knights of Eden?"

Raven: „Die Ghost ist nahe von Asgard. Sie bereiten sich auf den Einsatz vor. Ich werde gleich mit ihnen sprechen."

Hunter: „Das EC-Oberkommando hat auch schon darum gebeten, die Elysianer bei ihrem Gegenangriff zu unterstützen. Weitere EC-Teams sind auf dem Weg. Wir sind allerdings schon da."

Raven: „Ich möchte eine Verbindung zum elysianischen Oberkommando in diesem System. Wenn sie unsere Hilfe brauchen, dann sollen sie die auch bekommen."

Patton: „Wir gehen also direkt an die Front?"

Murphy: „Sieht ganz so aus."

Javis: „Was soll der Rest der Crew machen?"

Raven: „Du bist doch ein ausgezeichneter Pilot, mach diesen Kampfläufern das Leben zur Hölle."

Javis: „Bei der Lage, schwierig, aber nicht unmöglich. Mit Vergnügen."

Raven: „Sehr gut. Ich gehe an die Kommunikationsanlage und werde ein paar Gespräche führen. Bitte erstellt solange ein aktuelles Lagebild der Invasion. Ich will da draußen nicht blind sein und niemanden verlieren."

Sev: „Ich könnte da vielleicht auch noch etwas Hilfe organisieren."

Raven: „Mach das. Jeder, der kämpfen kann, ist mir da unten recht."

Nachdem Raven seine Anweisungen und Aufträge an die Crew verteilt hat, begibt er sich zur Kommunikationsanlage unterhalb der Kommandobrücke. Währenddessen kontaktiert auch Sev jemanden von einer stillen Ecke des Kommandodecks aus. Es ist May, die sich derzeit auf Senua befindet.

May: „Na du. Ich habe gerade nicht mit einem Anruf gerechnet. Ist alles okay?"

Sev: „Hey. Sorry, aber ich habe nicht viel Zeit. Chronos greift Asgard an und wir brauchen jede Verstärkung, die wir kriegen können. Kannst du uns ein paar Waysider rüberschicken?"

May: „Du bist ja witzig. Die Mehrheit aller Waysider unterstützt gerade die Schwarze Legion auf Senua. Selbst wenn wir freie Truppen hätten, wir würden niemals rechtzeitig auf Asgard ankommen."

Sev: „Habt ihr keine Kampfverbände in benachbarten Systemen?"

May: „Sicher haben wir die, aber es sind nur wenige Schiffe."

Sev: „Wir brauchen jedes einzelne."

May: „Dein Timing ist echt beschissen."

Sev: „Wieso?"

May: „Weil wir gerade alle Waysider nach Senua holen wollten, um der Legion bei ihrer Suchaktion zu unterstützen."

Sev: „Was für eine Suchaktion? Ist die Invasion Asgards nicht ein wenig wichtiger?"

May: „Sicher. Aber wir suchen seit Wochen nach Kaelyn Harper. Sie ist auf Senua abgestürzt und wurde von Erdlingen gefangengenommen. Weder die Legion noch die Waysider haben gerade wirklich Zeit dafür."

Sev: „General Harper wurde entführt?"

May: „Ja. Verstehst du mich?"

Sev: „Klar tue ich das. Können wir uns nicht trotzdem irgendwie einig werden?"

May: „Du lässt echt nicht locker, was? Eine Sache würde mir da einfallen. Die Schwarze Legion hat fast alle SRC-Soldaten verloren. Wir bräuchten für Kaelyns Befreiung Spezialkräfte. Wenn das Raptor-Team sich bei der Rettung verpflichtet, lass' ich alle Schiffe der Waysider in Reichweite nach Asgard entsenden."

Sev: „Deal."

May: „Muss Raven dem nicht zustimmen?"

Sev: „Wird er, versprochen. Jetzt schick bitte deine Leute hierher!"
Unwissend über die Ergebnisse von Sevs Unterhaltung, führt Raven seine eigenen Gespräche an der Kommunikationsanlage. Nachdem er sich mit den Aufklärern der Ghost und den Knights of Eden beraten hat, fragt er bei einer äußerst ungewöhnlichen Person nach Hilfe. Trotz einer immensen Entfernung zu Asgard ist die Silence derzeit das einzige Schiff, abseits der Ghost, welches in wenigen Minuten den Schauplatz der Invasion unentdeckt erreichen könnte. Im Augenblick sortiert Dylan die Ausrüstung in seinem Quartier. Es ist schon beinahe unnatürlich, dass er aufräumt. Als er einen Stapel Kisten von der Wand räumt, entdeckt er dahinter eine Delle. Ein Überbleibsel von einem seiner lang vergangenen Wutausbrüche. Der Anblick lässt ihn für einen kurzen Moment nachdenklich werden. Doch plötzlich kommt Amanda hektisch durch seine Tür.

Amanda: „Hey, da ist ein Anruf für dich im Kommunikationsraum."

Sykes: „Wer ist es?"

Amanda: „Oh, du wirst dich freuen."
Dylan rechnet bereits damit, dass es Raven sein könnte, was sich letztendlich bewahrheitet. Nicht mal zehn Minuten später nach dem Gespräch lässt er die Crew auf der Brücke versammeln. Sein Gesichtsausdruck wirkt dabei ebenso angespannt wie nervös.

Sykes: „Ryan, mach das Schiff startklar! Wir fliegen nach Asgard. Ich will so schnell da sein wie möglich. Sofortsprung also."

Jason: „Was wollen wir auf Asgard?"

Sykes: „Der Planet wird von der Garde angegriffen. Raven hat mich gebeten, ihm zu helfen."

Logan: „Helfen wobei?"

Sykes: „Die Garde aufzuhalten und Chronos ein Ende zu bereiten."

Miranda: „Wieso in aller Welt sollst du dabei helfen, Chronos zu zerstören?"

Sykes: „Weil ich der Grund bin, weswegen diese psychopathische Killermaschine überhaupt existiert."

Ryan: „Wieso das denn?"

Sykes: „Damals auf Asgard gehörte ich den Hütern an. Als der Orden mich verraten hat, habe ich den Orden verraten. Das führte zu einer Jagd auf Hüter, wozu Chronos ursprünglich einzig und allein entwickelt wurde."

Jason: „Was zum Teufel ist der Hüter-Orden?"

Sykes: „Die Vorgänger der Knights of Eden. Mein Verrat hat die Garde nach ihnen jagen lassen. Chronos zu vernichten, ist also meine Verantwortung."

Miranda: „Du bist ein talentierter Kämpfer, aber das ist Wahnsinn. Wir können uns doch nicht einfach mit dieser Kampfmaschine anlegen."

Sykes: „Ich habe nicht gesagt, dass ihr mitkommt. Ich treffe mich mit diesen Rittern und kläre das allein."

Miranda: „Das kannst du nicht machen. Das ist verrückt."

Sykes: „Ich lasse mich nicht davon abbringen. Ihr kennt mich. Ich werde mir diese Chance nicht entgehen lassen."

Logan: „Ich bin mir nicht sicher, ob ich dich für diesen Mut loben oder für verrückt halten sollte."

Sykes: „Ich werde mit den Knights of Eden unterwegs sein. Macht euch keine Sorgen!"

Ryan: „Und was machen wir solange?"

Sykes: „Die Silence ist ein schlagkräftiges Schiff. Knallt so viel von der Garde ab, wie ihr könnt."

Damon: „Eine Geschichte über die Hüter bist du uns auch schuldig."

Sykes: „Nach der Schlacht. Ryan?"

Ryan: (Setzt sich in den Pilotensitz) „Bin unterwegs."

Während die Silence sich auf den schnellsten Weg ins Asgard-System macht, laufen die Vorbereitungen auf der Black-Arrow auf Hochtouren. Derzeit rüsten sich die Raptors in der Waffenkammer aus. Als Raven zu ihnen stoßen möchte, wird er jedoch von Kyra aufgehalten.

Hades: „Was ist mit mir? Wie kann ich helfen?"

Raven: „Ich möchte, dass du auf dem Schiff bleibst."

Hades: „Soll das ein Witz sein? Ich kann kämpfen."

Raven: „Das zweifle ich auch nicht an. Ich will dich nur nicht in einem Schlachtfeld oder an Chronos verlieren."

Hades: „Aber ich kann auf mich aufpassen. Du sagtest selbst, dir sei jede Hilfe recht."

Raven: „Ich weiß. Aber ich bitte dich, bleib hier, hilf den anderen an Bord."

Hades: „Warum?"

Raven: „Ich will dich nicht verlieren. Ich kann nicht. Nicht nochmal."

Hades: „Schon mal darüber nachgedacht, dass ich das bei dir genauso sehe?"

Raven: „Kyra ... bitte."

Hades: „Mach doch, was du willst."

Wütend läuft Kyra zum Fahrstuhl und stellt sich hinein. Ihr Gesichtsausdruck wirkt enttäuscht, aber auch besorgt. Noch bevor sich die Türen schließen, dreht sie sich nochmals zu Raven.

Hades: „Sag mir, dass du zurückkommst!"

Raven: „Ich liebe dich."

Mit diesen Worten und einem letzten Augenkontakt verschwindet Raven in der Waffenkammer, um sich auszurüsten. Das gesamte Team, inklusive Patton, ist anwesend.

Rees: „Da ist er ja."

Murphy: „Ich muss schon sagen, eine Anlandung wie diese hatten wir schon ewig nicht mehr."

Sev: „Hoffentlich habt ihr es nicht verlernt."

Patton: „Ich bin noch nie mit einem Boot im Kampf abgesetzt worden."

Rees: „Versuch einfach nicht nass zu werden!"

Murphy: „Sind schon erste Einsatzziele bekannt?"

Raven: „Die Infanterieverbände werden am Strand abgesetzt. Die Spezialkräfte hingegen dringen über die Kanäle und Flüsse in die Stadt ein. Wir flankieren sie. Dann kämpfen wir uns zu den verschiedenen Kontrollzentren der Luftabwehr vor und erobern sie zurück."

Patton: „Klingt ja eigentlich nicht so schwer."

Murphy: „Das ändert sich, wenn wir auf jeder Straße beschossen werden."

Rees: „Ju-Hu!"

Raven: „Wir haben schon so einiges überstanden. Kaymerah, Arcadia, die erste Invasion auf Asgard. Bleibt bei der Sache und wir schaffen auch das."

Rees: „Schon ironisch, dass wir versuchen den Planeten zu verteidigen, den wir vor ein paar Jahren noch angegriffen haben."

Murphy: „Zeiten ändern sich, mein Freund."

Gemeinsam mit anderen Spezialkräften gehen die Raptors an Bord eines elysianischen Trägerschiffes. Dieses springt kurz nach dem ersten Gegenangriff dicht über die Wasseroberfläche vor der Küste. Unzählige Boote werden abgeworfen und beschleunigen in Richtung der Hauptstadt. Die Raptors erhalten von ihrem Boot aus nun die ersten Eindrücke der Schlacht. Es ist später Abend, als sich schwarze Regenwolken über der Stadt entwickeln. Das Meer ist rau und die Angriffsboote kämpfen sich über die stürmischen Wellen. Im Himmel fliegen Geschosse zwischen Küste und Festland umher.

Schlachtschiffe finden sich sowohl zur See als auch in der Luft. Die untergehenden Sonnen am Horizont verschwinden immer wieder hinter den gewaltigen Rauchwolken getroffener und ausbrennender Seeschiffe. Dumpf zu hören sind der Hall und das Echo zahlreicher Explosionen, welche von der brennenden Stadt kommen. Wie ein nicht aufhörendes Gewitter werden die Geräusche immer lauter, je näher die Boote sich dem Strand nähern. Das Zischen von vorbeirasenden Raketen erzeugt dabei jedes Mal eine unangenehme Gänsehaut.

Murphy: „Die ganze Stadt brennt."

Rees: „Die Garde besteht doch nur noch aus Androiden, richtig? Die werden keine Skrupel haben."

Patton: „Unter dem Kommando von Chronos sowieso nicht."

Raven: „Die Knights of Eden und die Silence kümmern sich um ihn."

Rees: „Die Silence? Du hast Dylan Sykes dazu gebracht, in dieser Schlacht zu kämpfen?"

Raven: „Ich kann nun mal gut argumentieren."

Patton: „Und wie er das kann."

Während die Boote dem Beschuss von der Küste ausweichen, rasen Shuttles und Kampfjets über sie hinweg. Diese bombardieren den Strand und bereiten zusammen mit den Seeschiffen den Weg für die Infanterie vor. Dabei formieren sich die Boote noch auf dem Wasser in mehrere Gruppen. Einige von ihnen landen am Strand und geraten unmittelbar unter Beschuss. Die Spezialkräfte hingegen formieren sich zu einer Linie und fahren in einen breiten Kanal hinein. Mit den Geschützen auf ihren Booten wehren sie so viele Androiden wie möglich ab. Verlustfrei gelingt es ihnen, sich unter einigen Brücken in Sicherheit zu bringen, wo sie auch den Zielort erreichen.

Raven: „Endstation Männer. Von hier aus geht es zu Fuß weiter."

Unter gegenseitiger Sicherung verlassen alle Spezialkräfte die Boote. Sie befinden sich nun im Herzen der Hauptstadt.

Raven: „Also dann, die Teams teilen sich auf, um die Kontrollzentren schneller erobern zu können. Seid ihr bereit?"

Rees: „Bis zum letzten Mann!"

Sev: „Bis zum letzten Mann!"

Raven: „Gut. Wir rücken vor!"

Die Teams schwärmen aus, wobei das Raptor-Team hinter einer durchlöcherten Betonwand verschwindet. Sie klettern über jedes Hindernis und schleichen sich hinter den feindlichen Linien durch die Straßen. Dabei kommt es jedoch immer wieder zu Gefechten. Mit der Zeit dringen auch die anderen Infanteristen in die Stadt vor und liefern sich heftige Schusswechsel mit den Fahrzeugen der Garde. Neuartige

Drohnenpanzer und dutzende Kampfläufer machen die Straßen unsicher. Entsprechend hoch sind die Verluste auf beiden Seiten. Inmitten dieses Chaos schießt sich ein gepanzertes Auto durch die umkämpften Bezirke. Darin sitzt Dylan Sykes. Konzentriert und aggressiv durchbricht er eine Verteidigungslinie der Garde nach der anderen. Nicht selten weicht er herabfallenden Gebäudeteilen aus oder vernichtet Kampfläufer beim Vorbeifahren. Sein Weg führt ihn letztendlich in eine alte Produktionshalle, nahe einer zentralen und hochmodernen Androiden-Fabrik. Als er in der Halle ankommt und aussteigt, kommen aus dem Schatten heraus die Knights of Eden auf ihn zu. Sie sind 15 Ritter, worunter sich auch Cormac und Conover in voller Montur befinden.

Cormac: „Dylan Sykes. Wir warten nur auf dich. Unsere letzte Begegnung war auf Krondor, richtig? Der Großmeister hat uns gesagt, warum du hier bist. Mein Respekt."

Sykes: „Wo steckt denn Großmeister Raven?"

Cormac: „Er wollte eigentlich hier sein, jedoch bat man ihn zuvor mit anderen Spezialeinheiten wichtige Schlüsselpunkte in der Stadt zu erobern. Da niemand weiß, dass er der Großmeister ist, dient das weiterhin seiner Tarnung."

Sykes: „Alles klar, ich verstehe. Ihr seid alle hier, um Chronos zu stellen? Woher wisst ihr überhaupt, dass er hier sein soll?"

Cormac: „Unsere Aufklärer haben sein Schiff auf diesem Gelände entdeckt. Das Problem scheint allerdings auch komplexer zu sein als erwartet."

Sykes: „Dann erzählt mir, was ist hier los?"

Cormac: „Dieser Gebäudekomplex hinter uns beinhaltet ein System, welches die Programmierung von Androiden automatisiert sowie auf deren Netzwerk zugreifen kann. Es ist die gleiche Anlage, in der auch Chronos erschaffen wurde."

Sykes: „Er hat doch schon eine Armee. Was will er da drin?"

Cormac: „Unseren beschränkten Informationen zur Folge, möchte er seinen eigenen Code als KI-Virus hochladen und ihn an alle Androiden senden."

Sykes: „Einen KI-Virus? Wozu soll das gut sein?"

Cormac: „Um aus allen Androiden eigenständig denkende Lebewesen zu machen. Jeder Android auf Asgard wird zu einer vollentwickelten KI und sich ihrem Schöpfer Chronos unterwerfen."

Sykes: „Ich verstehe zwar nicht viel von alldem, aber gut klingt das nicht."

Conover: „Das werden wir verhindern. Wir müssen den Upload stoppen und Chronos ausschalten."

Sykes: „Wenn es sonst nichts weiter ist, worauf warten wir noch?"

Während sich die Ritter Zugang zur Androiden-Fabrik verschaffen, kämpft sich das Raptor-Team durch die zerbombten Gebäude der Stadt. Die Straßen sind vor lauter Trümmer kaum begehbar, weswegen sie unter anderem über die brüchigen Dächer an ihr Ziel müssen. Dabei erblicken sie auch erstmals einen der drei Riesenkampfläufer.

Rees: „Heilige Scheiße! Das Ding ist ja riesig. Wie soll man so etwas besiegen?"

Patton: „Die Destiny hätte bestimmt eine Chance. Glaubt ihr, die Schwarze Legion ist schon unterwegs?"

Sev: „Nein, ist sie nicht. Die sind gerade damit beschäftigt, ihren gekidnappten General bei den Erdlingen zu finden."

Raven: (Überrascht) „Harper wurde gefangengenommen? Woher hast du die Info?"

Sev: „Von May. Ich habe Waysider bei ihr angefordert. Ein paar Schiffe sind auf dem Weg. Eigentlich sollen sie alle der Legion bei der Suche helfen."

Raven: „Wieso schickt sie dann trotzdem Schiffe?"

Sev: „Ich habe einen Deal ausgehandelt. Wir bekommen Verstärkung, dafür sind wir die Speerspitze bei Harpers Befreiungsaktion."

Raven: „Du hast was? Hättest du mich nicht vorher fragen können?"

Sev: „Die Zeit war zu knapp und ich hatte völlig vergessen, dass du und Harper nicht gerade freundlich auseinander seid. Tut mir leid. Beim nächsten Mal frage ich vorher."

Raven: „Sehr witzig."

Patton: „Ich störe nur ungern, aber ..."

Plötzlich steht das Team unter Beschuss. Sie werfen sich hinter Trümmern in Deckung und erwidern das Feuer auf die Androiden, welche auf dem gegenüberliegenden Dach in Stellung gegangen sind. Rees ergreift schnell die Initiative und löchert das andere Gebäude mit seinen Gewehrgranaten. Daraufhin platziert er einen kleinen Kasten auf dem Boden, aus dem per Knopfdruck zehn kleine Raketen mit einer Länge von 15 Zentimetern in die Luft geschleudert werden. Diese entzünden über dem Team ihre Triebwerke und rasen auf das Gebäude zu. Die eigentlich kleinen Sprengkörper erzeugen derart kräftige Explosionen, dass das Gebäude, samt aller Androiden darauf in sich zusammenbricht.

Sev: „Scheiße! Wo hast du das denn her?"

Rees: „Vom Schwarzmarkt auf der Sanctuary-Station. Cool, was?"

Raven: „Du hast Waffen vom Schwarzmarkt gekauft?"

Rees: „Ja. Besser, wir benutzen sie, als irgendwelche Bösen. Oder?"

Murphy: „Guter Punkt. Wie viele von diesen Mikroraketen hast du noch?"

Rees: „Drei Kisten auf dem Schiff."

Murphy: „Und hierfür benutzt du sie?"

Rees: „Ich konnte es nicht mehr abwarten. Sorry."

Sev: „Idiot. Immerhin ist der Weg jetzt wieder frei."

Rees: „Gern geschehen."

Über die Dächer geht es die Trümmer wieder hinab auf die Straßen. Dort liefert sich das elysianische Militär mit mehreren Fahrzeugen einen Kampf gegen die modernen Drohnenpanzer der Garde. Gleichzeitig stürmen Androiden auf sie zu.

Murphy: „Sieht aus, als könnten die Hilfe gebrauchen."

Raven: „Das ist auch unser Weg zum Kontrollzentrum."

Rees: „Dann zeigen wir denen mal, wozu die Raptors in der Lage ist."

Sev wechselt hierfür zu seinem durchschlagskräftigen Scharfschützengewehr, mit dem er schon auf Senua die Garde dezimiert hat. Ein Bündel Rauch- und Mörsergranaten geht über das Gebiet nieder. Zunehmend verschlechtert sich die Sicht mit den ausbreitenden Bränden. Durch den dichten Qualm leuchten die abgefeuerten Plasmaprojektile. Die Ziele sind kaum noch erkennbar. Während sich die Soldaten in Deckung begeben, erscheinen die Silhouetten der fünf Raptors im Rauch. Beobachtet von den Elysianern schwärmen sie aus und bekämpfen die angreifenden Androiden. Auffällig ist hier Sev, dessen Gewehr bei jedem Schuss eine Druckwelle erzeugt, welche den Rauch vor sich herschiebt. In Kombination mit dem lauten metallischen Knallen könnte man beinahe davon ausgehen, dass selbst die emotionslosen Androiden versuchen, die Flucht zu ergreifen. Sev erlegt ein Dutzend Feinde im Alleingang, wobei er für jeden einzelnen nur einen Schuss benötigt. Während dieses Gefechts laufen sich auch die schlagfertigen Raptors hin und wieder über den Weg.

Rees: „Dieser Angeber."

Patton: „Woher hast du dieses Ding bloß?"

Sev: „Hab ich auf Senua von den Erdlingen erbeutet. Sie ist mein absoluter Liebling im Fern- und Nahkampf."

Patton: „Sie? Hast du ihr etwa schon einen Namen gegeben?"

Sev: „Na klar. Darf ich vorstellen? Das ist Lina, genauso gnadenlos und zerstörerisch wie meine Ex."

Hinter dem nächstgelegenen Fahrzeugwrack taucht ein weiterer Android auf. Ohne hinzusehen, feuert Sev einen Schuss ab und zerfetzt mit Leichtigkeit den gesamten Oberkörper der Maschine.

Rees: „Also die Geschichte deiner Ex würde ich gerne hören."

Allmählich verzieht sich der Rauch in der Straße und gibt die Umgebung wieder zu erkennen. Als gerade noch Sev die ganze Aufmerksamkeit auf sich gezogen hat, ist es nun Raven, der mit seinem Schwert in der Hand inmitten eines Trümmerhaufens, bestehend aus Androiden-Teilen, steht.

Sev: „Ist die Munition schon ausgegangen, Commander?"

Raven: „Ich musste nachladen. Dafür hatte ich aber keine Zeit."

Rees: „Nur unser Raven kämpft sich mit einem Schwert durch eine Schießerei. Unglaublich."

Für den Moment scheinen sich die Androiden zurückgezogen zu haben. Verbündete Panzer kommen derweil ebenfalls über die Straße gerollt.

Patton: „Kommt mir das nur so vor, oder hat die Garde keine menschlichen Gardisten mehr?"

Raven: „Scheint so, als hätte Chronos keinen Nutzen mehr in Menschen gesehen."

Patton: „Wieso sollte er seine eigenen Leute aufgeben?"

Raven: „Schätze, weil Maschinen leichter zu kontrollieren sind."

Murphy: „Hoffentlich können deine Ritter ihn finden."

Raven: „Ich würde mich am liebsten selbst darum kümmern, aber ich vertraue ihnen."

Mehrere Kilometer vom Einsatzgebiet der Raptors entfernt kämpfen sich die Ritter durch die Androiden-Fabrik. In ihrem Zentrum steht Chronos allein an einer leuchtenden Steuerkonsole. An seinem ganzen Körper sind Kabel angeschlossen, welche sich mit dem Programmierungssystem der Anlage verbinden. So wie es die Knights of Eden vermutet haben, lädt Chronos eine Kopie seines eigenen KI-Codes hoch und stellt eine Verbindung zu allen Androiden auf Asgard her. Dieser Vorgang wird erst unterbrochen, als vier Pfeile in seinem Rücken einschlagen. Beinahe unbeeindruckt von diesem Angriff dreht sich Chronos langsam um und reißt sich die Pfeile heraus.

Chronos: „Die Knights of Eden. Ich habe euch bereits erwartet."

Ihm gegenüber verteilen sich die Ritter auf einer langen Brücke, angeführt von Cormac. Conover und einige andere Heavy-Einheiten sichern derweil den Außenbereich der Anlage.

Cormac: „Im Namen der gesamten Menschheit verurteile ich dich wegen deiner Verbrechen. Wir wissen, was du vorhast, und wir werden es aufhalten."

Chronos: „Menschen. Eure organische Arroganz ist eure größte Schwäche. Ihr kommt zu spät. Das Signal verbreitet sich bereits und erschafft eine ganz neue Generation synthetischen Lebens.

Lebensformen 1000-mal intelligenter und leistungsfähiger als es jedes organische Wesen je sein könnte."

Während Chronos sich von den Kabeln befreit, tritt hinter den Rittern Dylan hervor.

Sykes: „Es waren Menschen, die dich geschaffen haben, und durch die Hand eines Menschen wirst du heute dein Ende finden."

Chronos: (Lacht) „Wer glaubst du, bist du, dass du wagen könntest mir so zu drohen?"

Sykes: (Zynisch) „Theoretisch bin ich dein Vater."

Chronos: „Ich habe keinen Vater."

Sykes: „Natürlich. Trotzdem bin ich der Grund, weswegen du überhaupt existierst. Und ich werde der Grund sein, der dich vernichtet."

Chronos: „Dein Name ist Dylan Sykes, heute ein Gesetzloser. Du bist es, der den Orden der Hüter verraten und ihn den Untergang gebracht hat. Eigentlich solltest du tot sein."

Sykes: „Du kennst mich also doch. Aber ich glaube, da hast du etwas falsch verstanden. Ich bin der Tod."

Die Ritter sehen misstrauisch zu Dylan. Wissend, dass Chronos die beschämende Wahrheit über ihn kennt und einfach so preisgibt.

Chronos: „Dann werdet ihr heute alle sterben!"

Mit Anlauf stürmt Chronos auf die Ritter zu. Sie alle ziehen ihre Schwerter oder richten ihre Waffen auf ihn. Ein brutales Aufeinandertreffen scheint unausweichlich. Doch der zwei Meter große Androide springt mit seinen starken Beinen über die Ritter hinweg und stürmt zur Ausgangstür. Als er in dem dahinterliegenden Innenhof ankommt, trifft er unerwarteterweise auf Conover mit seinem Langschwert. Der hexagonal geformte und auf mehrere Terrassen aufgeteilte Innenhof ist voller Heavy-Einheiten, bewaffnet mit Langschwertern und leichten Maschinengewehren.

Conover: „Wohin denn so schnell?"

Cormac stürmt derweil an die Steuerkonsole im Zentrum des Gebäudes und versucht das Hochladen der KI-Codes zu verhindern. Dabei stehen ihm einige Shadow-Einheiten mit ihren Bögen zur Seite. Gleichzeitig geht auch der Rest der Ritter hinaus zu Chronos, wo sie ihn letztendlich umstellen.

Conover: „Wieso ist die gefürchtetste Kampfmaschine bloß immer darauf aus, zu flüchten?"

Chronos: „Ihr wollt einen Kampf, dann sollt ihr ihn haben. Ihr seht einfach nicht ein, dass ihr längst verloren habt."

Conover: „Ohne dich wird die Garde untergehen."

Chronos: „Ich bin die Garde."

Von den Dächern der Fabrik springen unzählige Hüter-Killer-Androiden in den Innenhof hinein. Sie stellen sich den Knights of Eden direkt entgegen und ziehen die Schwerter.

Chronos: „Ich kommuniziere mit jedem synthetischen Wesen auf diesem Planeten. Euer Schicksal ist besiegelt. Aus der Asche Asgards wird sich eine neue Spezies erheben."

Von den dunklen Wolken am Himmel fallen die ersten Tropfen hinab. Binnen weniger Sekunden setzt ein immer stärker werdender Regen ein. Ungeachtet des Wetters bleiben die Ritter konzentriert und lassen ihre Gegner nicht aus den Augen. Sie bereiten sich auf einen Kampf vor. Aidens Hände umfassen sein Langschwert mit einem festen Griff. Während die Regentropfen sich auf der glänzenden Klinge sammeln, richtet er dessen Spitze direkt auf Chronos.

Mit einem plötzlichen frontalen Tritt versucht Chronos sein Gegenüber wegzustoßen. Aiden verteidigt den Angriff, jedoch geht sein Gegner direkt in einen zweiten, gedrehten Tritt über. Er wird so hart erwischt, dass er sein Langschwert fallen lässt und etwa zehn Meter über den Boden rutscht. Als Chronos auf ihn zugeht, ergreift er eines seiner vier Schwerter, wird dabei allerdings unterbrochen.

Sykes: „Hey, Chronos!"

Die zwei Meter große Kampfmaschine dreht den Kopf und schaut hinter sich. In diesem Augenblick greift Dylan mit einem gesprungenen Stich an. Die Spitze seines schwarzen Katanas trifft direkt gegen den Kopf des Androiden und hinterlässt eine tiefe Furche im Metall. Chronos verteidigt diesen Angriff jedoch und hebt Dylan am Hals mit nur einem Arm in die Luft.

Chronos: „Ich werde dich töten, Sykes!"

Sykes: „Du wirst es versuchen."

Chronos wirft Dylan mehrere Meter über den Innenhof, sodass er hart auf dem nassen Boden aufschlägt. Als Sykes versucht, sich zu orientieren, verhindert Aiden einen weiteren Angriff. Mit seinem Schwert schlägt er aus verschiedensten Richtungen auf Chronos ein, der die Schläge mit den Armen abwehrt. Er verteidigt sich mit bloßen Fäusten, bevor er sein erstes Schwert zieht. Die Klingen treffen aufeinander und schlagen Funken im Regen. Doch Conovers Vorteil durch die Reichweite des Langschwertes wird zu seinem Nachteil, als Chronos die Distanz verkürzt. Binnen kürzester Zeit wirft er den Ritter rabiat über seine Schulter. Bevor er jedoch in einen finalen Schlag übergeht, wird er von den Schüssen einer Pistole getroffen. Es ist Dylan, der vom Boden aus auf ihn schießt. Das wiederum lässt dieser sich nicht gefallen und kommt direkt auf ihn zu, wobei ihm die Treffer nichts auszumachen scheinen. Als Chronos ihm die Waffe aus der

Hand tritt und mit dem Schwert ausholt, rollt sich Dylan ausweichend zur Seite. Unmittelbar zieht er seine zweite Pistole und feuert das gesamte Magazin auf den Androiden ab. Auch dies scheint keine Wirkung zu zeigen. Sykes rollt sich nach hinten ab, um aufzustehen, dabei pariert er einen weiten Schwerthieb mit seinem Katana. Nicht einmal eine Sekunde bleibt zum Durchatmen. Chronos zieht sein zweites Schwert und liefert sich einen unübersichtlichen Kampf mit Dylan. Mit vollem Einsatz von Schlägen, Tritten und Schwerthieben treffen sie aufeinander.

Währenddessen tobt in der Stadt immer noch eine brutale Schlacht. Androiden und Drohnen liefern sich in den Straßen verlustreiche Gefechte für beide Seiten. Im Augenblick geht das Raptor-Team vor einer großen Tür in Stellung. Rees bringt einen Sprengsatz an, woraufhin sich das Team in Deckung begibt.
Rees: (Klopft gegen Tür) „Hier kommt der Zimmerservice!"
Als die Tür sich nach der Explosion schlagartig öffnet, werfen Sev und Murphy von beiden Seiten Granaten in den Raum. Es handelt sich um die Hauptzentrale eines Kontrollzentrums, von dem aus die Flugabwehr koordiniert wird. Das Team stürmt hinein und nimmt alle Androiden ins Visier. Mit beängstigender Präzision säubern sie den Raum von Feinden und sichern ihn ab. Gleich danach stürmen weitere Spezialkräfte durch die aufgesprengte Tür.
Soldat: „Wir sind schon wieder zu spät, oder?"
Raven: „Absolut. Murphy? Dein Einsatz!"
Murphy: „Bin schon dabei."
Während die Soldaten sich im Kontrollzentrum verteilen, überbrückt Murphy an einer Steuerkonsole die Zielerfassung sämtlicher automatischer Geschütze in der Region.
Murphy: „Ich hab's!"
Raven: „Kontrollzentrum gesichert. Flugabwehr fokussiert nun Garde-Schiffe. Javis? Status?"
Javis: (Per Funk) „Sehr viel Garde in der Luft. Danke, dass zumindest die Hälfte der Geschütze mich nicht mehr anvisiert."
Raven: „Wir rücken hier unten weiter vor. Bekommst du das hin?"
Javis: (Per Funk) „Jetzt werd nicht gleich beleidigend."
Wohingegen die Raptors sich durch die Straßen kämpfen, fliegt über deren Köpfe die Black-Arrow hinweg. Mit Javis im Pilotensitz bekämpft sie die unzähligen Schiffe der Garde in der Luft. Die Geschütze feuern wild um sich, wobei die kräftigen Plasmageschosse der Hauptkanonen den nächsten Zerstörer vom Himmel holen. Doch plötzlich kommt ein ungewöhnlicher Funkspruch rein.

Ryan: „Black-Arrow, hier ist Ryan Volta von der Silence. Benötigen Sie bewaffnete Unterstützung?"

Javis: „Das soll wohl ein Witz sein."

Ryan: „Ich kann auch Witze erzählen, wenn euch das lieber ist. Dachte mir nur, ihr könntet einen Flügelmann gebrauchen."

Javis: „Danke, Volta. Ich höre mir gern deine Witze an."

Ryan: „Mir ist schon klar, dass unsere Crews nicht gerade die glücklichste Beziehung pflegen. Daher würde ich euch ganz gerne zu einem schönen Feuerwerk einladen."

Javis: „Ich höre?"

Ryan: „Diese Riesenkampfläufer dominieren das Schlachtfeld. Lust, einen davon zu knacken?"

Javis: „Das ist Wahnsinn. Bin dabei. Zeigt mal, was die Silence so draufhat!"

Plötzlich taucht die Silence neben der Black-Arrow auf. Beide Schiffe fliegen nun Seite an Seite an den Schlachtschiffen der Garde vorbei, direkt auf einen der Riesenkampfläufer zu. Mit waghalsigen Ausweichmanövern entkommen sie dem feindlichen Beschuss. Kein feindlicher Raumjäger und keine Drohne scheinen der Feuerkraft beider Schiffe gewachsen zu sein. Allein die Kanonen der Silence zerreißen die Breitseite eines ganzen Zerstörers, der unmittelbar danach den Gnadenstoß der Black-Arrow einstecken muss. Zwischen all den Kampfschiffen im Himmel sind es diese beiden, welche die meisten Abschüsse machen. Es ist beinahe so, als würden Javis und Volta um die Wette fliegen. Letztendlich verbringen sie aber die meiste Zeit damit, die Verteidigung der Riesenkampfläufer zu durchbrechen.

Javis: „Silence? Könntet ihr bitte die kleinen Geschütze von mir ablenken? Ich habe da eine bescheidene Idee."

Ryan: „Wenn du mit *ablenken* zerstören meinst, dann bin ich längst dabei."

Javis fliegt frontal auf den Riesenkampfläufer zu, welcher mit seiner mächtigen Hauptkanone fast im Sekundentakt weitere Schiffe vom Himmel reißt. Die Druckwelle erschüttert nach jedem Schuss die Umgebung und schleudert sämtliche Angreifer aus der Bahn. Daher muss Javis den Zeitpunkt seines Angriffes gut einplanen. Die Black-Arrow fliegt rollend auf die Hauptkanone zu und feuert unmittelbar unterhalb der Mündung eine Nuklearrakete hinein. In unter einer Sekunde explodiert der Kampfläufer von innen und erzeugt dabei eine gewaltige Fontäne aus Funken und brennenden Bruchstücken.

Javis: „Verdammte Scheiße! Ich hätte nie gedacht, dass das funktioniert."

Die Explosion des Riesenkampfläufers erzeugt einen unfassbar lauten Knall sowie eine Druckwelle, welche durch die gesamte Stadt und darüber hinausgeht.

Raven: (Per Funk) „Javis? Benutzt du da etwa Nuklearraketen?"

Javis: „Nur die kleinen."

Mittlerweile erreicht sogar die angeforderte Verstärkung das Schlachtfeld. Schiffe der Waysider nehmen die verbleibenden Kampfläufer unter Feuer und drängen die Fronten zurück, wobei die Knights of Eden immer noch in der Fabrik gegen die Hüter-Killer-Androiden kämpfen. Dabei treten Dylan und Aiden weiterhin Chronos entgegen. Immer wieder mischen sich andere Ritter in den Kampf ein und fallen den Klingen von Chronos zum Opfer. Obwohl die Angriffe beinahe ununterbrochen kommen, gelingt es dem Androiden für einen Moment zu entkommen. Diesen Moment nutzt er, um seine Arme zu spalten und damit alle vier Schwerter zu ziehen. Der Kampf wird nun noch unübersichtlicher. Kaum ein Ritter, selbst Conover, kann es gegen vier Schwerter gleichzeitig aufnehmen. Immer wieder retten Dylan und Aiden sich gegenseitig vor den Hieben der Klingen. Doch auch sie beide werden immer öfter getroffen und sogar verletzt. Selbst Dylan hat bereits mehrere blutige Schnittwunden an seinem Rücken, den Schultern und Armen. Seine Schutzweste ist völlig zerkratzt, genauso wie Aidens silberne Rüstung.

Chronos: „Habt ihr noch nicht genug?"

Sykes: (Atmet durch) „Bin gerade erst warmgeworden."

Während der Kampf im Innenhof weitergeht, verzweifelt Cormac an der Steuerkonsole. Er scheitert immer wieder daran, den Upload des KI-Virus aufzuhalten. Letztendlich verliert er die Geduld und zieht seine Pistole. Er zerschießt die Konsole und sämtliche Verbindungen zu den Sendestationen.

Cormac: „Ach … Das muss helfen!"

Draußen im Regen geht der Kampf mit Chronos derweil weiter und scheint kein Ende nehmen zu wollen. Allerdings gelingt es Dylan und Aiden ihre Schwerter, wie eine Schere, zu kreuzen und somit eine Hand von Chronos abzutrennen. Überrascht von dieser Aktion ist er derart abgelenkt, dass er noch mehrere Schwerthiebe einsteckt. Einige seiner Leitungen und Kabel sind beschädigt und schränken ihn in seiner Bewegung ein. Trotzdem bleibt Chronos kein einfacher Gegner. Obwohl er sich mit Tritten und Schwerthieben verteidigt, wird auch ein zweites Handgelenk derart beschädigt, dass er ein weiteres seiner Schwerter fallen lässt. Notgedrungen stößt Chronos Aiden und Dylan von sich weg. Sykes landet dabei mit dem Gesicht voran in einer

Pfütze. Erst als sich sein eigenes Blut mit dem Wasser vermischt, werden ihm seine eigenen Verletzungen richtig bewusst. Benommen liegt er dort und hat Schwierigkeiten, sich aufzurichten. Ihm gelingt es geradeso, sich auf den Rücken zu drehen, wobei er Chronos auf sich zukommen sieht. Plötzlich wird der Android von mehreren Gewehrgranaten getroffen. Die Knights of Eden im Innenhof haben nun auch den letzten Hüter-Killer erledigt und widmen sich jetzt ihrem Anführer. Die Granaten beschädigen die robuste Panzerung von Chronos enorm, doch auch wenn er direkt getroffen wird und dabei in Flammen steht, bleibt er standhaft. Nun kommt auch Cormac nach draußen und richtet seinen Bogen mit einem Antimateriepfeil auf ihn.

Cormac: „Es ist vorbei, Chronos!"

Mittlerweile ist Chronos von den Rittern umstellt. Für ihn scheint es gar keinen Ausweg mehr zu geben. Doch noch bevor sie am Anführer der Garde ein Exempel statuieren, mischt sich ein angeschlagener Kopfgeldjäger ein.

Sykes: „Bleibt weg! Dieser Kampf gehört mir."

Die Helme der Ritter richten sich langsam Dylan zu. Trotz seiner Verletzungen hält er sein Schwert fest in der Hand und verdeutlicht seinen Willen zu kämpfen. In diesem Fall ist sein Mut kaum von Dummheit zu unterscheiden. Trotzdem respektieren viele der Ritter dieses Verhalten.

Cormac: (Zögerlich) „Nun gut, Sykes. Er gehört dir."

Dylan schaut dem beschädigten Kampfandroiden tief und wütend in die Augen. Er denkt an seine Vergangenheit bei den Hütern und an all die Konsequenzen, die sein Verrat bewirkt hat. Gedanken an Vane und den Untergang des Ordens lassen ihn hasserfüllt auf Chronos zustürmen. Seine Schwerthiebe kommen so schnell, dass man sie mit bloßem Auge nicht verfolgen kann. Schlag für Schlag wird Chronos zurückgedrängt, verteidigt sich jedoch immer noch mit zwei seiner Schwerter. Der Kampf scheint sich gerade wieder auszugleichen, als Dylan seinem Gegner plötzlich ein Kniegelenk zertrümmert und sich mit ihm auf den Boden wirft. In einer Pfütze kommt es zu einem schmutzigen Bodenkampf, in dem es Dylan gelingt, sein schwarzes Katana durch den Hals seines Feindes zu stoßen. Er ergreift die Klinge mit der anderen Hand und hebelt den stählernen Kopf der gefürchtetsten Maschine seit Menschengedenken von deren Körper. Chronos wird langsam enthauptet. Sein beschädigter Körper fällt reglos auf den nassen Boden. Sein Kopf rollt etwa zwei Meter, bevor sämtliches Licht in seinen Augen erlischt. Dylan hat es geschafft, der Anführer der Garde ist besiegt.

Gleich nach diesem Kampf lässt Dylan sein Katana fallen. Er selbst steht nicht mehr auf, sondern legt erleichtert seinen Kopf auf den Überresten von Chronos ab. Wohingegen er blutend inmitten des Innenhofs in einer Pfütze liegt und durchatmet, stehen alle anderen Ritter sprachlos um ihn herum.

Conover: „Ich kann es nicht glauben. Du hast es tatsächlich geschafft. Spätestens ab heute gehörst du zu den Guten."

Aiden reicht Dylan seine Hand, um ihm aufzuhelfen. Er jedoch lehnt ab und regt sich nicht.

Sykes: „Danke. Ich brauche einen Moment. Kümmert euch lieber erst um eure eigenen Leute."

Unter Dylan färbt sich die Pfütze langsam rot. Die Wunden, die ihm Chronos vor allem am Rücken zugefügt hat, scheinen trotz seiner zerfetzten Schutzweste tiefer zu sein als angenommen.

Cormac: „Die Knights of Eden sind dir zu Dank verpflichtet. Bist du sicher, dass du keinen Sanitäter brauchst?"

Sykes: „Nein. Ich fühle mich gut. Ich komme schon klar."

Während Dylan liegenbleibt, kümmern sich die anderen Ritter um ihre Kameraden. Fünf von ihnen haben den Kampf gegen Chronos und seine Elite-Androiden nicht lebendig überstanden. Cormac kniet sich neben einen seiner gefallenen Kameraden und legt dessen Schwert auf die Brust.

Cormac: „Heute Nacht schläfst du mit den Sternen, Bruder."

Die Gefallenen werden abtransportiert und die Ritter ziehen sich zu ihren Shuttles zurück. Dabei berichtet Cormac noch vor Ort seinem Großmeister von den Geschehnissen. Dieser befindet sich gerade noch in einem Feuergefecht gegen die Androiden.

Raven: (Funkt) „Verstanden, Cormac. Ich werde nachsehen. Kehrt zurück zur Ghost und beendet diese Schlacht."

Rees: „Ähm. Raven? Was passiert da?"

Als die Raptors mit ihren Gewehren aus der Deckung schauen, bemerken sie einige Androiden, welche das Feuer einstellen. Schon beinahe zitternd lassen sie die Waffen fallen und betrachten ihre eigenen Hände. Der KI-Virus scheint bereits bei vielen Androiden installiert worden zu sein, sodass sie sich erst nach Chronos Ende ihrer eigenen Existenz bewusstwerden. Die Androiden stellen das Kämpfen ein und rennen weg. Sie flüchten und verschwinden in den Ruinen der Stadt. All das kommt den Soldaten unglaublich seltsam vor.

Sev: „Seit wann rennen die vor uns weg?"

Murphy: „Chronos muss seinen Code erfolgreich hochgeladen haben."

Raven: „Das hat er. Allerdings nicht mit dem Ergebnis, das er erwartet hat."

Rees: „Also konnten wir ihn nur zum Teil davon abhalten, eine neue Spezies zu erschaffen? Was soll jetzt mit der Garde passieren?"

Patton: „Schätze, es gibt keine Garde mehr. Werden wir jetzt Jagd auf künstliches Leben machen?"

Raven: „Synthetische Lebensformen sind nicht verwerflich, sie allerdings kontrollieren und versklaven zu wollen schon. Ich weiß noch nicht, wie Menschen und Maschinen aufeinander reagieren werden. Das alles bleibt abzuwarten. Es ist allerdings schon mal ein gutes Zeichen, dass sie aufhören uns zu bekämpfen."

Elysianische Truppen vernichten weiterhin die Schiffe und Kampfläufer der Garde. Scheinbar sind nicht alle Androiden mit dem Virus infiziert. Jedoch genug, um eine einseitige Vernichtung der Invasionsflotte in Gang zu setzen.

Rees: „Scheint ganz so, als seien wir hier fertig. Wohin jetzt, Commander?"

Raven: „Wir werden wohl noch jemanden besuchen müssen. Murphy, fordere uns ein Shuttle an! Und Sev, über die Nummer, die du uns mit Harper beschert hast, reden wir noch!"

Etwa eine halbe Stunde später landet das Raptor-Team bei der Androiden-Fabrik. Sie betreten das verwüstete Gelände und entdecken die Kampfspuren der Ritter. Von ihnen ist jedoch niemand mehr dort. Erst als sie im verregneten Innenhof ankommen, treffen sie auf die Überreste zahlreicher Androiden. Immer noch liegt Dylan im Regen, mit dem Kopf auf Chronos Körper in einer Pfütze. Er ist allein, seine Augen geschlossen und er scheint sich keinen Millimeter mehr zu bewegen.

Sev: „Verdammt. Der Kerl hat Chronos wirklich kaltgestellt."

Patton: „Lebt er noch? Er bewegt sich nicht."

Besorgt geht Raven zu ihm und kniet sich neben ihm in die Pfütze. Er legt seine Fingerspitzen an Dylans Hals und prüft seinen Puls. Daraufhin schlägt Dylan seine Hand plötzlich weg und öffnet die Augen.

Sykes: „Finger weg!"

Raven: „Scheiße, ich dachte schon, dich hätte es erwischt."

Sykes: „Wäre das so tragisch? Du weißt ja, ich bin untötbar. Nicht mal diese Blechbüchse hier schafft das."

Raven: „Du hast es also wirklich geschafft."

Sykes: „Habe ich das?"

Raven: (Tritt gegen Chronos Kopf) „Sieht ganz so aus. Du hast der Menschheit einen verdammt großen Gefallen getan."

Sykes: „Ich hab's eher für mich getan."

Raven: „Wie auch immer. Du kannst stolz auf dich sein. Zumindest ich bin es. Brauchst du irgendwas? Einen Sanitäter zum Beispiel? Wie lang liegst du schon da?"

Sykes: „Schon länger und ich denke, ich werde noch eine Weile hier liegenbleiben. Ich wäre dabei gerne alleine. Ohne Diskussion."

Raven: „Okay? Wie du meinst. Hauptsache, du schaffst es zurück auf dein Schiff. Und auch wenn der Moment gerade nicht seltsamer dafür sein könnte, würde ich dich trotzdem gerne einladen. Komm mich doch bald mal besuchen. Du weißt ja, wo ich wohne. Ach, und bevor ich es vergesse: Alles Gute nachträglich."

Sykes: „Arschloch!"

Schelmisch grinsend verlässt Raven mit seinem Team den Innenhof, während Dylan weiterhin in der Pfütze verweilt. Obwohl er nach Ravens Aussage zunächst genervt den Kopf schüttelt, scheint sein Gesichtsausdruck zufrieden zu sein. Letztendlich beschließt er nach einigen Minuten aufzustehen und sammelt seine Ausrüstung zusammen. Dabei hebt er den Kopf von Chronos auf und betrachtet ihn eine Weile. Als würde er ein grausames Spiegelbild seiner selbst in den Händen halten, so schaut er nachdenklich, aber auch beschämt in die leblosen Augen des einstigen Androiden-Generals. Er entscheidet sich dafür, den Kopf in einen Beutel zu stecken und mitzunehmen. Trotz all seiner Verletzungen fährt Dylan mit seinem Auto durch die verregnete und verwüstete Stadt. Er parkt seinen Wagen auf einem bewaldeten Berg nahe der eigentlichen Stadtgrenze. Von diesem Aussichtspunkt aus überblickt er die, von Feuer erleuchtete, Stadt. Selbst die Wracks der drei Riesenkampfläufer erheben sich aus der Skyline wie brennende Leuchtfeuer. Der strömende Regen wäscht Dylan das Blut aus seinem Gesicht, während er nachdenklich an die Motorhaube seines Wagens gelehnt ist. Er ist sogar so sehr in Gedanken vertieft, dass er nicht bemerkt, wie Miranda auf ihn zukommt.

Miranda: „Hier steckst du also. Wir haben auf dich gewartet. Sollte ich mir Sorgen machen?"

Wortlos geht Dylan auf Miranda zu. Die beiden umarmen sich, ohne einen Moment zu zögern. Dabei sagt keiner von ihnen auch nur ein Wort. Letztendlich schauen sie sich gegenseitig tief in die Augen. Völlig überraschend legt Dylan seine Hand an Mirandas Hals. Er zieht sie zu sich und küsst sie für mehrere Sekunden, was sich jedoch wie ein Moment für die Ewigkeit anfühlt. Mirandas Gesichtsausdruck nach diesem Kuss ist offensichtlich überrascht und schockiert. Allerdings dauert es nicht lange, bis sie schließlich anfängt, zu lächeln.

Miranda: (Verwirrt) „Ähm ... Wofür war das?"

Sykes: „Keine Ahnung. Mir war einfach danach."

Ohne Vorwarnung küsst sie ihn zurück. Vorerst verweilen sie so im Regen. Erst viel später kommt es zwischen den beiden zu einem Gespräch, wobei sie sich immer noch in den Armen liegen.

Miranda: „Woher kommt das so plötzlich? Geht's dir gut?"

Sykes: „Schätze, ich habe heute meine Dämonen besiegt."

Miranda: „Du hast es also geschafft. Dylan Sykes, der Schlechter von Chronos?"

Sykes: „Diesen Titel zu bekommen, war nicht leicht."

Miranda: (Lächelt) „Das ist großartig. Ich bin so unglaublich stolz auf dich, wirklich."

Sykes: „Danke. Sag mal, wie bist du eigentlich hierhergekommen?"

Miranda: „Dein Auto hat einen Peilsender. Die Silence ist nicht weit von hier im Wald gelandet, als du verträumt in die Landschaft geschaut hast. Du blutest. Komm mit! Wir sollten uns mal um deine Verletzungen kümmern."

Nicht einmal eine Stunde später befindet sich die Silence über den Ringen Asgards und umkreist den Planeten. Zu diesem Zeitpunkt sitzt Dylan in Mirandas Quartier auf einem großen Sofa. Mit einem feuchten Tuch wischt sie ihm das Blut vom Oberkörper und versorgt seine Wunden.

Miranda: „Ich bin froh, dass Chronos dir nichts gebrochen hat."

Sykes: „Hat er nicht? Manche Teile von mir fühlen sich leider schon gebrochen an."

Miranda: „Diana hat gesagt, du hättest dir maximal ein paar Prellungen zugezogen. Bis auf blaue Flecken und neue Narben für deine Sammlung bist du gerade noch so davongekommen."

Sykes: „Scheinbar kann auch ich mal Glück haben. Danke, dass du dich um mich kümmerst und immer für mich da warst."

Miranda: „Ist doch selbstverständlich. Daran wird sich auch nichts mehr ändern."

Sie räumt die medizinischen Sachen bei Seite und setzt sich hinter Dylan auf das Sofa. Dabei legt sie ihre Hand exakt auf sein Skeletthand-Tattoo und küsst ihn am Hals.

Sykes: „Ich habe schon so viel in meinem Leben falsch gemacht. Glaubst du, das mit uns beiden ist ein Fehler?"

Miranda: „Wenn ja, dann hat sich ein Fehler noch nie so gut angefühlt."

Während Dylan sich auf den Rücken legt, setzt sich Miranda auf ihn, um ihn zu küssen. Minutenlang liegen sie so übereinander, bis Miranda sich aufrichtet und ihr Oberteil auszieht.

Sykes: „Hey, warte mal! Bist du dir wirklich sicher, dass du das willst?"

Miranda: „Ich weiß ganz genau, was ich will. Dich."

Selbstsicher zieht Miranda sich vor Dylans Augen aus. Während die beiden in dieser Nacht nun zum ersten Mal miteinander schlafen, ziehen draußen vor dem Fenster die Ringe Asgards vorbei. Dabei gerät das Schiff in den Schatten des Planeten.

Am nächsten Morgen wacht Dylan relativ früh in Mirandas Armen auf. Obwohl sein Körper viel einstecken musste, fühlt er sich ungewöhnlich gut und ausgeschlafen. Fast als wäre er ein ganz neuer Mensch. Ohne Miranda dabei aufzuwecken, steht er auf, zieht sich an und verlässt das Quartier. Nach einem kurzen Zwischenstopp in der Küche begibt er sich auf die Kommandobrücke der Silence. Dort sitzt bereits Ryan im Pilotensitz und wählt sich durch das Navigationssystem.

Sykes: „Hat die Silence was abbekommen?"

Ryan: „Nur ein paar Kratzer und Brandspuren. Sie hat weniger einstecken müssen als du."

Sykes: „Mir geht's gut. Mach dir keine Sorgen!"

Ryan: „Du und Miranda? Wirklich?"

Sykes: „Woher weißt du das?"

Ryan: „Man hat's letzte Nacht gehört."

Sykes: (Verwirrt) „Du meinst ... Oh!"

Ryan: (Lacht) „Ich freue mich für euch zwei. Ehrlich. Jetzt hast du endlich mal jemanden, der dich zur Vernunft bringt. Vorausgesetzt, das hält lang genug. Wird es das?"

Sykes: (Lächelt) „Schätze schon."

Ryan: „Oh Junge, ich freue mich jetzt schon auf die Hochzeitsnacht."

Sykes: (Lacht) „Halt einfach die Klappe und flieg!"

Ryan: „Aye, aye Captain Sykes."

Während die Silence in den Hyperraum springt und sich in das Pearl-System zurückzieht, erfassen die Sensoren von Avaras Blockade um den Hells Gate Nebel wenige Tage später etwas Beunruhigendes. Auf einem der Schiffe beobachtet die Crew ein unausweichliches Ereignis.

Captain: „Öffnen Sie eine direkte Funkverbindung zur Sanctuary-Station! Wir müssen sie sofort warnen."

Kardianer: „Was passiert hier?"

Captain: „Ich habe absolut keine Ahnung."

Die Schiffe in der Blockade können nur tatenlos dabei zusehen, wie der gelbe Nebel aktiver wird. Als würde darin ein Gewitter toben, erhellen Lichtblitze die glühenden Wolken. Einige dieser Blitze scheinen aus dem Nebel herauszuschießen und mit

Überlichtgeschwindigkeit Teile davon mit sich zu reißen. Doch das allein ist nichts im Gegensatz dazu, dass der Hells Gate Nebel sich zu bewegen scheint. Größer als mehrere Sternensysteme macht sich diese glühende Wolke, samt aller Sterne im Inneren, auf den Weg in eine bestimmte Richtung.

Kardianer: „Wo will das Ding hin? Was sollen wir tun, Sir?"

Captain: „Es gibt nichts, was wir tun können. Wohin ist dieser Nebel unterwegs? Was liegt in dieser Richtung?"

Ein Offizier überprüft die Daten mit Hilfe der Galaxie-Karte.

Offizier: „Sir, diese Wolke nimmt direkten Kurs auf das Cesris-System."

Captain: „Zur Heimatwelt der Vyrakay? Wieso das?"

Offizier: „Ich weiß es nicht. Cesris ist der am höchsten entwickelte Planet in der Nähe des Hells Gate Nebels. Vielleicht hat es damit zu tun, aber das ist nur eine Vermutung."

Im selben Augenblick verlassen mehrere Objekte den Nebel. Auf den Scannern sehen diese aus wie schwarze miteinander verschmolzene Kristalle. Als diese das Feuer auf die Blockade eröffnen, ist klar, dass es sich hierbei um eine Art Raumschiffe handelt.

Captain: „Gott steh uns bei!"

Eine Raumschlacht entbrennt nahe dem Tor zur Hölle. Viele Schiffe werden beschädigt, können sich gegen die fremdartigen Feinde jedoch gut behaupten. Allerdings bietet sich auch hier irgendwann nur noch der Rückzug an.

Währenddessen bewegt sich der Nebel immer schneller von seiner ursprünglichen Position weg und steuert später sogar mit Überlichtgeschwindigkeit auf Cesris zu. Die Vyrakay auf ihrer Heimatwelt erstarren, als sich ihr Tages- und Nachthimmel plötzlich leuchtend gelb färbt. Der gesamte Planet befindet sich in Alarmbereitschaft, während sämtliche Flotten zurückgerufen werden. Jede Hilfe kommt allerdings zu spät. Wie Tentakel umschlingen schwarze Wolken den Planeten und verbreiten sich im gesamten Sternensystem. Die planetaren Verteidigungskanonen der Vyrakay arbeiten auf Hochtouren, doch egal, mit wie viel Kraft sie den dunklen Objekten in ihrem Orbit entgegentreten, sie scheinen diesen Kampf bitter zu verlieren. Die Kämpfe dauern überall einen ganzen Tag an, bis plötzlich ein dichter Regen schwarzer Dornen über dem Planeten niedergeht. Sämtliche Landmassen werden in gewaltige Explosionen gehüllt, die wie in einem Atomkrieg jegliches Leben vernichten. Während dieser unbarmherzigen Auslöschung können die wenigen Überlebenden im gelben Himmel die gespenstischen Umrisse gewaltiger, fast göttlicher Geschöpfe entdecken, welche mit ihren glühend roten Augen beobachten, wie das gesamte Sternensystem von dem Nebel verschlungen wird. Die sogenannte Finsternis schlägt unerwartet zu und trifft dabei ausgerechnet die Erzfeinde der Kardianer. Es ist kaum vorstellbar, was passiert wäre, wenn Tesra oder eine Welt der Menschen betroffen gewesen wäre. Innerhalb weniger Tage wurde Cesris und damit die Zivilisation der feindseligen Vyrakay ausgelöscht. Bis jemand von diesem Ereignis erfährt, wird es jedoch viel zu spät sein.

Kapitel 10: Götter der Finsternis

Ein weiterer Tag auf Senua geht langsam zu Ende. Von den frühen Abendstunden bekommt Kaelyn Harper allerdings nichts mit. Sie wird nun schon seit über einem Monat in einem unterirdischen Gefängnis von den Erdlingen festgehalten. Heute wird sie erneut durch die schmutzigen Gänge geschleift und vor eine Kamera gesetzt. Wie es schon beinahe Routine ist, droht man ihr mit dem Tod. Ihr Gesicht selbst bleibt völlig kalt und leer. Als man ihr mal wieder eine Pistole an den Kopf hält, schließt sie ihre Augen, hoffend, dass die Waffe diesmal geladen ist. Als der Abzug betätigt wird und nur ein Klicken ertönt, senkt Kaelyn enttäuscht ihren Kopf. Man packt sie an den Haaren und zerrt sie zurück in ihre dunkle Zelle. Dabei wird wieder eine Pistole auf sie gerichtet. Völlig ohne Angst geht sie auf den Mann mit der Waffe zu und drückt ihre Stirn gegen die Mündung.
Harper: „Drück ab! Komm schon!"
Der Mann schaut ihr emotionslos in die verzweifelten Augen, sagt dabei jedoch nichts.
Harper: (Brüllt) „Drück endlich ab! Drück den scheiß Abzug, komm schon!"
Es folgt ein Tritt, der Kaelyn gegen die Wand stößt und zu Boden befördert. Nach ihrem Sturz bleibt sie regungslos liegen. Als sich die Zellentür schließt, fließen einige Tränen Kaelyns Wangen hinunter und landen auf dem verschmutzten Felsboden.
Das Gefängnis besteht aus einem weitläufigen Höhlensystem. Einem, welches teilweise mit Grundwasser geflutet ist. Am Ende eines abgelegenen Ganges befindet sich ein trübes Wasserbecken. Ohne auch nur eine kleine Welle zu schlagen, dringt eine Gewehrmündung durch die Wasseroberfläche. Langsam kommt das ganze Gewehr zum Vorschein sowie das dahinterstehende Eden-Commando. Es ist Raven, gefolgt von seinen vier Raptors. In voller Rüstung steigen sie aus dem Wasser empor, das Gewehr fest in die Schulter gedrückt. Die Waffen sind schallgedämpft. Somit gelingt es ihnen drei Erdlinge unbemerkt auszuschalten. Die Leichen werden anschließend in dunklen Ecken versteckt, bevor sich das Raptor-Team auf den Weg macht, hinein in ein Labyrinth aus verwinkelten Tunneln. Sämtliche Räume, die auf dem Weg der Kommandosoldaten liegen, werden aggressiv, präzise und beinahe lautlos gesäubert. Kaum wahrnehmbar spielt sich eine Spezialoperation ab, welche perfekt nach Plan verläuft. Niemand ahnt etwas, bis irgendwann das laute Geräusch von Schüssen durch die Gänge hallt.

Kaelyn selbst reagiert kaum darauf. Nicht mal als sie die Wachen vor ihrer Zelle aufschreien und zu Boden stürzen hört. Ein metallisches Klirren ertönt. Raven hat mit seinem Kommandoanzug die Zellentür eingetreten. Als das Licht von Taschenlampen auf Kaelyn trifft, dreht sie sich langsam um. Aus ihrer verzerrten Sicht erkennt sie nur die Silhouetten mehrerer Eden-Commandos.

Raven: (Funkt) „Destiny, hier ist Raptor-1. Haben Checkpoint Warbird erreicht."

Ohne zu verstehen, was gerade vor sich geht, wird Kaelyn von Murphy und Patton unter die Arme genommen. Sie kann kaum noch alleine stehen, geschweige denn laufen. Nun geht es aus der Zelle hinaus. Die Raptors bewegen sich gedeckt durch die Gänge und erledigen jeden Erdling, der ihnen in die Quere kommt. Die Lichter und das Knallen der Waffen lösen bei Kaelyn eine Reizüberflutung aus. Sie erreichen eine Fahrzeughalle, wo Harper wieder einigermaßen zu sich kommt. Sev öffnet eines der großen Stahltore, woraufhin Kaelyn zum ersten Mal wieder richtiges Tageslicht zu Gesicht bekommt. Erst als sie draußen über den schwarzen Sand eskortiert wird, realisiert sie, was vor sich geht. Die Bunkeranlagen der Erdlinge, welche sich in dem Tal verteilen, stehen allesamt in Flammen und werden von den Geschossen der Schwarzen Legion getroffen. Die Schlachtschiffe dominieren den Himmel, wobei Juggernauts und Kampfjets die Bodenziele unter Beschuss nehmen. Auch die Destiny schwebt bedrohlich tief über die, in Nebel gehüllten, Berge. Die Legion vernichtet alles, was sich die Erdlinge in dieser abgelegenen Gegend aufbauen wollten. Mit voller Härte bekommen sie das gesamte Arsenal der Schwarzen Legion und der Waysider zu spüren.

Während das Tal großflächig bombardiert wird, landet ein Shuttle vor dem Team. Sie alle steigen ein, wobei eine Seitentür offen bleibt. Harper wird an die Rückwand des Shuttles gesetzt, wo Murphy eine medizinische Analyse durchführt. Erst jetzt begreift sie, wer sie gerettet hat. Es ist das Raptor-Team und Raven sitzt ihr direkt gegenüber. Er nimmt sogar seinen Helm ab und gibt damit seinen ernsten und mitfühlenden Gesichtsausdruck zu erkennen. Für einen längeren Moment kann sie die Augen nicht von ihm lassen, entscheidet sich dann jedoch ihren Blick nach draußen auf den Kampf zu richten. Auch Raven schafft es kaum, ihr ins Gesicht zu schauen. Nachdem das Shuttle im Hangar der Destiny landet, stürmt gleich ein Team bestehend aus Sanitätern auf sie zu. Darunter auch May, welche sie unverzüglich zu ihr ins Quartier bringt. Es dauert einige Stunden, bis Kaelyn endgültig versorgt ist. Gesprochen hat sie allerdings noch kein einziges Wort. Als sie nach langer Zeit alleine unter ihrer luxuriösen Dusche steht, fängt sie an heftig zu zittern. Sie kann es nicht fassen, nach all dem, was sie durchmachen musste, nun in einer derart sauberen und wohlhabenden Umgebung zu sein. Gleich danach sitzt sie mit dem Rücken an der runden Glaswand inmitten ihres Quartiers. Sie sitzt lieber auf dem Fußboden als auf einem der bequemen Sofas. In ihrem hellgrauen Kapuzenpullover verweilt sie dort so lange schweigsam, bis Jade und Jacob erleichtert zu ihr kommen.

Mason: „Verdammt, Kaelyn. Es tut so gut, dich zu sehen. Wie geht es dir?"

Kaelyn antwortet nicht und schafft es nicht, die beiden anzusehen.

Graydon: „Es tut uns leid. Alles, was passiert ist. Bitte sag doch was."

Selbst nach mehreren Versuchen antwortet sie nicht.

Mason: „Wir machen uns Sorgen um dich. Ich kann verstehen, wenn du noch etwas Zeit für dich brauchst. Dann kommen wir später wieder und bringen dir etwas zu essen."

Langsam stehen die beiden auf und gehen zögerlich zur Tür.

Harper: „Warum seid ihr noch hier?"

Mason: „Wie bitte?"

Harper: „Ich habe eure Entlassung unterschrieben. Warum seid ihr immer noch hier?"

Mason: „Als wir von deinem Absturz gehört haben, konnten wir dich nicht im Stich lassen. Wir sind zwar in der Vergangenheit ein paar Mal falsch aneinandergeraten, aber wir sind immer noch ein Team. Und ich hoffe noch Freunde."

Harper: „Danke. Ich denke, ich brauche noch einen Moment. Wir sehen uns später."

Mit einem traurigen Gesichtsausdruck verabschieden sie sich. Kaelyn sitzt nun weiterhin auf dem Boden herum. Bis irgendwann May durch die Tür kommt. Ohne überhaupt ein Wort zu sagen, setzt sie sich neben Kaelyn.

May: „Hey. Wie geht es dir?"

Harper: „Hört bitte auf, mich das zu fragen!"

May: „Also schlecht."

Harper: „Wie immer."

May: „Ich bin froh, dass wir dich gefunden haben. Ich habe sogar das Raptor-Team dafür angeheuert."

Harper: „Du warst das? Wieso?"

May: „Nun, Sev und ich sind uns im Einsatz etwas nähergekommen. Wir haben jetzt quasi eine Fernbeziehung. Durch ihn habe ich die Unterstützung bekommen, die wir gebraucht haben."

Harper: „Was ist mit unseren SRC's?"

May: „Die, die noch leben, sind nicht mehr kampffähig. Daher brauchten wir externe Hilfe."

Harper: „Und dann holst du genau die Leute ran, die ich am wenigsten ausstehen kann?"

May: „Tut mir leid. Wir mussten schnell handeln, da schien es mir recht. Sei froh, dass wir es geschafft haben, dich da rauszuholen."

Harper: „Ach, soll ich froh sein? Vergiss es!"

May: „Kaelyn, was hast du? Möchtest du darüber reden?"

Harper: „Nein."

May: „Ich wurde auch mal von der Garde gefangengenommen. Das war nicht leicht. So etwas nimmt einen mit, verändert einen. Dieses Trauma belastet einen. Ich weiß, wie du dich fühlst."

Harper: (Aufgebracht) „Du hast keine Ahnung, wie ich mich fühle! Du hast keine Ahnung, wie das ist, jeden Tag psychisch und körperlich gefoltert, geschlagen, erniedrigt und vergewaltigt zu werden! Du redest dir ein, zu wissen, wie es mir geht oder was mir helfen könnte, aber du hast absolut keine Ahnung, was so eine Erfahrung einem antut oder gar was danach noch von einem übrig bleibt!"

Erschrocken weicht May einige Zentimeter zurück. Als sie dann jedoch die Trauer in Kaelyns gläsernen Augen sieht, nimmt sie sie direkt fest in den Arm, wobei sie in Tränen ausbricht. Fast eine ganze Stunde verbringt May mit ihr und versucht sie irgendwie zu trösten. Selbst wenn sie dabei kaum miteinander reden. Am frühen Abend jedoch bekommt Kaelyn ein weiteres Mal Besuch. Diesmal allerdings von jemanden, mit dem sie nicht gerechnet hat. Sie sitzt immer noch betrübt mit dem Rücken an der Glaswand, als Raven persönlich in seinem EC-Anzug durch die Tür kommt. Er setzt sich ihr mit etwas Abstand gegenüber.

Harper: „Von allen Menschen, die ich jetzt nicht sehen will, bist du einer davon. Was willst du hier?"

Raven: „Nach dir sehen. Was sonst? Bist du okay?"

Harper: (Tränend) „Nein, bin ich nicht."

Raven: „Berechtigterweise."

Harper: „Ich schätze, ich sollte dankbar dafür sein, dass du und dein Team mich aus diesem Loch geholt habt."

Raven: „Ich erwarte nichts von dir im Gegenzug. Du hattest es nicht verdient, dort zu sein."

Harper: „Bist du dir sicher? Woher willst du das wissen? Vielleicht habe ich es ja wirklich verdient."

Raven: „Nein. Niemand hat das. Nicht mal unsere Feinde."

Harper: „Wieso tun Menschen dann so etwas?"

Raven: „Weil sie immer noch Menschen sind."

Harper: „Das ist wohl das Problem."

Während dieses Gespräches ist sehr auffällig, dass Kaelyn Raven kaum in die Augen sehen kann. Ihr Blick richtet sich immer wieder ins Leere.

Raven: „Was genau fühlst du gerade?"

Harper: „Nichts."

Raven: „Das glaube ich dir nicht. Irgendwas muss da sein, selbst wenn du es noch so sehr verdrängen möchtest."

Harper: „Trauer und Hass. Ich hasse die Menschheit. Ich hasse, wie mein Leben sich entwickelt, und ich bin traurig darüber, dass mir nichts mehr geblieben ist."

Raven: „Du hast immer noch Freunde, Kameraden und die ganze Destiny um dich herum. Selbst wenn das Leben mal vom Kurs abkommen sollte, irgendwann, mit der richtigen Hilfe, findet man dorthin zurück."

Harper: „Der Kurs meines Lebens führt in eine Sackgasse. Ich fühle mich, als hätte ich alles verloren. Da ist niemand mehr, den ich *Freunde* nennen könnte. Niemand, den ich zu meiner Familie zählen könnte. Es gibt keinen Ort, den ich ein Zuhause nennen könnte. Es gibt keinen Weg mehr, den ich gehen könnte. Es ist nichts mehr übrig von dem, was mal mein Leben war."

Raven: „Kommt mir bekannt vor. Du fühlst dich also verloren."

Harper: „Wie hast du das auf Utopia geschafft?"

Raven: „Wenn man realisiert, dass nicht einmal Aufgeben etwas bringt, dann versucht man einfach nur noch durchzuhalten und zu überleben. Tag für Tag, bis Dinge passieren, die die Umstände von alleine verändern."

Harper: „Was, wenn sich nichts ändert? Wenn keine Dinge passieren?"

Raven: „Es werden Dinge passieren. Es passiert immer irgendwas. Es braucht nur Zeit. Du bist ein guter Mensch. Auch wenn das Leben scheiße zu dir ist, vergiss das nicht. Du allein hast es in der Hand, wie es weitergehen soll. Gib der Zukunft eine Chance. Du bestimmst dein Leben. Also halte einfach durch."

Harper: „Danke für die Worte. Ich werde darüber nachdenken. Aber ich finde, du solltest jetzt gehen."

Nachdenklich bleibt Kaelyn auf dem Boden sitzen, wobei ihr immer mehr Tränen kommen. Raven hingegen steht mitfühlend auf und begibt sich wieder zur Tür.

Harper: „Ich habe dich geliebt. Wirklich."

Raven: „Ich weiß. Und genau das tut mir leid."

Er verlässt das Quartier und lässt Kaelyn grübelnd zurück. Erst spät in der Nacht überwindet sie sich dazu, aufzustehen. Sie zieht sich die Kapuze von ihrem Pullover über und geht nach draußen. Sie wandert langsam durch die gesamte Destiny. Von der Brücke, bis in die Stadt im Herzen des Schiffes. Dabei begegnet sie kaum jemanden. Es ist schon beinahe unheimlich, wie leer die Destiny ist. Wohingegen zu Slade Andersons Zeiten immer etwas in den Straßen los war, so ist heute Nacht kaum ein Licht zu sehen. Alles ist dunkel. Selbst die Straßenlaternen sind kaum eingeschaltet. Es liegen höchstens Gedenkkerzen und Blumen für die vielen Gefallenen der letzten Schlachten an den Wegesrändern. Es ist, als würde die Destiny langsam aussterben. Immer mehr Menschen verlassen daher die Schwarze Legion aus persönlichen Gründen.

Während Kaelyn sich dieser Tatsache vor den Gedenktafeln inmitten einer leeren Destiny immer bewusster wird, geht die Silence in den Landeanflug auf den Planeten Pearl über. Wie zu erwarten, tritt Dylan bereits kurz nach der Landung durch die Türen von Burtons neuer Bar.
Burton: „Schon wieder hier? Wo warst du so plötzlich hin?"
Sykes: „Habe mal eben Asgard gerettet. Und du so?"
Burton: (Skeptisch) „Natürlich hast du das."
Sykes: „Hab dir ein Geschenk mitgebracht."
Dylan stellt den Kopf von Chronos auf den Tresen. Burtons Augen werden vor Erstaunen immer größer. Er glaubt selbst nicht, was er vor sich sieht. Schon gar nicht hat er damit gerechnet, dass jemals der Kopf der gefürchtetsten Maschine der Geschichte auf seinem Tresen stehen würde.
Burton: „Schätze mal, die nächsten Runden gehen auf mich."
Sykes: „Kannst diese kleine Trophäe an die Wand hängen. Sorgt bestimmt für viele Gespräche."
Burton: „Absolut. Danke."
Burton stößt gemeinsam mit Dylan an. Während sie sich unterhalten, kommt auch der Rest der Silence-Crew in die Bar. Auch sie bekommen ein kostenloses Getränk von Burton. Weitere Gespräche lassen dabei nicht auf sich warten.
Ryan: „Sag mal, Burton, was ist dein Geheimnis?"
Burton: „Was für ein Geheimnis?"
Ryan: „Du bist Mitte 50, für dein Alter ein exzellenter Kämpfer und trotzdem ein bescheidener Barkeeper. Wer bist du eigentlich und woher kennst du Sykes?"
Burton: „Nun, ich bin Burton. Ich habe Sykes auf Senua kennengelernt, als ich noch ein Informant für die Red-Scorpions war.

Bars für Untergrundgeschäfte zu führen ist ziemlich lukrativ, deswegen bin ich hier. Nach Senua ging es für mich nach Hyena. Jetzt bin ich hier auf Pearl und ziehe mein Ding durch. Mit Dylan habe ich früher die ein oder anderen Jobs erledigt."

Ryan: „Du warst nur Barkeeper? Da lernt man doch nicht zu kämpfen. Was hast du vorher auf Senua gemacht?"

Bevor Burton weiter auf Ryans Fragen eingehen kann, kommt ein Mann mit weißem Anzug durch die Tür, begleitet von einigen Wachen in weißer Rüstung.

Hemsey: „Da steckt er ja. Habe ich dich endlich gefunden."

Sykes: „Hemsey. Es gibt auch nicht viele Orte, wo ich sein könnte."

Hemsey: „Ach, bei dir weiß man nie."

Er stellt sich zu Dylan an den Tresen, wobei ihm sofort der beschädigte Kopf von Chronos auffällt.

Hemsey: „Ist das ...?"

Sykes: „Das ist er. Beziehungsweise war er."

Hemsey: „Dylan Sykes, ich will echt keinen Ärger mit dir."

Sykes: „Gib mir nur keinen Grund dafür."

Hemsey: (Lacht) „Habe ich nicht vor. Und ist das da oben nicht die Sense von Lynch?"

Sykes: „Das ist sie."

Hemsey: „Hast du Chronos damit erledigt?"

Sykes: „Nein."

Hemsey: „Das wäre auch viel zu ironisch gewesen."

Sykes: „Ich nehme an, du brauchst was oder möchtest was von mir?"

Hemsey: „Ich hätte da ein paar Chauffeurjobs hier in der Hauptstadt für dich."

Sykes: „Hast du nicht Kontakt zu sämtlichen Privatmilitärs und Sicherheitsfirmen, die auf so etwas spezialisiert sind?"

Hemsey: „Sicher. Aber bei einigen dieser Aufträge bedarf es an qualifiziertem Personal."

Sykes: „So gern ich helfen würde, aber ich breche morgen schon wieder auf."

Hemsey: „Kein Problem. Gibt ja noch andere ... Spezialisten. Du bist in letzter Zeit viel unterwegs. Wo geht's denn hin?"

Sykes: „Eden. Jemanden besuchen."

Wie angekündigt, hebt die Silence am nächsten Tag inmitten von Kokospalmen ab. Sie schnellt steil in den blauen Himmel und verschwindet im All. Während des Fluges scheint Dylan etwas nervös aus dem Fenster zu schauen, dabei erinnert er sich an das letzte Mal, als er diesen Zielort aufgesucht hat. Es ist mehr als zwei Jahre her, da stand Dylan an einer Küste auf Initium Novum. Er saß auf einem

Granitfelsen, welcher flach auf einem Hügel lag. Die tropischen Pflanzen lichteten sich an diesem Platz und ermöglichten den Blick auf das Meer. Somit auch auf die Insel, in dessen Krater sich Ravens Anwesen versteckte. Damals noch wütend über den Verlust seiner Crewmitglieder starrte Dylan auf diese Insel und wartete darauf, Raven endlich angreifen zu können. Dabei kam Miranda aus dem Dschungel und auf den Felsen gelaufen.

Miranda: „Bist du dir sicher, dass du das noch durchziehen willst? Wir können das jetzt noch abbrechen."

Sykes: „Wir sind so weit gekommen. All die Anstrengung wäre umsonst, wenn wir es jetzt nicht versuchen würden."

Miranda: „Wir sind die am meisten gesuchten Kopfgeldjäger im Sektor. Wir sollten besser zusehen, dass wir verschwinden und irgendwo hingehen, wo wir untertauchen können."

Sykes: „Wir sind so nahe dran wie noch nie. Danach können wir immer noch verschwinden."

Miranda: „Das wird Sam und Ronnie nicht zurückbringen. Das weißt du."

Sykes: „Es wird sie vergelten. Hast du mit Amanda gesprochen? Ist die Ausrüstung bereit?"

Miranda: „Taucheranzüge, Tarnanzüge und alles für einen unbemerkten Angriff aus dem Wasser. Alles ist da, aber keiner von uns hat das je gemacht."

Sykes: „Dann wird es Zeit. Macht euch bereit! Ich will noch heute Ravens Kopf!"

Jahre nach Dylans Angriff, bei dem der Journalist Jon Carter sein Leben verlor, hat die Besatzung der Black-Arrow die Villa und das Anwesen wieder hergerichtet. Derzeit ist es Kyra, die betrübt auf dem Strand des Kratersees sitzt und mit ihrem Blick über die bewachsenen Felsen im Wasser schweift. Plötzlich taucht Clarke neben ihr auf und setzt sich zu ihr.

Clarke: „Sieh mal an, wer da ist. Kyra Hades. Die lang verschollene Botanikerin."

Hades: „Hey, Emily. Lang nicht gesehen."

Clarke: „Zu lang, Idiot. Ich bin froh, dass du wieder zurück bist. Wie geht es dir?"

Hades: „Schwer zu sagen. Es fühlt sich komisch an, wieder hier zu sein, nach alldem, was passiert ist. Aber es ist auch irgendwie schön, wieder zuhause zu sein."

Clarke: „Wir alle haben dich sehr vermisst. Du warst im Gefängnis, bist ausgebrochen und wurdest Kopfgeldjägerin? Und bist dabei auch noch gestorben. Was hast du dir denn dabei gedacht?"

Hades: (Lächelnd) „Schätze, ich wollte irgendwie überleben und bin dabei in ein neues Leben gerutscht."

Clarke: „Also sollte man sich mit dir besser nicht mehr anlegen, ja? Du musst mir trotzdem alles erzählen. Bitte!"

Hades: „Ich glaube, da gibt es viel zu erzählen. Vielleicht nicht gleich jetzt."

Clarke: „Klar. Keine Eile. Du bleibst doch jetzt, oder?"

Hades: „Ja. Ich bleibe, keine Sorge."

Clarke: „Du und Raven habt das alles auch wieder klären können? Hab ich gehört."

Hades: „Wer erzählt das eigentlich immer so schnell rum? Oli? Auch wenn ich Connor bei unserer ersten Begegnung versucht habe umzubringen, bin ich jetzt froh doch wieder bei ihm zu sein."

Clarke: „Klingt ... romantisch."

Kyra boxt schmunzelnd gegen Emilys Schulter.

Clarke: „Aua! Definitiv bist du jetzt die gefährlichste Botanikerin der Welt."

Hades: „Sorry. Ich werde mich noch etwas daran gewöhnen müssen. Das Leben auf der Silence war ... anders."

Clarke: „Das kann ich mir gut vorstellen. Da du es gerade ansprichst, du weißt schon, dass du sie heute wiedersehen wirst?"

Hades: „Das weiß ich. Dann lernst du die Leute mal besser kennen, die vor Jahren noch hinter uns her waren."

Clarke: „Das wird bestimmt ganz besonders seltsam. Wehe, du steigst dann wieder bei ihnen ein!"

Schadenfroh lächelnd hebt Kyra ihre Faust und holt damit aus. Obwohl sie nicht zuschlägt, weicht Emily schreckhaft zurück. Noch eine Weile sitzen die beiden am Stand und unterhalten sich weiter. Wenige Stunden später taucht die Silence in die Atmosphäre von Initium Novum ein. Entlang der tropischen Küste fliegt das Schiff über das türkisfarbene Meer. Als am Horizont die Stadt Victoria-City auftaucht, erscheint ebenfalls ein erloschener Vulkankrater vor dem Strand. Die Silence landet gleich neben der Black-Arrow in der offenen Höhle, am Südende der Insel. Beide Schiffe kommen sich besonders nahe, so nahe wie noch nie. Demnach ist der Platz auf der Landefläche jetzt komplett belegt. Die Laderampe der Silence senkt sich langsam. Gleich dahinter steht die versammelte Crew, welche nun nach langer Zeit wieder einen Fuß auf dieses Anwesen setzt.

Damon: „Es fühlt sich seltsam an, wieder hier zu sein."

Jason: „Klar. Beim letzten Mal haben wir auch versucht, hier alles in Schutt und Asche zu legen."

257

Amanda: „Und die Eigentümer zu töten."

Sykes: „Ich weiß, dass das seltsam ist. Mir geht's genauso. Versucht euch zurückzuhalten und macht keinen Ärger."

Die Besatzung der Silence läuft zum Eingang in den Krater, wo sie von Raven in Empfang genommen wird.

Raven: „Ihr seid ja tatsächlich gekommen."

Sykes: „Du hast uns eingeladen. Schon vergessen?"

Raven: „Nein. Kommt!"

Raven geleitet die Kopfgeldjäger die Treppe in den Krater hinunter. Von dort aus gehen sie über den Steinweg in Richtung der Villa.

Sykes: „Ich kann immer noch nicht glauben, dass du so wohnst. Wie kommst du an so ein Grundstück?"

Raven: „Nach der Schlacht auf Kaymerah habe ich Slade Anderson dieses Anwesen günstig abgekauft. Aus Dankbarkeit für die geretteten Leben und den Ausgang der Schlacht."

Sykes: „Davon habe ich schon gehört. Ein wahrer Kriegsheld."

Raven: „Wäre ich ein Held, wäre ich tot."

Sie erreichen den Strand hinter der Villa, wo auch Teile von Ravens Crew herumlaufen.

Sykes: „Das letzte Mal, als ich hier war ..."

Raven: „... waren andere Zeiten."

Sykes: „Mir tut trotzdem leid, was ich euch angetan habe. Ich sehe, ihr habt hier wieder alles aufgebaut?"

Raven: „So gut wie. Alle Spuren eures Angriffes lassen sich nicht beseitigen."

Er verweist auf einige Einschusslöcher in der Fassade der Villa, welche provisorisch mit Gips versiegelt wurden.

Sykes: „Wie gesagt, mittlerweile bereue ich, was ich getan habe. Ich habe mich damals ausschließlich von Rache antreiben lassen. Genau hier habe ich einen deiner Freunde erschossen."

Raven: „Ich weiß. Ich bin froh, dass du es bereust."

Die Blicke von Ravens Leuten sind skeptisch über ihre Besucher. Niemand von ihnen kann vergessen, welch Chaos sie vor Jahren angerichtet haben. Eine Person jedoch scheint nicht abgeneigt zu sein. Es ist Kyra, die fröhlich auf Miranda zugeht und sie umarmt.

Miranda: „Hey. Ich bin froh, dass es dir gutgeht. Als ich das letzte Mal von dir gehört habe, hat man dich gerade erst erstochen."

Hades: „Keine Erfahrung, die ich empfehlen würde. Komm, lass uns eine Runde gehen!"

Ohne zu zögern, verlassen die beiden die Gruppe und spazieren über das Gelände. Dabei sprechen sie über alles, was ihnen seit ihrer letzten Begegnung passiert ist.

Miranda: „Da Raven noch am Leben ist, gehe ich mal davon aus, dass ihr beide euch wieder vertragen habt?"

Hades: „Ja. Das ist wahr. Ich hätte niemals damit gerechnet, ihm zu helfen, nachdem er in einen Hinterhalt gerät, dabei erstochen zu werden, kurzfristig tot zu sein, mich von ihm retten zu lassen, mit ihm zu reden, das Universum zu bereisen und wieder mit ihm zusammenzukommen."

Miranda: „Wow. Warte mal! Was? Wie bitte?"

Hades: „Wir leben in verrückten Zeiten."

Miranda: (Lacht) „Allerdings. Wobei ihr einfach zueinander passt. Ich erwarte Details."

Hades: (Lächelt) „Später. Wie geht es dir und der Crew? Und was ist mit Dylan passiert? Er sieht auf einmal so gut gelaunt aus."

Miranda: „Der Crew und mir geht es gut. Anstatt auf Hyena zu sein, verbringen wir jetzt viel Zeit auf Pearl. Tropische Strände heben einfach die Stimmung. Und ja, Dylan hat mittlerweile einen guten Grund, glücklich zu sein. Schließlich hat er jetzt eine Freundin."

Hades: (Geschockt) „Warte, was? Er hat ...? Nicht dein Ernst, oder?"

Miranda: „Doch. Es ist wirklich passiert."

Hades: „Wie? Ich meine ...? Was? Ich freue mich so für euch. Erzähl mir alles!"

Während die beiden sich weiter austauschen, geht auch Raven allein ein Stück mit Dylan. Inmitten eines Blumenbeetes und im Schatten von Palmen steht ein polierter Grabstein. Darauf ist ein stählernes Namensschild befestigt, mit der Inschrift „Jon Carter".

Raven: „Darf ich dich mal was fragen? Warum er? Ich stand direkt vor ihm. Du hättest mich sogar direkt treffen können."

Sykes: (Zögerlich) „Ich wollte dich im Zweikampf besiegen. Dir in die Augen sehen, während ich dich mit meinem Schwert ersteche. Du weißt ja, wie das ausgegangen ist. Und anstelle deines Lebens habe ich seines beendet. Ich war damals so sehr auf Rache aus, dass das letztendlich Unschuldigen das Leben gekostet hat. Jetzt bereue ich, was ich getan habe. Das sagte ich ja schon."

Raven: „Allein diese Worte beweisen, dass du dir dieser Sache bewusst geworden bist und dich dahingehend verändert hast. Du wusstest es damals nicht besser. Hast dich von negativen Emotionen leiten lassen. Du kannst froh sein, dass du diesen Wandel durchgemacht hast. Unsere Wege haben sich unvorteilhaft gekreuzt. Die Person, die für all das verantwortlich war, ist nun tot. Ich bin bereit, dir zu vergeben, wenn auch du dir selbst vergeben kannst."

Sykes: „Ich bin mir unsicher, ob ich dazu jemals in der Lage sein kann. Schließlich habe ich Dinge getan, die man mit nichts wiedergutmachen kann. Ich weiß, dass ich die Vergangenheit nicht ändern kann, aber dafür die Zukunft."

Raven: „Vane wäre sicher stolz auf dich."

Sykes: „Er hat immer versucht, das Gute in mir zu sehen. Aber er kann auch stolz auf dich sein, oh großer Großmeister der Knights of Eden. Der Schatten und das Vermächtnis des Hüter-Ordens."

Raven: „Jetzt lenk' das ganze Rampenlicht bitte nicht auf mich, du weißt, dass ich kein Freund davon bin."

Sykes: „Warum sollte man sich auch sonst in einem Vulkankrater verstecken?"

Dylan und Raven lachen. Etwas, was man so noch nie gesehen hat. Auch wenn sie sich gegenseitig nicht als solche bezeichnen würden, ist es beachtlich, wie aus erbitterten Feinden Freunde werden konnten.

Raven: „Du siehst ausgeschlafen aus. Hat Chronos dich etwa von deinen Sünden erlöst."

Sykes: „Sehr witzig. Ja und nein. Chronos zu vernichten hat mir zwar eine riesige Last von den Schultern genommen, aber das ist nicht alles. Es gibt da mittlerweile eine Person, die mich liebt. Jemand, den auch ich lieben kann. Etwas, was ich schon vor langer Zeit aufgegeben habe. Jetzt ist es dennoch wieder passiert. Und all das fühlt sich gleichermaßen komisch als auch befreiend an."

Raven: „Wie bitte? Moment. Die Rothaarige? Miranda?"

Sykes: „Ist das so offensichtlich?"

Raven: (Lächelnd) „Irgendwie schon. Es ist eine Bereicherung. Von jemandem geliebt zu werden, den man selbst liebt, macht das Leben erheblich besser, findest du nicht?"

Sykes: „Tatsächlich. Ich habe immer nur den Schmerz und das Ende einer jeden Beziehung gesehen. Sowie die Einsamkeit danach. Hätte nie gedacht, mich jemals wieder so zu fühlen. Ich hatte es eigentlich aufgegeben. Dachte, Liebe sei kein Teil meines Lebens mehr."

Raven: „So dachte ich auch eines Tages. Vor allem zu der Zeit, als ich allein war. Dann kam doch alles anders."

Sykes: „Nicht jeder hat dieses Glück."

Raven: „Aber wer es hat, sollte daran festhalten."

Während die Sonne allmählich untergeht, entzünden sich am Strand die Lagerfeuer. Gleichzeitig werden nahe dem hölzernen Pavillon einige Grills mit Fleisch und anderem Essen belegt. Begleitet von Musik scheinen sich die einst verfeindeten Crews etwas anzunähern und sogar ein Grillfest zu feiern. Obwohl sie damals noch versucht haben sich gegenseitig zu töten, sitzen sich Logan und Sev im Armdrücken gegenüber. Dieses beinahe endlos andauernde Duell endet erst in einem Unentschieden, als zum Essen gerufen wird.

Nicht alle Crewmitglieder sehen über die Vergangenheit hinweg, jedoch lernen sie sich an diesem Abend besser kennen, als sie es jemals erwartet hätten. An einem der Lagerfeuer setzen sich Miranda und Kyra den anderen gegenüber. Wobei es auch direkt zu Gesprächen kommt. Allein schon, weil Kyra ein Stück Fleisch auf dem Teller hat.

Clarke: (Erschrocken) „Kyra! Was tust du da?"

Hades: „Ähm. Überleben?"

Clarke: „Ich dachte, du bist vegan. Seit wann isst du Fleisch?"

Hades: „Seit dem Gefängnis. Ich hatte damals keine Wahl."

Clarke: „Aber jetzt hast du eine. Sind dir die Tierleben nichts mehr wert?"

Miranda: „Oh, doch. Kyra ist immer noch sehr verbissen gegen die verwerfliche Massentierhaltung. Ich werde nie vergessen, wie ich sie in der Wüste inmitten einer Kuhherde einsammeln musste, während wenige Meter hinter ihr ein Schlachthaus in Flammen stand."

Clarke: „Wow. Ist das wahr?"

Hades: (Schmunzelnd) „Ich bekenne mich für nichts."

Während die Nacht anbricht, erzählen sie sich gegenseitig allerlei Geschichten am Lagerfeuer. Dabei überrascht es sie, wie gut sich alle eigentlich verstehen und wie ausgesprochen gut die Stimmung bei diesem ungewöhnlichen Treffen ist. Gesetzlose Kopfgeldjäger, gemeinsam mit einer unabhängigen Elitetruppe des VSE-Militärs. Nachdem allerdings auch das letzte Feuer ausglüht, begibt sich Dylan mit seinen Leuten zurück zur Silence, um dort zu übernachten.

In später Nacht, als bereits alle am Schlafen sind, passiert jedoch etwas Unerwartetes. Wie in einem Albtraum bekommt Raven ein weiteres Mal Visionen von den Utopiern. Sie versuchen, mit ihm Kontakt aufzunehmen, doch anstelle eines Gespräches sieht Raven nur flüchtige Bilder. Bilder von Kämpfen gegen grauenhafte und teilweise riesige Kreaturen, welche scheinbar in diesem Augenblick stattfinden. Er sieht die Invasion und die Zerstörung von Cesris, der Heimatwelt der Vyrakay, vor Augen. Im Hintergrund die gespenstischen Gestalten der Wesen, welche nur aus einem fremden, dunklen Universum stammen können. So unwirklich und verstörend diese Eindrücke auch sind, sie zeigen die bittere Realität. Obwohl Raven erwartet, dass einer der Utopier ihm im Traum gegenübersteht und aufklärt, so hört er nur dessen hallende Stimme, die zu ihm spricht.

Utopier: (Verzerrt) „Sie sind hier. Der Nebel ist aufgebrochen. Er ist erst der Anfang. Wir können so nicht mit dir sprechen. Sie würden uns finden. Lösung. Antworten. Anderer Ort. Finde ihn! Gehe dorthin! Du brauchst Hilfe. Er sollte dich begleiten. Wir haben eine Aufgabe. Mensch wird auch dort sein. Finde uns!"

In dieser Vision sieht Raven nicht nur das Grauen der aktuellen Kämpfe, sondern auch einen Ort. Einen Planeten mit einem besonderen Mond. Wie üblich nach diesen Visionen reißt Raven seine Augen auf. Er ist nun hellwach und schaut zuallererst nach der Uhr. Es ist fast 5 Uhr morgens. Wissend, dass er ohnehin nicht mehr einschlafen kann, steht er leise auf und verlässt die Villa, um die Visionen zu verarbeiten. Kyra, die sich unter der Bettdecke noch an ihn gekuschelt hat, hat von alldem nichts bemerkt. Bis Sonnenaufgang sitzt Raven auf dem Kraterrand und sieht zu, wie der Gasriese Horus samt seinen Monden im blauer werdenden Himmel verblasst.

Erst nach einigen Stunden geht Raven zurück zur Villa. Er nimmt den Eingang in die Küche, wo Hunter, Hades und ein paar andere Crewmitglieder versammelt sind. Sie alle schauen auf einen Bildschirm, wo gerade die aktuellen Nachrichten laufen.

Nachrichtensprecherin: „... Bislang gibt es keine Informationen über die Herkunft der Angreifer. Eindeutig handelt es sich um aggressive außerirdische Wesen, die jedoch keiner einzelnen Spezies bisher bekannt sind. Während die äußeren Kolonien weiterhin umkämpft sind, beraten sich die Abgeordneten der VSE und die Admiräle der Flotten."

Schnell fällt die Aufmerksamkeit auf Raven, der in den Nachrichten identische Bilder sieht, wie die, die er in seinen Träumen gesehen hatte. Kreaturen, so groß wie Wolkenkratzer, streifen auf sechs Beinen durch verwüstete Landschaften. Einige zerreißen ganze Gebäude mit Tentakeln, wohingegen andere mit riesigen Klauen und Stoßzähnen alles attackieren, was lebt. Trotz der enormen Diversität dieser Kreaturen haben sie ein Merkmal gemeinsam. Sie sehen alle aus, als wären sie halb verwest, knochig und entstammen den fürchterlichsten Albträumen.

Hunter: „Weißt du etwas darüber? Was hat das zu bedeuten?"

Raven: „Das ist nicht gut. Gar nicht gut. Lasst die Crew im Schiff sammeln und volle Kampfbereitschaft herstellen! Wir müssen so schnell aufbrechen wie möglich."

Ohne viele Worte über die Situation zu verlieren, packt Raven seine Sachen. Er zieht sich sogar direkt seinen Kommandoanzug an. Als die Crew der Silence gerade erst aus dem Bett kommt, bemerkt Dylan, wie Ravens Crew auf Hochtouren arbeitet und Vorräte sowie Waffen in das Schiff bringt. Neugierig kommt Dylan heraus, schaut sich verwirrt um und sucht so schnell wie möglich das Gespräch mit Raven. Er trifft ihn kaum eine Minute später vor dem Hangartor der Black-Arrow.

Sykes: „Was ist hier los? Es sieht aus, als würdet ihr in den Krieg ziehen wollen."

Raven: „Gewissermaßen tun wir das. Ich weiß, wir hatten es eigentlich anders geplant, aber jetzt hängt alles davon ab, zu verhindern, dass alle uns bekannten Spezies ausgelöscht werden."

Sykes: „Die dunklen Utopier?"

Raven: „Scheinbar die Finsternis selbst."

Sykes: „Fuck. So mies also. Sag mir, wie kann ich dir helfen?"

Raven: „Ich bin froh, dass du fragst. Du willst helfen? Folge mir!"

Sykes: „Wieso war mir klar, dass du das sagst?"

Raven: „Wie schnell ist die Silence bereit?"

Sykes: „Wir sind immer bereit."

Ahnungslos rüsten sich beide Crews für den Kampf. Kaum jemand hinterfragt Ravens Anweisungen, schließlich sieht man ihn selten so besorgt wie in diesem Moment. Er geht zur Kommunikationsanlage des Schiffes und stellt fest, dass er 14 Anrufe der Sanctuary-Station verpasst hat. Ohne zu zögern, ruft er zurück und steht nach einem kurzen Augenblick in Kontakt mit Avara persönlich.

Avara: „Commander Raven. Gut, dass ich Sie endlich erreiche. Der Hells Gate Nebel hat die Blockade durchbrochen. Meine Schiffe kämpfen nun an mehreren Fronten in verschiedenen Sektoren. Und das ist nicht alles. Das gesamte Cesris-System wurde in den Nebel gehüllt und der Planet selbst soll dem Erdboden gleichgemacht worden sein. Einfach ausgelöscht. Die Kardianer bekommen sogar Besuch von überlebenden Vyrakay, die Zuflucht suchen. Wir auf der Station sind völlig überfragt. Wir können nur die kleineren Angriffe abwehren, aber wir wissen nicht, wie wir das aufhalten sollen, was mit Cesris passiert ist."

Raven: „Wehrt zunächst die Angriffe ab, um die ihr euch kümmern könnt! Sammelt jede Unterstützung zusammen, die ihr kriegen könnt! Egal ob Militär, Söldner oder gar Plünderer. Wir werden sie alle brauchen, oder wir könnten alle vernichtet werden. Ich werde mich auf der Stelle auf den Weg zu einer verschollenen Utopier-Stätte machen. Ich hoffe, dort Antworten zu finden."

Während Raven seine Pläne bei Avara erläutert, rüstet sich das restliche Raptor-Team bereits in der Waffenkammer aus. Sie ziehen ihre Anzüge an und bereiten ihre Gewehre vor.

Rees: „Weiß eigentlich irgendjemand, was hier vor sich geht? Wohin fliegen wir überhaupt?"

Patton: „Wenn ich das richtig verstanden habe, dann weiß nicht mal der Commander selbst, wo es hingeht."

Rees: „Klingt gar nicht gut."

Murphy: „Auf alles vorbereitet zu sein, ist unser Job. Rechnet schon mal mit dem Schlimmsten."

Rees: „Na hoffentlich kein weiteres Geisterschiff, welches in einer Zwischendimension gefangen ist."

Sev: „Schon mal in die Nachrichten geschaut? Es wird schlimmer. Viel schlimmer."

Rees: „Du magst ein guter Schütze sein, aber ein Motivator bist du nicht gerade."

Sev: „Nur ein guter Schütze?"

Rees: „Ein exzellenter Schütze. Entschuldigt bitte, Eure schießende Exzellenz."

Murphy: „Jetzt macht euch nicht verrückt. Wir sind Profis. Die Besten der Besten. Was uns nicht umbringt, sollte weglaufen und was uns trotzdem bekämpft, findet den sicheren Tod."

Mittlerweile taucht Raven oben auf dem Kommandodeck auf. Noch bevor er hinüber zu Javis geht, wird er bereits von Hunter am Holodesk aufgehalten.

Hunter: „Raven, wir bekommen laufend Anfragen auf unterstützende Kampfeinsätze. Von der VSE, Eden, Elysium und sogar von den Kardianern."

Raven: „Auch wenn ich das nicht gerne tue, wir müssen die Anfragen ablehnen. Wir sind bereits auf einer Mission. Einer, die hoffentlich alle Kämpfe beenden kann, oder Schlimmeres verhindert."

Javis: „Wo soll es denn überhaupt hingehen, Commander?"

Raven: „Wo immer ich hinfliege. Ich übernehme das Steuer."

Javis: „Du weißt, ich bekomme immer Angstzustände, wenn du das tust."

Raven: (Lächelnd) „Zur Kenntnis genommen."

Vorsichtig räumt Javis seinen Platz und macht den Pilotensitz frei. Raven setzt sich hinein und öffnet dabei sowohl das Navigationssystem als auch einen Funkkanal zur Silence.

Raven: „Silence, hier ist die Black-Arrow. Seid ihr startbereit?"

Ryan: (Per Funk) „Hier ist die Silence. Jup, wir sind soweit."

Raven: „Gut. Ich sende euch die Koordinaten des Zielortes. Ich hoffe, ihr habt genug Energie für einen Direktsprung bei 10 Lichtjahren pro Sekunde."

Ryan: (Per Funk) „Ist machbar. Wir bleiben direkt hinter euch."

Raven übermittelt die Koordinaten aus seinem Kopf, woraufhin Ryan im Pilotensitz der Silence erstaunt die Augen aufreißt.

Ryan: „Ähm. Na klar."

Beide Schiffe heben ab und schweben zunächst über das Meer. Dort richten sie sich aus und beschleunigen. Beinahe in Formation fliegen sie aus der Atmosphäre hinaus und werden immer schneller. Als sie die Umlaufbahn von Initium Novum verlassen, springen Black-Arrow und Silence leicht zeitversetzt in den Hyperraum. Mit ihrer Geschwindigkeit dauert es nur wenige Minuten, bis sie ihr Ziel erreichen. Direkt nebeneinander erscheinen die Schiffe vor einem blauen Gasriesen, über den sich diverse weiße und graue Sturmbänder ziehen. Was die Crew allerdings mehr in Staunen versetzt, sind die vier inneren Monde des Planeten. Allesamt sind sie von gewaltigen Lavaseen und Flüssen bedeckt. Die Landmassen dieser Himmelskörper sind schwarz wie Kohle und laden absolut nicht zum Erkunden ein. Raven fliegt auf den innersten der Monde zu, welcher sich im Schatten seines Planeten befindet. Die pechschwarzen Wolken werden durch die Lava von unten beleuchtet und schimmern rötlich. Überall peitschen dunkle Stürme über das flüssige Gestein und erhellen die Nachtseite zusätzlich mit Unmengen von Blitzen. Beinahe alle Monde haben ein identisches Aussehen, dieser eine jedoch versetzt die Crews mit etwas ganz anderem in Erstaunen.

Hunter: „Wir waren ja schon an vielen verrückten Orten. Aber das? Ist das wirklich echt?"

Javis: „Da können sich die Elysianer für ihr Projekt eine Scheibe abschneiden. Wow."

Vor ihnen liegt der Ring des Mondes. Er ist nicht wie üblich aus Staub und Gestein, sondern vollkommen künstlich. Als hätte man einen flachen Metallring um den gesamten Himmelskörper gespannt und eine gewaltige Stadt darauf errichtet. Eine Stadt, in der allerdings kein einziges Licht zu sehen ist. Diese Ringstation kreist in einer Höhe von 300 Kilometern ziemlich nahe um den verhältnismäßig kleinen Mond.

Hunter: „Den Daten des Scanners zufolge, hat dieser Ring einen Durchmesser von etwa 5000 Kilometern. Wer baut so gewaltige Strukturen?"

Raven: „Die wohl größenwahnsinnigsten Wesen in diesem Universum."

Javis: „Oder die Elysianer. Mich erinnert das an den Ring von Poseidon. Nur das hier ist viel, viel gewaltiger."

Raven: „Ich wette, die Utopier haben irgendwo sogar noch Größeres gebaut."

Die Black-Arrow fliegt näher an die Ringstation heran und letztendlich auch darüber. Gefolgt von der Silence, geht es an immens großen Gebäuden vorbei. Sie alle sind geformt wie schwarz glänzende Kristalle, Messerspitzen und scharfkantige Glasscherben. Beachtlich beeindruckt ist auch Dylans Crew, welche so etwas noch nie zuvor gesehen hat. Sie starren, wie gefesselt, aus den Fenstern, während sie lautlos über eine dunkle Stadt im Weltraum gleiten.

Ryan: „Das ist doch verrückt. Wo sind wir hier?"

Sykes: „Nun, so ist es, mit Raven zusammenzuarbeiten. Gewöhnt euch besser dran!"

Als wüsste Raven ganz genau, wo er hinmüsste, landet er die Black-Arrow auf einer langen Landeplattform gegenüber eines großen Gebäudes. Es sieht aus, wie mehrere ineinander übergehende Messerklingen, welche zur Mitte hin immer breiter werden, gefertigt aus dem bereits bekannten schwarzen Metall.

Javis: „Keine Atmosphäre. Wieso hat die Sanctuary-Station eine und dieses riesige Konstrukt nicht?"

Raven: „Vermutlich, weil hier seit Hunderttausenden von Jahren niemand mehr war."

Javis: „Einleuchtend. Und wie geht es jetzt weiter?"

Raven: „Wir werden da reingehen müssen. Ich möchte das Raptor-Team dabeihaben. Silence? Könnt ihr ein Team bereitstellen? Wir treffen uns gleich unten vor den Schiffen."

Sykes: (Per Funk) „Kein Problem. Ich muss nur meine Leute von den Fenstern wegbekommen."

Hunter: „Was können wir währenddessen machen? Wie können wir helfen?"

Raven: „Schaut euch gern um, aber bleibt in Reichweite der Schiffe. Bleibt auf jeden Fall wachsam! Wir wissen ja nur zu gut, dass uns an solchen Orten immer eine Überraschung erwartet."

Auf halbem Weg zu seinem Team wird Raven plötzlich aufgehalten. Kyra stellt sich ihm in den Weg und schaut ihn vorwurfsvoll, aber auch mit großen Augen an.

Hades: „Darf ich diesmal mit?"

Raven: (Zögerlich) „Klar. Schnapp dir einen Raumanzug. Wir treffen uns im Hangar."

Flüchtig küsst sie ihn, bevor Kyra zufrieden lächelnd in die Waffenkammer eilt. Raven wiederum schüttelt schmunzelnd den Kopf und nimmt den Fahrstuhl nach unten.

Bereits wenige Minuten später setzt das Raptor-Team in Begleitung von Kyra einen ersten Fuß auf die mysteriöse Ringstation. Von der Landeplattform aus haben sie eine unfassbare Aussicht über die gesamte Station sowie auf die Oberfläche des Mondes, wo einzelne Gebirgszüge und schmale Lavaflüsse schon mit bloßem Auge zu erkennen sind.

Rees: „Willkommen in der Stadt der Engel, erbaut über dem Himmel der Hölle."

Murphy: „Wahnsinn. Das Ding hat künstliche Gravitation."

Sev: „Überraschen tut mich das nicht."

Wenige Augenblicke später verlässt auch die Crew der Silence mit ihren, für den Kampf gerüsteten, Raumanzügen ihr Schiff. Sykes, begleitet von Miranda, Logan, Damon und Jason. Sie schauen direkt neugierig in alle Richtungen. Auch sie scheinen überwältigt von der verlassenen Ringstation zu sein. Wobei Dylan von allen am meisten seine Fassung behält.

Sykes: „Und du wusstest einfach so, wo dieser Ort liegt?"

Raven: „Nein. Das klingt vielleicht seltsam, aber ich hatte mal Kontakt mit einem der Erbauer. Ein Wesen bestehend aus reinem Licht. Es hat mich berührt und mir gezeigt, was es bedeutet, einer der ihren zu sein. Seitdem kontaktieren sie mich manchmal im Schlaf. Das ist leider nicht so schön, wie es sich anhört."

Sykes: „Sicher, dass du heute nicht einfach schlecht geträumt hast?"

Raven: „Hätte ich sonst diesen Ort gefunden?"

Miranda: „Warum sind wir jetzt eigentlich hier?"

Raven: „Um Antworten zu finden. Habt ihr heute Morgen die Nachrichten gesehen?"

Logan: „Ja. Gibt schönere Wege, um wach zu werden."

Raven: „Ich werde euch alles erzählen, was ihr wissen müsst. Folgt mir!"

Sykes: (Leise) „Und er tut es schon wieder."

Zur gleichen Zeit, als dieses buntgemischte Team aus Soldaten und Kopfgeldjägern sich Zugang zum nächsten Gebäude verschafft, erzählt Raven seinen Begleitern vom Hells Gate Nebel, der Finsternis, den verdorbenen Utopier und seinem heutigen Gespräch mit Avara. Es fällt ihnen schwer, all diese wirren Informationen auf einmal zu verarbeiten. Auch wenn sich jeder von ihnen wünscht, dass Raven unrecht hätte, wissen sie dennoch, dass er nicht grundlos tausende Lichtjahre durchs All reisen würde, um Gruselgeschichten zu erzählen.

Mittlerweile ist das Team im Inneren der Ringstation angekommen. Auch wenn hier eine Atmosphäre vorhanden ist, ist sie zu dünn, um lange genug atmen zu können. Dank seiner Visionen kann Raven sich genau an den Weg erinnern, den sie gehen müssen. Glücklicherweise lassen die großen Glaswände genug Licht in die Station, sodass keine Lampen benötigt werden. Trotzdem bleiben sie alle wachsam und sind jederzeit bereit, ihre Waffen zu ziehen. Besonders nervös werden die Raptors, als sie durch einen Korridor aus Statuen laufen. Den Statuen, gegen die sie auf dem Dschungelplaneten, den die Utopier-Raumstation umkreiste, gekämpft haben.

Damon: „Was ist denn mit euch los?"

Rees: „Wenn sich eines dieser Dinger bewegt, schießt darauf mit allem, was ihr habt!"

Damon: „Das sind Statuen."

Rees: „Die wollen nur, dass du glaubst, dass sie es wären."
Auch wenn es sich bei diesen Statuen tatsächlich um die
Kampfmaschinen von damals handelt, kommen sie alle ohne
Zwischenfälle in einem großen Saal an. Dort befindet sich ebenfalls
eine beachtlich hohe Tür, welche mit einem goldenen Relief verziert
ist. Direkt daneben befindet sich eine gläserne Steuerkonsole. Sie
scheint nicht zu funktionieren, bis Raven seine Hand darauf ablegt.
Plötzlich gehen die Lichter im Saal an und ein metallisches Knarren
hallt durch die Gänge. Langsam öffnet sich die Tür. Neugierig betritt
das Team den dahinterliegenden, kuppelförmigen Raum, welcher ganz
klar einer Art Observatorium gleicht. Allein durch Ravens
Anwesenheit wird ein Mechanismus in Gang gesetzt, der eine hell
leuchtende weiße Lichtkugel in der Mitte des Raumes erzeugt. Die
Kugel wird immer größer und scheint nur mit dünnen Blitzen mit der
Decke und dem Boden verbunden zu sein. Dabei scheint ein Schwarm
weißer Funken ringförmig um dieses Objekt zu kreisen.

Sykes: „Ähm ... Sind das die Antworten, nach denen du suchst?"

Raven: „Irgendwie."

Murphy: „Ist das ein Portal? Wie in Andromeda?"

Raven: (Nachdenklich) „Ich schätze schon. Wir müssen da rein."

Sykes: „In das Licht laufen? Wirst du jetzt religiös? Wurdest du
erleuchtet?"
Die Lichtkugel scheint anzuwachsen und berührt langsam den Boden.
Sie hat mittlerweile einen Durchmesser von über drei Metern.

Hades: „Ich möchte nur daran erinnern, dass du das letzte Mal alleine
durch so ein Portal gegangen bist. Diesmal schlage ich vor, dass wir
alle gleichzeitig hineingehen."
Kyras Vorschlag wird nickend von allen zugestimmt. Demnach
versammelt sich das gesamte Team um die Kugel.

Jason: „Das ist doch wahnsinnig. Was machen wir hier?"

Sykes: „Was immer nötig ist. Wenn du nicht willst, lass es sein. Ich
werde mitgehen."

Logan: „Jetzt sei kein Weichei! Diese Chance bekommst du vielleicht
nur einmal im Leben."

Jason: (Seufzt) „Immer dieser Gruppenzwang."

Raven: „Bereit? Dann los."
Alle berühren die Oberfläche der Kugel gleichzeitig. Dabei flutet ein
grelles Licht den gesamten Raum. Das Team liegt plötzlich im Kreis
auf dem Boden. Es ist, als wären sie alle an einem anderen Ort
aufgewacht. Neugierig schaut sich jeder von ihnen um. Die ersten

Eindrücke sind wie zu erwarten surreal. Der Nachthimmel ist überzogen mit unzähligen Sternen inmitten eines blauen stellaren Nebels und beleuchtet durch Polarlichter in allen Farben. Die unwirkliche Landschaft besteht hauptsächlich aus grauem Gestein sowie schwebenden Felsen und Gebirgen am Horizont. Das Team befindet sich gerade in einer Talsenke, wo es einer Spur metallischer Ruinen folgt. Sie erreichen eine runde Steinterrasse am Ufer eines großen Sees. Das Wasser ist so still, dass es den Sternenhimmel fast perfekt spiegelt. Nur hinter dem See kommen langsam dichte Nebelbänke zwischen den schwebenden Felsbrocken hervor.

Miranda: „Was ist das für ein Ort? Das ist einfach nur verrückt."

Damon: „Ich kann nicht glauben, dass wir wirklich hier sind."

Hades: „Es ist wunderschön."

Logan: „Ein anderes Universum, richtig?"

Raven: „Ja."

Sykes: „Wissen wir eigentlich, wo wir hinmüssen, oder weswegen wir genau hier sind?"

Raven: „Ich denke, wir werden es jetzt herausfinden."

Raven fokussiert seinen Blick auf die Nebelbänke hinter dem See. Das ganze Team erstarrt, als sich ein riesiges humanoides Wesen daraus erhebt. Dieses Wesen scheint aus Energie und Licht zu bestehen. Es hat mehrere Arme und einen Körper wie ein Mensch, doch die Haut spiegelt die Umgebung fast so gut wie der See. Der Nebel selbst verschleiert die Konturen dieses Wesens und wirkt regelrecht wie ein übergroßes Gewand.

Miranda: „Was ist das?"

Raven: „Vermutlich die physische Manifestation eines transzendierten Utopiers."

Rees: „Wwwas?"

Wo kein anderer von ihnen in diesem Augenblick auch nur ein einziges Wort herausbekommt, so beginnt das Wesen mit den Menschen zu sprechen. Dessen Stimme ertönt mit einem lauten Hall, gefolgt von einem leisen, verzerrten Echo.

Utopier: „Das ist korrekt. Commander Raven. Wir wissen, dass du und deine Gefolgsleute bestimmt unzählige Fragen an uns habt. Jedoch bewegen wir uns in einer gefährlichen Zeit. Die dunklen Entitäten, welche einst einen Teil unserer einstigen Spezies verdarben, gelangen nun durch deren Hilfe zurück in euer Universum. Auch diese Umgebung, in der ihr euch gerade befindet, ist nicht sicher. Die Finsternis kann es spüren, wenn die Grenzen zwischen Universen überschritten werden."

Raven: „Dann sollten wir diese Unterhaltung auf das Wesentlichste beschränken."

Jason: (Enttäuscht) „Aber, aber ..."

Utopier: „Als unsere Art damit begann, Universen zu erschaffen und zu formen, befanden wir uns in einem Krieg. Beide Seiten strebten nach einer höheren Stufe der Evolution, doch fanden sie unterschiedliche Wege, dieses Ziel zu erreichen. In den Untiefen des Multiversums breitete sich etwas aus, das diese Evolutionsstufe schon vor langer Zeit erreichte. Eine Urfinsternis, welche sämtliche Universen, zu denen sie Zugang bekam, verdarb und jegliches Leben darin unmöglich machte. Je komplizierter der Aufbau eines Universums, umso mehr Energie erfordert es für die Finsternis dieses zu verderben. Beim Erforschen transuniversaler Technologien traten einige unserer Ahnen in Kontakt mit diesen dunklen Mächten. Diese haben die Kontrolle über sie übernommen und dazu verleitet Tore in dieses Universum zu öffnen. Nun haben die Schatten unserer Ahnen einen Weg gefunden, diese Tore erneut zu öffnen."

Murphy: „Wir unterscheiden also die dunklen Utopier von der Finsternis selbst? Abgefahren."

Jason: „Ich blicke da gar nicht mehr durch. Ich höre das alles zum ersten Mal heute."

Utopier: „Der Ort, den ihr *Hells Gate Nebel* nennt, ist eines dieser Tore. Jedoch ist es zu instabil, da es mit der beschädigten Technologie unserer Ahnen geöffnet wurde. In dem Nebel sammelten sich dennoch die ersten Entitäten und bereiteten sich vor, das Tor zu stabilisieren. Als Hilfsmittel haben sie ein technisch hoch entwickeltes Sternensystem gewählt, welches ihr *Cesris* nennt."

Raven: „Die Heimat der Vyrakay. Unsere Feinde, mehr oder weniger. Dem Anschein nach hat die Finsternis den Planeten ausgelöscht."

Utopier: „Sie vernichten und indoktrinieren Lebewesen. Der Planet dient ihnen für den Bau eines Werkes, welches den Stern des Systems zu einem Tor, einem Wurmloch, umfunktionieren soll. Ihr müsst die dunklen Ahnen und die Finsternis aufhalten, bevor das Werk fertiggestellt ist. Der Bau befindet sich in vollem Gang. Ihr müsst sie stoppen oder euer Universum wird im Laufe der nächsten Milliarden Jahre von der Finsternis verdorben."

Raven: „Das ist eine gewaltige Aufhabe. Wie sollen wir das anstellen?"

Utopier: „Der Bau des Werkes muss auf der Oberfläche des Planeten verlangsamt und aufgehalten werden. Für eine weitere wichtige Aufgabe brauchen wir zwei eurer besten Krieger."

Alle schauen zu Raven und Dylan.

Utopier: „Ihr werdet während der Schlacht in das Werk eindringen

müssen. Geht durch dieses Tor und ich zeige euch wie."
Raven und Dylan sehen sich kurz in die Augen, während sich vor
ihnen ein leuchtender Riss in der Raumzeit öffnet. Ohne Zögern
schreiten sie durch diesen Riss und finden sich auf einer schwebenden
Plattform inmitten eines dunklen Wolkenmeeres wieder. Nur am
Horizont ragen vereinzelt gewaltige Statuen aus den Wolken empor.
Dies ist allerdings nur Nebensache, denn ein Utopier in der
leuchtenden Gestalt eines Menschen steht vor den beiden und
präsentiert drei verchromte Schatullen, welche auf hüfthohen Säulen
präsentiert sind.

Utopier: „Wenn ihr beide die Krieger seid, welche dieser Aufgabe
gewachsen sind, dann hört gut zu. Auf der mittleren Säule befindet
sich ein Artefakt, welches eine Tür durch die Raumzeit öffnen kann.
Ein Weg hinein und ein Weg hinaus. Im Zentrum des Werkes werdet
ihr die dort herrschenden dunklen Energien nutzen, um in das
Heimatuniversum der Finsternis vorzudringen. Eure Aufgabe dort
wird es sein, eine Bombe zu entzünden, um den Vakuumzerfall in
diesem Universum einzuleiten und es endgültig zu vernichten."

Sykes: „Die Finsternis auszulöschen klingt ja schon fast, als hätte es
biblische Ausmaße."

Raven: „Vakuumzerfall? Wie soll das funktionieren?"

Utopier: „Das Universum der Finsternis ist metastabil."

Sykes: „Was bedeutet das?"

Utopier: „Es hat ein falsches Vakuum, wie viele Universen, die
erschaffen wurden. Damit ist es anfällig für den Vakuumzerfall."

Raven: „Eine Vakuumzerfallsbombe? Ich dachte immer, so etwas sei
Spekulation."

Sykes: „Jetzt haben wir die Aufgabe, damit ein ganzes Universum zu
vernichten."

Raven: „Was würde passieren, wenn die Bombe in unserem
Universum explodieren würde?"

Utopier: „Ein supermassives schwarzes Loch würde entstehen. Das
Universum bleibt unberührt. Die Bombe funktioniert ausschließlich in
künstlich erschaffenen und nicht natürlichen Universen."

Raven und Dylan gehen jeweils zu einer anderen Schatulle. Darin
befindet sich für jeden von ihnen eine gläserne Kugel, welche wie eine
kleine Sonne leuchtet. Raven hält eine blaue sowie Dylan eine rote
Kugel in der Hand.

Utopier: „Wenn sich diese beiden Kugeln berühren, löst dies eine
unaufhaltsame Kettenreaktion aus, welche innerhalb von zehn
Minuten zu einem Zerfall des Vakuums führt. Das Universum der
Finsternis wird sich auflösen, Atom für Atom, Partikel für Partikel.

Nach ihrer Aktivierung werft die Kugeln in die Luft und lauft zurück zum Riss. Sie werden umeinanderkreisen und sich immer näherkommen. Bei der Kollision solltet ihr am besten zurück in eurem Universum sein."

Sykes: „Das löscht dann automatisch die gesamte Finsternis aus?"

Utopier: „Nicht die gesamte Finsternis. Es vernichtet nur die Energie, welche sich im Multiversum bewegt und mit ihrem Heimatuniversum verbunden ist. Was verdorben ist, bleibt verdorben. Doch allein dieser Akt kann Milliarden Welten und Spezies retten."

Sykes: „Wozu braucht ihr uns? Ihr als kosmische Wesen, könnt ihr die Bombe nicht selbst legen?"

Utopier: „Unsere Energie, unsere Signatur ist der Finsternis bekannt. Sie werden es bemerken und bekämpfen, wenn wir in ihr Universum eindringen. Euch kennen sie noch nicht."

Raven: „Ich verstehe. Wo sollen wir die Bombe zünden?"

Utopier: „An einem der Knotenpunkte, welche über ein Energienetz die Portale versorgen. Es sind Türme, die ihr nicht übersehen werdet. Dort wird sich der Vakuumzerfall noch schneller ausbreiten. Behaltet diesen Plan für euch. Redet mit niemandem darüber. Die Finsternis könnte überall mithören, wie Götter. Sie darf nichts von alldem erfahren. Sonst ist euer Untergang gewiss. Nun geht zurück! Verlasst diesen Ort und sammelt die Kräfte für die bevorstehende Schlacht."

Sykes: „Eine Frage hätte ich noch: Ihr seid kosmische Wesen. Wesen, die durch das Multiversum reisen und eigene Universen erschaffen. Götter, wenn man das so sagen kann. Warum helft ihr uns?"

Utopier: „Wir befinden uns seit Ewigkeiten im Krieg mit diesen dunklen Mächten, jetzt haben wir eine Möglichkeit diesen Krieg zu gewinnen. Ihr seid nun ein Teil dieses Krieges geworden. Der Wandel des Lebens in allen Universen beschäftigt uns nicht. Wir mögen wie Götter sein, aber wir wollen nicht so primitiv wie welche behandelt werden. Ihr seid tatsächlich nur ein Mittel zum Zweck, jedoch teilen wir den gleichen Ursprung. Allein dies rechtfertigt es, euch zu helfen."

Raven: „Ich denke, dann können wir uns sehr glücklich schätzen. Danke für alles."

Raven und Dylan verstauen die leuchtenden Kugeln jeweils in einem schwarzen Säckchen und verstecken diese in den Taschen ihrer Raumanzüge. Nachdem Raven das Artefakt einsteckt, verlassen sie diesen unwirklichen Ort. Durch einen weiteren Riss in der Raumzeit kommen die beiden schließlich zurück in die Zwischenwelt, in der ihre Freunde bereits auf sie warten.

Rees: „Oh, seht mal an. Willkommen zurück."

Logan: „Und? Was ist eure wichtige Aufgabe? Wie werdet ihr uns retten?"

Keiner von ihnen antwortet. Stattdessen bemerken sie, dass der Utopier am anderen Ende des Sees verschwunden ist. Bloß ein lauter Ruf schallt wie ein Echo über das Wasser.

Utopier: „Sie haben uns gefunden. Geht!"

Es kommt zu einem leichten Erdbeben. Aus jeder Richtung nähern sich schwarze Wolken vom Horizont. Sie verschlingen die schwebenden Berge und erleuchten die Landschaft darunter mit roten Blitzen. Der Nebel am Sternenhimmel färbt sich langsam gelb, als wäre das Team mitten im Hells Gate Nebel. Voller Verunsicherung schauen sie sich um und bemerken, wie der See zu kochen und langsam zu verdampfen beginnt. Dort, wo vor kurzem noch der Utopier war, erhebt sich nun eine gespenstische Gestalt. Sie erscheint als stellarer Nebel am Himmel und scheint vom All aus auf das Team hinabzusehen. Wie unter einer Kapuze befindet sich ein leuchtend roter Sternenhaufen dort, wo das vermeintliche Gesicht dieses Wesens sein sollte. Ein Bote der Finsternis. Er spricht wie ein dunkles, hallendes Echo in den Köpfen der Menschen.

Finsternis: „Primitive, organische Lebensformen. Sagt mir, wie kommt ihr an so einen Ort? "

Raven: „Reine Neugier."

Finsternis: „Ihr wisst, wer wir sind. Ihr wisst, wozu wir imstande sind, und ihr wisst, was wir tun werden. Wesen wie ihr werdet uns nicht aufhalten können. Ihr seid bereits verloren."

Raven: „Das ist nicht ganz in unserem Interesse. Wenn wir schon sterben, dann nicht, ohne uns gewehrt zu haben."

Finsternis: „Hoffnungslos. Ihr alle seid bloß kosmischer Staub."

Raven: „Genau wie du."

Rees: „Natürlich provoziert er die dunklen Götter. Das ist unser Raven."

Sykes: „Hätte auch von mir kommen können."

Dem Team nähern sich schattenhafte Gestalten. Dunkle Geister, knochige Untote und monströse Kreaturen mit Klauen und Tentakeln.

Finsternis: „Ihr seid dem Untergang geweiht."

Hades: „Wir sollten hier weg!"

Ohne weitere Kommentare kehrt das Team um und rennt den Pfad zwischen den Ruinen entlang, zurück zu der leuchtenden Kugel. Jeder von ihnen macht dabei seine Waffen bereit, denn die dunklen Kreaturen scheuen sich nicht davor, die Menschen rücksichtslos anzugreifen. Die schattenhaften Geister gehen bei dem Beschuss der Raptors unmittelbar in Rauch auf. Die Untoten jedoch schaffen es mehrmals bis in den Nahkampf. Kyra zeigt hier, was sie in den letzten

Jahren gelernt hat. Fast mit Leichtigkeit schwingt sie ihre Schwerter zwischen den Monstern umher und macht unzählige von ihnen kampfunfähig oder besiegt sie gänzlich.

Rees: „Wow. Unsere Botanikerin stutzt unsere Feinde wie Pflanzen."

Miranda: „Das harte Training hat sich ausgezahlt."

Der Klang von Schüssen wechselt sich ab mit dem Geräusch der durch Klingen gebrochenen Knochen. Nur bei größeren Monstern hilft meist nur noch das Ausweichen. Sie haben die weiße Kugel und damit das Portal schon fast erreicht. Die ersten Teammitglieder sind bereits durchgelaufen, als plötzlich eine spinnenartige Klaue Jasons Brustkorb von hinten durchschlägt. Dylan erstarrt, als er das sieht, und bleibt entsetzt stehen.

Sykes: (Wütend) „Fuck! Jason!"

Der Griff an seinem Schwert verfestigt sich. Er ist bereit für einen stürmischen Gegenangriff. Doch Raven drückt mit Kraft gegen seine Schutzweste und hält ihn davon ab.

Raven: „Scheiße, ich weiß, Dylan. Wir können ihm nicht mehr helfen, aber wir haben eine Chance, ihn zu rächen. Es geht nicht anders."

Dylan, Raven und Jason sind die einzigen, die noch nicht durch das Portal sind. Sie werden von der Finsternis am Horizont beobachtet, während die Menge an Monstern immer weiter zunimmt. Dylans Augen sind hasserfüllt. Am liebsten würde er all seine Wut an den dunklen Kreaturen auslassen, jedoch weiß auch er, dass er nichts mehr tun kann. Ihm bleibt nur die Möglichkeit, sich jetzt zusammenzureißen und seine Wut für einen späteren Schlag gegen die Finsternis aufzuheben. Währenddessen macht Jason mit seinen letzten Atemzügen jeglichen Sprengstoff scharf, den er am Körper trägt.

Jason: „Geht schon! Bringt das zu Ende! Für die ganze Menschheit!"

In dem Augenblick, in dem Jason den Sprengsatz zündet, verschwinden Dylan und Raven in dem Portal, welches sich unmittelbar nach der Durchquerung schließt. Sie sind nun wieder zurück im Observatorium der Ringstation. Doch sofort zieht Dylan all die Aufmerksamkeit auf sich. Er flucht laut herum, schlägt sich gegen den Helm und würde sich am liebsten die Haare vom Kopf reißen.

Miranda: „Scheiße, was ist passiert? Wo ist ...? Nicht Jason!"

Ohne zu zögern, nimmt Miranda Dylan in den Arm und versucht ihn zu beruhigen. Das scheint sogar tatsächlich zu funktionieren. Dennoch spricht in diesem Moment keiner ein Wort. Jeder von ihnen weiß, wie sehr Dylan es hasst seine Freunde zu verlieren und dass er sich vermutlich am Ende wieder selbst die Schuld dafür geben will. Auch Logan und Damon fällt es schwer zu realisieren, dass einer ihrer Freunde soeben gestorben ist. Dieser emotionale Moment wird allerdings unangenehm früh durch einen Funkspruch unterbrochen.

Hunter: (Per Funk) „Raven? Raptor-Team? Hört ihr mich?"

Raven: (Zögerlich) „Wir hören dich, Hunter."

Hunter: (Per Funk) „Ich weiß nicht wie, aber über der Ringstation tauchen mehrere Schiffe auf. Sieht so aus, als kämen sie von den anderen Monden."

Raven: „Von wem sind diese Schiffe? Utopier?"

Hunter: (Per Funk) „Nein. Sie sehen von Menschen gemacht aus. Warte mal ... Darunter ist ein Tarnkappenschiff, aber mit einem Transponder des Eden-Militärs. Es ist die Avenger."

Raven: „Commander Talon? Das ist nicht gut."

Logan: „Wer ist Commander Talon?"

Raven: „Einer von Adams engsten Handlangern. Die Knights of Eden suchen schon lange nach ihm. Nach den Informationen, die wir haben, sucht er nach Relikten der dunklen Utopier. Vermutlich war auch er es, der für die Entstehung des Hells Gate Nebels verantwortlich war."

Damon: „Wenn man denkt, beschissener wird es nicht mehr."

Dylan löst sich allmählich von Mirandas Armen und geht wieder zu den anderen.

Sykes: „Soll er kommen."

Hades: „Wenn die Ritter hinter ihm her sind, warum kontaktierst du sie nicht? Ruf doch die Ghost."

Raven: „Gute Idee. Ich weiß nur nicht, wann sie hier sein wird."

Als Raven der Ghost eine Nachricht sendet, öffnet sich die Tür des Observatoriums. Unerwartet stehen ihnen nun Soldaten des Eden-Militärs im Saal gegenüber. Sie richten automatisch die Waffen auf das Team und eröffnen das Feuer. Die Raptors hingegen erwidern den Beschuss. Was ihnen jedoch Unbehagen bereitet, ist, wie viele Treffer diese Soldaten aushalten. Ihre Raumanzüge sind schon völlig zerfetzt, sie kämpfen allerdings trotzdem weiter.

Patton: „Verdammt, was stimmt mit denen nicht? Ich habe dem einen schon dreimal in den Kopf geschossen."

Sykes stürmt mit seinem Schwert hervor und enthauptet einige der Angreifer im Alleingang. Es dauert nicht lange, bis alle von ihnen besiegt sind und regungslos auf dem Boden liegen.

Murphy: „Das sind Soldaten von Eden. Wieso greifen die uns an?"

Raven: „Das sind Talons Soldaten."

Rees: „Schön. Und warum halten die so viel aus?"

Dylan geht zu der Leiche eines Angreifers und reißt ihren Helm hinunter. Das Team muss zum Entsetzen feststellen, dass Talon diese Soldaten bereits mit der Finsternis indoktriniert hat. Die Augen sind tiefschwarz, die Haut sieht aus, als wäre sie verbrannt, wobei sich leuchtende Adern über das gesamte Gesicht ziehen.

Damon: „Verdammt, ist das ekelhaft. Was ist mit denen passiert?"

Plötzlich kommt Talon persönlich im Raumanzug und mit einem zerrissenen Umhang in den Saal spaziert. Dabei wird er von einer Handvoll Soldaten begleitet. Er stellt sich dem Team direkt gegenüber, wobei sie alle ihre Waffen ziehen, von Gewehr bis Schwert.

Talon: „Meine Soldaten sind mehr als nur Menschen. Sie dienen einem höheren Zweck und haben dafür ihre organische Hülle geopfert."

Raven: „Commander Talon, nehme ich an?"

Talon: „Korrekt. Der legendäre Commander Raven und die Crew der Black-Arrow, begleitet von ein paar Kopfgeldjägern. Eine ungewöhnliche Überraschung. Ich frage mich, woher ihr von diesem Ort wisst. Der Raum hinter euch, habt ihr dort ein Portal geöffnet?"

Das Schweigen des Teams lässt darauf schließen, dass Talon mit seiner Vermutung recht hat.

Talon: „Was ist da drin passiert? Sagt es mir!"

Raven: „Von uns erfährst du nichts. Sag uns lieber, was dich an diesen Ort führt."

Talon: „Sinnlos! Ihr werdet es ohnehin nicht mehr aufhalten können. Sie sind bereits auf dem Weg."

Raven: „Was ist auf dem Weg?"

Talon: „Wisst ihr, wie die Utopier die Welten ihrer Artgenossen vernichtet haben? Sie nutzten nicht nur Waffen wie Sanctuary, sondern auch Terraformer, um die Planeten unbewohnbar zu machen. Diese Monde sind voll davon. Hier wurden sie erbaut. Ich habe sie erweckt, gab ihnen neue Ziele und jetzt starten sie, um die alten Welten der Menschen neu zu erschaffen."

Raven: „Welchen Nutzen hat jemand wie du davon, den Untergang der ganzen Menschheit herbeizuführen?"

Talon: „Es ist kein Untergang. Es ist Transzendenz. Die Menschheit ist ein unbedeutendes Geschwür. Wertlos für das Universum. Ich tue das nicht für mich, sondern für jene, die viel größer sind als wir alle."

Commander Talon nimmt seinen Helm ab und gibt sein Gesicht zu erkennen. Es ist, wie das der Soldaten, durchzogen mit lila leuchtenden Äderchen, wobei die Augen pechschwarz sind. Zusätzlich scheinen der Mangel an Sauerstoff und die geringe Temperatur innerhalb der Ringstation ihm nichts anhaben zu können.

Raven: „Du bist nicht mehr du selbst. Die Finsternis hat dich indoktriniert, Besitz über dich ergriffen. Sie kontrolliert dich."

Talon: „Und ich lasse es zu. Ich habe gesehen, was jenseits dieses Universums und jenseits des Lebens existiert. Pure Göttlichkeit."

Talon zieht sein Schwert hervor, wobei es ihm Dylan und Raven gleichtun.

Sykes: „Du willst uns beide echt im Nahkampf herausfordern?"

Talon: „Ich hole mir die Informationen, die ich will. Eure Gedanken, wenn es sein muss. Wenn ihr mir nicht freiwillig erzählen wollt, was in diesem Raum vorgegangen ist, werde ich euch töten."

Sykes: „Wenn du wüsstest, wie oft ich das schon gehört habe."

Talon: (Zu seinen Soldaten) „Die beiden gehören mir. Erledigt den Rest!"

Zeitgleich stürmen Raven, Dylan und Talon aufeinander los. Ihre Klingen kreuzen sich schon recht früh und gehen in einen hektischen Schwertkampf über. Talons Geschwindigkeit ist übermenschlich schnell und seine Reflexe scheinen durch den Einfluss der Finsternis gestärkt zu sein. Während sie sich einen unübersichtlichen Schlagabtausch liefern, eröffnen die übrigen Soldaten das Feuer auf das restliche Team. Die Raptors werden mit dem Beschuss ziemlich gut fertig, wobei Kyra mit ihren Schwertern vorerst in Deckung bleiben muss. Als die Gelegenheit günstig scheint, springt sie über ihre Deckung und hechtet auf einen Gegner zu. Mit ihren beiden Klingen schlägt sie ihm den Kopf ab, beobachtet von den Kopfgeldjägern der Silence, welche nun ebenfalls die Distanz zum Feind verkürzen.

Im Schwertkampf gegen Talon stecken Raven als auch Dylan genauso viel ein, wie sie austeilen können. Talons Schnelligkeit ist kaum zu bezwingen und dabei wird er gerade von den besten Schwertkämpfern der Epoche konfrontiert. Nachdem der dunkle Commander mehrmals getroffen wird, fängt er an, unnatürliche Kräfte einzusetzen. Somit zieht sein Schwert ein Bündel roter Blitze hinter sich her. Auch vor Faustschlägen müssen sie sich in Acht nehmen, denn in unregelmäßigen Abständen wirft Talon damit lila Flammen auf seine Gegner. Trotz der Übernatürlichkeit dieses Kampfes, stellen sich Raven und Dylan ihm koordiniert entgegen. Dylans Wut über den Verlust von Jason treibt ihn dabei besonders an. Seine Schwerthiebe sind kräftig und immer aufs Töten aus.

Als Talon bemerkt, dass seine Soldaten besiegt wurden, geht er auf Distanz und zieht eine Pistole. Er feuert wild hinter sich und trifft die riesige Glaswand am Ende des Saals, welche in Sekundenschnelle in Millionen Teile zerspringt. Das Vakuum des Alls zieht jeden einzelnen von ihnen hinaus in die Schwerelosigkeit, wo beide Crews in sämtliche Richtungen geschleudert werden. Jeder von ihnen rotiert unaufhörlich. Nur die Raptors können mit den Schubdüsen ihrer Anzüge ihre Orientierung zurückgewinnen. Währenddessen schlägt

Raven, unweit von Talon, gegen die Außenwand eines Gebäudes.
Der Schwertkampf setzt sich an diesem Ort ungehindert weiter fort,
nur diesmal in der Schwerelosigkeit. Trotz all der Hektik herrscht im
Vakuum absolute Stille. Talon schlägt mit Blitzen und Flammen wild
um sich, während nach jedem Aufeinanderprallen der Schwerter die
Kämpfer herumgedreht werden. Auch Dylan schwebt zu ihnen hinüber
und beteiligt sich wieder an dem Kampf. Er zieht sich minutenlang
über die Außenhülle der Ringstation, wobei der Lava-Mond darunter
für eine beklemmende Kulisse sorgt. Erst durch den geschickten
Einsatz der Schubdüsen ist es Raven möglich, Talon in die Weiten des
Alls zu treten. Wo er jedoch in der Schwärze zu versinken droht,
kommt die Avenger angeflogen, um ihn beim Vorbeiflug zu retten.
In der Zwischenzeit gelingt es den Raptors ihre verstreuten
Crewmitglieder einzusammeln, bevor sie in die Unendlichkeit
abdriften. Ebenso wie es die Avenger getan hat, so eilen nun auch
Black-Arrow und Silence zu einer Rettungsaktion im All. Beide
Crews werden in der Schwerelosigkeit geborgen und zurück auf ihre
Schiffe gebracht. Im Hangar angekommen, bleibt allerdings keine Zeit
zum Durchatmen. Unmittelbar eilt Raven hinauf zur
Kommandobrücke und übernimmt den Pilotensitz. Vor ihm
versammelt sich letztendlich Talons gesamte Flotte.
Raven: „Silence? Hört ihr mich?"
Sykes: „Ich höre dich."
Raven: „Fliegst du?"
Sykes: „Jetzt schon. Lust auf Raumkampf?"
Raven: „Klingt so, als wolltest du etwas in die Luft jagen."
Sykes: „Und wie ich das will. Das Arschloch hat sich mit den Falschen
angelegt."
Silence und Black-Arrow schnellen auf die Flotte zu. Wie Kampfjets
kreisen sie umeinander und eröffnen das Feuer. Mit agilen Manövern
fliegen sie zwischen den Gebäuden der Ringstation umher und
weichen dem feindlichen Beschuss aus. Raven und Dylan haben
jedoch zusammen eine dermaßen starke Feuerkraft, dass schon nach
wenigen Sekunden die ersten Zerstörer in die Station krachen. Nur die
Avenger erweist sich als hartnäckig. Sie ist ebenso wendig und
gepanzert, wie ihre Gegner. Während des Raumkampfes kommt es
regelmäßig dazu, dass die Schiffe dicht aneinander vorbeifliegen und
dabei ihre Schubdüsen einsetzen, um sich zu drehen. Durch ein
durchdachtes Zusammenspiel von Dreh- und Wendemanövern gelingt
es ihnen, sich gegenseitig zu treffen. Torpedos und Plasmablitze
fliegen wild umher und beschädigen die Gebäude der Raumstation
sehr. Die dabei entstehenden Trümmerwolken bieten zwar eine

geringe Deckung, jedoch gelingt es Raven und Dylan fast die Hälfte von Talons Flotte zu vernichten.

Gerade rechtzeitig taucht die Ghost über der Ringstation auf. Das Schiff der Ritter eröffnet unmittelbar das Feuer in alle Richtungen. Die mächtigen Geschosse zerreißen dabei den Rest der Flotte beinahe ohne Schwierigkeiten. Auch die Avenger wird von der Ghost ins Visier genommen und beschossen. Zusammen mit Black-Arrow und Silence wird Talons Schiff schwer getroffen und zerfällt noch beim Fluchtversuch in den Hyperraum in mehrere Bruchstücke. Allen Anschein nach ist die Avenger zerstört und Talon vernichtet, jedoch lässt sich das nicht mehr überprüfen, nachdem die Trümmer mit Überlichtgeschwindigkeit im All verschwinden. Endlich lässt Raven sich im Pilotensitz zurückfallen und atmet durch. Doch seine ganze Crew bleibt voller Fragen zurück.

Hunter: „Was war das denn bitte?"

Javis: „Ich hatte recht. Immer, wenn dieser Kerl sich in den Pilotensitz setzt, wird es gefährlich. Kein Wunder, dass ich da Angstzustände kriege."

Raven: (Schmunzelnd) „In der nächsten Schlacht darfst du wieder. Versprochen."

Gerade als die Situation den Anschein macht, sie würde sich entspannen, entdeckt Hunter etwas Besorgniserregendes auf dem Radar.

Hunter: „Oh nein. Ich glaube, da kommt das nächste Problem."

Vor dem Schiff fliegt ein fünfzehn Kilometer langer Terraformer vorbei. Dieses riesige Objekt ist geformt wie die Spitze einer gewaltigen Lanze. Auf dem Radar sind mehrere dieser großen Strukturen zu sehen, welche sich von den Monden erheben und davon entfernen.

Raven: „Das sieht nicht gut aus. Wie hat Talon diese Dinger bloß aktiviert? Silence, Ghost? Hier ist die Black-Arrow. Feuert mit allen Mitteln auf die Terraformer, bevor sie in den Hyperraum springen!"

Kommentarlos feuern die drei Schiffe auf die riesigen Objekte. Nach und nach brechen sie auseinander und stürzen zurück auf die Monde. Jedoch sind es zu viele, um sie alle aufzuhalten.

Javis: „Unglaublich. Wie viele von diesen Dingern gibt es denn?"

Einer nach dem anderen springen die Terraformer ungehindert in den Hyperraum. Sie verschwinden in der Schwärze des Alls, wo sie von den Geschossen der drei Schiffe nicht mehr zu erreichen sind.

Computer: „Commander, mir ist es gelungen, den Kurs der Terraforming-Einheiten zu berechnen."

Raven: „Gut. Wohin sind sie unterwegs? Vielleicht können wir sie

noch irgendwo abfangen."
Computer: „Zielort aller Einheiten liegt im Sol-System."
Hunter: „Sol? Wieso?"
Raven: „Was? Ich habe keine Ahnung."
Javis: „Ich hätte gedacht, diese Dinger fliegen nach Eden oder Elysium. Was kann dieser Talon nur mit dem Sol-System vorhaben?"
Raven: „Sich für die Invasion der Erdlinge rächen? Aber das ergibt keinen Sinn. Es muss irgendwas anderes sein."
Hunter: „Wollen wir ins Sol-System fliegen, um sie aufzuhalten?"
Raven: „Vielleicht ist es schon zu spät. Sie könnten überall in dem System einschlagen. Ich weiß nicht, wie wir sie rechtzeitig aufhalten können. Es sind einfach zu viele."
Javis: „Nun, Sol gilt immer noch als unbewohnt. Was soll da schon passieren?"
Hunter: „Wollen wir denn gar nichts tun?"
Raven: „Keine Ahnung, welchem Zweck das dient. Ich denke, wir werden es noch früh genug herausfinden."
Ravens Blick scheint nachdenklich, jedoch auch demütig zu sein. Dutzende Terraformer sind nun unterwegs zu den Wurzeln der Menschheit und niemand kann vorausahnen, welche Konsequenzen dieses Ereignis mit sich bringt. Auch wenn das System nach aktuellen Angaben menschenleer sein soll, hinterlässt diese Aktion ein mulmiges Gefühl bei allen. Die Black-Arrow informiert die Silence und Ghost über den Zielort der Objekte. Allerdings sind Ravens Pläne vorerst andere, als sich um das Sol-System zu kümmern. Jedoch verbleibt das Flaggschiff der Knights of Eden für weitere Forschungs- und Bergungsmissionen vor Ort. Raven hingegen ist froh, den Pilotensitz endlich wieder verlassen zu können.
Raven: „Ich habe genug für heute. Du darfst wieder. Bring uns nach Sanctuary! Aber nicht zu schnell. Ich brauche etwas Zeit zum Nachdenken."
Javis: „Aye. Das war ziemlich viel für eine kurze Tour. Also auf nach Sanctuary. Ich melde das der Silence."
Um die Ereignisse des Tages verarbeiten zu können, begibt sich Raven zunächst auf das Aussichtsdeck. Von dort aus wirft er einen letzten Blick auf die Ringstation und die von Lava bedeckten Monde, während die Sonnenstrahlen eines Doppelsterns durch die dichte Atmosphäre des Gasriesen schimmern. Was als ein gemütliches Treffen begann, entwickelte sich plötzlich zu einer Reise an einen höllisch anmutenden Ort. Es kam zur Erkundung einer uralten Raumstation und sogar zum Kontakt mit transzendierten Utopiern inmitten eines eigens für diese Begegnung erschaffenen Universums.

Nach dem Kampf gegen indoktrinierte Menschen und Kreaturen der Finsternis muss die Crew der Silence nun einen weiteren Verlust verkraften. Jedem von ihnen ist jedoch auch klar, dass das nicht die letzte Begegnung mit finsteren Kreaturen gewesen sein wird.

Kapitel 11: Bis zum letzten Mann

Die Black-Arrow und die Silence kommen gerade aus dem Hyperraum. Beide Schiffe fliegen nebeneinander in das Sternensystem hinein, in dem die Sanctuary Raumstation um einen der habitablen Planeten kreist. Im Augenblick sitzt Dylan allein am Fenster des Gemeinschaftsraumes und starrt betrübt auf die Sterne. Wenig später wird er von Miranda gefunden, die sich neben ihn setzt.

Miranda: „Du siehst nicht gut aus. Denkst du an Jason?"

Sykes: „Das tue ich. Ja. Wie geht es den anderen?"

Miranda: „Sie alle trauern auf ihre Weise. Jason hat nie wirklich viel Aufmerksamkeit auf sich gelenkt, aber trotzdem war er seit dem ersten Tag Teil dieser Crew."

Sykes: „Ich habe ihn bei einem Käfigkampf kennengelernt. Ich habe ihn mehrere Male zu Boden geschlagen, aber der Verrückte ist immer wieder aufgestanden. Seine Zähne waren blutig, jedes Mal, wenn er mich vor einem Angriff angelächelt hat. Er war zäh, ein guter Schütze. Wer hätte damit rechnen können, dass er in einem Zwischenuniversum von monströsen Kreaturen getötet wird?"

Miranda: „Niemand hätte damit rechnen können. Was wir gestern gemacht haben, war absolut verrückt. Zwischen Universen reisen, mit göttlichen Wesen sprechen. Niemand von uns kann begreifen, was da passiert ist. Und man sollte nicht vergessen, dass es Jason war, der die Kreaturen getötet hat. Er hat sich für uns geopfert."

Sykes: „Wieder einer weniger von uns. Und wir konnten nicht einmal richtig von ihm Abschied nehmen."

Miranda: „Ich weiß, wie sehr du es hasst, Menschen, die dir nahestehen, zu verlieren. Es ist immer schwer."

Sykes: „Was, wenn es dich erwischt hätte?"

Miranda: „Hat es nicht. Denk nicht über Probleme nach, die nicht real sind. Wenn es mich wirklich erwischt hätte, dann hätte ich genauso gehandelt wie Jason."

Sykes: „Ich habe schon so viel verloren. Ich weiß nicht, ob ich das verkraften würde, auch dich zu verlieren."

Miranda: „Mir geht es genauso. Wir sind füreinander da, um uns gegenseitig zu beschützen. Wir. Die ganze Silence. Und das wird immer so bleiben."

Die beiden stehen auf, woraufhin sie sich, ohne zu zögern, umarmen. Stirn an Stirn liegen sie sich gegenseitig, mit geschlossenen Augen, in den Armen.

Sykes: „Fuck, ich liebe dich!"

Miranda: (Lächelnd) „Ich liebe dich."

Liebevoll küssen sich die beiden und nutzen den Moment für sich. Derweil steht Raven auf dem Aussichtsdeck der Black-Arrow und schaut auf die immer näherkommende Raumstation. Kyra kommt in diesem Augenblick, leicht den Kopf schüttelnd, aus dem Gewächshaus. Dabei sieht sie, wie Raven vor der großen Glaswand steht, und geht zu ihm.

Hades: „Connor Raven tut, was er am besten kann. Grübelnd ins All schauen."

Raven: „Mache ich das wirklich so oft?"

Hades: „Ich würde schon sagen, dass es zur Gewohnheit geworden ist. Sag mal, was ist mit dem Gewächshaus passiert? Da drin wächst alles kreuz und quer."

Raven: „Seit der Schlacht auf Asgard hat sich niemand mehr darum gekümmert."

Hades: „Das wird eine ziemliche Arbeit werden, alles wieder auf den alten Stand zu bringen."

Raven: „Vermutlich. Ich werde dafür sorgen, dass die ganze Crew mithilft, allerdings erst, nachdem wir die Ausrottung der Menschheit verhindert haben."

Hades: „Ich stimme zu, das hat definitiv Priorität. Geht's dir ansonsten gut? Du siehst aus, als treibt dich etwas um."

Raven: „Visionen, Gespräche mit kosmisch göttlichen Geschöpfen, eine dunkle Bedrohung, die alles Leben verdirbt und auslöscht, Terraformer, die geradewegs auf das Sol-System zusteuern. Ja, definitiv beschäftigt mich einiges."

Hades: „Eine Menge Dinge, um die sich gekümmert werden muss. Wie fangen wir an?"

Raven: „Wir bereiten uns auf einen Krieg vor."

Black-Arrow und Silence nähern sich der riesigen Raumstation. Sie fliegen an den hohen Türmen vorbei und über die belebte Stadt hinweg, zum inneren Regierungsbezirk. Dort landen beide Schiffe nebeneinander auf einer großen Plattform. Bereits als sich das Hangartor senkt, wird Ravens Crew in Empfang genommen. Der Stationspräsident Avara und seine Abgeordneten erwarten ihn schon. Dabei tritt auch die Crew der Silence aus dem Schiff und gesellt sich dazu.

Avara: „Commander Raven. Endlich sind Sie hier. Ich sehe, Sie haben ungewöhnliche Gäste mitgebracht."

Raven: „Ungewöhnliche Situationen erfordern ungewöhnliche Maßnahmen. Ich wünschte, die Umstände wären besser."

Avara: „Das wünschen wir uns alle."

Raven: „Wie ist die Lage an den Fronten?"

Avara: „Erschreckend. Kommen Sie mit! Ich erläutere Ihnen die Lage auf dem Weg zum Planungsraum. Dort hoffe ich, können wir unsere Informationen zusammentragen."

Die beiden Crews begleiten Avara in den Regierungsbezirk der Station. Dort erreichen sie relativ schnell den großen Planungsraum, in dessen Mitte ein rundes Holodesk steht. Die Bildschirme an den Wänden des Raumes zeigen dabei Aufnahmen aktueller Kämpfe.

Avara: „Um es kurz zu machen, 14 Kolonieplaneten der Kardianer sind noch umkämpft. Drei sind gefallen und fünf wurden erfolgreich verteidigt. Von den Menschen wurden elf kleinere Kolonien angegriffen. Davon sind sechs gefallen und fünf umkämpft. Vermutlich wird es nicht mehr lange dauern, bis der Feind die ersten Hauptplaneten erreicht. Die Lage ist unübersichtlich und ändert sich stündlich. Was von der Blockade des Hells Gate Nebels übrig ist, wurde mittlerweile zu den verschiedenen Fronten geschickt. Wir haben bereits die Hälfte unserer Schiffe verloren und dabei gehen die Kämpfe erst wenige Tage. Die überlebenden Vyrakay flüchten sich in abgelegene Systeme, ansonsten scheint es, als hätte man sie völlig ausgelöscht."

Logan: „Wie soll man gegen so etwas ankämpfen?"

Avara: „Ich habe gehofft, Commander Raven könnte uns eine Antwort darauf liefern."

Raven: „Die Antwort wird Ihnen nicht gefallen. Sie hat mit Cesris zu tun."

Avara: „Cesris? Der Planet ist allen Augenzeugenberichten völlig verwüstet und das ganze System befindet sich im Außenbereich des Hells Gate Nebels. Nichts kommt mehr dort heraus."

Raven: „Wir konnten gestern Kontakt zu einem Utopier aufbauen. Wir haben mit ihm gesprochen und erfahren, was die sogenannte Finsternis mit dem Cesris-System vorhat."

Avara: „Sie haben mit einem Utopier gesprochen? Wie? Sie müssen uns davon erzählen."

Raven: „Wenn all das vorbei ist, schicke ich ihnen einen ausführlichen Bericht. Versprochen. Die dunklen Utopier konnten mit dem Hells Gate Nebel ein instabiles Tor zwischen dem Universum der Finsternis und dem unseren schaffen. Cesris war der technologisch fortschrittlichste Planet in Reichweite des Nebels, demnach haben sie diesen Ort gewählt, um irgendetwas zu bauen. Ein Werk. Etwas, das ein stabiles Tor zur Finsternis öffnen kann. Wir müssen diesen Bau um jeden Preis aufhalten. Die Utopier haben ihre dunklen Artgenossen einst aus diesem Universum ausgeschlossen, sollte sich dieses Tor nun öffnen, werden sie sich wieder überall verbreiten und alles Leben verderben oder ganz auslöschen. Auch, wenn dies tausende oder Millionen Jahre dauern könnte."

Abgeordneter: „Das klingt doch alles verrückt und maßlos übertrieben. Unrealistisch. Das kann nicht wahr sein."

Raven: „Gehen Sie an die Front oder fliegen Sie nach Hells Gate und überzeugen sich selbst."

Avara: „Das wird nicht nötig sein. Ich glaube Ihnen, Commander. Aber wie sollen wir den Bau dieses Werkes aufhalten, wenn uns jegliche Informationen darüber fehlen?"

Raven: „Wir werden so viel Verstärkung benötigen, wie möglich ist. Dann stellen wir uns auf das Ungewisse ein. Während unsere Truppen den Bau stoppen, werde ich mich mit Sykes in das Werk begeben und es von innen heraus zerstören."

Avara: „Sie beide? Allein?"

Raven: „Die Knights of Eden werden uns unterstützen. Ich habe Kontakte."

Avara: „Wieso wundert mich das nicht? Dennoch brauchen die Schiffe selbst mit Überlichtgeschwindigkeit mehrere Tage, um Cesris zu erreichen."

Raven: „Wenn ich richtigliege, wird dieses Werk riesig sein und der Bau einige Zeit andauern. Dennoch sollten wir versuchen, bestenfalls in etwa einer Woche bei Cesris zu sein."

Während der Planung des herannahenden Großangriffes auf Cesris und die Finsternis schwebt die Schwarze Legion immer noch über die Oberfläche von Senua, nahe der Hauptstadt. In einem der Hangars werden soeben die zwei verbliebenen Switchblades in Containern eingelagert. Dort werden sie vermutlich so lange verbleiben, bis neue Piloten sich für einen Platz in diesen besonderen Raumjägern qualifizieren.

Graydon: „Es tut schon weh, davon Abschied zu nehmen."

Mason: „Ich weiß, das war unsere Entscheidung, aber bist du sicher, dass wir jetzt schon gehen sollten? Kaelyn mag nicht mehr wie die alte sein, aber sie ist immer noch unsere Freundin. Und jetzt im Moment könnte sie einige Freunde gebrauchen, damit sie wieder ins Leben zurückfindet."

Graydon: „Ich verstehe dich, ich habe auch großes Mitleid mit ihr. Sie musste viel durchmachen und ich denke, sich selbst im Amt eines Generals derart scheitern zu sehen, muss sie innerlich fertigmachen. Ich möchte Kaelyn auch nicht den Rücken kehren. Wir werden den Kontakt halten und sie besuchen, allerdings sollten wir erst mal ein wenig Abstand zur Legion gewinnen."

Mason: „Ich hoffe, das ist die richtige Entscheidung und vor allem ein Neuanfang für uns."

Während die Arbeit im Hangar fortgesetzt wird, fällt auf, dass immer mehr Schiffe der Waysider landen oder an die Destiny andocken. Aufgrund der hohen Verluste und des aktuell zunehmenden Personalmangels hat Kaelyn beschlossen, die Waysider auf Senua zu sich zu holen. Dieser Beschluss kam allerdings mehr von ihren Beratern als von General Harper selbst. Sie verbringt Tag und Nacht allein in ihrem Quartier und verlässt es nur selten. Sie scheut jeden Kontakt zu Menschen und meldet sich hauptsächlich nur über Textnachrichten, welche teilweise ewig auf sich warten lassen. Bei Kaelyns momentanem Zustand ist das nicht verwunderlich. Aufgrund ständig wiederkehrender Albträume und Flashbacks leidet sie unter Schlaflosigkeit. Ihre blasse Haut und die Augenringe zeigen jedoch nur einen Bruchteil ihrer Probleme mit dieser posttraumatischen Belastungsstörung. Von Zeit zu Zeit gerät sie in Panikattacken, sitzt weinend auf dem Boden oder hört ausschließlich traurige Musik. All die Dinge, die seit der Rückkehr der Schwarzen Legion passiert sind, führten bei ihr zu schweren Depressionen und permanenter Antriebslosigkeit. Vor allem scheint sie jede Hoffnung aufgegeben zu haben, weswegen sie sogar die professionelle Hilfe von Psychologen ablehnt. In diesem Zustand stößt Kaelyn alles von sich ab, wobei genau dieses Verhalten dazu führt, dass fast niemand mehr helfend auf sie zugeht. Getrieben von Schlaflosigkeit setzt sich Kaelyn eines Nachts deprimiert an das Klavier inmitten des Quartiers. Sie fängt an, zu spielen. Nur wenige Akkorde und Töne, welche sie sich selbst beigebracht hat. Ihr halb improvisiertes Spielen erzeugt eine traurige Melodie, als würde sie ihre Emotionen somit zum Ausdruck bringen. Während Kaelyns Finger die Tasten sachte und kraftlos berühren, schweift ihr leerer Blick immer weiter ab, bis das Klavier verstummt. Eine Weile verbringt Kaelyn in absoluter Stille, bis sie mitten in der Nacht ihr Quartier verlässt. Möglichst ohne entdeckt zu werden, läuft sie durch die beinahe menschenleeren Gänge. Sie läuft bis zum Eingang der Stadt im Zentrum der Destiny. Wo früher Menschenmengen zu erwarten waren, findet sich heute eine Geisterstadt. Kaum ein Gebäude ist noch bewohnt und es findet sich keine Menschenseele auf den Straßen. Es ist dunkel, da bis auf wenige Straßenlaternen kaum ein Licht brennt. Kaelyn wandert durch die dunklen Straßen, während durch das geöffnete Deck der Destiny der Regen auf sie und die Stadt niedergeht. Es herrscht eine einsame und bedrückende Stimmung. Doch irgendwann erreicht sie einen

Stadtplatz, in dessen Mitte ein Denkmal steht. Es ist eine Statue von Slade Anderson. An dessen Sockel steht eingraviert „In Gedenken an seine Heldentaten, seine Aufrichtigkeit, sein Mitgefühl und seiner Kameradschaft. Slade Anderson. Sein Opfer wird niemals vergessen." Als Kaelyn diese Zeilen liest, bricht sie in Tränen aus. Sie hat das Gefühl ihren Onkel enttäuscht zu haben. Er legte die Verantwortung über die Schwarze Legion in ihre Hände und sie versagte. Nachdenklich grübelnd senkt Kaelyn ihren Kopf, wobei ihr die Regentropfen ebenso wie ihre Tränen das Gesicht hinabfließen. Leise sagt sie zu sich und dem Andenken ihres Onkels „Es tut mir leid", bevor sie sich umdreht und den Weg zurück zu ihrem Quartier geht. Dort angekommen zieht sie sich ihre nasse Jacke aus und setzt sich erneut an das Klavier. Anstatt dort sitzen zu bleiben, steht sie jedoch schnell wieder auf, um etwas zu holen. Sie legt ein schwarzes Seil mit einer kopfgroßen Schlaufe auf das Klavier sowie ein Blatt Papier mit Stift. Sie schreibt einen Brief. Vermutlich einen Abschiedsbrief. Doch gerade, als sie mit dem Schreiben fertig ist, legt sie ihren Kopf vor Müdigkeit ab, woraufhin sie in kürzester Zeit einschläft.

Am nächsten Morgen wacht Kaelyn unfreiwillig auf, geweckt von endlos erklingenden Signaltönen und den roten Lichtern an den Wänden. Verwirrt schaut sie sich um und stellt fest, dass die Destiny sich im Kampfmodus befindet. Sie öffnet alle Systeme und Benachrichtigungen, um herauszufinden, was vor sich geht. Es kommen unzählige Nachrichten über Angriffe der Finsternis auf der Destiny an. Darunter ist auch eine Videobotschaft, die von den Knights of Eden an den Führungsstab der Legion gesendet wurde. Neugierig öffnet Kaelyn die Videobotschaft, wobei ihr gleichzeitig Radar und Außenkameras der Destiny angezeigt werden.

Ritter: (Videobotschaft) „Destiny. Hier sind die Knights of Eden. Das hier ist eine Warnung. Im Augenblick sind wir nicht in der Lage direkte Unterstützung zu senden. Daher hören Sie mir bitte zu! Ein sogenannter Vorbote der Finsternis nähert sich dem Senua-System. Dabei handelt es sich um ein Konstrukt, vergleichbar mit einem riesigen Trägerschiff. Sollte der Vorbote den Orbit von Senua erreichen, wird er Maschinen und Kreaturen auf die Oberfläche entsenden. Das muss um jeden Preis verhindert werden. Die Destiny sollte die erforderliche Feuerkraft haben den Vorboten aufzuhalten. Um ihn jedoch endgültig vernichten zu können, muss man seinen Kern im Inneren zerstören. Leider können wir noch nicht genau sagen, wie man dieses Ziel am besten erreicht. Kämpfen Sie um Ihr Leben. Retten Sie sich selbst. Viel Glück."

Auf einem der anderen Bildschirme sieht Kaelyn eine Übertragung, auf der der Vorbote unscharf zu erkennen ist. Gleich darauf hört sie einige Erschütterungen, welche durch das ganze Schiff spürbar sind. Allen Anschein nach werden gerade Kanonen und Raketen abgefeuert. Für einen Augenblick versinkt Harper in nachdenklichem Schweigen. Doch dann fällt ihr Blick auf das Foto ihres Bruders. Sie steht plötzlich auf, greift sich das Foto und verlässt ihr Quartier. Ihr Ziel ist die Kommandobrücke der Destiny. Als sie dort ankommt, wird der Ernst der Lage deutlich. Aktuell befindet sich die Destiny knapp über der Atmosphäre des Planeten und die Arbeiten laufen auf Hochtouren. Auf der Kommandobrücke versammeln sich einige Offiziere und Berater um ein Holodesk. Unter ihnen ist sogar May. Fast unbemerkt stellt Harper sich dazu. Einige Sekunden dauert es, bis sie jemand bemerkt.

Offizier: (Verwundert) „General?"

May: „Kaelyn? Was machst du hier?"

Harper: „Das ganze Schiff ist in Kampfbereitschaft. Was glaubst du wohl?"

May: „Hast du diese Übertragung gesehen?"

Harper: „Habe ich."

Mit einer eindeutigen Geste geht May zur Seite und verweist auf das große Fenster der Kommandobrücke sowie dem, was dadurch zu sehen ist.

Am Horizont von Senua taucht ein riesiges Gebilde auf. Der Vorbote, vergleichbar mit einem löchrigen und dornigen Lavagestein, dessen kristallartige Dornen an das Aussehen eines Virus erinnern, geht wie ein kleiner Mond hinter der blauen Atmosphäre des Planeten auf, wobei sich wurzelartige Tentakel, ähnlich einer Qualle, durch die Schwerelosigkeit bewegen. Destiny und Vorbote treten nun in direkten Sichtkontakt zueinander und kommen sich unvermeidbar näher.

Offizier: „Der Kampfbericht kommt gerade rein. Die erste Torpedo-Welle hat das Hauptziel verfehlt. Dafür konnten wir verhindern, dass die ersten Landungseinheiten die Oberfläche erreichen."

May: „Der Bericht zeigt jedoch auch, dass uns Raketen und Torpedos ausgehen werden, lange bevor die keine Landungseinheiten mehr haben."

Harper: „Warum haben die Torpedos verfehlt?"

Offizier: „Wir verlieren beim Eindringen in den Vorboten die Telemetrie zu den Torpedos. Ein sofortiger Verbindungsabbruch, sodass Navigation und Identifizierung des Ziels innerhalb fast unmöglich ist."

Harper: „Wir sind also blind."

May: „Und wenn wir keine Lösung dafür finden, sehr bald tot."

Einen Augenblick überlegen die Offiziere und beraten sich beinahe flüsternd.

Offizier: „Selbst dann, wenn wir einen tapferen Piloten finden, der manuell dort hineinfliegen würde, ist der Erfolg unwahrscheinlich, angesichts unserer geringen Munitionskapazität."

May: „Die zweite Torpedo-Angriffswelle startet. Allerdings scheinen sich neue Landungs- und Kampfeinheiten des Vorboten in unsere Richtung zu bewegen. Sie greifen an und reagieren immer aggressiver."

Während des zweiten Angriffes bewegen sich Destiny und Vorbote aufeinander zu, sodass sie in einiger Zeit in Nahkampfreichweite aufeinandertreffen. Bis dahin hat die jüngste Torpedo-Welle einige Gegenangreifer ausgeschaltet. Die nuklearen Sprengsätze verfehlen ihr Ziel allerdings erneut. Während sich alle anderen am Holodesk beraten, blendet Kaelyn das Gespräch völlig aus. Sie steht einfach nur da und starrt nachdenklich ins Leere. Doch dann schaut sie ein weiteres Mal aus dem Fenster, als würde sie dem Vorboten ins Auge sehen und dreht sich mit leicht heruntergezogenen Augenbrauen um, wobei sie sich zur Tür bewegt.

May: „Kaelyn? Was hast du vor?"

Harper: „Wir haben so viel für diesen Planeten gekämpft. So viele Menschen sind hier für etwas Frieden gestorben. Wir können und dürfen nicht aufgeben. Senua wird nicht fallen!"

Für viele Offiziere auf der Kommandobrücke war das das Motivierendste, was ihr General seit langem gesagt hat.

May: „Aber wohin gehst du?"

Harper: „Wir haben immer noch einen funktionsfähigen Atom-Jagdbomber in einer der gesicherten Hangar-Buchten. Den nehme ich."

Offizier: „Aber..."

Harper: (Fällt ihm ins Wort) „Gebt mir Deckung! Benutzt alle Raketen, Torpedos und Geschosse, die wir haben! Wir schicken dieses Ding zurück in die Hölle."

Ohne weitere Worte zu verlieren, schreitet Kaelyn durch die Tür und begibt sich zur nächstgelegenen Waffenkammer. Dort zieht sie sich einen mattschwarzen Pilotenanzug mit Rüstungsplatten an und nimmt die nötigste Ausrüstung mit. Als sie die Waffenkammer verlässt, stehen dutzende Personen auf dem Gang und schauen sie an. Manche Blicke sind skeptisch, doch die meisten von Respekt erfüllt. Sie wirkt nicht mehr gebrochen und schwach, sondern stark und fokussiert. So zieht es sich fast bis zum großen Hangar, wo Kaelyn sich vor ein riesiges Rolltor stellt. Ihre Hand zittert noch vor dem Auflegen auf den

Tür-Scanner. Beim Öffnen des Tores ist der große graue Atom-Bomber zu sehen. Er ist relativ flach und geformt wie ein breit gestreckter Diamant, beinahe wie die Destiny. Sie belädt den Bomber mit der maximalen Anzahl an Raketen und Torpedos, wobei einige davon eine besondere Sicherheitsfreigabe benötigen. Nach Abschluss aller Vorbereitungen läuft Kaelyn ein letztes Mal unter dem Bomber her und zieht alle roten Sicherheitssplinte. Anschließend setzt sie sich allein in das große Cockpit und klemmt das Bild ihres Bruders zwischen die Instrumente. Beim Ergreifen des Steuerknüppels ist die Hand wieder ruhig.

Harper: „Hm. Ist eine Weile her."

Die Triebwerke starten und Kaelyn rollt mit dem Bomber auf die große leere Startbahn im Haupthangar.

In diesem Augenblick stürmen Mason und Graydon durch eine Seitentür in den Hangar hinein. Sie kommen jedoch zu spät. Kaelyn gibt vollen Schub und startet von der Destiny.

Mason: „Fuck!"

Gerade als der Bomber das Schiff verlässt und Kaelyn im All über der grün-schwarz-blauen Oberfläche von Senua fliegt, versucht Jacob sie über den Funk zu erreichen.

Graydon: (Funkt) „Verdammt, Kaelyn! Komm zurück! Was machst du da?"

Harper: „Was mein Onkel getan hätte. Ich kämpfe bis zum letzten Atemzug."

Graydon: (Per Funk) „Du musst das nicht tun. Niemand verlangt das von dir. Wir finden einen anderen Weg."

Auch May klinkt sich in das Funkgespräch ein

May: „Ich kann dich das nicht machen lassen. Du machst gerade viel durch, aber das ist kein Grund irrsinnige Entscheidungen zu treffen."

Harper: „Mein Leben, meine Entscheidungen."

Mason: „Kaelyn!"

Harper: „Es tut mir leid, aber es gibt keinen Weg zurück. Das Einzige, was ihr tun könnt, ist, mir zu helfen das hier erfolgreich durchzuziehen. May, ich bitte dich um einen Gefallen. Bitte geh in mein Quartier. Allein. Du wirst wissen, worum du dich kümmern musst. Ich möchte mich noch dafür bedanken, dass ihr Teil meines Lebens wart. Ihr wart echte Freunde für mich. Und jetzt lebt euer Leben besser, als ich es tat."

May: „Kaelyn, bitte!"

Harper: „Ich erfülle mein Schicksal."

Kaelyn schaltet den privaten Funk ab und wechselt zu einer offenen Frequenz, die für alle hörbar ist.

Harper: „Seit Jahren kämpft die Schwarze Legion für die Sicherheit dieses Planeten. Und jetzt steht ihm eine vorerst letzte große Bedrohung gegenüber. Das hier ist die Gelegenheit all unseren Feinden zu zeigen, warum die Schwarze Legion die Speerspitze der Menschheit ist. Hier hat alles begonnen und hier wird alles enden. Senua verdient eine Zukunft. General Kaelyn Harper, ich melde mich ab."

Nun ist der Funk vollständig abgeschaltet. Kaelyn hat nur noch das eine Ziel im Fokus, wobei der Vorbote sich in ihren leicht gläsernen Augen spiegelt. Sie gibt vollen Schub und rast an den Landungs- und Kampfeinheiten vorbei. Mit ihren zahlreichen Bordkanonen und Automatikgeschützen erkämpft sie sich ihren Weg.

Im selben Augenblick erreichen Jade und Jacob die Kommandobrücke. Von dort aus können sie genau beobachten, wie Kaelyn ihren aggressiven Angriff startet. Gleichzeitig lassen die Offiziere auf der Brücke alle Raketen, Torpedos und Plasmageschosse abfeuern, die der Destiny zur Verfügung stehen. Es dauert auch nicht lange, bis diese Kaelyn einholen und ihr die Feinde vom Leib halten. Der einsame Bomber wird nun Teil eines riesigen leuchtenden Geschoßhagels, der auf den Vorboten zusteuert. Umringt von einem regelrechten Feuerwerk aus Raketen und Torpedos wird auch Kaelyn selbst zu einem dieser Geschosse. Gehüllt in Explosionen kommt sie dem Vorboten immer näher, sodass erste Geräte anfangen verrücktzuspielen. Die Oberfläche des Vorboten ist bespickt mit Löchern. Aus dem größten, gelblich leuchtenden Loch an dessen Vorderseite kommen die meisten Landungseinheiten und Kreaturen heraus. Genau darauf steuert Harper zu.

Im selben Augenblick erreicht May Kaelyns Quartier auf der Destiny. Ihr fallen sofort all die Bildschirme auf, wo das aktuelle Kampfgeschehen übertragen wird. Obwohl Mays Augen besorgt und angespannt auf die Übertragungen gerichtet sind, entdeckt sie im Augenwinkel etwas, was sie erschrecken lässt. Sie sieht auf dem Klavier ein Seil liegen sowie einen Abschiedsbrief direkt daneben. Trotz des Dranges diesen Brief sofort zu lesen, schaut May zunächst gebannt auf die Bildschirme. Ihr Gesichtsausdruck ist traurig, wobei einige Tränen ihre Wangen hinunterfließen.

Derweil, unter dem Deckungsfeuer der Schwarzen Legion, erreicht Harper den Eingang des Vorboten. Während sie hineinfliegt, bricht jegliche Verbindung zur Destiny schlagartig ab. Es herrscht absolute Stille und Kaelyn taucht mit dem Bomber in eine albtraumhafte Umgebung ein.

Harper: „Unglaublich. Faszinierend verstörend."

Das Innere dieses makabren Gebildes erinnert an eine löchrige Tropfsteinhöhle, deren furchige Gesteine wie Wurzeln an den Wänden entlangklettern, überzogen von einer organischen Substanz, die wie ein neuronales Netzwerk und Synapsen alles miteinander verknüpft. Für Kaelyn ist es, als würde sie durch ein dunkles, gewaltiges und verwesendes Gehirn fliegen. Obwohl der Vorbote von außen schwer beschossen wird, regt sich innerhalb nichts.

Auf der Destiny wartet man erwartungsvoll auf Resultate des Angriffes. Die Bildschirme zeigen lediglich den Vorboten, welcher zunehmend in Explosionen gehüllt ist. Auf den Angriff jedoch reagieren die Kreaturen nun noch aggressiver, sodass die Destiny ins direkte Fadenkreuz gerät. Dabei nimmt May Kaelyns Brief nun doch in die Hand und beginnt zögerlich zu lesen. Derweil manövriert sich Kaelyn durch den Vorboten und dringt bis in dessen Zentrum hervor. Umgeben von einem Korb aus den Synapsen und Nervenbahnen glimmt dort eine schwarze Sphäre, vergleichbar mit einem Wurmloch oder einem schwarzen Loch, welches gelb leuchtendes Plasma von sich abstößt, ähnlich wie bei einem Sonnensturm. Das Objekt spiegelt sich in Kaelyns Augen, als sie alle Waffen scharfmacht.

Harper: „Für Slade, Clay und die Schwarze Legion. Für Senua. Wir sehen uns auf der anderen Seite, Bruderherz."

Kaelyns Blick fällt ein letztes Mal auf das Bild ihres Bruders, bevor sie feuert.

Harper: „Das ist ein besseres Ende."

Alle Luken und Abschussvorrichtungen des Bombers öffnen sich. Die nuklearen Raketen und Torpedos werden alle gleichzeitig abgefeuert und schwärmen in alle Richtungen aus. Sie treffen die Sphäre und fressen sich mit ihren wuchtigen Explosionen durch den ganzen Vorboten. Von der Destiny aus ist zu beobachten, wie das ganze finstere Gebilde blaue Risse bekommt, auseinanderbricht und in einem flammenden Inferno zu Staub zerfällt. Für wenige Sekunden scheint es sogar, als hätte Senua zwei Sonnen.

Währenddessen liest sich May den Brief durch.

Harper: (Abschiedsbrief) „Es tut mir leid. Ihr seht, was ich getan habe, und mit diesem Brief möchte ich euch wissen lassen, wieso. In den letzten Jahren ist viel passiert. Leider mehr, als ich hätte aushalten können. In Gefangenschaft konnte ich über vieles nachdenken und dabei sind mir einige Dinge klar geworden. Früher dachte ich, ich könnte alles erreichen, was ich will. Und ich lag vollkommen falsch. Ich bin in Fußstapfen getreten, denen ich nicht gerecht werden konnte. Den Herausforderungen eines Generals war ich bei weitem nicht gewachsen. Mein Onkel, Slade, wäre sicher enttäuscht, denn ich habe die Schwarze Legion in den Untergang geführt. Ich habe mich selbst verloren. Alles verloren. Den Sinn im Leben, mein Glück, Freundschaften, Beziehungen und letztendlich auch den Willen zu leben. Und ich glaube nicht, dass ich jemals etwas davon wiedergefunden hätte. Da ist eine Leere in mir. Ein Loch, das Tag für Tag größer wird und mich innerlich auffrisst. Ich fühle nichts mehr. Und wenn doch, dann ausschließlich Schmerz und Bedauern. Ich weiß mit meinem Leben nichts mehr anzufangen. Egal was ich versuche, nichts scheint mir helfen zu können. Ich fühle mich leer. Als würde die Zeit für mich stillstehen. Ich weiß nicht mehr, wohin. Schon gar nicht wieso. Ich habe viele Menschen um mich, aber fühle mich jede Sekunde eines Tages einsam. Freundschaften sind zerbrochen, genauso wie alle Beziehungen, die ich je wollte. Ich kann mich nicht mehr daran erinnern, wann ich das letzte Mal glücklich war. Ich habe viele Fehler gemacht, meine Freunde im Stich gelassen, das Leben meiner Soldaten gefährdet und zu viele von ihnen in den sicheren Tod geschickt. Ich habe Liebe empfunden, die niemals hätte erwidert werden können. Jetzt fühlt es sich an, als hätte irgendetwas alles Liebenswerte in mir abgetötet. Als wäre ich nie wieder dazu in der Lage, Gutes zu empfinden. Ich habe mir immer eingeredet, den Menschen helfen zu wollen. Sie zu beschützen. Doch in meiner Gefangenschaft sah ich das wahre Gesicht der Menschheit. Wir sind grausame und widerliche Kreaturen. Schon immer haben Menschen sich gegenseitig die schlimmsten Dinge angetan und nichts wird diese widerwärtige Natur jemals stoppen können. Wir reden uns gute Absichten ein, um schreckliche Taten zu rechtfertigen. Mein Hass auf Menschen wuchs derart an, dass ich selber keiner mehr sein wollte. So wie alle Menschen Fehler machen, so mache auch ich sie. Plötzlich war ich kein General mehr, keine Persönlichkeit, kein Mensch, sondern nur eine leere Hülle, die sich nach einem Ende sehnt. Sicher hätte das Leben viel zu bieten gehabt. Aber ich bin es nicht wert. Es ist so viel falsch mit mir. Ich fühle mich nicht mehr wie ein Mensch, sondern wie ein Problem. Ich habe das Leben vieler Mitmenschen ruiniert und mir mein eigenes zerstört. Ich dachte immer, ich würde meinen Frieden im Führen von Krieg finden. Jetzt weiß ich, dass ich nur noch auf eine Weise Frieden finden kann. Wie auch immer ich diese Welt verlassen werde, mein Ende wird nicht umsonst sein. Verzeiht mir. Lebt wohl."

Wo auf der Planetenoberfläche freudig gejubelt wird, so erfüllt die Schiffe der Schwarzen Legion ein tiefes Schweigen, voller Trauer und Respekt. Vor allem Jade, Jacob und May können nicht begreifen, was gerade passiert ist. Die Destiny hat erneut ihren General verloren und die Bruchstücke des Vorboten verglühen wie ein feiner Meteoritenschauer in der Atmosphäre von Senua. Harper hinterlässt nun ein Loch in der Führung, welches keiner der Offiziere zu füllen vermag. Für viele ist das Ende der Schwarzen Legion längst besiegelt. Während parallel das Schicksal der Destiny geplant wird, informieren Jade und Jacob Kaelyns Familie über den Verlust. Für einen ganzen Tag lang steht das Leben auf der Destiny still. May hingegen versucht sich weiterhin als Vermittlerin zwischen der Legion und den Waysidern. Vorübergehend wird das Kommando des größten Schlachtschiffes der Menschheitsgeschichte wohl die Hände einer kleineren professionellen Söldnertruppe gelegt.

Zu dieser Zeit kontaktiert May ihren derzeitigen Freund, Sev. Nachdem sie über die Angelegenheiten um Cesris gesprochen haben, erzählt sie ihm auch von Kaelyns letztem Gefecht, woraufhin er unmittelbar das Gespräch mit Raven sucht. Im Hangar belädt Raven im Moment die Revenant und rüstet sie für alle möglichen Situationen auf. Schon eher überraschend taucht dann auch Sev im Hangar auf.
Sev: „Hey, Raven. Hast du einen Moment?"
Raven: „Klar. Was gibt's?"
Sev: „Ich habe gerade mit May gesprochen. Kaelyn Harper ist tot. Sie hat sich geopfert, um Senua vor der Finsternis zu bewahren. Sie ist in einen Vorboten geflogen und hat ihn zerstört. Aber scheinbar hatte sie ihr Ableben schon vorher anders geplant. Zumindest gab es einen Abschiedsbrief. Tut mir leid."
Diese Nachricht schlägt Raven gefühlt ins Gesicht. Er braucht einen Augenblick, bevor er Sevs Worte richtig verstehen kann. Raven erstarrt, ohne wirklich nachdenken zu können, wobei sich der Schock langsam in Trauer umwandelt.
Sev: „Ich habe auch erfahren, dass das Oberkommando der Waysider bereit ist, eine Söldnertruppe zusammenzustellen, die uns bei dem Angriff auf Cesris helfen wird. Ein Teil der Legion wird vermutlich auch mit in den Kampf ziehen, zumindest was davon übrig ist. Ich wollte nur, dass du das weißt."
Raven: (Zögerlich) „Danke, Sev. Das sind gute und schlechte Neuigkeiten. Ich brauche einen Moment zum Nachdenken."
Mit einem einfachen, aber auch respektvollen Nicken verabschiedet Sev sich und fährt mit dem Aufzug wieder in die oberen Decks des Schiffes. Raven setzt sich daraufhin auf die Laderampe der Revenant und stellt die Arbeit vorerst ein. Stattdessen liest er sich Harpers Abschiedsbrief auf einem Daten-Pad durch. Erst vor kurzem wurde er von Sev weitergeleitet. Wenige Minuten später kommt Kyra zu ihm in

den Hangar. Sofort merkt sie, dass irgendetwas nicht stimmt.

Hades: „Was ist passiert?"

Raven: „Kaelyn Harper ist tot."

Hades: „Was? Hast du sie nicht vor einiger Zeit erst aus der Gefangenschaft auf Senua befreit? Warum hat sie das getan?"

Raven: „Scheinbar hat sie diese Erfahrung derart traumatisiert, dass ihr die Menschheit und das eigene Leben zu viel wurden. Sie wollte sich das Leben nehmen und hat ihre Chance beim Vorboten der Finsternis gesehen. Ich habe gerade ihren Abschiedsbrief gelesen."

Hades: „Auch, wenn ich ehrlich sagen muss, dass ich sie eigentlich nie wirklich mochte, tut sie mir ziemlich leid. Niemand hat es verdient, sich so verloren zu fühlen."

Raven: „Ich frage mich, was Clay, ihr Bruder, darüber denken würde. Er starb damals direkt vor meinen Augen. Ich konnte es nicht verhindern, aber ich frage mich, ob ich Kaelyns Tod hätte verhindern können. Ich war nach ihrer Rettung bei ihr. Hätte ich nur die richtigen Worte gefunden, dann könnte heute alles anders aussehen. Dylan konnte ich auch aus seinem Loch ziehen. Bei Kaelyn habe ich anscheinend versagt."

Hades: „Mach dir keine Vorwürfe deswegen. Dich trifft keine Schuld."

Raven: „In einem gewissen Maß doch. Sie hat etwas für mich empfunden und ich konnte, ... wollte diese Gefühle nicht erwidern. Emotional konnte sie das nicht gut verkraften. Vielleicht hat das eine Kettenreaktion in Gang gesetzt."

Hades: „So wunderschön Liebe auch sein kann, scheitert sie oder geht sie verloren, kann sie einen auch bis ins Letzte zerstören."

Raven: „Ich hoffe, das wird uns nie passieren."

Hades: „Wir haben uns schon verloren und haben unterschiedlich darunter gelitten. Ich bin froh, dass wir uns wiedergefunden haben. Auch wenn es etwas holprig mit uns war, möchte ich, dass sich nie wieder etwas daran ändert."

Raven: „Ich werde alles dafür tun, dass das so bleibt."

Hades: „Ich auch."

Die beiden lächeln sich für einen Moment an und umarmen sich.

Hades: „Wechseln wir lieber das Thema. Du machst die Revenant bereit? Wo fliegst du hin?"

Raven: „Nach Eden-City, Verstärkung auftreiben."

Hades: „Was ist mit den Knights of Eden? Also mit dem gesamten Orden?"

Raven: „Darum kümmere ich mich gleich im Anschluss. Ich werde also mindestens zwei Tage weg sein."

Noch am selben Tag startet die Revenant und fliegt nach Initium Novum. Es ist bereits abends, als der ehemalige Rebellenanführer und nun amtierende Verteidigungsminister Alex Cobryn ein letztes Mal sein Büro im Regierungszentrum aufsucht. Als er jedoch die Tür hinter sich schließt, erschreckt er sich. Der Großmeister der Knights of Eden sitzt in voller Montur an seinem Schreibtisch.

Cobryn: „Verdammt, hätte ich eine Waffe, hätte ich vermutlich direkt losgefeuert."

Raven: „Ihnen auch einen schönen Abend. Wie gefällt Ihnen Ihr neues Amt?"

Cobryn: „Erst mal sitzen Sie da auf meinem Stuhl, Großmeister. Ich lebe mich langsam ein. Es gibt viel zu tun, ... wieder aufzubauen. Aber es ist wichtig, dass jemand dieses Amt trägt, der weiß, wie es nicht laufen sollte. Was verschafft mir die Ehre, wenn der Anführer der Knights of Eden mich persönlich besucht? Hat es mit diesen bestialischen Kreaturen in den äußeren Kolonien zu tun?"

Raven: „Leider ja. Ich brauche die Hilfe der VSE. Der Präsident der Sanctuary-Station organisiert in diesem Moment die Hilfe der kardianischen Flotte. Weitere Unterstützung ist bereits unterwegs. Um diese dunklen Kreaturen endgültig aufhalten zu können, müssen wir sie auf der Heimatwelt der Vyrakay angreifen und sie davon abhalten etwas zu bauen, was eine Gefahr für alles Leben in der Milchstraße darstellt."

Cobryn: „Ganz Eden steht in Ihrer Schuld. Ich werde alles veranlassen, damit die Vereinten Systeme Ihnen helfen können. Nicht alle Schiffe sind einsatzbereit oder in Reichweite. Vor allem bei einem so weit entfernten Einsatzort wie Cesris. Aber Sie scheinen wie immer mehr zu wissen. Was sind das für außerirdische Kreaturen? Was ist mit den Vyrakay passiert und was haben Sie genau vor?"

Der Großmeister steht auf, sodass er und Cobryn die Plätze tauschen.

Raven: „Ich werde Ihnen alles kurz und verständlich zusammenfassen. Was ich Ihnen jetzt sage, klingt verrückt, ist aber die unschöne, verstörende Wahrheit. Also ..."

Während Raven dem Verteidigungsminister von Initium Novum die gesamte Situation erläutert und sich die Hilfe des VSE-Militärs zusichert, ist die Silence schon seit zwei Tagen auf Krondor, der Heimatwelt der Ranakkor, gelandet. Raven schickte sie dorthin, um den König um Hilfe zu bitten. So wie man es von dem Kriegsvolk erwartet hat, so stimmt der König, ohne zu zögern, zu und lässt unmittelbar seine Kriegsflotte mobilisieren. Derweil befindet sich Dylan in einer der dicht bebauten Großstädte von Krondor.

Wolkenkratzer und epochale Bauwerke, getragen von Statuen, trotzen dort dem orangen Wüstenstaub. Von einer 300 Meter hohen und 100 Meter breiten Stadtmauer aus Gestein und Metall betrachtet Sykes diese Stadt, bevor der König in seiner schwarz-golden verzierten Schlachtrüstung persönlich zu ihm kommt.

König: „Dylan Sykes. Es ehrt mich, einen Krieger wie dich an unserer Seite zu wissen. Ich habe gute Neuigkeiten."

Sykes: „Die Ehre ist ganz meinerseits. Sind Krieger und Schiffe bereit?"

König: „Das sind sie. Sie sehnen sich nach dem Kampf gegen neue Feinde und es dürstet ihnen nach Blut. Komm mit!"

Gemeinsam in Begleitung einiger gerüsteter Krieger begeben sie sich an das andere Ende der Stadtmauer. Von dort aus offenbart sich Dylan ein Anblick, dessen pure Macht ihn sowohl beeindruckt als auch demütig mit Respekt erfüllt.

König: „Seit Jahrhunderten haben sich nicht mehr so viele Clans zusammengeschlossen. Eine Streitmacht wie diese gab es nicht mehr seit Generationen. Eine Million Krieger, bereit für die Schlacht."

Die Wüstenebene vor der Stadtmauer ist bedeckt mit einschüchternden Kriegsschiffen. Dazwischen stehen die Armeen der Ranakkor, aufgeteilt in Blöcke aus je 10.000 Kriegern. Sie alle stehen gerüstet in Formation und mit Kriegsbemalung auf der Haut. Aus den Reihen der Krieger erheben sich die Banner der verschiedenen Clans, während auf Tribünen aggressive Kriegstrommeln spielen.

Sykes: „Das ist mit Abstand die größte Streitmacht, die je ein Mensch gesehen hat."

König: „Beeindruckend, oder? Der Rhythmus der Trommeln. Dieses Lied wurde zuletzt gespielt, als unser Volk die Spezies der Karlakk vernichtet hat."

Sykes: „Gefällt mir. Hat dieses Lied einen Namen?"

König: „Es nennt sich: ‚Die letzte Schlacht'."

Sykes: „Beunruhigend passend."

Der König tritt auf ein Podest am Rand der Mauer und spricht über ein Mikrofon zu seiner Armee. Seine Stimme ist laut, kratzig und einschüchternd. Seine Worte vermitteln dabei eine klare Botschaft.

König: (Brüllt) „Ranakkor! Wir ziehen in den Krieg!"

Die angetretenen Krieger erwidern euphorisch den Aufruf zur Schlacht mit einem langen und lauten Kriegsschrei. Der Hall dieses kraftvollen Brüllens hallt wie ein Echo über die Wüste und lässt den Boden unter ihren Füßen beben. Nur einen Augenblick später geben die Kriegstrommeln das Zeichen zum Betreten der Kriegsschiffe. Zusammmen mit dem Flaggschiff des Königs heben sie letztendlich vom Wüstensand ab und erheben sich ins All. Der Himmel wird dabei von den unzähligen Schatten der Schiffe regelrecht verdunkelt.

Nach Ablauf einer Woche versammeln sich in einem Nachbarsystem von Cesris nach und nach die Schiffe um einen braunen Zwergstern. Die Flotte der Kardianer trifft zuerst ein, gefolgt von den Vereinten Systemen von Eden und den Ranakkor. Sie alle sind Ravens und Avaras Aufruf zum Kampf gefolgt und warten nun angespannt auf den herannahenden Angriff. Zuletzt erreichen auch die Knights of Eden den Treffpunkt, was auf der Brücke der Black-Arrow nicht unbemerkt bleibt.

Javis: „Raven, die Ghost ist soeben eingetroffen. Damit wären wir komplett, oder?"

Raven: „Ja. Vorerst läuft alles wie geplant. Die restlichen Schiffe des Ordens stoßen dann während der Schlacht dazu."

Javis: „Die restlichen? Es gibt noch mehr von denen? Wir kommen bereits auf fast 16.000 Schiffe. Das ist mehr als bei Kaymerah und Asgard zusammen."

Raven: „Und wir könnten jedes einzelne davon brauchen. Hunter? Teile der Flotte mit, dass sie sich bereitmachen kann! Danach werden wir unverzüglich in das System der Vyrakay fliegen und den Angriff beginnen."

Hunter: „Jawohl, Commander."

Javis: „Ich fürchte, das System hat mal den Vyrakay gehört. Ich sehe nur einen unheimlich gelben Nebel auf dem Bildschirm."

Raven: „Was auch immer heute passiert, fasst all euren Mut zusammen und bleibt konzentriert! Wir haben schon viel erlebt, aber das hier ist ein anderes Extrem. Wir kriegen das hin. Gebt alles!" Zuversichtlich nickt seine Crew ihm zu. Sie alle sind bereit, ihm in eine Hölle zu folgen. Während Raven ein letztes Mal sein Quartier aufsucht, um sein Schwert zu holen, kommt Kyra ein weiteres Mal zu ihm.

Hades: „Darf ich diesmal mit?"

Raven: „Kyra, es wäre mir lieber, wenn du im Schiff in Sicherheit bleiben würdest."

Hades: „Du darfst dich in Gefahr begeben, aber ich mich nicht? Ich verspreche dir, dass ich nach diesem einen Kampf aufhöre. Ich hatte schon zu viel Blut an den Händen und ich würde meine Schwerter gerne wieder gegen eine Gartenschere eintauschen. Nur dieses eine, letzte Mal. Für dich. Für uns. Für alle."

Raven: (Zögerlich) „Okay. Ich vertraue auf deine Fähigkeiten. Du darfst die Knights of Eden und mich begleiten."

Hades: „Danke. Ich verspreche dir, dass ich auf mich aufpassen werde. Möchtest du eigentlich immer noch nicht sagen, was deine besondere Aufgabe ist?"

Raven: „Möchten schon. Aber ich kann nicht. Die Gefahr wäre zu groß, dass die dunklen Utopier das irgendwie mitbekommen könnten, sollte ich das aussprechen. Und wir haben nur diese eine Chance."

Hades: „Ich verstehe. Schon seltsam, wie eine alte Route uns zu fremden Welten und übernatürlichen Wesen geführt hat. Allein, dass wir jetzt zwischen dunklen Utopiern und der Finsternis aller Universen unterscheiden müssen. Das ist doch alles irre."

Raven: „Für gewöhnlich wäre all das undenkbar. Damit hat wohl niemand gerechnet. Dennoch sind wir jetzt hier. Leider ist das kein Traum. Falls doch, dann würde ich gerne aufwachen."

Hades: „Ich auch. Nochmal danke, dass ich dich begleiten darf."

Raven: „Dann komm! Zuallererst müssen wir zur Ghost."

Im Hangar des Schiffes machen sich die restlichen Raptors bereit. Sev nimmt wie gewohnt sein schweres Scharfschützengewehr mit sowie Rees ein leichtes Maschinengewehr samt Unterlaufgranatwerfer.

Patton: „Mit dieser Ausrüstung könntet ihr es allein gegen ganze Armeen aufnehmen."

Sev: „Genau das ist unsere Absicht."

Rees: „Hast du gesehen, was für Viecher da auf uns warten? Je mehr Feuerkraft, desto besser."

In diesem Augenblick verlassen Raven und Kyra in voller Kampfmontur den Aufzug.

Raven: „Murphy, du führst heute das Team. Ich fliege mit Kyra zur Ghost und treffe mich dort mit Sykes. Dann werden wir tun, was auch immer notwendig ist."

Murphy: „Verstanden. Viel Glück bei was auch immer. Das Team ist bereit. Die Finsternis kann sich warm anziehen."

Rees: „Die Raptors sind auf der Jagd."

Raven: „Ihr seid die Besten der Besten. Es ist mir eine Ehre, mit so einem Team arbeiten zu dürfen und ich bin froh, dass ihr Teil der Familie seid. Schickt die Finsternis zurück in die Hölle, aus der sie gekrochen ist!"

Mit einem kriegerischen Handschlag, gefolgt von einer brüderlichen Umarmung, verabschiedet er sich von seinem Team. Zusammen mit Kyra geht es nun mit der Revenant hinüber zur Ghost, deren scharfe Silhouette vor dem braunen Zwergstern vorbeifliegt. Die Silence dockt im selben Moment an das Schiff an, wobei Dylan ein letztes Mal auf der Brücke steht und seine Crew einweist.

Ryan: „Die Silence ist bereit für den Kampf. Ich kann immer noch nicht fassen, was wir hier eigentlich machen. Ist das wirklich jetzt unser Job?"

Sykes: „Wir sind alle Gesetzlose. Wir tun, was auch immer wir wollen, also lasst uns einmal die Guten sein."

Mit diesen Worten verlässt Sykes die Silence und begibt sich schwerbewaffnet zu den Rittern im Hangar der Ghost. Dort trifft er schließlich auf Kyra und Raven.

Sykes: „Du nimmst deine Freundin mit?"

Hades: „Du deine etwa nicht?"

Raven und Dylan können sich das Grinsen beide nicht verkneifen.

Raven: „Hast du alles dabei?"

Sykes: „Ja. Du?"

Raven: „Selbstverständlich."

Sykes: „Ich bin bereit, Götter zu töten. Das wird das Verrückteste, was je ein Mensch gemacht macht."

Raven: „Absolut. Gemeinsam schaffen wir das."

Einer der Ritter kommt auf sie zu.

Ritter: „Großmeister? Die Flotte meldet vollständige Bereitschaft. Alle warten nur noch auf das Signal zum Angriff."

Raven: „Dann wollen wir sie nicht warten lassen."

Wenige Minuten später treffen die drei auf der Kommandobrücke im Herzen der Ghost ein. Wie in der Revenant bestehen alle Wände aus riesigen Bildschirmen, welche die gesamte Umgebung in jede Richtung anzeigen. Dort treffen sie auf Cormac und Conover. Sie warten bereits darauf, gegen die Finsternis in den Kampf zu ziehen.

Cormac: „Willkommen, Großmeister. Wo auch immer wir hinfliegen werden, wir stehen an Ihrer Seite."

Raven: „Danke, Cormac. Ich bin stolz auf das, was wir alle zusammen geschaffen haben. Jetzt wird sich zeigen, ob sich unser Training, unsere Taten und unser Mut sich ausgezahlt haben."

Cormac: „Ich bin zuversichtlich, dass das Schicksal heute auf unserer Seite ist."

Raven: „Dann ist es ist an der Zeit, dass wir unseren Feinden gegenübertreten."

Über einen offenen Funkkanal richtet sich Raven an alle Schiffe.

Raven: „Hier spricht Commander Raven, operierend von der Ghost. Wir alle stehen der größten Herausforderung entgegen, die unseren vereinten Spezies jemals gegenüberstand. All die Kriege, all die überwundenen Krisen, all der Fortschritt und all unsere Entdeckungen haben uns bis zu diesem Punkt gebracht. Einem Punkt, der entscheidend für unser aller Zukunft sein wird. Sie alle wissen, weswegen wir hier sind und Sie alle wissen, dass wir es uns nicht leisten können heute zu verlieren. Das steht nicht zur Wahl. Jeder von uns kämpft heute um die Zukunft und das Überleben. Mögen unsere Willensstärke, unsere Kameradschaft und unser Überlebenswille uns zum Sieg verhelfen. Möge die Schlacht beginnen."

Die Ansprache verhilft einige zitternde Hände zu einer Faust zu ballen. Mit gestärktem Kampfgeist ist die Streitmacht bereit in das Unbekannte vorzudringen. Gleich nachdem die Ghost in den Hyperraum, in Richtung des gelben Nebels, gesprungen ist, tut es ihr die gesamte Flotte nach. Tausende Schiffe tauchen vor der glühenden Nebelwand auf und fliegen dort hinein. Vorbei an schaurigen schwarzen Wolken geht es durch das gesamte Sternensystem. Dabei herrscht absolute Stille auf jedem Schiff. Die Ausmaße der Mächte, gegen die gekämpft werden soll, werden während dieses Fluges mehr als nur deutlich. Schwarze Wolkenbänder schlängeln sich wie Tentakel durch das ganze System. Um die Sonne im Zentrum versammeln sich gespenstische Gestalten, ähnlich wie jenes dunkle Wesen, welches Raven in der Zwischenwelt getroffen hatte. Als würden sie zerfetzte Mönchskutten mit roten Sternen unter ihrer Kapuze tragen, kreisen sie um den Stern, welcher allmählich von dunklen Konstrukten umringt wird. Dies fällt auch der Crew der Black-Arrow auf.

Hunter: „Was zur Hölle ist das? Diese Wesen. Sind das die Dinger, vor denen Raven uns gewarnt hat?"

Javis: „Ich befürchte es. Gespenstisch. Ich bekomme Gänsehaut bei diesem Anblick. Ich kann nicht glauben, dass das echt ist."

Hunter: „Bauen die eine Dyson-Sphäre um die Sonne? Aus Staub?"

Javis: „Ich habe keine Ahnung. Es sieht jedoch so aus, als könnten diese Dinger mit ihren bloßen Händen ganze Planeten zerquetschen."

Hunter: „Hoffentlich wird das nicht passieren."

Die Flotte nähert sich ihrem Zielort. Hinter einer pechschwarzen Wolke erscheint der Planet Cesris. Seine Oberfläche sieht bereits aus der Ferne so aus, als stünde sie in Flammen. Erst jetzt ist es mit den Scannern auf der Ghost möglich, einen Überblick über diese befremdliche Situation zu erhalten. Was die Daten jedoch aussagen, beunruhigt die Knights of Eden nur umso mehr.

Cormac: „Großmeister. Vor uns liegt Cesris. So wie es aussieht, ist mehr als deutlich, wo der Kampf stattfinden wird."

Raven: „Ich sehe es. Das muss dieses Werk sein."

Ritter: „Gemäß der Datenbank hat Cesris zwei Monde."

Sykes: „Nun, ich sehe drei."

Dicht um den Planeten herum schwebt eine gigantische künstliche Sphäre. Offensichtlich besteht sie aus dunkel glänzendem Metall, welches beinahe die Hälfte ihrer Oberfläche bedeckt. Das restliche

Gerüst ragt aus dem Inneren dieser Konstruktion heraus und ins All hervor. Eine Baustelle, so groß wie ein ganzer Mond. An der Unterseite dieser gewaltigen Struktur hängen mehrere künstliche Tentakel hinab, einer Qualle ähnlich. Diese umschlingen einen leuchtend blauen Lichtstrahl, der von der Oberfläche des Planeten gespeist wird. Nur bei genauem Hinsehen kann man erkennen, wie Metallteile, so groß wie ganze Gebäude, von dort in das Innere der Sphäre transportiert werden. Vermutlich handelt es sich hierbei um das Baumaterial. Der Lichtstrahl selbst scheint aus dem Herz eines Hurrikans zu kommen.

Raven: „Ich möchte, dass die Ghost versucht einen Zugang zu dieser Sphäre zu bekommen. Wir müssen da irgendwie rein."

Sykes: „Weißt du, wo wir hinmüssen?"

Raven: „Ich fürchte schon."

Ein weiteres Mal öffnet Raven einen Funkkanal.

Raven: „Hier spricht Commander Raven. Konzentriert den Angriff auf die Oberfläche am Versorgungsstrahl des künstlichen Mondes! Der Rest der Flotte verbleibt im Orbit und führt den Raumkampf."

Bedingungslos nehmen die Offiziere der anderen Schiffe Ravens Anweisungen an. In diesem Fall gibt es keinen klug ausgetüftelten Operations- oder Invasionsplan. Stattdessen steht jedes Militär für sich und muss sein Vorgehen vor Ort mit den anderen Verbündeten, entscheiden. Da niemand auch nur den Hauch einer Ahnung hatte, was auf sie zukommt, bleibt nur noch die Möglichkeit der Improvisation. Dies führt allerdings auch zu einem umso chaotischeren Umfeld zum Kämpfen. Etwas, was auch Javis auf der Black-Arrow alles abverlangen wird.

Javis: „Das wird ein epischer Ritt."

Die Schiffe machen sich bereit für die erste Konfrontation. Geradewegs fliegen sie sowohl auf den künstlichen Mond als auch auf die Oberfläche darunter zu. Es dauert nicht lange, bis die riesige Flotte entdeckt wird und unter dem Feuer übernommener PDC-Anlagen der Vyrakay sowie der Finsternis selbst steht. Von überall her kommen schwarze Schiffe, geformt wie geschmolzene Glasscherben. Andere hingegen sehen aus wie schwarze Kristalle in Form von Schneeflocken, monströsen Kalmaren oder gar rauchigen Gespenstern. Das Kreuzfeuer breitet sich in alle Richtungen aus, wobei schon erste Verluste auf beiden Seiten auftreten.

Eine brutale Raumschlacht entbrennt. Inmitten eines Hagels aus Plasmageschossen feuern die dunklen Schiffe mit Bündeln aus roten Blitzen auf die Angreifer. Ein Gewitter, welches vom All bis auf die Oberfläche reicht, wo die ersten Landungsschiffe sich dem Herzen des

Hurrikans nähern. Erste Feuerversuche auf die Quelle des Lichtstrahls bleiben erfolglos. Allen Anschein nach wird dieser von mehreren Schilden geschützt. Grund genug, um die Bodentruppen einzusetzen. Trägerschiffe jeglicher Art brechen gemeinsam mit Zerstörern und Schlachtschiffen durch die Wolken. Trotz zahlloser Regenschauer, tobender Gewitter und peitschender Winde ist die kristalline Struktur, welche den Versorgungsstrahl speist, schon von weitem zu sehen. Wie in einer dreifachen Helix türmen sich scharfkantige Gewölbe aus Metall und Kristall an der Küste auf, umringt von einem Geflecht stählern-mechanischer Ranken, welche sich durch die gesamte Landschaft ziehen und in den Ruinen der zerstörten Städte als gewaltige Türme emporsteigen.

Viele Schiffe werden bereits in den Luftkampf gezwungen und kommen somit nicht bis an den Strahl heran. Noch über den dornartigen Ruinen der einstigen Städte der Vyrakay kommt es zu schweren Gefechten. Einige Träger- und Landungsschiffe schaffen es jedoch noch auf die verwüstete Ebene vor dem Versorgungsstrahl. Von nun an rollen Panzer und andere Kampffahrzeuge über eine von Trümmern bedeckte Felswüste. Gefolgt von der Infanterie und überblickt von Kampfjets.

Derweil manövriert sich die Ghost, teilweise gehüllt in Unsichtbarkeit, durch die unübersichtliche Raumschlacht. Viele feindliche Schiffe fallen ihren mächtigen Kanonen zum Opfer, wobei sie sich auf die schwer umkämpfte Sphäre zubewegt. Da sich dieses Objekt noch im Bau befindet, gibt es immer noch viele Stellen, über die man hineingelangen könnte. Beim Tiefflug über die schaurige, aber auch futuristische Oberfläche des künstlichen Mondes findet die Ghost eine breite Nische, vergleichbar mit einem rissigen Canyon, wo sie eintaucht. Von dort aus fliegt sie unbemerkt tiefer ins Innere hinein.

Hades: „Die Höhle des Löwen. Wahrhaftig."

Durch ein regelrechtes Labyrinth aus kristallinen Röhren und schwarz verglasten Nervenbahnen geht es für die Knights of Eden letztendlich zum Zentrum der mysteriösen Station, welche ebenfalls wie ein Vorbote von innen an ein verwesendes Gehirn erinnert. Anstelle jedoch etwas zu sehen, ist die Umgebung hier von einem dichten grauen Nebel bedeckt. Nur noch der verglaste Boden ist erkennbar.

Raven: „Wir sind sehr nahe. Ich fürchte, von hier aus müssen wir zu Fuß weiter."

Gleich nachdem die Ghost auf einer Ebene gelandet ist, öffnet sich eines ihrer Hangartore. Raven, Dylan, Kyra, Conover und Cormac, gefolgt von etwa 20 weiteren Rittern, verlassen nun das Schiff in ihren

Raumanzügen. Ihnen fällt sofort auf, dass die Gravitation des Planeten unter ihnen immer noch wirkt. Obwohl es an diesem Ort kaum Atmosphäre, geschweige denn Wind, zu geben scheint, kreist der graue Nebel wie ein Tornado um das Zentrum des Mondes. Entgegen jeder Vernunft jedoch treten Raven und Dylan zuerst durch die graue Wand, flüchtig gefolgt von Kyra und den anderen Rittern. Sie alle stehen dicht beieinander, die Schwerter gezogen, die Waffen entsichert und die Bögen gespannt. Die Sichtweite beträgt nur wenige Meter, jedoch bemerken die Ritter, dass schwarze Gestalten auf sie zukommen. Gespenstische und knochige Kreaturen werden auf die Eindringlinge aufmerksam und bewegen sich langsam auf sie zu. Auf ein monströses Brüllen folgt der erste Angriff. Mit Pfeilen und Schwertern verteidigen sich die Ritter. Auch Raven, Dylan und Kyra besiegen einige dieser Wesen im Nahkampf.

Cormac: „Jetzt wissen die, dass wir hier sind."

Raven: „Dann sollten wir uns beeilen."

Während des Laufens wehren sie die Angriffe weiter ab, so lange, bis sie urplötzlich aus dem Nebel herausstolpern. Nur einige zerfetzte Geistergestalten folgen ihnen. Der Rest der Kreaturen scheint im Nebel zu verweilen und lauernd auf sie zu warten.

Conover: „Ziehen die sich zurück?"

Cormac: „Nein. Diese Dinger wissen, früher oder später müssen wir zurück, um zu entkommen."

Misstrauisch und kampfbereit richten sich die Ritter weiterhin zum Nebel, wobei Raven als Erster seinen Blick nach vorne richtet.

Hades: „Verdammt, wo sind wir hier?"

Raven: „Das Auge der Finsternis."

Vor sich sehen sie ein langsam wachsendes schwarzes Wurmloch, umringt von pulsierenden, glühenden Flammen. Mehrere künstliche Ringe umkreisen diese dunkle Kugel und bewegen sich in unterschiedliche Richtungen, wobei ein wildes Geflecht aus blauen Polarlichtern sich in der gesamten Sphäre verteilt. Das Tor zur Finsternis scheint schon geöffnet worden zu sein, jedoch flackert es immer noch wild vor sich hin.

Raven: „Hier sind wir nahe genug."

Sykes: „Woher weißt du das?"

Raven: „Ich fühle es."

Sykes: „Ist der Kerl immer so sentimental?"

Hades: „Manchmal."

Raven holt das Artefakt des Utopiers hervor. Er bringt es an seinem Unterarm an und aktiviert es. Drei Meter vor ihm öffnet sich ein Riss in der Raumzeit, verbunden mit dem Wurmloch über einen schmalen konstanten Blitz. Am Rand dieses Portals schweben schwerelose Glasscherben umher, ähnlich wie damals am Bord des Geisterschiffes.

Raven: „Cormac? Haltet die Stellung! Sykes und ich gehen da rein."

Cormac: „Verstanden. Wir passen auf. Viel Glück da drin!"

Sykes: „Ich bin bereit."

Hades: „Was ist mit mir?"

Raven: „Bitte bleib hier! Ich brauche schließlich einen Grund, zurückzukommen."

Hades: „Du Arschloch! Ich liebe dich."

Raven: „Ich liebe dich. Für immer."

Raven und Sykes stellen sich vor den Riss. Sie fassen ihre Gedanken und atmen tief durch. Dabei läuft Kyra eine Träne die Wange hinunter, was sie möglichst zu verstecken versucht.

Raven: „Auf in die Dunkelheit."

Sykes: „Auf in die Hölle."

Gleichzeitig machen sie den ersten Schritt nach vorn, berühren den Riss und verschwinden in einem grellen Impuls aus Licht. Als Nächstes ist es, als hätten die beiden durch einen harten Schlag ihr Bewusstsein verloren und würden nun wieder zu sich kommen. Beinahe als würden sie aus dem Schlaf erwachen. Besonders ungewöhnlich ist jedoch, dass sie beide keinen Helm mehr tragen. Schon beinahe erschrocken stehen sie auf und versuchen sich zu orientieren. Von ihren Helmen fehlt allerdings jede Spur. So müssen sie mit bloßen Augen realisieren, wo sie sind, und staunen über den schrecklichen Anblick ihrer Umgebung. Der Boden unter ihren Füßen scheint verkohlt zu sein. Bei genauerem Hinsehen erkennt man Gliedmaßen oder ganze Körper fremdartiger Wesen. Selbst die vermeidlichen Felsen um sie herum scheinen aus verkohlten oder verglasten Überresten organischer Lebensformen zu bestehen. Wenn dies nicht schon schlimm genug zu sein scheint, reicht ein Blick in die Ferne, um sich ein Bild von dem gesamten Universum der Finsternis zu machen.

Sykes: „Scheiße! Was ist das für ein Ort?"

Von dem Punkt aus, an dem die beiden stehen, lässt sich ein großer Teil dieses schaurigen Universums beobachten. Obwohl sie in den freien Sternenhimmel blicken müssten, sind die schwebenden Sterne von gewaltigen dunklen Strukturen umgeben, welche an das neurale Netzwerk und die Synapsen in einem Gehirn erinnern. Bestehend aus gläsernen, scharfkantigen und spitz zulaufenden Schuppen verzweigt sich diese Struktur wie ein unregelmäßig wirres Netz durch das gesamte Universum. Die Sternensysteme, die zwischen all diesen schwarzen Verknüpfungen gefangen sind, wirken nahezu winzig.

Ihr Licht beleuchtet die Umgebung nur schwach, was bei der Größenordnung dieses Netzwerkes kein Wunder ist. Dieses verwobene Geflecht aus künstlichen Nervenbahnen, Sehnen und Bändern scheint bis in die Unendlichkeit zu reichen, wobei einige dieser Stränge mehrere Lichtjahre im Durchmesser sein müssen. Auf einem dieser Stränge befinden sich auch Raven und Dylan.

Raven: (Erstaunt) „Unglaublich."

Sykes: „Fuck. Wohin jetzt, Pathfinder?"

Raven: „Wir müssen zu einem Knotenpunkt. Er sollte aussehen wie ein Turm. Dort verbinden sich Portale und vernetzen diesen Ort. Zumindest glaube ich das."

Sykes: „Dann lass uns das schnell zu Ende bringen. Ich will nicht länger hierbleiben als nötig."

Raven: „Ich bin ganz deiner Meinung."

Sie ziehen ihre Schwerter und entfernen sich vom Riss, ihrem einzigen Weg zurück. Gemeinsam streifen sie über den verkohlten und verglasten Boden, in der Hoffnung ihr Ziel schnell zu erreichen. Schließlich verbreitet dieser Ort eine bedrohliche und unheimliche Atmosphäre.

Während die Ritter im Inneren der Sphäre ihre Stellung halten, ist die Schlacht im Weltraum sowie auf der Oberfläche von Cesris in vollem Gange. Nur der Horizont leuchtet orange, während schwarze Sturmwolken den Himmel verdunkeln. Die untergehende Sonne strahlt dabei unter dem Hurrikan hindurch und beleuchtet das Schlachtfeld. Bei strömendem Regen fliegen Plasmabolzen, Raketen und Feuerbälle in allerlei Richtungen, während die Bodentruppen allmählich zum Versorgungsstrahl vorrücken. Das Gewölbe, aus dem der Strahl gespeist wird, steht von allen Seiten unter schwerem Beschuss. Zu den Feinden, die über die Oberfläche streifen, gehören skelettartige Kreaturen, welche zwischen zwei und zehn Meter groß sind. Dazu schweben dunkle Gespenster aus Rauch und Nebel über das Schlachtfeld, die trotz des Einsatzes diverser Waffen kaum zu treffen sind. Viele von ihnen schweben wie verlorene Seelen regungslos umher, andere jedoch greifen aggressiv an. Besonders bedrohlich scheinen allerdings die Kolosse zu sein, welche samt Tentakeln an Rumpf und Kopf langsam mit ihren sechs langen Beinen durch den Sturm wandern.

Von den verdorbenen Vyrakay geht jedoch die größte Gefahr aus. Obwohl sie alle halbtot scheinen, besitzen sie immer noch schlagkräftige Feuerwaffen und zerfetzen die angreifende Armee mit ihren scharfen Klauen. Nur die Ranakkor scheinen sich nicht zu fürchten. Mit beinahe gleichgültiger Brutalität stürmen die Krieger in Formation auf ihre Feinde zu und richten ein regelrechtes Blutbad an. Doch auch ihnen machen die finsteren Kreaturen schwer zu schaffen. Selbst wenn sie eine riesige Armada von Kriegsschiffen, unzählige Divisionen von Kampfpanzern und Mechs an ihrer Seite wissen. Da die Destiny der Schwarzen Legion nicht vor Ort ist, so ist es allein das Königsschiff der Kor, welches über den Wolken des Hurrikans hunderte feindliche Schiffe überwältigt und vernichtet.

Die Schlacht am Boden scheint vorerst ziemlich ausgeglichen zu sein. Jedoch nutzt die Finsternis eine makabre Methode, um die eigenen Kräfte zu verstärken. Die gefallenen Soldaten und Krieger der Angreifer bleiben nicht lange tot. Schon binnen weniger Minuten reicht der Kontakt zu einer der finsteren Kreaturen aus, die leblosen Körper wieder auferstehen und gegen die eigenen Truppen kämpfen zu lassen. Für viele Soldaten ist das eine schockierende Erfahrung, da sie nun auch gegen ihre eigenen, untoten Kameraden kämpfen müssen.

Über diesem Chaos fliegen die Black-Arrow und die Silence Seite an Seite. Inmitten brennender Schlachtschiffe zieht sie der Luftkampf sogar über die Wolkendecke des Hurrikans. Rund um den Lichtstrahl sammeln sich die Schiffe und feuern wild aufeinander. Javis und Volta gehen dabei bis an die Grenzen. In der Black-Arrow wird das Geschehen permanent von Hunter überblickt. Sie wirft sowohl ein Auge auf die Luftschlacht als auch auf die Infanterie am Boden.

Hunter: „Jack? Wie geht es euch da unten?"

Einige Hundert Meter unter ihnen, kämpft sich das Raptor-Team derweil über die verwüstete Ebene. Auch sie werden von den verdorbenen Vyrakay beschossen und liefern sich erbitterte Gefechte im Regen.

Murphy: „Wir konnten die Landezone sichern. Die Erstversorgungszone für die Verwundeten ist umkämpft. Wobei ich bezweifle, dass es hier unten noch Verwundete geben wird. Im Moment stehen wir unter schwerem Beschuss, aber die Raptors tun, was sie am besten können."

Hunter: (Per Funk) „Bitte passt da unten bloß auf euch auf!"

Von Deckung zu Deckung geht es für die Kommandosoldaten voran. Hauptsächlich sind sie damit beschäftigt, die anstürmenden Truppen zu unterstützen. Während Panzer an ihnen vorbeirollen, prallen die brennenden Wracks verbündeter Schiffe auf den felsigen Boden um sie herum. Die Flammen flackern im starken Wind und lassen sich nicht einmal von dem starken Regen löschen. Unaufhörlich geraten die Raptors von einem Gefecht in das nächste. Sev nutzt dabei sein

Scharfschützengewehr, um Unmengen an Untoten gezielt und schnell auszuschalten. Rees hingegen rennt mit seinem leichten MG in der Schulter herum und mäht mit Dauerfeuer ganze Horden von Gegnern nieder. Murphy und Patton können mit den beiden kaum mithalten.

Patton: „Die zwei scheinen ja richtig im Blutrausch zu sein."

Murphy: „Mich wundert es, dass sie bei all dem nicht vergessen ihre Abschüsse zu zählen."

Während Monster für Monster den Raptors zum Opfer fällt, entdeckt Sev einen Stoßtrupp der Waysider, welcher soeben einige Kampffahrzeuge hinter einem Schiffswrack positioniert und schwere Geschütze aufstellt. Neugierig richtet Sev sein Visier auf die Söldnertruppe und erkennt ein bekanntes Gesicht.

Sev: „Das ist nicht wahr. Was stimmt nicht mit der?"

Immer noch in Reichweite seines Teams, läuft er zu den Waysidern und spricht deren Anführerin an, welche auf der Ladefläche eines Fahrzeuges steht.

Sev: „Hey! Was machst du hier, May?"

May: (Überrascht) „Sev? Ich schätze, das gleiche wie du. Kämpfen."

Sev: „Ich dachte, du befehligst die Söldner und führst sie nicht in die Schlacht."

May: „Das ist nicht mein Führungsstil. Ich glaube, um diese Diskussion zu führen, ist es jetzt ein wenig zu spät."

Sev: „Allerdings. Können wir euch irgendwie helfen?"

May: „Wir ..."

Patton: (Ruft) „Achtung! Artillerie!"

Vom Himmel regnet es blaue Feuerbälle herab, direkt auf die Position, an der sich gerade die Raptors und Waysider aufhalten. Jeder von ihnen versucht unter Trümmerteilen oder Felsvorsprüngen in Deckung zu gehen. Die Fahrzeuge der Waysider werden dabei jedoch völlig zerstört und gehen in Flammen auf. May wird bei einer der Explosionen durch die Luft geschleudert und schlägt einige Meter weiter auf dem Boden in einer Pfütze auf. Sev springt sofort aus seiner Deckung und eilt zu ihr.

Sev: „Scheiße! May!"

Als er bei ihr ankommt, wirft er sich auf die Knie und nimmt seinen Helm ab. Er nimmt May in den Arm, wobei ihm ihre schweren Verletzungen am ganzen Körper auffallen.

May: „Verdammte Scheiße! Ich wünschte, ich wäre mitten im Kampf gestorben, nicht so."

Sev: „Du wirst hier nicht sterben."

May: „Mach dir nichts vor. Du weißt, dass es stimmt."

Das Blut läuft über ihren gesamten Kampfanzug und vermischt sich mit dem Regen. Gleichzeitig verliert sie einige Tränen, woraufhin Sev ihr flüchtig einen Kuss gibt.

May: „Ich wünschte, wir beide hätten mehr Zeit miteinander gehabt. Ich habe dich wirklich geliebt. Danke."

Sev: „Ich liebe dich auch."

May: „Schick sie zur Hölle!"

Sev: (Traurig) „Das werde ich. Du warst eine ausgezeichnete Kämpferin. Jetzt ist dein Kampf vorbei. Meiner geht weiter."

Noch in seinen Armen stirbt May an ihren Verletzungen. Sev erstarrt für einen Augenblick, bevor er Mays Körper ganz langsam in der Pfütze ablegt. Seine Augenbrauen ziehen sich wütend nach unten. Er setzt sich zügig seinen Helm auf, greift direkt zu seinem Gewehr und lädt es durch. Voller Wut stürmt er auf einen Felsen und eröffnet das Feuer auf alles, was sich bewegt. All dies wird beobachtet von Rees, der seinem Kameraden natürlich beistehen will. Auch er rennt zu Sev und gibt ihm Deckungsfeuer. Sie beide legen sich mittlerweile sogar schon mit den größeren Kreaturen an. Gemeinsam vernichten sie mehrere Riesenskelette und andere dunkle Gestalten. Jedoch werden sie von ihrem Team immer weiter getrennt, da Patton und Murphy ihre Position durch das schwere Feindfeuer nicht verlassen können. Und als könne es nicht noch schlimmer kommen, stürzt eine kleine Fregatte direkt zwischen den Teammitgliedern ab. Sevs Rache hat ihn und Rees letztendlich so weit hinter die Front gebracht, dass ihnen eine große Armee untoter Vyrakay gegenübersteht. Die beiden Elitesoldaten vernichten unzählige Feinde, doch haben dabei auch ihre Munitionsreserven aus dem Überblick verloren.

Rees: „Bruder, ich bin gleich leer. Wir sollten zurück zum Team."

Sev: „Scheiße! Geht mir genauso. Wir kommen wieder!"

Noch bevor die beiden umkehren können, werden sie in den Nahkampf gegen allerlei Kreaturen gezwungen. Obwohl sie sehr standhaft bleiben, werden auch sie hin und wieder getroffen. Noch bevor der Kampf hätte entschieden werden können, hagelt ein Dauerbeschuss verschiedenster Geschosse auf die zwei nieder, gefolgt von den Explosionen einiger Granaten und Brandbomben. Sev und Rees werden beide verwundet. Als sie versuchen, sich zurückzuziehen, werden sie von den Druckwellen der Explosionen umhergeschleudert und stürzen hinter einem Wrack einige Felsen hinab. Während Rauch die Sicht beeinträchtigt, setzen die beiden sich an verschiedenen Felswänden gegenüber. Erst als die Sicht wieder aufklart, erkennen sie, wie schwer sie eigentlich getroffen wurden. Die Funkgeräte scheinen ebenfalls zerstört zu sein. Die Panzerplatten der Rüstungen sind brüchig oder ganz abgesprengt. Aus den

Einschusslöchern läuft das Blut heraus, wobei es bei Rees die ganze Seite bis auf die Knochen aufgerissen hat. Sein rechter Arm ist ebenfalls derart zerfetzt, dass er nur noch von der zerrissenen Rüstung zusammengehalten wird. Sie beide reißen sich ihre völlig demolierten Helme vom Kopf. Auch Sev läuft das Blut die Stirn und den Hinterkopf hinunter. Nach einem kurzen Abtasten stellt er fest, dass er ein Loch im Schädel hat. Verletzt und entkräftet sitzen die beiden Soldaten sich gegenüber und schauen sich gegenseitig an.

Sev: (Gereizt) „Die haben mir allen Ernstes in den Kopf geschossen."

Rees: (Lacht unter Schmerzen) „Nur du kannst einen Kopfschuss überleben."

Sev: „Ich muss sagen, du sahst mal besser aus. Ein Glück, dass du Linkshänder bist."

Rees: „Du siehst aus wie eine Scheibe Käse. Mit Bart."

Selbst schwer verletzt machen die beiden noch Witze, wobei sie dennoch eine Menge Blut verlieren. Der Sand unter ihnen färbt sich allmählich rot, während das Kreischen der dunklen Kreaturen wie ein Echo von den Felswänden hallt.

Rees: „Wir werden hier sterben, oder?"

Sev: „Sieht ganz danach aus."

Rees: „So eine Scheiße! Hätte nie gedacht, dass das so enden würde."

Sev: „Keiner von uns. Hast du Angst?"

Rees: „Ja. Um ehrlich zu sein, stelle ich mir 1000 schönere Tode vor, als von diesen dunklen Typen in Zombies verwandelt zu werden. Ich glaube, ich erschieße mich lieber selbst, bevor diese Viecher hier auftauchen."

Sev: „Und lässt mich zusehen? Vergiss es!"

Rees: „Wenn wir nicht zerfleischt werden, dann verbluten wir hier. So oder so sieht es schlecht für uns aus."

Sev: „Ich bin dankbar, nicht allein und an deiner Seite sterben zu dürfen."

Rees: „Ich bin dankbar, an deiner Seite gekämpft zu haben. All die Jahre warst du wie der Bruder, den ich niemals hatte."

Sev: „Du hast doch einen Bruder zuhause."

Rees: „Ja, aber er ist ein Arschloch."

Die beiden lachen, werden jedoch schnell wieder von ihren Schmerzen an den Ernst der Lage erinnert.

Sev: „Ich glaube, sie sind bald hier."

Rees: „Ich ... Ich habe da eine ganz bescheuerte Idee."

Sev: „Ach was? Als hättest du je einen schlauen Einfall gehabt."

Rees: „Ich weiß nicht, ob ich es schaffen würde, den Abzug bei mir selbst zu drücken, ehrlich. Wollen wir uns gegenseitig erschießen?"

Sev: „Was? Du meinst gleichzeitig? Ich mag die Idee."

Rees: „Hä? Also bist du dabei? Großartig. Obwohl es mich schon etwas stutzig macht, dass du so schnell zugestimmt hast."

Sev: „Besser, als zerfleischt zu werden. Ich sterbe lieber durch deine Hand als durch die Klauen eines willenlosen Untoten."

Rees: „Schön, dass wir da einer Meinung sind. Wollen wir dann?"

Sev: „Ich bin bereit, wenn du es bist."

Rees: „Wehe, du triffst nicht!"

Sev: (Lächelnd) „Ich verfehle nie mein Ziel. Deinen großen Kopf schon gar nicht."

Lächelnd richtet Rees zitternd seine Pistole auf Sev. Auch er hebt seine Waffe und zielt auf seinen Kameraden.

Rees: „War mir eine Ehre. Du warst der beste Scharfschütze, den die Menschheit je gesehen hat."

Sev: „Auch mir war es eine Ehre, an der Seite eines völlig durchgedrehten Sprengstoffexperten gedient zu haben."

Die beiden lächeln sich gegenseitig und zufrieden an. Dabei entsichern sie ihre Waffen.

Rees: „Bis zum letzten Mann!"

Sev: „Bis zum letzten Mann!"

Zwei Schüsse folgen nahezu zeitgleich aufeinander. In dem Augenblick, als das Geschoss von Rees direkt in Sevs Herz trifft, löst sich auch bei ihm der Schuss. Rees erhält einen glatten Kopfschuss und sackt sofort tot zusammen, genauso wie Sev. Der Rest des Raptor-Teams weiß noch nichts von dem Verlust ihrer Kameraden. Murphy versucht immer wieder einen der beiden über Funk zu erreichen, jedoch wird er ständig wieder in neue Gefechte hineingezogen. Nur Hunter auf der Black-Arrow bemerkt anhand der übermittelten Anzugdaten, dass etwas nicht stimmt.

Während auf der Oberfläche von Cesris weiterhin erbittert gekämpft wird, befinden sich Dylan und Raven immer noch in dem Universum der Finsternis. Entlang ihres Weges geraten sie an einen Abgrund. Die Aussicht auf das schwarze Netz, in dessen Hohlräumen die Sterne gefangen zu sein scheinen, beeindruckt jedes Mal aufs Neue. Um einige der Sterne sowie zwischen einigen Strängen des Netzes bewegen sich die gespenstischen Gestalten der Finsternis umher. Bei einer Größe von beinahe einem Lichtjahr sind diese Wesen kaum zu übersehen. Zum Glück haben sie noch nichts von den beiden Eindringlingen mitbekommen. Dylan läuft an der Kante des Abgrundes entlang und findet dabei überraschenderweise die fehlenden Helme.

Sykes: „Schätze, der hier gehört dir."
Dylan wirft Raven seinen Helm zu.
Raven: „Danke. Ich frage mich, wie die hierhergekommen sind."
Sie beide befestigen ihre Helme am Gürtel und schauen in die
makabre Ferne.
Raven: „Sieht aus wie das kosmische Netz, in dem sich die Galaxien
unseres Universums anordnen."
Sykes: „Sieht eher aus, als würde man in ein Gehirn schauen. Könnte
es sein?"
Raven: „Ob diese dunkle Struktur, die dieses ganze Universum
umschlingt, lebendig ist? Das würde jede Metaebene sprengen. Selbst
die der Götter. Ist aber nicht undenkbar."
Sykes: „Ich glaube, nach alldem habe ich eine andere Sichtweise, was
Gott und Götter angeht."
Raven: „Die hatte ich schon nach meiner ersten Begegnung mit einem
Utopier. Doch da draußen scheint es sogar mehr zu geben als Götter."
Dylan schaut skeptisch zu Raven. Er scheint diese Aussage nicht ganz
zu verstehen. Während die beiden weiterziehen, kommen ihnen
allerlei Fragen, auf die keiner von ihnen wirklich zufriedenstellende
Antworten findet. Sie laufen über einen verglasten Canyon, an dessen
zerklüfteten Grund sich gewaltige Schluchten und tiefe Höhlen öffnen.
Überall findet sich geschmolzenes, organisches Material. Es ist fast
nicht zu glauben, dass es sich hierbei einst um Lebewesen gehandelt
haben muss.
Sykes: „Sind wir hier auf einem Planeten?"
Raven: „Sieht nicht so aus."
Sykes: „Wie kann es dann sein, dass wir hier Schwerkraft haben und
atmen können?"
Raven: „Frag mich was Einfacheres."
Sykes: „Wie erschafft man ein eigenes Universum?"
Raven: „Ist die Frage philosophisch oder technologisch gemeint?"
Sykes: „Ähm. Du darfst mir gern beides beantworten."
Raven: „Also ich habe absolut keine Ahnung, wie man mit
technischen Mitteln ein Universum wie unseres erschaffen kann.
Allerdings kann jeder Mensch und jedes denkende Wesen sich seine
eigenen Universen kreieren. Allein mit der Vorstellungskraft."
Sykes: „Glaubst du wirklich, wer sich eine Geschichte oder eine Welt
ausdenkt, erschafft automatisch ein Universum?"
Raven: „Teilweise. Die Universen mögen nicht real sein, zumindest
nicht für uns. Aber vielleicht für jemand oder etwas anderes."
Sykes: „Ich könnte also ein Buch schreiben und meine eigene Welt
erschaffen? Mein eigener Gott sein?"

Raven: „Das könntest du."

Sykes: „Das ist mir viel zu viel Arbeit. Lass uns das hier lieber zu Ende bringen. Ein Universum vernichten und Götter töten."

Die beiden bemerken finstere Kreaturen, die sich wie Rochen aus schwarzem Rauch über die scharfkantigen Berge bewegen. Auch diese vermeintlichen Lebensformen haben die Präsenz der Menschen noch nicht bemerkt. Bei einem Blick in den Himmel erkennt Raven, wie die gespenstischen Wesen im All überaus schnell von einem Stern zum anderen fliegen. Dies kommt ihm ziemlich ungewöhnlich vor.

Raven: „Ich glaube, in diesem Universum gelten nicht die Regeln unserer Physik. Dinge können sich hier wohl schneller als Licht bewegen."

Sykes: „Du meinst, die Lichtgeschwindigkeit ist erhöht? Woher willst du das wissen?"

Raven: „Ich fühle Dinge, die ein Mensch nicht fühlen sollte."

Über eine glänzend schwarze Brücke erreichen sie einen kristallinen Turm. An der Spitze, welche wie eine Nadel zuläuft, schwebt eine brennende schwarze Kugel. Wie ein flammendes Auge flimmert sie vor sich hin und erzeugt starke Winde, welche die Luft ansaugen.

Raven: „Hier sind wir richtig."

Sykes: „Hast du das in einer deiner Visionen gesehen?"

Raven: „Ja. Dieses Wurmloch, dieser Knotenpunkt, ist mit dem gesamten Universum vernetzt. Sobald die Bombe hochgeht, breitet sich der Vakuumzerfall fast überall zeitgleich aus."

Raven und Sykes greifen in ihre Taschen. Sie holen die kleinen Kugeln hervor, welche sie von dem Utopier bekommen haben. Während sie diese Objekte in den Händen halten, beginnen sie in den Farben rot und blau zu leuchten.

Raven: „Besser, wir berühren uns jetzt nicht mehr."

Sykes: „Für den Fall, dass wir beide oder einer von uns das hier nicht schaffen sollte. Ich möchte mich bei dir bedanken. Dafür, dass du mir geholfen hast. Dafür, dass du mir gezeigt hast, wie ich den Sinn in meinem Leben selbst wiederfinde. Du bist dazu geboren, denen, den es schlechtgeht, zu helfen. Danke."

Raven: „Diese Worte nehme ich mir zu Herzen. Wobei ich anscheinend nicht für jeden eine Hilfe sein konnte. Auch, wenn du das vielleicht nicht hören möchtest: Da steckt ein guter Mensch in dir. Du hast dich selbst übertroffen, deine Ehre wiederhergestellt und dich zu jemand besonderen entwickelt. Wir hatten einen schlechten Start, aber wäre alles nicht so gekommen, wie es ist, dann würden wir jetzt nicht hier stehen."

Sykes: „Wenn es ein Schicksal gibt, dann ist deines, verlorene Seelen zu retten. Und natürlich das gesamte Universum."

Lächelnd schaut Raven Dylan in die Augen und nickt zufrieden.

Sykes: „Also, Mr. Universum. Was tun wir jetzt?"

Raven: „Werfen. Ich werfe nach rechts, du nach links. So weit wie wir können. Bereit?"

Sykes: „Zeit zum Schlechter von Göttern zu werden."

Raven: „Dann los!"

Sie beide holen aus und werfen ihre Kugeln so weit weg wie möglich. Noch in der Luft wird das Leuchten intensiver und die beiden Objekte beginnen umeinander zu kreisen. Ein helles Summen ertönt und wird immer lauter, je schneller sich die Kugeln bewegen. Raven und Dylan sprinten nun zurück über die Brücke. Sie müssen zurück am Riss sein, bevor der Vakuumzerfall einsetzt. Entlang des Canyons geht es auf dem gleichen Weg zurück. Aus den Untiefen der Schluchten steigen plötzlich schattenhafte Gestalten empor. Wie Gespenster fliegen sie in einem wilden Schwarm um die beiden Eindringlinge herum und geben ein unangenehmes Kreischen von sich. Auch die gewaltigen Wesen im All neigen ihre Köpfe zu diesem Geschehen und kommen näher. Das Platzieren der Vakuumzerfallsbombe hat leider doch für Aufmerksamkeit gesorgt. Raven und Sykes ziehen ihre Schwerter, wonach sie von den Geistern in der Luft immer wieder angegriffen werden. Im vollen Lauf können sie sich verteidigen und versuchen keine Zeit zu verlieren.

Aus dem Boden und aus den umliegenden Felsen befreien sich dunkle Kreaturen. Vorwiegend untote Aliens in allerlei Formen. Sie alle sind derart verkohlt, als kämen sie geradewegs aus einem Feuer. Obwohl sie nicht sehr kräftig sind, halten sie Raven und Dylan durch ihre große Anzahl auf. Im Sekundentakt rollen Köpfe, wobei die Menschen ihr Ziel nicht aus den Augen verlieren. Mittlerweile werden sie von den roten Sternen unter den Nebelkapuzen beobachtet. Raven und Sykes sind derart gute Kämpfer, dass sie sich von nichts ausbremsen lassen. Doch bevor sie den Riss erreichen, kommen tausende Hände aus dem Boden und greifen nach ihnen. Obwohl er unzählige dieser Hände abschlägt, wird Dylan 20 Meter vor dem Riss gegriffen und zu Boden gezogen. Er windet sich und versucht sich zu befreien, jedoch packen ihn die knochigen Hände von allen Seiten.

Sykes: (Ruft) „Raven!"

Raven bleibt vor dem Riss stehen. Er dreht sich um und sieht Sykes in den Fängen der Finsternis. Er weiß, dass jede Sekunde zählt, weswegen er misstrauisch in den Himmel, in die roten Augen eines der kosmischen Gespenster blickt. Für einen Moment denkt Dylan, dass er trotz allem an diesem Ort ein letztes Mal verraten und zurückgelassen werden könnte. Bevor die Hände Dylan allerdings am ganzen Körper zerkratzen und unter die Erde ziehen, schlagen mehrere Plasmabolzen rings um ihn ein. Raven rutscht mit den brennenden Schubdüsen seines Anzuges auf Dylan zu. Seinen Helm trägt er bereits auf dem Kopf, als er mit seinem Sturmgewehr zur Rettung eilt. Er reißt zügig die Klauen von Dylans Körper und reicht ihm die Hand. In dem Moment, in dem Dylan aufgeholfen wird, fällt ihm ein schwerer Stein vom Herzen. Noch bevor weitere dunkle Kreaturen auftauchen, gelangen Raven und Sykes in letzter Sekunde zum Riss. Sie sehen nur noch, wie eines der riesigen Gespenster am Himmel zur Bombe greifen möchte. Bevor dessen Klauen diese erreichen, berühren sich die beiden Kugeln und erzeugen eine grelle Explosion, welche sich zu einer sich ausdehnenden Schwärze wandelt, die alles um sich herum einsaugt und absorbiert.

Der Vakuumzerfall setzt ein und zerreißt das gesamte Universum der Finsternis. Atom für Atom, Teilchen für Teilchen, Photon für Photon lösen sich in nichts auf. Es kann sich nur noch um Minuten handeln, bis der Ursprung dieser uralten Wesen gänzlich verschwunden ist. In diesem Augenblick stürzen auch Raven und Sykes zurück in den künstlichen Mond. Dylan schnappt plötzlich verzweifelt nach Luft und setzt sich schnellstmöglich seinen Helm auf, wobei sich der Riss hinter ihnen auflöst. Sofort eilen Kyra und Cormac zu ihnen.

Hades: „Connor. Geht es euch gut?"

Raven: (Atmet erschöpft durch) „Ich bin okay. Sykes, was ist mit dir?"

Sykes: „Traumatisiert fürs Leben, aber okay."

Cormac: „Waren Sie erfolgreich?"

Raven: „Das waren wir."

Sykes: (Lacht leise) „Jetzt sind wir die größten Massenmörder, die jemals existiert haben."

Raven: „Ein Genozid in der Hölle. Ich weiß nicht, wie ich das mit meinem Gewissen vereinbaren werde."

Sykes: „Denk am besten nie drüber nach."

Hades: „Was habt ihr da drin gesehen?"

Raven: „Du wirst es nicht glauben. Ich werde es später allen erzählen. Noch ist der Kampf nicht vorbei."

Das Wurmloch in der Mitte des Mondes flackert unregelmäßig. Es beginnt zu pulsieren und fällt schließlich in sich zusammen. Alles, was bleibt, ist eine Wolke aus rotierenden Flammen. Der Nebel, durch den die Knights of Eden zuvorgekommen sind, verflüchtigt sich nun langsam. Als die Sicht wieder klar wird, schauen sich alle Ritter verwundert um. Jegliche Monster, die dort drin auf sie gewartet haben, sind spurlos verschwunden. Sogar die Ghost ist in einiger Entfernung zu sehen und scheint unberührt.

Ohne weitere Zeit zu verlieren, begeben sich Raven, Sykes, Kyra und die Ritter wieder in das Schiff. Es verlässt den Ort jedoch nicht, ohne vorher einige Bomben im Inneren des künstlichen Mondes abzuwerfen. Es dauert nicht lange, bis die Ghost sich draußen in der Raumschlacht wiederfindet. Viele der feindlichen Schiffe stehen in Flammen oder zerfallen langsam. Selbst die gigantischen Gestalten, welche sich in dem Sternensystem verteilt haben, lösen sich in Rauch auf und hinterlassen nur noch eine dunkle Wolke, geformt wie ein Gespenst. Was allerdings wirklich jeder bemerkt, ist, dass der zuvor stechend gelbe Hells Gate Nebel rapide an Leuchtkraft verliert. Obwohl sich das Blatt nun deutlich wendet, wird auf der Oberfläche immer noch erbittert gekämpft und der Versorgungsstrahl verbindet sich weiterhin mit dem künstlichen Mond. Die verdorbenen Vyrakay verteidigen das Gewölbe weiterhin mit allen Mitteln. Genau zum rechten Zeitpunkt springt eine Flotte weißer Schiffe aus dem Hyperraum. Geformt wie matte Pfeilspitzen sind es unverkennbar die Knights of Eden. Der gesamte Orden kommt mit vereinten Kräften aus dem gesamten Universum, um den Bewohnern der Milchstraße zu helfen. Mit ihren kräftigen Geschützen eröffnen sie das Feuer. Weiße Plasmablitze rasen durch das All und über die Oberfläche. Der Beschuss konzentriert sich auf den künstlichen Mond und das Gewölbe, aus dem der Strahl gespeist wird. Selbst die besten Schilde halten dem massiven Beschuss der gesamten Flotte nicht stand, was dazu führt, dass der Versorgungsstrahl verwundbar wird. Die Menschen, Kardianer und Ranakkor auf der verwüsteten Ebene jubeln, als die Plasmablitze der Utopier-Schiffe in dem Gewölbe einschlagen sowie der Horizont sich in gewaltige Explosionen hüllt. Der Strahl verschwindet auf der Stelle, genauso wie die Verbindung zum neuen Mond. Binnen weniger Minuten, in denen immer noch gegen die verdorbenen Kreaturen gekämpft wird, klart auch der Himmel wieder auf. Schlagartig lässt der Hurrikan nach, es hört auf zu regnen und die Wolken verflüchtigen sich, noch bevor die Sonne am Horizont komplett untergegangen ist.

Dem Sonnenuntergang gegenüber taucht nun eine gewaltige Struktur am Himmel auf. Es ist die Raumstation der Utopier, Sanctuary. Eine Ankunft, die ebenfalls mit Freude bejubelt wird. Auf der Brücke der Ghost nimmt Raven seinen Helm ab und schaut mit einem leichten Lächeln auf dieses Ereignis. Im selben Augenblick wird er sogar von dort kontaktiert.

Avara: (Per Funk) „Commander Raven? Hier spricht Sanctuary. Ich hoffe, wir sind nicht zu spät."

Tatsächlich hat es Avara geschafft, die Station zum Schlachtfeld zu bringen, indem er den Neurallink im Kontrollzentrum nutzt. Demnach steckt eine Nadel samt Kabel in seinem Hinterkopf. Während sein Gehirn zeitgleich mit Informationen geflutet wird, erhält er die Kontrolle über die Raumstation.

Raven: „Keine Sorge, Avara. Gerade rechtzeitig. Wir haben das Schlimmste hinter uns, aber eine wichtige Sache fehlt noch."

Avara: (Per Funk) „Ich hoffe, das ist es wert. Schließlich musste ich hierfür einen Großteil der Station evakuieren lassen. Außerdem bereitet die ganze Sache hier etwas Kopfschmerzen."

Raven: „Das kenne ich gut. Wir könnten ein bisschen überragende Feuerkraft brauchen. Erkennen Sie den künstlichen Mond?"

Avara: (Per Funk) „Der ist kaum zu übersehen, Commander."

Raven: „Manchmal kann ein einzelner Schuss den Verlauf der Geschichte verändern. Sie wissen, was zu tun ist."

Avara lässt vor sich einige Hologramme erscheinen und öffnet einen offenen Funkkanal.

Avara: „An alle Schiffe, hier spricht Sanctuary. Die Station macht sich zum Feuern bereit, bitte entfernen Sie sich aus dem Schussfeld."

Gemäß seinen Anweisungen verschwinden alle Schiffe zwischen dem künstlichen Mond und der Utopier-Raumstation. Die Oberseite samt all ihrer Türme richtet sich auf das Werk. Die Tentakel des Mondes beginnen zu schwingen, wobei sich das Objekt sehr langsam von Cesris entfernt. Doch in diesem Moment öffnet sich ein großes Loch inmitten der Raumstation. Mehrere riesige Luken, welche zuvor als ein spitzer Turm im Zentrum zu sehen waren, klappen sich hintereinander auf und offenbaren die gewaltige Abschussvorrichtung der Station. Am Boden dieses Loches glimmert ein rotes Licht. Es wird immer heller, bis ein gewaltiger Plasmastrahl abgefeuert wird und auf den Mond zurast. Der künstliche Himmelskörper wird direkt getroffen. Explosionen reihen sich an dessen Oberfläche, bis das ganze Gebilde in einem gewaltigen blauen Feuerball aufgeht. Die Explosion zerreißt den gesamten Mond. Seine Trümmerteile verglühen wie Millionen Sternschnuppen in der Atmosphäre von Cesris, wobei die größten zusammenhängenden Überreste dieser Struktur auf den Planeten, unweit des Schlachtfeldes, stürzen. Der Aufschlag dieser Teile gleicht dem Einschlag eines riesigen Asteroiden. Erdbeben erschüttern den gesamten Planeten Cesris, während Tsunamis die Küsten überschwemmen. Darunter auch einige Bereiche des Schlachtfeldes, wobei das zerstörte Gebilde des Versorgungsstrahls als unnatürlicher Wall dient. Die Gischt spritzt an diesem Ort bis zu 1000 Meter in die Luft, wobei die darauffolgende

Druckwelle das Salzwasser als Nieselregen über dem Schlachtfeld und den brennenden Wracks niedergehen lässt. All dies geschieht, während die letzten Sonnenstrahlen am Horizont verschwinden und die Nacht hereinbricht.

Kapitel 12: Ein Neuanfang

Es ist der erste frühe Morgen auf Cesris nach der vorangegangenen Schlacht. Der Himmel ist beinahe wolkenfrei und die Lichtstrahlen der aufgehenden Sonne erhellen das verwüstete Schlachtfeld. Wie viele andere Schiffe der Angriffsflotte landet auch die Ghost auf der felsigen Ebene. Nicht weit von ihr stehen die Black-Arrow und Silence inmitten der qualmenden Trümmer. Während die anderen Schiffe der Knights of Eden aus dem Himmel zurück in ihre Heimatgalaxien springen, verlässt Raven die Ghost. Die Euphorie über den Sieg hält sich bei ihm allerdings in Grenzen. Stillschweigend geht er über das Schlachtfeld und schaut sich genaustens um. Kräftige Windböen nagen an den brennenden Schiffen und trocknen den noch feuchten Sand. Die Spuren des Kampfes sind überall. Besiegte dunkle Kreaturen, zerstörte Panzer und Leichen, so weit das Auge reicht. Gefolgt von Kyra und Sykes begibt Raven sich an einen Ort, an dem sich ein Großteil seiner Crew mit gesenkten Köpfen versammelt. Es ist die Felsnische, in der sich Sev und Rees die letzte Ehre erwiesen haben. Als er an seiner Crew vorbeischreitet und die beiden vor sich sieht, fällt er auf die Knie. Ravens Augen werden gläsern und sein Gesichtsausdruck zeugt von quälender Traurigkeit. Eine Weile lang sagt niemand auch nur ein Wort. Erst als Raven durchatmet und aufsteht, kommt Murphy zu ihm.

Murphy: (Deprimiert) „Es tut mir leid. Wir haben uns während der Schlacht aus den Augen verloren. Ich hätte besser auf sie aufpassen müssen. Es ist mein Fehler."

Raven: „Wir alle tragen diese Kampfanzüge und ziehen damit in die Schlacht. Jeder von uns kennt das Risiko. Es war nicht dein Fehler und dir muss nichts leidtun. Dich trifft keine Schuld. Ich habe die Entscheidungen getroffen und die Befehle gegeben."

Murphy: „Das sehe ich ein wenig anders."

Raven: „Es braucht etwas Zeit, bis wir darüber nachgedacht und alles verarbeitet haben. Ich bin euer Commander und am Ende bin ich für alles verantwortlich, was mit dieser Crew passiert. Nur gibt es immer wieder Dinge, auf die man keinen Einfluss nehmen kann."

Murphy: „Das stimmt. Aber nimm die Schuld nicht auf dich. Tragische Dinge passieren einfach. Worauf es dann ankommt, ist, wie wir damit umgehen. Dennoch fällt es mir schwer, das hier einfach zu akzeptieren."

Raven: (Zur Crew) „Sev und Rees waren die besten Eden-Commandos, die ich jemals kennenlernen durfte. Es war mir eine

Ehre, mit ihnen gekämpft zu haben. Unzählige Einsätze haben wir zusammen bewältigt. Von Aufklärungsmissionen, Geiselbefreiungen bis hin zu Schlachten wie dieser. Im Krieg hat der Sieg immer einen Preis. Sev und Rees haben das ultimative Opfer gebracht. Sie werden niemals vergessen werden und immer ein Teil dieser Crew sein."
Es folgt ein kurzes Schweigen in Gedenken an die gefallenen Brüder der Raptor-Teams.

Raven: „Es sieht so aus, als hätten sie sich gegenseitig von ihrem Leid erlöst. Kannst du den Abtransport organisieren?"
Murphy: „Das ist das Mindeste, was ich tun kann."
Raven: „Danke, Murphy."

Binnen weniger Minuten transportiert die Besatzung der Black-Arrow die gefallenen Kameraden in Leichensäcken ab und bringt sie auf das Schiff. Kyra umarmt Raven tröstend und ist ebenfalls so betrübt wie er über den Verlust von zwei engen Freunden. Auch Sykes möchte sein Mitgefühl ausdrücken und spricht mit Raven.

Sykes: „Es ist immer schwer, Crewmitglieder und vor allem Freunde zu verlieren. Mein Beileid. Die beiden waren wirklich ausgezeichnete Krieger."
Raven: „Danke. Ich weiß, dass du das besser verstehst als jeder andere. Du kanntest Sev noch von früher, richtig?"
Sykes: „Ja. Als ich 16 war, sind wir gemeinsam aus einer Schwererziehbaren-Anstalt geflohen. Eine verrückte Geschichte."
Raven: „Die würde ich gerne mal hören."
Sykes: „Gerne. Ich würde jedoch erst mal zurück zu meinen Leuten. Die werden sich sicher freuen, dass ich noch in einem Stück bin, und mich mit Fragen über die Finsternis löchern."
Raven: „Verständlich. Kein Problem. Danke für deine Hilfe."
Sykes: „Jetzt sind wir aber quitt. Ich meine es ernst."
Raven: (Schmunzelnd) „Das sind wir. Keine transuniversalen Abenteuer mehr. Versprochen."
Sykes: „Ich nehme dich beim Wort."

Die beiden verabschieden sich mit einem brüderlichen Handschlag. Wenig später ist auch Kyra losgezogen, um der Besatzung zu helfen. Überall auf dem Schlachtfeld werden Brände gelöscht, Verwundete und Gefallene geborgen. Kardianer, Menschen und Ranakkor arbeiten dabei Hand in Hand. Währenddessen steht Raven allein am nahegelegenen Strand und blickt über den Ozean. In der Ferne ragen die runden Überreste des künstlichen Mondes aus dem Wasser. Direkt daneben geht allmählich die Sanctuary-Station am Horizont auf. Durchaus ein ungewöhnlicher und malerischer Anblick. Doch schon nach kurzer Zeit kommt Cormac hinter den Trümmern hervor.

Cormac: „Mein Beileid zu Ihrem Verlust. Sie wollten mich sprechen?"
Raven: „Danke. Ja. So wie ich das sehe, ist unsere schwierigste Aufgabe als Knights of Eden erledigt. Doch da draußen gibt es überall Unmengen an uralter, gefährlicher Technologie. Es sind immer noch nicht alle Geheimnisse über die Zian-Var gelüftet und es wartet noch viel Arbeit auf die Ritter. Nur diesmal mit etwas weniger Druck."
Cormac: „Der Orden dient seinem Zweck. Was auch getan werden muss, wir gehen unseren Pflichten und Grundsätzen weiter nach."
Raven: „Du, Cormac, gehörst zu den Rittern der ersten Generation und hast durch deine verantwortungsbewusste Art viel erreicht. Die Knights of Eden brauchen einen solchen Repräsentanten und deshalb möchte ich dich fragen, ob du dir das Amt meines direkten Stellvertreters auferlegen möchtest."
Cormac: „Wie bitte? Ich? Als stellvertretender Großmeister?"
Raven: „Ich werde eine Weile abtauchen. Mir Zeit für mich und meine Crew nehmen. Wieder zurück zu den Wurzeln gehen und etwas Normalität in mein Leben lassen. So lange wüsste ich gerne jemanden, dem ich vertrauen kann, als Großmeister der Knights of Eden."
Cormac: „Es ... es ... es wäre mir eine Ehre, diese Verantwortung zu übernehmen, Großmeister."
Raven: „Immer noch ziemlich förmlich. Ich glaube, du bist dieser Aufgabe gewachsen und der Orden ist bei dir in guten Händen."
Cormac: „Ich danke vielmals für das Vertrauen. Ich werde den Orden nach gewohnten Maßstäben und Standards erhalten."
Raven: „Danke Cormac. Jetzt sollten wir aber zusehen, dass die Ghost von hier verschwindet, sie steht schließlich mitten im Feld."
Cormac: „Ich werde sofort mit den Rittern aufbrechen. Um das Schiff sammeln sich schon neugierige Blicke und die schauen uns alle ziemlich komisch an. Danke für die Chance."
Wohingegen Cormac verschwindet, bleibt Raven an Ort und Stelle stehen. Einige Minuten vergehen, als die Ghost auch schon abhebt und über den Ozean zurück ins All fliegt. Es folgt ein Moment der Ruhe, den Raven zum Nachdenken nutzt. Nur das Geräusch des Windes und der Brandung. Allerdings lässt Avara in Begleitung einiger Gefolgsleute nicht lange auf sich warten. Auch er kommt zum Strand, um mit dem Commander persönlich zu sprechen.
Avara: „Hier stecken Sie also, Commander."
Raven: „Avara? Haben Sie nach mir gesucht?"
Avara: „Natürlich habe ich das. Der große Kampf ist vorbei und der Mann der Stunde ist nirgends aufzufinden. Ich sehe am Horizont, dass wir erfolgreich waren. Darf ich fragen, was genau Sie in dem Werk gemacht haben?"

Raven: „Ich habe zusammen mit einem der Kopfgeldjäger ein Portal geöffnet. Wir sind in das Universum der Finsternis gereist und haben es von innen heraus zerstört."

Avara: „Das klingt vollkommen absurd. Wie zerstört man ein Universum?"

Raven: „Wir bekamen eine Vakuumzerfallsbombe von einem Utopier. Wir zündeten sie im Herzen der Finsternis und löschten ihren Ursprung aus. Was auch immer genau passiert ist, es scheint funktioniert zu haben."

Avara: „Unglaublich. Vakuumzerfall ist doch nur eine Theorie. Ich erwarte Details."

Raven: „Ich bin Ihnen immer noch einen Bericht schuldig. Einen mittlerweile sehr langen Bericht. Wie ist denn die Lage allgemein?"

Avara: „Hells Gate leuchtet nicht mehr und scheint sich zu verflüchtigen. Die dunklen Kreaturen an allen Fronten haben ihre Kampfkraft verloren, haben sich aufgelöst oder wurden über Nacht besiegt. Demnach sind bald auch die äußeren Kolonien wieder in Sicherheit. Aber für das, was Sie und der Kopfgeldjäger geleistet haben, haben Sie beide eine Auszeichnung verdient."

Raven: „Ich bin mir sicher, dass wir beide keine Auszeichnungen wollen."

Avara: „Aber irgendwie muss man Sie doch für Ihre Taten belobigen, ehren und feiern."

Raven: „Ich weiß nicht, wie ihr Kardianer das handhabt, aber wir verzichten darauf. Danke."

Avara: „Also keine Statue von Ihnen?"

Dieser Kommentar bringt Raven kurz zum Grinsen.

Raven: „Nein, ganz sicher nicht. Wenn Sie Statuen errichten wollen, dann bitte nur von denen, die für das hier das größte Opfer gebracht und ihr Leben gelassen haben."

Avara: (Zufrieden) „Ich verstehe."

Völlig überraschend kommen einige Ranakkor hinter den Trümmern hervor. Darunter auch der König in seiner prachtvollen und von Schrammen übersäten Rüstung.

König: „Commander Raven. Ein tapferer Krieger. Unsere letzte Begegnung ist lange her. Glückwunsch zum Sieg. Ich hörte, du bist nun mit deinem Erzfeind befreundet?"

Raven: „Das kann man so sagen. Wir haben uns gegenseitig geholfen. Für die Hilfe eures Volkes muss ich mich auch bedanken."

König: „Es war uns eine Ehre. Selten war eine Schlacht so erschütternd. Sie war schon beinahe zu kurz. Doch wir lernten neue Feinde kennen und besiegten sie."

Raven: „Sie haben getan, was sie am besten können. Wozu sie bestimmt sind."

König: „In der Tat. Doch viele von uns haben es nicht geschafft. Sie gaben ihr Leben für einen höheren Zweck. Trotzdem möchte ich euch für die Zerstörung des Feindes ehren."

Raven: „Wir müssen nicht geehrt werden. Unser Sieg ist genug, Ehre gebührt nur den Gefallenen."

König: „Gesprochen wie ein wahrer Krieger. Dennoch stehen wir bereit, euch einen Gefallen zu tun. Was auch immer ihr euch wünscht, wir Kor werden diese Wünsche erfüllen."

Raven: „Vielleicht komme ich eines Tages darauf zurück. Ich hätte da vorerst nur eine Frage. Ich kenne Sie nur als den König. Haben Sie auch einen Namen?"

König: „Ich habe einen Namen. Aber wird ein Kor zum König, so legt er seinen Namen ab und wird nur noch König genannt."

Raven: „Ein seltsamer Brauch."

König: „Das ist unsere Tradition. Sollte ich nicht mehr König sein, darf ich meinen Namen wieder annehmen."

Avara: „Wie verliert man das Amt des Königs?"

König: „In der Regel muss man sterben."

Sie alle tauschen amüsierte Blicke untereinander, wobei schon die nächsten Personen durch die Trümmer zum Strand kommen. Diesmal sind es Menschen, angeführt von Alex Cobryn, dem Verteidigungsminister von Eden.

Raven: „Cobryn. Was führt Sie zu uns?"

Cobryn: „Was ist denn hier los?"

Raven: „Spontane Versammlung."

Cobryn: „Von den einflussreichsten Personen der Epoche? Es scheinen ja alle hier zu sein. Fehlen nur noch die Knights of Eden. Hat sie schon jemand gesehen?"

Raven: „Ich habe ihr Schiff vor kurzem starten sehen. Sie sind anscheinend schon weg."

Cobryn: „Das ist schade. Ich hatte gehofft, ich würde hier noch auf den Großmeister treffen."

Raven: „Ich kenne ihn. Bestimmt kann ich ihm etwas ausrichten."

Cobryn: „Ich wollte mich eigentlich nur bedanken und ihn davon überzeugen, eine Rede zu halten. Da Sie nun der prominenteste Offizier vor Ort sind, werde ich wohl leider Sie darum bitten müssen."

Raven: „Ich soll eine Rede halten?"

Cobryn: „Nicht weit von hier versammelt sich ein Haufen Soldaten, Krieger und Reporter. Was hier gestern stattgefunden hat, hat ziemlich große Wellen geschlagen."

Raven: „Ich habe die Knights of Eden direkt unterstützt und zur Planung dieser Schlacht beigetragen. Mir fallen da sicher ein paar Worte ein."

Mehr oder weniger unfreiwillig begibt sich Raven in Begleitung der Anführer der Eden-Flotte, dem König der Ranakkor und dem Präsidenten von Sanctuary zu dem belebten Sammelplatz in Front der gelandeten Schiffe. Von einem kleinen Felsplateau aus schauen sie hinab auf die Kämpfer, Helfer und Verwundeten. Sie alle versinken in ein Schweigen, als sie Raven sehen. Die gesamte Menge richtet ihre Blicke allein auf ihn.

Raven: „Ich spreche hier zu Ihnen im Namen all derer, die für die Planung und Durchführung dieser Operation verantwortlich sind, sowie stellvertretend für den Großmeister der Knights of Eden, an dessen Seite ich kämpfen durfte. Wir haben eine dunkle Bedrohung abgewehrt. Wir haben besiegt, was wir als *Finsternis* bezeichnen, sie vielleicht sogar vernichtet, jedoch nicht ihre Hinterlassenschaften. Was von ihr verdorben ist, bleibt verdorben. Ich habe diese Schlacht nicht allein geschlagen, keiner von uns hat das. Ich habe meinen Teil erfüllt, wie jeder andere auch. Wir haben gemeinsam gekämpft, selbst wenn uns so viel unterscheidet. Das Militär der Menschen, Seite an Seite mit Kardianern und Ranakkor. Nicht zu vergessen die Söldner, die Freiwilligen und die Gesetzlosen, die sich uns für diese eine Schlacht angeschlossen haben. Gemeinsam haben wir uns gegen einen uralten Feind aufgelehnt, der unsere absolute Auslöschung heraufbeschworen hätte. Das Volk der Vyrakay, verfeindet oder nicht, musste diesen Kontakt als Erstes machen und hat es nicht überstanden. Aber nicht nur der Wille zu überleben hat uns vereint. Wir mögen alle verschieden sein, unterschiedlich handeln, unterschiedlich glauben und unterschiedlichen Traditionen nachgehen. Doch eines wurde mir klar. Wir alle bestehen aus Sternenstaub, der Materie unseres Universums. Es soll nicht bedeuten, dass wir so viel wert sind wie Staub und uns dementsprechend verhalten sollten, sondern sehen, dass wir alle gleich sind. Wir sind nicht dieselbe Spezies oder dasselbe Volk, doch wir alle sollten erkennen, dass wir aus derselben Essenz bestehen. Wir sind alle Kinder des Universums. Was an diesem Ort geleistet wurde, ist und bleibt etwas Besonderes. Nichts dergleichen wird es jemals wieder geben. Zumindest hoffe ich das. Viele von uns waren tapfer im Angesicht von Monstern und Dämonen. Andere wiederum gaben ihr Leben für diesen Erfolg. Ich bin dankbar für den Mut jedes Einzelnen von uns. Wir haben das Beste aus uns herausgeholt und jene, die heute nicht mehr unter uns sind, die werden bis in alle Ewigkeiten nicht vergessen werden."

Die Soldaten jubeln, gefolgt von dem euphorischen Brüllen der Ranakkor. Sie schlagen auf ihre Schilde oder die Brust. Der Applaus hallt über die Ebene, während Raven sich wieder seinen Gesprächspartnern zuwendet. Unter den Zuhörern der Rede gehören auch die Besatzungen der Black-Arrow und der Silence. Dylan steht mit seinen Leuten unauffällig am Rande der Menge und lächelt.

Sykes: „Oh Mann. Die haben ihn gezwungen, da oben zu stehen. Gut, dass ich nicht dabei sein muss."

Miranda: „Du bist doch sicher ein guter Redner."

Sykes: „Nur, wenn es darum geht, mit Pessimismus und Negativität auf jemanden einzureden."

Miranda: „Früher mal. Du bist jetzt ein neuer Mensch. Besser als der kaputte, traumatisierte und rachsüchtige Kriminelle, der du einmal warst."

Sykes: „Kaputt?"

Miranda: „Okay, kaputt bist du immer noch. Aber auf eine gute Weise."

Sykes: (Lacht) „Danke?"

Miranda: „Alles, was du getan hast, und die Dinge, die dich verändert haben, ... Ich kann gar nicht in Worte fassen, wie stolz ich auf dich bin."

Sykes: „Dann zeig es mir doch."

Lächelnd greift Miranda Dylans Kopf, schließt ihre Augen und küsst ihn.

Lichtjahre entfernt von Cesris verfolgt die Besatzung der Destiny das Ergebnis eines wichtigen Kampfes, an dem sie nicht teilgenommen hat. Auf den Bildschirmen sind die Bilder der Schlacht zu sehen und Ravens Rede zu hören. Allerdings hält sich die Anzahl Menschen, die zusehen, in Grenzen. Immer mehr der verbliebenen Söldner greifen sich ihr Gepäck und verlassen die Schwarze Legion. Es erweckt den Eindruck, als würde niemand mehr an die Destiny glauben und als würde sie nicht mehr gebraucht werden. Während die übrige Besatzung ihre Reise vorbereitet, legen Mason und Graydon einen Blumenkranz in der Stadtmitte des Schiffes nieder. Dort wurde gegenüber von Slade Andersons Andenken eine Gedenktafel mit der Statue einer Switchblade aufgestellt, umrandet mit Kerzen. Auf der Tafel steht der Name, Kaelyn Harper, zusammen mit einem Bild von ihr in Uniform.

Mason: „Sie hatte so ein unschuldiges Lächeln."

Graydon: „Es heißt ja, die Zeit verändere alles. Nur nicht immer zum Guten."

Mason: „Ich kann einfach nicht fassen, dass sie das getan hat. Sie hatte doch alles."

Graydon: „Und hat alles verloren. Es war so dumm von uns. Wir hätten früher erkennen müssen, wie es ihr geht. Als wir die Kündigung eingereicht haben, hätten wir stattdessen für sie da sein sollen."

Mason: „Die Anzeichen waren da, wir haben nur nichts gemacht. Wir haben mit Absicht weggesehen, um negative Situationen zu vermeiden. Jetzt ist es zu spät."

Graydon: „Dafür hat Senua eine Zukunft bekommen. Und erlebt seit Jahrzehnten endlich wieder Frieden."

Jacob legt Kaelyns persönlichen und beschädigten Pilotenhelm vor die Gedenktafel. Nach einem langen, traurigen Schweigen verlassen die beiden mit gesenktem Kopf den Platz in der Stadt. Sie begeben sich zum großen Haupthangar, wo derzeit dutzende Transportschiffe ein- und vor allem ausfliegen. Bei sich haben sie ihr Gepäck, welches sie in der Frachtluke eines Transporters verstauen. Noch bevor sie über die Rampe in das Schiff gehen, drehen sich alle beide nochmals um, werfen einen letzten Blick auf ihre frühere Heimat und lassen ihr altes Leben hinter sich. In ihren betrübten Augen erkennt man sofort das Bedauern und die Trauer, allerdings auch einen kleinen Funken Hoffnung.

Mason: „Es ist an der Zeit zu gehen und *lebe wohl* zu sagen."

Zusammen mit vielen anderen Söldnern verlassen sie die sterbende Schwarze Legion und beginnen ein neues Leben. Wohingegen jedoch die Schiffe der Legion die Destiny endgültig verlassen, so landen mehrere hochmoderne Schiffe in ihrem Hangar. Ein schwarzes Gerüst, bedeckt mit massiven, weiß glänzenden Panzerplatten. Soldaten in weißer Rüstung verlassen diese Schiffe und breiten sich überall aus. Es scheint beinahe so, als würden sie die Legion übernehmen. Schon nach kurzer Zeit erreichen sie die Kommandobrücke des größten Schlachtschiffes der Menschheitsgeschichte. Während sich die Lichter nach und nach wieder einschalten, geht ein Mann in weißem Anzug auf den Kommandositz des Generals inmitten der Brücke zu. Hemsey persönlich setzt sich in den Stuhl und öffnet einige holografische Anzeigen. Letztendlich überkommt ihn ein vorfreudiges Lächeln.

An einem Ort am Rande des Kardianischen Sektors steuert einige Tage später die Ghost auf einen grünen Planeten zu. Dieser ist jedoch nicht unbekannt. Es handelt sich um den Farnplaneten, den Raven Jahre zuvor, kurz vor dem Erstkontakt mit den Kardianern, entdeckt hat. Auf der Oberfläche des wilden Planeten befinden sich immer noch die Ruinen der Utopier. Allerdings finden sich an diesem Ort auch die alten Handlanger von Adams und Talon, welche eine Forschungsbasis an einer von Farn und Schlingpflanzen bewachsenen Klippe errichtet haben.

Die Anwesenheit der Knights of Eden lässt jedoch nicht lange auf sich warten. Schon nach kürzester Zeit spaziert Aiden Conover mit voller Rüstung, unter weinroter Kapuze und mit gezogenem Langschwert durch den Haupteingang. Die ersten beiden Angreifer stürmen auf ihn zu und werden schon nach wenigen Sekunden durch akrobatische Schwerthiebe besiegt. Die Wissenschaftler in der Forschungsbasis zucken ängstlich zusammen und schauen dem Mann in Ritterrüstung entgegen, dem wenig später zwei weitere Heavy-Einheiten in Vollrüstung folgen.

Conover: „Im Namen der Knights of Eden muss ich Sie leider des Platzes verweisen. Wir bitten Sie, ruhigzubleiben und keinen bewaffneten Konflikt zu beschwören. Folgen Sie unseren Anweisungen und kehren Sie unbeschadet zu ihren Familien zurück. Von nun an übernehmen wir."

Es folgt eine unmittelbare Kapitulation. Die Knights of Eden übernehmen die gesamte Forschungsbasis binnen weniger Minuten und übergeben sie in die Obhut der Kardianer, welche im selben Augenblick mit Landungsschiffen im Hangar und auf den Landeplattformen eintreffen.

Während die Ghost weiterhin ihren neuen Aufgaben nachgeht, so nimmt Cormac in der Zitadelle an einer besonderen Zeremonie teil. Das schwarze Loch berührt den Horizont, während Fackeln und Feuerschalen den Friedhof der Zitadelle in ein flackerndes Licht tauchen. In ihren prachtvollen Rüstungen versammeln sich die Ritter, um ihre eigenen Gefallenen zu bestatten. Jeder einzelne verstorbene Ritter erhält eine eigene Gruft, inklusive Statue. Wie es von den Bräuchen der Hüter übernommen wurde, so werden sie alle mit dem Schwert bestattet, welches sie zur Ernennung erhalten haben. Als stellvertretender Großmeister leitet Cormac diese Zeremonie in voller Gewandung. Nachdem auch der letzte Ritter in seiner Gruft eingebettet und gebührend verabschiedet wurde, verlässt Cormac den Friedhof mit seinen Gefolgsleuten. Dabei folgen sie einem Weg, welcher direkt auf die schwarze Sonne am Horizont gerichtet ist.

In etwa dem gleichen Zeitraum lässt Avara die Sanctuary-Raumstation von Cesris weg und in ein neues Sternensystem manövrieren, welches zentral zwischen den Sektoren der verschiedenen Spezies liegt. Nun befindet sich die Station nicht mehr ausschließlich im Sektor der Menschen, sondern bietet eine Zuflucht für alle in Reichweite.

Somit kehrt auch die evakuierte Bevölkerung zurück und belebt die Station mehr als je zuvor. Während in den Straßen großräumig, sogar mit Feuerwerk, gefeiert wird, so betreten Avara und seine Wissenschaftler erstmals die Portalräume. Mit Hilfe einiger Knights of Eden öffnen sie die Portale zu dutzenden fremden Welten, welche sich über die gesamte Milchstraße verteilen. Vor ihnen liegt eine Zeit der Expeditionen und Entdeckungen.

Wem jedoch noch eine ungewisse Zukunft entgegensteht, sind die Erdlinge. Viele ihrer Gruppierungen terrorisieren die neuen Regierungen und Kolonien bis heute. Was sie jedoch alle wieder zurück in ihre Heimat bringen wird, sind die Meldungen von den gewaltigen Terraformern, die mittlerweile das Sol-System erreicht haben. Die riesigen Objekte schlagen auf sämtlichen Monden und Planeten ein, wo sie unmittelbar mit ihrer Arbeit beginnen. Arbeiten, die zu einem Ergebnis führen werden, mit denen kein Mensch jemals rechnen würde. Viele Menschen machen sich demnach auf den Weg in ihr ursprüngliches Heimatsystem, um die Veränderungen der Himmelskörper zu studieren sowie darüber zu berichten.

Auf der alten neuen Welt, Initium Novum, ist Ravens Crew inzwischen wieder im Anwesen angekommen. Es ist eine sternenklare Nacht. Die Sonne ist erst vor wenigen Stunden untergegangen. Im Moment steht Raven allein neben der Villa und schaut auf die Grabsteine von Sev, Rees, und Carter. Er gedenkt seiner Freunde und gefallenen Kameraden. Die Geräusche am Strand verhindern jedoch, dass er endgültig in seinen Gedanken versinkt. Stattdessen atmet er tief durch und geht zurück in die Villa. Einen Augenblick später geht er über einen kleinen Umweg durch die Küche zurück auf den Sandstrand. Alle Feuerstellen und Fackeln sind entzündet, während sich die gesamte Crew über den Strand verteilt. Die Palmen werfen flimmernde Schatten auf den Sand, als Raven mit einer Getränkekiste auf eines der Lagerfeuer zugeht. Dort versammelt sich ein Teil seiner Crew sowie die ganze Besatzung der Silence. Nachdem er die Kiste abgestellt hat, verteilt er an alle eine Runde Kaltgetränke und setzt sich zu Kyra, die bereits mit offenen Armen auf ihn wartet. Dabei sitzt Dylan direkt neben Miranda an einem Baumstamm und spielt ruhige Melodien auf seiner Gitarre, was für alle ungewöhnlich anzusehen ist. Die ganze Runde sitzt entspannt am Lagerfeuer, untermalt von Dylans Musik. Alle scheinen in diesem Moment zufrieden zu sein. Nur bei Emily dringt hin und wieder ein betrübter Gesichtsausdruck hervor, da sie verständlicherweise noch um ihren verstorbenen Freund, Rees, trauert. Trotz allem ist diese Gesellschaft im Moment genau das, was sie braucht. Letztendlich spielt Dylan sein Lied zu Ende und erhält im Gegenzug einen Haufen beeindruckter Blicke.

Miranda: „Das war schön. Kannst du uns jetzt was vorsingen?"

Sykes: „Ich kann nicht singen. Nie im Leben."

Miranda: „Da habe ich aber letztens etwas anderes im Laderaum gehört."

Amanda: „Du kannst singen?"

Sykes: „Das ist ein Gerücht."

Javis: „Also ich singe euch gerne etwas vor."

Hunter: „Glaub mir, der ganze Strand wird die Flucht ergreifen."

Javis: „Wirklich so mies?"

Patton: „Ja. Bitte verschone uns!"

Sie alle lachen, schütteln amüsiert den Kopf oder verdrehen die Augen.

Hades: „Ich kann nicht glauben, dass wir, nach allem, was passiert ist, jetzt zusammen hier sitzen. Kopfgeldjagd, die Garde, wir haben uns verloren, uns wiedergefunden, Invasionen, Utopier und letztendlich haben wir irgendwie den Kampf gegen die Götter der Finsternis überstanden."

Patton: „Absolut verrückte Zeiten."

Amanda: „*Verrückt* halte ich noch für maßlos untertrieben."

Damon: „Was wohl in 100 Jahren darüber in den Geschichtsbüchern stehen wird?"

Murphy: „Die Schüler tun mir jetzt schon leid."

Hades: „Ich finde, wir sollten darauf anstoßen. Auf alles, was wir durchgemacht haben und was aus uns geworden ist."

Jeder von ihnen hebt sein Getränk in die Luft. Sie alle sehen sich dabei gegenseitig an.

Raven: „Auf Edward Sev und Oliver Rees."

Logan: „Auf Jason Miller."

Hades: „Auf Jon Carter."

Diana: „Auf Samantha Stenson."

Sykes: (Schaut zu Raven) „Auf Ronnie Winters."

Murphy: „Auf May Lin und Kaelyn Harper."

Raven: „Auf all die, die wir verloren haben."

Sykes: „Auf die Hüter."

Javis: „Auf die Silence."

Ryan: „Auf die Black-Arrow."

Miranda: „Und auf die Zukunft."

Sie stoßen gemeinsam an und machen sich einen gemütlichen Abend, voller Geschichten und lustigen Unternehmungen. Genau das, was vor der Schlacht auf Cesris eigentlich geplant war. Nach all den Strapazen der vergangenen Wochen haben sie sich diese Auszeit redlich verdient. Als spät in der Nacht nur noch wenige von ihnen am Strand sitzen, so ist es immer noch Dylan, der am glimmenden Lagerfeuer sitzt und mit der Gitarre spielt. Plötzlich hört er jedoch auf zu spielen und starrt auf die qualmende Glut.

Sykes: „Soll ich mal etwas ganz Verrücktes sagen?"

Seine Crew schaut ihn neugierig an. Was könne noch verrückter sein als die Ereignisse der vergangenen Wochen?

Sykes: „Ich bin glücklich."

Im ersten Augenblick kommt es ihnen so vor, als hätten sie sich verhört. Doch explosionsartig überkommt Miranda ein fröhliches Lächeln. Sie dreht sich zur Seite, packt sich Dylan und küsst ihn. Dieser herzerwärmende Moment bringt schließlich jeden von ihnen zum Lächeln.

Einige Tage später beladen beide Crews ihre Schiffe. Allerdings nicht um auf eine gemeinsame Mission zu gehen, sondern um sich zu verabschieden. Kisten werden hin und hergeschoben, Vorräte aufgefüllt und kleinere Reparaturen vorgenommen. Nach dem Abschluss dieser Arbeiten sind beide Besatzungen bereits im Schiff. Nur Raven und Sykes stehen noch auf der Landeplattform des Anwesens und betreten ihre Schiffe zuletzt. Doch vorher tritt Raven nochmals an die Silence, um mit Dylan zu sprechen.

Raven: „So geht es also zu Ende."

Sykes: „Ich muss sagen, es gab schon mal schönere Abenteuer."

Raven: „Aber keines mit solchen Ausmaßen."

Sykes: „Wäre mir lieb, wenn das auch so bleibt."

Raven: „Ich hoffe es. Ich habe hier noch etwas für dich."

Er überreicht Sykes ein Dokument, voller Unterschriften und Stempeln verschiedenster Behörden.

Sykes: „Was ist das?"

Raven: „Du hast viel für die Menschheit getan, ob man nun ihre guten oder schlechten Seiten sehen möge. Dieses Dokument bestätigt, dass du von sämtlichen Verbrechen, die der VSE bekannt sind, freigesprochen bist."

Sykes: „Wie bitte? Mir sollen all meine Taten einfach so vergeben werden? All das einfach getilgt? Wie hast du das gemacht?"

Raven: „Ich musste den neuen Rat davon überzeugen und einige Richter bestechen. Deine vergangenen Verbrechen sind immer noch registriert, nur wird dich jetzt niemand mehr deswegen einsperren wollen. Allerdings gilt das nur für vergangene Verbrechen, was du in Zukunft anstellst, gehört nicht dazu."

Sykes: „Ich habe nicht mehr vor, mich in irgendwelche Kämpfe zu stürzen. Aber ich kenne ja schließlich mein Glück. Irgendwas passiert immer. Dennoch werde ich versuchen, keine Waffen mehr anzurühren, wenn es nicht wirklich notwendig ist."

Raven: „Für einen Sensenmann eine schwere, große und gute Entscheidung. Aber auch ein mutiger Schritt. Ich wünsche dir alles Gute dabei. Und was hast du jetzt vor?"

Sykes: „Ich weiß noch nicht so recht. Vielleicht fange ich wieder an, Rennen zu fahren. Aber ich denke, ich werde erst mal versuchen zu leben und zu improvisieren."

Raven: „Gefällt mir."

Sykes: „Was ist mit dir? Wohin verschlägt es eine Legende wie dich als Nächstes?"

Raven: „Das werde ich sehen, wenn ich dort ankomme. Das Universum ist groß, und wie du schon sagtest, wir improvisieren."

Sykes: „Dann sage ich mal, gute Reise, Pathfinder."

Die beiden verabschieden sich mit einem lässigen Handschlag, gefolgt von einer brüderlichen Umarmung. Ein ungewohntes Bild zum Abschied, wenn man bedenkt, wie die beiden sich kennengelernt haben. Dylan betritt die Silence, deren Triebwerke bereits warmlaufen. Mit einem kleinen Windstoß hebt das Tarnkappenschiff ab und gleitet über den Horizont. Raven kann noch beobachten, wie das Schiff zwischen Hyena und Osiris vorbeifliegt und im All verschwindet. Dylan kommt derweil auf der Brücke an, wo seine Besatzung bereits auf ihn wartet.

Ryan: „Ist der Urlaub wirklich schon vorbei?"

Sykes: „Vielleicht nicht ganz. Wir ändern nur den Ort."

Ryan: „Dann weiß ich schon genau, wo ich uns hinfliege."

Miranda: „Schon Pläne? Was machen wir als Nächstes?"

Sykes: „Lassen wir uns überraschen. Es ist Zeit für einen Neuanfang."

Während die Silence das Eden-System verlässt, macht sich die Black-Arrow zum Start bereit. Raven schließt das Hangartor hinter sich, wobei das Schiff langsam abhebt und über das Meer schwebt, weg vom Anwesen. Auf seinem Weg zum Aufzug läuft er an einer Plane vorbei, die etwas bedeckt. Als er sie hinunterzieht, gibt sich darunter sein Motorrad zu erkennen. Sofort kommt ihm eine Idee, die sich in diesem Augenblick nur durch ein leichtes Lächeln äußert. Letztendlich begibt sich der Commander der Black-Arrow auf das Kommandodeck, wo Hunter und Javis die nächsten Navigationspunkte vorbereiten.

Raven: „Sind wir soweit?"

Javis: „Wir warten nur noch auf dich. Wo soll es denn eigentlich hingehen?"

Raven: „Ist egal. Überrasch mich!"

Javis: „Oh, da hätte ich ein paar interessante Orte zur Auswahl."
Hunter: „Und wenn wir irgendwo angekommen sind, was werden wir dort tun?"
Raven: „Das, wozu wir eigentlich schon immer bestimmt waren. Licht in die Dunkelheit zu bringen. Es ist an der Zeit sich in das Unbekannte zu begeben und zu entdecken, was verborgen liegt."

Gerade einmal eine Stunde nach diesem Satz fährt Raven mit seinem Motorrad über die Oberfläche eines Planeten jenseits aller bekannten Sektoren. Er fährt durch einen riesigen Bergsee mit einer Wassertiefe von durchschnittlich zehn Zentimetern. Um ihn herum erheben sich zerklüftete Fjorde, bedeckt mit Nadelwäldern, aus denen Nebelbänke aufsteigen. Die Black-Arrow rast über Commander Raven hinweg, während er geradewegs auf einen majestätischen Sonnenuntergang zufährt. Eine Sonne, umkreist von einem kleinen schwarzen Loch, welches das glühende Material des Sternes wie in einem Strudel um sich einfängt und absorbiert. Ein Ereignis, welches sich in den flachen Gewässern zwischen den Fjorden spiegelt, unterbrochen von den Wellen, welche Ravens Motorrad hinter sich herzieht.

So endet eine Reise, wo eine andere beginnt. Doch jede Reise beginnt mit einem kleinen Schritt nach vorn. Es geht jedoch nicht darum, einen bestimmten Ort zu erreichen. Es ist der Weg selbst sowie die dabei gewonnenen Erfahrungen, die sich als die wahren Ziele entpuppen. So ist auch das Leben eine Reise, deren Ende keineswegs das Ziel ist. Es ist nie zu spät, einen neuen oder einen alten Weg einzuschlagen. Selbst, wenn man von diesen Wegen abkommt, früher oder später findet man seine Bestimmung oder wird sich seines Platzes im Universum bewusst.

Doch es ist schwer, das Universum zu verstehen, wenn man nur eine Welt studiert. Wer in sich gekehrt, nur auf seine eigene innere Welt schaut, wird niemals Erkenntnis über das große Ganze erlangen. Wie kann ein Mensch die Weisheiten des Universums hören, wenn er nur sich selbst hört? Nur wer aus sich herausblickt kann vom Universum lernen und an bedeutsamer Erfahrung gewinnen. Demnach sollte man die Welt mehr betrachten als sich selbst.

Um die Reise des Lebens in seiner schwankenden Vollkommenheit gänzlich ausschöpfen zu können, ist es notwendig, seinen eigenen Weg zu finden und ihn bis zum Ende zu gehen. Die wichtigsten Grundsätze hierfür sind: Über die Horizonte hinauszublicken. Sich in das Unbekannte zu wagen. Die eigenen Grenzen zu überschreiten. Gewohntes hinter sich zu lassen. Neues zu entdecken. Das Unmögliche möglich zu machen.

Fortsetzung folgt:

PATHFINDER
TRANSZENDENZ

Bibliografische Information der Deutschen Nationalbibliothek Die Deutsche
Nationalbibliothek verzeichnet diese Publikation in der Deutschen
Nationalbibliografie; detaillierte bibliografische Daten sind im Internet über
http://dnb.d-nb.de abrufbar.

© 2024 Jan Poorten
Verlag: BoD • Books on Demand GmbH, In de Tarpen 42, 22848 Norderstedt
Druck: Libri Plureos GmbH, Friedensallee 273, 22763 Hamburg
ISBN: 978-3-7597-5309-0